武林争雄记

民国武侠小说典藏文库·白羽卷

白 羽 ◎ 著

中国文史出版社

我的生平

生而为纨绔子

民国纪元前十三年九月九日，即己亥年八月初五日，我生于"马厂誓师"的马厂。

祖父讳得平，大约是老秀才，在故乡东阿做县吏。祖母周氏，系出名门。祖母生前常夸说:她的祖先曾在朝中做过大官，不信，"俺坟上还有石人石马哩!"这是真的。什么大官呢? 据说"不是吏部天官，就是当朝首相"，在什么时候呢? 说是"明朝"!

大概我家是中落过的了，我的祖父好像只有不多的几十亩地。而祖母的娘家却很阔，据说嫁过来时，有一顷啊也不是五十亩的奁田。为什么嫁祖父呢? 好像祖母是个独生女，很娇生，已逾及笄，择婿过苛，怕的是公公婆婆、大姑小姑、妯娌娌娌……人多受气，吃苦。后来东床选婿，相中了我的祖父，家虽中资，但是光棍儿，无公无婆，无兄无弟，进门就当家。而且还有一样好处。俗谚说:"大女婿吃馒头，小女婿吃拳头。"我的祖父确大过她几岁。于是这"明朝的大官"家的姑娘，就成为我的祖母了。

然而不然，我的祖父脾气很大，比有婆婆还难伺候。听二伯父说，祖父患背疽时，曾经挝打祖母，又不许动，把夏布衫都打得渗血了。

我们也算是"先前阔"的，不幸，先祖父遗失了库银，又遇上黄灾。老祖母与久在病中的祖父，拖着三个小孩（我的两位伯父与我的父亲，彼时父亲年只三岁），为了不愿看亲族们的炎凉之眼，赔偿库银后，逃难到了济宁或者是德州，受尽了人世间的艰辛。不久老祖父穷愁而死了。我的

1

祖母以三十九岁的孀妇，苦斗，挣扎，把三子抚养成人。——这已是六十年前的事了。

我七岁时，祖母还健在：腰板挺得直直的，面上表情很严肃，但很爱孙儿，——我就跟着祖母睡，曾经一泡尿，把祖母浇了起来——却有点偏心眼，爱儿子不疼媳妇，爱孙儿不疼孙女。当我大妹诞生时，祖母曾经咳了一声说："又添了一个丫头子！"这"又"字只是表示不满，那时候大妹还是唯一的女孩哩！

我的父亲讳文彩，字协臣，是陆军中校袁项城的卫队。母亲李氏，比父亲小着十六岁。父亲行三，生平志望，在前清时希望戴红顶子，入民国后希望当团长，而结果都没有如愿；只做了二十年的营官，便殁于复辟之役的转年，地在北京西安门达子营。

大伯父讳文修，二伯父讳文兴。大伯父管我最严，常常罚我跪，可是他自己的儿子和孙子都管不了。二伯父又过于溺爱我。有一次，我拿斧头砍那掉下来的春联，被大伯父看见，先用掸子敲我的头一下，然后画一个圈，教我跪着。母亲很心疼地在内院叫，我哭声答应，不敢起来。大伯父大声说："斧子劈福字，你这罪孽！"忽然绝处逢生了，二伯父施施然自外来，一把先将我抱起，我哇的大哭了，然后二伯父把大伯父"卷"了一顿。大伯父干瞪眼，惹不起我的"二大爷"！

大伯父故事太多，好苛礼，好咬文，有一种嗜好：喜欢磕头、顶香、给人画符。

二伯父不同，好玩鸟，好养马，好购买成药，收集"偏方"；"偏方治大病！"我确切记得：有两回很出了笑话！人家找他要痢疾药，他把十几副都给了人家；人问他："做几次服？"二伯父掂了掂轻重，说："分三回。"幸而大伯父赶来，看了看方单，才阻住了。不特此也，人家还拿吃不得的东西冤他，说主治某症，他真个就信。我父亲犯痔疮了，二伯父淘换一个妙方来，是"车辙土，加生石灰，浇高米醋，熏患处立愈"。我父亲皱眉说："我明天试吧！"对众人说："二爷不知又上谁的当了，怎么好！"又有一次，他买来一种红色药粉，给他的吃乳的侄儿，治好了某病。后来他自己新生的头一个小男孩病了，把这药吃下去，死了！过了些日子，我母亲生了一个小弟弟，病了，他又逼着吃，又死了。最后大嫂嫂另一个孩子病了，他又催吃这个药。结果没吃，气得二伯父骂了好几次闲话。

母亲告诉我：父亲做了二十年营长，前十年没剩下钱，就是这老哥俩大伯和二伯和我的那位海轩大哥（大伯父之子）给消耗净了的；我们是始终同居，直到我父之死。

踏上穷途

父亲一死，全家走入否运。父亲当营长时，月入六百八十元，亲族戚故寄居者，共三十七口。父亲以脑溢血逝世，树倒猢狲散，终于只剩了七口人：我母、我夫妻、我弟、我妹和我的长女。直到现在，长女夭折，妹妹出嫁，弟妇来归，先母弃养，我已有了两儿一女，还是七口人；另外一只小猫、一个女用人。

父亲是有名的忠厚人，能忍辱负重。这许多人靠他一手支持二三十年。父亲也有嗜好，喜欢买彩票，喜欢相面。曾记得在北京时有一位名相士，相我父亲就该分发挂牌了。他老人家本来不带武人气，赤红脸，微须，矮胖，像一个县官。但也有一位相士，算我父亲该有二妻三子、两万金的家私。倒被他料着了。只是只有二子二女，人说女婿有半子之份，也就很说得过去。至于两万金的家财，便是我和我弟的学名排行都有一个"万"字。

然而虽未必有两万金，父亲殁后，也还说得上遗产万贯。——后来曾经劫难，只我个人的藏书，便卖了五六百元。不幸我那时正是一个书痴，一点世故不通，总觉金山已倒，来日可怕，胡乱想出路，要再找回这每月数百元来。结果是认清了社会的诈欺！亲故不必提了，甚至于三河县的老妈郭妈——居然怂恿太太到她家购田务农，家里的裁缝老陈便给她破坏："不是庄稼人，千万别种地！可以做小买卖，譬如开成衣铺。"

我到底到三河县去了一趟，在路上骑驴，八十里路连摔了四次滚，然后回来。那个拉包车的老刘，便劝我们开洋车厂，打造洋车出赁，每辆每月七块钱；二十辆呢，岂不是月入一百多块？

种种的当全上了，万金家私，不过年余，倏然地耗费去一多半。

"太太，坐吃山空不是事呀！"

3

"少爷，这死钱一花就完！"

我也曾买房，也曾经商。我是个不到二十岁的少年……

这其间，还有我父亲的上司，某统领，据闻曾干没了先父的恤金，诸如段芝贵、倪嗣冲、张作霖……的赙赠，全被统领"人家说了没给，我还给你当账讨去么？"一句话了账。尤其是张作霖，这位统领曾命我随着他的马弁，亲到顺城街去谢过，看过了张氏那个清秀的面孔，而结果一文也没见。据说是一共四千多元。

我觉得情形不对，我们孤儿寡母商量，决计南迁。安徽有我的海轩大哥当督练官，可将余资交他，代买田产房舍。这一次离别，我母率我妻及弟妹南下，我与大妹独留北方；我们无依无靠，母子姑嫂抱头痛哭！于是我从邮局退职，投考师大，我妹由女中转学津女师，我们算计着："五年之后，再图完聚！"

否运是一齐来！甫到安徽十几天，而××的变兵由豫境窜到皖省，扬言要找倪家寻隙。整整一旅，枪火很足，加上胁从与当地土匪，足够两三万；阜阳弹丸小城一攻而入，连装都装不开了！大抢大掠，前后四五天，于是我们倾家荡产，又逃回北方来。在济南断了路费，卖了些东西，才转到天津，由我妹卖了金戒指，把她们送到北京。我的唯一的弟弟，还被变兵架去了七天；后来亏了别人说了好话："这是街上卖进豆的穷孩子。"才得放宽一步，逃脱回来。当匪人绑架我弟时，我母拼命来夺，被土匪打了一枪，幸而是空弹，我母亲被踢到沟里去了。我弟弟说："你们别打她，我跟你们走。"那时他是十一二岁的小孩。

于是穷途开始，我再不能入大学了！

我已没有亲戚，我已没有朋友！我已没有资财，我已没有了一切凭借，我只有一支笔！我要借这支笔，来养活我的家和我自己。

笔尖下讨生活

在北京十年苦挣，我遇见了冷笑、白眼，我也遇见热情的援手。而热情的援手，卒无救于我的穷途之摆脱。民十七以前，我历次地当过了团部司书、家庭教师、小学教员、税吏，并曾再度从军作幕，当了旅书记官，

4

仍不能解决人生的第一难题。军队里欠薪，我于是"谋事无成，成亦不久"；在很短的时期，自荐信稿订成了五本。

辗转流离，终于投入了报界；卖文，做校对，写钢板，当编辑，编文艺，发新闻。我的环境越来越困顿，人也越加糊涂了；多疑善忌，动辄得咎，对人抱着敌意，我颓唐，我愤激，我还得挣扎着混……我太不通世故了，而穷途的刺激，格外增加了我的乖僻。

终于，在民十七的初夏，再耐不住火坑里的冷酷了，我甘心抛弃了税局文书帮办的职位。因为在十一天中，喧传了八回换局长，受不了乍得乍失的恐惧频频袭击，我就不顾一切，支了六块大洋，辞别了寄寓十六年的燕市，只身来到天津，要想另打开一道生活之门。

我在天津。

我用自荐的方法，考入了一家大报。十五元的校对，半月后加了八元，一个月后，兼文艺版，兼市闻版，兼小报要闻主任，兼总校阅；未及两个月，月入增到七十三元——而意外地由此招来了妒忌！

两个月以后，为阴谋所中，被挤出来，我又唱起来"失业的悲哀"来了！但，我很快地得着职业，给另一大报编琐闻。

大约敷衍了半年吧，又得罪了"表弟"。当我既隶属于编辑部，又兼属于事务部做所谓文书主任时，十几小时的工作，我只拿到一份月薪，而比其他人的标准薪额还少十元。当我要求准许我两小时的自由，出社兼一个月脩二十元的私馆时，而事务部长所谓表弟者，突然给我延长了四小时的到班钟点。于是我除了七八小时的睡眠外，都在上班。"一番抗议"，身被停职，而"再度失业"。

我开始恐怖了！在北平时屡听见人的讥评："一个人总得有人缘！"而现在，这个可怕的字眼又在我耳畔响了！我没有"人缘"！没有人缘，岂不就是没有"饭缘"！

我自己宣布了自己的死刑："糟了！没有人缘！"

我怎么会没有人缘呢？原因复杂，愤激、乖僻、笔尖酸刻、世故粗疏，这还不是致命伤；致命伤是"穷书痴"，而从前是阔少爷！

环境变幻真出人意外！我居然卖了一个半月的文，忽然做起外勤记者了。

我，没口才，没眼色，没有交际手腕，朋友们晓得我，我也晓得"语言无味，面目可憎"八个字的意味，我仅仅能够伏案握管。

"他怎么干起外勤来了？"

"我怎么干起外勤来了！"

转变人生

然而环境迫着你干，不干，吃什么？我就干起来。豁出讨人嫌，惹人厌，要小钱似的，哭丧着脸，访新闻。遇见机关上的人员，摆着焦灼的神气，劈头一句就问："有没有消息？"人家很诧异地看着我，只回答两个字："没有。"

那是当然！

我只好抄"公布消息"了。抄来，编好，发出去，没人用，那也是当然。几十天的碰钉，渐渐碰出一点技巧来了；也慢慢地会用勾拒之法、诱发之法，而探索出一点点的"特讯"来了。

渐渐地，学会了"对话"，学会了"对人"，渐渐地由乖僻孤介，而圆滑，而狡狯，而阴沉，而喜怒不形于色，而老练，……而"今日之我"转变成另一个人。

我于是乎非复昔日之热情少年，而想到"世故老人"这四个字。

由于当外勤，结识了不少朋友，我跳入政界。

由政界转回了报界。

在报界也要兼着机关的差。

当官吏也还写一些稿。

当我在北京时，虽然不乏热情的援手，而我依然处处失脚。自从到津，当了外勤记者以后，虽然也有应付失当之时，而步步多踏稳——这是什么缘故呢？噫！青年未改造社会，社会改造了青年。

我再说一说我的最近的过去。

我在北京，如果说是"穷愁"，那么我自从到津，我就算"穷"之外，又加上了"忙"；大多时候，至少有两件以上的兼差。曾有一个时期，我给一家大报当编辑，同时兼着两个通讯社的采访工作。又一个时期，白天做官，晚上写小说，一个人干三个人的活，卖命而已。尤其是民二十一至二十三年，我曾经一睁开眼，就起来写小说，给某晚报；午后到某机关

（注：天津市社会局）办稿，编刊物，做宣传；（注：晚上）七点以后，到画报社，开始剪刀浆糊工作；挤出一点空来，用十分钟再写一篇小说，再写两篇或一篇短评！假如需要，再挤出一段小品文；画报工作未完，而又一地方的工作已误时了。于是十点半匆匆地赶到一家新创办的小报，给他发要闻；偶而还要作社论。像这么干，足有两三年。当外勤时，又是一种忙法。天天早十一点吃午餐，晚十一点吃晚餐，对头饿十二小时，而实在是跑得不饿了。挥汗写稿，忽然想起一件心事，恍然大悟地说："哦！我还短一顿饭哩！"

这样七八年，我得了怔忡盗汗的病。

二十四年冬，先母以肺炎弃养；喘哮不堪，夜不成眠。我弟兄夫妻四人接连七八日地昼夜扶侍。先母死了，个个人都失了形，我可就丧事未了，便病倒了；九个多月，心跳、肋痛，极度的神经衰弱。又以某种刺激，二十五年冬，我突然咯了一口血，健康从此没有了！

易地疗养，非钱不办；恰有一个老朋友接办乡村师范，二十六年春，我遂移居乡下，教中学国文——决计改变生活方式。我友劝告我："你得要命啊！"

事变起了，这养病的人拖着妻子，钻防空洞，跳墙，避难。二十六年十一月，于酷寒大水中，坐小火轮，闯过绑匪出没的猴儿山，逃回天津；手头还剩大洋七元。

我不得已，重整笔墨，再为冯妇，于是乎卖文。

对于笔墨生活，我从小就爱。十五六岁时，定报，买稿纸，赔邮票，投稿起来。不懂戏而要作戏评，登出来，虽是白登无酬，然而高兴。这高兴一直维持到经鲁迅先生的介绍，在北京晨报译著短篇小说时为止；一得稿费，渐渐地也就开始了厌倦。

我半生的生活经验，大致如此，句句都是真的么？也未必。你问我的生活态度么？创作态度么？

我对人生的态度是"厌恶"。

我对创作的态度是"厌倦"。

"四十而无闻焉，'死'亦不足畏也已！"我静等着我的最后的到来。

（二十七年十二月二十日）

目　录

卷　一

第一章

丁武师封剑闭门

这一天，晨曦甫上，微风送爽，雀鸟尚在枝头喧噪。山东省胶东文登县城内，一条大街上，路东有所住宅，哗啦的将大门开了；出来仆役模样的两三个人，把木刻的朱红楹联装在门榜上，又在门楣上悬结彩绸纱灯。这一望而知。本宅是有什么喜事。顶城门进来的菜贩，刚刚挑菜来到门前，就问道："借光！二哥，这里是绸缎丁家么？"于是又出来一个厨子模样的人，把菜挑领进去，跟着送鸡鸭鱼肉的也来了。

这家宅主丁朝威，字伯严，在本城经营丝店，专营本省土产大丝绸，行销冀辽，和山东祥字号全有来往。但丁朝威却是一个武术名家，为了学武，几乎把家产丢去一半。现在，他居然成为北五省武林中的巨擘了，可是人也老了。

丁朝威幼习技击，幸遇名师，获得太极拳、奇门十三剑、十二金钱镖的三绝技；大河南北，名重武林。当他研习武术时，他的已经分了家的叔父，骂他是败家子，他毫不介意。只身游遍河北、江南，直到技成名立，方才归来，于是他不做丝店财东。反要给绸缎本行祥字号等保镖护运。他这保镖与镖店不同，可以说是玩票。

当他押着山东特产，行经冀北时，身旁只率领一个弟子袁振武和一个趟子手、两名伙计。绿林人物折服他的武功，没有人敢动他的镖。可是镖行的一班名镖师们，因为山东地面现放着七八家闯出"万儿"的镖店，他竟敢挟技擅走"黑镖"，这分明是藐视山东省保镖的无能；曾经唆使出人来，向他小开玩笑。但是敌不住他的奇门十三剑、十二金钱镖；被他一战成功，到底打开了冀辽这条镖道。他的师父知道了，把丁朝威数说一顿；又把北方著名镖客，给他引见了。镖客们提出条件：丁大爷要是押运自己的镖货，我们不管；可是你不能外揽生意，破坏我们的行规。这样说好，才得相安无事。

丁朝威想保镖，不过是高兴，随后也就不干了。他又改了，在自己家拆了一片房，设下把式场子，招收徒弟。结果，陆续收了九个弟子；内中一人，姓袁，按师门排号。名为袁振武，后来以"飞豹子"三字的绰号，蜚声于辽东牧野。又有一人，名俞振纲，字剑平，后来江南武林中称他为"十二金钱"俞剑平。

丁朝威出身豪富，交游颇广。光阴荏苒，壮士已到暮年。他的膝前唯一的爱女丁云秀，劝他闭门颐养。到了这一天，丁武师撒请帖，备筵席，普请山东、直隶的武林至好和同门师友，要择吉日实行"封剑闭门"；同时呢，还有一个意思，就是要把本门心法传授给获得薪传的弟子。

丁武师把这事预备了好几天。凌晨时候，早早起来，步至厅房；门弟子也都衣冠楚楚的，来到丁宅伺候。二弟子袁振武，赤红脸，豹头虎目，英姿豪气，武功早得升堂入室。三弟子俞振纲，白面剑眉，外和内刚，精神内敛。四弟子石振英，早已出离师门，远游在外。五弟子胡振业，年纪虽少，武功也颇出名，太极拳打得很精熟。其余各弟子，也各人有各人的特长；就中以九弟子萧振杰年纪最小，功夫也差。

丁武师穿着肥大的袍子，袖长过指，襟长及踵，乍看很像个老儒。身材短小，朗目疏眉，精神壮旺；谈起话来，声若洪钟。虽然年及六旬，还是齿不豁，顶未秃，乍看也不过像四十五六岁。早晨起来，由内宅款步徐行，来到厅房太师椅上一坐；眼望群弟子一瞬，含笑拈须道："你二位师祖呢？"群弟子答道："还没起来呢。"丁朝威道："不要惊动他，路太远，他老人家一定累了。"因又问："老六、老七呢？"二弟子袁振武答道："他们到柜上借纱灯去了。"丁武师眉峰微蹙道："值得这么铺张！"随又笑了，说道："我看看你们布置的。"丁武师站起身来，三弟子俞振纲抢行了一步，挑起门帘，丁武师率群徒来到院中。

院中抱柱上、角门上，全都挂上朱底黑字木刻的匾联；厅房门口还挂了彩绸，居然是办喜事的景象。丁武师道："谁出的主意？怎么还挂起彩绸来？"三弟子俞振纲忙答道："这是师妹教挂的。今天是师父封剑闭门的好日子，师妹说师父以武功成名，临到收场，一帆风顺，正是可喜可贺的事。"丁武师笑着，微把头点了点，道："我丁朝威一生好武，临到今日，能够这样收场，我不能不知足。只不知你们将来怎样？振武，你们这些弟子，老大不用说，触犯门规，被我除名，逐出门墙了；现在就数你和振纲年长，你们将来，打算怎样去做，才对得起我老头子十几年来教导之劳？你们可以说一说你们的志向，给我听听。"

二弟子袁振武。眼望三弟子俞振纲，向师父面前凑了凑，控背鞠躬道："师父，弟子仰承师恩，不敢说报答二字。弟子今后唯有刻苦精练，为本门放一异彩；使本门武功独霸武林，这才是弟子的私愿。至于做得到做不到，那却不敢说，总之，我们不能不勉力振奋一下，使师父大名永垂来世，这就是做弟子的一点孝心。"

丁朝威点点头，又向三弟子俞振纲问道："你呢？"俞振纲谦然答道："师父，弟子武功造诣，没到炉火纯青之候，弟子不敢骛远，打算着师父就是封剑闭门，情愿在师父身旁，多服侍几年。弟子的家境，老师是知道的，弟子我也没地方去。只要师父不嫌弃，我情愿留在这里；诚如二师兄所说，但能尽一分孝心，必尽一分孝心。"

于是，丁朝威又问五弟子以下。有的自说亲老要回家，有的自说家贫要做事；各人有各人的志愿，各人有各人的打算。

丁朝威与弟子们闲谈着，又举步往把式场中走去，笑着说："你们不要尽自围着我转，也照管照管前后各处，看都安排好了没有？把式场子的香案设好没有？今、明天来的宾朋和同门师友，多是武林中成过名、闯过'万儿'的人物；你们要好好地款待，别教人家笑话咱们外行侉闹。"袁振武道："师父不用操心，从昨晚就吩咐好了，把式场地也布置妥了。一共预备了二十桌席，还怕不够用吧？"丁朝威道："用不了这些，太多了。"带着弟子往把式场走来。

迎面从内宅转出来一个少年女子，浅月色的衣裳，头挽乌云，耳垂珠珰，瓜子脸，不施脂粉，正是丁武师的爱女丁云秀姑娘。一见乃父，往旁一站。先叫了声："爹爹！"一转身，又向一班师兄弟招呼道："袁师哥！俞师哥！"袁振武赔笑道："嘿，师妹今天起得更早了，怎么你还没换衣裳么？"

丁云秀笑而不答。俞振纲道："师妹到把式场去了没有？那里香案都摆好了。"丁云秀道："我早去看了。这香案大概是你摆的，是不是？俞师哥，你漏场了；你把香炉蜡扦都摆上了，可是怎么还没把师父那把剑挂上呢？你忘了，这不是封剑闭门么？"俞振纲道："我倒是没忘，想着了；不过剑在内宅呢，师父、师妹又都没起来。"丁武师道："走，咱们都看看去。"众人一齐来到把式场。

这把式场乃丁武师特别搭造的，是很大的一所罩棚；这样的建筑，就是雨天也可以聚徒传技，不致阻雨停练。这时候，果然在把式场坐北朝南的方位，摆妥供桌，供好祖师牌位；香花供品，罗列满案。丁朝威素日所用的那把纯钢剑，已由丁云秀姑娘从内宅取来，系上彩绸，悬在案前。由香案两旁起，雁翅般排起数行桌椅，以备来宾宴集观礼。罩棚很大，虽然排列供桌和宾席.，仍空着很大一块空场。丁武师说，封剑之后，还要当场考验弟子的武学。

丁武师来到场中，兴致勃勃，又指点着安排了一回。丁云秀姑娘忙前忙后，众弟子也都相帮着操劳安排。不久门上进来通报：本城陆华堂师傅，跟海阳县拳师周达，相偕来到了；丁朝威忙率群徒迎接进来。随后，丁武师的师弟太极拳李兆庆，率四个门徒，也赶来道贺。于是，远近的贺客陆续到场，见面之后，互道契阔。这里来到的人，有五龙山设场授徒的铁掌钮禄、直隶的阴阳脸辛德寿、青州的半趟长拳震辽东翟云鹏、泰安的五行拳韩志武。还有丁武师的两位师叔左世恭、左世俭，这老弟兄二人，隐居冀南，也不传徒，也不传子；这次居然肯为本门长门的师侄，远奔文登县来，实是丁朝威想不到的事。这二老由前天赶到，就下榻在丁宅；还有别位远道赶来的朋友，丁武师不肯教他们住店，特腾出三间客厅来款留。

此外陆陆续续又来了不少客人，大抵为武林中人物，也有镖行中的达官。在丁朝威少时，虽曾因保黑镖，与镖客闹过意见，可是后来早恢复了交谊。这日来的，有曹州府镖客崔起凤、济南老镖师铁胆谷万钟、三才剑徐勇、铁铃镖乐公韬和乐公韬的盟兄赵梦龙；东昌府吕氏双杰吕铭、吕铸，也全来道贺。共计来宾八九十位，还有些人没有下帖，闻讯赶来的，丁朝威对他们好生抱歉。

太极拳李兆庆，陪着师叔左氏双侠谈了一会儿，转向丁朝威说道："师兄，已时已过，该入席了。"丁朝威道："人还有没来的呢。"李兆庆道："那可以留出两桌来，现在可让大家先吃杯喜酒。师兄可以先不拈香；等到午正，那就不管还有来的没有，你们师徒径行大礼，也没有包涵了。"

6

丁朝威又稍候了片刻，便请来宾入席。丁朝威亲自执壶，安座敬酒；晚辈的就由袁振武、俞振纲把盏；人客未齐，却已坐了十四五桌。

丁朝威设场授徒，与众大有不同。别人铺场子，不过是倚此为生；丁朝威却是家资富有，自己拿出钱来赔垫。二弟子袁振武、三弟子俞振纲、五弟子胡振业、六弟子马振伦，都里外照应。内中苦了九弟子萧振杰，年岁既小，入门最后，并且来自乡间，礼节未谙；随着师兄们接待来宾，时时提心吊胆，看着二师兄袁振武的神色。袁振武的一双虎目，有时射出强光，萧振杰便吓得低了头。

转瞬午时。暗数来宾，已请未到的计有十四位；可是不速而来的倒有二十多人，二十桌酒席，险些不够用的。丁云秀姑娘笑说："俞师兄，你瞧，若依着你的主意，一准坐不开了；你打算的道儿总是往后退一步。可是，若依着袁师兄，预备三十桌，可又多了。"俞振纲微微一笑，说道："这宴席的事无多无少，就是少两桌，挤一挤也坐下了。"丁云秀道："所以这才是你的见识啊，你和二师哥再不会一样。"说着，二师兄袁振武忙忙地走来，就插言道："这有什么难办？少两桌，到饭馆现叫，多了更不要紧，不会退回去么？你瞧这会子很忙，老五哪里去了？老三快来张罗张罗吧。"俞振纲应了一声，连忙过去。丁云秀笑道："还是二师兄有主意，多了会退，少了会再叫，我就没想到。"一扭头进去了。

袁振武不作理会，仍是寻前觅后地找五师弟胡振业。寻着了，就厉声斥责了几句："你怎么跑到这里来？前头的酒喝完了，快去拿去。李师叔尝着咱们的酒好，快再灌两壶去。"又道："师妹别走，你领着老五灌酒去。"胡振业忙即起身入内，一面问道："就要两壶么？"袁振武道："喝，你真死心眼，我说两壶，你就拿两壶？"丁云秀已经进去了，听着他们的话，转身道："二师哥，你到底说明白了，究竟是两壶还是几壶？"袁振武收去怒容，笑道："嘻，这是我的口头语；我说两壶，就是几壶的意思，师妹看着办吧。大概十几壶也不够，他们都说咱们丁家收藏的陈年家酿，外面有钱没处买去。"丁云秀道："本来么，收藏了好几十年。从我祖父那时埋存的，总舍不得喝；他们倒尝出口味来了。走，咱们拿去。"

胡振业跟着丁云秀，到内宅灌酒；袁振武又一阵风似的到了厨房。九弟子萧振杰刚刚到了厨房门口。袁振武一眼看见，问道："老九，你上这里来做什么？我不是叫你在西房照应客人么？"萧振杰嗫嚅道："三师兄刚才告诉我，教我来催菜。翟云鹏师傅他要尝咱们这里的五香焖雏鸡。"袁振武哼了一声道："他自己不会来催！你不知道这西房客人，全是清真教友么？你要好好地伺候着，不要教他们不干不净的。快去吧！老三他干什么去了？"萧振杰道："他本要来，师父把他叫住了。"袁振武道："师父叫他做什么？"萧振杰道："我不知道。"袁振武笑了，把萧振杰一拍道："你这孩子，就知道吃！我眼瞧你偷吃席上的山糟糕了。"萧振杰脸一红，同时觉得肩头上热辣辣的疼痛；原来袁振武这一手拍得重点了。袁振武进了厨房，对厨子吩咐了几句话；匆匆出来，转到前边去。只见三师弟俞振纲、六师弟马振伦，正在师父身边服侍着呢；一见袁振武，俞振纲忙将酒壶递过去，马振伦也忙退下来。

华筵初开，丁武师到各筵上周旋，长辈、平辈由丁朝威亲自把盏，晚辈的就由弟子代劳。袁、俞二人年齿较长，自然周旋中礼。在这二十桌宴席上，倒坐着老老少少，百十多位宾客；武林中人占了多半，本地绅士豪商也都来祝贺。头几桌是远客和上宾，首席正是老镖师铁胆谷万钟。其次便是丁朝威的两位师叔左世恭、左世俭。这一席的来宾各个都须眉皓然。那铁胆谷万钟年齿尤高，论武功又是终南北支形意派的老前辈；更有一手绝技，善打鸳鸯铁胆（就是人们常团弄的保定特产铁球）。他这对铁胆打出去，十丈内可取敌人性命；谷万钟将这一对铁球整日地团搓，搓得铮光如银。这时候他高据首席，却将铁胆揣起来，手绰酒杯，欣然欢饮。他有很好的酒量，一面饮，一面向左氏双侠谈谈当年在江湖上闯万儿的旧事，说起来，都是四十年前的老话了。

丁朝威在末座相陪，等到酒过一巡，丁朝威站起来，手提着酒壶，要到各桌再敬第二巡酒。谷万钟却将手中的筷子一指，说道："喂，伯严！"丁朝威站住了，谷万钟笑吟吟地说："我说伯严，你太客气了。"大声对四座来宾道："诸位老哥，我说咱们跟丁大爷全是知己的朋友和武林中多年的同道；今天是丁大爷大喜的日子，依我说，咱们把这些俗套子免了。……伯严，你不要把盏，咱们点到为止，敬过一回酒了，咱们大伙儿谁喝谁斟。"大众一齐说："这话对极了，今天是丁大哥封剑的好日子。要说敬酒，我们应该借花献佛，先敬你三杯才是。"丁朝威赔笑道："这可不敢当！"陆华堂师傅道："这么办，有事弟子服其劳；丁大哥现有这些徒弟，这敬酒的差事，你就派了他们吧。丁大哥，你不要忙前忙后的，你老老实实入座，咱们弟兄好久没在一块儿喝酒了。再说谷老前辈又是海量，你应该陪着他喝个一坛半坛的。"谷万钟将筷子一转，望空画了一个圆圈，哈哈大笑地说道："你看，大家都是这个意思不是？来吧，你就陪着老哥哥喝几盅吧。我说袁老弟、俞老弟，你替你师父把盏。"袁振武、俞振纲肃然含笑应诺。那铁铃镖乐公韬，恰挨着丁朝威的座次，就凑着趣，果然把丁武师按在椅子上，道："谷老前辈这么说了，主人就说恭敬不如从命吧。"

丁朝威谦然笑道："这可是太失礼了。今天是弟子封剑的日子，承诸位先辈英雄不弃，远来捧场；我丁朝威无以为谢，这一杯水酒总是要敬的。各位师傅，总要赏脸宽量。"顿了一顿又说："弟子今日邀请诸位师傅来，也是因为弟子由封剑之日起，从此就不再论武。可是我教的这几个徒弟都年轻无知；说到本领，更是有其师必有其徒，个个都是糠货；往后仰仗诸位先辈指教照应的地方很多。所以借这杯水酒，把诸位请来，叫他们和诸位先辈见见面，日后好求老师们的照拂。不过这么凉的天，劳动众位，我心上太过意不去。还有舍下这里是个僻地方，诸位路稍远的，我都没敢惊动。可是诸位不嫌弃我，竟有的大远道赶来，这更叫在下不安了。"

来宾答道："客气，客气！我们不知信便罢，既然知道了，自然要来道贺的。至于令徒个个都是英才，我们也正想见见。"丁朝威还要说谦谢的话，谷万钟道："得了，你这几个徒弟都很漂亮。老伙计，你不要客气了，咱们先喝两杯，划两拳吧。"把手一伸，道："来来来！四喜呀！五魁呀！"谷万钟人老兴致却不老；这一划起拳来，丁武师也不好再敬酒了。于是在座的武师们，也五啊六啊，捉对划起拳来；宾主之间，喝得十分痛快。

丁武师没忘了心中的正事。容得稍酣，自己站起来，挨到师叔左世恭、左世俭面前，又敬了一杯酒，这才说道："五师叔、六师叔，今天弟子封剑闭门，二位老人家赏脸驾临，这是弟子的大幸；少时还请二位师叔给弟子拈香赐训。"

左世恭、左世俭老弟兄二人含着笑，接了丁武师的敬酒。左世恭把酒放下，说道："贤契，你不用客气。我们弟兄在本门中，虽比你长着一辈，但是论到武功造诣，真没你锻炼的精纯。能够昌大这'山左太极派'的门户，全仗你们师徒了。你也算在江湖上闯了半世，到今日安然封剑闭门，又有这几个顶起门户的弟子克承衣钵；丁家三绝艺，足可执武林中的牛耳，连我们弟兄的面上都有光荣。这股香是你一个人赚得的，我弟兄却不便代庖。"说到这里，触动一桩心事；微顿了一顿，长吁一声，侧脸看了看左世俭，转向丁朝威说道："我弟兄将来的收缘结果，只怕还不易落到你这样的一个收场哩。我们弟兄早年间锋芒太露，遇事不知抑敛，以致欠下了不少冤孽债。俗语说：'父债子还'，可是我们哥两个直到今日全是孑然一身。虽有几个不肖的子侄，也当不了大用。再说这一种债，又不是子弟们所能代偿的。我们弟兄自身的事，自身了。粤东的多臂禅师，三两年内必来找我；你想，我们两人的收场，自己还没有一点把握。这祖师面前的头股香，我们又怎能替人交心愿呢？"

丁朝威听了，不禁动了同门中敌忾同仇的义气；一时间，竟把自己今日盛会的意思忘了，慷慨说道："师叔，您不必把这事索绕在心里。多臂和尚不守沙门戒律，当年师叔只不过略施警戒，他还要二次寻仇么？他如果敢来，届时师叔赏弟子一个信，弟子替师叔打发他吧。"

丁武师方说到这里，旁边跟左氏双侠联席的铁胆谷万钟，掀髯长笑道："丁大爷，算了吧！你忘了你今天办什么事了。我没见过已然封剑闭门，还要替人出头抱不平的。你们这太极门真够惹的了。这些事干脆让我们弟兄露回虚脸，也显显咱们山左武林的义气。左老哥，哪天多臂和尚来了，你赏给我一个信。"左世恭、左世俭立刻向谷老师父抱拳拱手。道："多谢谷老师的盛谊。左某不才，不能为我们山左武林争光，也就很觉愧对同道的了；哪敢再劳动师友们？"复侧脸向丁朝威道："时候不早了，你快拈香去吧。"

丁朝威这才依次来到宾席上各武师的座次。谦让了一番，然后退到香案前面。由仆从们把红烛燃起，又点起一炉檀香。那二弟子袁振武也把一束料香的纸箍划去，递了过来。丁武师举起这束香，向烛火上燃着；双手捧香向上一举，插到炉中。香案前的红毡早已铺好了；丁武师虔诚叩拜，又叫门下众弟子挨次行礼。

礼毕，丁朝威转身站在香案前，向阖席来宾深深一拜，道："弟子丁朝威，猥以菲材末技，得列太极门下。我山左太极派，比我丁朝威门户长、辈分高的，还有三两位；不过早已封剑闭门，一心归隐，不愿再传弟子了。我丁朝威秉承先师遗命，不得教山左太极门嗣绩中断；我在下负这重责，因此愚不自量，收了几个弟子。又蒙本门的尊长宽容奖借，这几个徒弟也还肯于用功，如今他们已经略窥本门武功的门径。不过要说到顶立门户，还差得很远，若按他们所学，还得虔心锻炼几年，方能小成。只是我丁朝威今年虚年五十九岁，只为内功火候不纯，以致近来很觉体力日衰，精神日减，尘寰中怕不容我久恋。所幸者朝威叨列武林，数十年来踏遍江湖，多结朋友，罕树仇敌，无恩无怨，幸免大过。人贵知止，及早回头，朝威此日封剑闭门，以后就绝口不谈武事了。朝威这点末学微技，也已倾囊传与了这几位顽徒。今日请诸位武林前辈到来，一者当众封剑闭门，二者为的是叫他们把所练的武功，当筵一试，敬请老前辈们指教。如以为他们堪承衣钵，可以附骥武林，弟子就把本门的薪传交付他们。他们将来能否昌大门楣，还请老前辈们推情诱掖，朝威感激不尽。我在下从此退出武林，聊保残躯，这全拜众位老前辈之赐了。”

丁朝威致辞甫毕，老镖师铁胆谷万钟首先站起来，向阖座的宾客说道：“我们山东六府的会家子，以人家太极丁伯严的武功造诣最深；丁家三绝艺，说得起压倒武林，给咱们山东道上争光露脸，这不是我当面奉承吧。今日丁老师封剑闭门，像他四十年来驰誉武林，今日收场落个完整，实在难得。我们大家幸叨盛会，我说我们应该公贺一杯！”众宾客齐声欢呼道：“该贺，该贺！”

于是列筵群雄各举杯盏，四座生春，欣然一饮而尽。丁老武师自然陪饮答礼。由徒弟们斟过一杯来。丁武师举杯在手，道：“诸公过称，愧不敢当，但是盛情不能不领！”当下也是一饮而尽。

谷万钟又说道：“丁老师今日封剑传宗，叫他及门弟子接掌太极门。使山左太极门发扬光大，这尤其是可贺的事。丁老师并叫他的弟子当筵试艺，这更妙了。我们都晓得：丁家三绝艺名震江湖，太极拳独得秘要，为各家拳术所不及；奇门十三剑尤属剑术中难得的绝技；十二金钱镖擅打三十六道大穴，会此种绝艺的，大河南北更可以说绝无第二个人。我想丁老师既以衣钵传授他的门下弟子，这丁家三绝艺，他门下弟子定已获得薪传。我们得趁今日，看一看丁门众位小英雄各试身手，借此开开眼界，也是件难逢罕遇的事。这也值得公贺一杯吧！”

谷万钟话才说完，在座的众武师噼噼啪啪鼓起掌来。欢赞声中，众武师共举酒杯，仰脖一饮而尽；酒入欢肠，分外的快意。莱州府散手名家张毅侯插言说道："贺酒应该连敬三杯；我说众位师傅们，咱们应该再来一杯呀！"众人凑趣道："好好好，咱们来个连中三元。"正要再举这第三杯，老镖师谷万钟忙将酒杯一按，道："且慢！"众人停得一停，齐看谷万钟。

谷万钟精神焕发，伸二指当筵前悬空画了一个半圈，朗然说道："我们这第三杯贺酒，可是不能现在喝。依我说，我们要等得了丁老师那几位高足，把本门的绝艺当筵试练出来，给咱们大家开过了眼；我们就把这第三杯贺酒，敬献给丁老师的掌门大弟子。你们说对不对？"说着回顾这位散手名家张毅侯。张毅侯欢然跳起来，拍掌道："对对对！我说袁老弟，你就好好地大卖一手吧。丁门三绝艺：一拳、二剑、三钱镖；袁老弟，不用说，你是样样精通的了。"

群武师的眼光一齐注视到侍筵捧壶的丁门二弟子袁振武、三弟子俞振纲。袁振武面皮一红，忙将酒壶顺手递给三师弟俞振纲，垂手向前，逊辞答道："弟子年少无知，虽承恩师教训，我的功夫差得很远。只不过先前的大师哥误犯门规，被逐门墙之外，弟子拳、剑、镖是矮子队里出长子；其实弟子是拳、剑、镖一无所长。"

这样说着，丁武师微微一笑，屏后的丁云秀姑娘也微微一笑。座客们齐声说道："丁老师，你瞧你这徒弟，够多精神！够多有礼貌！说出话来。不亢不卑；真是的，你这二弟子足可以给你支撑门户了。""大竿子"于隆道："只可惜丁老师的大弟子姜振齐，他的武功已然很可以了，是怎的误犯门规，被你老斥逐了？"于武师把眼光注视着丁武师，等他回答。

丁朝威忽然脸上罩上了一层暗淡之色，想起了这个开山门的大弟子；讲体格，论资质，说聪明，样样都比二弟子、三弟子强。他却恃长而凌暴师弟，挟技而侮慢乡党；更有一件要不得的毛病：言大而浮夸，飘忽而无信。曾有一次，对待邻妇竟说出昏诞的话来；虽然是言者无心，具见他轻狂在骨。丁武师为此发怒，又因为别的几件小事上，看透了姜振齐的为人，遂毅然决然，毫不姑息，把个相随长久、得艺较深的弟子赶逐了，当其时险些把姜振齐废掉。如今时过境迁，却给丁武师留上很深的戒心，深知择徒不可不慎，否则必为门户之玷。当下微吁了一声，道："还提他做甚？左不过小浑蛋罢了。"

在场的来宾齐声赞扬丁家三绝艺，又转而赞扬袁振武。袁振武面色赧赧的虽在谦辞，可是少年得意的神气，未免流露出来。丁武师微微含笑，说道："小孩子们，功夫差得远哩；众位师傅们不要过奖了，没的叫他们张狂。"立刻向七个弟子说道："你们今日当着诸位前辈，和本门师祖、师叔，把各人的功夫好好练一回，请老前辈指教，也可以长长见识。"

九个门徒，在场的七个人，是二弟子袁振武、三弟子俞振纲、五弟子胡振业、六弟子马振伦、七弟子谢振宗、八弟子冯振国、小弟子萧振杰。此时由二弟子袁振武率领着，一齐领诺，肃立筵前。

二弟子袁振武晓得今天是师父授衣钵，自己接掌"太极门"的日子，这哪得不努力一显身手？"嗻"的先应了一声，唰的将长衫一甩，回头看了俞振纲一眼。俞振纲慌忙过来，给师兄接衣服；小师弟萧振杰慌忙递过那把剑来。袁振武微微一摇头，把手一挥；萧振杰退回原处，俞振纲捧着师兄的长衫马褂，也归了班序。只见袁振武虎目豹头。口角微向下掩，而呈着英武亢爽之气，果然英雄出少年。在场的武师，齐声欢赞；尤其是他这一出位、一甩衣，真个是矫若游龙。

这长衫一脱，但见他穿一身短装，二蓝绸子短衫，黄铜钮扣，青绉绸的中衣；百忙中，已经打好了黑、白两色倒赶水波纹的裹腿，换上山东造千层底搬尖鱼鳞沙鞋。又见他将黑松松的长发辫往颈项上一盘，登时身躯微转，向众人深深一揖；手指自己的短装，向众人道："请恕弟子放肆，弟子只好脱了长衣服。"候回身。立在师父面前；双手一拱，道："师父，弟子愚昧无能，在老前辈面前献丑，只怕贻笑大方！"

当袁振武筵前甩衣，将要开练时，老武师丁朝威眼光正看着小弟子萧振杰，打算叫末一个弟子当先练起；八弟子、七弟子，依次下场；初学先练，高足继登，也显着一个比一个强；不想袁振武已经下场了。丁朝威哂然一笑："好一个子路！"目含着笑意，说道："振武，你就练吧。"又望着当前的众弟子道："你们务要各展所学，好好地练一趟；老前辈们定然指教你们，哪能笑话你们呢？"

筵设在练武场中，罩棚之下，本已预留下一大片空地。袁振武精神满腹，笑脸堆欢，走到练武场中，回头顾视道："师父，我先练什么？是剑是拳？"

众宾的眼光都随着袁振武的身子转，转注到空场上。那丁武师的师弟太极李兆庆，忽回头看到屏门后。屏门后露出半个粉面、一只玉手。这只手正捏着绿云盘顶的发辫，是个妙龄少女。李兆庆高声大笑，道："等一等，等一等练。"且说且走到丁朝威面前，道："大哥，你的徒弟全到场了么？"

丁朝威愕然道："我只有这九个徒弟，大徒弟教我斥逐了，四弟子石振英为着家贫，已经弃武习商。就是五弟子胡振业、六弟子马振伦、八弟子冯振国，也是我现把他们找来的。我面前就是袁振武、俞振纲和谢振宗、萧振杰，常在我家里。"

众武师听这师兄弟二人说话，有的回了头来看，铁铃镖乐公韬道："哦哦哦，丁大爷，你还有一位女弟子哩。你怎么不叫她出场，练一套给我们瞧？"这话一出口，屏门后扑哧的一声笑，那粉面玉手蓦地不见了。左世恭、左世俭齐声说道："可不是，我还有这么一个女徒孙哩。喂，云秀，云秀，你过来练练，别跑啊！"

丁朝威方才想起他的女儿丁云秀来，赔着笑道："丫头子家，她任什么也不会，师弟，你怎么琢磨起你侄女儿来了。"李兆庆只是笑，连声叫道："云秀侄女儿，云秀侄女儿！"

左氏双侠这一对白发老头儿更是凑趣，竟飞似的追到屏门后，把云秀姑娘寻来，定要逼她先练。丁云秀满面娇羞，眼望着父亲，模样儿很窘。场中的袁振武此时已经走入场心；双手往下一垂，眼观鼻，口问心，凝神敛气，脚下不"丁"不"八"，抱元守一，刚刚展开了太极三式。忽见师妹入场，哎呀一声，慌忙收式，往旁一让，道："可不是，我怎么忘了师妹了。师父！"叫这一声，来到丁朝威面前道："师妹比我们谁都强，请师妹先练吧。"丁云秀一双盈盈秀目把袁振武盯了一眼，将身子一扭，对父亲说道："爹爹！"又摇了摇头："我不练。"扭头又要跑，师祖左世恭、左世俭，师叔李兆庆，三个老头儿把丁云秀姑娘的去路挡住，笑道："姑娘，你不练可不成；你有本领把我们三个老头打跑了，我们让你回去。"

丁云秀姑娘从耳根下烘起两朵红云，锐利的眼光把左氏二老一瞅，又向师叔李兆庆一望，情不自禁地一双玉手摆出了一个"如封似闭"的架势。忽复省悟，双腕垂下来，低头道："师祖，我真是不会；师叔，你老怎么作弄起侄女儿来了！"

众武师一齐喝着彩，怂恿云秀姑娘起拳；丁家父女再三逊辞，只是推托不开。谷万钟老英雄看丁云秀神情踌躇，急忙从中解围，含笑说道："左老兄，算了吧。依我说袁老弟已经下场了，就叫他先练。他练完了，再请我这侄女儿一展身手，列位你看好不好？人家女孩子家，叫她劈头一个先练，怪不好意思的。你说是不是，李贤弟？"说时，眼望着正堵门的李兆庆，李兆庆一笑作罢。

左氏双侠这须眉皓然的一对老头儿，笑嘻嘻的一边一个，守住云秀姑娘，说道："姑娘听着了没有？咱就这样办。老头子求你这半天了，你回头可一准练，不许溜！"

丁云秀姑娘已于摆筵时，趁空换好一身新衣。瓜子形的清水脸，不擦脂粉，自来皓白，只于樱唇上略点红脂，耳坠珠瑙，腕戴金钏，窄窄袖口，露出春葱，微与寻常闺秀不同的，是满手的指甲剪得短短的。穿淡黄绸衫，系深月色短裙；缦立在筵前，双蛾微蹙，两靥泛红；似欲规避，又躲不开，只管笑着谦辞。袁振武说道："还是师妹练吧。"丁云秀似笑不笑地说道："二师哥，你也作弄我！"说时双眸一转，觅路欲退。

三师兄俞振纲正提着二师兄的长袍长褂，侧立在对面，群弟子散立在隅角，微微含笑；小师弟萧振杰凑上来叫道："师姐，你这边来吧。"丁云秀姗姗地走过去。对俞振纲道："三师兄，你倒做了跟班啦！二师兄很得练一会子哪，这衣裳还不给他挂上？"俞振纲依言，把袁振武的长袍马褂搭在兵器架上，丁门中六个门徒、一个爱女，一齐侍立旁观二师兄袁振武的演拳。

第二章

群弟子筵前试艺

丁朝威重新吩咐道:"振武,你就先练一趟拳吧。"袁振武领诺道:"是!"再向筵前一揖到地,想好了几句客气话,赔笑说道:"弟子袁振武蒙恩师不弃,收归门下,名列第二个门徒。弟子虽然名列第二,可是大师兄早不在门内了;现在恩师门下,就属弟子居长。可惜弟子年空痴长,于本门武术毫无心得,练出来恐怕给师门丢丑。既奉师命,不敢不前;弟子练的有对不对的地方,还求诸位老前辈指点。弟子放肆了!"又复一躬,登时亮开太极拳的起式,往下一杀,露出一手:"揽雀尾"。拳式既起,但见他一招跟一招,一式跟一式,逐段走开。果然名师门下,不同凡品!演到第十一式"如封似闭"、第十二式"抱虎归山"最难练的这两招,腕、胯、肘、膝、肩,处处见功夫,招招很严密。才一开招,还看不出什么特色;直到这拳势走开,身手起落,吞吐撒放,英华内敛,精气神自内贯达四梢。掌风发出后,力厚劲猛,进退疾徐,无不如意。在座诸武师停杯不饮,注目谛观;看到精彩处,多半离了座位。

袁振武直练到第三十四式、第三十五式"退步跨虎"和"转脚摆莲",这两手更见精熟。众宾不禁喝彩道:"好!"当下一套太极拳从头到尾,练到"弯弓射虎"末一招;袁振武一个收式,仍还到"无极含一炁"原式上。气不涌,神不浮。徐徐走到宾筵之前,向上深深一揖,口称:"弟子献丑,前辈指教!"意度安闲,如行所无事。

兖州府铁铃镖乐公韬、五龙山老拳师铁掌钮禄,一把拉住了袁振武,将大拇指一竖,笑嚷道:"高!"回头对丁朝威说道:"老哥哥,你瞧,多难练的功夫,难为你怎么教来!名师手下无弱徒,凭袁老弟这几手,足能给你支撑门户了。"乐公韬却又回脸来,向袁振武说道:"老弟,你就好好地下功夫，将来成名露脸稳拿没跑。二十年后，山左太极拳名家，一准是你的了，保管成就在俺们以上。"钮禄又特对大竿子于隆说道："臭于，你说是不是？长江后浪催前浪，一辈新人换旧人，咱爷们算是顶到这里啦，往后只有多长抬头纹了，尽瞧着这班娃娃们称雄逐霸了。"大竿子于隆嘻嘻的直笑，说道："钮老五，你又倚老卖老了。袁老弟的功夫实在不坏，一招一式都很到家。"

座上客人盛夸袁振武的拳技，老武师丁朝威拈须微笑，一时无言。小弟兄们胡振业和萧振杰，在场隅低声悄话。丁云秀姑娘独立在一边，忽有所思，走过来，到三师兄俞振纲面前，眼望着五师兄胡振业，说道："你们讲究什么？一拳、二剑、三镖，二师兄眨眼这就练完，回头就该轮着三师兄、五师兄你了；你们还不换衣裳，拿兵刃去么？"胡振业道："哦！可不是！三师兄你还不打裹腿，换鞋去？"俞振纲应了一声，轻轻说道："师妹，你不练么？"丁云秀道："我练？这有我的什么事？我告诉你，三师哥，回头你聚精会神地好好练吧！还有五师哥，你们也争点气，别那么懈懈怠怠的……"往场中瞥了一眼，不再往下说了；改口道："我一准不练；三师哥，你可是告诉你了。"俞振纲迟疑道："但是师妹……"丁云秀嗔道："我不练么！……你们瞧。袁二师兄这就要练剑了，你们也瞧着点。"众弟子一齐住口，忙看着袁振武。

袁振武得了全场的好评，精神越旺；笑嘻嘻地复向座客一揖，道："弟子末学晚进，粗拳笨脚，老师父们过于抬爱了。弟子对于恩师所授技业，不敢不努力精修；只是限于天资，实在百不得一。现在弟子再把太极剑练几手，一发地求老前辈指教。"说罢一回头，萧振杰两眼直勾勾地正听师妹丁云秀和三师兄、五师兄说话，却忘了送上剑去。袁振武点手叫了一声，萧振杰慌忙紧行数步，把袁振武常用的那把青钢剑，双手连鞘递了过去。袁振武看了他一眼，伸手拔剑，低声说："你心里惦记着什么？"萧振杰脸一红，慌忙接过剑鞘，退了下来。

袁振武亮剑在手，重走到场子当中；站好方位，剑交左手，右手往剑柄上一搭，向阖座宾客一举手，说了声："弟子献丑！"倏然右手骈伸食指、中指，将拇指、无名指、小指一扣，紧贴掌心，掐了个剑诀，向前进三步。左手倒提剑柄，右手剑诀往前一圈，立刻把剑换交右手，剑尖外吐，往前面一指；左手却掐剑诀，一领剑锋，立刻展开了奇门十三剑的招数。剑走轻灵，"金针度线"，剑锋递出去，如龙飞蛇舞，如电掣风驰。

　　这趟剑本是太极门顶门户的功夫，袁振武精心苦练，深得奥秘，比他的太极拳格外出色。剑势走开去，夭矫如龙游，奔腾似浪翻，封闭吞吐，进退起落，无不如法；"点、崩、截、挑、刺、扎"，六字诀一一精到。袁振武躯干魁梧，却是身法轻快，剑术纯熟，身剑合一；一招一式走起来，如狸，如猿，如轻絮一团；速小绵软巧，色色惊人。在座武师，济南徐勇以三才剑出名，东昌府吕氏双杰吕铭、吕铸，也深通剑技。一见袁振武这套太极奇门十三剑，果然招数变化神奇不测，确比三才剑高妙。徐勇不禁首先喝彩，吕氏双杰也指指点点，讲究起来。

　　展眼间，袁振武把六十四手太极剑，练到第九手"大鹏展翅"、第十二式"丹凤朝阳"、第十四式"寒鸡拜佛"、第二十四式"恨鸦来迟"。这几手最为难练，袁振武却能操纵自如，身法手法于迅疾中见稳练，于沉雄中见轻捷；果然是"得过名师授，下过苦功夫"。曹州镖客崔起凤、泰安五行拳韩志武、青州翟云鹏、五龙山铁掌钮禄，异口同音，赞不绝口。就是师祖左氏双侠左世恭、左世俭，这两位老头儿也绰着白须，含笑夸奖。那一边小弟兄们，五师弟胡振业、六师弟马振伦、七师弟谢振宗、八师弟冯振国、九师弟萧振杰，也在啧啧哝哝，称说哪一招巧，那一招妙。三师弟俞振纲一双眼也瞧着二师兄的剑光身影，上下乱转。忽然丁云秀姑娘说道："三师哥，看呆了么？你瞧二师兄比你怎么样？"俞振纲恍然若悟地说："还是二师兄，若只论剑，实在比我们都强。"丁云秀微微一抿嘴，笑道："一个人不要自暴自弃！你留点神吧，你看他末几路。"

　　当下，袁振武如骇电惊涛似的，剑势越走越快。练武场中泛起一团剑影，倏高倏低，倏左倏右；六十四太极奇门十三剑，一招也不落，从头到尾演完。袁振武骤然收式，把剑仍交左手，归返原式；赶紧地一正身，向宾筵施礼道："前辈指教！"又一点手，小师弟萧振杰慌忙上前，接剑归鞘，退回一旁。登时罩棚之下，宾筵之前，噼噼啪啪起了一阵掌声。

　　一拳、二剑、三钱镖，丁门三绝技，袁振武练了两种，博得满堂的彩声；现在该练第三种绝技了。袁振武走了过来，走了过去，稍稍地活动筋脉；转到丁武师面前道："师父，这里地方窄，人又多；现在就打镖呢，还是等一等？"丁朝威未及还言，众宾客齐声怂恿道："袁老弟，你就打吧，我们给你腾地方。你有十来丈地方，足够用的了吧？"

来宾纷纷起动，亮出一片广场。小师弟萧振杰，先意承志，把袁振武常用的镖挡子搬了过来。这个镖挡子与寻常箭靶子大致无异；一块寸半厚的木板，高有五尺，略如人身，宽才一尺五寸。上画三个红光子，也就是三寸的直径，茶碗口那么大；板子上打得一点一痕的，尽是些钱镖袖箭的眼子。萧振杰督促着众人，把这镖挡子立在广场南头。

　　老武师丁朝威眉峰一蹙道："怎么搬这个来，那打穴图呢？"袁振武忙过来说道："师父，我就用这个吧。"丁朝威拿眼看了看袁振武，不禁说道："你打这个么？"袁振武赔笑说道："弟子不打这个圆光子，我可以另画圆点。"丁朝威道："你不用打穴图么？"袁振武低眉无言，忽然抬头笑了笑，悄声道："大庭广众中，弟子怕……回头你瞧瞧，我先打这个。"说时，扭头看了看四面。丁武师唇吻微动，不再说什么了。

　　袁振武急忙到罩棚北厅廊下，从众兵器架上，摘下那个皮囊；从囊中掏出十二枚康熙官厂铸造，加大的青铜钱；这钱磨得铮亮。又取了一块土粉子，急急地走到镖挡子前面。手捏白粉子，由木板左上角起，一连斜画了铜钱大小，半寸直径的三个小粉圈。每个粉圈中点上一点，三圈相隔五寸。从第四个粉圈起，又由右往左下，斜画下来；也是三个粉圈，也相隔五寸。反复转折，四层共画了十二个粉圈。画完，把土粉子扔在地上；袁振武轩眉一看，退了几步，又相了相，这才把十二枚金钱镖扣在掌心。旋身走回来，向阖席的宾客又施一礼道："诸位老师们，弟子这一手功夫还欠精练，只不过会打个准头罢了，老师们多多指点我！"袁振武每试一番身手，必交代一场话，颇有惯家子登场试艺的派头，有的武师就禁不住微笑。当下，袁振武又复一揖，霍地翻身，一双虎目只一睁，吐露英光。乘着这一转身，又一长身的功夫，暗将掌中十二枚钱镖，分交在两手，左掌心握着九枚铜钱，右掌心只留着三枚。

　　这金钱镖是武林中最方便的防身暗器；名为金钱，实在就是十二个青铜大钱；正如金刀银枪，也并非真是金银打造的，不过是叫着好听的字眼。这铜钱随身随手，袖口襟底，都可以放置。不过钱小力飘，练得不精熟，腕力、指力没有真传授、真功夫，便打出来不能及远，不能伤敌，有时反误事。袁振武从师有年，于丁门三绝艺，殚精研习，以剑术为最高，拳法也胜过同门诸友。唯有钱镖，打得也有准头；只是打三十六处穴道，总觉没有十分把握，不能得心应手。今日当筵试艺，他在师门同辈居长，

19

于师门三绝技怎能不勉？又想到师父此日封剑闭门，传授衣钵，自己更得要在人前夸耀，一念及此，立刻把精神抖擞起来。魁梧的身躯，昂然立在镖挡子前面，中间相隔三丈以外；一双虎目又往前一看。立刻把身躯侧转，斜身错步，"狮子摇头"，一抬手，"唰"的发出一支镖去；立刻当的一声响。第一支金钱镖正打在镖挡之上。钱唇嵌入木板内，恰打中第一个白粉小圈上，贺客们一齐说一声："好！"袁振武"犀牛望月"式，早又发出第二支镖。跟着，当当！当当当！当当当！当当当！镖挡子一阵响，几枚青钱飞似的脱手出来，一一镖打在木板粉圈之上。

这最难得的是十二支金钱个个都中的，没有一支打空，也没有一支打出粉圈以外的。一群武师哗然叫好，有的就奔过，到镖挡子上验看。这一验看，更见功夫；难为十二枚青钱个个深入木板，不偏不倚，小粉圈正嵌着钱唇。真是又快又准，又有手劲；在场武师个个都交口称扬。

袁振武连试三绝艺，幸未辱命，不觉地欣然大悦。尤其是末一手打镖，自己事先未尝不悬着心。深恐一招失手，贻笑方家，现在竟通场腾欢，众口称颂。袁振武立刻上前周旋道："弟子实在练得不好，太欠功夫了。老前辈们不要过奖，给弟子指正指正手法吧。"铁掌钮禄拍袁振武的肩膀，满面笑容的夸奖道："老夫今天开眼了。袁老弟，你真有两下！还客气什么？"泰安五行拳名家韩志武，又殷殷地问他打金钱镖的功劲，又问他练了多少年。

袁振武很高兴地露出了天真的欣笑；就把金钱镖的打法，滔滔讲说起来。腕力、指力、目力，这处处都有讲究。手该怎么扬？指该怎么捻？钱该怎么发？怎样才有准头？怎样才有力量？陪着韩志武、钮禄几位前辈，袁振武一字一板地说。一面说，一面谦逊道："弟子实在不行，弟子的同学现有六位，他们都比我强；顶数我年岁大，天资笨。若说起打金钱镖，你老还没有看见我师父打哩；他老人家的打法，真是神妙……"武师崔起凤、吕氏双杰都凑过来听，听得很入神。大竿子于隆和阴阳脸辛德寿、镖师赵梦龙，就到镖挡子前面，用手试起那嵌入板面的钱镖，试一试嵌入的力量。辛德寿连起下三个钱镖，眼望赵梦龙道："唔？……哦！"微微地点了点头，又摇了摇头。赵梦龙笑道："好！十二支镖，镖无虚发，这就很难得了。"辛德寿笑道："是的，很难为他。"这些武师们依然七言八语，赞不绝口。

然而场隅那边，一帮小弟兄们，胡振业、马振伦、谢振宗、冯振国，以及萧振杰等，却啧啧哝哝，互相耳语。丁云秀姑娘忍不住走了过来，到镖挡子前望了一望，忙扭身退了回去；向那三弟子俞振纲、九弟子萧振杰一点手。俞振纲、萧振杰挨过来就问怎么样，丁云秀姑娘低声说了几句话，俞振纲笑着点了点头。萧振杰就忙忙地也跑到镖挡子那里，看了又看的，回头从人丛中挤了出来，咕咚咕咚，又跑回场隅，对丁云秀说道："师姐，真是的……"俞振纲、胡振业一齐拦阻他道："老九，你又张扬了。你瞧二师哥正瞪你呢，回头你又鼠避猫了。"萧振杰是乡下孩子，年纪最小，立刻一吐舌头，躲在俞振纲身后了。但是袁振武这时眼光虽罩到这边来，却并没有看见萧振杰；眼角传神，刚刚瞥见丁云秀姑娘，和三师弟俞振纲正在说话。袁振武不由凑过来，说道："师妹，你瞧我打得怎样?"丁云秀笑道："好极了，你瞧你十二支金钱全打得正准，比你往常打得更好。"袁振武道："师妹别笑话我了，我哪里行?"

丁朝威老武师本立在罩棚北面，陪着德高望重的几位来宾观场；此时就微微把头一摇，对谷万钟说道："小孩子家，功夫实在荒疏得很，没的教老前辈见笑，晚生惭愧无地了。"谷万钟未及开言，青州翟云鹏含笑过来，说道："丁大爷，你这可是假客气，咱们武林不来酸的。其实袁老弟这一手也就难得了，武林中能及得上他的，还有几个?"

丁朝威不以为然，对师叔左世俭、师弟李兆庆说道："师叔，你老人家以为他打得怎样? 李贤弟，叫你说!"左氏双侠拉着谷万钟、翟云鹏走了过去，李兆庆也随着丁武师，来到镖挡子面前。李兆庆把没有起下的九枚铜钱，逐一验看了一遍，笑道："可不是，深浅不大一样。"丁朝威道："这不完了? 就能打准。那可怎能打穴道?"左氏双侠点了点头，承认道："比起他的剑来，可就差多了，但是这也就难得。"谷老英雄捻着一对铁胆，站在镖挡面前，左看一眼，右望一眼；一面揉眼道："不行了，眼花了，看不真切了……"顿了一顿，向丁朝威说道："丁门三绝艺，你这大弟子总算八九不离十，你别不知足了，他哪能比你? 依我说，这就很够瞧的了。"

丁朝威含笑道："老前辈过于抬爱了；我在下今日封剑闭门，以后我就很放心了。不过，若说到打镖……"一扭头，看见三弟子俞振纲正在那里，和胡振业、萧振杰说话，也不知说的什么；俞振纲只是摇手往后退，好像正在谦让。丁朝威叫道："振纲，你过来！"

俞振纲"噷"的答应一声，立即走了过来，到师父面前一站道："师父叫我？"丁朝威道："你看你师兄打的这镖如何？"俞振纲脱口说道："师兄打得很好，很准。"丁朝威眼光一张道："什么？"俞振纲微微一震，忙道："师兄还是剑法好。"丁朝威方才放下脸来，点点头道："这还像你们师兄弟相知最切的话。"师徒一问一答之间，左世恭手捻着颏下的灰髯，也微微地把头点了点。俞振纲自知失言，不由垂下头来。

袁振武正和丁云秀说话，忽一抬头看见了，忙走过来，要对师父说话，铁胆谷万钟却已说道："丁大爷，你们掌门大弟子的功夫，我们全瞻仰过了；可否再请这位俞师弟一显身手？"

丁朝威不由脸露笑容，答道："他倒……"袁振武恰已走到近前，不等师父说完，就抢着插言道："叫我俞师弟练吧。我虽是叨占了师兄的名分，论到功夫上，俞师弟可比我高得多。"俞振纲轻声笑道："师兄别这么抬举我，看叫外人笑话了。"铁胆谷万钟道："你们亲师兄弟，还这么客客气气的。来吧，俞老弟，练一套，给我们开开眼。"俞振纲赔笑道："弟子更不行了。"口说着，眼望师父的神情。丁朝威道："振纲，这该着是你练了，不用啰唆，过来练吧。你们的功夫自然拿不出手去，好在师伯、师叔们一定指教你们。不要怯场，只管拿出本领来，好好地练；不许敷衍了事，我可不答应你们的。"

俞振纲诺诺应命，转身脱袍，到场心一站；面皮赧赧的，颇有惭容。却是站在那里，踌躇起来。向师妹丁云秀望了一眼，露出叩问的意思；丁云秀皱眉摇头，她一定不肯下场。俞振纲又一侧脸，看见袁二师兄一双虎目，正注视自己。俞振纲不觉有点慌张，也学着袁师兄的样子，一拳、二剑、三钱镖，要从头练起。转身对众，正要施礼；忽听师祖左世俭叫道："俞振纲！"俞振纲急答道："是！"回身垂手，道："师祖喊我么？"左世俭道："我听说你的金钱镖打得还不坏，这里现成的镖挡子，你就先打一回镖，我们瞧瞧，回头你再练拳、剑。"俞振纲应了一声，抬眼看着师父，见师父是个默许的意思，却又张眼望了望镖挡子，向师父面前紧行数步，侧身问道："师父，我可以把上面的钱起下来么？"丁朝威道："哪还用问？"

俞振纲过去，把镖挡子上的九枚铜钱，都起下来。阴阳脸辛德寿道：

22

"这里还有三个哩，俞老弟接着！"开玩笑似的，抖手打出来；三个金钱散漫空中，当头罩下。俞振纲不暇思忖，倏地一侧身，又一探身，右手一抄，把三枚金钱都抄入手内。登时听耳畔喊了一声："好！"回头看时，是师兄袁振武。俞振纲方才省悟，自己有点忘情了；可是，断没有使钱落地的道理。

俞振纲把十二枚金钱扣在掌心；那边场隅，丁云秀姑娘向五师弟胡振业说了一句话："老五，你知道三师哥的打穴图么？"胡振业道："知道。"萧振杰一阵机灵，跑过来问道："三师兄，你要打穴图不要？我给你搬去呀？把这个镖挡子换下来吧。"别人不曾留意，俞振纲心中是明白的，暗向二师兄看了一眼，心中一动，道："这可使不得！"遂一摆手，低声道："我就用这个吧。"萧振杰道："你瞧师父不是说……"俞振纲摆手，道："快躲开吧！老九你糊涂！"萧振杰笑道："你才糊涂呢。"咕咚咕咚又跑开去了，对丁云秀姑娘道："他不用。"丁云秀冷笑道："活该！"

第三章

俞剑平三掷钱镖

俞振纲亲自过去，把这三环套月的镖挡子，稳了一稳。拾起那块土粉子来，照师兄那样，重画了十二个小粉圈。一面走，一面寻思，到了筵前，主意已定；于是向众宾一揖到地。见众人都看着他，不由讪讪地赔笑道："诸位师长，弟子俞振纲献丑……"又作了一个揖，退下来，一转身，这才把精神一振；十二金钱登时分握到两手内，左、右手的拇指各按住六枚。身心一整，身形一亮，亮出了太极拳"揽雀尾"的架势。左脚往前一抬，健步急进，走近镖挡，十二步站住。在场的武师们差不多都会打暗器，只不过暗器各有不同罢了。像袁振武，手打金钱镖，打出三丈六远，已很难得了。现在，俞振纲竟相隔十二步收住，这距离已有六丈了。俞振纲的钱镖还没有出手，只这一番功架，便耸动了在场的群雄；个个说："这小伙子比他师哥还强？"

只见俞振纲脚下一停，右脚趋前，向左一抢步；侧身斜转，"叶底偷桃"，左掌横于胸前，右手连用阳把，将拇指捻动钱镖；拧指力，攒腕力，往外作劲。铮的一声微啸，一枚铜钱脱手飞出去。就原式不动，铮，铮，连发三镖，当，当，当，镖挡粉圈中，钱唇横嵌，连中三下。发镖自有先后，中的却在同时。阖座突然地喝起来了一片彩声道："好！"

余音未歇，俞振纲身形陡转，左脚尖趋左向后一划地。"鹞子翻身"，左掌随身势一翻，"唰"，"唰"，"唰"，又是三镖。这三镖却下打镖挡最末的三个粉圈；打的是坚锋，钱唇直立，嵌入木板中。指力、腕力暗暗加重，镖挡被震得札札有声。阖座群雄不觉地又喝彩一声！

俞振纲倏又换式"跨虎登山"，右手甩腕发镖；这一次却一发双钱。跟着往右一个收势，反手捻镖，左手下穿右腕底，"唰"的又连打出两镖。

24

这时候，左右掌心尚还各扣着一枚钱镖。却从右往左一换，换成太极拳"野马分鬃""玉女穿梭"两式，把双掌的镖一攒力，"唰"的齐打出去。镖挡上当当的连响了最后的两响，俞振纲早已收招还式，又回为太极拳"揽雀尾"的原样。撤步回身，到筵前一躬到地，道："弟子献丑，师长指教"！铁铃镖乐公韬啪的将桌子一拍，直着嗓子大喊道："好——镖！"跟着把大拇指一挑，却将筵上的酒杯带翻了，洒了一襟的酒，跳起来了。别个武师也都赞不绝口。

俞振纲试镖已罢，退到师父面前，叫了一声："师父！"丁朝威把俞振纲看了又看说道："你！你怎么也用这三环套月的镖挡子？"俞振纲忙道："我，我还没听师父的分派……"丁朝威双目一张，道："什么，我没告诉你们么？教你们各展所长；要好好地练，不要敷衍了事。你怎么就不听我的话？"

丁朝威在这里责备俞振纲，座上的来宾也有人说了话，道："久仰丁门三绝艺，十二只金钱镖打三十六穴，威名震山东、盖河北。可是他这两位高徒各展身手，果然与众不同；只是打穴的招数至今没露，不知我们可有福分，看一看十二金钱镖飞打人身三十六穴道的绝技没有？"又一个武师笑道："人心不知足！我想我们丁大爷的绝技，也许还没有传给他的二高足哩。丁大爷，我们烦求你老人家亲自下场，把你那一手绝活，当众演一遍，咱可不许藏招。"说着又嘻嘻哈哈笑起来。说这调皮话的乃是丁朝威的同乡野鸡毛毛敬轩；那先说话的是姚振中老武师，两个人简直有点起哄。

丁朝威听了这反嘲的话，不禁轩眉一笑，正要答言；不想他的老师叔左世恭已经先答了腔，笑着说道："姚老哥、毛老哥，说这话可该罚你。我们伯严可不是那藏私的人，他的玩意儿从来不肯自秘；只要来学的天资够，谁愿学就教谁，不过今天大庭广众之下，在场的高朋贵宾，各个都是练家子，我这衰、俞两个小徒孙，在人前试艺，可真是班门弄斧了。他们自然要把他能够拿得出手的技业，应众试练出来。稍微含糊一点的功夫，他们当然不敢轻于一试，免得在高人前献丑。我说是这话不是，伯严？"

丁朝威笑道："师叔的话，真是我心里要说的话。这金钱镖打穴，我不是没教过他们，只是练这种暗器，当然难得多。他们还没有练熟，倒不是我藏私不教，也不是他们会了，不肯当众试练。"紧走两步，到毛敬轩面前，笑道："毛老哥，只有你挑眼吹毛，你没瞧见我这里正数说三徒弟么？他倒是练过打穴镖，老哥少安勿躁，我这就叫他献丑。"

毛敬轩笑道："也饶不了你。"丁朝威道："那个自然，我也得练一回，请毛老哥指教。"丁朝威立刻吩咐俞振纲，快将打穴图取来。

俞振纲连声诺诺，即待往取，早过来五师弟胡振业、八师弟冯振国和小师弟萧振杰，自告奋勇，跑回去搬打穴图。萧振杰小孩子淘气，向俞振纲扮了个鬼脸，道："三师哥，怎么样，挨说了吧？小弟的话说对了吧！"俞振纲唬的笑了一声。不大工夫，胡振业、冯振国两个同门，从后面各扛出来两副奇形怪状的镖挡子来，萧振杰蹿前跑后跟着过来。

众武师多有看见过打穴图，可也有从来没见过的。这打穴镖挡子舁出来，众人都把谈锋顿住，眼光全看这两副镖挡子。胡、冯二人把这打穴图立好；是两副活叶的木牌，高矮恰如人身；画着人形，分为两扇。一扇画正面，一扇画背形，用油漆绘得和人的肉色一样，五官四肢都全；只于在上、中、下三盘，反、正两面。都点出三十六个穴道来，是小小的一个黑色点，并没有文字注脚。有的贵客沉不住气，竟离席走到广场南头去看；这一看，不由点头称赞起来。

自来点穴的功夫是用手指，打穴的功夫是借重于器械。虽用器械，可是这门功夫不仅难在打的方位准，尤其难在打的力量均；使的劲大了、劲小了，就是点着穴道，也难收功。打穴用的器械，不外是点穴镢、判官笔，也有的用外门武器打穴的，那自然又难进一层了；到底都在掌握内，总可收得心应手之效。若用暗器出手，飞打穴道，在武林中可说是罕见难得。

丁门三绝艺，尤其这十二金钱镖名噪一时，其故就在这一点上了。有没见过丁朝威飞镖打穴的，未免疑心他盛名之下，过甚其辞；所以一听毛敬轩、姚震中等怂恿丁朝威下场亲试，个个都眉开眼笑，愿意看一看丁武师的手法。现在听丁武师说：钱镖打穴的功夫，他的三弟子俞振纲居然也会，众人越发欢噪起来；一迭声催促道："俞老弟，快打一套，我们瞧瞧。"

此时胡振业、冯振国已将两扇打穴图立好，那三环套月的镖挡子当然用不着了。萧振杰走过去，把它扛开，对三师兄说："三哥好好地打，给咱们丁门露露脸。"俞振纲笑道："老九，你的嘴讨人嫌，你自己大概不理会。"萧振杰把小眼一瞪，道："三哥，你不知道好歹人，我告诉你……"俞振纲回头看了看，道："是呢，是呢，走你的吧。"

俞振纲接过十二支金钱镖来，又稳了稳打穴图，方要转身，跟着走过来好几位武师。有终南北派形意门的邵云章师父，他身获形意门神拳李的真传。兼擅大拿法、卸骨法，在南派武林中是很有名的。有直隶省的阴阳脸辛德寿，他素以点穴术，被称为北派武林名手。还有那位诙谐老野鸡毛毛敬轩，他是懂得打穴的，虽然不精，却并不外行。这工夫，三个人都来观摩丁家的这副打穴图，验看上面的穴道。少年武师中也过来两个人，一个是地堂拳江啸源，一个是摩云神爪司徒瞻。俞振纲忙站住了，一侧身道："各位师傅们多指教。"

邵云章含笑不答，直凑到打穴图对面，拿手指按着，竟数起穴道来：

正面图形，上盘头面上，眉中心"神庭穴"，眉央"阳白穴"，身旁"听会穴"，上唇"承浆穴"，喉门"天突穴"，眉梢后"卢里穴"，这是六处大穴。

中盘胸腹部，咽喉下"璇玑穴""华盖穴"，肋骨旁乳下二寸五分"天池穴"，肋骨上"大乙穴"，脐下一寸五分"气海穴"，脐下二寸五分"关元穴"，也是六大穴。

下盘六穴，唯有"会阴穴"是死穴，尚有膝骨上的"血海穴"，胯上的"伏兔穴"，腿胫上的"三阴穴"，胯后的"风市穴"，膝下三寸"三里穴"。

那一边"摩云神爪"司徒瞻，却也和"地堂拳"江啸源，站在打穴图背面前，两个人一个念诵，一个指点，也数说起来：

背面图形，上盘是六处重穴、死穴、哑穴。头一穴是"百会穴"，下面是"脑卢穴"，穴旁一寸，穴下五分是"五枕穴"，再下五分是"风府穴"，再下五分是"哑门穴"，两耳后是"窍阴穴"，这是上盘背面的六处大穴。

背面中盘，腋后脊旁一寸"天宗穴""灵台穴"，肋后"魂门穴"，脊背第七节"玄枢穴"，此穴下一寸五分为"阳关穴"，及后肩下、臂后一寸的"乘风穴"，这也是六大穴。

下盘背面，脊尾"会阴穴"，胯上"环跳穴"，胯下"阴市穴"，膝后"承筋穴"，腿胫的外环"飞阳穴"，此穴下一寸为"悬中穴"，也是六穴。

这正背面三十六穴，和少林、武当、玄门各派，不尽相同。这就因为点穴与打穴的手法不同，钱镖打穴更有差异，所以穴道的方位自然有同有异了。创这钱镖打穴的人，自然非同纸上谈兵，——必须本诸实地的证验，才得运用一举手之劳，致敌人于或死或伤。邵云章只看完正面打穴图。便向辛德寿欣然一笑，说道："好！莫怪邱老四夸说人家这三十六穴全是重穴，我在先还不敢深信；今天这一看，果然人言不虚。"辛德寿回顾道："俞老弟，你果真打得很准，那可真是难得了。你今年二十几了？"俞振纲答道："弟子今年二十四岁。"野鸡毛道："怎么，你才二十四？我不信，我不信。"又道："这更难得了！实在难得。"说着闭目摇头，以为太不容易了；把辛德寿拉了一把。道："咱们快过来，叫人家孩子练吧。你不见他们直瞪咱们，嫌咱们打搅了？"三个老头子嘻嘻哈哈地走了开去。

俞振纲容得他们走开，立刻移动身形，由打穴图起，走出十二步，约六十尺，将身一站。反转身来，向阖座一拜；便又侧身，眼望着师父。师父丁朝威道："你就打吧，照往日那么打，不许随便。"俞振纲应声双臂一分，亮式为"牵缘回环手"，左臂一晃招，左掌作"擒拿手"的第一式"金丝缠腕"；铮的一声，第一支钱镖脱手打出去，直打在第一副穴道图正面的上盘"神庭穴"上。这一镖打得不差累黍，阖座来宾鸦雀无声，齐将眼光注定了俞振纲。

俞振纲口唇微敛，双目炯炯，倏向右"搂膝拗步"，脚下暗踩"七星步"；"仙人换影"，运擒拿手"倒挂金莲"，斜卧身躯，一足着地，一足微蜷。右手只一抖，铮的一声响，金钱镖发出第二支；当的一震，钱镖嵌在打穴图上，正打中了中盘"华盖穴"。身手迅捷。几乎眼力追不上他那手法。

观众的眼光刚刚由俞振纲的手，追到打穴图那边；俞振纲这边早又换了一种身法。左脚上步，倒踩"七星步"，反走四步。没容停脚，一斜身，"海底捞月""金波戏鲤"，铮的又一声，镖打穴眼，趋奔下盘"伏兔穴"。

三镖连发，更缩身形，突往起一长身，"鹤冲天"，俞振纲凌空拔起一丈六七。——这一手劲，观众谁也没想到。只见他轻飘飘斜身往下飘落，竟到打穴图前。伸手轻轻将打中的三只镖起下来。野鸡毛毛敬轩首先怪叫道："好小子，真有两下子么！"众武师同声夸好。

但俞振纲才发三镖，突然住手，众宾客正不晓得他是什么意思。不想俞振纲刚刚拨镖到手，他师父丁朝威就吩咐弟子冯振国、萧振杰道："振国、振杰，你给你三师兄抱挡子。"二人应了一声，雄赳赳跑过来，到打穴图前，立刻转到图板后面。板扇后面原有预选好的抓手。两个少年人就像打挡牌、打执事似的，每人扛起一扇打穴图来。冯振国扛的是打穴正图，萧振杰扛的是打穴背图；两个少年一个站在东，一个站在西。一声不响，立在那里，却在众目睽睽下，忍不住要发笑。这一笑，两扇打穴图一动一动地乱晃起来。

众武师有的就不解，有的暗暗点头。只听丁朝威朗然发话道："众位老前辈，刚才小徒末学后进，连试三镖，过承诸位称奖。不过这打穴的功夫，若照刚才这样打，恕我说话放肆，这还不算功夫。怎么讲哩？使用钱镖，击敌制胜，全凭手法熟，腕力强，认穴须准，连劲要匀，这道理诸位老师们全都明白。但有一节，要打在敌人的穴道上。要他软麻就软麻，要他死伤就死伤；像刚才那样打法，可就不见得准行了。敌人是活的，他不会立准了，站稳了，把穴道摆在你眼前，静等着挨打。"说得众宾都笑了，野鸡毛道："那是自然喽！"

丁朝威道："所以，连用钱镖打敌人的穴道，除了打得手准，连得劲匀之外，还要跟得眼神快，发得镖路疾。才能够在这与敌交手，奔胜搏斗之际，趁机运用，窥隙进击，攻敌人的不备。若总是这么把打穴图立在地上打，就练熟了，还是没用……"大家听到这里，不由欢呼叫好道："对极了！丁大爷，快请你那高足，打一个活的试试。"

丁朝威把眼看了看俞振纲，又转向众宾道："刚才毛老兄笑我藏私，现在可知我不是藏私了吧。不过小孩子们练得不准，那却难说。现在我叫小徒献丑了。振纲，你快照往日打一套，给老师们看看，一发请他们指教。只是你不要慌，不要怯场。"遂又向冯、萧二徒，举手一挥。

此言一出，俞振纲刚刚答了一声是；只见冯振国、萧振杰两个师弟，登时扛起打穴图来，一个由东向西，一个由西向东，登时游走起来。起初是徐行，随后是疾走，再后是大洒步跑，最后越跑越快，一来一往，一往一来，竟穿梭似的飞跑过来。虽然跑着，却是斜扛着打穴图的木板！板面总冲着北面。两个少年扛着这一人多高的大木牌子，好不逗笑，众武师哄然叫起好来。

就在哗笑声中，三弟子俞振纲早将十二支金钱，分握在两掌中。依然站在十二步开外，侧身作势，目注双牌；左手一扬一落；右手一扬一落；只听得铮铮当当，铮铮当当，竟照那飞动的打穴图镖打起来。一阵响，响罢十二声，丁朝威喝声道："住。"冯振国、萧振杰将打穴图扛了过来，请师父验看准头；丁朝威命昇到筵前传观。十二枚钱镖一个一个都打在穴道上，而且分为上、下、中三盘，每一盘两镖，一点也不差，一点也不走；钱唇吃入木板中，一样的深浅。罩棚之下，宾筵之中，登时彩声如雷。

"好，实在是好。难得，实在是难得。"众武师正在盛赞中，那野鸡毛毛敬轩喝得红颈胀脸，突然走到丁朝威面前，道："丁大哥，我要考考你这徒弟，行不行？"丁朝威微微一怔，旋即露出笑容来，道："毛大哥要考考小徒，正是指教小徒，就是抬爱我师徒。毛大哥，你说怎么考法吧？"

野鸡毛眼看众人，众人立刻住了欢赞之声，要看看这位野鸡毛，怎样考验人家丁门弟子。野鸡毛道："我想给令高徒做镖挡子，好么？叫他发镖尽管往我身上招呼，手法上轻着点。我能够接的接，不能接的就躲。躲不过去就挨。只要别把我野鸡毛废在这里就行，你说这个考法怎么样？"

众人闻言，又是一阵哗笑。有的说道："这个考法却新鲜。"又有的说："这可不是闹着玩的！"

丁朝威却脸色一变，嘴唇一动，正要答他一声好，忽然想道："且慢……"忙说："这可使不得！大哥赏脸来捧场，虽说他小孩子手法不济，大哥你又擅长躲镖，只是我师徒断不敢如此放肆。"野鸡毛道："那没有什么。就打着我，我也无怨。"把身子一拍，道："俞老弟，你来，我这一身贱骨肉，还能挨两下子。你就往这里招呼吧。咱们相隔六丈，我跑你追，你打我接，你若打着我，小伙子，你就成名了。"

丁朝威诧然，说不清野鸡毛是酒醉卖狂，还是故意捣乱。但今天是自己封剑传宗之日，野鸡毛是邀来的高朋贵客；真个教徒弟跟他打，打着了他，弄个不欢而散；打不着他，丁门三绝艺威名何在？丁朝威看定了毛敬轩，胸中炽起了少年的火气，正在默筹应付的话，不想他的师叔左氏双侠又接过话来了。左世恭哈哈笑道："毛师傅今天要以身作'的'，足见你老哥抬爱了。只是你这么一来，我这小徒孙怎敢那么胆大妄为？别说是我这小徒孙，就是伯严吧，他也不敢当着众位，拿你老兄当活镖挡子啊。"

形意拳专家、点穴名手邵云章老师傅，也觉着毛敬轩这番举动离奇，走了过来，笑向野鸡毛说道："毛大哥，你是酒入欢肠，未免太高兴了。

你的本意，是器重人家丁门三绝艺；可是老哥你就忘了丁大哥今天设筵的原意了。"

众武师想过味来，也多有不以为然的；可是恐怕过分劝阻，太扫了野鸡毛的高兴。只有镖师崔起凤，和野鸡毛素称莫逆，过来拍着野鸡毛的肩膀，低声点醒道："毛老弟，你一喝酒。就要闹毛。你可明白：跟一个小孩子较量，胜之不武；败了，可就栽得更着实了！老弟你要想想，别惹得宾主不欢哪！"

野鸡毛省悟过来，但是不认错，强笑了笑道："我倒没想到这些过节儿，我不过想跟俞老弟凑凑趣。既然这么说，好了，咱们这么办吧。"一晃一晃地站起来，道："俞老弟，我给你扛镖挡子，我念你打。我念哪一个穴道，你就打哪一个穴道，这么来可行了？我知道我们丁大哥，怕他的令高足一下子打死我，会出了人命，可是呀，你不会叫你的徒弟，别往死穴上打呀！"说罢，嘻嘻哈哈笑了起来。在场诸宾也立刻笑起来，连说："这么办，好极了。"把刚才紧张的空气又和缓下来。

但是丁朝威仍有点为难。想这野鸡毛，倘若故意作弄人，把穴道图念得飞快，只怕俞振纲没有这么快的手法，要当场出丑吧？不过事情挤在这里，若不依着这位毛爷办，丁门三绝艺多少当众栽个小跟斗。

俞振纲素常最谦退的，此时看出师傅迟疑不决的神色来，遂来到跟前，说道："毛师傅这么抬爱弟子们，弟子们怎好辜负毛老师的盛意。弟子不敢准说打得上来，唯有勉力练一回看，也许不致出丑。倘或失手打走了，那也保不定，却是弟子心粗之过，并不是师傅督教不严。……毛师傅，你老多指教，念慢着点。"抬头向丁朝威一看，轻轻说道："师傅放心，弟子可以试试。"

丁朝威目注俞振纲道："你……"俞振纲道："师傅望安。"丁朝威这才欣然点头道："你就练一下看，毛老师的盛意是不能推辞的。你是晚辈末学，打走了手，不过是大家一笑，老师傅们还要指点你的。"说着哈哈一笑。野鸡毛也哈哈笑道："你们师徒倒很好的一派做作！得啦！俞老弟，你就赶快练，我可要念啦！"丁朝威连说："好好！就请毛师傅带小徒下场子吧，我先谢谢你费心。"

野鸡毛毛敬轩晃晃荡荡走下场子，姚振中瞪了他一眼，以为野鸡毛未免多事，野鸡毛还是不理会。于是俞振纲跟了过来，两个小师弟冯振国、萧振杰忙将打穴图预备了，站在那边，静等招呼。阖座的武师谈锋顿敛，都眼含笑意，望着这不识起倒的野鸡毛，场子里鸦雀无声。野鸡毛嘴里喷喷哝哝，先来到打穴图前面，把两副打穴图穴道看了又看，却将丁门所定与别派不同的穴名，默记了几个。返身来，对俞振纲道："俞老弟，我念错了不算，你打错了也不算，咱们对付着来。"说着向冯、萧二位一挥手道："小伙子，你们跑起来，我就要念了。"

冯振国、萧振杰两个人各扛着一扇打穴图，一个往东、一个往西，又穿梭似的游走起来。到底师兄弟有关照，谁也没嘱咐他，他两人不约而同，竟都走得慢多了。俞振纲立身于十二步，六十尺以外，凝神调气，视听并用，"唰"的一亮拳式，双拳扣住十二枚钱镖，却另外有二十四枚青铜钱暗藏在衣袋内。

那野鸡毛毛敬轩双手一抱，丁字步立在俞振纲身旁，忽然仰面大笑起来。阴阳脸辛德寿道："老毛，你犯了什么病了？"野鸡毛回头道："我犯了什么病？我什么病也没犯，我只瞧着这两个小伙子扛这两块木板，溜躂着很有意思。正像娶媳妇打执事的，又像跑旱船的，只是太稳当一点。"丁朝威微笑不悦，突然厉声喝道："萧振杰、冯振国，跑快点！俞振纲好好地卖，就是试练也要认真，不准儿戏！"

冯振国、萧振杰立刻飞跑起来。突然间，似破锣一般，野鸡毛叫了一声："听会""天地"。旁人方一怔，候见俞振纲拳势一变，用"截手法"，里封外展，"唰"的一抖手；连两镖，吧吧，全打在冯振国那扇打穴正面图上，一在头部，一在身上。

野鸡毛忽又急念道："会阴""魂门"。俞振纲就"懒龙出洞"，用左手甩腕一镖，正中"会阴穴"。可是那"魂门穴"却在背面图上，萧振杰才由西跑到东，尚没翻回来。俞振纲用了一手小巧的功夫，自左往右一旋身，借回身旋转之力，"蜻蜓戏水"；头胸朝地，脊背朝天，横蹿出七八尺。身躯往地上一落，左臂向外穿，穿掌回身；一抄手，背图上吧的一声响，镖又打上。这一镖打得迅妙，全场宾客哄然叫绝，毛敬轩也不禁大喝道："好！"跟着他又"神庭""悬中"，连念了两个穴；一个是正面第一穴，一个是背面第末穴。俞振纲用"云龙三现""怪蟒翻身"，二指拈镖，连打二穴，铮铮当当，一一都中。

野鸡毛双手拍张，把脖颈伸得很长，连声叫了七八个穴名；忽上忽下。忽左忽右，忽前忽后，没有一个穴道是挨着的。可是俞振纲应声发镖，眼快手疾，一镖一个姿势，一镖一个打法；身手矫捷，意思安闲，登时把阖座武师喜得欢声雷动、十二个镖打完，大家竟不管打得准不准，只就野鸡毛这种念法，俞振纲这种打法，大家已经是不胜称羡了。立刻跑过来两三位少年武师，把俞振纲拉住，握手拍肩的给他道贺。野鸡毛还是不放过，见冯、萧二徒，把打穴图一扛，照例地来请他师傅丁朝威验看成绩，野鸡毛就吆喝拦住道："小伙子，你别给你师傅看，你得先给我这正考官看。我看你师兄打得到底对不对，准不准呀？"

众武师又一齐围上来，看这两扇打穴图。丁朝威最为关心，逐一看去；十二枚钱镖个个打得很准，用力也很匀，这才放了心，露出得色来，但是野鸡毛忽又说出异乎寻常的话来，把脑袋一晃道："可是的，我刚念了十二个穴名，到底哪个是先念的，哪个后念的呀？俞老弟，你没打错先后的次序么？"

丁朝威扑哧一笑，众人也哄然大笑起来。左世俭拈须笑道："毛老兄真有趣，你自己念的，难道都忘了不成？"野鸡毛道："你看，我真就忘了呢，怎么好？"丁朝威皱眉道："忘了不要紧，叫他再练。"辛德寿、姚振中都嫌毛敬轩太捣乱了。两个人硬把他拉开，道："人家丁大爷今天是封剑闭门，毛大爷要骨头，也不看看皇历，挑个时辰么？"

俞振纲把身上带的二十四文青钱，掬出十二枚来，向野鸡毛说道："弟子不过是侥幸。若不然，毛师傅你老把三十六个穴道随便写在单子上，你老照单子念，弟子应声打，这就好考究中的次序了。"又回头向师父说道："师父看；这么办，可行么？"

丁朝威哼了一声。吕氏双杰走过来，把俞振纲一拍道："俞老弟，你打得实在好，十二支金钱镖，镖镖打中。我们叹为观止了。你就不要听老毛瞎胡闹，他是耍酒疯。丁大哥，你也不要怪他，他素常就是那样。俞老弟，索性请你把太极拳、太极剑练一套，给我们开开眼好了。"铁胆谷万钟、五行拳韩志武、铁铃镖乐公韬，一齐怂恿练拳试剑。丁朝威方才回嗔作喜道："小徒的本领不过如此，实在拿不出，像毛大爷这么指教，我师徒都很感谢他。诸位既是这么说，那就不必再叫他练镖了吧？"姚振中道："不用打了，再打还不是百发百中，快请令高徒练拳、剑吧。"

丁朝威又看了毛敬轩一眼，扭头来对俞振纲说道："听见了没有？把你的剑拿来。"俞振纲正要取剑，二师兄袁振武把自己的剑递过来，道："老三，我要看看你的剑法，一定比我还强。"俞振纲怔了一怔，方才说："我哪能比师兄呢！"袁振武道："哼，你还客气！这正是人前显耀的时候，快好好卖一下吧。"俞振纲蓦地红了脸，不再言语，默默地接了剑；袁振武徐徐地走了开去。

冯振国、萧振杰这时已将打穴图撤去，却也把俞振纲常用的那把剑捧了过来。俞振纲只得将剑换了，仍用自己的剑，把袁振武的剑赔笑送回。左手倒提剑，来到场上，即将右手往左手上一搭。躬身施礼，道："弟子现在要在老师们面前献丑。弟子剑术上的功夫太浅太差，练得不好，求老师们指教。"又望了望师傅，这才随手亮式。他左手提剑，右手掐剑诀，指尖抬到眉际，步眼移动，前进三步。倏然一矮身，双臂往胸前一拢，剑换右手，右手握剑柄，双臂"唰"的往外一分，左手早掐好剑诀。又连退三步，然后行招开式。施展开奇门十三剑，崩、点、截、挑、刺、扎，剑走轻灵，连走十数招。在坐的宾客擅用剑的，像三才剑徐勇、吕氏双杰等，都注目观看。只见俞振纲进退疾徐，吞吐封闭，处处颇见功夫。只是剑式走开来，四梢不能与剑合为一体，觉得连用上还欠自如，泰安韩志武对崔起凤道："你看，他这趟剑可不如他师兄了。"崔起凤点了点头。

不一刻，十三剑练完，众宾喝彩。俞振纲插剑归鞘，递给了小师弟，随向众武师说："弟子的拳、剑功夫太差了，请老师们正误。"谷万钟嘻嘻的说："哪里的话！满好满好。我们贪得无厌，再请你走一趟拳可好？"俞振纲道："是。"复又走到场上，立起太极拳的门户；从"揽雀尾"起，一招一式练起来，崩、提、挤、按、采、捌、肘、靠、进、退、顾、盼、定，十三字拳诀，越走越快。只练得一半，在场武师大觉情绪又复一振。俞振纲这一套太极拳虽俱是丁朝威所授，却与师兄袁振武练出来的不同，两个人可说是各有心得。俞振纲深得以巧降力之妙，功夫以沉着稳练见长；那袁振武却是大气磅礴，运用起招数来，有走挟风雷，坐拥山岳之势，功夫以雄奇迅猛取胜。

俞振纲将这一套太极拳走完，左世恭、左世俭两位师祖俱都喜得笑吟吟，不住点头。师叔李兆庆更对自己的门徒低低议论、夸奖，仍向丁朝威说道："难得，难得！大哥，你就凭这两个徒弟，便足以称雄山左了。我这两位师侄一定给我们太极门争光露脸。"丁朝威谦笑道："外人还没有夸奖，怎么师弟你倒戏台里喝起彩来了！"一语未了，野鸡毛毛敬轩，突然喊了一声，道："好么，我在戏台底下喝彩来了。真真的好么！丁大哥，你这几个徒弟真不含糊。我问问你，你怎么教来的？你一共七个徒弟，个个都这么棒么，老哥？"姚振中笑道："醉鬼，你就睁大眼，等着开窍吧，你不要打岔！"

在场的武师三五成群，依然不住地议论、称扬。按大家的意思，是袁、俞二人各有所长，各有所短。大抵袁振武的太极十三剑，功夫最为精熟；俞振纲的十二金钱镖，技艺最为神妙。说到太极拳，则就两个人各有心得，取径不同，造诣自异了，可是将来皆足以自立。

众人又猜议袁振武，怎的镖法比他师弟相差这么远；也有人议论俞振纲，怎的剑法如此的差池。两个人不是一同学艺的么？局外人自然不晓得，丁朝威的师弟李兆庆却明白。袁振武素日就不喜欢暗器；俞振纲呢，本是带艺投师，早先就学过几种暗器。李兆庆当场对铁掌钮禄说道："钮师傅你老不知道，我这三师侄他素常是用太极棍的，剑法上本来稍差。今天师门试艺，指定要练拳、剑、镖三种，他只好舍长用短了。"韩志武也询问左氏弟兄："你老这个二徒孙，大概不会打穴吧？"左世恭点头道："是的，袁振武一心要学的就是十三剑。他的马上步下的功夫都可以，盘马射箭，逐步射飞，样样都来得；他本来不是江南人。"

众人在啧啧称赞，丁门七弟子还有五个未得试艺。丁武师遂向三弟子俞剑平说道："你们几个师弟也该换个下场子，把自己所学都练一下，叫老师傅们一发指教。"五弟子胡振业站在场隅，正和丁云秀姑娘，及几个同门说话；萧振杰催他赶快上场，胡振业只是退缩道："方才两位师兄各展绝艺，我哪里比得上袁、俞二位师兄。珠玉当前，像我这砖头瓦块还不藏在一旁待待。免得叫外人耻笑，倒给师父丢脸。"丁云秀抿嘴一笑道："五师弟又犯酸了，我看你有本事脱得开！"刚说到这里，俞振纲已然穿好长衣，走过来道："五弟、六弟，你们怎么还不预备？师父叫你练呢。"一声未了，丁朝威已经又催促了，大声地叫："振业、振伦！"胡振业"嗻"的应了一声，忙同六师弟马振伦上前。

丁朝威一看胡振业，长衫未脱，意中不悦，道："该你练了……"胡振业道："弟子实在不行。"丁朝威道："那有什么？不但你，连振杰也得练。不过时候不早了，这么吧，你们两个人不如一同下场子，全练对手好了。你们两个人先练拳，好好地练，别怕丢人，不许敷衍。"胡振业、马振伦不敢违拗，立刻甩衣下场。丁朝威忽又说道："你们俩不大合手。这么办，振业，你跟振国对手练一起拳；回头再叫振伦和振宗练一套剑。"众宾一听大喜，连忙让出更宽绰的场子来。

五弟子胡振业果然和七弟子冯振国做了对手，两个人相率下场。胡振业尚老练一点，那冯振国才十八九岁，尤其腼腆，满脸通红地走过来，连头也抬不起来；也不向人说客气话，就要动手开招。胡振业忙拦住他，同向席前作了一个揖，这才开门立式，展开了太极拳，对面过起招来。两人功夫虽浅，可是搂、打、腾、封、踢、弹、扫、挂，运用拳诀，都很认真用力。胡振业不过二十二三的年岁，居然发出拳来，轻捷沉稳，和袁、俞两高足比，居然具体而微，座上的武师们看了，点头称许。

一霎时，两人把太极拳三十六式走完，冯振国输了四招，大庭广众下，脸上越发挂不住。丁云秀姑娘躲在场隅，看着冯振国和胡振业练完了拳，不由微微一笑。冯振国讪讪地退下来。到丁云秀面前，道："师姐，本来顶数我不济，师父硬要叫我下场子，当着外人，让我现眼，不现又不行。惹得师姐也笑话我！"

丁云秀道："你疑心生暗鬼，你怎么就知道我笑话你？我还替你侥幸哩。你这是跟五师兄对扫，要是二师哥给你领招，像你那手'高探马'，二师兄一定气你不记心，非狠狠地摔你一下不可。你振业师兄哪肯毁你？"又笑道："你们二位，瞎猫斗死耗子。老五那手'玉女投梭'，招儿也用老了，你要是跟着用'白鹤亮翅'，他那条右臂岂不就卖给你了？你却有了漏，也不知道捡；我看你简直有点怯场，对不对？"

这话正说着冯振国毛病上。冯振国红着脸，嗫嚅道："谁说不是？当着这些人，心上总发毛，手底下也发慌。"又道："我也不知怎么回事，那'高探马'和'七星'两招，总练不对劲。就只这两招，我也不知挨了二师兄多少回打，越挨打，越弄不转。"丁云秀笑道："笨！"

胡振业练完了，便催马振伦和谢振宗下场子。马振伦道："不对，还是五师哥和八弟对手试剑。你们把拳、剑、镖都练完了，才该着我们哩。"胡振业道："不是，不是……"才说得"不是"，丁朝威已然叫着马振伦、谢振宗的名字。催两人试剑。丁朝威的意思，好像就要这么跳过去；拳、剑、镖三绝技，只叫他们这四个小弟子，捉对儿分试一种。

马振伦、谢振宗勉从师命，开始对手试剑。谢振宗的太极剑功夫太差，腕力也弱，勉强和马振伦，走完这一趟剑，已是气嘶面红。二师兄恶狠狠看了谢振宗一眼，来到老师面前，道："师父，你瞧，还叫九师弟下场子么？要不然，倒是叫师妹练一趟。……师妹的武功，倒很看得过。"

丁朝威并不言语，只把手一挥，叫袁振武退下去。老镖师铁胆谷万钟道："丁大爷的令爱，我们久仰她颇得丁门真传，正好请她试一试身手。"大家又重理前说，不邀而同，齐催丁云秀下场。丁朝威笑吟吟说道："一个女孩子家，有什么本领？就叫她练练，也没有什么……"随向场隅一点手，叫道："云秀、振杰！"

第四章

丁云秀踏沙行拳

丁云秀姑娘情知再脱不过去，只得俯首走到父亲面前；小弟子萧振杰也跟着过来。这些来宾含笑旁观，要看看丁武师的爱女，于本门武功有何心得，比别个门徒成就如何。铁胆谷万钟笑对左氏昆仲说："我就爱看女孩子们练拳，有意思极了。"有几位年轻的武师，更睁大了眼，来看云秀姑娘。当下，丁朝威想了想：这一个爱女，一个幼徒，两人功夫相差太多，本来不好做对手；但是别的徒弟都练过了，现在就只剩下他俩。略一沉吟，遂命云秀和振杰，用太极剑和太极棍对招。叫云秀用剑，振杰用棍；两个人一面行招，一面试镖；要他们动着手，互用镖来相打。众宾听了，越发欣然，互相告语说："这更有意思，这倒要欣赏欣赏。"

但这师姊弟二人，并不是真用钱镖来对打；他们另有试练的器械。萧振杰领了师父的吩咐。立刻把太极剑、太极棍抱来，随手另提着两个镖囊。囊内盛的是核桃大小许多小砂囊，内装白粉子和铁砂子。丁门群弟子寻常对手试镖喂招，就用这小小的粉砂囊，代替金钱镖。打在穴道上，只留下一团白痕，借此可验技艺的准头，也不致误伤了人。因金钱镖又名"罗汉钱"，所以这粉砂囊也有一个名色，叫作"罗汉珠"。萧振杰把剑递给师姐丁云秀，将一袋罗汉珠也递了过去；振杰自己就手把盛罗汉珠的镖囊挂在肩上，然后把太极棍横在手内。

丁云秀微微一抬头，在场百十多位来宾，二百多眼睛，都灼灼地望着自己，不由忙将头低下来，睫毛下垂。两颊绯红，心上也不觉地有点发慌；却又被师祖、师叔逼勒定了，不练不成。低头垂项，立在父亲身旁，轻声道："爹爹，我不练……"丁朝威道："不相干，那大丫头还怯场？都是叔叔大爷，怕什么？"丁云秀无法，只得说道："我和九弟只对一套剑棍，就算了吧，省得白耗工夫，你老还得拈香传宗哩。你老看，天不早了。"

丁朝威明白女儿的意思，勉励她道："你只管随便练。老前辈们都要看看你，也不要太敷衍了。"又道："振杰功夫太差，你兜着他一点。"说着，又命振杰、云秀，各换上一件练武的青衫，这是专为打"罗汉珠"穿的。

丁云秀赧赧地捧剑下场；萧振杰把个小腰板挺得直直的，单手提棍，跟着也来到场中，他倒满脸的不含糊。师兄冯振国哧的笑了，溜过来说道："师姐，好好地打罗汉珠，不要跟他客气。我们今天又可以看花鸡蛋了。"谢振宗也怄振杰道："九师弟今天可以在人前炫耀了。人家会撒手棍，打出手。打急了，撒腿就跑，回手就把烟火棍丢出手，师姐可留神。"别位师兄，胡振业和俞振纲低声说话，马振伦在旁听着。独有二师兄袁振武，一手扶着屏风，默默地看着场子，一双虎目翻上翻下，面现沉着之色。他那微向下掩的唇吻，此时紧闭成弧形，越发地显得往下掩了。

云秀姑娘没有更换全副的武装，此刻就只穿着那件青衫子，脚下仍穿着弓鞋，裙子却已解下来了，露出洒花的深月色敝脚裤，腰间只系着一条紫巾。那罗汉珠粉砂镖囊就斜挂在右肩头、左肋下，宝剑倒提在左手。本想向这些老前辈说几句客气话，到底弱颜，没有说得出来；只偷眼看了看左氏二师祖和李氏师叔，又看了看老英雄谷万钟。老英雄们一齐说道："姑娘不要害羞，只管把你爹爹掏心窝子的能耐都使出来，给俺们看看吧。"丁云秀趁此机会，客气了一句话道："侄儿实在不行，教老伯见笑了。"于是向萧振杰一点手，催他过来开招。

九弟子萧振杰年纪顶小，外乡人憨头憨脑的，却极活泼，一点也不怯场。素常他只怕二师哥；圆溜溜的一双眸子，此时向人丛中转了一圈。随手将太极棍一提，走了过来，方向师姐说话，忽听冯、谢二师兄讥笑他。他就一探脖颈，道："你们不用讲究我，我今天一准挨揍，那是没什么说的。可是有一节，今天师姐用的是剑，你反正不能真宰我，我一点也不怕。今天是老师的好日子，师姐憋着点劲，多少给我留点面子，回头我请客。"丁云秀目含嗔，道："咄！"萧振杰是不怕云秀的，将棍一撅，道："师姐说，咱们怎么打？别看我岁数顶小，功夫顶糟，我决不含糊。不过，你老那粉砂镖，可要手下留情，别往我脸上打呀！看迷了眼睛，不是玩

39

的，我师父也不答应你的。"丁云秀也不搭理他，只将剑交在右手，意待发招。

萧振杰还是要说话，说道："师姐，他们要看我的哈哈笑，你老人家千万别听他们的！这可当着外人哩，真格的，你老别叫我当众丢丑。"云秀姑娘双眉微颦，轻轻斥道："老老实实快练吧，哪来的这些废话！你再淘气……"一拍罗汉珠囊，道："我一定先打你的鼻子、眼睛。"

萧振杰吐舌道："别价师姐，好意思的么！师姐别生气，我好好地练，你也别打我。"说到这里，左手提棍，右手往握棍的左手背上一搭，说道："师姐请！"立刻把太极棍一抡，一个盘旋，将棍往身后一背，用走势，斜身侧步，往右盘走。丁云秀姑娘左手提剑，也用斜身侧步，往右盘旋过来。两人却是背道而驰，按行拳的规矩，一个由右而左，一个由左而右，来回盘旋了两趟。展眼间，萧振杰复又绕到起手的地方，倏然回身，向丁云秀叫道："师姐赐招！"

丁云秀也倏然回身，旋身变势，立刻将青钢太极剑换到右手。身随剑走，"唰"的一纵步，来到萧振杰面前。剑锋突往外一展，亮了一招"金蜂戏蕊"，嗖的一剑，照萧振杰"华盖穴"刺来。萧振杰忙挥太极棍，往外一拦。丁云秀的剑变招极快，立刻化为"玉带缠腰"，拦腰横砍。萧振杰左脚尖往外一滑，"怪蟒翻身"，甩棍梢，悠地带起一股寒风；翻身一棍，照丁云秀的太极剑砸来。棍势迅猛，云秀骤往回一撤招，萧振杰的太极棍吧的一声，砸在地上，登时带起一团浮尘。丁云秀轻轻一跃，把小师弟这一棍闪开。微微一笑，回身献剑，"唰"的一变招，"乘龙引凤"，直奔萧振杰左胯点去。萧振杰一招扑空，慌忙一带，将太极棍翻转来，用"青龙摆尾"，棍尾往外一拨。

云秀姑娘倏复收剑，用"金针度线"，一展剑锋，猛照萧振杰右腋刺来。这一招太险太骤，萧振杰还想用"怪蟒翻身"的招数，借回身旋转之力，展棍梢，自下往上翻，可将这一剑磕开。哪知招疾剑猛，身才半转，丁云秀娇叱一声："哒，看招！"剑尖已刺到腋下，萧振杰再躲来不及了。把式场中，轰然如雷鸣，起了一片彩声。丁云秀姑娘容得剑尖一沾敌衣，赶紧地往回一撤。乘危进招易，骤攻停招难，丁云秀居然悬崖勒马似的，硬将这一招收回。全场武师看了个明明白白，各个说："好得很，真不容易！"

40

萧振杰吓了一跳！一个"猛虎出洞"，往后一撤身，直蹿出一丈多远，圆脸顿时一红。但是他也有些诡聪明，就在这往外一纵身时，急欲找场，早将太极棍交到左手，障身探囊，暗把罗汉珠扣入掌心两个。丁云秀姑娘笑道："振杰别跑！"一矮身，脚下一点，轻凳巧纵，随后追赶过来。萧振杰背着身子，回头一看，故意一吐舌，急顿足，往前又蹿出两三丈。只听后面丁云秀喝道："追！"萧振杰暗喜，立刻微微一偏身；估量着够上远近，猛然一个斜翻身，微扬手。猛喝一声："打"！一个白影向丁云秀姑娘上盘"卢里穴"打来。满以为出其不意，败中取胜，这一下可以捞回本来。

一霎时，眼看罗汉珠扑到云秀脸上；丁云秀纵身急追，似不介意，却俟到暗器迫近，只微微一侧身，用剑往外一拨，早把一个罗汉珠打落地上。萧振杰却又一抖手，第二个罗汉珠照云秀中盘"天池穴"打来。丁云秀忽地一仰身，一个"铁板桥"的功夫，全身后仰，单足立地，这第二粉团贴胸而过。——铁胆谷万钟大喊了一声："好俊功夫，好铁板桥！"

但是，萧振杰连发两镖未中，急急地左手压棍，右手再探囊取镖，把这粉砂袋罗汉珠，一把取了三个。正要撒个赖，满把的扬出去；却未防丁云秀姑娘用这铁板桥的功夫，挺身只一收，就势又一蹿，早已猛扑过来。娇叱一声道："看剑！"嗖的一下，"泰山压顶"，急砍过一剑来。萧振杰暗道："不好！"霍地倒退，挥棍一搪。殊不知丁云秀这一剑是虚。左手中早藏着三个粉砂子，便趁萧振杰手足失措之际，一抬手也飞起一团白粉。吧的一响，萧振杰眉心"神庭穴"上，重重地挨了一下。哎呀一声，粉屑簌簌，几乎迷了眼。萧振杰掩面又逃，背后吧的又挨了两下。武师们哄然大笑，连丁门几个弟子也笑得前仰后合，齐说："萧老九管保要给打成花鸡蛋了！"

萧振杰抱着太极棍，很难为情。这时候丁云秀挺剑急追，将次赶到。萧振杰一想，要赢师姐，非用虚实莫测的法子不可。索性不嫌丢人，倒提太极棍。嗖嗖地连连纵跃，连连退逃，仗身形轻快，眨眼间蹿出四五丈。围观的武师们齐往两旁闪躲，把场子让出来。丁云秀追了几步，低声招呼道："振杰，你要是总跑，就收场吧，不用练了。"萧振杰不答，猛然一旋身，厉声道："怎么不练？着镖！"蓦然一扬手，三个粉点照丁云秀中路洒打过来。这显见是中盘面积大，好歹可以打着。丁云秀一偏身让过，正没

41

好气，要数说他不打穴道。哪知萧振杰这三镖是假，突又一抬手，一团粉影奔云秀上盘"承浆穴"打来，丁云秀又一闪身躲开，正要还镖，不想萧振杰满把粉砂袋，一个劲连打起来，没上没下，忽上忽下，十几个粉团围着丁云秀乱舞。丁云秀顾上不能顾下，闹了个手忙脚乱。萧振杰还嫌不称心，竟打着倒赶过来。两人相隔越近，躲闪越难，一霎时丁云秀姑娘在下盘膝盖上、中盘腰间，留下了两三处粉迹。

丁云秀不禁脸一红，看萧振杰得理不让人，也不知他打出了多少罗汉珠，满武场全是粉迹了。云秀姑娘不由娇颜生嗔，随手往皮囊中一探，也摸出三个罗汉珠。却暂不往外发，一伏腰，往前一纵，竟冲开罗汉珠，赶到萧振杰面前。身到剑到，剑走轻灵；突然一撒招，"鱼跃龙门"，照萧振杰左臂便削。萧振杰方自欣然，不防剑到，微微一吃惊，将一把罗汉珠足有四五个，信手劈面打来，喝道："师姐看镖！"腾出这只手，往右一上步，双手推棍，"斜栽杨柳"往外一封。丁云秀急侧脸，鬓边又挨了一粉团。像这么乱打，实在撒赖得气人。

丁云秀红颜愈绯，恨了一声，没容得剑棍碰在一起，赶忙左手掐剑诀，一领剑锋；一个连环绕步，剑随身转，立刻变招为"霸王卸甲""金鸡抖翎"；一招分两式，对萧振杰毫不留情地攻来。萧振杰手忙脚乱，"横架金梁"，把头一招架住；第二招"金鸡抖翎"，再也搪不开了。哧的一声响，青衫肩背上早划了一道口子。吓得他哎呀一声，立刻往前一纵身，蹿出七八尺。脚方沾地，不防丁云秀的剑追踪又到。这一剑更为迅猛，萧振杰不禁吓得出了声。紧跟着只听啪的一响，丁云秀突将剑锋一扁，作作实实，斜拍在萧振杰后肩背上。"吓，好疼！"这一下，分明打得极重。

萧振杰拼命地又一蹿，纵出一丈多远；虽然挨了打，却将罗汉珠又抓了几个。猛然一回头，抖手照丁云秀"关元穴"打来。这是下部的穴道，丁云秀姑娘粉面倏然飞红，恚怒起来。一拧身，右腿抬起，"金鸡独立"式，却将手中剑往下一扫。嚓的一声，把这罗汉珠打出两丈多远。一声娇叱："好振杰，可恶的东西！"剑换左手，右手一扬，"着打！"连发出三个罗汉珠。头一珠奔萧振杰的下盘"环跳穴"。这一镖先招呼，后镖打；萧振杰一拧身，往右一滑步。丁云秀是故意叫他躲，容得萧振杰闪在右边，丁云秀倏地续发双镖，噗！噗！两个罗汉珠全都打中。一个正打中"天突穴"，在腋后脊骨旁；一个打中在头上后脑"风府穴"。

这虽是试艺的粉砂袋，内有铁砂子，分量也不轻，况又距离得很近，这两下最属"风府穴"打得重，萧振杰头一晕，险些摔倒。慌忙地把太极棍一拄地，伸出一只手来，捂着后脑海，咧嘴吸气，道："师姐，你干什么真揍人家？我认输吧！……"一句话未了，丁云秀姑娘喝道："看镖！"嗖嗖嗖，一连气又是三镖，直奔上盘打来。萧振杰一点也没有提防，哎哟一声，啪哒的一响，太极棍坠地。这个小师弟萧振杰一只手捂着不够使的，竟两只手捂起脸来，三个粉砂袋都打在脸上，果然又迷了眼。在场武师哄堂大笑，喝彩道："好镖法，好手法！"

丁云秀姑娘一笑收剑，用左手倒提着，笑着低头跑到场隅那边，插剑归鞘，就要弹尘拂土，换穿长衣服。她那师祖左氏双侠和师叔李兆庆含笑拦阻，道："云姑娘先别忙，你们打了一阵，我们倒要验看你们的手法和准头呀！"丁云秀闻言，慢腾腾走了过来。萧振杰迷得眼泪交流，也揉着眼走过来，眼圈上依然带着粉迹泪痕，真像个小花脸似的了。几个师兄无不指他窃笑。

丁朝威道："师叔、师弟，不用验看了。振杰这孩子一点儿也不用功，一味瞎胡闹，实在该打！你看他只是信手乱打乱扔，管保没有一处打对穴道的。"原来这师姊弟下场试艺，丁朝威老武师负手观看，只看了几招，便生了气，骂这萧振杰胡闹、欠揍，当着人，还不好生练。太极棍运用得不熟，镖打得不准，这还没有什么；他却功夫既生疏，又不按规矩练。若不是当着众宾，丁武师定要揍他。但云秀姑娘却正正经经地试技，众武师一齐称奖。铁胆谷万钟和左世恭、左世俭、李兆庆等，细细地验看两个人的青衫，果然萧振杰身上的粉点，处处都被丁云秀打中穴道。丁云秀身上粉迹虽多，却是一处轻，一处重，仅仅有一处打着了穴道，而且也偏了。铁掌钮禄称扬道："将门出虎女！丁大哥的令爱手法实在准，罗汉珠虽然不是金钱镖，打到这个地步，可算是升堂入室了。这位小师弟，他的手法其实也罢了，才多大年纪呀，不过认穴稍差，他可是够诡透的。不过火候不到，将来好好用功，也一定有成就。小伙子，你有这么一位好师父，你再肯用心用力，将来不愁不成名。"泰安韩志武、野鸡毛毛敬轩和吕氏弟兄，都盛称丁云秀的剑法。

野鸡毛又出主意，对众人说："我们还没有瞻仰丁小姐的拳法哩。云秀姑娘给我们走一趟太极拳，行不行呢？"太极李兆庆笑对铁胆谷万钟说道："我这师侄女，拳、剑、镖都练得不错。谷老师傅你只知道她的剑法好、镖法准，你还不晓得，她还有一手绝技没露呢……"谷万钟把脸一俯道："噢，还有一种绝技，是什么绝技呢?"李兆庆正要说，丁朝威恰巧听见，笑着走过来，道："别人不作弄你侄女，贤弟你怎么也作弄起她来了?她小孩子家，有什么绝技!"李兆庆笑着正要还言，谷万钟、钮禄齐说道："丁大爷，你就教我们开开眼吧。李贤弟，到底你这师侄女有什么绝技?"李兆庆道："我这师侄女，她的轻功提纵术实有过人的地方。尤其是她的'轻身太极拳'，打出来更叫人爱看。"

铁胆谷万钟听了，欢然发话道："原来云姑娘还有这一手奇技，我们更得要瞻仰瞻仰了。云姑娘，你可肯一试身手，叫我们得饱眼福么?"

丁云秀脸一红，立刻向铁胆谷万钟说道："老伯，别听我师叔的话，我哪会什么轻身太极拳? 我不过小时候，刚练功夫时节，因为站桩不稳，下盘不固，所以我父亲教我练一练，也不过是练着玩，练过几天就不练了。没的叫师叔看见了，就硬说我会，其实我哪里会呢?"但是这些武师不容丁云秀谦辞，大家一齐怂恿，定要她练一套看看。丁云秀还是再三推辞，丁朝威见推辞不过，遂笑道："云儿，既然你师伯们这么说着，你不练一场，也不能替你李师叔圆谎。你就练一回吧，反正是练不好，大家一笑。"

丁云秀无计可施，忽一眼瞥见萧振杰，想起他刚才试艺时的撒赖可恨来，遂说道："爹爹叫我练，就练吧。不过还得找个对手才好，叫谁跟我对手呢?"丁武师眼光一寻，看见了三弟子俞振纲，便喊道："振纲!"俞振纲应了一声，忙走过来。丁云秀忽然脸一扭道："爹爹，还是叫振杰跟我对手吧。"萧振杰把头摇得像拨浪鼓似的，连忙说道："不行，不行，练这个我更不行了。师姐你还没打痛快么?"丁朝威瞪了振杰一眼，道："又不是真打真斗，有什么行不行? 快跟你师姐下场子。"萧振杰扭头冲俞振纲一吐舌头，轻轻说道："三师哥你替我行不行?"俞振纲肃立在师父面前，还是听候吩咐。

丁朝威道："不叫你了，你去叫振国、振伦。把沙簸箩搭来。"俞振纲应声叫着冯振国，一同跑到后面。一霎时从小厦子里，搭出一个大簸箩来。往场子当中一放。冯振国直起腰来，向丁云秀说道："师姊还用打穴图么?"丁云秀一挥手，道："不用。"冯振国道："师姐可是叫振杰接招

44

么!"丁云秀道:"只好叫他跟我练。"冯振国看了萧振杰一眼,道:"九师弟看你不出,你倒敢陪师姐练这套功夫,难得的很!"

萧振杰道:"师哥别捧我了,师父硬叫我来,我不来行么?你瞧吧,回头我的脑袋准肿了。"冯振国笑道:"你别冤枉师姐,师姐历来手底下不狠。要是你跟二师哥接招哇,小伙子,可够你受的。"

正说着,丁云秀走到簸箩前,叱道:"振杰、振国,你们唠叨吧,怎么还不把沙子掏出一半来,等什么?"冯振国、萧振杰慌忙俯下身去,蹲在那里,用两支木勺,往外掏那簸箩里的沙子。一面掏着,两个人还是低声斗口、嬉笑。忽一眼瞥见二师兄袁振武从那边走来,振国忙扯了萧振杰一把,两人立刻不敢言语了。袁振武道:"当着这些客人,嘻嘻哈哈的,是什么样子!"萧振杰低着头,不敢答言,只忙着拿木勺舀沙子。

萧振杰一抬头,又一扭头,袁振武忽然走开了。萧振杰拿着那支木勺,便仰着脸儿,翻着眼珠,对丁云秀道:"师姐,簸箩里沙子不多啦,三师哥可就是这样练的。师姐你叫我全掏出来么?"冯振国道:"吓,那多么悬哪?"丁云秀眉一蹙道:"我要这么练,碍你什么事!用不着你替古人担忧,叫你再掏出一半来,你就掏出一半来。"

萧振杰见丁云秀隐含怒意,不敢再絮叨了,赶忙把簸箩里的沙子掏出一半来,满装在一个布袋里。丁云秀道:"不用再掏了。就这样吧。"萧振杰依言,把布袋和木勺往旁一撂,回身来向云秀道:"师姐还用什么不?"丁云秀道:"不用什么了。这次叫你接招,用不着你嘀咕,只有你的便宜,没有你的当上。我在这簸箩上,只接招不还招;只许你打我,我决不打你。这么练,你总合算的?"萧振杰笑逐颜开道:"敢情那么着好……"

丁云秀道:"可有一样,我们三招见输赢。却不是只练三招,是我输三招才算完呢。只要搭手,你能够把我从簸箩上打下来,你就算赢了我一次。你连赢三次,就不用再练了,算你战胜了,听明白了没有?"

萧振杰大喜,这算是最合算的事,自己先栽不了跟头。笑嘻嘻地点头道:"谨遵师姐之命。你请练吧,我就跟你接招。"丁云秀道:"你别尽往占便宜上想。我若是走完了这趟太极拳,你还不能把我打下来,可算你输!咱们有话说在头里,我不爱看你吃了亏,乱嘟哝。你发招用不上,可赶紧往回收;我就是不还招,我可得拆你的招,你撒慢了招,上了当,挨了摔,别怪我呀!我反正脚不能沾地。"萧振杰暗想:"你真不还招,我不

45

论怎样不济，也得把你打下来。"心里觉着便宜，不觉地形于辞色。丁云秀微笑，又向冯振国、马振伦说："劳驾，你们把那个镖挡子也给我立好了，我要来打几镖。"

一切预备舒齐。丁云秀站在簸箩边，向在座的群雄道："老前辈多指教。这轻身太极拳，我真练不好。"谷万钟、乐公韬道："练吧，云姑娘别客气了。"丁云秀向众人一福，又一回身，这才轻轻一提气，轻轻地蹿上了簸箩边，把身形一亮，展开了太极拳的起式，脚下斜八字形，仅仅地踩着簸箩边沿。又往前上步，两臂做了个"揽雀尾"式，步移目转，身法走开，绕着簸箩边慢慢地走过了一圈，由徐而疾，绕行三匝，身法沉稳，如履平地一样。众武师啧啧喝彩。

这沙簸箩的分量很轻，寻常人登在上面，就不易站住。力量拿不匀，只一侧身，或者步眼稍重，就会将簸箩蹬翻，何况还要在簸箩边上行拳？但是丁云秀居然在沙簸箩上回环奔驰，步法这么稳，手法这么快，身法这么轻，拳随身转，已将太极拳一招一式打开。萧振杰这小孩子却也早早蓄势以待，按向来过招的手法，容师姐绕行三匝，方才交手。窥定了丁云秀的拳招，走到"抱虎归山"这一手上，萧振杰乘虚而入，一纵身，到了丁云秀身旁。

丁云秀身登簸箩边，把这"抱虎归山"的招往外一展，半转身势，一脚踏实，一脚提空，随即收招换式。萧振杰扑过来，立刻用"高探马"，往上一跃，照丁云秀上盘打来。这要是招架，却非容易，簸箩也并没有招架回环的余地。但是丁云秀纵身一跃，凌空蹿起来，轻飘飘，落在簸箩边的对面。萧振杰使足了劲，捣出这一拳，却扑了个空；赶紧收招，拿桩立稳。丁云秀微微一笑，轻说道："来！"

萧振杰往四面看了一眼，老实说，他已输了一招。这时丁云秀跃过去，"唰"的连赶了三步，眼盯着萧振杰，依然把掌式展开。轻巧迅捷，眨眼间连走数招，百忙中一抬手，只听镖挡子上吧吧吧，连响了三下。众镖师暴喊如雷地喝了一声彩。萧振杰忙又蓄足了势力，再发第二掌，第二掌是"弯弓射虎"，来势猛狠，而且很快。丁云秀腕底生风，把萧振杰的手臂一拨，突然似蜻蜓点水，柳腰一闪，似要掉下来；却只一挺，双足一跃。似风摆荷叶般，轻轻落到簸箩另一边上，同时又听见镖挡子吧、吧、吧三下。萧振杰连忙地一抹身，追赶过来。不想丁云秀脚尖一找簸箩边，

46

借劲一点，早又反蹿回来，拳招依然接着往下演，唰然一抬手，喝一声打！三支钱镖直从萧振杰头顶上打过去，利落地全钉在镖挡上。

萧振杰吃了一惊，不自觉地往旁一闪。看了看，健步如飞，立刻又赶回来，邀截到丁云秀前面，用"玉女投梭"，劈胸一拳。丁云秀不慌不忙，"怪蟒翻身"，左脚上步，脚点簸箩边；又一拧身，玉躯半转，右脚往回撤，脚尖急找左踵后的簸箩边缘。玉腕轻挥，展"七星手"，往下一按萧振杰的手背。萧振杰应招一撤，"唰"的往后怀外一撒掌，就势反照丁云秀腰腹击来。丁云秀急用小巧之技，"金丝缠腕"一捋萧振杰的手腕"顺手牵羊"，往旁一带，急忙脚先一踩簸箩边，嗖地跃到对面簸箩边上。身形似金蜂戏蕊般乱晃，却只一拿桩，"金鸡独立"，猛然将身躯站稳。一足独立，屹立如山，身子一点不动了。可是右手"手挥琵琶"式，倏然捻出三镖，跟着又一翻身，又打出三镖。小师弟萧振杰却被这一牵之势，带得往前直栽，侧闪而又侧闪，拿桩而又拿桩，到底没拿稳，扑噔噔的一个嘴啃地，栽在簸箩旁边。拼命地往外挣，才把脸躲开，没磕在簸箩上。观众哗然鼓掌，乱叫起好来。

丁云秀粲然一笑，一个女子在人前如此显耀，当然欢欣。她就趁势收篷，嗖的跳下平地来，向阖座武师，深深一拜道："弟子献丑了！"眼角一瞥，看见萧振杰还赖在地上，忙过来要搀扶他，道："师弟，别生气，我收不住招了。"萧振杰不等搀扶，一骨碌爬起来，努着嘴道："回回收不住招，回回给我苦子吃。不是讲的你不发招么？冷不防给人家这么一下子，那功夫倒不如我跟你动真的呢。"同门师兄们嘻嘻地嘲笑他，道："算了吧，老九，你还吹大话，你干什么不把真的拿出来？"萧振杰做了个鬼脸，道："拿出真的来，我更吃亏。我要真打着师姐，师姐一发狠，哼，保不定就把我扔在沙簸箩里头。还像上月那次，叫我吃了一嘴沙子，把眼也迷了。"唠唠叨叨向三师兄俞振纲、五师兄胡振业诉冤。俞振纲笑着安慰他道："你年纪小，输了也不算出丑。"

在场这些武师个个对丁朝威夸奖云秀，难为她小小年纪，骨骼又像单细似的，功夫却这么纯熟。难为她一面走沙簸箩行拳，一面招架萧振杰，一面还打出十二镖，镖镖都打中。将门出虎女，真是一点不假。那个不得人心的野鸡毛毛敬轩却说："丁大爷偏心眼儿，教出来的徒弟，只教他给自己女儿喂招挨打，当镖挡子使用。"说得太极李兆庆直笑，丁朝威却没有听见。

但是丁武师到底也发了话，对谷万钟说道："云儿太好争强，这是不对的。"正色地向丁云秀说："你怎么不顾振杰的功夫深浅？刚才你那一手太重了，其实你轻轻拨他一下，岂不也拆开他那一招了么？摔他做什么？对待小师弟哪许这样子！"说得丁云秀红头涨脸，轻声道："劲儿拿不准，我一着急，怕输招，手就重了。"低着头，看了萧振杰一眼。萧振杰这才心平气和些。

群弟子试艺完毕，天色已经不早。丁朝威向二弟子袁振武、三弟子俞振纲一点手，两个人一齐走过来请命。丁武师道："振武、振纲，你们预备着，等我换了衣服，就拈香行礼。"袁振武应了一声，精神一振，转身来，率领俞振纲重整香案。那萧振杰躲在一边，仍对师哥胡振业、谢振宗、马振伦等，诉说师姐的不是："哪有当着人摔同门师弟的？连师父都派她不对了。"丁云秀凑过来，穿上长衣，只是赔说他，哄他；谁想越哄他，他倒越有了理，唠叨起来更没完。

忽然二师兄大踏步走了来，道："还唠叨什么？快把香案收拾干净，师父这就拈香了。"萧振杰和冯振业等你看我，我看你，谁也不敢答言，低着头，相率奔了香案。拂尘的拂尘，剪烛的剪烛，一齐忙起来，事少人多，反倒有插不上手的。俞振纲把剑谱一册、剑一口、钱镖十二枚，都摆在案头，袁振武抢着接了过来，重新布置了一回。俞振纲退到一边，自去取来几个跪垫，一一列在案前。

于是各弟子齐在案前伺候着，俱各穿齐长衫马褂。丁云秀姑娘却趁人不见，溜回内宅去了。

第五章

太极门越次传宗

丁武师向阖座来宾，一一周旋，又向师叔左氏弟兄施礼告僭，然后重拈起一束香来。群弟子左右侍立，丁朝威插香下拜，向祖师神位肃然叩头；叩罢起立，复又跪倒，向逝世的恩师顶礼。礼毕退立一旁，令这一班及门弟子，挨次向祖师前，和师祖前叩拜。直等到末一个弟子萧振杰叩拜完了，众弟子雁翅般分立左右。

丁武师站在香案前，微微偏向右首下位，身躯半侧，复向阖座众宾深深一揖。谦然发话道："弟子滥竽武林，四十年来，深承先师教训、前辈曲护，得至今日。今日是不才闭门封剑之时，又承武林先进不弃，远道光临，武夫至此，幸感何如！不才叨列太极门下，仰承恩师错爱，叫我接掌山左一派。"又向师叔左氏弟兄一拱手，道："又承我左师叔隔省嘘植，使我得以太极门拳、剑、镖三末技，开门授徒，这都是在下叨窃过分之处。在下自问年老，从前年就打定主意，封剑闭门；但因几个小徒武功还差，所以又延迟了两年。现在不才自顾精力日颓，衰龄谈武，实不应该。今日当着诸位师傅，在下我先行封剑。由封剑之日起，不再拔剑，不再谈武，也不再收徒了。使我全始全终，这都是祖师的大恩。我当顶礼叩谢！"

遂由弟子左右环侍，丁朝威回身肃立，将案上的纯钢利剑双手捧起来，一按崩簧，呛地拔出半尺来长。对祖师圣像高举过顶，口中低祝："弟子今日封剑，誓不再用；全始全终，祖师保佑。"祝毕默立了顷刻，即插剑归鞘，展剑囊包起，放在案前。然后躬身下拜，三叩首，一揖起来。——封剑的大礼，遂在庄严的仪节中完成。众武师啧啧赞叹："武林中得这结果，真是难得；四十年一点儿挫折没有，煞非容易。"

丁朝威设誓封剑已罢，又向来宾致谢。这封剑闭门的仪式，所以广邀武林宾朋到场，这就是隐拒江湖同道，从今不要再以武学相觑。人家已对祖师封剑设誓了，再有请求拔剑助拳的事，当然不好开口了。而丁武师又不止为封剑闭门，他还要传宗授剑，还要求武林有朋友承认他的掌门高足，照应他的门下弟子。

丁武师转身来，退到供桌右首下方，对众抱拳，朗然发言："多谢师傅们赏光，弟子丁朝威今日封剑闭门，诸位就是见证。弟子邀请直、鲁群雄光临蓬筚，一来封剑，二来传宗。敝派太极门，我左师叔贤昆仲向在冀南，以太极拳剑，持掌第三门门户，老人家向不授徒。我师弟李兆庆，以太极拳剑，昌大长门次支门户。我丁朝威仰承恩师遗嘱，令我以太极拳、太极剑和十二金钱镖，在山左一带，延续一门宗派。可惜在下无才无能，年轻不正干，空自持掌太极派长门第一支的宗派，竟一事无成，没有克绍师门绝学。收了这几个顽徒，竟没有一个把拳、剑、镖三末技一手兼擅的；会了这个，就不会那个，没有一个全才。按武林传宗的成例，向来是衣钵授受，纯依弟子入门先后，这就叫'传长不传贤'……"说到这里，武林群雄竟有几个人睁着诧异的眼，猜想丁武师下文要说什么话。

丁朝威果然接续说道："只是在下的大劣徒姜振齐，触犯门规，已被在下逐出门墙，衣钵授受，再没有他的份了。若是序齿传宗，那自该二弟子袁振武来继掌我长门第一支的门户……可是我丁朝威仰蒙先师授艺十余年，曾受师门谆谆至嘱，选徒授技，继承宗派，第一要人才可靠，足以昌大门户；第二要拳、剑、镖三末技，色色兼精，尤其侧重的是十二金钱镖。因为太极拳、太极剑，还有三门的师叔，次支的师弟接着往下传。唯有这十二支金钱镖，先师切嘱，要教本派负起担子来，必须把这一种技艺流传下来，发扬开去。就到这一点，可就实令在下痛心。我那大弟子姜振齐天才膂力，在在都是可造之资，偏偏他人品有瑕。自此以后，我在下选徒授技，越加审慎，头一样要人品，第二样才要人才……"

说着，喟然叹息了一声。众武师听丁朝威这番话，个个摸不着头脑，丁门弟子更是惶惑。那二弟子袁振武双目大张，已然听呆了。

丁朝威陡然把话收转，折到本题，道："现在不才封剑之后，就要传剑授谱，派定掌门弟子了。大弟子已被开除，'传长'已属不能，在下就只好'传贤'了。传贤的准则，自然是慎选人品，奉行先师的遗嘱，要从群弟子中，选取那拳、剑、镖三末技全有所擅的人才，尤其是侧重镖法。"

二弟子袁振武听到这里，一双虎目倏然一转……

只听丁朝威道："我这几个门徒，论功夫，就属二弟子袁振武、三弟子俞振纲还看得过；五弟子胡振业也还罢了，其余六弟子、七弟子以下，就差多了。论人品，他们都还知道尊师敬业；只是二弟子性情刚点，三弟子韧点，五弟子精干，六弟子朴质，七弟子、八弟子、九弟子是小孩子。我如今就参照着他们的功夫、人品、才气，我认为将来要昌大我太极派长门的拳、剑、镖三末技，是以……是以三弟子俞振纲，比较的合适些……"此言一出，群雄互相顾视。丁朝威这样做，似要越次拔取三弟子为掌门弟子。那么，把个二弟子袁振武可放在什么地方呢？

丁朝威也似看出了众武师的疑讶，忙又大声说道："是的，我把这件事仔细考虑了两年。我曾把二弟子、三弟子仔细考校过。二弟子的剑法好，三弟子的镖法好，他们两人的拳法都好，正所谓八两半斤，势均力敌，各有所长，各有所短。我又考查二人的性格，二弟子英锐，三弟子坚韧，性情也是各有所偏。但若论到持掌门户，昌大宗派这一点上，那可就以三弟子较为相宜了。怎么说呢？太极派本得'柔'字诀，三弟子的性情恰近于韧柔，二弟子却偏于刚烈。况且先师遗训，既然叫我昌大本门三末技，却偏重在金钱镖上；现在我这七个弟子，只有三弟子的金钱镖打得最好，若以他为掌门弟子，恰符先师之望。因此我左思右想，左右为难。我情知二弟子相从日久，素无过犯，无奈我今日，有长立长，无长传贤，从各处比较。只有三弟子接掌太极门，较为相宜。并且还有一点很要紧，掌门弟子的重责，是在领导师弟。若说到指教师弟，细心耐烦，三弟子又比二弟子强些。我这二弟子为人刚强，替我办事，是把好手；可是叫他传授技艺，指拨师弟，我看他总似乎没有耐心烦似的。为了日后的领导群弟、调停同门起见，我看俞振纲好得多……"

滔滔说了这些话，丁朝威最后毅然把装在剑囊里的那口太极剑，又双手捧起来；叫道："三弟子俞振纲过来，听我授训赠剑！"

二弟子袁振武如晴天霹雳一样，听了这意外惊人的师训，竟几乎晕倒。但他是个硬汉，把胸中沸腾的感情，按了又按，费了很大力气，竟把"难堪"按住。任众宾客的眼光一对一对地向他扫射，他默默无声，挺然侍立着，并不低头，也不开口。

然而师叔李兆庆却发话了。这样越次选拔掌门弟子，在武林中真是少有。众武师不知内情的，都以为怪事，却是互相耳语窃议，一时还没有发言的。只有那个野鸡毛毛敬轩刚叫了一声，被他的同乡韩志武阻住，叫他先看看听听，不要多嘴惹嫌。

李兆庆是太极本门中的人，听师兄这番措施，以为大悖武林成例。先看了看袁振武，袁振武虽然力遏心情，扬扬如平时，到底赤红的脸泛成灰白色了。又看看俞振纲，白素素的一张脸，已是刺促不宁，泛成了赤红色了，可是俞振纲受宠若惊，一时也愣住了！他师父叫他过去，他竟茫然失措，不知所为。李兆庆就忍不住了，又转而看师叔左氏双侠；左氏双侠却只点头，还没说话。李兆庆对自己的弟子低声商量了几句话，奋然走过来。大声叫道："丁大哥慢着！"

丁朝威回眸一看。笑道："二弟，有什么话见教？"李兆庆道："大哥，你先别授剑，我有几句话，要请教！"丁朝威看了看李兆庆的神色，徐徐说："二弟可是对我这越次传宗的事有什么意思么？"也放低了声音道："贤弟，你可以问问左师叔去，我这是不得已。"李兆庆摇了摇头道："我也不用问，我只请教大哥，我这二师侄袁振武，可是素日为人品行不端么？"丁朝威："笑话，他要品行不端，我早把他逐出门墙了，我那大劣徒就是榜样！……"还要解说，那野鸡毛毛敬轩，到底也挤过来，质问道："丁大爷，你这么废长立幼，越次选拔三弟子为掌门户、承衣钵的高徒，到底是怎么个讲究？我本是外人，不应该多嘴，可是我打听打听，行不行？"

丁朝威想不到这些人替袁振武抱同情，女儿丁云秀曾悄劝自己，这样子办要小心，不可当众废长立幼，恐怕有人说闲话。丁武师只是不听，他说："这是我们自己的事，外人犯不上干预。"况且他这番废长立幼，多一半为几个年幼技弱的小徒弟将来打算，觉得选一个性情和蔼的人为群徒之长，可以拢住人心，可以昌大本门技业。袁振武不是不知自爱，不是不肯用功，只是他性情刚傲，缺欠人和；而他的金钱镖又确乎打得不好，所以丁朝威一再筹思，两年考核，到底看中了俞振纲。他当众宣布此事，正也有一番深心，为的是好教大众承认，把俞振纲立为掌门弟子后，将来可以有人照应，省得二弟子退有后言。虽知袁振武必然难堪，他还想另行设法安慰他一番，却不料袁振武不肯再受他的安慰了！

李兆庆、毛敬轩一齐质问丁朝威。丁朝威力说二弟子并无过犯——

"我只为谨守师训，要发扬钱镖打穴的技艺，所以才立俞振纲。刚才俞振纲的镖打得好，诸位都看见过了。"仍然又提起二人的性格：俞振纲的性格学本门的技艺，可称资性相近，袁振武却似乎格格不投。可是丁武师尽管这样解说，在场武师有一少半不以此举为然，但也有一少半武师认为俞振纲的谦和韧柔，有当大弟子的气度；另有一半不置可否，只想看看此事如何了断。

丁武师志决意坚，定要立俞振纲为掌门弟子，见众人不满，赔笑说道："诸位先辈，诸位同仁，我在下设场授徒，已非一年了。教导这几个弟子，倾囊倒箧，绝无半点偏私爱憎。不过他们的性情各有所偏，因此就对本门武功各有所好，各修各路，各尽所长，他们的成就自然各个不同了。现在选择掌门弟子，为的是继承先师遗志。先师既命我以昌大本门三末技为务，又叫我格外侧重十二金钱镖法，我苦心筹思多日，无可奈何，这才为了将来打算，越次拔取了振纲。艺能所限，我有什么法子呢！"

但丁朝威尽管有理由，这件事在武林中究是破例的，并且掌门弟子只是一个宗派的宗法所系的主体，并不一定要技艺绝伦，压倒同门的。各派中掌门大师兄武功不如师弟的，一向很多很多。在座武师总以为丁武师的话乃是饰词，也许骨子里另有难题。他们既然不知道，也就不便多嘴了；却还是低声啧啧的窃议，脸上带出了种种不同的神气。

僵了半晌，太极李兆庆到底忍不住了，就又朗然发话道："伯严大哥！"丁朝威道："福同贤弟。"李兆庆凑过来，说道："大哥，你这么办，实在好像差点。振武的镖法稍逊，这是无可讳言。但是学问无止境，现在他所差的，将来难保他不迈进轶伦。若是他没有什么大过犯，何妨激励他一番，叫他潜心苦修，再将镖法锻炼几年。延缓传授衣钵，这也是一个变通的法子，喳?"又低声道："到底老二哪点差事呢?"

丁朝威笑了笑，答道："师弟，你误会了。我对振武没有不满，我的心就只在恪遵师训，决非意气用事。三弟子镖法精纯，我料他再有两三年，便要青出于蓝。我这二弟子袁振武却不然，他生性豪迈，不喜细琢细雕，不喜练金钱镖。最近这几年，我哪一天不催他好好地练镖？无奈性之所远，我到底不能硬勉强他……"说到此，他把袁、俞二弟子叫到面前，正色说道："振武、振纲，你们跟我不止一年了。你们说，我这师父待承你们，有没有偏心眼儿？我传徒授技，是不是把你们几个人一视同仁？我的拳、剑、镖三末技是不是全搬弄给你们学？振武，尤其是你，你想想看，我这几年是不是逼着你练镖？我说本门中拳、剑、镖三技并重，顶要紧的还是镖法，这句话是不是我天天叨念？现在到了选择掌门弟子的时候，我万不得已，才越次拔取了振纲。振纲，这不是我偏爱你，这是你自己镖法挣出来的。振武，我更不是不满意你……虽然这么说，我也知道叫你难过。但是，你师祖的遗命如此；我今日封剑闭门，为光大门户计，我只可如此做。振武，你也用不着难过，我已经另想了办法，我自然另有安排你的道理。"

只见俞振纲垂头望地，只偷睨了二师兄一眼，一句话也没敢说。二弟子袁振武，此时面色已经如常，晃晃悠悠，竟赔着笑脸，走了两三步，来到香案前面，突然大声回答道："是是！师父的安排很是！弟子实在不及三师弟。论技艺，论品性，我全不如！老师这番安排，诚然是'选贤与能'的意思。弟子我袁振武从师有年，久承训诲，老师的苦心，弟子我很明白。这只怨弟子自己没有耐心，没把镖法学好。现在老师为发扬本门镖法起见，选取我三师弟为掌门高足，这是弟子求之不得的事。弟子情愿退让！"说罢，他一揖到地。侧身来，向三师弟俞振纲突然改口，叫了一声："大师兄！"忽地他又一翻身，走到太极李兆庆面前。颤声说道："师叔，你老不要替弟子费心了！常言说得好，知徒莫如师，弟子的不肖，师叔知不清，我老师却看得最真。老师这样办很好，只要借这一番废立，本门武术将来日益发扬，那就是弟子的大幸！"顿了一顿，他又满脸赔笑对丁武师说："师父，你老不要为难，弟子的心事，你老是知道的。弟子是专为习武健身，并非争雄逞胜。弟子远道从师，忝列门墙，就是一个心，来学能耐，绝不是为承继宗派来的。这次俞师弟继掌本门，最好不过；弟子从此以后，倒可以虚心受教，专心独善了。再用不着陪伴各位师弟，喂招传技了。现在各位老前辈们全候着师父授剑传宗，就请老师赶快完成大礼吧，别叫诸位老前辈们久等了。"说罢，俯首而退立到群弟子的身后。

这时候全场中百十对眼睛，一齐注视着袁振武。袁振武侃侃而谈，不动一点声色；俞振纲却慌忙拉住了袁振武，道："二师兄，你不要折杀小弟了，小弟是……决不敢当！"袁振武笑了一声，把俞振纲的手甩开，俞振纲忙又向师父说道："师父，弟子我实在不敢越过二师兄，我哪能比二师兄呢？……请师父务必收回成命。"袁振武倒很镇定；俞振纲却惶恐失

54

措，万分不安起来。

丁朝威武师也不禁动容，双眸注定袁振武。点了点头，却又侧脸来，对俞振纲说道："振纲，你不许违拗我！"

丁武师这回举动，在大庭广众之下，废长立幼，实在弄得不很漂亮。但他却是一生阔大爷的脾气，不认错，不服输的。当下，只向师叔左氏双侠使了个眼色。

左氏双侠道："且慢！"众人一齐看这一对老人。要听听丁武师的这两位前辈的说话。左氏双侠由上首席次，转到香案前，向众人抱拳道："诸位师傅们！伯严这一回封剑传宗，单单择定了俞振纲徒孙，情实差点，可是他也有他的难处。在事先他曾经向我弟兄请示过，他并没有别的意思，更不是有何爱憎之见。他所以这样，一来他是为奉行我们先师兄的遗命，二来是为了他这些小徒弟将来的技业打算。刚才他自己也对众说过，其实是肺腑之言，绝非饰词。袁振武这孩子很自爱，伯严也常夸奖过他。这一回废长立幼，伯严心上也很为难。他这番越次择取了俞振纲，在伯严扪心自问，固是一秉大公，良非得已；可是伯严他总觉对袁振武这孩子，有点歉然。况且振武从师多年，有功无过，一旦越过他去，伯严实在难过了好些天。所以才对我弟兄商量，求我弟兄给他想个变通的方法，可是我也想不出法子来。这怎么办呢？后来还是伯严自己想出一个主意，教我弟兄把振武承继过来。我弟兄也想到自己空修武术多年，一个可心的徒弟也没有，现在我就把振武收揽过去。教俞振纲这孩子，仍旧跟伯严，承继山左太极门。振武呢，跟了我弟兄去，就教他承继我这冀南太极门一派。如此，他二人各得其所，也就没什么为难了吧。不过这一来，我这一对老头子却不费一点力气，平白捡了这么一个掌门户的大徒孙，我老头子倒拣了便宜柴火了。"说着哈哈大笑起来。

"好！"野鸡毛毛敬轩首先喊了一声道："这还罢了。若不然，可真叫人家孩子窝心呀！"

丁朝威微微一笑，道："在下这片苦心，左师叔说得明明白白。振武，你听见了没有？你就转在你师祖门下吧。可是，这只是名分上的事；振武，你不要难过，你就是承继师祖门下去，你还是照常在我这里练功夫，我还是照常指点你，我叫振纲他们仍然称你为师兄。只不过我把这传剑授谱、继掌门户的事，传授给你俞师弟罢了。也无非是叫他多担一分责成，替我管教你这几个师弟而已。这么办，总算对得过你了。"

袁振武一声不响，听到此，抢行一步，跪了下去道："我谢谢师父。弟子不肖，师父还是这么成全我，弟子实在感激，至死不忘！"拜罢，又退回去，立在群弟子背后。丁朝威看了他一眼，道："振武，还有你左师祖。从今后两位老人家，可就是你的嫡亲祖师了，你还不过去行礼？"

袁振武诺诺连声，道："是，是！"这才又走到左氏双侠面前，道："师祖，我谢谢你老，给弟子留……"话没说完，头面一俯，双眸一转，赶紧地跪拜下去。拜罢起身，堆下笑容来，又退回群弟子背后。

在场群雄看见这个样子，各个转念。丁朝威的师弟太极李兆庆点了点头，也不再说什么。众宾有的就欢声敷衍道："这么办很好。丁大爷，你就赶快行礼吧。"

丁朝威笑了笑，先向师叔左氏双侠谦逊了一声，转身伸手，把那柄青钢太极剑捧起，随手将剑囊褪落下来。又回身向外，叫道："振纲，过来。"俞振纲很踌躇地应了一声，走到师父面前，垂手一站。丁武师眼光向全场一瞬，肃然捧剑当胸，说道："振纲，我今日授剑传宗，选定了你。你要敬谨拜受我这把剑！"

俞振纲心中一惶乱，应了一声："是。"偷眼一看，迟迟说道："师父！弟子不敢……"丁朝威道："什么？"左氏双侠道："振纲，你就不要谦辞了。你要遵从师命！"左世恭把手掌一伸，俞振纲前趋半步，跪在丁朝威面前。

丁朝威捧着剑，将面色一整道："振纲！我今日广邀武林同道，封剑闭门，同时授剑传宗，把这柄剑传授给你。你接了这柄剑，你就是掌太极门山左一派门户的人了。从今以后，昌大本门三绝技，保持已往的名声，发扬以后的声望，全系在你一人身上。这把剑该授到你身上，并不是你随随便便可以推辞掉的，可也不是轻轻易易就接得过来的。我今日把这柄剑传授给你，振纲，你可知道我为什么传到你身上？你知道你该怎样使用这剑？从今以后，你担着什么责成？"

丁朝威发出这一问来，在场众宾一齐看俞振纲。俞振纲跪在恩师膝前，心神稍定，却还是扑通扑通地心跳；骤承师问，颤声答道："弟子愚笨，辜负师恩，弟子实不知自己有何寸长，得邀意外的期许！不过弟子既承恩师赐剑，弟子今后唯有尽心竭力，精研本门绝技，恪遵门规，昌大门户。将来仗剑跋涉江湖。能不辱没老师这把赐剑，这便是弟子的一片痴望。只怕弟子有心无力，未必能做到。"

铁掌钮禄喝了一声彩，道："答得好！"对野鸡毛道："老毛，你别看他年轻，说话哆哆嗦嗦的。这几句话不傲不狂，答得实在好。"野鸡毛从鼻孔哼了一声道："谁不会说话呢。这有什么！"

丁朝威听了俞振纲的答辞，点头说道："你说的话大致不差，你果能如此存心，倒也罢了。不过我所以授剑给你的一番微意，你难道体贴不出来么？"俞振纲嗫嚅道："弟子实在糊涂……"丁朝威笑了笑，道："看你样子好像聪明，你竟这么粗心么？振纲，你听我告诉你。我自承师训，在江湖上浪迹将四十年，幸没玷辱了恩师的赐剑。今日我授剑给你，自然我也望你不要玷污了我这把剑。我从今日起，封剑闭门，就不再谈武，也不再授徒了。可是，我本身上说不定还有未了之事。将来万一有人找到门上来，也许是朋友相烦，也许是仇敌来扰；那时节你是掌门弟子，可就该由你替我出头，这是一点。并且我又收了你这几个徒弟，在你以下还有五个小师弟；我既然封了剑，闭了门，这以后指教他们、约束他们、照应他们，可又是你这掌门弟子分内的事。本门中全副的担子，全丢在你一人身上了，担得动也得是你，担不动也得是你。你可明白了么？"俞振纲俯首答道："弟子明白了。"丁朝威突然反诘道："你明白了什么？"

俞振纲本在跪听师父解说他被选为掌门弟子的缘由，不想老师只说了些掌门弟子应尽的本分，便突然反问过来。登时面红过耳，又不知所答了。

丁朝威道："振纲，你听着。你接剑之后，你的责任是很重的。你刚才说得好，你须要昌大门户，发扬本门拳、剑、镖三绝技，但是你将由什么法子来做到呢？这第一要着，便是由你本身做起，要精研三技，以尽所长，谨守门规，以善其道。另一方面，便是开门授徒，把本门技艺广传出去。可是开门授徒乃是后话，眼前的事呢……"用手一指道："便是你这五个小师弟，全要你好好地操心，把拳、剑、镖三绝技，认真教给他们，一点儿也不许藏招匿技，一点儿也不许偷懒懈怠。无论如何，你要造就他们。你明白了么？"

俞振纲这才有点明白了，老师的言中微意，原来是在这一点上。

丁朝威又道："你接掌门户之后，第一不许妄自尊大。管束他们自然要严，督促他们自然要勤；但是你不要忘了师兄弟还是师兄弟，你不许颐指气使，任意凌辱他们。你看待他们，要如亲兄弟一样，要耐烦，要柔和，不可动不动就骂他们笨。他们有的是初学不得门径，当然教着费力。试招喂招，不可用力逞强，打重了他们，误伤了他们，那都是你的不对。我深盼你宁宽勿严，宁严勿苛。将来你持掌门规，清理门户，你又不可一味护庇瞻徇。同门中如有挟技为非作歹的，你该罚则罚，该惩则惩；总以剪除害马，力保门风为要，不要滥充好人。振纲，我言尽于此，你要努力自爱！我把这口剑传给你了，我可也把五个小徒弟托付给你了。你要尊师、敬业、守法、爱群。对待师弟们，要倾心授技，不得藏私，不得偏待，你好自为之，勿负我望。来，接剑！"

俞振纲恭聆师训，赶紧叩头起来；往师父面前，抢行半步。丁朝威俯身授剑，俞振纲双手捧接过来，便要放在香案上，丁朝威忙道："振纲，先不要释剑。来，你站在香案这边，受师弟们的参拜。"

俞振纲局促起来，但是礼不可缺。依言退到香案前下首，却不料师父先不呼唤群徒，竟缓步走到拜垫前面，侧身朗然说道："振纲，你今日接掌本门。受我丁朝威托付，昌大门户，一肩重责全在你身。但盼你一心向上，不负我丁朝威的一番期待！"说到这里，深深一揖。俞振纲慌得捧剑答礼，手忙脚乱起来。

丁武师满面春风道："振纲，我拜的不是你，拜的是我山左太极长门这一支接掌门户的传人。你受我这一拜，我愿你来日能替我丁某发扬光大本门的艺业。"说罢回身，向两旁侍立的弟子说道："现在我立振纲为掌门弟子，以后便由他替师父持掌本门门规；凡属本门的弟子，全应受他的约束，你们理应上前拜见。不过，我这次越次他，我也情知是破例的事。你们如有非议的，要趁未行大礼之前，赶快说出来；此时他的身份尚在存废之间，尽有议论余地。若是一行大礼，名分已定，他就是掌门户的人了。你们个个都要遵从他，受他的训诫管束；有敢蔑视他的，那就是叛规悖师。你们可有什么说的么？"

群弟子相顾错愕，只偷看二师兄袁振武。袁振武本立在首位，却退处五师弟胡振业的背后，悄然无话。丁门弟子胡振业以下，一时愣住，既不持异议，也忘了行礼，更没人出言。丁朝威又说了一句："这正是该讨论的事，我正要问问你们的意思；你们有话，尽管说出来。要是你们认为师父这番举措不为无理，那你们就上前来，拜见你俞师兄。"

群弟子到此才微微蠕动起来，但由胡振业起，竟迟疑不敢举步，只等着二师兄袁振武的举动。袁振武忽然微吁了一声，从胡振业背后闪出来，笑声答道："是啊，快拜见大师兄去，我们很久很久没有大师兄了。"笑涌满脸，拔步上前。向丁武师说道："我山左太极门幸得传人，乃是我本门中天大的幸事。凡属同门弟子，谁不欢庆；哪有当着老师的面，倒非议的？老师快别这么说，我们都愿意。弟子自己比师弟们痴长了几岁，就由我引头行礼吧。"

袁振武龙骧虎行，趋行至拜垫前，将长袍一捞，口称："师兄！小弟袁振武，给师兄叩喜。"说得快，拜得更快。左氏双侠、丁朝威刚要说话，袁振武已经拜了下去，俞振纲十分惶恐。赶忙把剑放在香案上，回身拦阻，已经不及。急忙一栽身，也还拜下去；袁振武早已拜罢，站立起来。俞振纲颤声道："二哥，你别这样，叫小弟无地自容了！"袁振武哈哈一笑道："礼当如此，这是师父的意思。师兄若不受小弟一拜，小弟更无地自容了。那我可真是门外汉了！"立刻拜罢，立刻回身，立刻退到原立处。

左氏双侠摇了摇头，便看丁朝威；丁朝威板着脸，不说话。左世俭向袁振武点手，道："振武，你过来。"低声说道："振武，这个不是这样的。我告诉你，你还是振纲的师兄，振纲还是你的师弟，你师父不过教他接掌门户罢了。"袁振武笑道："师祖快别这样说。俞师兄持掌门户，当然是大师兄；名分如此，不能乱来。你老还不知道弟子的性情，我师父是很清楚的。弟子只是一心学武，对这名次先后，一点儿芥蒂也没有。况且俞师兄样样比我强，弟子心又粗。又没耐性，又不会教导师弟们；现在老师授剑传宗，名分已定。弟子不是那糊涂人，弟子绝不敢再叨窃大师兄的名分了。"

袁振武只是二十几岁的人，这番话光明正大，倒说得左世俭一时没话了。点了点头，拍着袁振武的肩膀道："振武，你很好！我老头子很爱惜你，你是有志气的。要不然，你就跟了我去吧。我们老哥俩还有点糟把戏，索性都传给你，将来你就替我持掌门户。"袁振武怔了一怔，答道："那是师祖的抬爱。"并未说出愿否来，就又退回原处。

丁朝威任由两位师叔安慰袁振武，他仍叫着五弟子胡振业、六弟子马振伦、七弟子谢振宗、八弟子冯振国、九弟子萧振杰，挨次拜见掌门师兄；胡振业等欣然行过礼，俞振纲一一答拜。群弟子拜毕退下，低声地七言八语，悄悄议论起来。这里面顶喜欢的是萧振杰和谢振宗。六弟子马振伦却叹了口气，悄对胡振业道："这真想不到！五师哥，你想这工夫，袁二师兄不知怎么难过呢。"胡振业摇头，道："少说话。"

俞振纲也要退下来，却被师父叫住。丁武师在香案旁，复将案上一具金漆拜匣似的东西，取过来打开。这是丁门三绝技之二的奇门十三剑的剑谱，和太极拳的图说，剑谱末页还附着剑术传宗的题名录。丁武师展开剑谱，抬笔题名，在自己名下，添写上俞振纲的姓名、年岁、籍贯，和某年拜师、某年继承门户，这末一项就填得今天的日子。然后丁武师投笔捧谱，对俞振纲说道："振纲！这本剑谱，乃是我前两年亲手抄摹的。当年我出师时，也承恩师手赐一册，我依此谱，传授了你们，现在我封剑闭门了，我就把这一册传给你。你可照这本剑谱，自己用心参悟；你的剑术本来差些，你要好好用心，太极剑的诀要都在这谱中了。你自己弄熟之后，再挨次传给本门同学们。凡我门中的弟子，先练拳、次练镖、剑，不锻炼到火候，不得以剑术示人。免贻门户之羞。"又拿过"太极拳图说"来，道："这一本拳谱，是你师妹替我抄写的。你可以照抄一份，交给你这几个师弟。但是不得允准，千万不准他们转授别人。"

丁朝威说罢，将两本谱仍放入匣内；另将自己常用的十二个金钱镖拈起来，也放在剑谱匣内，对俞振纲道："这十二个金钱镖，虽是平常的康熙大钱，却曾用它打败了江南贼一撮毛和鲁南巨寇七爪狼。我由此在武林中，赢得虚名，立定脚步。现在我也送给你，做个念想；今日我算是倾囊相授了，但愿你将来也倾囊授给你这几个师弟，替师父尽一番心，给本门争一口气。此后本门的名声，全在你一人身上。做师父的不再多嘱了，你要勉力自爱！"

俞振纲叩头拜受，接过来仍放在香案桌上。丁朝威命振纲亲手拈香插在香炉中，重新行礼，叩谢祖师、业师，拜见本门长辈、武林先辈。丁武师封剑闭门、俞振纲受剑掌门的大礼，到此完成。丁朝威率这新授的掌门弟子，重与到场众宾周旋致谢。跟着撤下香案，重开华筵，和大家欢叙。

第六章

飞豹子飘然远引

随后筵罢，群雄一一告辞，握别时，丁武师向大众重重托付一回，请大家照应这个掌门弟子俞振纲。到场武师都是友好，自都欣然领诺，那捣蛋鬼野鸡毛毛敬轩也挑大拇指，说："丁大哥，你还不放心？你这掌门弟子满不含糊，我们自然互相关照，说实了，我还要求你们爷们照应呢。"

众宾有从远道来的，当日假馆于丁宅，盘桓了一两天也就陆续回去。到第三天，宾朋散尽；丁宅内外除了主人师徒，只剩下师叔左氏双侠和师弟太极李兆庆师徒数人，没有外人了。李兆庆到底闷不住，背地埋怨丁朝威："大哥，你这事办得不漂亮！"丁朝威笑道："怎么不漂亮？你说我废长立幼不对？但是我没有法子呀！"李兆庆摇头闭目，道："废长立幼本来不对。左师叔告诉我了，你是为了你几个小徒弟，不得不然，这还有的说。但是你不该当众宣布呀！你不会不请外人，暗含着只叫本门的人到场，不就完了么？何必当着这些人，废长立幼，岂不叫你那二弟子太过不去了么？人有脸，树有皮；大哥，你想一想，况且年轻人谁不争先要强？"

丁朝威微吁一声，道："唉！二弟，你不知道，我正为废长立幼，才挤得没法子，广邀武林到场观礼。若不是越次选拔俞振纲，若是顺条顺理地办，我邀这些人做什么？"李兆庆愕然不解，左世恭道："福同，伯严的意思就是怕将来有争长的事情，这才迫不得已，广邀大众。他不只为邀武林同道观礼，他是无形中邀他们做见证。你明白了？"左世俭叹道："究竟不很妥当，振武太难堪了。我只怕他和俞振纲，从此不争长，难免将来结怨！"

丁朝威默然不语，半晌才说："事难两全！"转对李兆庆道："福同师弟，你只知这样一来，太叫振武难堪，你可不知道振武这孩子太叫他几个师弟难堪了。他的规矩比我还大，贤弟你是没看见，他一下场子，师弟们都得把应用的器械给他预备好了。练的时候，手法又重，一个不钉对，他把眼一瞪，那几个师弟竟会吓得一哆嗦。练完了，他往那里一坐，这几个师弟就像小跑似的，给他打热毛巾，斟茶，弄这个，弄那个。我的四徒弟就是跟他合不来，怄气走的。若论他这个人，很知要强，也很自爱；就是脾气不好，太刚太傲，眼中没有别人。说话更嘴冷，随便一句话，就把人的心扎一下。"

李兆庆微微一笑，师兄丁朝威批评袁振武的性情，倒有半停跟丁朝威当年的脾气相类。丁朝威就是生性傲冷，只是看待同学不甚严刻罢了，别的毛病简直跟今日的袁振武难分上下。丁朝威当年也是没有耐性，李兆庆记得自己那时候以小师弟的地位，跟大师兄学艺时，丁朝威往往不肯耐着性子指点，总嫌自己笨。现在，展眼四十年，易地而处了，他这徒弟袁振武指教同门，也是不耐烦，他倒看不下去了。可见两个人的脾气禀性，如果真是一样，反倒不易投合。丁朝威的性格偏于刚直而冷傲，他却看中俞振纲的韧柔而肠热，这真是相反相成，刚柔相济了。

丁朝威既不受劝，成事不说，遂事不谏，李兆庆也就不再言语了，半晌，才笑着说："大哥，你还记得咱们那时候不？"

但左世俭却说："伯严现在就是这样办了，不过，还得安排将来。你以后怎样发付袁振武呢？"

在封剑传宗的当晚，左氏双侠看出袁振武的处境难堪，为了安慰他，曾特地把振武找来，屏人很劝慰了一阵，打算临别时，就把袁振武带走。双侠既然答应收他为掌门户的徒孙，就要认真把他收归门下，一对老头子说是趁着还能动弹，要好好地指拨他，成全他。袁振武沉了一沉，称谢道："师祖的意思，是怕弟子在师门不好看。师祖，你老看错了，弟子实实在在绝没有争长争名的心思。弟子跟我老师多年，我们爷两个脾气非常投合，跟亲父子一样。他老人家这回废长立幼，实在一秉大公。若依着我老师的私心，倒恨不得把衣钵传给我；无奈弟子镖法不行，我老师又得遵行先师祖的遗训，没法子，才选中了我俞师弟。究其实我老师心上最偏疼我，我不是体贴不出来。……弟子的技业还欠钻研。弟子打算仍在我丁老师门下学习几年，只要老人家不撵我，我决不走。别看弟子不得当掌门弟子，弟子还是舍不得离开这里，我还想让师父好好地教给我钱镖打穴法

62

呢。……这么办吧，弟子还是先伺候我丁老师两三年。等到三年以后，师祖如不嫌弃我，那时我再往冀南找你老人家去，那时节我再求二位师祖栽培我。"

说话时，态度自然，毫没有惭恨怨妒之意流露；左世恭、左世俭这对老头子，倒叫他这一番话感动了，拍着袁振武的肩膀道："好！振武，你这孩子真明白，真有容让，难得的很，我最喜欢像你这样的。你今年二十几了？"袁振武道："弟子二十七了，实在没出息。"左世恭眼看着老弟左世俭道："不忮不求，这孩子真是难为他。我一定要收下他。振武，三年之后，你只管投奔我去。"袁振武道："师祖过奖，弟子一定要去的。"

大礼已成，华筵已罢，丁宅上下还是很忙。袁振武照平常一样，忙前忙后，提起精神来，给师父照应一切。但由授剑之日起，名分已定，自然不便再教师弟们练武了；就有同门找他，他也笑着推辞，道："找大师兄去吧，我还要找大师兄呢。"这句话倒像扪之生棱似的，可是他也不得不这么说。同门群弟大半跟俞振纲不错，自然这是俞振纲好脾气，有耐性所致，他又口懦，不好说人。但马振伦却与袁振武交情深厚，最谈得上来。马振伦避着人，私问袁振武将来的打算，并且说："老师这一回办得实在不大妥……"袁振武连忙摆手，道："你不要瞎说！振伦，我盼望你揭过这一章去，你别跟我谈这一段，好不好？"马振伦看着袁振武的神色，忍不住又叩问他的心思和将来的打算，袁振武通通拿别的话岔过去。一晃五天，左氏双侠走了，李兆庆师徒也告辞回去了。

袁振武和往日一样，照常替师父料理家事，只不过有的地方，只帮忙，不再做主了。遇事请教俞振纲，称俞振纲为师兄，俞振纲再三谦拒，又禀知师父。丁朝威道："振武，你还是师兄，你不要这样称呼他。"但袁振武说道："师父，这是什么话？弟子不能由我这里错了辙，乱了行辈。"丁朝威年虽老，禀性依然倔强，闻言怫然，遂吩咐俞振纲："你二师兄既然总这么说，你何必谦让，由他叫去吧。"

袁振武一切都和往日一样，只有三样不同，第一是改了称呼，第二是不再教同学，第三是他往日常上街闲逛，现在有事没事，总在自己屋里坐着看书。丁朝威也时到他屋里看他，他忙站起来侍立；丁朝威翻动袁振武所看的书，只是一部《三国志》罢了。振武平日不好看闲书的，现在却是上场子练功夫。下场子就到屋里一坐，看书，练字，写大楷，这是他先前没有做过的事。一群师弟们遵师切嘱，称俞振纲为俞师兄，袁振武为袁师兄，礼貌照前。可是下场子教功夫，倒是胡振业的事了。袁振武依礼不再教，俞振纲据情不好教；丁朝威明明看出来，背地里把俞振纲数说一顿，教他以后当仁不让，不许再谦退了。

光阴有时过得迅速，有时过得迟慢。自经授剑之后，袁振武觉得光阴过得太慢。好像挨过一整年似的，实际才两个月有零。到第四个月头上，袁振武忽然接到家信，掉着眼泪，告见师父。一进上房，便磕了一个头道："师父，弟子的母亲病了，病得很厉害。这是弟子的家信，催我赶紧回去。"丁朝威道："哦！你母亲病了？是什么病？"袁振武满面凄惶道："信上没有提明，不过家母原有肝气病的病根。一定是又犯了。家中又没人，叫人很不放心……"丁朝威望了望袁振武手中的信，袁振武忙双手呈上去。这封信上写着："字寄山东文登县东关丁府袁二爷振武平安家报"，下款便是袁振武的故乡"直隶乐亭南乡袁家庄"。丁朝威只看了看这信的封皮，就把信原封交还了振武，沉思一回，道："你母亲既然病了，那么你打算怎么样呢？你可是要回去，看望看望么？"

袁振武侧立在师父面前，自己将信笺由信封筒内掣出来，是两页花笺，写得满满的字。信手翻动着，对师父丁朝威微喟一声，道："弟子此刻心乱如麻。家母是上了年岁的人，她老素有气喘的病。弟子打算跟你老告几天假……"

丁朝威"哦"了一声。袁振武忙道："弟子也知道自投师门，技艺未成，实在不应该半途而废。但是家母上了年岁，又是老病，弟子的内人又打五年前死去了，家里实在没人服侍。这封信催得着急，叫弟子马上就动身。老师，你老瞧，这不是说着：'病重思子，见字速回，迟之一日，恐贻终身之悔。'……你老瞧这话！"双手又把信举过来。

丁朝威摆了道："不用看了。我们武林中人，最讲究孝、义二字。你老娘既然抱病思子，自然你应该赶紧回去才是。但盼吉人天相，你母亲早早告痊，你再敞开功夫学艺，也易得安心。做老师的焉能强留你？不过是，这信你多咱接到的？我听说你是行二，你大哥呢？他现在家么？"

袁振武道："信是咱们文登县本城威远镖局给捎来的。我的大哥倒不常出门，不过他也有时候到保定铺子里看看。这信里没提到他，也许他上保定去了。你老看，这信上不是说，家中一个男子也没有，连请医生抓药都为难么？我大哥多半许没在家。"

丁武师沉吟道："那么，……就是令兄在家，你母亲若是真格的病了，她自然也盼望你回去，你打算哪天走呢？"

袁振武皱眉道："师父府上这两天也没什么事。若不做什么的话，弟子打算今天就走。我可以到烟台搭海船。"丁武师笑道："今天就走？那太急促了。你我师徒也相处多年了，你这次回家……"改换话头道："我想你母亲既是老病，也不见得迟误两天就怎么样。我还要给你饯行呢！你看明后天走，可行么？"

丁朝威非常和气，坐在椅子上，伸手一指茶几旁的坐凳，命袁振武坐下，和他蔼然叙话。袁振武肃立不动，嗫嚅道："老师给弟子饯行，弟子万不敢当。况且家母病愈，弟子稍为在家耽搁个月期程，还要立刻翻回来呢。弟子既然忝列师门，总盼望恩师始终成全我，等到我学艺粗成，才肯拜别师门哩。老师既然这么说，弟子就多耽误一天，明天一早走。弟子打算现时就打听船去。"丁武师默然寻思了片刻，道："你明天一定走，我也不勉强拦你。本来我立的门规。弟子艺业未成，绝不愿他轻离师门。你这回却是例外。你关怀母病，归心似箭，做师父的决不能强把你留下，耽误了你的孝心。就是这样，今天晚上，我和你这几个师弟，给你送行。你我师徒也可以借一杯水酒，畅谈一回，你不要推辞了。"又说了几句闲话，把手一挥，令袁振武下去预备行装。

丁门中群弟子立刻全晓得这件事了——袁师兄接得家信，要旋里省视母亲去了，头一个就是得承师传的俞振纲，先来到袁振武的房下；口称师兄，黯然动问。他口齿素讷，很想开解几句话来，只是说不出口。袁振武看了振纲一眼，特别的客气，却将方才的话照样说了一遍：别师门，探母病；母病痊，就回来。别的话却没有，跟着胡振业、谢振宗、萧振杰等，也都来见袁师兄，慰问叙别，商量着也要给袁师兄备筵相送。袁振武笑道："诸位师弟们，咱们不过是小别；家母病好了，我还回来呢。刚才师父说，也要给我饯行，没有折杀我吧？我在师门中，鬼混了这些年，于师门三绝技毫无心得；我又不是出师，只不过暂时告假，你们送的什么行？不过我比小弟痴长了几岁，又早投师门几年，在俞师兄没接薪传前，师父命我给诸位领招；我呢，笨手笨脚，常不能善尽先导之责，我就很觉对不住大家了。大家还要给我饯行，这不是骂我么？"只匆匆地打点行囊，看觅船只；对师门饯别，坚辞不肯当受。

六弟子马振伦，和袁振武交深莫逆，听说袁振武突然告归，心中诧异，趁振武到各处辞行，抓了个机会，忙来陪他一同上街。暗中动问道："二师兄，你这回可真是老伯母有病了么？"袁振武豹头一低昂，虎目一翻，微微笑道："六弟，你这是什么话？还有拿老娘有病说着玩的么？"马振伦紧握着袁振武的手，叹道："二哥，你我弟兄彼此换心，你不要瞒我。你心上不痛快，我们是晓得的。我问你，你这一去，还回来么？"袁振武不答。马振伦又问了一句，袁振武低着头方要张嘴，却又笑了，大声道："六师弟，我怎么不回来？我的金钱镖法直到现在，还没有练成。既入师门，必得绝艺，我怎能半途而废，一去不回呢？"

马振伦非常叹息，徐徐说道："二哥，你的心我最明白，二哥，咱们学的是能耐，争的是志气。若叫我说，你竟可投到左师祖门下去。左师祖老哥俩既然那么爱惜你，我看你要是投了去，一定能得他老哥俩的重看，好歹把功夫学到手里。哪里不能学能耐？哪种功夫不能争名露脸呢？二哥，你千万不要因为这小小的波折，就灰了心。老实说，师父这一回事办得并不很对，我们做徒弟的敢说什么？那天李师叔和毛敬轩都不服气。说句不中听的话吧，二哥你性子太直，脾气太刚。你又爱憎是非太明，不像俞师兄有个韧劲。你那样教导我们，你是一份好心。可惜有好心，没好话。招得这几个同学都闹着受不了，有的说师父好伺侯，师哥不好伺侯。二哥，你就吃了这个亏了。只有我知道二哥的，二哥你是刀子嘴豆腐心，别看话厉害，心上满没什么！"

袁振武默然，跟着咳了一声，道："我知道萧师弟嫌恶我。"马振伦道："他是小孩子，他的话有什么干系？"袁振武恍然道："这一定是俞……我明白了，我袁振武就只知道凭良心一直做下去，我不会讨人的欢喜，我也不会哄师父；我不如俞，我很明白。"不觉地脸上变了颜色。但是马振伦却说："二哥，俞师兄人前人后，总是那样，他也没有什么。我告诉你二哥，你存在心里，可别说出来；这里头第一个不痛快你的，实在是我们那位师妹云秀姑娘和胡……"

袁振武矍然说道："是她不满意我呀？"这却是袁振武不曾想到的事。他自五年前丧妻之后，家中老娘屡催他续娶，他大哥袁启文也曾来信劝他。他抱定了初娶由父母，再婚由自家的主张，竟把母兄给他几乎聘定了的一头亲事，硬打退了。他要于武林中，物色一个女同好。而这个小师妹，虽比自己小着六七岁，他想自己久当掌门师兄之责，等到艺成出师之后，便可以敬烦大媒。……哪晓得遇着这废立之事！俞振纲一个后起晚进，带艺投师，入门既浅，技艺平常，想不到他竟越过了自己。他更想不到这个小师妹，平日载笑载言，同场习艺，师兄妹间似无芥蒂，怎么她会对自己大为不满呢？

袁振武忍不住了，陡然转脸，抓住了马振伦的手，道："这是真的么？你怎么知道她不痛快我？"马振伦道："唉！过去的事不必提起了。"

袁振武道："不然，不然！我知道师父素常没有看不起的意思。前月这回事，真出我意外，我正不知道从哪里受病。这么说，竟是我得罪了云秀的结果么？我可是怎么得罪她的？她是老师的女儿，又比我们小，又是女的。我，我，我怎么会惹恼了她？"马振伦道："二哥不要误会了。云师妹倒没有说出不满意你的话，她却是每逢看见你和俞师兄争胜，或者你跟我们练对手的功夫，你偶然失手，打重了我们，云师妹就不很痛快。她常说，袁师兄挟长恃艺，总想压人一头，这是她常说的话……"

袁振武爽然大悟了，半晌道："好！我明白了。不错，你瞧云姑娘跟你俞师兄怎么样？她又说俞师兄如何呢？"马振伦道："她说俞师兄有耐性，心细胆大，将来一定有成就。"

袁振武道："噢，这不是跟老师说的话一样了么！她一定说我没成就了？"

马振伦道："她倒没有那么说。她说二哥你有个狠劲，将来也有成就，就怕将来要多碰钉子，她说你性情暴！"袁振武猛然笑起来道："好一个女孩子！她是说我有个狠劲么？她说我性情暴，没有人缘。将来要多碰钉子，可是这样话么？"马振伦道："大概师父跟她都是这样说。"

袁振武竟忘了走路，沉思道："她也算是我的知己了，她说我有狠劲，哼，我就不会那么娘娘们们的，细嚼烂咽的，所以我就练不好金钱镖打穴道。但是，走着瞧吧。我和姓俞的天生就不一样；他会柔，我会刚；他会和气，我会硬气。我是男子汉，我不是女人！"

说到此，袁振武陡然咽住，觉得说话太多了，忙又换出笑脸来。对马振伦道："练武这种事，也不过是健身而已。我呢，到底也不过是奉了先父之命，叫我学会一套武功，在家乡住，省得受那帮土混混的气。你还不知道，我们乐亭那地方软的欺、硬的怕。我父亲万贯家财，常受本县绅士们的欺负。我先父就叫我大哥习文，考秀才，中举，求官，借此支撑门户。又叫我习武，练功夫，应试武场，也无非是顶门户、守家业的意思。可是我既入门径，我又不打算跑马射箭了，我偏爱我们拳家技击；我觉得做了武官，也没甚意思，还不如做个武林名拳师，倒也可以震慑乡党宵小。我们邻县的名武师童敬林，家有两顷地，徒弟盈门，谁也不敢欺负他，他的功夫我是很羡慕的。只是那时他已经闭门不授徒了，承他推荐，把我引到咱们丁老师门下。我已经学会这一套太极拳，又学会一手太极剑，够用的了。实告你说吧，我这次回家看望家母的病，母亲病好我也不回来了。我从此要洗手不再练武，我要在家务农了。有这点功夫，足可以支撑门户；再练得更好，又去做什么？我不想开门授徒，我也不想保镖为业，我从此不干了。"

马振伦道："倒是我说错了，二哥千万别灰心，还是更求深造。依我讲，还是投左师祖去的好，他也是直隶人，和二哥同乡。"袁振武微笑摇头。马振伦不觉凄然，喟叹道："这么说，你我弟兄相见无日了！"言下颇有恋别之意。袁振武收拾起一切的话，转而安慰他，道："六弟，那日后的事也不一定。没腿的山碰不到一处，两腿的人说不定何时何地，再会凑到一处，你不要惜别呀！你家的住脚，我是知道的，你我弟兄今日暂别，咱们还可以常常通信。青山绿水，我们相见有期！"

到了傍晚，丁府上果然摆上酒筵，给袁振武送别。袁振武不再推辞，开怀畅饮。群师弟问他：何时归来？他答得很好，只要老母病愈，把家事稍为料理料理，即便回来。他笑说："我在家里是待不住的。我在这里，上有老师，下有同门师弟，多么乐！到乡下一蹲，出门看见庄稼，回家看见土炕，多么闷？"说的话气很自然。又对师父说："这里没有外人，老师，何不把师妹也邀出来，一同坐坐？"丁朝威笑道："她女孩子家，哪有她的座位？"袁振武向师父一屈膝，道："弟子这就走了，老师赏弟子这回脸吧，她也是你老的徒弟啊！"丁朝威笑了笑，无所容心地把女儿云秀叫来。丁云秀不肯出来，但被催请不过，就来到内厅筵前，在她父肩下坐了。

袁振武眼望师父，又看到俞振纲，然后看到丁云秀姑娘。又对一群师弟胡振业、马振伦、谢振宗、萧振杰看了一眼，他就欢然斟酒，敬献在师父面前，道："弟子借花献佛！"丁朝威接来一饮而尽。众人又依次向袁振武敬酒，袁振武欣然不拒，依次还斟。然后酒过数巡，又斟起一杯酒，向群师弟说道："小弟几年滥竽师门，奉师命替师父传艺，给诸位领招；在小弟自己，尽心竭力，从不敢藏奸偷滑。只是小弟性情粗鲁，未免有望成太切、喂招太猛的地方。这是小弟的大错，想起来就很自悔；纵然安心为好，也许无意中，有面子上叫诸位下不去的时候。这实是小弟的糊涂，还求诸位老弟原谅我个居心不坏罢。"他竟将这杯酒送到俞振纲面前，道："俞师兄赏脸饮这一杯，就算我向大家谢过！"然后又斟一杯，仍推到俞振纲面前，站起来说："小弟这番回去，省侍母疾，所有师门一切服劳之事，有掌门师兄在，倒也用不着小弟越俎操心。小弟此去虽暂，可是本身功夫绝不敢放下。我这人天生粗坯笨料，性子又不好，不像俞师兄这么有耐性，时常若得师父替我着急。我以后知过必改，一定努力振作一下；就拿这趟小别，作为我袁振武悔罪知非的起日。俞师兄，你就看我的将来吧！"

俞振纲脸色一变，站起来方要答话；丁武师微微一笑，早把话接过，道："好！但愿你将来出人头地，不但振纲，就连我做师父的，也在这里睁着眼盼望着你呢！振纲，把你师兄这杯酒喝了，我也陪一杯。"袁振武叫道："好！我谢谢师父，谢谢俞师兄。"

袁振武又斟上一杯，意欲还敬丁云秀，顾及男女之嫌，遂推杯交给萧振杰。道："九弟，你替我敬师姊一杯。我袁振武自入师门，上承师父、师母的错爱，下承师妹没拿我当外人，相处这些年来，真像一家人一样。现在暂别，请师妹赏饮这一杯。我今后一定把自己的坏脾气极力改掉，我得要自勉，就到十年、二十年以后，我也决忘不了师门相待之恩！"丁云秀忙道："师哥，这可不敢当。我父女始终没拿师哥当外人，师哥也看得出来。我敢说我父亲待承二哥，跟我亡故的大哥一样。只盼二哥回去之后，老伯母早占勿药，二师哥还是赶紧回来，咱们在一块儿好好地研究镖法和打穴法。你想，你在这里，忙前忙后，我父亲省去多少心？我父亲一天也离不开你，你还不明白么？"袁振武笑道："我明白。"丁朝威道："你能明白，很好！这就全在你了。"

袁振武酒泛上脸来，满脸通红，不禁说出几句话；跟着连饮数杯，忽然呕吐起来。众弟子齐说："袁师兄醉了。"把他扶到屋内，众人终席而散。

丁云秀进了内宅，找到内书房父亲面前。丁武师正饮茶看书，抬头看了看女儿，道："你还没睡？"丁云秀立在案旁，手扶桌边道："爹爹，你看袁师兄他这次回家，还回来么？"丁武师道："怎么，你以为他不回来了？"丁云秀道："只怕是吧。"

丁武师眉峰微蹙，道："我倒看不出！我辛辛苦苦教了他将近十年，固然也受过他们的赞敬；他们总该明白，我姓丁的不是指着授徒过活。我传给他们的是真实本领，我哪点对不住他，他会不等出师，借词告退？"丁云秀默然地笑了。丁武师就好像真看不懂袁振武的悻悻之态，半晌又说道："你莫非说我待他有不好的地方？"云秀姑娘低头道："不是这话，还是爹爹传宗的那一回事；女儿可不该说，那好像太跟袁师兄过不去了，又当着那么些人。爹爹你看，连李师叔不是都说了话了？何况袁师兄素来心高气傲，近几年他早以掌门师兄自居。爹爹却把他按下头去……"丁朝威怫然道："我为什么越次传宗，我还不是为发扬门户么？振纲比振武强，我自然传给振纲。振武要争气，怎么不好好地练能耐，练镖法？怎么，你也嫌我传得不公嘛？"

丁云秀粉面通红，知道父亲又发了那不认错的倔强脾气了，忙打岔道："爹爹，你老怎么又这么样想了！谁说你老不公平？只是说你老越次传宗，该给袁师兄留点情面。女儿不是早就说过么，你老等他们俩全出师的时候，只对自己的人一说，在自己家里行个传宗礼，就可以了；你老却大请客，当着大庭广众，废长立幼。袁师兄又是刚强的人，他怎会下得来？胡师弟私自告诉我好几次了，从那回事以后，直到现在，袁师兄看表面上驯如绵羊，可是他心上非常难过。胡师弟说，他夜夜都没有睡着过，总翻来覆去地折腾。爹爹只是看他面子上好像满不在乎似的，若叫女儿看，他未尝不是暗中较上劲了。他这一走，女儿早就想到，只怕……"

丁朝威把书本一放，冷笑道："他较劲？好！我盼望他较劲，他能要强，岂不是更好？你们总以为我废长立幼，当众辱了他；你可不知道我为什么当众传宗？我正为有这废长一节，我才当众宣布。我若暗地把衣钵传给俞振纲，哼哼，只怕将来我死之后，就有同门争长的戏唱哩！一个年轻人不想要强，肚子只装着一罐子醋，我老头子就看不上。我真没想到他还有这一种坏脾气，我总算没瞎眼。他刚才那种话，我就听不惯！我倒要等着他！"老头子越想越怒，就拿自己女儿当了袁振武似的，闹了起来，其实袁振武何尝吐露出着迹的话来！就是别筵上那几句话，也不过引咎自勉罢了。丁云秀粉面愈发通红，也似含嗔地说道："你看，你老人家倒和我吵起来了。我只怕袁师兄这一去，不再回来，还是小事，我只怕他后来和俞振纲作对啊！"

丁朝威霁颜道："你说的也是。不过，我不懂什么叫作对！我既以俞振纲为掌门弟子，若有个风来雨来，他竟一点挡不住，我也就要不着这掌门弟子了。你不用过虑，袁振武这孩子，我早就看透他了；他刚傲有余，沉着不足，我看他只怕压不过俞振纲去！"但是丁武师的片面推断错了，袁振武这个人不仅骁雄，他还有个坚忍沉着的狠劲！

饯别筵上，袁振武扶醉归寝。掌门弟子俞振纲在终席之后，师父、师妹回归内宅，一群弟子也都散去，他就怀着不安，退入私室。袁师兄的话风，已经微露棱角，自己怎么连一句表白心情的话都造次说不出来呢？袁师兄的脾性是这样，师父的脾气又是那样；当着师父的面，要想对袁师兄表说两句，也真是左右为难。

反复思量，俞振纲辗转不能成寐；悄悄地起来，邀着胡振业，要到袁师兄房中，做一度剖心惜别之谈。但是袁振武已经沉醉大睡，呼唤未醒；与他同舍的马振伦，也已解衣而卧了。俞振纲退了出来，心想着明天早晨，可以亲送袁师兄登程，有话那时再说；想了想，遂解衣归寝。

直到次日天晓，鸡鸣三唱，俞振纲起来，率同门师弟胡振业、谢振宗、萧振杰等，来到袁振武房门。与袁振武同舍的马振伦刚刚起来，穿着短衫往外走，一见俞振纲，迎着叫道："俞师兄，你瞧！袁师兄也不知道什么时候，竟悄没声地走了！"俞振纲、胡振业一齐诧异道："昨天说得好好的，师父还叫我们大家送袁师兄上船呢，他真自己个走了么？"几个同门随着马振伦，一齐进了屋。只见袁振武的房内四角空旷，床上只留下一条薄被、一床褥子；他昨日打点好的网篮被套等物，已经先时送出去了。这时屋中是人去楼空，任什么也没有了。

俞振纲不由一呆。胡振业道："这不能吧！他昨天喝得大醉，怎么会老早的就走了？"忙到门房询问，门房道："袁二爷由打四更，就自己开门出去了。临走叫醒我，教我关门。我问他：袁二爷这就走么？他说：不，我先去看车。"胡振业道："这么说，袁师兄恐怕还没有走。"马振伦摇头道："不然，我猜他什九走了。"

萧振杰道："这得禀师父一声去。"胡振业一把将他扭住，道："你先别忙。俞师兄，师父本来吩咐你我三个人亲送袁师兄登程，现在他若没走倒罢了，他要是真走了，咱们是不是进去回一声？"俞振纲略一沉吟道："好在袁师兄昨夜就说过了，今天走得早，就不再惊动师父了。袁师兄也许真是看车去了，我们先找找他。"

于是俞振纲、胡振业和马振伦三个人，急忙穿上长衣，去到车骡店打听，但是车骡店竟没见袁振武来。又到城里镖局询问，镖局也说袁振武并没有来请搭伴同行。文登县城地方不大，三个人找了一圈，没得袁振武的影子。胡振业道："也许袁师兄这工夫回了南大街了，我们回去看看呢？"三个人又折回丁朝威的宅内。

此时天色大亮，丁朝威早已起来了。按照平常的规矩，就该督促徒弟下场子、练功夫了。从封剑之后，这督促之责，便交归俞振纲。丁武师一起来，记起女儿昨夜之言，漱洗已毕，便问了下来："袁振武起来了没有？"萧振杰冒冒失失地答道："袁师兄天没亮，就悄没声地走了，现在各位师兄都出去找他去了。"丁武师奇怪道："他悄没声地走了？他什么时候走的？叫你俞师兄来。"萧振杰见师父面色似不平善，慌张地答道："俞师兄、胡师兄、马师兄都出去找袁师兄去了。袁师兄是起四更走的，我们都还没起来呢，我们都不知他走了。"

丁武师勃然大怒道："好，他公然不辞而别！他还没有离开我眼皮底下，就敢这么狂傲忘恩。我老头子有什么亏待他的地方，惹得他寒心？去，快去到码头上，把他追回来，我倒要问问他！若容他这么离开文登县，我丁朝威没脸见人了。"

萧振杰吓得连声答应，只是站住了发怔。丁武师把桌子一拍，喝道："怎么还怔在这里！你这小废物，快把你俞师兄找来。"

丁朝威大发雷霆。丁云秀姑娘忙走过来劝道："爹爹别生气，袁师兄昨天不就说了么，他要赶船。怕动身要早、走的紧，就不惊动你老了。他昨天不就给你老磕头辞行了么？你老别听振杰这孩子胡说，他有好事，也说不出好话来。振杰，你快去把俞师兄找来吧。"

萧振杰如逃难似的退下来。刚刚晃悠着，要出去找俞振纲，恰巧俞、胡、马三人已经一同回来。萧振杰一五一十告诉了俞振纲，道："师父又发脾气了，嫌袁师兄私走，要找你要人哩。你快把话编好了，再上去吧。"

俞振纲道："袁师兄走了，师父怎么找我？"萧振杰道："你不信，师父刚才就直找你……"胡振业："得啦，又是你这个砸锅匠，把师父招翻了。"正说着，丁云秀不放心，已然走了出来，忙对俞、胡关照了几句话；又嘱咐了几句话，叫俞振纲自己上去，把胡振业、马振伦全留在外面。

俞振纲见了师父，丁武师铁青着面色道："振纲，你上哪里去了？你可知道袁振武不辞而行了么？"俞振纲道："弟子知道！袁师兄这可不对了，他简直像叛师忘恩；所以弟子才一晓得，就擅作主张，跟师弟们赶下他去了。弟子追上他，要当面请问他，师父哪点错待了你，你这么拔腿就走！他若说不出个所以然来，弟子就不能好好放他离开文登县！"

丁武师的怒火稍息，倒背手，说道："对！好孩子，是这么着。你刚才没有打听着他的去路方向么？"俞振纲道："刚才在城里找了个到，他竟没在城里，也没人见着他。"丁武师想了一想，道："他一定奔码头去了。"

俞振纲："弟子也这么想。弟子这就奔码头找去。"转身就要走。丁武师道："且住！你一个人去，差点……"俞振纲道："弟子还是叫胡师弟、马师弟，我们三个人一同去。"丁武师道："好，就是这样，越快越好。你对他说，师父有话，要当面对你讲。他只要胆敢说出一个不字来……"俞振纲道："那，弟子哥三个就不能叫他容容易易地走了。"丁武师脸上的怒容越发消释了，并且露出笑容，道："对！可是，你们也不要太鲁莽，你们还得拿他当师兄看待。"俞振纲道："那是自然，只许他无礼，咱们可不能错了辙。师父的心，弟子很知道，你老只管望安。"

丁武师十分快慰，一摆手，叫俞振纲退下，临行又催了一句，道："你们立刻就去。"俞振纲道："是的，弟子不吃午饭了，我们在外面买点什么吃。"说着，大岔步走了出来，丁武师倒背手进了书房。丁云秀姑娘在旁听着，借了个机会，跟着出来。

俞振纲来到外面，抹了抹头上的汗，群师弟纷纷动问："师父交派了什么了？俞振纲摇手道："振业，振伦，快穿上长衫，咱们赶紧到码头上走一趟。"三个人忙忙地穿上长衫。丁云秀追出来，叫住俞振纲，道："俞师兄，你真要追赶袁师兄去么？"俞振纲皱眉道："师父正在气头上，怎么办呢？"云秀姑娘道："我告诉你，你当真把袁师兄追回来，老爷子一定要先责罚他一顿，再把他逐出门墙。那岂不更反恩成仇了么？俞师兄，你要明白，袁师兄为什么灰心？岂不是因为爹爹传宗赠剑，把他越过去了？你务必要从中转圜一下子。现在顶要紧的是，先把老爷子哄得不生气，也就罢事的了。"俞振纲沉吟道："师妹说的是，我这一去，见机而作。"

云秀姑娘摇头，道："不然，不然！我告诉你，你赶上他，最好开诚布公的，先安慰安慰他，然后催他赶紧回家。"说着，又把自己手抄的一本剑谱找出来，交给俞振纲，低言悄语，说了几句。叫他万一赶上袁师兄时，可以假传师命，把这本剑谱赠给袁师兄；反正他是不回来的了，倒也不必再说别的。俞振纲点头默喻，立刻率两个师弟，奔往码头。

俞振纲想：这一次见了袁师兄的面，好好地剖心露胆劝劝他，第一，恢复了师门感情；第二，化解了同门怨恨。却是打算得尽不错，哪里知道，奔到码头上，寻遍各船，何曾有个袁振武的影子？

袁振武飘然远引，正不知他是走水路，还是走旱路？也不知他究竟是回家探母，还是别走异途？总之，他从四更一走，自此文登县就不再见他的面了。就是在山东地界，起初还有人偶尔见过他一两面，以后就销声匿迹，中原武林中，再不闻袁振武这个名字了。丁朝威老武师当然愤怒，经爱女开解，爱徒哄劝，日久天长，也就把这件事忘怀了。

文登县城南大街"绸缎丁家"，自从广宴众宾，封剑闭门之后，丁朝威这老人果然不再谈武。但是丁门中，照样的由掌门弟子俞振纲代师授徒，把拳、剑、镖三绝技，日日精练。却是在起初在袁振武未走时，丁武师督促俞振纲还不甚严；自有这一变，丁武师口头上任什么不说，却逼迫俞振纲和胡振业的课艺越严，就是女儿丁云秀，也天天催着她下场子了。

还有袁振武的故乡——直隶乐亭县城，本来没有镖局，却有信局。丁朝威托了朋友，打听过两回。打听的结果，袁振武之兄袁启文先曾出仕，现时在家。袁振武早婚丧妻，已生一个女儿，家资富有，是当地首户。袁振武却是回家了，却是稍住便又出门。——这样看来，丁朝威这老人表面刚傲，骨子里并不是没有心计的人，他似乎无形中也有了戒备，也有顾虑。

日移月转，一晃半年。忽一日山东济南府盛字镖局，来了一个行色匆匆的少年，求见总镖头铁胆谷万钟和镖师三才剑徐勇。虽只半年，这铁胆谷万钟谷老英雄，已因年衰告休了；三才剑徐勇也已押镖出去，不在镖局。这少年又打听其余的镖客，恰有滁州名武师楚宝珩，接任盛字号总镖头；一看名帖是袁振武三个字，想起来是文登县太极剑名家丁朝威二弟子，立即接见。袁振武以晚辈礼，拜见了楚宝珩。楚宝珩让座献茶，看袁振武满面风尘之色。动问来意，说是路过此地。问他近来做什么？说是给一家大户护院，刻下护着宅主的少爷、少奶奶，进京赴试。此来不过是过路，来看望看望谷老师傅，此外别无事情。手上还提着几包点心，都是济南的土产，是在街上现买的。

坐定闲谈，楚宝珩问候袁振武的师父，近来精神可好。袁振武起立恭答，道："家师托福平安。"慢慢谈到师门中事，楚镖师盛夸丁门三绝技，又夸袁振武得遇名师，跟着说："我在下和令师只是慕名，没见过面；得便我还想到文登县，看看令师去。"袁振武信口应对，渐渐露出不宁贴的神情来。忽然，袁振武反问道："楚老师傅，我向你老请教一件闲事。这武林中传授掌门弟子，向例是论能耐好歹呢，还是论入门先后？"楚宝珩不知原委，据情答道："这掌门弟子，照规矩一向就是大师兄；谁先进门，谁就是大师兄，不论年岁大小的，我们敝派就是如此。"袁振武道："这大弟子的功夫要不如二弟子呢？"楚镖师道："功夫就是稍差，他也是要替师父持掌门户的。五个手指头，哪有一般齐的？掌门弟子是个名分，不论功夫。就说我们敝派吧。我们一共师兄弟十一个人，顶数九师弟功夫硬，顶数老大、老四糟。可是掌门户、持家法的，还是我们大师哥。我们大师哥不但武功稍差，而且岁数也小。论岁数就是我们老三最大，跟我们老师只差四岁。"袁振武道："哦，原来如此。"楚宝珩道："一向如此的。怎么，袁老弟，你忽然问起这个来？"

原来袁振武把这传宗之事，很打听过几个人，认识的人知道他们这件事的，自然不肯实说，只权词安慰他。他就成了心病似的，但凡遇见武林中人，定要盘问盘问传宗掌门的事。

袁振武停了一停，又问道："听说家师聘女儿了，你老人家接着请帖没有？"楚定珩诧异道："接着了，怎么你不知道么？"袁振武脸色一变，道："弟子到南边去了些日子，没有得着家师的知会，半路上我才听人说。也不知聘给哪一家？也不知道是哪天办喜事？所以我要跟你老打听打听，我好预备点礼物，亲去一趟。"楚宝珩道："那就是了。我说郝先生，丁老师父是哪天聘闺女来着？他给咱们的那帖呢？"账桌上的司账郝先生站了起来，从一堆单据中，找出那份请帖：

谨詹于某年某日某时，为小女云秀于归之期，洁治樽觞，恭候台光！席设山东文登县南大街本宅。

丁朝威载拜

袁振武看着这帖，郝先生道："这里还有一张帖哩。"看时：

　　谨詹于某年某月某日某时，为长侄振纲授室之期。洁治樽觞，恭候台光？席设山东文登县剪子巷。

俞松城载拜

袁振武虎目一瞬，陡然醒悟过来，道："噢，吓，原来是这样，怪不得了！"一语出口，掩饰不迭。楚宝珩疑疑惑惑地问道："你说什么？怎么样了？"袁振武满脸通红，愣呵呵的说道："我听说，我们老师是招赘，这新郎原来是我们同门师兄弟啊！"

　　楚宝珩道："我也听人说了，入赘的新郎是丁老师父的一个最得意的弟子。"

卷　二

第七章

鹰爪王北游铩羽

流光易逝，草绿春城。忽一日，文登县南大街，"绸缎丁"家又复悬灯结彩；出来仆役模样的两三个人，把木刻的朱红楹联，照样装在门榜上，里里外外比前更忙。——那已是到了丁云秀姑娘于归吉期的前一天了。

老秀才俞松坡从故乡远来，给孤侄主婚。在文登县城剪子巷，暂租下小小一院，作为新房；可是一切花费，全出自丁家。俞振纲是这么孤寒，最亲最近的长亲，就是这位远房五堂伯了。

他这是入赘，恩师丁朝威膝下无儿，只此爱女；东床选婿，老早地看中了这第三门徒。自从封剑闭门，传宗授剑之后，这第三门徒便做了丁门掌门户的大弟子。二弟子既因母病，出离师门而去，现在一切事都由这第三弟子代师主持了。

三弟子俞振纲颇知自爱，感恩知遇，敬业尊师，对同门师弟倾心授技，颇代师劳。上得师父爱重，下得同门欢心，只半年工夫，他的人才越发秀出了，他的武功更孜孜日进，他的老师督促他仍然很严。他的太极剑本来练得不甚精纯，他常常用他自己最得意的太极棍；丁武师却天天教他习练太极剑，直等到获得剑术诀要为止。至于更求精进，那就专靠学者的自修了；到这一步，丁武师才稍稍放宽，不亲眼督促了。

这师生的脾气，一个外刚内热，一个外柔内韧，似乎性情相反，而实际上竟很相投。弟子的武功日臻大成，老师心上越发欣悦，自以为老眼无花，承授得人。就时常把弟子叫到书房，随便谈心，往往清谈彻夜，师生宛如良朋，简直可说这是一种前缘。

忽一日，丁武师的良友曹州府安利镖局老镖头崔起凤，被邀来到文登县。欢宴之后，这位崔老镖头就把俞振纲叫到客厅，屏人告诉他几句话。俞振纲脸红红的感激无地，口中说道："弟子幼丧生父，身世飘零，多承弟子的始业师乖爱，把我从学徒的地位上，提拔出来，一力成全我六年。后来看弟子菲材可教，我郭老师父就又恳恳地写了一封信，把弟子转荐到了丁门。在这里数年，又蒙丁老师过于错爱，把我这带艺投师的后进，超拔为掌门弟子。弟子今日莫说学有寸进，深感师恩，就是弟子当年得免沟壑，也都是生受郭、丁二位老师的大恩。弟子感恩知遇，视师如父，并不知将来如何才能报答！不想恩师又这么看重我，不嫌我出身寒微，竟要把他老人家膝前唯一的爱女，下嫁给我这个孤独贫贱的小子，我实觉对不住恩师，怕耽误了师妹的终身！"

俞振纲素不善言，对这提媒的大宾感激零涕地说了这些话，连自己也不知道这是感激，还是推辞；但是他口头说得尽管欠明白，他脸上的神气，却带出感切入骨的真情来。大媒捻须答道："俞老弟，你不要心里不安了。你师父没儿子，你应了这头婚事，你从此便是你师父的爱徒，又是你师父的爱婿，你将来正好拿这半子之分，继子之亲，来好好报答你老师。日后养老送终，全都靠你了，你还愁没机会报答恩师么？"哈哈的一阵大笑，跟着道："老弟，你说我这话对不对？你要是愿意，来，跟我见你师父去，磕上三个头，改了称呼，亲亲热热地叫一声岳父。不就完了么？"又一阵大笑，登时拉着羞涩惊喜的俞振纲，到内室拜见岳父、岳母。

同门众师弟闻此喜信，个个来给老师、师兄、师姐道喜。老武师丁朝威这天却真是喜动颜色，俞振纲更是说不出的欣幸。丁云秀姑娘在事先，早已知道父亲的意思。这天叫小师弟们一哄，禁不得娇羞满面，俯首不能仰视，索性躲在内室，不敢下场子了。丁武师把这事预备得很快，一提亲，便纳彩；才过礼，便备妆奁。只两个月的工夫，俞振纲便和丁云秀涓吉成婚了。

表面上是亲迎，实在是招赘。丁武师不愿叫自己的爱婿落个赘婿的名称。所以地点，虽在文登县办事，仍请俞振纲的族伯来主婚。一切花费，丁武师变着花样，替爱婿措办。

到吉期这一天，悬灯结彩，鼓乐喧天，高搭喜棚，盛开吉筵。山东、河南、直隶、江苏各地的武林同道，和绸缎丁家的亲旧友好、同业同乡，纷纷前来道贺，车水马龙，装满了文登县半个县城。丁武师精神欢旺，捻须含笑，款待众宾。到账房一看，竟收了一千二百多份贺礼。那喜幛、喜联、添妆首饰，一盒一轴，不可胜计，都是先期送来的。内中却有一份飞来的礼物，直到发轿时才送到，不过是一轴喜幛。账房登簿时，首先诧异起来，这送的礼怎么会姓"段"，名叫"段贤"？再看幛词：做成金字。乃是"如兄如弟，共效于飞"八个大字。这"如兄如弟"四字出于《诗经》，上句是"燕尔新婚"，但是这么引用，和"共效于飞"的这个"共"字合起来，未免视之刺目，折之生棱。

账房觉得离奇，忙盘问那送礼的人。送礼的竟没等开脚力，丢下礼走了。账房急叫来门房根究来人，门房说：这个送礼的不是生人，就是本街上那个负苦的老柯；他说这顶幛子是今天早上，一个外乡人出了一吊二百钱，临时雇他来送的。送礼的人嘱他放下就走，不要谢帖，也不许要脚力。这分明是故意恶谑了！账房先生盘算了一回，晓得此事若被家主知道，必然发怒，大喜事也许生出枝节来。忙将幛子的金字藏起，又嘱咐了门房，把这事揭了过去。丁武师忙着聘女儿、款来宾，一点也不理会，依然欢天喜地的，但是男家俞振纲那边却惊动起来。

丁家这边于千数份贺礼中，收到这份怪幛子；俞家那边，只收了几十份贺礼，竟而也有这么一块红幛子。下款是"愚弟段贤敬贺"，题词更是恶谑。被新郎的伯父俞松坡看见，不禁骇异，盘问起来，道："振纲，这是谁送的？是你的同学么？"俞振纲过来一看，登时变色。俞松坡不由含怒，道："这必定是你的同学，跟你作闹，这太过了，太不像话了！"以为俞振纲跟同学顽皮惯了，才抬出这样恶谑来，俞振纲竟无法分辩，被俞松坡抱怨了几句，自然也将幛子藏起来了。入洞房后，新郎俞振纲，和新娘子丁云秀，鸳枕私语。话引话，说到这骂人不带脏字的幛子，俞振纲疑心是谢振宗、萧振杰干的。丁云秀姑娘笑着问幛词，略一寻思，便猜出这个送幛子的人来。但是一场喜事，到底不因这两幅幛子的恶作剧，便打破了人家的高兴。新人夫妇依然两情欢爱，丁武师依然大慰老怀。

成婚对月之后，新郎辞退了新租的新房，仰承老岳父的雅意，小夫妇搬回丁府。丁武师特辟了三间精室，给这娇婿爱女居住。三间房陈设着精致富丽的嫁妆，另外一个陪嫁丫鬟，服侍着姑爷、姑奶奶。自此不久，俞振纲竟在丁府做了少主人。丁朝威把家产分成三份，一份给了女婿、女儿；一份分给同族，堵住了远房侄儿的闲言；另一份说是自己留的养老田，实在也要留给女儿的。——这更是俞振纲不曾梦想到的事。但是，当俞振纲在师门中欣得艳妻、享尽艳福的时候，那飘然远引、怒出师门的袁振武，竟为别求绝技，跋涉风尘，受尽了坎坷！

袁振武自离师门，先回到故乡乐亭县，探看老母，一叙天伦之乐。在家里勾留了些天，快快无聊，还是想出门。母亲和哥哥劝他息游家居，择配续弦；袁振武摇头不肯，把他的小女儿仍然交与祖母抚视着，乳母护养着。袁振武决然束装上道，多备资斧，先游冀南，又折入山东省境。在山东徜徉经月，一事无成，愧然住在店内，盘算了一番，想要更进一步远游访艺。屈指算来，本省武强周家，他已经登门拜访过，没见着本人，不得要领而退。顺路又到大名府去了一趟，也是徒劳奔走。从大名府折到曹州府，可惜曹州府佟家坝的佟老英雄，据他门上人说，已经北上进京了，机会不巧，也未得遇上。

于是怅怅盘游。这一日来到鲁垣，往访盛字号镖局。未得会着铁胆谷万钟，由新来的滁州名镖师楚宝珩接见。匿情闲话，潜访师门动静，竟在镖店柜房上，看见了师弟俞振纲和师妹丁云秀的完婚喜柬！不由得精神一振，失声大呼！楚镖头摸不着头脑，疑疑思思地看着袁振武的脸，说道："令师招赘，听得新郎是令师门下一个最得意的弟子。你不去贺喜去么？"

乍闻喜讯，刺耳锥心，袁振武仓促不能置答。半晌，心神稍定，唯唯诺诺地应了一声，道："是的，是的，弟子这就要去。"不由得呆坐在那里，默默发愣。

但是袁振武神思不属，也不过片刻之间，旋即提起精神，口头上和楚镖师讲些闲话，心中暗打算盘。忽说道："弟子这是路过来拜访铁胆谷老师傅的，来得不巧，没有遇上。楚师傅，我再向你老打听一件事。现在武林中打穴、点穴的功夫，顶数哪家有名？会打暗器和会接暗器的，顶数谁呢？"

楚宝珩道："讲到打穴，头一位自然是令师，他能用金钱镖打人穴道，这门功夫太难太好了。其次曹州佟家、武强周家，这都是有名的；可是点穴一功……"袁振武道："这几位，弟子都听说过，是北方的名手，不知道南方还有谁？"楚宝珩道："南方么，听说鄱阳湖有一位出家人，叫作五峰山僧，也擅点穴，又擅按摩接骨之术。四川也有一位能人，好像是姓解呀，也不知是姓谢？此人也擅点穴。至于会打穴的，除了令师而外，成名的人历历可数，不过三五个人罢了。江西南昌有一位老英雄，叫作什么金刚圣手范海阳的，善用点穴镢，曾经单人匹马，惊散了一伙江洋大盗，听说此人现时还在。"

袁振武忙问："这位范老师傅现时在哪里？"楚宝珩道："大概还在南昌设帐授徒哩。不过他这人选徒弟很苛，专挑品貌清秀的，又讨厌北方人。有的远道慕名，登门献贽，只要不入他的眼，他就峻拒不收；合了他的脾胃，他又多方罗致门下。这位范爷总算是最负盛名的了。还有，湖北汉阳城内，也有一位名声不大响，功夫实在高的打穴名家，此人姓郝名清，乃是一个大财主。（说起来，这郝清就是后来的汉阳打穴名家郝颖光的叔父。）

楚宝珩接着又道："河南乌龙集的银笛晁翼，是用判官笔打穴的。山西龙门薛筠，是用点穴镢的，就中以龙门薛筠的年纪最轻，威名也大；但是薛家向例只传子，不传徒。那银笛晁翼字良弼，也是才四十六、七岁的人，为人知书能文，兼通内外家的拳技。有一个心爱的徒儿，叫作姜羽冲，这小伙子就很够料。晁翼不但打穴的功夫好，也善接暗器。"

袁振武问道："是么？这位晁师傅现在河南么？"楚宝珩道："此人还在他的老家乌龙集住着。听说此人曾经出仕，做过两任守备，后来就退休了。我们这里的汪开平汪师傅，跟他师徒有个认识。据说这位晁老夫子最初是以判官笔打穴成名的，成名以后，他倒不用判官笔了。他这人喜欢吹弄笛子，他打造一管银笛，天天摆弄着；他能用这笛子，点打人的穴道。他这人外表满不像个武人，倒像个黑墨嘴、耍笔杆的，他的爱徒姜羽冲，也是个清秀文雅的少年人。乍一见面，师父文绉绉的，像个绍兴师爷。徒弟像个小书僮儿，外行再看不出他们有本事。这爷俩常常骑驴游山逛景。旱路上的大盗狗眼张飞，冒冒失失地拾买卖，被晁氏师徒遇见，上前好言拦阻。狗眼张飞糊里糊涂，把他看成平常人，一不搭碴，动起手来。狗眼张飞一连发出七支飞叉，都被晁氏师徒接了去。姜羽冲这小伙子手疾眼快，比他师父也不含糊，竟接了三支叉。狗眼张飞这才看出不好来，撒腿要跑，没有跑开，竟被人家点成残废。至今狗眼张飞还拄着拐，跑到江北跳槽，靠吃赌局为生了。这便是晁爷成全他的！"

楚宝珩说得高兴。屈着手指头，几乎把当代有名的英雄说尽。随后讲到善打暗器的名手，这比会打穴点穴的人又多了，一口气竟举出二十多个人来，暗器的种类也是无奇不有。内中能打又能接的，也有这么七、八位。八臂哪吒叶天来，如今已是六十多，奔七十的人了，他就善打连环镖，又善接镖。早年能够在夜间听风接镖，近年老了，二目昏花，只能白天接镖了，可是手法照样很利落。"不过听人说，这个人去年已经谢世了。"

袁振武听了，细追问善接暗器的名家，现存的都还有谁？言者无心，问者有意；楚宝珩想了想，也举出几个人来。如子母神梭武焕扬，如阴五雷冯静、阳五雷冯泰，如鹰爪王奎，如驴脸葛春茂，如纸捻儿郑三多，都是善发善接的好手，都是现时健在的人。袁振武记忆力特别强，聚精会神地听着，这些人也有他听说过的，也有他不知道的。他却把这些人物的能耐、年岁、籍贯、住处、收徒不收徒，一一打听来，都谨记在肚内。

又谈了一回闲话，袁振武道："楚老师这一席畅谈，开我茅塞不少。弟子涉世浅，哪里知道这些名人前辈，真格的芥子不知江湖大了。弟子现在告辞，改日再来候教。谷老师、徐老师面前，就烦你老代达吧。"起身抱拳，行礼告退。楚宝珩拦住道："吃了饭再走吧，忙什么？我还有事烦你哩。"袁振武忙问何事。楚宝珩道："我这里要给你令师备点人情。你师父又没有儿子，只一个女儿，这回出聘。这理当亲身往贺，无奈顶着这份生意，不能分身。我们这里备了一副屏，和一些匹头，我现在打算托你捎了去。对你令师，替我说客气一点。……"

袁振武道："这个，你老人家最好还是……因为弟子现在店中还有雇主等着我哩。这样办吧，我先出去办事，你老要是没人送，等我回来也好。不过，路程远，只怕弟子半月里翻不回来。"说着匆匆地往外去，口中还是盘问一两个善打穴、善接暗器的名手的住址，因为他对这一两个人还没有打听明白。

袁振武且问且说，直走到镖店大门，楚宝珩直送到大门以外。袁振武深深施礼，抽身告辞；楚宝珩眼看他下了前阶，走入大街，低着头一步一步，转弯抹角走开去了。楚宝珩这才回身归内，含笑说道："这个小伙子真爱打听，把那一对豹子眼都听直了，真是阅历浅。任什么不晓得，听什么都觉着新鲜。"说过了，也就自干己事，丢在脑后了。

袁振武一路上寻思："跟子母神梭武焕扬素有认识，无奈赶上人家不在家，白扑了一空，只遇见他的儿子武胜文。那鹰爪王的下落，总算打听出来了，却不知准对不对。那郝清是可以的，但又距此太远。现在投奔哪里去好呢？"又想到那两份喜帖："师妹丁云秀果然下嫁了俞振纲了。果然传言不虚，一定是招赘；不然，怎么俞振纲的伯父俞松坡，反倒上文登县来办喜事……"深思默揣，忘其所以，猛听对面吆喝了一声。急抬头，忙闪身，才晓得自己行路忘情，险些把人家一个三十多岁的妇人碰倒，不禁自己脸红起来。那妇人一手提竹篮，一手拿着半捆大葱，竟泼辣得很，顺手抡葱，照袁振武打了一下。破口大骂起来。袁振武把一对豹子眼一瞪，碗大拳头一举，忽的微唔一声，急急地抽身跑开了。隐隐听见背后闲人们的哄笑，和那个妇人的恶声秽语，袁振武夹耳根烧起来。但是他仍然一言不发，只顾像被鬼赶似的紧走，于是走出了这条街。

回转店房，往床上一躺，店房中当然只他一个人，也没有雇主，也没有旅伴。直到万家灯火齐照，方才迷迷糊糊地走出来，寻到一家饭馆，买酒独斟，喝了一斤半女贞。醉眼强睁，重返店房，命店伙泡茶浓饮，对着灯愣了一晌。把俞振纲入赘的日子掐算了一回，随即倒头睡下。次日起早，离济东行。半月后，没精打采地出了山东境界。

袁振武踽踽独行，心怀余恨。古道驴背上，茅店灯影里，怅念前尘，唯有一叹。一者，师门废立之事，予以难堪；再者，云秀下嫁，振纲入赘，说不出口的留下一种遗憾。马振伦私告自己的话，丁云秀对己不满的话，一想起来，就疑恨参半。"真的么？"

翻来覆去地寻思："在丁门这些年……年未弱冠，初入师门，那个小师妹才十二三岁，一派天真，娇如小鸟，同堂习艺，载笑载言；至今记得她蹬小蛮靴，披鹅黄短衫，打起拳来，玉腕轻挥，纤腰俏转，每每地叫着自己：'二师哥！二师哥！'这一招发的姿势对不对，那一招打的力量匀不匀，互相切磋，毫无避忌；似乎倍有亲情，视己如兄。等到她的胞兄夭逝，身在师门也已日久，越发相待如家人父子了。并且师母在病中，也曾滴着眼泪说道：'振武，你师父老运不好，把个独生大儿子糟蹋了，往后我们只指望你了！'自己也感激零涕，替师门服劳，代操家事，毫不外道。就是师父也说过：'师徒如父子'的话，叫我给师妹领招，把她当胞妹看承。……既而光阴荏苒，云秀及笄，她还是照常下场子；只不过在内宅独练的时候较多，逢到练对手时，才换上萧振杰，给她接招罢了。……起初自己'使君有妇'，未存他想；等到身赋悼亡，不由得潜动了求婚之念。

85

又虑到年岁稍差。恐有不合，一时犹豫未言。到了这时，可就俞振纲带艺投师来了，渐渐地情形有变！……而现在，旧梦成空，'罗敷有夫'！自己那番打算，幸而没有冒昧烦冰啊！……从今以后，自己将如孤鸿断雁，漂泊江湖，另寻际遇了！还有什么说头呢！"

思索着，袁振武摇了摇头。因又想起了俞振纲，看外表平平常常，他倒会买住了师父的欢心。又想起石振英，和自己吵过架，还有胡振业、萧振杰，只有马振伦，是个直肠人，和我不错……又想起了师父丁朝威，可怜自己一番热忱，临到末了，大庭广众之下，废长立幼。……封剑传宗那天的情景，火似的兜上心来。"我袁振武至死要争这口气，到底谁行谁不行！"啪的一鞭子，胯下骑的驴被打得一蹦，箭似的飞奔起来。后面的驴夫慌忙跟着飞跑。

袁振武愤然地踏上"访艺"的程途。楚镖头所说的南北武林名手，他定要挨个儿访到，不过这自然要由近而远。师祖左氏双侠情意拳拳，颇有垂青的意思，本要投了他去。转念一想："算了吧！除了太极门，就没有别的路了不成？"脱然地离开冀鲁，决计走河南，访江南。

一路上栉风沐雨，饱受旅途颠顿。袁振武出身富家，人甚能干，在路上少不得与车船店脚捣乱。但他已然自觉性情刚鲠，居然处处检点，痛加克制着。一路平安无事，这日到达豫南，历访武林，专心求艺。

在豫南空劳跋涉，竟无所遇；盘算着，要投乌龙集。拜访打穴名家银笛晁翼和他弟子姜羽冲，学学判官笔打穴的招数。又想要南下汉阳，投奔鹰爪王王奎；王奎鹰爪力在江汉一带，称得起威名远震，他又会接暗器，正是袁振武要访的人。正在计拟不定，忽从豫南，一家镖局中，扫听到鹰爪王的下落，说是鹰爪王现时正在豫北彰德府。是知府老爷邀他去当教头去了。

袁振武听了皱了眉头，大远地扑到豫南，这么说，又得翻回去，越发的徒劳奔走了。但是，豫南这边并没什么出色的拳家；乌龙集的银笛晁翼，据说新近家中出了岔事，被仇家寻上门来。豫南武林中盛传他身受重伤，已经闭门养伤谢客了。袁振武听了，又是一愣，道："那么说，这位银笛晁师傅的武功也不怎样啊？"

镖局那人笑道："强中自有强中手，不过这里面还有别情。银笛的武功当世无比的，你只听他受了伤，你可不知他把仇人毁得怎样了。十几个仇人夜袭他家，被他师徒二人料理了七八个，他那徒弟姜羽冲一手就打倒了三四个。"袁振武道："噢，原来是这样，仇人是谁?"镖局道："晁家避讳不肯说，只以寻常贼情报官；人们猜想着，这仇家脱不了还是狗眼张飞支使出来的。"又劝袁振武道："现在乌龙集闹得风声很紧，地面本来就不大太平。你老兄去了，恐怕不大妥当，还许被他们疑心是卧底来的呢。"

袁振武很懊丧，银笛这里只好留为后图。默想一回，终于打定主意，略歇征尘，重复折回豫北。

到彰德府城，先觅店投宿，第二日便忙着打听那个鹰爪王的行迹。好似走了背运一样，又不凑巧，鹰爪王竟在当地因了某种罪嫌，被官家抓去了。袁振武不由大患，出门访技，一连数处，竟连半处也没有爽爽快快访出眉目，回想前情，越发地怨恨了。当下把鹰爪王犯案缘由，仔细打听了一回。据说这鹰爪王果然武功出众，膂力刚强，被湖南一家巨族，聘请来护送远嫁的小姐，由湘入豫。因妆奁豪华，诚恐路远不稳，所以特聘名武师护送。鹰爪王贪财好利，欣然应聘，带着他四个得意的弟子，又借用了湖南镖局几个趟子手伙计，亲手护行下来。听说半路上真就遇上成帮的强盗，被鹰爪王王奎施展鹰爪力的功夫，镇住了盗魁。盗群中的二当家的武功很精，尤善打暗器，和三当家的、五当家的一齐动手围攻鹰爪王。鹰爪王以少御众，一点也没有伤。群盗用镖箭等暗器，远远攒打他，也被他将暗器接了去。大当家的一见这种情形，遂一笑借道放行。

鹰爪王从此声威远震，得意之余，可就未免骄狂。雇主聘请他，礼貌本优，他还要挑剔。半路住店，因争待遇，他的大弟子将人家一个亲信的管家，打得险些呕血。本家随行的二老爷很不满意，向鹰爪王说了几句话，教他约束弟子。鹰爪王又性情护短，竟与二老爷闹翻了。这位二老爷一见鹰爪王瞪着眼，直着脖颈大嚷，闹得很不得下台；知道镖客们武夫气质，翻了脸就许别生枝节。虽说护行的还有家丁兵卒，究竟可虑。便换了一副笑脸，倒赔小心，把鹰爪王安慰了一回，才将这场过节揭过去了。二老爷既是巨室，又是捐过功名的职员，怎肯认栽? 无形中衔恨下了。等到到了彰德，办完喜事，会过新亲，把这镖客无礼的话，告诉了男亲家彰德府知府。知府就将鹰爪王师徒抓了来，打了二十板子；把鹰爪王和肇事的徒弟，一齐送入监狱；先押他几天，折一折他的野性。心想押些日子，圆过面子，便可以开释了。

哪知武夫们宁死不辱，鹰爪王师徒在狱中闹得翻江搅海，把二老爷和知府丑骂得不堪。他的二徒弟、三徒弟、五徒弟闻警先期逃走，却潜伏在狱外，一心要给师父报仇出气。粗鲁汉子，糊涂主意，一下子把事弄大了。鹰爪王的徒弟一面通贿赂、递消息，一面盘算怎样帮助师父越狱，一面又要骚扰仇人。一着错掷，满盘全输，外面的三个徒弟也有两个被捕了，只逃走一个。师徒四人竟饱尝缧绁之苦，而且罪名也弄得吉凶难测了。

幸而有湖南镖局派来的那一个趟子手、两个伙计，还算是有心计、有担当的人。出事时，他们没有回去，忙忙地先藏起来，略避风色，跟着找到彰德府武林中的朋友和当地镖局同业，拿着江湖道的义气，请求他们帮忙。

彰德府的名武师田鸿畴和泰记镖店的总镖头尤敬符吓了一跳，相顾说道："想不到王五爷成名的人物了，竟不晓得民不斗官，力不斗势，我们又有什么法子呢？"当不得鹰爪王的徒弟愣头羊屈励才和趟子手方大福再三的央求，田鸿畴和尤敬符勉强答应下，先给托人打听案情。按理说，应该先从受祸处入手，田鸿畴便托当地绅士，求见二老爷，劝他看开一步。又道是："我们仕宦人家犯不上跟这些武夫结怨，有坏处，没好处的。就是把鹰爪王毁了，他们还有同门同派，固然我们不怕他们，可也不值跟他们一般见识。"这位二老爷也觉得把事做得过火，心上未免有点疑虑，但是这一案可惜已经弄到能发不能收的地步了。

那位知府正在气头上，对人说："这些亡命之徒胆敢阴谋破狱，幸亏我察觉得早。若当真被这个鹰爪王锯断锁镣，破狱逃出来，他又有好几个徒弟，怕不要弄炸了狱，连死囚也许被他放出来呢。他们太以的目无法纪，情同叛逆了；不重办他们，怎么能行？"话风中，又捎带着打听狱外是否还有鹰爪王的同党。这一来，那个说话的绅士也不肯多管了；反而有枝添叶，故甚其辞，对田鸿畴、尤敬符学说了一遍，劝二人不要蹚浑水，把祸害搅到自己身上。

田、尤二人越发的头皮发麻，立刻把鹰爪王的徒弟屈励才，和那趟子手方大福找来，一五一十，照样学说了一遍，抱怨他们："既然托我们说人情，就不该瞒着我们胡鼓捣，敢情你们爷几个竟往狱中传递犯禁的物件了，你们倒说得稀松？现在知府大爷很动怒，口口声声说是叛逆，还要查拿党羽。这可不是闹玩儿的，我劝你们哥们赶紧奔回去想法子吧。这几天外面风声很不好，你们又是外乡口音，一个弄不好，都打在网里，更坏了!"连连地摇头叹气，把事情说得很凶险。鹰爪王的徒弟愣头羊屈励才又惊又怒，就在泰记镖店大骂起赃官劣绅来："娘卖皮的，赖我们造反，我们就造反! 我爷们倒要斗斗这赃官!"把武夫的粗鲁脾气发作起来，不住地拍大腿，顿足乱跳。趟子手方大福愣呵呵地听着，也不知道该怎么好了; 镖头尤敬符和田鸿畴却吓了一跳。

田鸿畴就抓住了屈励才的手，按他坐下; 尤敬符就掩住了他的嘴，变颜变色地说："这是胡嚷的么，爷! 这镖店紧挨着大街，要叫做公的听见，你们俩一个也跑不掉，连我们也吃不消啊!"异口同声，催屈励才和方大福赶快离开彰德府。仍恐二人在此逗留，生出别的枝节来; 尤敬符急急地到柜房上，支出三十两银子，分作两份，拿来塞在屈、方两人手内。田鸿畴也从身上掏出一锭银子，说："这几两银子给你们哥几个买路菜吧。千万千万别在这里闹事，那么一来，反倒给你师父添罪了!"

愣头羊冷笑着告辞。真格的不出二镖师之所料，出离镖店，他就跟趟子手方大福商计，求方大福火速返回去，给他师母、师叔送信。方大福很热肠，满口答应。

屈励才自己竟藏伏在彰德府关厢外小店内，想了三整夜的主意。起初要探狱救师，又要找二老爷行刺，随后想出一个"插刀留柬"的法子，他要夜探府衙。可惜他仅仅认识有限的几个字，连封明白的信札都写不出来; 若要漂漂亮亮、厉厉害害地写一封柬帖，把知府郁锦棠威吓一顿，叫他把鹰爪王开释出来，可惜他又办不到。这愣头羊真有个猛劲儿，买了两张信纸、一个信封，想好了词句，拿了几百钱，就奔大街，要找摆卦摊的先生，求他代笔。

出离店房，一找便得。却不意屈励才三天三夜，憋出了这么一个好主意，才对算卦先生一说，便把算卦的吓得摇头摆手，峻拒不迭，道："爷台，你老这是做什么，跟谁开玩笑啊? 这可不是作耍的!"任凭愣头羊出多少钱，怎么说法，算卦先生一定不肯代笔，而且瞪大眼睛，倒把屈励才看成半疯，再不然就是陷害谁。愣头羊又问别的卦摊，也是依然推辞。

愣头羊怒极，气哼哼地走开。猛抬头一看，街上有一个茶馆，灵思一动，走进去吃茶，就便问茶柜上借笔砚。研好了墨，他就在茶桌上，满把握着那支破笔，一笔一画，像耍小杠子似的，自个哼哼唧唧的写起来。这才晓得笔太重，信纸也买少了；核桃大的字写了好几个，墨淡了，竟润了一大块。赌气扯碎，重买了一叠信纸，如意细写。费了一顿饭工夫，扯了好几张纸，居然写成了七八五十六个大字。文云：

"字谕赃官郁金棠，不该陷害忠义良；我今与你三天限，快快释放鹰爪王。三天若不将他放，钢刀之下命染黄。赃官问我名和姓，江湖人称愣头羊。"

屈励才镂心刻肝，想出这么八句诗，写成看了看，非常痛快。只有一节，把知府郁锦棠的名字写错了一个字了，"忠义良"三个字大约也很费解；"钢刀之下命染黄"更稀奇了，大概只有他一个人明白："黄"字下还有一个"泉"字，被他趁韵删掉了。

屈励才拿着这支秃笔，当杠子耍时，茶桌旁也有一两个茶客看见了，觉得很蹊跷，就试着盘问他："我说二哥，你这是写什么？"屈励才把眼睛一翻，道："少管闲事！"直等到写完，装入信封，便会了茶钱，交还笔砚，傲然地走出去了。

用过晚饭，在小店闭目养神。挨到三更时分，是夜行人活动的时候了，愣头羊屈励才穿上长衫，拿着一个小包袱皮，内穿短衣装，不带钢刀，只携匕首。问路石子没有，却预备了几块碎砖头。轻轻出来，倒带房门；出离店房，脱下长衫，施展夜行术，嗖嗖的奔向城门。不意身临切近，城门早已关上了，屈励才嚣然骂道："娘卖皮的，忘了这个了！"

屈励才绕到城墙僻静处，思量着要爬城而过。这个愣头羊，人虽然愣，功夫并不含糊；只是壁虎游墙功，他不曾深究过，现在他要干一手了。寻到一处，城墙稍颓，灌木丛生；愣头羊四顾无人，把匕首插在裹腿上，书柬揣在怀内，长衫包在小包袱内，系在胸前；单找城墙砖缝，用手指扣住，脚先蹬牢，就这脸面朝外，一步一步往上倒步。也亏了他，居然累了一头汗，眼看要爬上去了。却在他翻身换把，要往城垛上跨大腿时，一脚悬空，一手搬垛，一个劲儿没拿匀，手把虽没捞空，那一只脚竟滑下来。暗道："不好！"急急地手爪用力，双手搬垛口，使劲往上一翻。身悬力重，把这半圮的垛口上的砖搬了下来；哗啦的一声，连人带砖全坠落下来了。

愣头羊身往下坠，情知城墙的建筑是往上倾斜的，必要抢破了脸。就在下坠时，愣头羊脚往内踹，头往外探，贴着墙滑坠下去了，咕登一声落地。多亏他预备着挨摔的架势，没很摔实，拂土立起，拍拍手，顿顿脚，只把手蹭伤了一些，头脸幸没抢破，腰腿也没墩坏。愣头羊骂了一句："倒霉！"愣呵呵望着城墙，束手无计。沉了一会儿，还不死心，试着又爬了一回，照样功败垂成，又掉落下来。早知道城门已关，就该暗带钉鞋，便容易爬城了。

愣头羊绕着城又转了一圈，哪里都一样，都不好爬，顿顿脚走回去了。翻墙入店，幸未遇上人；倒在铺上，翻来覆去睡不熟。

次日天明，便去买钉子，要穿在鞋帮上，以备爬墙之用。买来回店，鼓捣了一阵，把铁钉一个个穿入鞋帮之内。弄完了，忽然捶头顶，自骂了一声浑蛋："你何必定要一死儿爬城，你就不会白天先搬进城去么？"真是当局者迷，愣头羊不能不自骂浑蛋了。

愣头羊屈励才立刻算还了店账，迁入彰德府城内一家店房中。挨到三更，心想这一去，如果马到成功，定可以把知府吓酥，就可以救出师父了，也算给田鸿畴、尤敬符一个难堪。又想："事情如不顺利，我可以不回店。一径翻城墙，逃回故乡去，面见师母、师叔，再想办法。那么，这双钉鞋仍还有用。"遂照样穿了钉鞋。候至夜阑人静，悄悄地溜出店房，雄赳赳地奔到府衙附近。先绕衙一转，觑定出入路口，飞身上房。

愣头羊只是一个乡下小伙子罢了，夜行功夫并非行家，也没有踩道，就撞来了。在店房设想："一入府衙，立可寻着知府的卧室，轻撬门楣，掠身入室，把帐子挑开。认清了知府，把匕首刺入案头，将书柬穿在匕首上，然后把桌子重重一拍，喊道：'赃官！无故屈辱英雄，小心你的项上狗头！'把他惊醒，自己就飞身出去；知府醒来，势必吓得抖衣而颤。一定连夜找师爷，想善后之策，把我的师父开释出来。我们师徒欣然还乡，我师父从此一定要看重我了。"

愣头羊想得这么好，不意一入府衙，竟茫然失措。站在房上，往下一看，想不到府衙前前后后，竟有这么许多房间。各房间多半熄了灯，当中一层层的仪门、大堂、二堂、花厅、签押房、内宅、穿廊，左右一处处的四合房，数也数不清，这和愣头羊理想中的府衙太不同了。他想府衙不过是一所三进的四合房罢了，左跨院是监狱，右跨院是库房，三班六房都在前院，夫人小姐都在后院，当中院子便是大堂。再不料府衙房舍虽然破旧，格局竟如此之大。

愣头羊既然奔来，有进无退，飘身下落，躲避着巡更官役，乱摸起来。没灯光处，先不寻着，单找有灯光处。他却小看了府衙的关防。绕到一处花厅，猜想不是大堂，定是二堂，堂前挂着气死风灯，四周阒然无人。愣头羊伸头探脑，往花厅内一窥，屏风之后，似通着过道。愣头羊从黑影中钻出来，蹑手蹑脚，东张西望，头像拨浪鼓似的，刚刚走了几步，陡听一人喝道："什么人？"

愣头羊急急地一看，平地无人，更楼上有灯光闪耀，黑影中一排厢房的门扇却猛然一开阖。蓦然间，有两三处地方听得厉声叫喊，愣头羊抽身欲逃。这一来，越发使府衙中人看出破绽来。从东一处、西一处的回廊墙隅，转出十几个人来，有的往里跑，有的往外跑。乱糟糟中，有两个人提着花枪，虎似的奔来。

愣头羊屈励才尚欲留恋，把身形藏在黑影中，不往来路跑，仍往里面钻。登时府衙内外喧哗成一片，里面砰的一声，似关上大门了。灯光纷乱，竟方人高喊道："有贼了，外花厅进来贼了！不好，贼奔延晖堂去了！"又有一人大声招呼道："快传大班来，快快护狱！"当下，又由班房蹿出两个彪悍的大汉来，抡铁尺追赶愣头羊。愣头羊一伏腰，将匕首拔出来。早有更夫一枪戳到，被愣头羊一闪，伸手便来夺枪，竟被他一用力，把更夫抢倒，将枪夺过来。更夫爬起来，大嚷便跑。那两个快手立刻迎上前，齐声呐喊："伙计快告诉鲁头，护内宅要紧！"

声喊之际，听见一片关门加栓之声。愣头羊挺匕首，傲然顾盼，见又有府衙捕快赶到。遂耸身一蹿，抢奔西面墙根，要找一面倚靠，以免腹背受敌。腾身一蹿，脚落实地，方一个转身；那两名捕快中，一个黑大汉很凶猛地扑来，喊骂道："瞎了眼的贼，也不看看这是哪，竟敢来送死！这是府衙！"

这黑大汉特为叫出府衙二字来，威吓愣头羊。话到人到，铁尺也到，照着屈励才，搂头盖顶，就是一铁尺。愣头羊还骂道："爷爷正要宰你们赃官恶吏！"往左一上步，"蓬"，那铁尺打在墙上，崩得碎砖飞溅。愣头羊"夜叉探海"式，斜探身，一匕首，竟唰的一下，把黑脸快班的右胯扎伤一大块。黑快班哎哟一声，往左拧身，急急地一闪，不知怎么的脚下一绊，扑通，像倒了一面墙，摔倒在台阶之上。

92

愣头羊哈哈一笑，道："叫你尝尝三太爷的厉害！"那第二快手大叫道："贼人拒捕伤人了！快来人，快来人！"只顾救护同伴，竟不敢抢奔愣头羊。愣头羊心想："府衙的快手原来这么脓包！"不由胆气越豪，转身仍往里闯。

忽然，从回廊下，又蹿出一名逻卒模样的人，抢一把单刀，拦腰便剁。愣头羊见来人又是一个力笨汉，用匕首一拨，"唰"的一个"扫堂腿"；扑通的一声，又把个逻卒扫躺在地上。吓得逻卒鬼叫似的连滚带爬，拼命逃走。愣头羊此时颇有虎入羊群，目无余子的气概，得意之余，竟任那倒地的逻卒一路翻滚，逃奔后堂去了。

愣头羊飞似的夺路再往里闯，竟一点顾忌也没有了。连跃数丈，前面有一道角门阻路。正要奔过去，忽然见角门一开，钻出两个人来，两个人都手拿着腰刀。愣头羊大喝道："闪开！"凶神似的扑过去，不防那两人惊叫一声，翻身退入角门以内。忽隆的一声，把角门闩上，在后面顶上什么东西，一迭儿声的叫："卢头、李头，快来！贼在左角门呢。"

愣头羊用肩头一扛，角门并不严紧，险些被他撞开；角门内越发惊叫起来。但是，在这纷乱之际，全衙早已惊动。从前面拥来许多人，借廊柱隐身，看不清人数，"唰"的一响，斜奔角门射来一排箭。愣头羊耸身急闪，幸而地势迂回，处处掩错，不能支支瞄准。但虽这样，愣头羊便已支持不住了。"唰"的又一排箭，愣头羊挨着一下，急忙一蹿，藏在一片墙后面，伸手拔下箭来，血流不止。愣头羊这才觉得情形不妙，慌忙抄夹道，奔逃过去。后面人声呼噪，挑着灯笼，利落追来。

愣头羊出离夹道，蹿上墙头，往下一望，情势愈非；一层层院子，都已灯明人晃。更一张望，院中人登时瞥见了他，乱喝道："贼在房上哩！"立刻从两层院子，上上下下射出来几支箭；却未取准，都掠身而过。愣头羊大骂道："赃官郁锦棠！……"正要往上报字号，猛一回头，吓了一大跳，府衙中竟有能人。在他立身处的东面、北面，不知什么时候，竟上来两个人，蹬房越脊，如飞扑了过来。两人手中，全拿着明晃晃的刀，身法敏捷，至少也是个行家。跟着又听见一阵阵梆子响，和逻卒奔驰呐喊的声音。

愣头羊道："不好！"张眼急夺逃路，就在这一顾盼之间，蓦地见又有十几个人上了房。唰的一声，那先上房的人追到切近处，一抬手，竟打出两支暗器。愣头羊闪身急躲，耳畔又听得弓弦响，乱箭如飞蝗，从墙下往上射来。愣头羊慌忙踊身一跳，落到夹道内；又一拧身，蹿出墙外，墙外便是府箭道。愣头羊前瞻后顾，顺箭道飞跑，那两个人竟施展轻功提纵术，飘身翻墙落地，一步不放松，跟缀下来。

愣头羊这才晓得自己轻敌太甚了，拼命地奔去，耳边还听见府衙内喧成一片。奔出箭道以外，才吁了一口气，忽又见一小队兵卒，打着灯，搜缉过来，刀矛如林，人数至少也有三五十个。愣头羊越慌，顿足一跃，跳上民房。

群卒急喊，愣头羊连连奔窜，穿入小巷以内。回头一看，幸已抛开了队卒，那两个行家却一步不放松，跟踵追赶下来。愣头羊不敢回店，只得乱藏乱绕。也不知奔跑出多么远，才渐渐听得屁股后头没有脚步声了；把愣头羊累得气喘如牛，藏在僻巷内，良久良久，喘息才定。愣头羊至此始知自己的一条妙计，原来是一番拙想。当夜幸逃出逻卒之眼，竟耗到天明，另投入别一家店房中。

这一夜府衙闹贼，上下人等俱都惊扰。次日知府传谕查拿匪类，茶寮酒肆、旅店妓馆，有许多做公的来盘查。愣头羊越发存身不住，第三天便弃掉行李，逃回故乡，给师叔、师母送信去了。最侥幸的是：知府只知昨夜衙中曾闹飞贼。那时恰有个飞贼名叫"云来雾"的，在豫北闹得正凶，府中人都猜疑愣头羊必是"云来雾"，还没有人联想到鹰爪王身上，这是鹰爪王最便宜处。

第八章

飞豹子访艺探监

鹰爪王照旧在彰德府囚禁起来，案情仍然苦不得解。袁振武老远的奔走，访艺投师，偏偏就遇上这等事。袁振武思前想后，不禁恼恨自己运气太不济了，在店中唉声叹气，走来走去。忽然灵机一动，道："疾风知劲草，患难见交情，我何不到狱中探望探望他去呢？"

打定了主意，他买了几包礼物，带着银两，竭诚敬意，投奔监牢。袁振武虽然精明，这一手可露怯了，这几包礼物全被狱卒打开，搜检了一个到。凡是食物都用银针刺过，连点心都给掰开。袁振武恳请探狱，也被拒绝了。

那牢头说："王五爷是个人物，我们不能错待了他。无奈他是炸狱犯，案情太重，上头很紧，要不看尊驾是个外场朋友，恐怕就是送这点东西，也于你不便。依我说，袁爷你算了罢，只把这十两银子送给他，倒真当用。这几天王五爷正苦着没有使费哩。"那点心都搓成碎末，也不好拿进去了。

袁振武打定主意，百折不回；牢头的话，他倒听懂了，顺口答音地说："这王五爷和我也不认识，他是我们镖局子一个姓郭的同事的师叔，他们托我来看望看望，我不好不来。不过大远的来了，总得有个交代，见不见倒没什么。"遂将鹰爪王的案情，有一搭没一搭地问了一遍，把自己的姓名也说了。道是："姓袁，名叫袁振武，在山东济南府镖局做事，专程来看王五爷。"重托牢头，务必把这话带进去，然后告辞回店。

次日，备了数十两的贿赂，重去探监。走出店房不远，忽想不对，竟往街上闲溜了一转，径复回店。直隔了三四天，方才穿上长衫，重到牢狱来。把牢头陈头调出，在小酒馆谈了一回闲话，定要跟陈头交朋友。将三十两银子送给他，另外二十两，烦陈头替鹰爪王铺垫一下。陈头满面笑容收下了，不待细说，就应允明天设法，叫鹰爪王跟袁振武会面，而且还可以多谈一会儿。牢头说："明天的机会太巧了，上头昨天刚查过监，明天一准没事。"

到了这天，袁振武居然顺顺利利地见了这大名鼎鼎的鹰爪王；王武师却早已囚磨得蓬头垢面，越显着凶相了。

鹰爪王今年五十一岁，虽是南方人，高身材，圆眼睛，黑面孔，颇带北方人的相貌；满腮短髯，目光如炬，两只手爪瘦而且长，青筋暴露，胸膛很宽，此外没甚异样。拖着刑具，直着眼说道："是哪位姓袁的瞧我？"牢头说："就是这位。"鹰爪王细看袁振武，二十六七岁，豹头虎目，气度英锐，一看便知是会家子。随说道："你这位老哥，是从济南来的么？"袁振武高高拱手道："是的，弟子……在下是由打山东济南府盛记镖局来的，在下名叫袁振武。因为受了你的老朋友郭师傅的托付，特意来看望你老。"鹰爪王一愣，上眼下眼打量袁振武，道："哪一位郭师傅？"袁振武道："就是你老的老朋友郭爷……"一回头，见牢头稍为闪开，特意地给他们留出说话空儿来；袁振武急忙将自己来意说出，却只说是："我在下久慕王老师的英名，闻知惨遭不白之冤，稍尽寸心，特来看望。因恐牢卒猜疑，所以在下假托出姓郭的名字来。"忙忙地说道："老师的案情，在下已经粗粗的访明；只可惜在下在此处人地生疏，恐怕没有力量设法帮忙。可是要照应你老，或者给你老跑跑腿、送送信，弟子还可以略尽绵薄。"

袁振武这番举动，在鹰爪王看着，却是突如其来，未免有点惶惑。鹰爪王性子虽粗，年纪不小，不是一点世故不通的人；呆着脸，把袁振武端详而又端详，沉吟半响，先致谢意，随后说出一番话来，是："总怪自己不好，情屈命不屈，我倒认命了。"说罢，又看袁振武的脸色。袁振武一片至诚，慕名访贤，但初见不便吐露真情，先说道："弟子自幼好武，访求名师，老师鹰爪力的功夫盛传江湖，弟子在北方久已钦慕。不远千里，投奔此处，不想老师遭着这番逆事。老师如果有什么事，要找外面人办，只管吩咐下来，弟子当效微劳。"

这一次探监，袁振武轻描淡写，略表慕名访贤之意，别的话没肯深谈。鹰爪王更是心存顾忌，只信口说了些感谢的话；并没托袁振武打听什么事，代访什么人，也没有深询袁振武的身世和来意。袁振武旋即告辞出来。

隔了几天，袁振武又去探监，所有鹰爪王师徒的监饭，竟由袁振武出资供给。等到下一次探监，鹰爪王这才诚心实意地道谢。半个月以后，袁振武方才重明己意，说到访艺求师的话。鹰爪王唯唯诺诺敷衍着，说出："不敢当，不敢当！"顺口谈及武功，鹰爪王重新把袁振武的身世、技业、门户、师承，扯东拉西问了一番。袁振武略陈身世，自承学过太极拳，别的话仍没详说。临别时，鹰爪王托付袁振武，请他到自己原住的客店内，找一找姓屈的和姓方的；后来，又托袁振武替他找彰德府某某两个人。袁振武尽心尽力地都替他办了，但是姓屈的、姓方的早不知跑到哪里去了。袁振武却已打听出屈、方二人曾在外面设法；设法无效，才先后失踪的，把这话也悄悄告诉了鹰爪王。鹰爪王听了，皱眉无语。

一晃过了一个多月的工夫。鹰爪王大鱼大肉吃惯了，在监中苦得不得了；自从袁振武给他立了饭折子，中间虽经牢头剥一层皮，到底食能下咽了，使得鹰爪王师徒最感激不尽的。

但是，任凭袁振武这么苦心积虑地照顾这师徒，鹰爪王的官司却依然没有指望，出狱更是遥遥无期。袁振武借着探监的时候，用话来试探鹰爪王的本意和下一步的打算。在头几次见面时，鹰爪王口口声声说是："虽然陷身囹圄，自己绝不敢生怨愤之心，判什么罪，领什么罪而已。"等到现在，相处日久，鹰爪王又知道了自己真个一时半时不易出狱了，就未免显露出愁烦之态、怨愤之言。耳风中他又听得罪名深重，将来判罪之后，一收到后监，恐怕再不能像前监这么舒服了。

鹰爪王想到自己年齿已大，生还恐怕无望，对于来日之事不能不加紧盘算一下。等到这次，袁振武重来探监，鹰爪王正色说道："袁老弟，我倒绝没想到我在患难中，竟遇上你这么一位热肠的朋友，来照顾我们爷们，实在难得！不过我这官司不大好摘落，罪名一定不轻。你的来意我也知道了。……"袁振武插言道："弟子实在羡慕老师鹰爪力和接暗器的绝技。"鹰爪王摇摇头，浩然长叹一声，道："还提绝技哩，我若不会这劳什子绝技，怎会钻到牢狱来！……无奈你这番盛情，这时我可太对不过你了。只要我王奎这口气不咽，咱们总能后会有期。可是据我想，你无须乎在这里空耗光阴了。你年轻轻的，一个出门在外的人，总往衙门口溜，一点益处也没有。况且贼咬一口，入骨三分，我这场官司就是个好榜样，你何必自找不心净？你听我的话，趁早离开此地。假使我不死，挣扎出来，隔过一二年以后，我们再图相会！"鹰爪王说罢凄然，从浓眉虬髯中带出一种惨淡的神情，颇有些英雄末路之悲了。

袁振武听了这话，也为之惨然；但是他绝不失望，向鹰爪王慨然说道："老师傅，据弟子看，这场官司既是负屈含冤，怎好就这么认命领罪？还是竭力地斡办一下子，万一能够摘落出去，也未可知。老师有用什么财力、人力的地方，请尽管言语；弟子只要力所能及，决不叫老师傅失望。所差者，弟子在此处乃是做客，一点门径也没有，有力气没处施展。你老人家千万不要过意，只要有可用力的地方，尽管说出来；不瞒老师，弟子还薄有一点家私，动个千儿八百两的，还来得及。"

袁振武的意思说到至已尽已。但是鹰爪王微把头摇了摇，沉吟半响，从眼角往旁瞥了一眼。见那狱卒在离开四五步远近，来回溜达，鹰爪王抽冷子低声道："我不是，……我有些话想跟你细谈，但是他们监视得太严，有许多不便。你能……夜间来么？你可估量着，不可勉强。若是没有把握，千万不要涉险；既把你个人害了，我也被累。"说到此。把一双迷离的眼一张，炯炯放光，紧盯着袁振武；轻轻又递上一句，道："晚上，你明白？"

袁振武憬然一震，但见鹰爪王不错眼珠地看住自己。忙将面色一整，一口应承下来，绝无难色，道："老师放心，我明白了。"随即放大语声道："你老不必客气，买个一二两银子的东西，算不了什么。你老没有事，我走了，咱们过两天见。"鹰爪王道："过两天见，我谢谢你。"复低声悄嘱："十七号监，单号，三更后。要来，务必带飞抓、钢锉和破锁的家伙，若不便，就罢。"袁振武做出不理会的样子，却暗暗点头，转身举步，道："好，一定来看你。……众位爷们，你多受累。我要走了，咱们过两天见。"这一句话，却是面对牢卒说的。狱中人因为袁振武话硬钱硬，格外对他闪面子，站得远远的，故意给他留出跟犯人说话的空来。鹰爪王和袁振武暗递约言，他们竟似不曾觉察，装着笑脸说道："袁二爷，会完朋友了？忙什么，这边喝茶。"竟陪着袁振武，出离大狱。袁振武仍照往日，托付了几句话，从袖中递出二两银子。狱卒一声不响地接了，送到门外，抱拳作别。

默默地回转店房，袁振武不禁搔着头，犹疑起来。罪犯越狱，加重本

98

刑；外人助恶，罪刑尤重，这简直与叛逆同科。想一想自己的本领，学会了轻功提纵术，却从不曾夜入民宅，试用过一回。又想："自离丁门，流浪半载，虽也结纳几个江湖豪客，自己却不敢作奸犯科。像这样轻蹈法纲，夜探牢狱，却不是作耍的事呀！鹰爪王的话，含而不露，可是他分明要越狱，已无可疑。他先说的话，是劝我速离此地，免受连累。后说的话，分明要我私进监牢，相助一臂了。若不然，他三更半夜，邀我带飞抓做什么？"

袁振武唉了一声，倒在床上，不饮不食，肚里揣摩此事的利害。想到自己为怄一口气。才别寻门路，访师学艺；现在竟为求师，要偷进监牢，甘冒国法，这个可值么？"我袁家世代务农，只为了争执田界。受不了吏绅土豪的欺凌，我先父才于恚病中，坚嘱叫我弟兄一个习文，一个习武。文得中举为绅，武能挟技御侮，在故乡图个再不受欺负便罢。现在我们已经争过这口气来了，哥哥是廪膳生员，我又会这么一点武功。东乡苏秀才每遇征发，已不敢硬向我袁家来派大份、捏肉头了。本街蔡大个子仗着半套长拳，无事生非，自经教我摔了他一溜滚，再也不敢拿刀唬人了。我弟兄求文习武，志在守护产业，如今已经办到。我又何必深求？我又何必怄气？……还是算了吧！"这样退一步想，顿时索然兴尽。可是又一转念："鹰爪王现在患难之中；学成武艺，就该仗义急难，义无反顾，那才是大丈夫。"

袁振武睁开了眼，从床上坐起来。暗道："我真要丢开手，我这不成了懦夫了么？我不过是二十七岁的年轻人，鹰爪王人家乃是成名的英雄。他现在陷入缧绁之中，空有豪气，难脱牢笼。他把我看成患难之交，有忘年之好。我学艺不学艺，还在其次。我下了这一两个月的苦心，来结纳他，到了这紧要关头，我难道竟缩头一溜，甩手不管么？鹰爪王他把我看成什么东西？岂不以为我满口的交情，稍担沉重，立刻脱缰？岂不骂我是个畏尾的小人！况且我刚才如要不肯，就该当面明言推辞；我却一时激于义气，人家怎么说，我竟怎么应。末了给人家一个不见面，人家岂不要唾我！大丈夫想在江湖上创荡事业，伈伈俔俔，成何人物！莫说是探监，他就叫我劫狱，不答应便罢，既已面允，就应赴汤蹈火，誓死不回！"

想罢，袁振武奋然地一拍床，道："干！我姓袁的是人，应了不能不算！……我倒要夜探府牢，看看鹰爪王做何举动，我只小心一些就是。"

99

复又从头盘算了一回，暗道："我应该改装，多加小心，也可以试试我的本领。我不要带凶器，不可伤官人。料想凭我现在这点能耐，还不至于叫他们掩捕住。是的，我一定如此，不可犹豫！"

袁振武赋性刚决，把这事翻来覆去地筹虑了两过，反正两面，利害两端，都斟酌过了，便不再多想，多想徒乱人意。遂从床上一蹶劣跳下来，吩咐店家，沽酒市肉，大吃大喝。醉饱之后，拿定主意要践约，便将践约的入手办法，前前后后再盘算一过。怎么去，怎么出，带什么，不带什么？一一相妥，就脱然地丢开。披上长衫，到彰德府街市上，又买了几样东西，又尽情游逛了一番。直到夕阳下山，万家灯火初上时，才暗溜到府牢前后，转了一周，这就叫踩道。

踩道已罢，回转店房，用过晚饭，袁振武早早地歇了。睡到二更后，坐了起来，听了听。阖店之人多半入睡。遂将油灯挑得半明，挪到近窗的茶几上，不叫窗户上现出屋中人影来。又看了看窗纸，遂将白天买来的几样东西取出。一双千层底的软布鞋、一叠火纸、一包松香末、四寸多长的一根竹筒、一个干的猪尿泡、一块白粉子、一只铁抓，二丈长一根绒绳、一只布袋，另外一把钢锉、一把剪刀、一把小刀、几根铁钉、一把匕首，袁振武自己本有匕首，这一把是给鹰爪王预备的。

袁振武把这些物件摆在桌上，眼看着想了想，自觉应有尽有，一物不缺了，便动手做起来。将猪尿泡浸在脸盆里，先里外洗了一回，刮净擦干，比照自己脸面的轮廓，用剪刀剪好。然后往脸上一蒙，比量剪裁得熨贴了，便轻轻揭下来晾着。晾得稍干，便将口、眼、鼻孔剪挖出来，做成一个面具。又将火纸铺在桌上，用酒先喷一次，将松香末撒上一层，折叠一次；再喷一次，再撒一层松香，一共叠起四层纸，弄好放在桌上阴干着。然后吁了口气，歇一歇，又看了看窗，复又鼓捣起来。用小刀把布鞋底全划破，使它一缕一缕，毛毛毧毧的，也洒上一层松香末，将鞋底破绽处粘合起来。又将铁抓系上绒绳，做成一具飞抓。收拾略毕，把火纸折子取来，就灯火试燃着了，吹熄火苗，再试着一晃，居然能够晃着，这才装入竹筒内。其他应用之物都收入布袋内，袋口系上绳，以便携带。直收拾了一个更次，将这些刺眼的东西都包藏在小包袱内，然后解衣熄灯就寝。

次日清晨，袁振武盥漱已罢，心神浮动，在店中竟坐不住，便又披上衣衫，出去逛了半天。复到府衙府监前后，蹚了个第二遍。直到天晚掌灯，方才施施然回店用膳。记得鹰爪王嘱他三更再去，不能过早；袁振武只得在店中转磨，抓耳搔腮，坐立不宁。耗到街上梆锣敲了三下，袁振武先已结束停当，便霍地蹿下床来。换上软底鞋，复将鞋底喷了一口酒，撒了一些松香；腰间带着现做的百宝囊，绷腿上插上两把匕首，却将那猪尿泡挖成的假面具提在手内。熄灯开门，蹑足轻走，向屋外一探头。全店早入睡乡，但闻轻一阵、重一阵的鼾声，不时起于各房间罢了。

在白昼，袁振武早将出入之路看好。于是张眼四顾，蹑步急行；出东厢房，试了试脚下，非常得力，鞋底既无声，又不滑。然后一伏腰，蹿上房头，翻短墙，下小巷，直奔府牢而去。夜深人静，正可放胆而行；袁振武枉自学艺多年，这夜行功夫还是初试，心头小鹿不由怦怦跳动。直走出两三箭地，伏在暗隅，倚墙而立，调了调呼吸，摄了摄心神，这才把胆气一壮，雄赳赳地走向西箭道，寻监狱大墙。

狱墙高够两丈，袁振武自料自己的轻功提纵术，还可以一提劲，跃攀上去。不过墙头上密排着铁壁，凭自己的本领，要想超乘而过，实在不敢轻试。袁振武忙戴上假面具，把飞抓取出来；抖开绒绳，相看好了，扬手只一抛，将飞抓扔上去。却不能得心应手，吧嚓一声，没抓牢，竟滑落下来。

夜静声清，袁振武吓了一跳；忙纵身蹿到墙隅，倾耳细听，墙内幸无动静。袁振武重复扑奔狱墙，连抖飞抓，这一下恰巧抓住了铁壁，用力一揪，扯绳而上。到了墙头，但见这铁壁三叉倒须钩，森如排牙。既不能跨腿而过，也不能攀手而登。外行疏忽，忘了带一床棉被。袁振武就像耍猴似的，扯着抓绳，在上面尽打"提溜"，没个入手处；心一慌，便又掉下来。他的夜行经验，和那愣头羊比，除了心细，强得有限。

袁振武抓耳搔腮，盘算主意。把飞抓抖下来，心想："这上面有铁蒺藜、铁篦子，不好上。我莫如不走这里，换个地方进去。"围着府狱大墙，火速地又转了半圈，分明都是一样的铁壁高墙。袁振武仰着头发怔，无可奈何，只得铤而走险，硬往上蹿了。听了听，墙内巡更的似有两拨人，一拨刚绕过去，一拨还没绕回来，隐隐地听见梆锣在偏东面响。袁振武重抖精神，仍戴上面具，把飞抓一抖，连抛了两次，抓住了铁篦子，双手扯上去。纵身倒攀而上，到得墙头，左手将牢了抓头下的绒绳，腾出右手，把末一段绒绳捞上来，往脚上一套，估量够了长短，把脚蹬在绳套内。随即用迅捷的手法，把末段抓绳，往一根铁笸子上紧紧一拴，做成了一个悬套。左脚蹬在绒绳套内一试，有力，够劲！蹬好了，然后一长身，把整个身子都悬踩在绒绳上；腾出双手来，抓住了铁笸子。然后手抓铁笸，往身后一看，夜深无人；又往狱墙内一探，狱内更夫鸣锣而来。

袁振武急急地一缩身，将身藏下墙头。直等到更夫走远，吁了一口气，便换右脚踩绳；伸左手握铁笸子，用右手抓着另一铁笸，使劲一晃。他要拔下一个铁笸子来，以便爬进监牢。

这铁笸子嵌在墙头内，很牢固。袁振武用力往上拔，又往里外晃。悬身用力，很是险难，又不敢拔猛了，恐怕灰泥掉落得太多，叫人听出动静。慢慢地迁就着，费了很大的事。居然把一个铁笸子晃离了槽。跟着用力一提，碎土簌簌地落了一阵；其实远处听不出来。袁振武却大吃一惊，忙往墙内看看，又往墙外看看。隔过一会儿，没有什么动静，这才将铁笸子整根的拔出来。这铁笸子露在外面，不过尺许，却是砌在墙内的，足有二尺多长。就这样跋前顾后，累了一头大汗，方才得手。略缓一口气。看这空隙，足可爬过去了。便不再拔。将这根铁笸子挂在旁边铁笸子尖上，自己轻身提气，翻上墙头。这空隙过过二尺宽，袁振武伏在那里，重往墙头内端详。这里正是狱中的大门里，二道栅门外，在狱门上有一只破灯笼吐出淡黄的光来。高墙峻宇，四面影得昏暗异常，阴森森另有一种怖人景象。又听了听，不知哪里，好像有一种啧啧喳喳的声音，随风一掠而过；再倾听时，又听不见了。

袁振武虽然胆大，到了这时，也不由悚然毛戴。却已窥定无人，不敢俄延；正了正胆气，解飞抓，抽绒绳，倏然地轻轻翻身而过；越过了墙头，悬身于墙头之内了。却哧的一下，把裤脚扯破一块；同时簌簌地又响了一阵，自然是把墙头碎土又拂下来一片了。

拔下来的铁笸子，仍旧虚按在原处，免被人看出。飞抓团在掌心，不敢踊身下跳，就依然轻轻地倒着绒绳，溜下墙来。于是袁振武午夜蹈险，已竟身入监牢。

袁振武他的脚刚一着实地，立刻连右手，一抖飞抓，把铁抓抖落下来。不待它触地有声，忙伸左掌接着；张皇四顾，掏土粉子，在墙上画了个记号。立刻嗖的一个箭步，扑奔狱内；倏又将身形一隐，藏在暗影中，蹲身稍停，耳目并用，急急地又一寻。

近狱门一排屋内，猛听见有人说话："喂，我说卢头……"不待听清，早把个袁振武吓得惊悸亡魂。急垫步，撑身蹿上近身处一间屋顶，快快地伏在屋脊之后，凝神屏息，倾耳潜听。矮屋内有一个哑喉咙，睡里懵懂地嚷道："谁呀，谁呀？……蔡头是你么？"又一个人应声发话，只听得一句，道："你又炸庙！……"底下的话喔喔哝哝，更是含糊不清，但听语气，似是抱怨同伴，无故惊扰。那哑喉咙辩道："怎么大惊小怪！你睡得死狗似的，你娘的什么都听不见。喂，外头是卢头么？……我分明听见哗啦的一声。"那另一人说道："你耳朵尖，你耳朵长，你出去看看，无缘无故地闹，叫上边知道了，又该给大伙找晦气了。"屋中人哓哓的争辩，话音忽高忽低。袁振武极力倾听，也不能听清。但是已猜出屋中人已经被惊动了，越发地伏在房上，不敢动弹，两只眼窥定下面，暗暗预备着逃路。哪知屋中人乱了一阵，一个也没有出来，只空问了几声便罢了。

　　袁振武稍稍放心，刚要纵身移动；忽然对面屋门一响，出来一个瘦长人影，一只手提着灯笼，另一只手拿着一物，猜想像是皮鞭。这人口中也是嘟嘟哝哝的，来到院内，往四面一看，重重咳嗽了一声。矮屋的哑喉咙忽又隔窗诘问道："是卢头么？"那瘦长身人影丧声丧气答道："做什么？我的班，怎么不是我？你要替替我么？"屋中哑喉咙还骂道："剥皮卢，爷们好好地问你一声，你犯什么病？积点德，少剥皮吧，也教你老婆少靠二百五十六个人。"剥皮卢扭头对窗骂道："陈癞狗，你娘还在家么？"

　　这剥皮卢提灯拖鞭，竟奔栅门。到了门前，把灯笼插在栅上，摸摸索索，从身上掏出一物，大概是一串钥匙。跟着对栅门鼓捣了一会儿，哗啷一响，栅门大锁已开。剥皮卢提灯迈步，推门进去了。袁振武到了此时，就一咬牙，乍着胆子。从房上一跃，翻过一道墙，进入第二道栅门以内。

　　栅栏门里面，是很长的一道甬路和一排排的监房，全是一色的黑色牢门。每一个门上，有一个不足一尺的长方洞，从那方洞中透出来暗淡的微光，可是甬路中并没有灯亮。只仗着七八个黑门中透出来的光亮，辨出那剥皮卢的身形，提着灯笼，拖着皮鞭，轻轻走着；每到一牢门口，便伸头探脑往里偷看。这一排排的监房，全建在东面，袁振武却是立身于西面房顶，倒正可以看到对面监牢里的情形。轻身提气，从西面的房后坡绕过来，可是仍不敢欺近了，只在两三丈外远远地瞭望。

　　只见剥皮卢巴着那不足一尺的长方洞，挨门偷着；忽然哗啷一响，剥皮卢开锁推门，进入一间牢房。猛听得一声断喝道："睫，该死的囚徒，深更半夜里，竟敢不守监规！你敢炸刺，我叫你炸刺！"跟着听吧吧几声鞭子，里面的犯人失声惨号了一声，却又吞声忍住。半晌，只听得囚犯低诉道："我不敢，我没有……"

袁振武听了，不由毛发森然，心头跳个不停。想着又不得不看看这犯人是否熟人，遂悄悄从后坡挪到前坡，仍然伏身，往这面监房里看。昏惨惨的灯光微透，那黑色的木板门已经陡开，里面迎门一铺炕。灯影里恍惚看见在炕上，躺着五六个犯人，囚首垢面，乱发蓬蓬，如死人一般，挤卧在那里，一动也不敢动。那个剥皮卢嘴里依然不干不净地骂着，那被打的犯人辗转哀告。剥皮卢冷笑道："小子，你只要有骨头，你就跟爷们耗耗。你这东西进监牢不抛杵（给钱），反倒比谁都不含糊。你要打算在这里闯出天下来，哼哼，我倒没把你看透！"一边说着，一边跨出监门，一边把那扇牢门一关，仍将铁锁锁上。

又往里溜，走到第五个牢门前站住了，从那里板门上的小方孔，又往里看了看，呵斥道："怎么挺尸还不好好挺，是哪一号说话了？"监房中竟没人答声，剥皮卢勃然大怒，骂道："好小子们，你们敢装聋，好，我就不问好坏，一律看待！"气哼哼又把牢门挑开，走进监房，噼噼啪啪，登时皮鞭乱抢起来，登时起了一阵同声的低号。连打数十下。已竟有一个犯人，在囚床上忍受不住，哀号着道："卢老爷，我可没言语一声。你老趁早问那姓宋的，全是他要闹茅（大解），才叫喊值班的头儿们方便他。只顾他这么一闹，我们跟着受这种冤枉。多冤哪！"

剥皮卢嘿嘿冷笑一声，道："冤？我看一点不冤！既到这里来，就没有好百姓。"挪了两步，到一个犯人跟前，低头看了看，冷然说道："哦，敢情是你这小子，莫怪呢，别人也不敢这么半夜收封后炸毛的。你在外头横吃横拿，跑到狱里吃牢食不解恨，撑得你又要闹茅了！"话没落声，手中的鞭子啪啪的一连几下，打得犯人哎呀哎呀鬼叫，往旁一阵乱扭乱闪。铺小人多，车动铃铛响，鞭子落一下，满铺犯人的脚镣项链，便哗啷啷一阵乱响。这一阵暴打，只疼得那犯人爷娘乱叫，剥皮卢方才住了手。

剥皮卢又提着那只破灯笼，走出这段甬道，转向后面另一院落去了。袁振武目眙心惊，不由动怒。又一看这牢狱，不知有多少监房，十七号也不晓得在何处。听剥皮卢脚步声已经走远，便轻身提气，从房上一蹿，落到甬路上。把心神一凝，闪目再看，黑影昏昏中，不知从何处何人，不断地发出轻微的呻吟之声来，夹杂着镣铐擦动之声，比在房上，越听得清晰了。

袁振武禁不得头皮发炸，身上起鸡皮疙瘩，忙急趋到本栅门前。门左右两排矮房，左三间，右两间，门窗与别的监房不同。一垫步，轻蹿到左首房窗下，就纸窗破洞往里偷窥。两明一暗的房子，明间迎门设着一张公事桌，案头疏疏地摆着朱笔、钤记、印泥盒，不多几样物事；还有几十根红头的、黑头的白油木签，都是六寸多长，又叠着一堆簿册公文之类。后山墙一只木架子上，有着大小不同的许多方格子，每一木格标着天地玄黄……的号码。却是下面木格子也杂置着衣服什物，凌乱异常，这都是从犯人身上没收的东西。更窥看暗间，却有四具床，睡着三个人。袁振武已经看明，这大概是狱吏狱卒的办事所在了。

袁振武又抽身，到对面两间房前。这两间房连在一起，靠东山墙有四副板铺，西山墙也有一副木架子，上面堆置着多件囚衣。在近门处墙上挂着脚镣、手铐、项链、皮鞭子、大小竹板子等物，墙根下两个木墩子；自然这不是囚所。遂一转身，扑奔监房。到头一号，往那黑板门的方洞上一凑，未等注目，便有热腾腾一股骚臭之气，扑入鼻观，令人欲呕。袁振武倒噎一口气，闭口捏鼻，重向内看。东墙上挂着一盏瓦灯，光焰闪烁不定，黑烟突出；墙根下放着一只尿桶，迎门一铺大木炕，头向外，脚蹬墙的，排睡着七个犯人。自然看不见面貌，只看见乱蓬蓬、一团团、鸟巢似的七颗罪犯的头颅。再看入去，是七身罪衣横陈炕上，紧紧挨挤着，侧身而卧，个个不能动展。身上没有被子，却在脖项上横加一根大木杠，长满炕床，距犯人脖项只悬起一寸来高。罪人的脖锁链就由木杠上穿绕过来；任凭罪人怎样难过，要想转侧，却是不能。

袁振武不由惊慌起来。"像这样，我又怎能搭救鹰爪王呢？"七个犯人穿在一处，一个动，六个全动，这却怎么好？犯人项上那根大木杠，也不容易抽下来。袁振武一咬牙，火速地退步，火速地转身，于是一滑步，又奔另一监房。"十七号，十七号！"十七号监究竟在哪里？黑影中，监房前，似挂着木牌，却又不敢取火折照看。袁振武挨到监房门口，用手一摸，确是六七寸长，四五寸宽的木牌，牌子上有签子。这签子一定是犯人的名姓号头；但是信手一摘，竟没摘下木牌来，却将木签摘下两根来。

袁振武大喜，忙凑到监房的方洞前，就微光一看，红头白油的木签，上写地字第一号；反过面来再看，罪人的姓名、年岁、籍贯、案由，一一写得明白。袁振武忙把木签子挂回原处，不再看别的了。心中略一爽快，便往后急走，逢门便窥。这一排八间监房，每间的犯人，全是五名以上，到十几个人不等，并没有单间单人。一直走到尽头处，袁振武又为难起来，不晓得往哪边走，往哪边去。而且更有一层失计，鹰爪王只告诉他十七号，却没说哪个字的十七号。

　　袁振武抽身走出甬路，藏在墙后，往前前后后一看。左也是监房，右也是监房，大海捞针，监房究有多少呢？鹰爪王究在何处呢？像这样在平地搜寻，未免太蹈险，若被狱卒看见，或者惊动犯人，反倒误事。袁振武一转想，便又腾身，上了南面的屋顶，拢目光，往南瞥去。南面黑沉沉一条长弄，那格局比这边地势大，监房多。风过处，隐隐传来叫嚣叱骂之声，黑影中浮光闪动，似有一只灯笼奔这边来。袁振武不敢动，伏身屋顶，略等片刻。果然那剥皮卢查监转回来了，幸而他不再折向这边短弄，反直向前边走去。前面一片监房乍闻人呻链响之声，却跟着剥皮卢的脚步声、叱骂声，倏然止住。狱吏之威，果然是胜过百万军了。

　　剥皮卢闹了一阵，瘦长的身躯，挑着破灯笼，晃悠晃悠的，直奔栅门前的矮屋。袁振武想：必是他查看完了。遂容得剥皮卢进入公事房之后，没有动静了，登时伏身急走，转到往南拐的这条甬路上去。这一带的监房不过七八个号头，往后走还有一道黑门。

　　袁振武眼望黑门，不敢硬闯。遂又一蹿下地，走甬路，到门前，溜墙根，一纵身上了墙。在墙上往门内一看，这门内果然又是些监房，里外并没有人。然后一放心，由墙又翻到房上。房檐倾斜，颇难立足；袁振武却仗着把鞋底收拾过，居然纵跃如飞。迫入这一道门内，探头往下一看，这里的防守陡见紧严，丁字形甬路上，竟有两名狱丁，来往梭巡。袁振武明白了，这里一定是死囚重罪，待决的犯人。赶紧缩身退回，潜打主意。要怎样躲开狱卒的眼目，过去挨间探看一下才好。可是两个狱卒竟像是通夜值守，耗了好一晌，仍在丁字形甬路上梭巡。袁振武头上冒起汗来。

　　这里是险地，似应留为后图，先探别处。丁字形的甬路西面，还有几间监房，可以在房上绕过去。袁振武无计可施，便打定主意，先从西面溜过去，西面寥寥六七间房，袁振武在房上，下看无人，便腾身下去。身法轻灵，颇得太极丁的薪传，落下地来，只微微有一点声息，外行人是听不出来的；便挪步前寻。落身处恰好是一号监房，房门也照样有尺许方的小洞。

他急急地往方洞一探头，连看三处，这里情形与前不同。这里房间囚床上睡的犯人也少，每一间房不过两三人、五六人，像是优待的监房，又像是重犯的特号。一眨眼连看数处，罪犯蓬头直躺，不见面目，不能辨认出是谁来。袁振武仍用故智。摘监房门口的木牌子，查看号数。刚刚地摘了几号，突然听一个暗哑喉咙喝道："好大的胆子，真敢往这里凑啊！"

袁振武吃了一惊，急回头四顾，四顾无人。却在邻监，又听那个哑喉咙低着声音呼叱道："这老鼠，好大胆子，真敢往身上爬！十七号的老鼠真厉害！"

袁振武恍然大悟，这是鹰爪王。这监房却正为巡视的牢卒目光所及，袁振武不敢到前门，急急地寻声摸到监房后窗前。这后窗高及头顶以上，窗上也没有木框子，是用核桃粗的铁柱子排成，只隔着四五寸的档子，上下全牢牢嵌在坚固的横木里。袁振武侧耳又听了听四面，并没有别的声息，遂微一耸身，单臂跨住窗台。监房中昏黄的灯光映在没糊纸的铁窗上，若是贸然地往窗上一凑，一点藏闪没有，须要防备监里的犯人，如要不是鹰爪王，岂不是自找麻烦？遂偏着身子，右手按着窗上砖台，慢慢地侧着脸往里看。只见这间监房，只睡着两个犯人。内中一个犯人忽地坐起来，嗯了一声，双眼盯着门，忽又一转脸，往后窗寻看。虽然灯昏，袁振武却已看出，乱发纷披的头颅，深而且巨的眸子，灼灼放光，果然是鹰爪王。

目光一对，鹰爪王阴森森地一笑，低哼道："小伙子，好大的胆子！真来了？"

袁振武惊喜交集，因监房有同囚的罪犯，不敢答言，只轻轻应了一声。鹰爪王在囚床上略略一动，锁镣微响，又微微一笑，面露喜容。袁振武一指那同囚犯人，鹰爪王把乱发蓬蓬的头颅摇了摇，用急促的声口道："不要紧，都是难友。……喂，你可是有约会的朋友么？只管言语。"袁振武只得贾勇报道："老师，是我。"把面具摘除，将脸往后窗一凑，急匆匆道："钢锉带来了。是破前门，是破后窗？"

不想他们话声虽低，那同囚的犯人竟已惊醒，也忽地坐了起来。被鹰爪王双目一瞪，伸手爪把那人一按，道："相好的，老实睡吧，别乱动……"那犯人想是受了痛，哎呀一声躺下，低低地嘟囔道："有活路，大家走，可别忘了难友啊！"鹰爪王呵斥道："少说话，你知道这是谁？这是管狱的朋友。"忙向窗前，对袁振武低低说道："你真可以。我一句戏言，你竟当了真。你可晓得你的罪名么？"袁振武听不入他的话，只努力要破窗，又把钢锉投入屋中，催鹰爪王破锁。

鹰爪王再忍不住，脸色一变。猛又失笑，霍地站起来；看了看同囚犯人，低吓了一声，然后拖链扑到窗前，急急地对袁振武道："你别乱弄，这使不得。你附身过来，告诉你，我只是一句戏言，试探你的，你真来了。你要晓得，我还有几个徒弟一同落难，我要是走了，岂不苦害了他们？你快快地回去。你不要管我，我自己已经有了办法。"袁振武听这话一愣，忽又一想，鹰爪王也许是试探自己，急急说道："老师，弟子死而无怨，只可惜弟子不懂破狱的法子，你快说出来，我照办。这可刻不容缓，别耽误了好机会。"鹰爪王不答，只催袁振武赶快回去。袁振武只是不走，鹰爪王不由急了，忙从身上摸出一物和一张字纸条，隔窗递给袁振武，两个人隔窗共语，口耳相对。鹰爪王这才低言嘱告袁振武，教他照字条上写的地名人名，给自己的妻子和胞弟送信。

袁振武力掬真诚，坚要试着破窗盗狱，把鹰爪王放出来。催促鹰爪王，快将锉断铁链的法子施展出来，道："师父就走不动，我可以背出你去。"言下十分躁急。鹰爪王却镇定下来，他决计不去，反倒满面诚恳，催袁振武赶快出狱。王奎探窗握着袁振武的手，说道："少年，你这一片血心，我已经领情。只是我门下三个徒弟，都为搭救我，落在这个狱中了；我自己走了，怎对得住他们，也给他们找来罪受……"袁振武连连摇动王奎的手，道："老师，你出来，不会再救他们么？快快，天不早了。你老英雄做事，怎么倒犹疑起来？你老难道不相信我？"

鹰爪王咳了一声，不由微愠道："你好糊涂！我不走，自有不走的道理。你如果把我当作师父，你就该晓得我真心爱惜你，你就该遵从我的嘱咐，赶快给我送信去！"

袁振武很失望，道："老师不过是叫我送信，何必让我夜里来，冒这大险？老师一定不放心我！"鹰爪王哧的笑了，说道："我明白你的心意了。少年，你不要难过，你此行并不虚。你来得很好，你这一来，第一总

108

算你看得起我；第二你给我送来的这点东西很当用；第三你只把我的内人和舍弟找到，把今天的情形告诉他们，他们自然有法子救我。你此来。究竟于我有很大恩。少年，你不要嘀咕，你的盛情，我已经知道。你若是愿做我的徒弟，你连半天也不要耽误，你就火速前往湖北汉阳系马口，找王泉王六爷，把我这副镂花合金四个钮扣，跟这信交给他，再叫他引你见我内人去，我的内人对你必定有一番安排。不过你要赶快去。赶紧走，我限你十一天，赶到汉阳。你明天一早，务必就动身。你要是误了，那就是你误了我的性命了。"

袁振武嗫嚅道："难道你老人家一定不……"鹰爪王咳道："你瞧我也在武林中薄负微名，我岂肯以清白之身，落个越狱犯的名声？少年，你错会我的意了，越狱图逃，我绝无此念。你再看我身上这份刑具，岂是吹灰之力，就可锉断的？你太冒失了。"

鹰爪王如此一说，袁振武不由十分失意。鹰爪王登时明白，忙安慰他道："少年，我知道你志在求学，我鹰爪王本无奇才异能；可是你既然下这大苦心，皇天不负有心人，我迟早必有一报。你只管快去，见了我内人，我内人一定设法报答你……"袁振武忙道："我谨遵台命。不过我把信送到之后，是否也要讨来回信？老师限我十一天到达，我只要寻着师母和师叔，我准于二十三天内返回来，好教你老放心。……"

此言未及说完，鹰爪王哎呀一声道："不不不，你别回来！你在那里等着！"附耳低言，忙又嘱了几句话。袁振武错愕道："那么，弟子何日再见师颜呢？"鹰爪王略一沉吟道："半年之后。"袁振武道："在何处呢？"鹰爪王道："好麻烦，那怎能定准？"说着，再催袁振武快走。

袁振武心慌意乱，似尚恋恋，鹰爪王一愣神，道："不好，你听，又要有人来了，你快快走吧……呀，不行了，来到了！你别慌，你快上房，躲着前边。"鹰爪王立即一倒身，躺在囚床上，口中催道："快上房！"袁振武急忙一耸身，蹿上监房屋后坡。

第九章

狱中人飞书求救

果然不差，前面又过来一人，也是打着一只破灯笼，提着一根皮鞭子，打着呵欠，偶偶然走上甬路来。这人的身量没有剥皮卢高大，却是那凶相、那凌虐犯人的伎俩，和剥皮卢正不知谁劣谁优。但听他身到之处，立刻浮起叱骂，鞭挞和犯人的呻吟之声来。

容得查监的过去，袁振武飘身下来。恐怕鹰爪王还有什么话说，特意溜回后窗，仍要往上攀着。不想刚到后窗，便听见这十七号监房内，铁链乱响，夹杂着嘶喘，猖怒之声。袁振武骇然，急急双手攀窗，探头往内一看。吓！好一个鹰爪王王奎，竟如猛虎似的扑在同监那个犯人身上。双手双足虽戴镣铐，他竟拖着链子，横身压住那犯人；双手如鹰爪，紧紧扣住犯人的咽喉，正在用力发威。那犯人身不能动，双腿乱缩，似欲断气。

这犯人包是个剧贼，他听见鹰爪王和外面的人攀窗私谈，料想定有情弊，不由得生了觊觎的贪心，又起了惧祸的戒心。想着试向鹰爪王发出冷话，威逼他吐露实言。鹰爪王对他说："伏窗的是这里的牢头。"这犯人哪里肯信？对鹰爪王说："难友，趁早说实话，光棍别骗光棍。什么牢头，放着门口不进来，巴窗眼做啥？要是有什么活路，相好的，咱们可是一块儿往外挣。有祸同受，有福同享，别一个人独吃啊！"鹰爪王喝道："待着你的吧！"那囚犯坐起来，道："你们别瞒我！越狱不是闹着玩的，我可不能留下给人顶缸。"鹰爪王大怒，骂道："你少嚼嘴，骨头痒，找挨揍么？"犯人冷笑道："你不肯说么，我都听明白了。查监的这就过来，咱们讲讲。有好事，趁早说出来，你要蒙我，那可不成，我喊谢头啦！……"

一言惹恼了鹰爪王，一伸鹰爪。和身压过去，直掐得这囚犯两眼翻白，眼看要绝气，这才轻轻松把。容这囚犯缓过气来，鹰爪王猎猎地骂道："我看你喊！太爷不过一条性命，多饶上你一块臭肉，也不过是一个死！"犯人呻吟道："王爷，你，你，你这可不对，我说喊，我可哼了一声没有？咱们都是难友，你有活路，我也喜欢。你能够携带我一步，我忘不了你的好处；你不能携带我，我也犯不上坏你们的事啊！"鹰爪王道："你这东西还敢胡喷！什么活路，活路在哪里？这外头的乃是别号的牢头，他和我认识，要看看我，这也算不上犯监规。就犯监规，也没犯在你小子手上。小子，你给我老老实实地躺着，不许你多嘴，不许你乱动。"犯人诺诺连声，摸着咽喉，真个不敢言语了。——鹰爪王的手劲竟这么大！

袁振武在外面轻轻一弹窗，鹰爪王忽然失笑，扭身回头，对袁振武说道："你怎么还不走？快去吧。我的话已经说完，你只快着办去，我们后会有期……"袁振武还要开口，鹰爪王不高兴起来，道："你们这些少年人，你当是在你们家里呢！现在是什么时候，你还打算出去不？"袁振武诺诺连声，说道："弟子去了！"忽又想起一事，忙打听鹰爪王的妻子和胞弟的年貌，问完，说声："再见！"便一松手，轻轻落地；闪身一转，窥定房顶，嗖的蹿上去。

大狱戒备森严，他又是乍试夜行，居然来去自如，没被人瞥见；比起愣头羊，不啻胜强几倍了。固然是他为人精干，却也是太极丁门下功夫，被他甚得六七，毕竟与众不同。当下翻出狱墙，回转店房，第二天便即登程，奔湖北省走下去。

约走了十一天路途，被他用了九天半的工夫，便来到汉阳系马口。连歇也没歇，立刻照着鹰爪王所开的地名，一打听擒龙手王泉，居然很不难访。这擒龙手王泉也是当地有名的武师，袁振武即登门求见。想不到的竟扑了个空，应门的人说："王六爷早不在这里了。"

袁振武这人很精明，那应门的人也像似个会家子，只有二十多岁的年纪。袁振武忙拦住这人，先请教他的姓名，那人含含糊糊说是也姓王。袁振武立刻将鹰爪王所给的信物拿出来给少年看，又忙自承是鹰爪王新收的徒弟："现在他老人家，不幸打了官司，困在彰德府狱。我这是不远千里，奔来送信求救。师叔不在这里，务必求你费心，引领我面见师母。"又道："事情紧急，罪名不测，现在已经刻不容缓，我今天务必见着师叔和师母才好。要赶紧想法子，搭救他老人家。我给他老人家带来口信来了。"

说罢，袁振武两眼盯定少年，又问少年，和鹰爪王是怎么称呼？

那少年乍闻此言，脸神居然很镇定，一点也不带惊讶的相，直到听见"带来口信"这句话，才见他眉峰一蹙，眼睛里也露出惶惑的神情来了。忙答道："在下也姓王，是擒龙手王六爷的徒弟，你我也算同门。你老兄且在这里等候，我进去言语一声。"袁振武忙给他喝破，道："王师兄，这可不是我着急，事情太紧，一言难尽。我奉命而来，只怕把事情误了。王师叔如果在家，求你立刻领我见他，有许多话，不能……"眼望四面，道："不能在这里细讲。最好请你借一步地方，咱们屋里谈。我把话对你说了，你再转达给师叔、师母知道也可以。"

少年有点慌张，想了想，转身走入门内，回头道："你先等一等，你把那合金镂花的纽扣给我……可是的，你老兄有他老人家的亲笔信没有？"袁振武道："老师陷身府狱，不便写信，是我设法子夜入……虽没有亲笔信，可是这里有他老人家亲笔写的字条。"将字条、纽扣都交给了少年。少年立刻认出来，慌忙拿进去了，袁振武站在门口等着。不一刻，出来一个金刚似的大汉，把袁振武看了又看，随即拱手道："你这位贵姓？你什么时候拜在鹰爪王门下的？"袁振武忙说："弟子袁振武，我认老师时，老师已经陷入狱中，这里面很有情由。"大汉道："哦！"又一拱手道："请！里面说话。"

进了院子，是小四合房。主人把袁振武让到西厢，命人献茶。外面忽然一阵木头鞋底声音，走进来一位五十多岁黄脸婆子和二十多岁的一个姑娘。老婆子身量很高大，却很瘦，眉短眼圆，一看便令人生奇异之感；嗓子像破锣似的，衣履很华丽。那个年轻的姑娘梳抓髻，穿青宽边月白裤，曲眉大眼。脸圆唇红，不村不俏，不瘦不胖，脸上似带着怒容；看年纪像二十二三岁，至多二十四五。入门之后，只由那老女人说了一句话道："客人，你辛苦了。"便在下首，一齐坐下来听话。不再置一词。四只眼睛尽管打量袁振武，倒把他看得局促起来。

大汉开始盘问袁振武。袁振武在探监时，已向鹰爪王打听过擒龙手王泉叔嫂二人的年貌，觉得这大汉和这老女人的相貌，都不很对。心上不禁有点为难，站起来拱手说道："在下衔命远道而来，这事情关切着王老师的安危。他老人家嘱咐我面见了师母、师叔，再倾吐一切。恕我无礼，我请问你老贵姓？和王老师是怎么称呼？"那大汉只称姓鲁，和鹰爪王是朋友，说是："现在鹰爪王的妻子，和他的二弟王六爷都不在此，有话尽管告诉我们，也是一样。"

袁振武怔了，欲待不讲，似乎不对；如要说出来，见不着正主，岂不是冒失一点？自己也徒劳此行，脸上不由带出难色。想了想，却将鹰爪王得罪巨室，被诬下狱的情由，先草草说了出来；自己夜探监牢的话，一时不晓得该说不该说。不意他这一犹豫，被那少年女子看破，向那老女人低低地说出几句话。那老女人点点头，突然发出尖涩的声音，很快地说道："小伙子，你不要疑疑思思的。你不要害怕，有话尽管讲。我告诉你，鹰爪王是我的妹夫，我姓鲁，我就是鲁大娘。"指那大汉道："这一位是我的兄弟，他叫鲁桓。我们正为了鹰爪王的官司，大远地奔到这里来。你要面见擒龙手么，他早走了……"

那大汉鲁桓似嫌老女人的话太着实，尚想拦阻她；老女人怪笑一声，道："老九，你不用嘀嘀咕咕。你要看谁跟谁。这个小伙子的来意，你还看不明白？人家是一片至诚。……小伙子，我们谢谢你。你有话，只管放开喉咙对我们讲。鹰爪王的老婆不是外人，那是我三妹妹，她如今没工夫见你。小伙子，你可以都告诉我。鹰爪王现在怎么样？受了官刑没有？他的腿脚没伤么？可能动弹得动？鹰爪王大远地打发你来，必有交代，他都对你讲了些什么？"

老女人冲开话篓子，滔滔地诘问起来，一丝一毫的掩饰也没有，袁振武倒愣住了。直等到重问他一句，方才站起来，重新拜见，坚要行晚辈叩见先进之礼。老女人摆手，道："你远来不容易，不要弄这些酸文了，咱们讲要紧的话。你且把你肚里的话都倒出来吧，然后我们自然把我们的打算告诉你。"

袁振武侧过脸来，对鲁老婆婆说起自己跟鹰爪王遇合的缘由，和自己冒险探监，要搭救他出狱，他不肯出来的话，一点不漏都说了。鲁老婆婆和鲁桓都奇怪起来，齐问道："他是说不愿越狱么？"袁振武道："是的，老师说怕徒弟逃不出来，连累他们吃苦；他自己也不愿担越狱犯的罪名，怕一辈子洗不掉。"

鲁老婆婆、鲁桓，和那少年女子面面相观，互相咨嗟。过了一会儿，由鲁桓站起来向袁振武道谢；便吩咐备餐，款留袁振武用饭。鲁老婆婆跟那少年女子起身入内，进了上房。由鲁桓陪着袁振武在西厢谈话，细细地盘问鹰爪王在狱中的情形。

也就是只停得一停，上房中出来那个姓王的少年男子，对鲁桓道："九爷，大姑和三姑请你老说话。"鲁桓向袁振武告罪，叫少年坐下相陪，退厢房，也到上房去了。跟着饭来了，请袁振武吃饭；跟着上房中听见高一声、低一声的说话，又像争执什么。

饭后，鲁桓重复出来，向袁振武举手，道："袁老弟远来辛苦，太简慢了。为家姊丈这件事，多承费心，我们都感激不尽，咱们到里边谈谈吧。"立刻引领袁振武，同到上房。鲁桓亲手挑帘，谦让着，袁振武侧身进入堂屋。

只见这三间正房，两明一暗，屋内空空荡荡，没有什么陈设，仅只寥寥几件木器。迎面八仙桌上，放着一只茶壶，几只茶杯。却不伦不类地供着达摩像，又放着一只古铜炉，一对景泰蓝的花瓶和几本经折。东间是暗间，垂着蓝布帘，西间壁上挂着刀、剑、弹弓、沙袋、镖囊、虎头钩、短戟，十多样的兵刃。墙上也还有一两幅字画，陈设简朴，屋内纤尘不染，饶有武士门风。

一个三十八九岁到四十一二岁的妇人，正倚着茶几站着。身材细长，发光可鉴，只双眉微微上挑，一双俏眼也顾盼犀利，看出不似寻常妇女。鲁桓引见道："这就是三家姐。"正是鹰爪王之妻，南方武林中闻名的鲁三姑，原来她并没有出外。

袁振武抬头一看，忙抢步下拜，道："弟子袁振武，给师母叩头。"鲁三姑侧身敛衽，拦阻道："请起，请起！不敢当，不敢当！袁少爷请坐。我说，你什么时候认的师父？"逊让落座之后，袁振武便要从头细说缘由，鲁三姑截住，道："详情刚才我已经听说了。我只问问你哪天拜的师父？哪天探狱，你师父当场对你都讲了些什么？他怎么说，你怎么答，你一字也别漏，细细学说给我听。他大远地打发你来，没告诉你教我们给他怎样想法么？"

袁振武道："老师没说，只催我快来送信。他说，只要把他老人家现时在狱中的情形，对师叔和师母说了，师叔、师母自然会想办法。当时只催我赶快起身，限我十一天赶到；弟子紧赶了几天，是九天半赶到的。"鲁三姑道："噢，那就是了。他还有什么话没有？"眼望鲁桓道："你姐夫就是这个脾气，你得替他猜闷。"鲁桓道："这倒不尽然，狱里本来不易说话。"鲁三姑道："好在袁少爷刚才说，已经将一把小钢锉，给他带进狱里

114

去了，这就好多了。"袁振武陡然醒悟过来，哦了一声，忙道："不错，他老人家催得我很紧，限我立刻离开彰德。他老人家说，常入公门没好处，叫我少来。临别又再三叮咛我，叫我送信之后，千万别再返回彰德，我现在这才明白过来，他老人家是怕连累上我……"

鲁三姑扶茶几立起来，却又坐下，道："是不是，他一定是这个打算！袁少爷，你这番义气，我们实在感激不尽。道隆（鹰爪王的号）他一生脾气暴，很吃亏。他又吃吃喝喝，享受惯了；一入狱，哪里受得来？苦倒不怕，只是他一生嘴馋，没酒没肉，一天也受不了。你一个年轻人，又在局外，竟冒着险，担着罣落，肯这么照拂他，我们心上有数，决不能忘了你。刚才我已经听我们九兄弟念道了，你的意思是为求学绝艺。这可真难为你，下这么大的苦心！我们决不能辜负了你！他出了狱，一定对得起你；不但他，我们也得想法子，成全你的志愿。不过，不瞒你说，我们现在正忙着搭救他，好歹把他弄出狱来，连他那三个笨徒弟，既是吃连累了，我们也得一包总想法儿，把他们都鼓捣出来。你呢，我也想透了。不过，现在……"

说到这里，陷入深思之境，尽翻着皂白分明的一对俏眼，仰望屋梁，筹划安置袁振武的办法：他可靠呢，不可靠呢？留下他呢？不留他呢？现在留呢，日后再说呢？……可惜愣头羊屈励才奔回求救，现在已经打发他出去请人去了；他若在此，也可以对一对。鲁三姑为此踌躇，那鲁桓却怕三姐姐为了一时感激之情，造次轻诺。又怕她说出别的话来，就立刻插言道："三姊，咱们总得过了这一场……"

袁振武实在机警，听话听音，已知他们必有搭救鹰爪王的秘计阴谋。立刻自告奋勇，站起来说："师母、师叔，你老容禀。弟子年轻，没能耐，却有一片血心，王老师十分看重我。我固然是新拜门墙的后进，可是报答师恩，无分早晚，都该效劳。师母、师叔哪一天上彰德府去？弟子我情愿追随。别的不行，跑跑腿，探探监，总还不致误事。那些狱吏狱卒，都跟我不错，被我买嘱好了。那狱中的情形，经我一番夜探，出入路线，我都很熟……"

鲁桓、鲁三姑都笑了。鲁桓闭眼摇头道："袁少爷，你好大胆量！你这意思，难道说光天化日之下，谁还敢劫牢夺狱，做这砍头不带疤的事么？我们武林中，也有的是亲朋故旧，有窗户、有门子的。我们大家凑在这里，也不过盘算一条好道，打算人上托人，钱上花钱，把我们人保救出来。真格的，单刀一摆，越墙而过。把犯人背出来么？背出来又往哪里放？那是闹玩的事么？"说着，鲁桓两眼盯住鲁三姑，接着道："袁少爷，我们三姐丈不是嘱咐你送信之后，叫你回家等候么？他说一句，自然算一句。老弟，我们现在忙着救人。……是的，我们扒裤子当袄，正在筹办钱……我们忙得很，满处都得奔走，想法子，找保，托人情，实在没工夫顾别的。你的热肠，我们决不能忘，可是眼下实在没有工夫。你就先请回家，半年之后，我们一定找到你家；把我们鲁家门中，和他王家门中的那点玩意儿，一点不剩，都传给你。就是我们不去，我们三姐丈出来之后，他也一定要亲身找你去的……"他又转脸道："我说三姐，这话对不对？"又对袁振武道："你大远的辛苦来到，我们已经预备了一点路费，是二百两银子……"

袁振武一听，话越说越远了。奔波千里，来求绝艺。怎么再回坐等，谁知道人家准来不来？眼珠一转，把利害筹算了一下，立刻说道："师叔误会了！弟子求学，早晚都可以，那一点也没什么。现在顶顶要紧的是救王老师，弟子既然预闻，焉能落后？"坚求要跟着他们奔走效劳。他本意是希望自己有所归着，最好住在鹰爪王家内，只是苦于不好开口。正在踌躇，不想鲁老婆婆掀帘子，闯然出来。对鲁桓、鲁三姑发话道："你们打算的倒好，可没给人家孩子想想！千里迢迢的，人家奔来给你们送信，怎么大远奔来，再大远折回去么？好徒弟最难得，就凭他这份苦心，我就喜爱他。况且他又这么热心肠，萍水相逢，就给三妹夫帮这大忙，又冒着好大的险。固然人家一步来迟，咱们早得着信了，人家可不知道啊！人家可是连夜赶来的呀！你们还瞒个什么劲！凭人家这份好心眼儿，咱们也该实话实说。难道还怕闪了舌头？人家是为什么来的，你们总得对得住人家才行。"又哼了一声道："这样好徒弟，还推托！"

鲁老婆子的话，并剪哀梨，痛快无匹，把两方的意思都道破了。袁振武睁着感激的眼，向鲁老婆子一瞥。老婆子笑扶桌子，往前一探道："我说是不是，小伙子，说对了你的心思了吧！唵？"

那边鲁三姑沉吟起来，半晌，换了一种腔调，对袁振武说道："我们大姐姐说话最干脆。可是，袁少爷，你不用多疑，我们决忘不了你。这里的事，你也多少总知道了，索性我也不必瞒你。这次你师父陷身在彰德

116

府，遭这种冤枉官司，就是一个平常老百姓，无缘无故受了这种气，也不能硬咽下去。况是咱们江湖上人，汉子作，汉子当，怎么吃，就得怎么吐。不拘怎么样，我们也得赶紧设法，把他营救出来。不过案子里还牵连着三两个徒弟，未免多费手脚。要一齐搭救他们爷四个，这种事就更……不是你应当干预的了。我说对不对，大姐？"

鲁老婆子道："那是自然，小伙子，你去不得。"鲁三姑又道："你年轻轻的，热心肠，我们怎么看，也不能辜负你，更不能拖带你冒险跳坑。我们为了这个，才要请你回家听信。你放心。你不要因此疑虑，我们一定一定要教你趁愿。既然你不愿意回去，我想想看……"

袁振武仍告奋勇道："弟子已经在深夜探过监，就再比这个险难的事，弟子也义无反顾。弟子情愿跟随师叔、师母，同到彰德府，稍效微劳，死而无怨。就是师母要做……什么极险难的事，弟子更应该跟去了。弟子到那边去，是轻车熟路……"

话里含话，双方都挑明了。鲁氏姐弟依然峻拒着袁振武，不要他偕行，只退一步，盘算目下如何安插他。鲁老婆子的意思，是既然决意收留他，就叫他留在鹰爪王这里看家，鲁三姑又复不肯。要把他送到鲁家去，鲁桓又说家中无人招待。盘算了半晌，不得结果。

鲁老婆子见袁振武志忐不宁。鲁三姑、鲁桓又犹豫不决；这老婆子很不高兴，气哼哼向一弟一妹说道："你们商量你们的。你总得先把人家今天的宿处安排了。大远地来了你们好意思赶人家住店么？"向内间叫了一声，道："红啊！红啊！来把小南间收拾收拾，支上一架床。"那个高身材、大眼睛少年女子应声出来。鲁老婆子竟拿出做祖母的身份，把袁振武当小孩子看，挨过来，拍肩拉手地说道："我先给你拾掇一个倒着的地方，千里迢迢地奔了来，一定很累，是不是？你先躺躺歇歇，不用管他们，你就冲着我，我老婆子一定对得起你。回头鹰爪王出来，我教他传给你掏心窝子的本事；他不掏，我就不答应他。小伙子，人要是有热心肠，处处占便宜，别学他们嘀嘀咕咕，一点也不像江湖人物。我这三妹妹、九兄弟最胆小怕事，丢死个人！"鲁桓等都笑了，道："大姐姐又发脾气了！"鲁老婆子道："不是我发脾气，你们，哼，对不起人了！"

老婆子径叫着少年女子，引领着袁振武到了小南屋。进了小南屋，回头看了看，方才说道："他们姐俩嘀咕到一块儿了；你在那里，他们闷闷缒缒的，更商量不出所以然来。你躲开他们，我回头追问他们去。你的意思，是愿跟了我们去！老实话，这不行。救一个人好办，救四五人，可就热闹了；你一个好人家儿女，犯不上跟我们蹚浑水。我看你还是留在这里等我们，你想对不对？"袁振武道："老人家待小侄如此热诚，你老看着办吧。弟子的一番苦心，你老已然知道了。你老既是王老师的内姊，你老如不嫌弃，我愿意拜在你老膝下，做个义子。"

老婆子看了那少女一眼，薄唇一抿，嗤然笑了，说道："我可不好认干儿子，我的干儿子足够三十六罡了；我的干女儿也足够八抬轿抬不完。小伙子，这个姑娘就是我们最小的干女儿，跟我学本领的，她叫高红锦，她的父亲是……"那少女道："干妈，少说吧。"老婆子道："那怕什么？瞒外人，还瞒自己人做啥？"

袁振武果然伏在地上，就磕头，认义母；被老婆子只一伸手就架住，袁振武竟跪不下去了。惹得那红锦姑娘立在一旁，掩口而笑。

当日，袁振武留宿在擒龙手王泉家，实在也就是鹰爪王王奎的家。饮食起居，由鲁老婆子招呼着高红锦，帮忙照应，款待一如家人父子样。

到次日早晨，袁振武心想，鲁三姑和鲁桓必见自己。既经隔夜，安插自己的办法一定商量停当，该抵面说出来了，不意鲁桓从这天便没再见面。看这王家，似乎并没有仆妇、丫鬟；宅中本有两三个壮年男子，此时也都不见。所有端茶送饭，只由那少年女子叫高红锦的亲手送来。却是宅内人来人往，行色匆匆。到下晚，连鲁老婆子、鲁三姑这姐俩也不见了，竟把袁振武一个生客，孤零零丢在小南屋，没人看顾。

袁振武唯恐给人不好的印象，毕恭毕敬，坚坐在小南屋。乍到人家，又不好到院中随便走动，也不肯伸头探脑，向外窥看；只可侧耳倾听室外的动静罢了。有时候外面脚步声杂沓，有时候人声忽起。男女老少语音各别，旋又寂静下去。由早晨到晌午，只不过两三个时辰，把袁振武扃得六神浮躁，抓耳搔腮；站起来，在屋内走来走去。偶尔听院中有人走来，就试着咳嗽一声，渴盼惊动一个人进来，理他一理，也好趁便问，到底把自己怎处。却是外面的人又隔得远，惊动不过来。

到午饭时，鲁家三姊妹还不见出头，袁振武再也沉不住气了。他是机警人，不由又起了疑虑；莫非他们已经走下去了，把自己抛在这里？胡思乱想，忍不住伏门缝，破窗孔，往外偷瞧。忽然听莲步细碎，似由正院，正往这边走。袁振武巴窗缝注目一看，正是那高红锦姑娘提着小食盒，往南屋这边走来。

　　袁振武慌忙归座。刚刚坐下，那女子一阵风似的已来到门前，也轻轻咳了一声，方才挑帘入室。两只大眼把袁振武看了看，侧着头又看到纸窗。这却是袁振武的错，若把窗纸戳破一个大洞，也就罢了。他却不，他竟是用指爪蘸唾津，只点破了小小的一个月牙孔。高红锦不顾起身迎立的袁振武，只凝眸看这窗纸上的月牙小孔。看罢，双眸一转，脸冲袁振武微微一笑。袁振武自己怎能不明白，不由羞得脸起红晕，十分磨不开。

第十章

鲁姊妹夜会群侠

那高红锦姑娘放下食盒，打量袁振武道："袁大爷，憋闷急了吧？可以到院中溜溜，这里没有外人。"袁振武不能答，含糊应了一声。高红锦便给他拭桌子，摆杯筷，从食盒端出四碟、两碗、一壶酒。

袁振武不知怎的，素来豪爽健谈，此时竟嗫住了，勉强说道："谢谢姑娘受累，我自己来吧。"便抢着来端菜，菜早端完了；便又抢着盛饭，可是饭桶还没有端来。高红锦姑娘道："我给你端饭去，他们很忙。"说罢，翩若惊鸿，扭身出去。袁振武要想问话，已经来不及了；怔怔地站在屋里，看着桌上的菜，竟不归座就食。

转瞬间，高红锦二次把饭桶提来，右手还端着一碗汤。到了门口，没法子掀帘，便扭着身子，要肘起门帘来。袁振武忙走过去，代为挑帘。不想高红锦一扭身旋脸时，两个人几乎碰了个对脸。高红锦道："哟！……费心！"袁振武倒碍了路，高红锦右手汤碰溅出来。袁振武赶快撤身。高红锦抿嘴一笑，把汤放在桌上，便蹲身来盛饭。袁振武侧立桌旁，意颇歉然。高红锦道："袁大爷请用饭，看菜凉了。"袁振武说道："给姑娘添麻烦了！"高红锦笑道："这有什么？又不是我做的，我不过端一端，还弄洒了。"

果然这几样菜多半是现成的，皮蛋，豆豉、火腿、咸鱼等，配了四碟，现烹调的只有两样。高红锦抽手巾，拭去手上的残汤，看袁振武似不好意思当着自己归座用膳，便一扭身，又翩若惊鸿地挑帘出去了。袁振武亟想问话，先咳了一声，道："啊……"高红锦早姗姗地步出小南屋，抹墙角走开了。

袁振武赧赧地归座，拿起竹筷，把火腿咬了一口，又斟了一杯酒，却只是烧酒。自己暗嫌自己竟会无端腼腆起来，在这个女子面前，自己怎的这么局促不宁呢？

沉思忘食，忽然间一个妙龄少女的面影，浮现在面前：瓜子脸、粉腮、细腰、削肩、柔媚而又英挺，尤其是那两道秀眉，宜嗔宜喜，还有那小小的红唇。……那是谁？那便是太极丁的爱女，自己的师妹，今日的俞振纲之妻——那便是丁云秀姑娘。

这面影似电光石火般，在眼前一闪不见，袁振武凝眸再一看，眼前只是杯酒盘餐……微微一喟，回想前情，不由得引杯连啜了数口。于是，停杯再想：这个高红锦姑娘比丁云秀高半头，是细高挑，也是削肩细腰，轻盈隽爽，只不如丁云秀那么蕴藉，那么雅淡，那么……有那么一种说不出的独特风格。好似丁云秀把"女""侠"二字调和得那么匀称。这高红锦姑娘，虽看不准她会不会武功，却仿佛英气多些，柔美之气少些，那一位如果是闺门弱质与女侠的化身，这一位却似小家碧玉与英雌的合体了，这一点截然不一样！

袁振武胡思乱想，现在又胡思乱想到别一端上去了。跟着联想起那一天，丁师父封剑闭门的那一天，袁振武勃然，一双虎目闪闪发光，把酒一口气又连吞下数杯。情不自禁，失声地哼了一声，道："好！咱往后看！"

猛然听外面咪的一声，袁振武一动，急侧目一看那纸窗月牙孔，露出黑若点漆的一只眸子。那白纸窗也映出黑影，是细长的一条人影。于是窗外一眸和屋中双眸一对，窗外那一只眸子似含着笑意，骤然收回去了。隐隐听得娇笑，道："往后看什么呀？自己一个人说鬼话哩！"跟着木底弓鞋"咯噔咯噔"的一阵响，分明莲步细碎。又走开去了。袁振武才觉得自己深思忘情，这必是高红锦姑娘来收杯盘来了。而自己只顾呆想，只顾喝酒，竟忘了吃饭。

袁振武抄起筷子来，匆匆地把饭吃完。屋中有毛巾，取来抹了抹嘴，往桌旁一坐。忽然想起一策："我何必坐在这里，等着这位姑娘撤食具？我莫如自己把杯盘拾起．送回厨房。……借这机会，就可以出院子寻看寻看了……而且又显着客气。"武林中最忌讳生客借寓，伸头探脑，胡乱刺探，所以袁振武宁在屋内憋得出汗着急，也不愿轻离一步。现在有了借口，忙忙地把杯盘、饭桶收拾起，端起来就往外走。

刚刚走到中庭，那高红锦姑娘已从堂屋历阶而下，翩然走来。迎面相遇，叫道："哎。你吃完饭了？撂着吧，怎么着自己个拾起来了。"袁振武赔笑道："在下又不是外人，姑娘，你告诉我厨房在哪里，就得了。"说着话，眼睛往四面寻找；院内空旷，鸦雀无声。好像除了袁振武，就剩高红锦一人了。鲁家三姐弟和那几个年轻小伙子，俱已见不着面。也听不见说话。高红锦伸手来接食具，袁振武极力谦辞。因高红锦梗在前面，走不过去，只好把饭桶递给高红锦。袁振武自提着提盒，向东耳房指问道："这里可是厨房？"高红锦点点头，于是二人相率把食具送到厨房内。袁振武还想帮忙归着起来，高红锦皱眉微笑，道："丢在那里就行了，有人管，用不着你……"袁振武抱歉道："又教姑娘受累了。"红锦道："我也做不着，我才不会弄这些事哩。"

把食盒等都堆在案子上，高红锦首先走出厨房，袁振武急忙也跟出来，高红锦一直奔上房走，袁振武不知不觉，也往上房去。高红锦上了台阶，袁振武走近甬路。那高红锦一手掀帘，忽然回眸一看，见袁振武似要跟过来，笑了笑，说道："请往南屋坐。"

袁振武不由得讪讪地也笑着站住了。可是他再不能放过，忙叫了一声："姑娘，请留步。"高红锦手一松，帘子吧达的一响，落了下来；柳腰一扭，侧过脸来道："我也忘了打脸水了，我给你沏茶去。"袁振武搓手低头，缓缓地说道："不是，我不渴。姑娘，我请问你一点事。"高红锦道："什么事？"

振武四面看了看，低声道："师母和鲁老姑太她二位，还有师叔，可在屋么……"

未等说完，高红锦噢的一声道："你是打听他们？他们三位出门了，一会儿就回来。你是不放心。怕他们走了啊？那焉能够。鲁姑太临走的时候，留下话了，教我款待你。别把你饿着。她老人家就是这么热心肠，喜欢年轻人。你只好好地等着吧，她老人家自然有交派。"又放低声音道："你是想学能耐，是不是？你真走运，遇见老姑太了；你要是只遇见三姑太，哼，哼！"袁振武道："三姑太是谁？哦，可是师母么？"高红锦道："不是她是谁？她这个人。别看能耐大，可就有一样，最不好管闲事。"说罢一扭身，挑帘登阶，到上房去了，把袁振武一个人抛在庭心。

袁振武徐徐地走回小南屋，心中纳闷。这个高姑娘，真摸不清是怎么个路数。说姑娘不姑娘，说小姐不小姐；又像会功夫的人，又像不会，却是身量儿真高，森森玉立，比起振武自己，竟不差上下。真格的跟师妹丁云秀比，大不相同了。而鹰爪王这一家子，人物也觉着个个特别。

过了一会儿，高红锦端着一壶茶进来，道："喝茶吧，你在这里闷得慌，是不是？你可以到外面溜溜。他们老姐儿三个大概到天黑时，才能回来。"袁振武起身道谢，忽然想："她一个女孩子，怎么倒把我噤住了，我何必怯场？"就朗然发话道："姑娘请坐，我向你请教请教。我是鹰爪王王师父新收的徒弟，他老人家的为人、武功和从前的行事，我一点也不晓得。姑娘和他们这里既是亲戚……"高红锦登时把话剪住，道："哼，我更说不上来。我和鹰爪王王大叔、王大婶，一点也不熟识，我和鲁老姑太，我们是通家至好，我是受她老人家邀来帮忙的。"

袁振武道："姑娘也是来帮忙的么？这么说，姑娘的功夫一定很好了。"高红锦道："唉，我说什么来着？我可任什么也不会，谁说我会功夫啊，你听谁说的？"振武道："姑娘不是来帮忙的么？"高红锦道："不错呀，噢，你是这么猜了。我倒是给他们来帮忙的，我是给他们洗衣裳、煮饭，帮这种忙来的。"说到这里，掩着嘴，扑哧的笑了。一扭身子，推门出去，临行道："我不会说话，你别听我的。"竟又飘然走去了，任什么话也没有套问出来。袁振武暂在鲁宅住下。

这一天直耗到天黑，鲁氏姐妹一个也没有回来。这一顿晚饭，这位高红锦姑娘可就弄不出来了，直到快掌灯，她还没有做熟。袁振武忍不住了，出了小南屋，在院中走来走去。忽见高红锦满头大汗，从厨房奔出来，一见袁振武，就嚷道："你饿不饿？"袁振武道："还不饿呢。"高红锦道："瞎！糟透了！灶膛里火不旺，添点柴火吧，不留神，忽的一下，蹿出一股烟来，差点燎了眉毛。煮饭吧，也煮不熟，炒菜我又不会。你会不会？你给我看看去。"原来她一个人看火，又看锅，又煮饭，又炒菜，忙不过来了；不但累得脸上粉汗淫淫，连小汗衫也湿透了。喘吁吁的，屋里又热，天又黑，越着急，越没办法。

高红锦说着话，跑到上房，拿出一把扇子，一面拭汗，一面跑到院子里，站在阴凉底下，扇扇子纳凉。口中不住抱怨道："吃饭容易，做饭敢情真麻烦，谁会干这个呀？"她那里发急，袁振武却心中窃喜，忙说道："姑娘别着急，待我来。"自幸有机会，可以攀谈打听事了。忙走进厨房一看，幸亏来得巧，再晚一会儿，怕要失火了。满地都是碎柴火；她又把灶膛塞得柴火过多，一阵阵犯风，便往外倒烟冒火。袁振武忙用扫帚，先把地上柴火扫净了。再看菜砧、盘碗、瓢勺堆得很满。煮的饭把水放少了，锅底已经焦煳，可是上面的米依然很生。乱七八糟，饶这样，倒把高姑娘累得直唠叨。

袁振武也是位富家公子哥，他也不十分懂得烹调，看了看，深感没处下手。对高红锦道："姑娘不用着急，我看还是上街，买点现成的吃吧。"

高红锦道："也好，这工夫饿得我肚子直叫。做饭不行，吃饭我可一顿也不许错过。给你钱！"从上房拿出一些碎银子，就往袁振武手里递。袁振武道："不用不用，我这里有。"急急地走出院外，到街上找一饭馆，随便叫了两份菜饭。可是这一来，要想帮忙做饭，趁便打听闲事的机会又丢失了。

从饭铺出来，已是万家灯火齐上时。引领送饭的小伙计，来到王家门首，街门已经紧闭。上前叩门，门扇忽隆的分开，高红锦姑娘当门侧立，道："怎么样，找着饭馆没有？"袁振武笑答道："找着了。"吩咐伙计，把菜饭先端到上房，给红锦姑娘叫的是四菜一汤。

这高红锦姑娘容得菜饭摆好，坐下来就吃，用筷子指着袁振武道："谢谢你，我真饿了。你怎么还不吃去？"竟一点也不客气，非常的豪爽。袁振武叫小伙计，把自己的那一份，送到小南屋，草草吃完。容得伙计把食具撤去，高红锦闩上街门，给袁振武送来一壶茶；她就老早地进了堂屋，关上屋门，把灯熄了，悄然睡去了。袁振武还想跟她搭讪几句话，竟不能得闲。

袁振武只得枯坐在小南屋，对灯喝茶，皱眉寻思，鹰爪王家上上下下，连本家和亲戚，怎的一个不剩，全出门了？只留下一个高红锦姑娘看家，据说也是外客，他们自己人都做什么去了？难道都走下去了？自己本为争强负气，才别寻名师，看这鲁家姊妹举动诡异，言辞惝恍，看来定有什么不轨的打算。事到临头，自己究竟该当怎么办才对？思思量量，好半响，方才和衣睡倒。

迷离恍惚，似睡不睡，听更楼似已打过三更。忽然间，庭院中吧哒的响了一下。袁振武耸然惊异，霍地坐了起来，揉揉眼，侧耳细听。似乎屋后墙上，"唰唰啦啦"的又一阵响动，像是灰土剥落。袁振武忙披上短衫，蹬鞋下去。外面嗖的一声，分明听出，由院外跳进一个人来。

袁振武大诧，急趋至屋门口，伸手便要拔闩，忽一想："且慢！"忙走

124

近窗前，就窗纸破洞，往外一看。这小南屋前面，恰有半堵墙，挡住视线，看不着庭心的动静。赶紧一转身。挪到临院那面窗台畔，把窗纸弄破，合一眼，睁一眼，仔细往外窥。候见一条人影，疾如箭矢，由西墙根一掠而过，径奔正房。正房仍被墙障着，望不见堂屋门，只瞥见半窗灯光。原来正房的灯光已灭复明了。

袁振武恍然，更扯大窗孔，张目一寻。哦，偏北左有一条人影，晃来晃去，在庭心打旋。东墙上也有一人，正向外瞭望。跟着眼光不及处，又听见一声吹唇低啸；墙头人影飘身下来，两条人影一纵步，齐奔正房。旋听见吧哒一响，似挑帘放帘。

三间正房只能看见半间，袁振武极力窥窗，仍然看不出所以然来。心中疑闷，而且着急，想了想，忙往门口一凑，这才轻轻拔栓，徐徐曳门，只开了半尺许的门缝，侧目重窥，倾身再听。半晌，院中没动静了，却听见正房之中，叽叽喳喳，有人密语。忽然，唰的一声，正房中一个妇人声口，喝道："么七么？"正房东檐上忽然扑哧的一笑，又听屋中一个壮汉道："是蔡七。"檐头一个童子音答道："三姑，是我。"妇人道："是你怎么不进来？淘什么气？"童子音轻笑道："没淘气，我来个'夜叉探海'，看看你们听得出来不？"妇人怒道："快给我下来吧。"

袁振武忙一侧身，推门出来，往前一垫步，蹿到前面那堵墙后，借墙障身，向外探头。仅仅瞥见一个矮小的人影，正在悬身檐抱柱，玩那"单扯旗"的花招。正房门帘一响，一个长身妇人掀帘出来；短衣佩剑，正是师母鲁三姑，不知道什么时候回来了。那矮小的人影一个虎跳，翻下平地，一长身，高才四尺，原来是个十几岁的小孩。鲁三姑一手挑帘，忽然向这边一笑，却一拍那小孩，道："淘气的孩子，偷看什么！"跟着一回身竹帘吧哒的一响，一同进去了。袁振武愕然，忙一缩头，退回身来。

沉了一会儿，袁振武更耐不住，复又贴墙探身。遥望堂前，灯光通明。隔帘映出碎影，晃来晃去，尽是屋中人影，乍高忽低，尽是谈笑之声。袁振武为这灯影人声所吸引，忍不住轻轻挪步，往庭心走，一双眸子直注到堂屋内了。却才转出墙角，忽听背后簌簌的一响，一条细瘦的人影突从黑隅中如飞地蹿出，挟着一股子锐风，猛袭到身旁。

袁振武吃了一惊，方要回身，骤然间软绵绵一双手掌从肩后伸来，往自己左肩头一按，力量很大。袁振武候往下一矮身，待要施展拿法，拆破敌手，不想来人哧的一笑，嗖的一蹿，退出两丈以外。袁振武方才看出来人的身形轮廓，细腰削肩，包头软履，正是高红锦姑娘。她向袁振武含嗔低喝，道："喂喂喂，放着觉不睡，你要干什么？"说话时，又似微含笑意。袁振武忙凑前一步，道："原来是姑娘，我要……屋子里很热，我要到院里溜溜！"高红锦道："咄！不老实，说瞎话！还不快进去，你好大的胆子！"

袁振武满面怀惭，往小南屋去，回头一看，高红锦已跟了过来。忙将油灯挑明，又将衣纽扣上，这才说道："姑娘还没睡，请坐。"高红锦姑娘不答这话，站在屋心，似笑不笑，似嗔非嗔地说道："你年轻轻的真愣，胆子真不小！你是要到堂屋，偷听窗根去，是不是？"袁振武忙道："不不不！我决不敢那么胡来……"高红锦道："你还瞒我？告诉你，你是不知道，这屋里什么人都有。保不定有那手黑的，冒冒失失，就许给你一下子；你又未必防备，他们又不认识你。"

袁振武辩道："得啦，姑娘，你真把我看成一点世故不通了，我焉能偷听窗根？我不过……因为鲁师叔和师母整天没见着，我的事又不知怎么样，住在这里，心上很不安。刚才听见师母回来了，打算上去问一问，我哪能一声不响，偷听私语去呢。"高红锦道："得了，不用说了，你就不会明天问？你想他们在屋里聚议，院外哪能不安放哨的？幸亏是派我放哨，换了别人，哼哼……"把手一扬，道："你看，你就得挨上这一镖。"袁振武诺诺连声道："姑娘说的是！我太莽撞了。不过，师叔、师母把我搁在这里，我实在不知道我该怎么着才好。姑娘，你费心给我问一声去。若要去彰德，千万求她们把我带了去，我也可以稍尽微劳。"高红锦摇头道："不必问，她决不会教你上彰德去的。……你赇好吧，再不要伸头探脑的了。赶明天，不用你说，鲁老姑太也一定先找你，一准有个交派。你只好好睡觉得了。"竟不容袁振武再说话，举步往外就走，又回头一摆手道："我还得巡逻去哩，老老实实睡吧。"

袁振武没想到高红锦竟这么英明，急急追出去，低声道："姑娘，姑娘！我别看是新来的，究竟也是王老师的徒弟。姑娘我求你答应我，我又睡不着，我帮着姑娘巡逻吧。姑娘替我想想，我又不知是怎么回事，一个人局在屋里，实在闷得慌。"高红锦回眸一笑，停了停道："也罢！"一点手道："你跟我来。"

高红锦把袁振武引到庭隅，指了一个隐僻地方，教他蹲下。又给他三支镖，但又嘱告道："千万不可乱打，这只是防备万一罢了。你只听我的招呼，叫你怎么样，你就怎么样。"然后高红锦自己也寻了一个地方，把身形隐藏起来。

袁振武藏身的地方，恰好可以隔帘窥见堂屋，这番安置自是高红锦无形中帮忙，袁振武心中很感激她。隔帘遥望，堂屋中的陈设已经改动；那张方桌搭在屋心，围着方桌，挤挤挨挨，坐了七八个人，男男女女都有。一盏明灯，又数支蜡烛，分放在案头几上，闪闪吐出明光。桌子杂陈着酒杯食物，在座这几个人正在一面喝酒，一面喁喁密议。鹰爪王之妻鲁三姑擎着一把剑，比比画画，和那个小孩子说话。

过了一会儿，忽然屋顶簌簌的又一响，嗖的一下，从外面连蹿进来三条人影：两个男子、一个女人。那个女人原来就是鲁老姑太，年纪高大，身手却非常矫健，也穿着一身夜行衣。一到庭心，便尖着嗓子嚷道："三妹妹，蔡七子、老五来了没有？"屋中人哄然起坐，道："老姑太来了。"鹰爪王之妻鲁三姑应声道："大姐姐回来了。蔡七子来了，这不是。"一个少年首先起身迎出来道："姑太叫我，我还不赶紧来么！"座中人一个个全迎了出来，鲁老姑太倒像贵客一样了。

这老太婆子向众人寒暄着，就让同来的那两个男子先进屋。她自己落后，也绕着院子一巡。忽然到袁振武藏伏之处，厉声道："咦，你怎么不睡？谁叫你在这里的？这么放肆，你好大胆子！"当下就要翻脸。高红锦急急蹿过来道："干娘别着急，是我叫他帮我巡哨来着。"鲁老姑太才转怒为喜，道："那就是了。好，小伙子，你多受累了。"又道："你们两个人别都伏在院里。你们两个人应该分开，一个在院子里，一个在屋顶上。"高红锦道："我上房。袁大爷，你还蹲在你那个原地方。干娘，人都邀齐了吧？"鲁老姑太道："差不多了。"然后匆匆地走进堂屋。

高红锦对袁振武吐舌说道："怎么样，我没有冤你吧？差一点你就落了包涵！"袁振武道："谢谢你，大姐，小弟不懂事！"不知不觉地改了称呼了，高红锦并没介意。

鲁老婆婆一回来，屋中声音立刻放大，再不像刚才那样低言悄语了。袁振武在外面听了个真真切切，却是多一半说得是隐语。大致猜来，这些人都是邀来救鹰爪王的，如何救法，却未闻提出。他们只商量怎么登程，怎么样改装，怎么样进彰德府，以及还得再邀什么人。旋即议罢，这些客人有的翻墙出去，有的留宿不走。

鲁老婆子出来，到院中一站道："红啊，红啊！"高红锦蹿下房脊，来到面前，一同进入屋内。隔了片刻，高红锦独自出来，很忙地对袁振武说："老姑太说，没事了，叫你回小南屋睡觉去。"袁振武愕然半晌，道："高姐姐，我可不可以见见他老人家？"高红锦哧的一笑道："见她做啥？我猜你就憋不住。老姑太说，教我替她谢谢你打更。叫你先回小南屋，她老人家回头就去见你。你先别睡，好好回房等着去吧。告诉你，若不是我帮话，你得到明天才能见着老姑太呢，又憋你半夜。我知道你年轻人性子急，是我替你催的。"袁振武连声称谢，自回小南屋等候去了。

堂屋中的人声依然嘈杂。隔了好久好久，竹帘声动，脚步声起，夹杂着笑语告别声。忽一个清脆的嗓音道："就是这样，伯母请回，咱们在汤阴见吧。"一个中年男子的腔口道："今天二十八，我们准在初七接头好了。"跟着听见嗖嗖的蹿房越脊之声，似已走了一拨人，却还有一拨人。旋又听鲁老婆子尖着嗓子，似在庭院对某一人说道："你别回去了，住在这里吧。你一个孤行客，住店不行。"一个低而宏的喉咙道："不要紧，我有地方住，你老不用费事了。"又听见开门启栓之声，鲁老婆子、鲁三姑称谢送客之声。旋又听见关门上栓，掀帘回房之声。一刹那顷，各种嘈杂的声音归于沉寂，却已听见鸡叫声了。

袁振武心中着急，正在胡思乱想，忽然听隔门招呼道："袁大爷，老姑太来了！"袁振武矍然站起，这是高红锦，忙应了一声，奔到门首。那高红锦姑娘已推门进来，拿着沉甸甸的一个手巾包，含笑入内。见屋中昏暗，微微一皱眉，道："怎么这么黑？"伸手把油灯挑亮，袁振武往门外探头，道："大姐，老姑太真来了么？"一言未了，鲁老婆婆已然急步走来。

第十一章

高红锦留情陌路

这鲁老婆婆已非复白天的神气了。偌大年纪，穿一身夜行衣装，瘦削的面庞含着凛然之色。袁振武抢步上前，才要行礼，鲁老婆婆不耐烦地把手一挥，向椅子上一指，道："请坐！"她自己就坐在靠桌旁的床上，匆匆说道："袁少爷，我现在很忙，顾不得细说。"回顾高红锦道："把包拿来。"信手打开，是两封银子、一封信。

鲁老婆婆道："这是一封信……你的事，我们已经替你盘算好了。你志在求学，愿意投拜在你师父门下，有你这种资质，又有这分苦心，你实在是个好徒弟，我们求之不得，无奈现在不是时候。我已经跟你师母商计好了，我们不愿叫你在这里傻等，况且你住在这里，也不相宜。我又忙，一切说情不便对你细讲。这里有一封信，你现在就可以动身，把这封信投了去。"

袁振武一看这信，下款是"汉阳王缄"，上款是"鄂豫交界蓝滩刘四爷家祺台收"。鲁老婆婆指着道："这刘家祺也是你师父的师弟，我把你荐到他那里，你可以在他那里借地学艺，也不妨拜他为师……"袁振武忙道："义母，弟子不愿……"

鲁老婆婆摇手道："你别打岔，你听我讲。这刘家祺不仅是你师叔，我还救过他的性命。我托付他的话，他不敢驳，一定好好地照办。我把你荐到他那里，他一定错待不了你，他一定倾心传给你武艺。你要明白，这不过是暂时，至多半年罢了。半年之后，你师父或者我一定找你去，验看你在他那里的学绩。不管你学得如何，到那时你师父一定把你领走，找一个地方，便由他自己亲手传给你本门心法。你在刘师叔那里，不过借这半年闲空，叫他把本门初步筑基的功夫传给你，省得叫你傻等着，空耗时候罢了。你这刘师叔，他在蓝滩设场子，授徒为业，你在那里住，也可以安心。"

她把两封银子也送到袁振武手内，道："这给你做路费。"又道："现在已经鸡叫，等天亮，你就赶紧走。"

说罢，她站起身来。袁振武还想说话，但是老姑太的言谈、神色，十分匆遽，又似不容袁振武有置喙余地。袁振武性本刚直，不觉心中不悦。

但是这鲁老婆婆就好像看透他的心一样，虽然站起来，似乎要走，忽又一转身，凑到袁振武面前；伸一双枯腕，往他肩上一搭，满脸上堆下欢容来，蔼然说道："小伙子，我实在爱惜你……"又低声道："你是个明白的孩子，不用我多说……我的意思，你总可意会吧？你又是个富家子弟，安善良民，我决不肯叫你往恶道上走。你这刘师叔虽也是一个武夫，他却是在蓝滩住家，平素专以设场授徒为业，循规蹈矩，非常可靠；你在那里住上半年，好极了。你要知道，你这人又机灵，又热心眼儿，我们决不能把你丢在脖子后头。咱们不用说废话。也不用说客气话，你只好好地上进，咱们总有再见的机会……你听明白了没有？"

袁振武回过味来，便要叩头称谢，又要求见师母。鲁老婆婆却又道："小伙子，你放心，我们一定对得起你，你师母和我是一个意思。你对你师父有恩，我们不会忘了你。咱们各凭天良，你不负人，谁能负你？你师母很忙，她已经走下去了，你不必见她。现在天快亮了，你赶快歇一歇，好赶早走路。"

袁振武又要叩问师父鹰爪王何时能出狱，何时才能够会面。鲁老婆子笑道："小伙子，你很精明。你想他什么时候能出来，甚至时候能见你呢？我们这不是正想法子救他么？救出他来，他自然……要先歇一歇……是的，要先歇一歇。歇好了，我一定叫他第一个先去找你。……好了，好了，是时候了，就是这样吧。千言万语，总归一句，你放心。我们走了……总对得住你！"说至此，指一指天，又指一指心，更不多说。鲁老婆婆便一松手，骤回身，带高红锦出离小南屋，便要回转上房。

袁振武已经听明白，可是又不能完全明白。急急地跟踪叫了一声："老姑太，义母！"鲁老婆婆一回身，瘦眉微皱，忽又笑了，说道："你还是疑疑思思的，这也难怪。红姑娘，我很忙，你有工夫，跟他细讲讲好了。"鲁老婆婆洒然回到上房去了。

高红锦姑娘应命留后，重回小南屋，往上首椅上一坐，对袁振武道："师弟过来！"她忽然改了称呼了，含笑说："你有什么疑难，快对我说，我都告诉你。"鲁老婆子的这番安排，居然把个强项的袁振武安慰得十分感激。拒绝他同行，荐他到别处，他本来已潜蕴不悦；但是鲁老姑太的匆忙堵住了他的嘴，鲁老姑太的诚恳终于又感动了他的心。

袁振武略为思索，赔笑说道："我么，倒没有什么疑难了。老姑太这番替我打算，我已经明白了。我焉能不识好歹，稍背她老人家的一番盛意。不过我抱愧的是，师父身在难中，别人都要尽力营救，我竟不得稍效微劳，反倒退身事外，袖手旁观，心上总觉着过不去。"

高红锦秀眉微颦，微微一笑，忽用开玩笑的口吻说道："算了吧，有什么过不去？你一走，不就过去了。"又正色道："小伙子，你有这份良心，莫怪老姑太这么照顾你，你算赶巧了。小师弟，你只管奔蓝滩去吧，你师父的事，你不伸手也是一样。你就伸手……"把自己的手一伸道："恐怕也跟我的手一样，弄不出什么漂亮的活计来吧。"

袁振武脸一红，方要辩解，红锦姑娘忙抢着说："你又不爱听了，是不是？老实告诉你吧，老姑太因为你是好人家的儿女，不愿意叫你跟着蹚烂泥，往险道上走。这是不肯累害你，你别犹豫了。你就依着她的话做去，她自然越发的欢喜，这比什么都强。这门里的徒弟不止一个，能邀得老姑太这么刮目的，也就只你一个人罢了。你别自己弄砸了，没的招起她不耐烦来，倒坏！我叮咛你几句话，你在这儿，当着师门中的人。你这么至诚热心，离开这些人们，你也能时时以师门为念，那时要求得本门绝艺，又有何难？我没有什么帮你，这几句话就算我这个师姐送给小师弟的一份虚礼吧。"她咯的笑了一声，站立起来，向外就走。

袁振武平素以师门高弟自处，这位红锦姑娘却惯拿他当小孩子看待。其实高红锦不过二十三四，袁振武已然二十七岁了，她却一口一个小师弟、小伙计的叫着，又是什么好人家的儿女啦，她倒把师姐的身份端得十足。袁振武负气出走，脱离丁门，自己反倒晚了一辈下去；回想起当年旧情，也不禁感慨系之了。但这高红锦姑娘忽嗔忽笑，倜傥不羁的神态，又好像有一种魅力；倒把个袁振武摆布得心旌摇摇不定，忸忸怩怩，另有一种滋味似的。一见她要走，忙站起来，抱拳道："师姐，别忙着走！我还有话呢。"

高红锦一手挑帘，回头说道："你还有什么话？……你的话太多了，我忙得很，回头再讲吧。快快地收拾收拾，不要磨烦。你看这就天亮了，你别忘记，你还得赶早动身走呢。"说罢，竹帘吧哒的一声落下来，苗条的影子翩然走去。

袁振武忙忙地跟踪送出来，抱拳躬身，说道："师姐，您好走。"但见高红锦姑娘脚才出户，嗖的一个箭步，飞似的蜻蜓三点水，早已跃上了正房台阶。侧身掀帘，一回头，有意无意瞥了袁振武一眼。黑影中，但见她似把头微微一摇，手儿一挥，跟着竹帘又吧哒的一响，已经走入堂屋去了。

袁振武重返小南屋，想了一想，只得先投奔蓝滩去。看这情形，鲁家三姐弟搭救鹰爪王，也还是没有什么新奇妙策，也还是定而不可移，仍采武林中的惯技罢了。那么。他们拒绝自己，也正是爱护自己；自己虽是武林中人，却不是干这种事的人。盘算停当，忙将随身的小包裹收拾利落，两封银子、一封信，也顺手打在小包袱之内，就倚枕略歇了歇。

听外面一阵阵鸡声报晓，纸窗上曙色渐透。又过了一会儿，院中木底鞋咯噔咯噔的响，猜是红锦姑娘脱去夜行衣装，又换上家常妇女的衣履了。忙坐起来，把小衫衣纽扣齐，揉了揉眼，便来开屋门。

果然莲步细碎，红锦姑娘已到门前，轻轻一弹窗，叫道："袁师弟，该走了。我可要下逐客令了。"说话时，门开帘启，红锦姑娘满面春风，走了进来。上眼下眼，打量袁振武道："你还不如我哩，你脸上带出熬夜的气色来了。"那是自然的，袁振武奔波千里，又加上一夜失眠，脸上神色当然显得劳瘁。

看这红锦姑娘，红绣袄，紫绢巾，足穿弓鞋，腰系长裙，脸上薄敷脂粉，猩红一点点在小小的口唇上，丰容盛鬋，姿态艳美；不但与昨夜神情不同，就与前昨两天的打扮气度，也迥乎有异。只看这外表，恰似一个过新年、要出门的闺秀姑娘，可说是一身盛服，浓妆艳抹了。

袁振武心中不解，猜测着好像她是要离开王宅了。不禁迎问道："姑娘，……哦，师姐，您要出门么？"高红锦点了点头。袁振武迟疑道："师姐不说是看家么？"高红锦道："你听谁说的，我也要走啊。你怎么样，收拾利落了吧？我这里静等着你呢。"袁振武看了看自己的小包袱，笑道："早收拾好了。再一穿长衫，把小包袱一提，便可登程。"高红锦道："那

132

么你就走吧，我送你走。"袁振武忙道："谢谢师姐。"

袁振武伸手从屋墙挂钩上，摘下长衫，披在身上，向红锦姑娘作了一揖，跟着说道："师姐费心，领我到上房去一趟。"高红锦道："做什么？"袁振武道："我还没有辞行哩。"高红锦咯的笑了一声道："你这人好懵懂，你跟谁辞行啊，她们都走了！"袁振武愕然道："怎么都走了，这么早都走了么？"高红锦笑出声来，说道："看你很精神，很像个行家，刚才的动静，不信你会一点没有听出来。"袁振武呆了一呆，说道："师叔、师母，我知道早都走了，老姑太是什么时候走的？"

高红锦笑而不答，只催他快走。袁振武反倒坐下来，在木榻上仰着脸，问道："师母、师叔、老姑太都走了，邀来的朋友也都走了……可是的，那么一来，小弟再一走，这院里不就剩师姐一个人了么？"高红锦道："你这人没耳朵，我也要走的啊！"袁振武道："唔，师姐再走了，这宅子交给谁呢？"高红锦掩口笑道："交给谁？交给房东！你别操心了！反正这个家……"说到这里。换转话头道："反正这个家有人管。"

袁振武恍然了，顿了一顿道："师姐请坐，我跟你打听打听，现时这宅子里，是不是只剩下你我两个人了？此外还有别位看家的没有呢？"高红锦秋波微漾，做出顽皮的样子，道："傻子，你想呢？"袁振武脸一红，道："我知道一定没有别人了。但是，师姐不要瞒我吧，你得告诉我，是不是师父一家从此要弃家远飏？"高红锦笑着点点头，道："有那么一点。"

袁振武不禁爽然如有所失。抬头看这红锦姑娘，倚着桌子，曼立在自己面前，两眼正瞅着自己。袁振武想了想，嗫嚅道："师姐，你老人家可到哪里去呢？"高红锦笑道："我么，我的去处不能告诉你。"

袁振武俯下头来。停了片刻，复又抬头，目注着高红锦，欲言又止，似有孺恋之意。高红锦等了他一会儿，见他一时没话了，便把身子一直。手指轻轻的一弹桌子，说道："师弟，你真该动身了。你走后，我立刻归着归着，也走。你总得走在我头里才行，我还得等候车哩。"又看了看窗，道："请吧，天可真不早了，咱们后会有期。我给你开街门去。"

袁振武再不便俄延了。本想再问问，却又没的可问；可问的话本来还多，无奈红锦姑娘不肯往深处讲，自己也就不便刨根问。于是毅然站起来，复向红锦姑娘深深一揖，道："师姐，我走了！师姐待我这番厚意，小弟也不说谢了。此番小弟得入师门，师姐的转圜之功、提携之德，小弟心上是有数的……"高红锦哧地笑了，截住他道："有数便怎么样？"袁振武想不到自己一往豪迈之气，摆在这么一个姑娘面前，反倒弄得左一阵红脸，右一阵红脸，竟从来没见过这么闯奢的姑娘。

袁振武忸怩了一阵，也哧的一笑，说道："小弟也不能怎么样，不过是山高水长，永志不忘罢了。小弟真想不到和师姐萍水相逢，竟这么一见如故……"贾勇说出这一句来，忽又自嫌冒昧，人家终竟是个姑娘，不由得又赧赧然把下面的话咽回去了。改口道："师姐，咱们改日再见吧！"

高红锦毫不理会，也接声道："对！袁师弟。山高水长，咱们改日再见！"掀帘子先走出来，又一回身，脚蹬门限，含笑招手，道："来吧！别愣怔了；是时候，该走了啊！老这么恋恋不舍的，人家都走了，只剩下这些空屋子。你就舍不得走，也见不着你老师，学不上鹰爪力呀。我说对不对？傻兄弟，走吧。"越说越亲近了。

袁振武这才踵随在后，提行囊，来到院中。这时候空庭寂寂，旷落无声，仅只有他们两人的轻举足音。各房门俱已倒锁，竹帘却依然虚悬，庭心也扫得很干净，丝毫没有搬家的景象。除了悄静一点，满不像人去楼空的样子。高红锦提着长裙，姗姗地来到前庭，便奔街门。袁振武紧缀上来，低低的又叫了一声："师姐！"高红锦道："怎么样？"

袁振武到底忍不住心中的疑闷，凑近来，又悄声问道："师姐，我可不该问，师姐，你这种打扮，跟昨天截然不同，我猜师姐一定也要奔彰德。你穿这身衣裳，你可是怎么个走法呢？"高红锦低头看了看自己的衣裳，道："我么？……打破砂锅问到底，我知道你现在肚里憋着一个大疙疸。这幸亏是我罢了，若是换了我们黄师姐，像这么审贼似的，粘粘缠缠的，怕不早挑了你的眼！小伙子，你闷一会儿吧。我什么话都露给你听了，就这一点背着你，也不算对不起你，你多包涵吧！"又咯的笑了一声，一直走到门洞，玉腕轻舒，钏镯铮然，把开栓轰隆的拔开。却只将门扇拉开一扇，便一侧身，道："师弟，请吧。"

袁振武撩长衫，提小行囊，徐步走出街门。高红锦陪到阶前，一脚站在门限内，一脚跨在门限外，身倚门框，做出送行的样子。袁振武下了台阶，回身施礼，告别道："师姐，我走了！我……"还要再说几句感情的话，忽然见高红锦面色一沉，眉峰一蹙，把手一挥，低声道："噤声！"探头向外面瞥了一眼，立刻一缩身，退入门洞内。嗡隆的一声响，将门扇重掩。隔着门，听她轻轻说道："师弟快走吧，我不远送了。你留神，别叫街上人看出来，南头估摸有人看你哩。"跟着弓鞋细碎，似已走入内宅去了。

袁振武忙也顺着街，往前后一看。晨光曦微，晓路无人，只街南头似有一个走道的人。袁振武不敢枯立在鹰爪王的家门口。急急地离开，放缓脚步，往巷外走下去。将出一巷口，忍不住回头一看：晨街悄静，仍然无人，南头那个走道的并没过来。

袁振武不禁止步，重往鹰爪王家门口送了一瞥。那高红锦居然将双扉重启，红衫微露，从门缝现出半面来，正睁着一双盈盈秀目，向自己这边看。一见振武回头，她便将手中紫巾一扬，面含微笑，缩了回去。跟着嗡隆一声，双门重掩了，好像听见她催迫道："快走吧!"袁振武站在巷口好久好久，方才举步。

走出一段路，陡从后面骨碌碌的驰来一辆太平车。车帘未掩，车中坐着一个女子。袁振武侧立回头一看，正是那红锦姑娘，红衣艳装，盘腿坐在车上。车后打着一个红包袱，恰似一个回娘家的新嫁娘。跨车沿的是个长袍马褂的壮士，赶车的车把式也分明是个改装的壮士。三个人向袁振武微微一笑，登时急驰过去了。

袁振武一双虎目直直地看着车走过去，愣了一会儿，又向四面看了看，把小包袱一提，连夜踏上旅途。走出去不过十几站路，忽然听见各关津要隘，纷纷哄传，河南彰德府越狱逃了十四名大盗和教匪，而且刀伤狱吏，纵火烧了库房，府县官俱已受了处分；河南大吏发五百里加紧驿报，行文各地，画影图形，严拿逃犯。道路谣传，越狱的主犯叫王什么；帮助越狱的，内中有三个女飞贼：一老妪、一少女、一个中年妇人……

袁振武吃了一惊。一路上越发小心在意，也不敢随便打听，也不敢沿路耽搁，急急地奔豫陕交界走去。在半路上，住在店里，袁振武也未尝不往回处想过。只是他这人一生择定一条路，不走到头，决不肯住的；惧祸之心，竟不敌访艺之热。终于晓行夜宿，又走了几天，来到蓝滩地方。

第十二章

少年客假馆蓝滩

到蓝滩，一打听刘四师傅刘家祺，在当地果然很有名头，是个设把式场、开门授徒的名武师。袁振武留下心眼儿，先投店，后投书。歇了一晚，次早把那封书信拿着，逢人打听，寻到刘家祺设场子的所在。立在门前，略一端详，竹篱柴扉，院落宽展，真像是个练武人家。把式场子就在庭心，地铺细沙，架插兵刃；倚门而望，便可看见几个少年，正在院里抡刀舞棒，又笑又说。还未容袁振武敲门，便被一个粗壮少年瞥见，吆喝了一声，奔来问讯："喂，相好的，你是干什么的？你要找谁？"袁振武客客气气作了揖，自说是从汉阳王五爷那里来的，有一封信送给刘四师父。

那少年顿现愕然之态，把眼上下打量袁振武，半晌问道："你贵姓？这里可是姓刘，不过，……你等一等，我给你问一声去。"抽身而回，把袁振武扔在门口；一直跑到人丛里，向那三五个少年同伴，说了几句话。那几个少年一齐注视袁振武，只听一个人说道："大师兄，你过去问问吧。"

立刻有一个年约二十八九的细高挑汉子，从院中走过来，站在门口，把袁振武重问了几句话；也照样把袁振武打量了一回，也抽身入院，一直进了上房。其余少年陆续凑过来，盘问袁振武从哪里来，有什么事？袁振武毕恭毕敬地回答着。那个大师兄忽又出来，把这几个少年都唤进上房。

又隔了一会儿，大师兄二番来到门前，向袁振武说道："我们老师确是姓刘，不过他老人家并不行四，也没到过汉阳，我们老师也没有姓王的师兄。你莫非找错了人吧？你可以把那封信拿出来，我拿进去看看。要是不对，我再退还给你。"袁振武道："哦，是的是的。"手摸着衣底那封信，不由有点犹疑，低声对那少年道："写信的姓王，手底下很有功夫，会鹰爪力，是在下的老师。他打发我来，投奔这边的刘四师傅，叫小弟在这边住个一年半年。请老兄费心，领我见见四师父去……"袁振武胸怀着路上所闻杀官越狱那件事情的戒心，不觉吞吞吐吐，言不尽意地表说了这么几句话。那大师兄猜疑的眼光越发显露，突然把脸一沉，道："听你说话的口音，分明是北方人，你怎么会从汉阳来的？你说的话全不合辙，你到底是怎么一回事？我们这里跟姓王的一点也不认识，你不要弄错了啊！"

那海捕鹰爪王的告条，已散布在各处，蓝滩这里已然晓得了。袁振武察颜观色，更不多言，忙向这位大师兄连连拱手，道："老兄，不要动疑，在下是专心投书访艺来的，此外决无他意。王老师老远地把我荐到这里来，只要这里姓刘，那就没错，我就依着你老，请你把这信拿进去，请四师傅一看，自然明白了。"又加了一句道："这绝没错。"

大师兄很不耐烦，道："刚才不对你说么，这里倒是姓刘，可是从来没有姓王的亲戚朋友。并且这里也不会武功，也并不教徒弟；不过是几个年轻人，在这里借地方，打拳消遣罢。……"

袁振武晓得空言不足解疑，就把那封信掏出来，看了看封口，道："老兄费心，把这封信拿进去；万一不对，千万赏还我。"壮年人笑道："信不对，谁留下它做什么？你信里还有银子、庄票么？"还要往下说，袁振武已将信递到他手。他只一看封皮，顿时注意，先验看笔迹，道："咦，这不是姓王的写的呀？"一句话说漏了。袁振武意含不悦，假装不懂道："是王老师家里人鲁老姑太烦人写的。你老兄就不必琢磨了，你只费心把信拿上去，给四师傅一看，四师傅自然明白。"

壮年人不答，瞪了袁振武一眼，接过信来，转身就往里走。却刮的一把，竟将信皮撕开，把信笺抽出来，且走且看。直到上房门口，回头又瞥了袁振武一眼，直入内去了。

袁振武偏听了鲁老姑太的话，就没想到刘四师傅家里人还有这么一手，睁着眼不肯相认。若依鲁老姑太说，信一到，刘四师傅还要远接高迎；哪知人家竟如此冷淡，而又如此猜疑，仿佛要拒门不纳了。袁振武呆呆地往院内望着，心中懊恼，奔波数百里，莫非鲁老姑太诓骗自己不成……

隔了好久工夫，突听院内正房竹帘呱嗒一响，一个少年掀帘，从中走出一个不到五十岁的黄须男子来。穿着一身蓝绸裤褂，挽着又肥又长的袖

137

子。形容瘦削，恍似病夫。来到门口，把袁振武盯了一眼，道："兄台贵姓？找哪一位？"

此人一出，几个少年都随着侍立在他背后，这人分明是个长辈。只可惜袁振武匆遽接信，未遑打听刘家祺的面貌。当下冒叫一声道："四师叔，弟子袁振武，是王老师打发来的。有一封信，刚才由这位师兄拿进去了。"前迈半步，欲行大礼。黄须男子连忙架住，道："原来是袁兄，不敢当，不敢当，请到里面谈。"很客气地把袁振武让入上房。

袁振武侧身逊让着，请教道："王老师派弟子投书拜师，你老既是四师傅，和王老师正是一样。并且王老师打发我来，本叫我投到师叔门下附学的……"黄须男子微然一笑道："袁兄别要误会，我不是刘家祺。刘家祺乃是舍下的教师，是我跟前几个小孩子喜欢习武，所以把四师傅请到舍下。不过现在四师傅已经出门了。"

袁振武闻言愕然，情不自觉地站住了，失口道："你老贵姓？"黄须男子笑道："我也姓刘。但是四师傅和我是宾主之分，又是至好朋友。他不在家，他的朋友我也接待得着。咱们屋里谈吧。你带来的那封信，我斗胆拆看了；内中意思，我不很明白，还要请教袁兄的。"

宾主齐入正房，正房中的陈设亦雅亦俗，不贫不富，是中等旧家。案头既有图书，壁上也挂着刀剑，却有着很讲究的木器，桌椅皆是上好紫檀花梨木的。黄须男子让袁振武上座，自己在下座奉陪。那几个练武的少年却没全跟进来，只有那三十来岁的男子，和一个二十来岁的短装少年跟到屋内，给斟了两杯酒，退到一旁，侍立伺候。袁振武未肯上座，也退到茶几旁；偷眼看那八仙桌上，笔砚杂陈，鲁老姑太给的那封信就拆开了，散放在桌上。

黄须男子坐在下首，把信纸拿起来，重读了一过。抬头一看，见振武也跟着两个少年站着，坚不就座；便含笑伸手，做了手势，道："袁兄，请坐下说话。这封信大概你先看过了，我还要请教请教你呢。这封信到底是哪位写的？你是王老师的高足，但不知是什么时候拜入王门的？这位王老师的外号叫什么？你可晓得么？"

袁振武肃然足恭地答道："这封信是封好交给弟子的，弟子未敢擅拆，只知大意，不晓得内中词句的。弟子是新近才投入王门，距今不过两个月。信是王师母和鲁老姑太叫人写的。王老师的外号鹰爪王。"遂将来意略说了几句。

　　袁振武为人机警，猜想这个黄须男子必非泛泛的人物，大概未必是刘家祺的学东；多分是刘家祺的本人，或是他的家里人；不过存着顾忌，不肯直认罢了。但是自己却不可疑虑，略一低头，打定主见；莫如有一句，说一句，直直爽爽，把与鹰爪王的遇合，和鲁家三姊弟的关情处，从实说了出来，也叫他们看一看我的眼力、胆力。盘算着，要开诚具告，却又顾虑到侍立的两个少年；疑难之状被黄须男子看出来，便挥手命两人退出去。袁振武这才侧坐在一旁，说到慕名访艺、探监投师的话，把鹰爪王结怨被陷的缘由、鲁家三姐弟邀友议救的情形、和他们安插自己的原意，略略说了。只有自己夜探监牢，鲁家姐弟阴谋劫狱的事，仍旧留下一份小心，未肯贸然说出口来。

　　那黄须男子拈着黄须，看着那信，一言不发，倾耳听着；忽而微微摇头，忽然噢的一声，笑着站起来，说道："袁兄，你看看这封信吧。这封信的意思，好像打发你来寄宿附学，可又要我收你为徒。你既是鹰爪王的徒弟，怎么又是鲁老姑太给你写信？你师父现在到底怎么样了？可是的，鲁家三姐弟你都见过他们了，现在他们几个都走了没有？你一定知道的了？"

　　袁振武站起来，双手接信，刚要回答；忽然听那黄须汉子语露破绽，他已无心中，自承为四师傅刘家祺了。袁振武把信放在茶几上，拱手一立，道："你老是四师傅！弟子听出来了。你老一定不嫌弃我，你老请上；……"恭恭敬敬，口称老师，叩下头去。磕了四个头，起身肃立在黄须男子的身旁。

　　黄须男子起初愕然，又一想，明白过来，哈哈笑道："好！听话听音，你真聪明！我也不瞒你了，你坐下吧。咱们俩慢慢地谈话。到底你师父现在怎样了呢？我在十来天头里，刚刚地听人说，你师父在彰德遭上官司了。说的人不知道详情，我这里很僻，得信又太晚；才一听说，吓了我一跳，就想奔去看看。哪知道过了几天，又哄传起来，说是彰德府出了大案子，现在官面上正在通缉要犯，我越发迷惑了。跟着就是你来找，所以我们不由得不多心，这倒对不过你了。"袁振武忙道："自己师徒这可说不到，本来这事也该小心，万一大意了，就许吃上罣误。"黄须汉子道："着啊！所以我嘱咐他们，只要有生人来找我的，就别说实话，不想你来了。

139

看这信上的话，好像你师傅这回事，你也帮过忙。"袁振武谦逊道："弟子有何德能？不过给王老师跑跑腿，送送信罢了。"说着，低头看那几上的信。

黄须汉子道："你太客气了。唔，这封信的词句你既然没见，那么你现在可以先看看，回头我再细问你。这封信也不知道是哪位马二爷写的，说得糊里糊涂，简直看不懂。半文不武的，好像抄'尺牍句解'，掉着掉着文，又忽然冒出大白话来，怪透了！好在信上本叫你详细告诉我，你只管对着信，向我细说。"

袁振武重拿起信来，从头到尾细看。上写道：

　　家祺四弟大人武安：自别之后，日月如梭。恭维道履清吉，合宅平安，武如私颂。敬启者，叨在知己，套言不叙。缘因愚兄命运多舛，逆事缠身；该下书人袁其姓，振武其名，直隶乐亭人也；其为人也，天性好武，欲投本门，求学绝技。愚兄本想不收，只因感其盛情相助，谊不可却，业经当面允收为徒。无奈愚兄身在难中，有心收徒，无计传道；望洋兴叹，无可如何。素仰贤弟德高学富，望重武林，胜兄百倍；为此修书一封，推荐前来。务乞本同门之义，曲予成全，将其留下，则愚兄感同身受，图报靡涯矣。所有愚兄之事，书不尽意，可问来人，当以详告。但盼吉人天相，不久脱身，即当趋诣崇阶，面陈一是。现下大姨姊、贱内、九舅、舍弟、天来、福基，与五弟、么七、红锦侄女、九如外甥，一切人等俱已仗义前来，搭救于我。不日定有佳音，勿念可也。

　　尚望贤弟诸事小心，勿来看我，勿见生人。如有打听于我，尽可告以素不相识，为妥。别无可叙，修此寸牍，敬颂福安
　　　　　　　　　　　　　　　　愚兄王奎顿首

　　再者：此信乃大姨姐敬烦马二爷代笔。大姨姐谆嘱贤弟，袁姓少年立志可嘉，务求另眼看待。倐愚兄出头之日，多则一年半载，定然前往蓝滩，将其领走。万一愚兄不克分身，大姨姐亦必代我一行，决不久劳分神也。至恳看兄薄面，暂收为徒，将本门

140

初步武功传授于他。愚兄及大姨姐、贱内，同声承情不尽矣。

这封信意思倒很恳切，只是措辞支离，颇难捉摸；袁振武看完了，也忍不住要笑。刘家祺眼望着袁振武，问道："你看明白了么？"袁振武笑道："弟子看明白了。"刘家祺笑道："看明白了，可真不易。那么我问问你吧。你师父大远地把你打发了来，自然是因为他身子不自由，怕把你的学业荒疏了。不过我们师兄弟数人，就数长门的功夫硬；说到传艺，只怕我教不了你，倒把你耽误了……"袁振武忙道："师叔客气了，弟子虽然一心好武，不过我实是初入门墙，本门技艺一点儿还没学过呢。"

刘家祺道："哦，你从前没有学过？"袁振武想了一想道："是的，弟子简直可以说是门外汉。"刘家祺道："是么？"又拿起信来看了看，抬起头来道："不错，你是新近投入师兄门下的。只是信上说，你在师兄眼前很出过力，我的大师兄很感激你。这必有情由，到底是怎么回事呢？近年来我和大师兄音信少通，他的近况我一点儿也不详细。究竟他怎么打的官司，怎么出来的？现时他究竟在哪里，我一点也不晓得。你新从那边来，你一定可以知道底细了。现在系马口，你王老师家里还有人么？"

袁振武愕然说道："这个……"刘家祺却又看了看信，接着说道："你遇见过鲁老姑太，他们鲁氏三姐弟在江湖上很有名气的。信上说他们都上彰德去了，前五天，或者是前六天吧，我听说你师父……"低声道："越狱出来了，这话可真么？"袁振武忙也低声答道："是真的，我师父大概是越狱走了，老师家里人也离开系马口了。"

到了这时，袁振武料无可虑，便将在鹰爪王家所闻所见，以及在路上所听的越狱传言，仔细对刘家祺说了。刘家祺叹道："你师父是我的师兄，按理我不该讲究他；他实在是太不修小节了，方才惹出这些事来。我几次劝他，不要使酒任气，不要滥收徒弟，我们武夫不要跟绅宦阔人交往；他只不听，果然叫人陷害了这一下子。多亏有好朋友好亲戚搭救，算是逃出虎口了。可是这一来，就成了黑人，再不能在江湖道上出头露脸了。我看他最末一步，挤来挤去，免不了要挤入绿林！"说罢喟然。

跟着又细问袁振武，到底在鹰爪王跟前，效过什么力？袁振武不肯夸功，也不肯泄密；尽管刘四师傅再三盘问，他只说不过给鹰爪王跑跑腿、送送信、探监赠银罢了。谈了一会儿，听刘家祺的口气神情，觉得此人性

141

情狷介，似是武林中的隐士，对作奸犯科的行径，深露不满；袁振武就把自己深夜探监的话咽回去了。

复又盘问袁振武的志趣、学业，刘家祺殷殷动问："我看你体魄、骨格、精神、目力，一定是经过武功的锻炼。你不要客气，究竟你学过什么？练过几年？你投入我们师兄的门下，你想学哪种功夫呢？"

袁振武忽然存了一分戒心，觉得自己若把那负气出师门，别求惊人技的话说了出来，恐怕反招疑忌，也显着丢人。眼珠一转，急口的说道："弟子实在可以说没有学过功夫。弟子倒是从小好武，无奈没有遇着明师。弟子的私心，愿学打穴的功夫；还想练会一两种暗器，要练得能接能发，能取人穴道才好；这是弟子一点儿痴想。我听说王老师善打九只纯钢透甲锥，非常厉害；暗器的分量既沉，手法又准。只要发出去，敌手不死必伤。可是听说他老人家从成名到今日，只用过一次。他老人家又会鹰爪力，善接各种暗器；不管铁蒺藜、三棱瓦面镖、甩手箭、飞刀、袖箭等，常人不能用手接的。他老人家都能用鹰爪力的手劲硬接。这两门功夫，弟子都爱，所以才干山万里，投访到王老师的门下。"

刘家祺听了，寻思一回，道："你喜好打穴？这可难学，学会用暗器打人穴道，这更不容易。至于学接暗器，也有难有易，现在武林中没有几家会的……"想了想，又问道："我看你英华内敛，你一定练过内家拳吧？"

袁振武吃了一惊，忙说："弟子可不会内家的功夫，弟子只练过八卦掌，也没练好。"刘家祺道："唔，你会八卦掌么？那就莫怪了，八卦掌本来跟内家太极掌相近。"

袁振武顺着说道："是的，弟子小时候，也胡乱跟人练过几天太极拳……"刘家祺道："你师父是谁？"袁振武又一愣，顿了顿，赔笑道："弟子哪有师父？不过是跟家里护院的瞎练，只学会了半趟八卦掌和几手太极。"刘家祺道："那就是了。"沉吟了片刻，笑道："你的志向我明白了。你是想学鹰爪力、接打暗器和打穴法。"袁振武答道："弟子的私愿正是如此，只怕菲材愚陋，不堪教诲。还求老师推情鉴诚，把弟子收列门墙，弟子定要尊师敬业，不负老师的期望。"说着站起来，请行拜师大礼。

刘家祺也立刻站起，把袁振武扶肩接下，往身旁一坐。蔼然说道："老弟，快不要这样。你既是在大师兄跟前效过劳的弟子，我决不能外待你。并且我看你的身形、骨骼，实是可造之材；漫说你还学过功夫，你就没学过，也足够个好徒弟的资质了。不过你想学的这几种功夫，除了点穴、打穴不是本门武功外，其余鹰爪力和破解暗器，可说是本门武术的精华。你若是打头学起，可就非一日之功……可是的，你今年二十几了？"袁振武道："弟子二十七了。"刘家祺道："哦，二十七，正是始发愤之年。老弟，我说句不怕拦你高兴的话吧，要练鹰爪力，恐怕非童子功不可；你大概早已成过家了吧？"袁振武道："这个，弟子现在还没有妻室哩。"

这句话可就答得太模棱了。但刘家祺并没十分理会，只点了点头，又复沉吟起来。半晌，抬起头，说道："老弟，你千里迢迢地寻师访艺，足见你志气坚定；你的体格又强，又学过几天；除了鹰爪力，你要学别的功夫，一定可收事半功倍之效。你大远地投奔来，又有大师兄、鲁姑太的推荐，我无论如何也应当拿你当本门入门弟子看待。只是本门门规最重长门，就是次门的师叔，有时还要服掌诫师侄的约束哩。这么办，你尽可在我门下，考求本门的技艺，名分上我可断不敢和你正师徒之分。"

袁振武还要恳求，刘家祺道："你看我还能跟你假客气么？你若因我年辈稍长，你就管我叫一声四师叔。你愿意练什么功夫，只要本门有的，我能教的，你只说出来，我决不能自秘，一定倾囊倒箧传授给你。你在名分上，还是鹰爪王的弟子，我不过代师兄传艺罢了。况且信上说，你师父不出半年，就来接你；这么样，倒是两全其美。"说到这里，仁至义尽，再想拜师，已不能够了。袁振武这才起立，行了叩拜师叔之礼。

这个刘家祺果然是武林中的隐士一流，性情似乎偏于冷僻。叫着袁振武的名字，慨然述怀道："振武老侄，不瞒你说，我可不能比你师父啊！我们师兄弟好几个，顶数你师父鹰爪王技艺精湛，声震江湖。想当年你师父练鹰爪力，可真不容易，年轻时受的那苦，简直一言难尽。本门中的功夫，他一个人可以说拔了尖，要不然，他怎会是长门大师兄呢？按名次说，他实是行二。你师祖却嫌过去的刁师伯本领不济，竟越次传宗，把你师父超拔为掌门弟子，因此才把你刁师伯恼得一跺脚，永离武林，再不谈武。你刁师伯总怨恨你师祖授受不公，他可忘了他自己，脾气既坏，功夫又松；我们几个做师弟的，人人都比他强。他还永远端着个大师兄的架子，张口就骂我们，举手就打我们，比老师的规矩还大。我们几个人一多半闹着要辞师告退，说受不了刁爷的气了，我也是当时说抱怨话的一个。

所以你师傅的本领实在是本门中的杰出人才，他当年待同门也很义气，就是太好滥交。至于我呢，和你师傅的脾气恰好相反，他健谈好交，我却连几句寒暄话都不会说。现在年纪大了，自然好多了，会应酬了；可是遇上隔行的朋友，或心中厌烦的人，我还是跟他说不上来。

"我的功夫比你师父百不及一，我又举动冷涩，语言无味，我简直没有人缘。这些年几位师兄弟，人人都比我混得好。三师兄更阔，听说做了副将了。六师弟在三师兄手下，也混得不错，大概不是游击，就是守备。只有我，给人看家护院吧，在房东跟前伺候不下来；干镖局吧，又不会哄总镖头；做官，我更头痛。我干什么好呢？只剩下练把式、当街卖药和设场子、教徒弟，混饭吃了。卖艺卖业是咱们武林中落了魄的人干的，比讨饭强不了许多；就好比穷秀才卖文、测字、摆卦摊一样，倒八辈子霉，才干那个，我还拉不下脸来。因此，我在年轻时，瞎混了好些年，一点起色没有。我就一赌气，放下刀枪，抄起锄头来了。我这一身功夫，练来一点也没用，饥不能充食，寒不能当衣。我这才明白过来，练武只可说是一种癖好，绝不是一种艺业，比画画儿、写字、吟诗，还不如。我在老家种了几年地，再有江湖上朋友邀我出山，我全谢绝了。"

说至此，他忽然低声说："老侄，你一心学武，下这大苦心，究竟图什么呢？实不相瞒，'学成文武艺，货卖帝王家'，这是骗人的话，朝廷上才不要咱们这群拳师哩。像三师兄能做到副将的有几个？可是朝廷不访贤，线上朋友却真下苦心，访求能人。你知道现在正在陕西闹哄的一窝蜂么？他们不知怎么，会访知我的根底？竟重金礼聘，请我出马去当二寨主。那份聘礼价值不赀，是宝刀一口、良马一匹、人参一盒、锦缎两匹、黄金一百两、银子五百两，一股脑儿派人送来。真个是断草分金，金块拦腰剪断，夹着一束草……"

袁振武怔怔地听着，不禁插言道："你老去了没有？"刘家祺哈哈笑道："你想，官还不敢做，我怎敢做贼？不过我也不愿得罪他们。礼物全不收，怕他们恼。我就只收下那两匹缎子。我亲自上山，面见一窝蜂大寨主金蜂李、三寨主游蜂赵，费了好些话，才得辞聘下山。我可就不敢在老家住了，一来怕他们再来麻烦，二来又怕地面上找寻是非；我就携带妻子，搬到蓝滩这个僻地方来。于今也六年了，百般无聊，才又设场子，教几个徒弟，好歹混碗饭吃。我有一个盟弟，前年给我拾掇了一个小买卖，

144

劝我弃武经商。我推辞不掉，就胡乱领东。开起饭馆来了。这一来，把式场子非收不可；可是他们磨着我教，我推不出去；我这才把场子交给我的大徒弟迟云树，他就算代师传艺。"

停了一停，他又道："这两年我实在是误人子弟，我简直不常回家，更不用说下场子了。你看我今天正在家，你可知道今天乃是破例，我一连好几天没上饭馆了。原因是……我正要预备着出门。你师父这档事，这里大概也知道了，声气实在不大好……现在一切说开了，你就先住在我家里。我得先出去一趟，回来咱两人再仔细考求功夫。现在我先把我这大弟子迟云树叫来，给你们两人引见引见。我不在家时，你可以跟他们在一处，先把本门筑根基的功夫练练。等我把事办完，我再教你。"

刘家祺和袁振武谈了好久，跟着把大弟子迟云树叫来，别的徒弟也招呼进来，挨个儿指名和袁振武相见。

刘家祺现有三十几个门徒，倒有一半是记名徒弟；真正升堂入室的弟子，天天来下场练武的，不过八九名。大弟子迟云树就是应门接信的那人，年已二十九岁，身量比袁振武高点。腆胸挺肚，很露出有潜力的样子，专练本门铁扫帚功。但因他是掌门弟子，凡是师门技艺他都通晓一点。

二弟子名叫蔡云桐，年纪倒比迟云树大，已有三十二三了，学的是刘四师傅最得意的功夫——十二路锁骨枪，每天只上午来学艺。这人功夫倒很好，却是时候不长，也替老师传艺。三弟子刘云栋、四弟子刘云梁，是刘四师父的儿子，学本门三十六路大拿法和锁骨枪法。五弟子赵云松，学暗器听风术。六弟子黄云楼，也学暗器。七弟子、八弟子现时不在此处。九弟子窦云椿，学劈挂掌。十弟子、十一弟子，是当地两个富室子弟，也不常来的。

当下刘门群徒都和袁振武见过了。袁振武抱拳拜揖，请照应，求指教，客客气气，说了一套话，把当日在丁门当大师兄的气概早收起来了。

刘家祺吩咐大弟子迟云树和自己两个儿子道："你们把西房单间给这位袁师兄腾出来。"看待袁振武一如宾友，礼貌上很是周至，鲁姑太的话果然不假。袁振武由迟云树引领，到了西耳房。

原来这几间西厢房，全是弟子们寄宿的房间，每一间房差不多安放着四五个铺；独有一个单间，只放着两个铺，都空闲着。刘家祺特为款待袁振武，命他独据一室，自占一铺。那另外一铺却仍空着，是专为阴天下雨，不住宿的弟子阻雨，临时休歇用的。袁振武把行囊安置在室内，和刘门弟子周旋了一阵。又到外面，买了些礼物，补献给四师父，又求见四师母。这四师母却是个文弱的妇人，跟前还有一个十六七岁的女儿，好像这母女都不懂武术似的。

吃过晚饭，刘家祺把大弟子迟云树和两个儿子唤到上房，嘱咐了许多话。掌灯以后，又命人把袁振武重请到客室，叙谈了一阵。对振武说："我就要出门了。不管我在家不在家，你尽管安心住着。我方才已经嘱咐他们了，有什么事，可以对云树、云栋说。也可以跟他们练练手法。"说罢，站起来道："就是这样。你远来辛苦，想必困了，早点歇歇吧。"袁振武一听未免失望，忙站起来说："四师叔，你老还要出远门么？……"

四师傅看出振武有点为难，忙解说道："你放心，我打算后天走，大约有十几天的耽搁。我可不是躲你，正因为你来了，给我带来这些消息，我必得出去一趟。你是明白人，你师父已经出来了，我总得见见他去。你只管住在我家，安心等我回来。我这里粗茶淡饭，一天三顿，你不要嫌恶，也不要客气。使的用的短了，可以找我两个小儿要。"仍恐袁振武新来不安心，又将迟云树叫来，当面重嘱了一回。到了后天清晨，刘家祺果然微行走了。

自此，袁振武暂留在刘家祺家中，每日三餐果然不菲，礼貌上也款待得很好。只不过刘门中这些弟子对待他，总觉有些客气似的，称呼上也尊他为长门师兄。袁振武窃觉不安，极力和迟云树、刘云栋、刘云梁兄弟搭讪，亲近。

袁振武住在小单间，一灯独对，想起月来所遇，不胜感喟。刘家祺说起师门废长的旧话，更给他不少刺激。于是他把当年做大师兄的气度完全收起来，对着刘门群徒极力的虚心谦让，请迟云树把他看成师弟，不要客气。他居然能屈能伸，丁朝威竟把人看错了。

袁振武初到的这几天，刘门群弟子已有好几天停练技功，已经露出门里有事的样子来。但过了几天，复又开练。这一天清晨，忽听得窗外把式场中，人语声喧，步履杂沓，正似有人开招练拳。赶忙坐起来，侧耳倾听，只听一人说道："你那是怎么练，你瞧你的腿！多么笨！"正是掌门师兄迟云树的声口。袁振武急忙披衣，略事梳洗，寻到场子来。

一进场去，果见东一堆、西一堆，刘门弟子十多个人，俱皆盘辫子，穿短打，各练各的功夫。也有练拳的，也有练枪的，也有举石踢桩的；也有一个人站架子的，也有两个人打对手的。在把式场的西南角上，立着一副长架子，下垂长绳，绳拴许多沙囊，刘门六弟子黄云楼正站在当中，自己挥拳推打那些沙囊。把沙囊打开，荡回来，再打开；他一个人居然能打动七、八个沙囊。练武的站立在当中，就是不叫沙囊碰着身体。

袁振武看了一晌，暗暗点了点头。复往北面一看，掌门大师兄迟云树穿着件灰短衫，大襟的纽扣全敞开，把小辫子盘在头顶，正在那里指手画脚，指点着两个较小的师弟，上手拆招。只有两个人挂着锁骨枪，在旁且听且看。袁振武忙走上前，给大师兄迟云树行礼。

迟云树回头看了看，向袁振武点了点头，赔笑说道："袁师兄起得早！"便住了手，吩咐两个师弟道："你们自己练吧？"很客气地把辫子放下来，把衣钮也扣上，对袁振武说道："袁师兄不要见笑，我这里给他们看招呢。师兄洗过脸没有？我叫他们打脸水去。"袁振武忙说："洗过了。"

两上站在那里，说起寒暄话，那两个练对手的也住手了，生辣辣的似乎不能合拢。袁振武忙说："师兄不要见外，请练吧。小弟很想看看，也好领教。"那两个人笑道："我们都是闹着玩的，不过借这个，磨练磨练身子，袁师兄不要笑话我们。"

袁振武满想看看这一门的功夫，可是人家似乎因他是师伯的弟子，功夫必定好，不愿当着他练，似有点藏拙的意思，个个只对袁振武闲谈。袁振武不是不懂眼色的人，忙借辞躲开这里。心想："我是才来，等着熟悉了，再下场子，请这位大师兄指点。"遂说道："师兄们请练吧，别耽误了您的功夫。"

抽身离开这里，信步往场心走来。靠东西的一带短墙下，是四师父的第九弟子窦云椿，正在那里练着操手的功夫。面前放一个高仅一尺五六的木墩，上蒙一层猪皮，下衬数十层双抄毛头纸，面积一尺二寸见方。九弟子窦云椿站在木桩前，用短马桩的架子，两臂探出去，抡双掌照着木桩猪皮上面，一下一下的拍去；劈劈啦啦，一连双手四掌。拍打完了，身形不动，又一连反着手掌，在木墩猪皮上连拍了四掌。反复循环，连拍了三十二次，直身站起，来回在墙下遛了四、五趟；随在那木墩旁一个矮木架上瓦盆内洗了洗手。袁振武溜近前，一看盆内并不是水，是药物煎的汤。

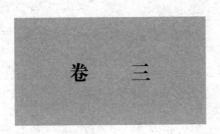

卷　三

第十三章

游子试叩听风术

袁振武在蓝滩住了几天，刘四师傅已经出外，一时不能请艺，便想看看刘门弟子所练的功夫。清晨早起，走到场子来，看见刘门弟子各练各艺；见了袁振武，都很客气地住了手，向他寒暄。袁振武又走到练武场东边，九弟子窦云椿正在那里拍打猪皮木墩。打完了，便遛；遛完了，又向瓦盆内洗手。袁振武凑近前一看，盆内贮的并不是水，是药物煎的汤。振武心下恍然：这大概是练铁沙掌，功力和药力兼用的。遂远远的站住脚看。

九弟子窦云椿洗完手，旋向贴墙处一根木柱前面站住。顺眼看去，在这木柱高有二尺八寸的地方，钉着一块木板，长一尺六，宽一尺二，也和木墩一样，上面钉着猪皮。袁振武有些不大懂，凑到近前，向九弟子窦云椿说道："窦师兄，你这是练铁沙掌的功夫吧？"窦云椿回身一看，便即停练，招呼了声："袁师兄，刚起来？"跟着笑道："我哪有练铁沙掌的天分？本门这种功夫轻易不妄传人。我不过是练劈挂掌的功夫，因为掌力太弱。师父怕我先天内力不足，把掌法练好，限于手劲，不能运用，才叫我练铁沙掌、铁臂的初步功夫。我入门又晚，年纪也大了，至多不过把掌力、臂力练得强点，就很好了，别的可说不到。"

袁振武方才明白，再一琢磨，可不是么；就他方才所练的情形而论，实在掌上没有多大功夫。他这铁沙掌的功夫，要是练得有点根基，像他刚才连拍数十下，那木墩上猪皮下的毛头纸总得拍破几十张。他却空拍了一阵，只破了几张纸，足见功夫不够。但他拍完了，手掌不红不涨，血脉已和，究竟也算得到初步功力了。

袁振武看了一会儿，窦云椿倒不躲避他，但是他的功夫实在没有看头，遂向窦云椿说道："师兄，你请练吧，打搅了。"

蹒跚而行，又走向别处。只见南面一片空地上，还有两个人在那里演对手的功夫。这两人正是刘四师父的两个儿子，刘云栋和刘云梁。哥两个正操演三十六路大拿法，两人操手的功夫居然很够火候，两方真拆真打，屡见险招。袁振武不觉地站住了，深知这种拆手的功夫，全凭腕力、掌力。刘门中的三十六路擒拿法，可说是武林中最易练、最不易使的招数。看了三二十招，觉得他这掌法的解数，似跟别派练法不同；招数里面生克拆解，非常活泼，能够见招破招，见式破式。两下里浮沉吞吐，封、闭、擒、拿，抓、拉、撕、扯，挨、帮、挤、靠，搂、打、腾、封，踢、弹、扫、挂，种种上手的功夫颇能各尽其妙。袁振武不禁看得十分入神。

刘氏弟兄练完了这趟擒拿法，互有胜负。两人全弄得一身浮土，收住式子，掸尘遛腿；一看袁振武在一旁站着，刘云栋忙打招呼道："袁师兄，让你见笑了。我们手底下太没有功夫，不过是瞎抓乱打。"袁振武欢然答道："二位师兄这种拆解的功夫，我虽然是门外汉，可是很听人讲究过，最难施展，最难使用。二位师兄练到这种地步，已经获得个中三昧了，难得的很。二位师兄果然不愧是名师之子，自有薪传。四师父的盛名实在不是幸致的了。"

这四师兄刘云梁粗眉大眼，胸无城府，很显得坦易近人。笑对袁振武说道："袁师兄，咱们里外是一家人，不要过奖。小弟的玩意儿差多了，家父整天骂我不够料，我学的不过是粗枝大叶。若讲到本门中独有的功夫，固然全仗着功夫火候，可是很有的地方还得靠本人的天资悟性。我们哥俩又笨又懒，别看跟家父是亲父子，学起能耐来，有好几种我就摸不着边，我们还不如五师弟赵云松哩。"袁振武道："四师兄太客气了，但不知五师兄学的是哪一种功夫？"刘云梁把腰一直，用手一指东北角，道："吓！他学的可难极了！是本门中最精巧的功夫，就是'暗器听风术'。他就在那边练……"

"暗器听风术"是多么动人的一个名称，袁振武倾慕已久，亟思学到，连忙向二刘请问。三师兄刘云栋却拦住云梁，对袁振武说："袁师兄，你别听老二瞎吹！……老二，人家袁师兄乃是王师伯门下的得意弟子，长门高足；咱们本派这点玩意儿，袁师兄难道不晓得，你还胡说个什么？"袁振武拱手道："三师兄，小弟入门日子太浅，我实是本门中的门外汉。三哥、四哥，千万不要见外。不怕二位笑话我，我连什么叫'暗器听风术'都不懂得。四哥，你费心告诉我，叫我也开开窍。"

刘云梁也想过味来，笑说道："袁师兄，咱们是一家人，你可别装假，你真没学过暗器听风术么？"转向刘云栋道："哥哥，父亲有话，袁师兄愿意学什么，就叫迟师兄教他什么。袁师兄想看看暗器听风术的练法。咱就领他去，怕什么？……袁师兄，这暗器听风术，没有好耳音，好眼力，绝学不上来。我们这些同学里面，只有老五赵云松够格，家父就单传了他。现在他正练着呢，走，咱们一块儿看看去。"

刘云梁引领袁振武，从把式场东北角一道小门穿过去，走尽小小甬路，到了后面，另是一方较小的场子。北方有一房厦，五间通连，深有三丈，广达六丈；板墙茅顶，搭成一罩棚；也和丁朝威老武师家中的练武房差不多，只不如丁家讲究罢了。棚内毫无装饰，屋顶上开着几扇天窗，仅透阳光，也不如丁家豁亮。遍地密铺细沙，贴墙陈列着兵器架。棚下偏东面，画出一丈五尺见方的一块地段，在四角各竖起一根木柱，高有一丈；上架两根交叉的横木，就在交叉处挂下来四根绒绳。绳端距地三尺六寸，各系着一个磨光的铁球，大如鸡蛋，恰对天窗，映着日光，闪闪地吐出耀眼银光。更看偏西面，可着罩棚两丈见方，由棚顶悬着一座"田"字形木架子，上用铁环吊着，下面垂下来九根绒绳；绳端系着一个个的带铁针的黑铁球，也距地三尺六寸，恰当人胸。九个铁球悬空悠荡，一个奇装短服的少年，正在垓心乱窜乱进；身上披着白色马甲，手上也戴着白惨惨的手套，身子不停地转，手也不停地向那铁刺球挥打。

袁振武注目看时，那些铁刺球打开又荡回，闪过又激转，满场子飞球乱舞。那少年就在夹缝里，闪展腾挪，游走推打，身手迅如猿猴，叫人看得神迷目眩。到底铁球太多，不时触及人身；那少年有时躲不开，就转过背来死挨。袁振武在丁门有年，于各门武功颇谙一二，走进跨院，看见这情形，已经猜知原委。

那个奇装少年的耳力、目力真个敏锐，虽然他心无二用，身手瞬息不停，却未容袁振武走近，便知外面进来生人了。突然施展了一手"双推掌"，"唰"的把贴身的刺球推打开，"唰"的一伏身，从斜刺里纵步退了出来。袁振武这才看清刘门中这位五弟子赵云松生得五短身材，齿白唇红，相貌不俗；尤其是他那一双杏核似的眼睛，莹然皂白分明，清澈如水，闪烁如星。再看穿戴，原来身披一件双层哈奇布的马甲，头戴一顶护耳掩项的牛皮头盔；从耳根垂下来两根皮带，扣上钮子，恰好护住下颏，只留出鼻、眼来；手上戴的也是牛皮手套。

他很精神地迎过来，把皮帽盔和手套摘去，向袁振武拱手道："袁师兄见笑！"说话时，口音不是当地人，操的是直隶大名府的方言。帽子一摘，顶上涔涔地出汗，面含笑容，跟着也向二刘打了一声招呼。看了看袁振武，又低头看了看自己身上，似乎脸上有点忸怩。

刘云梁拍肩说道："老五，你练你的，袁师兄知道你的功夫最拔尖，想看看你的能耐。来，快练一套，给袁师兄看看……"赵云松脸又一红，赔笑说道："师哥又改我，我哪里练得好！"袁振武上前恳请，二刘从旁怂恿，这赵云松局局促促，只不肯练；好像年轻面嫩，当着生人，说什么他也不肯下场子。刘云梁笑向赵云松道："赵小姐总是偷偷摸摸地练本领，你越求他练，他越拿捏人。"更故意窘他道："师父可是有话，叫你陪着袁师兄一块儿练，看你怎么藏招！"赵云松无话可答，半晌，嘻嘻地笑道："三师兄，别胡说了。"他这人虽是二十二三岁的少年男子，又是个练武的壮士，总有点女人气似的，一说话，就要脸红。

袁振武不便强嬲，搭讪着只看这"暗器听风术"的练武场子。那田字形的悬空木架子，垂下来九根绳，挂着九个铁刺球，通体乌黑，有茶杯大小。每个球上面，全有三个锋利的刃子，长约一寸五。每个铁球相隔五尺，错综列成外八内一的九宫形。铁球的大小、轻重、高低、远近，全是一样。此时没推打，自然不再摆动，静静地垂下来，跟地面相距三尺六寸。在铁球架子的对面，是那四个银色钢球，此时也静止不动，斜映日光，仍然光辉耀目。

袁振武看罢，手指这九个黑铁球、四个亮银球，问道："赵师兄，你练的可是本门中的'暗器听风术'么？"赵云松道："是的。"只说了这两个字，便又默然；跟着把马甲也脱下来，露出一身青色短装，蜂腰熊背，体格很英挺可爱。

袁振武又问道："这里铁球可是练身法、手法的么？"赵云松赔笑点了点头，道："是的。"又一指那银色球，接着问道："那亮银球也是练暗器听风术的么？"赵云松看了看袁振武，答道："也是的。"袁振武忙道："赵师兄，我真是本门中的门外汉，我实在不懂，这亮银球有什么用处？也是练腕力的么?"赵云松摇头道:"不是的,是练目力的。"袁振武道:"噢,怎么个练法呢?"赵云松不觉又看了看袁振武道:"袁师兄,不要见笑,这还能瞒得过你老么?我的身法、手法、目力、耳音,全很糟。"说着脚步趔趄,要想走开。

刘云梁忙拦住道:"赵小姐,好大的架子!人家袁师兄好心好意地问你,你怎么连个明白话都不肯说,真是贵人语话迟!……我告诉你吧,袁师兄,这九个铁球是练身法的,那四个银球是练目力的。你不见这银球整对着天窗么?阳光照进来的时候,就叫赵小姐睁开凤目,瞪这个放光的银球,就好像鳖子瞪蛋似的。"说着把那件马甲抢来,就硬往赵云松身上披,开玩笑地嚷:"五小姐给我乖乖的练!练好了也没人给你红顶子;练砸,也没人喊倒好。别装千金了,露一手吧。"

赵云松满面通红,登时瞪了刘云梁一眼,一退步,展手一封,不觉提高了嗓子,道:"四哥,你又想跟我动手,我可不客气了!"袁振武看他两人要恼,连忙相劝道:"四师兄、五师兄,千万别动手,那可不好意思的……"刘云栋笑道:"袁师兄别理他,他们俩一见面就斗口,斗急了就动手。也没见这位五师兄,袁师兄求你这半晌了,你就到底不上去练?算了吧,老二,走!"

二刘陪着袁振武走出来,剩了赵云松,倒觉得不好意思了,追着叫了一声,道:"袁师兄,对不起!我练了好半晌,累了。我明天再献丑吧。"袁振武正要和赵云松敷衍,刘云梁道:"袁师兄别理他。他自觉不错似的,其实他那点玩意儿,谁不知道?袁师兄人家新入门墙,不很懂得,要跟你讨教讨教,你又端架子,明天练了。袁师兄,这'暗器听风术'要练好很难,初学乍练,很没有什么。你要想知道,你瞧我给你比画一下子。"说着又把袁振武拉回来。袁振武极想晓得这"暗器听风术"的练法,闻言欣然向二刘拱手道:"二位师兄请你费心告诉我,也好开我茅塞。"

二刘引袁振武重到罩棚底下,刘云梁指着那银球、铁球才待讲话,五师兄赵云松方才相信袁振武真是不懂,陪在一旁,遂将这手武功的入门练法,解说出来。

这"暗器听风术"便是练习接取暗器的一种根本方法。练成之后,不拘什么暗器,不拘黑夜白天,敌人只要发出来,都可以招架躲闪。就是被十个八个敌人用暗器攒攻,也可以伤不着。练这种功夫的技巧,全凭目力、耳音、身法、步法；身法、目力尤为要紧。所以这门武功的初步练法，就是先练目力。练的人站在四个银球当中，把球推起来，且打且闪，身手可以任意展动，脚却不许移动分毫。四个银球各重半斤，倒不很重。悠荡起来，借着天窗的日光，照得银光闪烁，耀眼难睁。练的人偏要努目凝神，观定银球；看得准，闪得开，架得住，不叫银球撞着头项胸背才行。练法的诀要，着重在"闪躲圆滑"四字。初练时站在四个银球当中，要推得慢，把银球一个一个推动。第一，不许绒绳绞在一起；第二，不许银球碰在一处。初练目力，是在白天瞪视这耀眼的银光；继续练下去，便须兼在夜间。这就全靠手疾眼亮，同时还要借重耳音。

打银球时，同时也要练打那铁刺球。九个铁刺球全是空的，约重十二两。初开练，只推打四个铁刺球，在一百天后续加两个。续练一百天，再加两个。三百六十天，要把九个空心铁球一齐推动。自然初练也要推得慢，越练越要推得快才可；与银球的推打闪躲的练法，大同小异。人站在空心铁刺球当中，用力推打，也可以窜跃躲闪，也可以发招挡架，但以球不触身为第一要义。

一年期间，把九个铁球推动得很快，闪避得很灵，然后再将铁砂子装入空铁球内。每三十天，加重一两铁沙子，每球加到二十四两为度。球上既有三个铁尖，伤人甚重，练时须穿哈奇布的马甲和牛皮做的头盔。就是这样，铁球碰一下也很沉重，所以练来颇非容易。三年之后，练到功夫纯熟，铁球加重；九个球推打悠荡起来，往返越快，闪避越难，功夫便越练得巧捷快妙。直等到功夫确有十二分把握了，然后脱去马甲和护啮的头盔，改用轻功提纵术，穿行在铁球激荡的垓心。展开行功八式，猫窜、狗闪、兔滚、鹰翻、松子灵、细胸巧、鹞子翻身、金鹏现爪；任凭九个铁球飞舞，练的人毫发不伤，游行自在，然后这暗器听风术方算小成。

以后再实地练习，由同门师兄们，用各种的暗器来试打试接。可以伸手接取的是铁胆、蝗石、铁莲子、菩提子；可以探指抄取的是飞镖、袖箭、弩箭、甩手箭；不可以接取，尚可以闪架的是弹丸、金钱镖、铁蒺藜、飞刀、飞叉、梅花针等等暗器，不下四十余种。先由三两个人，从四面用镖打他；再由十来个人，从四面攒攻他。必须练到手发的、机发的、力大的、力小的，各种暗器全能躲架得开，这才算功成过半。然后由白天再改到夜间。一到夜间能接架暗器，那可就全恃耳音听风辨物了。然后这暗器听风术的一门绝艺，算是完全练成。

赵云松源源本本对袁振武说了，又说自己现在刚刚练到初步第二段功夫上，还差得很远哩。袁振武听罢跃然，不由问道："譬如现在，我要用金钱镖，在白天镖打赵师兄你的穴道，你可以能接吧？"赵云松方要明言，刘云梁插嘴道："美死他，他也配呀！别说是金钱镖他不敢接，怕打伤他的王八爪子；就是飞镖，他也不过才会躲，还不敢接呢。"

刘云梁故意当着袁振武怄赵云松，果然赵云松又红了脸，道："四师哥，你就会挖苦我。若说金钱镖，我还不敢贸然用手去接，但是我还可以躲。你只给我一件兵刃，我也敢拨打。可是太近了不成，三丈以外，只怕你打不着我。飞镖又算什么？上回你连打我三镖，不是叫我抄着两支么？第二只我接不着，是你胡打。"刘云梁哈哈大笑，道："袁师兄，你看赵老五扭扭捏捏的，像个大闺女似的，他专会说大话，专蒙生人……喂，你又敢接飞镖了。来，来来！我打你三镖，你接接试试。"

袁振武大喜，立刻从身上掏出一把铜钱，选了一般大的几个康熙大钱，赶紧递给刘云梁。转面对赵云松说："师兄赏脸吧，你接一回，叫小弟也开开眼。"一力怂恿着，刘云栋也在一旁帮说。

刘氏弟兄有点故意炫才似的，定要逼赵云松练一手，也好叫这寄寓附学的长门弟子看看我们刘门的功夫。赵云松却面有难色，道：'迟师兄有话，不许同学私相较量。三哥、四哥难道忘了？"二刘道："别听他那么说，他是怕较量出意见来。你放心，当着袁师兄的面，我们一定手下留情。决不会打伤你，让你下不了台。"

赵云松越发不悦，二刘是师兄，又是老师的儿子，却是这亲哥俩竟一般浑。怎么当着外人，伸量起自己人来了？老师不在家，这哥俩就要生事故。赵云松暗中作恼，刘氏弟兄各拈着三枚铜钱，竟要用钱镖法来打自己。打着自己，自己栽跟头；打不着自己，二刘面子上也不好看。赵云松不由哼了一声，道："你们这一对难兄难弟，还是师哥呢。可惜老师的大米饭都装在草包肚子里去了！"二刘笑道："你别损人，趁早练来吧！"

少年人究竟各个都好争胜的，赵云松忍耐不住，愤愤说道："你们二位一定要打，就打吧，我有什么法子呢！"嘴着嘴，走到空场子一边上站住。袁振武看出赵云松不乐意的神色，自己究是外人，不好说什么。却是渴望一观接避钱镖的手法、身法，其心很切；当下自己闪在一边，不敢再多嘴，静看二刘的举动。

刘云栋、刘云梁走过来，两个人都嘻嘻的直笑。刘云梁忽又说道："嘻嘻嘻！赵老五，你别站在那一边呀？敢情那么好，你站在一头，我们站在一头，你倒容易躲；快过来吧，我们俩要前后夹攻你；你站在当中，我们哥俩从两头拿金钱镖打你，你能躲得开，才算能耐呢。别看我们不会打金钱镖……"说着把三枚铜钱一捻道："我们俩给你一阵乱打，照上、中、下三路齐来，管保叫你手忙脚乱。快过来呀！"赵云松恨道："咳！……"气哼哼走到场心，说道："打！让你们打，爱怎么打，就怎么打，还不行么？"

不想二刘才一拈铜钱，那角门边突然探进一颗头来，厉声喝道："老三、老四，你们俩又作耗了？师父没在家不是？"忽噜的闯进来三个人，头一个就是刘门大师兄迟云树，后面随着两个师弟。

原来，二刘引着袁振武进入跨院，已经很有一阵工夫了。迟云树是掌门师兄，素来心细，忙跟过来，察看他们，果然二刘和赵云松搞上乱了。迟云树进了场门，板着个面孔，向刘云梁发话道："又是你引头打搅！人家好好练功夫，你不练拉倒，怎么你倒引着头妨碍别人？"二刘呵呵的笑了，说道："你看，你看！谁打搅来？袁师兄要看看老五的暗器听风术，我们好心好意地给他打下手，试招……"

迟云树一面往里走，一面摇手，道："得，得，得！我全看见了！老五正正经经地练功夫，你横插一杠子，又是要打镖了，又是要发箭了，你还算没打搅，怎么才算打搅？三个字批语，老师没在家，袁师兄才来，你这是'人来疯'！老五，别搭理他，你练你的。老三、老四，跟我出来，你们的'锁骨枪'连一套还没对完，就乱串起来了，给我走出来吧。"刘云栋只是张着大嘴笑，不言语。刘云梁歪着头说道："咦，咦，咦！怎么没完？你看见我没练完么？"

到底拗不过掌门大师兄，二刘是被迟云树架弄出来。迟云树却向袁振武一抱拳，赔笑说道："我们这两位师弟就是这个样，他自己逃学，还搅和别人。袁师兄请到前边坐吧，已经沏上茶，小七子也买来早点了，你请随便用点。"

袁振武十分扫兴。人家师兄管师弟，自己不能多嘴，只轻描淡写地说道："师兄，小弟不吃早点。赵师兄练的这门'暗器听风术'，小弟最为羡

158

爱。小弟愚昧无知，老远地投奔四师父来，就是专来学习'暗器听风术'和'鹰爪力'这两门绝技。还求大师兄不要见外，费心指教我。"袁振武这番话可谓谦卑已极，恳切至深了。不想迟云树答的话比他还谦卑，只是说："忝列师门，功夫疏浅，哪敢在袁师兄面前献丑？不但这几个师弟，就是我在下还要请袁师兄指教呢。"翻来覆去，讲了许多门面话。

这迟云树习武有年，人又精明。他只一看袁振武的外表，便晓得他必非碌碌。又素知长门王师伯武功最硬，本门相形之下，最好是藏拙为妙。袁振武越说不会，他越疑心是伪谦，把个袁振武恭敬得如上宾一样。袁振武要下场子，他自然不能拦；可是他却很想让袁振武自己先练一套，看一看他的功夫深浅。偏偏袁振武也不是傻子，把自己从太极门学来的功夫，一股脑儿全装起来，专心一致，要从刘门学绝招，自然不肯炫才了。不肯炫才的结果，反被人疑为藏奸，这却出乎意外。刘家祺又出门去了，这么几天的工夫，袁振武和迟云树竟弄得互相猜疑起来。

当下袁振武请问本门中练鹰爪力的人，迟云树答的话很可笑，说是："鹰爪力这门功夫，必得像袁师兄这样的天资才能练呢，本门中个个都是庸才。你我弟兄全是同门一脉，谁也不能瞒谁。不怕袁师兄笑话，我们师兄弟十来个，一个会练的也没有。"

袁振武从迟云树口中一点儿真的也问不出来；倒是刘云栋、刘云梁兄弟，傻傻和和，还坦白些。不过也是头几天如此，过了几天，立刻说话也有顾忌了。却是背地里被迟云树数说了一顿，说是："老师没在家，袁师兄是远来的客，师父告诉咱们人家不过是在咱们这里暂时借地方附学，住不长的，咱们犯不上眼。人家功夫一定比你我都强，以后袁师兄再找你们掏换绝招，你们要留一分小心。说的对不对的，让人家笑话咱们，岂不是给师父丢人了？"别个同学也受迟云树的嘱咐，从此袁振武在刘四师父门下，越发显得隔阂了。

刘家祺出了十来天门，袁振武就算在刘家闲住了十几天，一点能耐也没学。也曾再三央求迟云树，迟云树满以谦辞婉拒："袁师兄不要骂我了，这里场子随你练，我还要求你教我呢。"反正就是这一套，倒把袁振武激得冒火。左思右想，明明看出这位大师兄迟云树，对待自己露出"敬而远之"态度，自己再往前亲近，只有惹人厌烦罢了。一怄气。连着两天没进把式场子。终日窝在小单间，辗转筹划，还是早早另投别的门路好？还是在这里株候半年，等着鹰爪王来了，再定行止……

他又想四师父刘家祺的意思，待自己还不坏，倒莫如等候刘家祺归来，索性把这番情形，明说出来。四师父如肯传艺，他的门徒如能化除畛域，不再歧视，自己就在此地耐心附学，静候鹰爪王王老师。若要不然，"哼哼，我索性把一切挑明了，请四师父把王老师和鲁姑太的住脚告诉我，我走我的！我与其在这里遭人白眼，还不如仍在山东丁门，低头服气呢！"

袁振武怅然地又想起废立的恨事，心血顿然沸腾起来，愁肠辘辘，辗转不能成寐。最后打定主意，忍耐还是忍耐。可是他天生成的倔强性格，尽管自己劝自己，要学个卧薪尝胆、悬梁刺股的古人，却到底露出锋芒来。

把式场子还是一连数日未去，袁振武把自己扃在屋内；吃饭的时候，听他们的招呼。吃完了饭，到院里遛遛，也和他们谈笑，只见他们练武的要预备上场子，他就借词躲开；把长衫一穿，一径出门，到蓝滩街上，信步闲游。但是自己学会功夫，绝不敢搁生疏了。或早或晚，没人看见的时候，就自己练一回。却又每一练，便勾起心头之恨，这愤恨又不知不觉迁怒到迟云树身上。一时懊恼起来，恨不得下场子，和这位刘门大师兄较量较量，打他一拳，踢他一脚，也出出胸中恶气。可是这一来，自己怎好在刘门存身？也不能等候鹰爪王了。

袁振武虽是负气。他究竟是精明人，人家既对他做出"敬而远之"的神气来，他就做出"望望然而去之"的模样来。和迟云树"取瑟而歌"，针锋相对，借此聊泄积愤。

迟云树是掌门师兄，轻易见不着他自己练功夫，只指点着同门师弟，给他们领招、喂招，无形中也就是自己练。袁振武暗暗地瞥着他，要看看他到底有多大本领，到底他这满口谦辞，是藏奸，还是藏拙。但是连憋数日，没有憋着，袁振武已改了主意。迟云树率师弟下场子，袁振武故意装没事人，一步闯进去。却不容迟云树开口，自己立刻止步，抽身，道歉，说是："对不起，我不知道大师兄在这里练功夫。"扭头就走出来，十足做给迟云树看。

这两个人手底下功夫没有斗上，可是心里已经较上劲了。只玩了两回把戏。迟云树便看出来。他也有点吃不住劲了，准知道师父回来，袁振武免不了要告诉抱怨，自己犯不上得罪人，于是他又想和振武拉拢。这一来情形才较为和缓一点，不过两个人终于存下芥蒂。

这天晚饭后，袁振武在屋里闷坐一会儿，老早地睡下。一觉醒来，出去小解，忽闻得后面笑语之声，跨院隔着墙透出光亮来。袁振武心中一动，暗想："从来武林中有偷招窃艺之事，他们这几天还是背着我。我满盼日久熟悉了，或者好点；无奈迟师兄还对我那么较劲，我看我永远不会和他投缘了。哼，他们这时就许是背着我，私练本门绝艺，我莫如偷着去看看。"想罢，自以为这倒是一法。

看了看院内悄无他人，他急急折回屋中，结束停当，悄悄从屋中溜出来。往墙上房上一看，又一听，自己对自己说道："我不可冒昧，我要做出大方的样子来。不可登高爬墙，叫他们看破了，还拿我当贼呢。"他盘算着："他们如果碰见我，我就说：睡不着了，要把从前学的六合拳自己练一练。唉，这就对了，他们总藏躲我，我简直引头先献丑，他们就放心了。可不是，他们藏奸，我就装傻。从明天起，我不必跟他们较劲了；我应该上赶着他们，跟他们一块儿练本领。我却故意地练不好，他们就不至于多心我了。"

袁振武想到这点，登时又后悔自己这些天做错了。"针锋相对"的办法实在不是好办法，打定主意，明天一定改变态度。当下便轻轻地往跨院寻去；转过角门，就在五师兄赵云松练暗器听风术的那罩棚内，聚着刘门四五位弟子。东南角、西北角各点着一架铁灯，场子大，灯光暗，仅仅辨出人的面庞来。

袁振武避在门边，展眼一寻，大师兄迟云树竟没在场。二师兄蔡云桐却在那里，手提着一把单刀，指指点点，领着刘门四个弟子，忙忙碌碌，来往穿梭，正在那里搬砖。细辨面目，才看出场中有三弟子刘云栋、四弟子刘云梁、六弟子黄云楼、九弟子窦云椿。每人搬着一摞砖，全散开来，摆在地上。二师兄蔡云桐用刀指点着放砖的方位，把百十块砖，摆成九宫八卦式。

袁振武远远地望着，有点不大明白。仔细偷看，这些砖都是横立在地上，排成方形，纵横各九块，相隔二尺五寸。刘门这些弟子一面摆砖，一面打打闹闹，说说笑笑；有的就跳在摆的砖上面，踩着砖棱走；蔡云桐仍在那里，拿着那把刀，比比画画，分派什么。

袁振武暗想："这大概是练提纵术的吧?"还记得师父丁朝威说过：踏

沙，登竿、走梅花桩，都是练轻身功夫的法子，倒看不出刘门弟子还有会这种功夫的。正在思猜，忽听一个徒弟叫道："喂，是谁在那里？大师兄么？"

袁振武想撤身，已来不及。索性迎上去，突地向蔡云桐拱手，道："师兄们练功夫了，恕小弟冒昧，小弟是来……晚上睡不着，闲遛遛的。"一直走入场子里来。

第十四章

群徒乱踏青竹桩

蔡云桐正在引着四五个师弟，和他一同登砖。闻声迈步跳下来，扭头一看，道："哦，袁师兄还没睡么？"别的同学也都住了手，把砖丢在地上；你看着我，我看着你，眼盯着蔡云桐，听他的吩咐，看样子就要停练。袁振武忙向蔡云桐说道："原来是二师兄！二师兄一定是在这里练本门绝技了，请恕我无心打搅。你请练吧，我还是回去。"放了这几句话，转身就走。却被刘氏弟兄走过来，拦住道："袁师兄别走！这有什么，袁师兄也是想趁着夜里清静，要自己用用功吧？"蔡云桐赔笑过来，说道："袁师兄别走，你老不是外人，我们哪里是在这里练功夫？我们简直是瞎闹。"

袁振武不觉止步。这几天冷眼看来，觉得这蔡云桐和迟云树好像也并不投合似的；心头一动，忙向蔡云桐极力搭讪。又向众人举手，敷衍了几句话，竟站住不动，闲闲地问道："这些砖究竟做什么用的？是练本门哪种绝技？"蔡云桐把刀插在地上，说道："瞎！袁师兄，我们还练什么绝技！回头我们练起来，不由你不笑。我们不过是借着这个，练练下盘功夫罢了。"袁振武想了想，道："这可是梅花桩初步的功夫么？"蔡云桐笑道："不是梅花桩。这是按青竹九九桩的练法，拿砖来代替的。师父因为我们内中有几个人轻功提纵术太差，下盘总不稳，所以改用青砖代替竹桩练练。不怕袁师兄笑话，我们连这个也走不好，走起来还整个地往下掉呢。"

说话时，袁振武已凑到砖前，一只脚轻轻踩着横立的一块砖，笑道："二师兄，不要谦辞了。你可是要在砖上行拳么？青竹桩和梅花桩练法一样么？"

蔡云桐道："青竹桩与梅花桩大同小异，难易却不同。梅花桩比较易

163

练，在平地插上柏木桩，着脚的地方是平的。青竹桩初练是用砖代，再练便上平顶桩；平顶桩练成之后，须把竹桩的顶削尖了，练得在上面游走自在，如履平地，还能行举应做，才算到家。咱们本门中传了好几代，会的不多；顶到现在，只有两个半人算会。鹰爪王王老师父是会的，鲁老姑太也成，能够跟王老师打个平手。至于我们刘师父，据他老人家自己说，只可说学会一半；走竹尖还不行，只能把桩顶削成半斜坡罢了。师父教我们轻功提纵术，嫌我下盘不固，才给我出了这么一个主意；拿砖代替竹桩，叫我在砖上行拳试招。我练了这些日子，弄不好还是踏翻了砖。不过比从前进步多了，身法、腰眼、脚力，都觉着稳得多。"

蔡云桐又笑指众人，道："这几位师弟看出红来，就逼着我教给他们；我自己还不成，怎能教人呢？而且迟师兄知道了，还不答应。可巧我们迟师兄今天下晚回家了，他们又怂恿我教；我不教，他们就说我藏奸，我说我不是藏奸，是怕丢人。他们挤对我夜里练，顶数我们四师弟、六师弟闹得厉害。我实在没法子，只可陪他们来一下。他们不过看着新鲜罢了。"

他又手指这摆好的砖，说道："袁师兄你看，这是九九八十一个步眼，一块砖就顶一根竹桩。这些砖我可不敢直立起来，我只能这么横立着练。再有几年工夫，才敢上去行拳。好在砖浮摆在地上，就是蹬空了，也不致摔重。可是看着没什么，乍一上去，步眼明明和寻常迈步一样，却总走不准；弄不好，就整个栽下来了。我实在不行！"

三师弟刘云栋、四师弟刘云梁接声道："你不行，我们更不行。二师兄就不用客气了，好容易今天抓着这个空，你不管怎么说，也得陪我们练一回。"二师兄无奈，笑着说："你们一定叫我当着袁师兄丢丑，咱们就来一回热闹的。袁师兄回头你看煮元宵吧！"说着，六弟子黄云楼又问袁振武，道："袁师兄，你对这门功夫怎么样？"

袁振武想要说不会练，恐怕他们疑心自己藏奸；要说会练，自己却是真不懂。他心眼儿来得最快。登时答道："不怕师兄见笑，我也练过几十天，总挨摔。诸位师兄好在都不是外人，来来来，咱们一块儿挨摔。"扎手舞脚，做出跃跃欲试的样子来；只要二师兄蔡云桐一上去，他便要跟随着。

袁振武虽没练过青竹桩，却练过轻身太极拳。自想还是胡乱跟他们试一下的好，与其藏拙，莫如献丑；献丑倒可以清释他们的猜忌。当下蔡云桐向袁振武微一拱手，道："师兄看笑话吧。"走过来，倏然一并足，两肩微晃，身形腾起，往下落，正落在西北第一块砖上。八十一块青砖代替九九青竹桩，一切的走法身法，都接着青竹桩的规矩来。这西北面第一块砖，便是主桩乾卦。

蔡云桐脚尖点着砖脊，左脚在前，右脚在后。身形微塌，一换步，沿着第一桩往左奔正北，走坎宫，踏艮位，向正东震门。到了东南巽方，折回来，走中宫，踏乾方，转右方兑位，复由正西折奔西南。这是反正八门，相生相克。袁振武不懂九九青竹桩，但卦象生克顺逆之理，却是太极门的要义，丁朝威教授太极拳时，早已指拨过。蔡云桐这样的走法，袁振武是明白的，不觉点了点头。

只见蔡云桐未曾行拳，先行走场，将这八十一块砖走完，边才把身手施展开。身法轻灵，步眼沉稳，一口气在青砖上盘旋了两周；八十一块砖，一块也没有倒，果然走得不错，劲儿拿得很匀。然后仍回到主桩上，身形微停，向三师弟、四师弟、六师弟、九师弟点手，道："你们上罢。"刘云栋、刘云梁、黄云楼、窦云椿四个人立刻哄然答道："上啊！"

四个人各趋一面，刘云栋从东面上，刘云梁从南面上，黄云楼从西面上，窦云椿人北面上。二师兄蔡云桐又向袁振武一拱手，道："袁师兄怎么样，也来凑凑趣么？"袁振武把腰带紧了紧，应声道："好！"一拧身，嗖的一蹿，直蹿到八十一块横砖的垓心；身形连晃，哎呀的一声，两只脚把砖蹬倒了两块。慌忙扶起来，又慢慢地蹬在上面。他这么在当中一站，把人家的线路都挡上。刘云梁忍不住笑道："袁师兄，你别站在那里，你挡道了，你你你往这边来。"惹得众人也都哗然失笑，却不知袁振武是故意装呆。

二师兄蔡云桐连忙拦阻，道："你们别闹唤，行不行？袁师兄，请你从南面离宫上步，顺着坤卦奔西面，从兑卦走就对了。"袁振武诺诺连声道："原来这砖真不好走。"索性跳下平地，走到离卦，慢慢地踏上去，眼望着蔡云桐等人，看他们的举动。

刘门四个弟子，遂由二弟子率领，在青砖上游走起来。三弟子刘云栋由东面上起步，脚下倒还稳健，步眼也很准，走得也快。六师弟黄云楼，和刘云栋的身手不差上下，不过走得稍慢；但他塌身下式，腰板挺直眼光平视，身法姿势都很得法。两只手伸出来，一掌应敌，一掌护身，架子也能拉得开。再看九师弟窦云椿，可就差得多，也不过仅能在砖上走罢了。唯有刘云梁，才上桩，还撑着架子，只走出六七步，便顾不得了。渐渐地直起腰来，两只胳膊不知不觉地扎煞出来，脚下越走越晃，如临深渊，如履薄冰。未等人家攻他，刚刚地把九九八十一块砖走了半匝，就扑登的踩翻了一块砖，掉下来了。忙说道："这不算！"重把砖立好，重新再走。把个袁振武看得强咬嘴唇，极尽忍笑。

全场各人各展身法步眼，各穿行两遭。二师兄招呼道："开招了！"陡见刘云栋欺身进步，连跨过三个步眼，右脚一找当中第七桩，左脚跟着一上；虚点中左第六桩，用劈挂掌的"耘手"，双掌横分，喝道："看招！"照二师兄打来。二师兄蔡云桐恰由右圈回左方，刘云栋的一招刚到；蔡云桐右脚往前一蹿，一步跨两桩，左脚一点砖脊，右脚轻提，"斜身打虎掌"，反击刘云栋的右肩臂。刘云栋一招递空，忙伸右脚，往左一抢步，将将地避开蔡云桐这一掌，却身形连晃，退出两块砖，才得拿桩站稳。

九师弟窦云椿从北面欺过来，往前一赶步，"顺水推舟"，照蔡云桐的后腰击来，口中喊道："攻其无备，二师兄接招！"蔡云桐微微一笑，故意地容窦云椿的拳扑到切近，这才倏地一斜身，往旁轻轻一跨步；身形往下塌，右掌往上扬，只轻轻一挂窦云椿的手腕子。

窦云椿急一闪，这掌倒闪开了，却不合还想败中取胜，手腕一翻，要用"顺手牵羊"，把二师兄拖下来。一把没捞着，被蔡云桐"顺水推舟"，猛一送，窦云椿身躯一栽，连抢出两三步，扑通的倒在地上了，脚下的砖被蹬翻了三两步。左膝盖无巧不巧，恰跪在砖角上，痛得他龇牙咧嘴，跳了起来。那二师兄蔡云桐也身形微微地一打晃，立刻轻轻一纵，跃到西南角，脚尖一点，把身子立稳。

四师弟刘云梁刚刚由西北盘过来，走向当中，一见二师兄奔自己这边走来，急忙振臂迎敌。先往边桩上一闪，照蔡云桐侧面打出一拳来。蔡云桐扭身招架，还未等发出招数，刘云梁发拳过猛，脚下一慌，身往前一冲，也蹬滑桩了。"扑噜！"脚踏实地，两块砖一齐蹬翻，身子往蔡云桐这边栽去。蔡云桐叫道："你看你！"一语未了，刘云梁边抢数步，双手箕张，劈面扑过去。蔡云桐急闪不及，竟被刘云梁撒赖推下去。全场哄然大笑道："二师兄可输了！"

蔡云桐毕竟不弱，身虽落地，脚下砖一块也没倒。当时又好气，又好笑，申斥刘云梁道："你怎么掉下来，还推我？"刘云梁笑得打跌，道："在桩上我可怎么打得着你呀，这就叫拖人下浑水。"蔡云桐生气道："那还练什么劲？算了，算了，别现眼了。"刘云梁忙说道："二师哥，不练可不成。你有本领，你敢在桩上行拳，让我在平地上跟你过招么？"蔡云桐道："都是你的了！我躲在地上，叫你打好不好？"

几个师弟最数刘云梁调皮，他又是老师的儿子，蔡云桐没法对付他，一跺脚，说道："你闹吧，反正我不练了。当着袁师兄，也不怕人笑话！"把盘在顶上的辫子一放，就要走出去。刘云栋忙把刘云梁推开，道："老二，你又引头捣乱！你不愿意练，你出去。二师兄，我们还是练吧。……快把砖立好了，二师兄别跟疯子怄气。"群徒将蹚倒了的砖都扶立起来，仍横摆在原步位上。向二师兄再三说好话，请他继续开招。

蔡云桐经师弟们强鞴着，只得重新开练。连袁振武一共六个人，四方四隅，各据一面，方位很有富裕。遂由袁振武和蔡云桐分占一面；三师弟、四师弟、六师弟、九师弟这四个人也各占一方。刘云栋预先约定了输赢的标准，对众人说："这回咱们先讲好了，只许在砖上交手，掉下砖来，就立刻停练。先着挨了打，不算输；掉下砖来，就得认输。我说对不对，二师兄？"蔡云桐道："单这样还不行，回头六师弟又该净躲不打了。咱们讲定了，被人追赶，只要赶过八十一桩，也得算输。"六师弟黄云楼笑应道："是啦，我一定迎着跟你打。"

几个师兄弟还是一面练，一面耍笑。袁振武看了，心中起了一阵无名的感触。想起自己当师兄时，师弟谁敢这么胡吵瞎闹？可是就因自己管束师弟太严，才落了不好。复又想道："这二师兄引头练青竹桩，可是去不了三招两式，也掉下来了；看起来，真还不如丁云秀的轻身太极拳。她踏着沙簸箩行招，九师弟萧振杰就在平地上进攻。丁云秀一个年少女子，居然能招架，还都取胜，比蔡云桐强胜多多了。思索着，见众人已经游走起来，自己也便提一口气，蹚足登砖，试走了数步。两眼仍盯住众人，看他们的走法和打法。

这时，二师兄、三师兄、六师兄、九师弟俱已踏破开招。二师兄蔡云桐这一回换了打法，竟不再递招；精神一整，脚下加快，蹚足疾行；巧点轻登，进退蹿跃，眼也不往脚下看，走得轻快异常。袁振武暗暗点头："这位二师兄毕竟可以的。"

刘云栋和黄云楼立在一方一隅，刘云梁和窦云椿立在一方一隅；这四个人也约会好了，各不对打，竟分两路，展开拳招，脚下一齐加快，分头来追击二师兄。二师兄蔡云桐越走越快，踏遍八十一块砖。四个师弟齐上，左堵右闪，前扑后进，竟不能把蔡云桐截住。蔡云桐瘦削的脸上，露出得意的神色来。

　　刘云栋和黄云楼下盘较稳，步法也轻，有时还能追得上二师兄。不过拳招才欺身发出，蔡云桐便抽身提足，潜过去了；连截数次，招都没递上。那刘云梁和窦云椿脚下都不行。走得很慢，越发的赶不上二师兄。但是他们两人闹得最凶，嚷得最欢；见袁振武脚在砖上，却似置身局外，忙招呼道："袁师兄，别客气，快追他呀！二师兄真了不得，我们四个人都堵不住他。来吧，袁师兄，咱们不来个三英追吕布，也得来个五马破槽。袁师兄，喂喂，快堵，快堵！到你那边了。"

　　说话时，恰巧二师兄从面前驰过，眼光四射，面含笑容。袁振武不由得跃跃欲动，也要把自己从太极丁得来的轻身太极拳施展一下，可是又心中犹疑。展眼间，蔡云桐已然跳过去了。却仍回头吆喝了一声："袁师兄，你很在行，咱们不要客气，只管玩一玩呀！"

　　袁振武笑答道："不行啊，脚底下太没根，走着还不行呢！再动手，更忙不过来了。"眼看二师兄蔡云桐巧蹬轻蹿，又迎面驰来。袁振武便往前一拦，伸出一只拳头；忽然身子一闪，失声道："哦呀！"边晃数步，从砖上掉下来。踉踉跄跄，栽到蔡云桐面前，搓着手说道："我不行！"刘云梁、窦云椿同声嬉笑起来，道："袁师兄，你真不会呀？"

　　二师兄蔡云桐登桩立定，正在对面，双眸闪闪，灯影下看得清清楚楚。袁振武虽然连抢出数步，但是脚下没蹬倒砖，两臂也没有扎煞出来；左手掩胸，右掌半伸，如封似闭，分明脚步很轻灵，身手很活便，是个会家子。蔡云桐哈哈一笑，很客气地说道："袁师兄从前练过吧？别客气，请上来，只管练……"

　　一言未了，背后陡喝道："不客气！"六师弟黄云楼忽然很快地从后掩来，道："请下去吧！"相隔只两道砖，一蹿扑到，展"双推掌"，照二师兄后背猛推过来。出其不意，蔡云桐急闪不迭，右脚往外一上步，左脚一提，身躯倒转；伸猿臂让过拳锋，把黄云楼的右腕买住，只一带，"扑登"黄云楼踩翻两块砖，踹倒一块砖。他却"顺手牵羊"，一翻腕子，把蔡云

168

桐的手抓住；就势一带，也把蔡云桐拖下桩来。四个师弟同声哗笑道："老六赢了，哈哈！二师兄今天可栽了！"窦云椿道："这可难得，二师兄到底掉下来了。"

蔡云桐面皮一红，笑道："你们撒赖吧，你那是怎么打人！你已经脚踏实地了，你还推我一把，那能算你赢么？我要不跟你们练，你们像怎么回事似的，翻来覆去地磨烦人。我跟你们练，你们又不讲理。讲的是掉下来就算输，你输了，你还把我拖一把，也不怕叫袁师兄笑掉大牙！"

黄云楼拍手打掌地笑道："不管怎么说，反正二师兄掉下来了。"刘云栋道："可是，人家二师兄就算叫你拖下来了，人家可没有踹倒砖，轻轻就跳下来了，你看你呢？"又对袁振武道："袁师兄，你给评个理，二师兄算输不算？"当下嘻嘻哈哈笑道，他们还要催二师兄练，二师兄连连摇手，道："你们还没有丢够人么？"

到底几个人又走上砖桩，重新练起。黄云楼也很调皮，怂恿刘云梁跟袁振武对练。袁振武有心推辞，忽想那一来，未免又生隔阂；好容易得与他们同练了，正该做出亲近的态度来才对，便陪刘云梁，走上青竹桩的西北角。刘云梁赢不过二师兄，却自信胜得过袁振武这个门外汉，暗想大师兄谆嘱留神，不可当着袁师兄献丑；但是这个袁师兄分明任什么不会，就同他打打，又有何妨？便在青砖上，一面游走，一面对袁振武说："袁师兄，你打我躲，你追我跑。"他就觉着他的功夫够多强似的，立刻先走起来，同时催袁振武动手。袁振武暗笑着，只得也走起来。那一边刘门弟子也凑成两对，练起对手来。刘云栋勉强与二师兄对手，却只许二师兄挨打，不许二师兄还手。黄云楼与窦云椿做对手，两人随便推打。

辗转练了一遭，二师兄蔡云桐到底把刘云栋诳下砖来。黄云楼一招失手，反被窦云椿赢了。袁振武和刘云梁打对手，却很艰难，既不便逞才，也不好装傻。他的轻身太极拳不如丁云秀，走青竹桩当然不行，走这横立的青砖，却绰绰有余。与刘云梁交手，若动真的，只一举手，便可把他打下去。现在只可敷衍着，不施展太极拳，改用六合拳，与刘云梁对面游走起来。

刘云梁轻轻一蹿，迎面扑来。左手掩胸，右手进攻，喝道："袁师兄，接招啊！""黑虎掏心"，坐坐实实地打来。掌风一到，袁振武往旁一错步，右脚往左一抢，脚尖轻点左边的青桩；左腿一提，"唰"的往右一悠，反转到刘云梁的背后。刘云梁一拳捣空，自己整个后身全卖给人家；忙得两脚一错，左腿提起，右脚点砖，也往后一拧身，转过脸来。微微一打晃，双臂下自觉地张开来，借势一悠，稳身作势。

再看袁振武，已然一步一晃似的，蹿出三四步以外。刘云梁连忙追赶，恰追到尽头。袁振武后退有敌，前进无路，往左一看，恰有蔡云桐绕来；往右一看，黄云楼恰在五步以外，刚刚登上桩去。这只得往右闪避。袁振武左脚一抬，右脚一点砖，身形半转，蟹行横窜，嗖的蹿出两块砖去。黄云楼看了个明明白白，大声喝彩道："袁师兄，不含糊啊！"刘云梁已经连抢数步，追了过来，喝了声："着！"右拳一点，左拳从下往外一穿，"肘底看拳"，照袁振武打来。

袁振武方待闪退，黄云楼故意地往前一蹿，把路挡住，失声道："哎呀，袁兄，看人！"刘云梁的拳风已经打到，整个身子也已扑来。袁振武骤见招数危迫，不由把精神一提，虎目一张，单足点砖，"金鸡独立"式。容得刘云梁的"肘底看拳"这一招，堪堪打到自己身上，突然用左手的掌缘，往刘云梁脉门上一搭，用"外剪腕"，轻合指掌，把刘云梁的腕子刁住，往怀中一带。借劲打劲，借力使力，自己的身子往前一蹿，占了刘云梁的地位；刘云梁栽到袁振武的地位上，"咕咚！"掉了下来。耳旁边顿起两声喝彩："好手法！"

袁振武猛然憬悟，脚下一错，"咕登"也掉下砖来。身躯前栽，直冲出四五步，蹬翻两块砖，蹁倒三块砖，方才站住。刘云梁好容易没有栽倒，蹬翻了一块砖，却抢出三四步去，直冲到黄云楼的身上，方才立住。袁振武忙道："真糟，刘师兄慢着点，差点抢我的脸！"俯身扶砖，连声道歉，极力地说自己不济，却被黄云楼看得分明。

刘云梁人虽傻和，并非一窍不通的人。只被这一拖，觉得袁振武掌力很猛，手劲既稳且准，就大声嚷道："袁师兄，你真有两下子；错非是我，换个别人，真得教你白扔下来。二师哥，你过来瞧瞧吧，袁师兄很会哩！"黄云楼微微一笑，道："四师兄，别自己贴金了，你到底还是教人家白扔下来的。"袁振武道："哪里，是刘师兄把我拨下来的，他自己扑空了。"黄云楼道："我可得信哪！"

刘云梁把砖扶起来，有点不服气，说道："袁师兄，咱们再来来，你一定是个会家子。小黄，你过来，跟袁师兄斗斗！"袁振武还在掩饰，二师兄已然登砖驰来，说道："天不早了，可以歇了吧。袁师兄，你很有两下子，你瞒得过老四，你瞒不过我呀！"说着笑起来，道："袁师兄不要见外，有这么好的功夫，很可以指点指点我们，咱们大家考究。"

第二天，大师兄迟云树回来。这些师弟们都瞒着他，怕说出来，受他的唠叨。但刘家弟兄素来多话，只瞒了半天，刘云梁便走了嘴，说："这位袁师兄很有两下子，六合拳打得不含糊，居然还会走青竹桩。"迟云树一听愕然道："你怎么知道他会青竹桩？是听他自己说的，还是看见他练了？"蔡云桐一指刘云梁的嘴，刘云梁咻的笑了。迟云树道："老二你又捣鬼！这不用说，昨天我没在家，你们一准是在人家眼前献丑了吧！我本来说过，人家是王师伯门下的弟子，功夫一定很硬，人又不常在咱们这里，所以我才嘱咐你们，少给师门丢丑。你们只不听，倒像我一个人藏奸似的。老师临出门时，特别嘱咐我，叫我们好好款待他。他要练什么功夫，随他的便，不要管他；有什么事，等师父回来再说。难为你们连老师的意思都不明白！"

其实迟云树自己，倒把刘四师傅的意思没弄明白；刘四师傅嘱咐的话，是叫他"客气"一点，不是叫他"外道"一点。

蔡云桐连忙解说道："我们没有跟他掺和。昨天夜里，是他们哥四个磨着我练青竹桩，都二更天了，想不到教袁师兄看见了。"迟云树眼珠一翻道："教他看见了？他一定加入一块儿练了吧？"众人道："可不是！"迟云树就问："是他抢着加入的，还是你们邀他的？"二刘道："谁邀他来？他要练，还能把人家赶出场子外不成？"蔡云桐忙道："别抬杠，别抬杠！其实我们也没邀他，他也没有抢着往里挤，不过是练着练着，马马虎虎地就一同登上砖，玩起来了。"

迟云树问了一回，也不再说什么。只一味向蔡云桐问道："到底这位袁师兄的功夫，比你我如何？"蔡云桐素知迟云树好胜，故意怄他道："大概比你我都强吧，反正我不如他。"迟云树脸色一变，道："哦，你们昨天栽给他了，是不是？……他比你我还强么？他比你强，我更不如人家了！"

刘云梁把头一昂，说道："真奇怪。怎么大师哥你总把这位袁师兄抬得这么高？若据我瞧，别看他是大师伯门下的弟子，他的功夫究竟稀松平常，跟我一样。刚才就是我跟他练青竹桩来着，热锅下元宵，我们俩一齐骨碌下来了，也没见他有什么拿手的本领。"蔡云桐微然一笑，道："可不是，真打起来，你把你那'三十六路大擒拿'的绝招掏出来，他还是你手下的败将呢！"刘云梁一拍胸膛道："那可说不定！"黄云楼、窦云椿全笑了。

刘云栋忍不住说道："二师兄，你不要挖苦人，老二听不懂。我可听得懂。这位袁师兄的功夫虽没露全，可是我敢说他不是门外汉，手底下准得有几下子。"迟云树道："明白人在这里呢！还是老三有眼力，你们简直全是睁眼瞎子，给本门丢了丑，还得意哩。"

刘云梁不高兴起来，站起来说道："我就不懂，袁师兄即便功夫真强，那又有什么？莫说我没输给他，我就是真输给他了，也不要紧呀？他又不是外人。况且人家大远投到咱们这里来，人家不是为学武艺么？咱们总背着人家，算怎么一回事呢？你不给人家领招，又叫我们躲着他，老爷子难道专给他单开一个场子，亲自教他一人不成？我知道大师哥的意思，你是看不出人家的功夫深浅来，怕教不了人家，栽了跟头。其实这有什么？回头老爷子来了，我替说开了，把你这块心病除治了去，你就不埋怨我们了。真是的，凭空来了这么一位袁师兄，我们都跟着犯了私了。本门就只这点玩意儿，这个不该当着他练了，那个不该当着他练了；有那么着，简直叫老爷子把他端出去就结了，大家都心净。"

蔡云桐在旁又恶作剧地加了一句话，道："把他端出去最好，第一个大师兄先痛快。"

迟云树一听这话，气了个脸白，不由嘿嘿冷笑，道："我可不是痛快么，我就怕丢丑！我本来教不了人家，不但姓袁的，你们哪一位我也教不了。师父硬派给我，我不给诸位领招，师父又不答应我，我这是受累不讨好。"他抬头眼望刘云栋道："老三，你是明白人。老师临出门说得明明白白：姓袁的是客情，住不长，叫我对他客气点。又说人家是会家子，再三嘱咐我，千万别拿人家当门外汉，别端大师兄的架子。你们听听，这话怎么讲？……我倒是听老师父的话，还是听谁的话？好在过几天，老师就回来了，我趁早向老师告饶吧。连这位袁师兄，和你们几位，从此以后，我敬谢不敏……"

刘云栋忙道："大师兄别理他，他素来嘴讨厌！"刚要解劝，谁想刘云梁也炸了，把眼一瞪，道："好么，你又要使坏，告老婆状？你还像前几年我小的时候，你出损主意，叫我挨打？你就凭着老爷子爱听你的话，你又要毁我？"

刘云梁、迟云树这两人，竟丁丁当当，高一声，低一声，拌起嘴来了。蔡云桐、刘云栋连忙劝阻，又压伏刘云梁给大师兄顺气。刘云梁天不怕，地不怕，刘四师父又不在家，他就造起反来，连他哥哥刘云栋都制服不住了。

黄云楼、窦云椿要把他架出去，他拧着身子不走，仍对迟云树说："你不用花说巧说，大师兄！你是掌门户的老大，你还是这么怯敌怯场，怕丢丑，藏奸！"迟云树道："哪个狗种藏奸？"刘云梁道："你不是藏奸，就是藏拙。姓袁的一个鼻子两个眼，你干什么这么怯人家？你有能耐，敢跟人家碰碰去么？"

他的话专往病上碰，越发将迟云树堵急了。已经气白了的脸倏又变红，忍了又忍，忽翻出一阵怪笑，道："好，好，好！我怯人家，我怕人家，我本来就是怕人家么！我没本领，藏奸，怕出丑，我就是不敢当着人家练功夫。……哼哼！我凭什么不敢当着人家练功夫？也不过是怕给你们刘家门丢丑罢了！老四，有你的，我这就找姓袁的比量比量去。我叫他打败，这才于咱们刘家拳有光呢。这才趁了你刘二爷的愿，是不是？"口说着，猛然立起来。众人又扯又拦，迟云树一个劲地往外挣，道："不行，不行！我若不栽给姓袁的手下，由打刘二爷起，他就不饶我。我怕人家么！我非得教姓袁的踢两脚，打两拳不可！走，你们大伙儿一块儿来，一块看我的哈哈笑来！"

三言五语，把场是非闹大了。刘云梁自知冷嘴僵起了热火，再想收，也收不回了。刘云梁是刘四师傅的二儿子，在师门名列第四，可是年纪不大，今天才十九岁。素日常因练功夫，练得不好，挨他父亲的骂。迟云树既是大师兄，引着头和师兄弟们切磋功夫，倒颇有掌门师兄的气派，待人也不苛碎，却有点量窄护短。有时候刘云梁胡搅蛮缠，和别人淘气。刘云栋说他不服（他两人只差三岁），大师兄当然不能袖手，必须调停劝诫。刘云梁身为老师的次子，迟云树恐落怨言，遇见他和别人怄气，总是压服刘云梁的特别多。刘云梁心中就很不忿，认为大师兄不向着他。前几年，像这样的纠纷是时常闹的。

刘四师傅颇明大义，教子甚严，不喜欢这个呆头呆脑的二儿子。又为约束门规，总得给掌门弟子留脸，迟云树说的话是要照办的。刘云梁越发不服气，不说自己歪缠，反说父亲偏心眼儿，疼徒弟，不疼儿子。前两年他常把这话挂在嘴边，近来年岁渐长，不甚胡搅了；可是秉性难移，仍免不了一阵一阵的偶尔犯浑。今天他父亲已经出门，无心中引出吵子来。他想：这一回父亲回来。自己又免不了挨撸。索性一不做，二不休！向迟云树挑大拇指道："老大，你真敢和姓袁的比量比量，我给你磕三个头！只怕你说着好听！……我去叫他去！"

几个同门乱七八糟地拦劝，刘云栋哄师兄，斥胞弟，横着身子直嚷。看这几个师兄弟，只有黄云楼、窦云椿真是劝解；二师兄蔡云桐暗中发坏，不似劝架，倒像挑拨。刘云栋真急了，把眼睛瞪得滚圆，申斥云梁道："老二，父亲不在家你造反吧！回头我叫爹爹当着你媳妇打你！还不给我出去！"催喝黄、窦二人："快把傻东西推出去吧。"

黄、窦二人一边一个把刘云梁拖住，往外推搡。刘云栋复向蔡云桐嚷道："我的二师兄，蔡二爷，你别看笑话了，还不快把大师兄拦住。"迟云树奔到屋门口，被刘云栋拉进屋来。黄、窦二人把刘云梁推到院中，刘云梁竟在院中嚷道："袁师兄，袁师兄！我们大师哥要跟你比量比量呢。"

他们在院子里闹得很凶。袁振武何等精明，乍听隔壁喁喁大声，便已留上神；料到大师兄回来，他们必定诉说昨夜之事。急忙侧耳倾听，竟听出迟云树要跟自己比武的话，不由一愣。知道是昨夜的文章，今天要闹大了。

可是，过去所说不会武的话，此时绝不能改口。袁振武深悔昨夜的事不善藏拙，过于猛浪。现在真要承认自己是太极门的二弟子，显见前言迹近欺瞒了。刘云梁隔着墙，一个劲地招呼；袁振武装聋作哑既不可，出头搭腔又使不得，一时不知所措。正要抓起长衫，溜到外面，躲开这场是非；无奈这个刘云梁师弟已经站在院口，连声喝喊着自己的名字。袁振武溜到屋门口，才一探头要走，早被刘云梁瞥见；急忙缩身，已经来不及了。

刘云梁晓得袁振武是故意地规避。这时迟云树已被别的师弟劝住，若再教袁振武走开，眼看着一台好戏要散。明知父亲回来，必要受责，索性给他们搅和搅和。姓袁的当真是"真人不露相"，手底下有两下子，挤到不得已的时候，他必要露一手，好歹给老迟一点儿亏吃，教他往后别再那

174

么阴损。倘或袁振武打不过老迟，那么更可以奚落老迟了，定要挖苦他眼拙胆小，见了一个门外汉，都吓酥了。刘云梁左思右想，以为得计，猛向前一纵身，跃开七屯八尺去，奔向袁振武住的屋中。推门扇，掀门帘，直寻到卧室床头。口中嚷道："袁师兄，你装睡可不成，我们迟师兄要跟你比比呢！"

第十五章

飞豹子比武生嫌

袁振武提着长衫，刚刚地退回来，坐在床上，再想掩饰，如何能够？刘云梁哈哈大笑道："袁师兄，我们拌嘴被你偷听见了。你当我看不见么？你刚才扒门缝了。来吧，你有本事趁早露露，别装傻。我们大师兄说你有很好的功夫，早想跟你较量，你还藏个什么劲呢？再不练，你就是小看人，难道我们堂堂大师兄就不配叫你揍一顿不成？"袁振武被刘云梁从床上扯起来，只得说道："我哪会什么本领？四师兄，你不要闹，回头看大师兄怪罪下来。"极力地推辞，不肯比较。

刘云梁连推带搡，往外架弄袁振武，大声说："对不住，请你不论如何，也得招呼一下子。你想不下场子，拿空话搪塞，那算是白费。走吧，走吧，大师兄在场子等着你呢。……"袁振武且闪且说道："刘师兄，刘师兄，我焉敢小看人？我绝不是装着玩，迟师兄可错看我了，我实在没有一点能为。刘师兄别闹，看叫人笑话。"

刘云梁不听那一套，拖着振武一只胳臂，往外硬架。将出屋门，忽又低声道："袁师兄，你干脆别再瞒着了。我为你已受了好大的埋怨，你索性把你掏心窝子的本领抖搂抖搂，一下子把老迟的嘴堵住，也给我们大家伙儿出出这口气。袁师兄你不晓得，他那狗屎脾气可恶极了，偏偏老头子专爱听他的话。我给你作个揖，你好歹跟他对付两下子。"

袁振武忙道："刘师兄，这可不像话。自己弟兄，谁还能伸量谁不成？"刘云梁只是笑，不肯松手，放开了喉咙招呼道："迟师兄，人家袁师兄可没叫你较量短了，人家可是真出来了。你别含糊哇！出来吧，人家等着你啦！"

迟云树顿如火上浇油，猛然分开众人，抢步出屋。屋中的两位师弟竟拦不住，二师弟蔡云桐又不真拦；迟云树一甩袖子，来到院中。一看袁振武，果然立在院中。迟云树勃然大怒，袁振武竟敢出来索战，这分明是藐视人。就不再客气，向袁振武招呼道："袁师兄，来来来，咱们到场子里走两招，咱们互相印证印证。我早知道你功夫很高，咱们都不是外人，咱们谁也不许藏奸，好好地过几招。"袁振武忙说："迟师兄别误会。我哪会什么功夫？迟师兄，别听刘师兄的话，他是要叫我挨打。"底下的还没容袁振武说出，这位掌门大弟子迟云树冷笑一声，暗骂道："好酸，好狂！"竟掉头一点手，只厉声说了一个"来"字，昂然往把式场走去。闹得袁振武木在那里，进退不知所以。

刘云栋已从屋中赶出来，声色俱厉地向刘云梁呵斥道："你也太胡闹了，哪有这么浑搅的！你还不给我躲到一边去！袁师兄别理他，他是人来疯。"刘云梁一翻眼珠，向刘云栋道："哥哥，你今天好歹让我一回，我跟老迟的事你别管，我豁着挨老头子的打就是了。"双手推着袁振武，赶进把式场子。

袁振武欲施展手法，把刘云梁推开，无奈刘云梁乃是刘四师傅的儿子，大师兄得罪不得，小师弟也得罪不得。况且不下毒手，摆脱不开他；若施绝招，又不能给自己圆谎。只得踉踉跄跄，顺着刘云梁的劲，往把式场里栽进去。连绊了数步，方才站住，不住地说："刘师兄别推，别推，看绊着，摔倒了！"

方到场中，迟云树早已插手立在场心。袁振武忙向迟云树拱手，道："迟师兄，这位刘师兄真好顽皮，总得当着师兄面前，把我作弄一下，给大家一笑。请师兄多担待吧，我真是不行。"迟云树呵呵地笑道："袁师兄，真人面前不说假话，我小弟有一句讲一句。袁师兄乃是长门王师伯门下的高足，对本门武功定有心得。就是没有老四撺掇，我小弟也早想领教的。今天也没什么事，咱们就一块儿考究考究。"

袁振武把手连摇，赔着笑脸说道："迟师兄，这可真是笑话了！……"跟着又说了许多推辞的话。迟云树微微冷笑，漠然不顾道："师兄不肯跟我过招，自然是我小弟功夫太糟，不值一比的了。但是，你看看，我若不陪你走两招，我这位四师弟饶我不饶？咱们心照不宣，我今天若不败在袁师兄的手内，也有人不肯甘心哩。"说罢大笑，又拱了拱手，道："袁师兄，咱们全是明白人，什么话也不用全挑亮了，你多少总得露两手。袁师兄要是当着他们能练，当着我不肯露半招，那岂不是太显着我迟云树不成人样了！"

迟云树的话一句跟一句，袁振武彷徨四顾。他自己当过大师兄，知道大师兄的心情。迟云树的话既然这样，他心里的滋味自然可想而知。皱着眉，向四周看了看，正要设辞解说，刘云梁早把话接过来，道："大师兄，别这么冤枉人，你说到底谁不甘心？你不用酸，你要有本事……"一指袁振武道："跟人家招呼招呼啊！你酸溜溜的，想吓唬人家，不敢跟你动手，那不成。袁师兄，练把式过招，打不死人。谁也别跟谁装傻，干脆，今天你们练练。大师兄，我反正是不守规矩的，净擎着师父来了。告老婆状，挨揍，可也不能把脑袋揪下去，我豁出去了。喂，人家袁师兄上场子了，就请你发招吧，不用叫板眼了。"

迟云树怒目瞋视，半晌哼了一声，径向袁振武说道："袁师兄，您听见了？我这班师弟们全愿意你露身手，就请师兄你赐招吧。"说完，走到把式场心，复一点手，道："袁师兄，咱们就在这里吧。"

袁振武情知不动手，是不行的了。可是预想比武以后的结局，胜固不可，败也使不得，真是把人难煞。迟云树一步紧一步地催逼着开招，人家已经挽好袖子，站好脚步。其余的刘门弟子此时也不再拦劝，看面色，反而跃跃然，似正渴望着自己与迟云树比量一下，方才豁然。刘云梁在旁敲边鼓，更催得十分紧；二师兄蔡云桐冷嘻嘻，热哈哈的，也在一旁吹气怂恿。只有刘云栋比较持重，可是被黄云楼劝住，两个人不知附耳低言，说了些什么话？刘云栋也不再拦阻了，只很谦和地说："袁师兄不要客气，咱们都不要客气。我们都是同门，大师兄说了这半晌，你就下场子玩一玩，没什么。迟师兄也不会乱来的，袁师兄只管放心。"蔡云桐插言道："着哇！练武不练对手，怎么能长进？袁师兄只管练，别胆怯。我们大师兄一定要让着你的，上啊！"

袁振武欲避无从，正在潜怒；一闻此言，双眉一挑，少年的烈性不由复燃："我一口一个师兄的叫着，他们倒不依不饶，我难道真怕你们不成？"徐徐地走下场子来，唉了一声道："好吧！诸位强拉鸭子上架，我只好给大师兄垫垫拳头吧。我挨了摔，诸位别笑话。"

口说道，他往场心一站，心如旋风一转，暗想："我若完全装傻，一定瞒不了行家；我若完全逞能，一定在此地无法存身……咳，自出丁门，

178

我倒一步步做起小媳妇来了!"又想起俞振纲、丁云秀,蓦地将一双豹子眼瞪大,一对长眉蹙紧,脸上显然摆出一个怒言。

迟云树看了个清清楚楚,暗暗发恨道:"这小子,他倒瞪起眼来,我叫你一百二十个不服气!"立刻展开了门户,双拳抱拢,说了声:"袁师兄请发招!"把身形一矮,往右一斜身。袁振武这里张目一看,也只得把身形一矮,拔步奔趋左侧。两下里走行门,迈过步,全是绕走编锋。

袁振武绕过半周,堪堪与迟云树碰上,倏地一翻身,依然反走边锋。迟云树见袁振武竟不递招,一定是先要看清了自己的路数,才肯发招。立刻一拧身,叫道:"袁师兄怎么不发招?"袁振武佯笑道:"还是师兄先请!"

迟云树不再客气,往前一纵身,身随势进,扑到袁振武的右侧。相距不过半步,左掌往外一撤,喝声:"接招!"左掌虚点,只在袁振武的耳轮边一晃,右掌撤招,展开劈挂掌"单推手",掌锋倏照袁振武右耳轮扇来。袁振武不封不架,往下一塌身,左脚往外一滑,整个的身子蹿出去三四步去。拿桩站稳,口中喊道:"师兄勒着点,我接不住啊!"立刻仍转到左半边。迟云树一掌击空,一声不响,二次翻身,猱身进步。袁振武拿铁了主意,不抢招,不求胜,可也不愿意一上场就败在迟云树手下。

迟云树展开了劈挂掌,袁振武展开了六合拳,两人辗转走了六七招。袁振武佯运六合拳应敌,他却神明内敛…气凝丹田,手、身、法、步、腕、胯、肘、膝、肩,一切的运用,都潜循太极拳的拳诀;身形绵软巧,外形不露,把门户封了个十分严实。左闪右避,蹿高纵低,倏前倏后,忽进忽退。双掌不发招,不破招,只封闭闪错,步眼丝毫不乱。于是两人又走了七八招。

迟云树以自己的身份和武功造诣,来测度袁振武;连发几招空招,顿将火兴煽起,遂把本门心法全施展出来。两下里骤分复合,辗转相斗。迟云树猛如狮子似的追赶袁振武;袁振武就像鼠避猫似的退缩闪绕。眼看招发出去,见硬就回,一味奔避。

刘云梁嘻嘻的笑着看热闹,黄云楼、窦云椿也上眼下眼,追随两个人转。只有二师兄蔡云桐、三师兄刘云栋连吸冷气,暗推同门道:"都是你们起哄,你瞧,到底应了大师兄的话了,人家姓袁的不是力笨汉。"刘云梁仍不认账,黄云楼也不肯信。

袁振武展开多年在丁门所得的技功，轻身盘走，闪躲圆滑，竟暗中连拆了迟云树的五次险招。这一来越把迟云树激怒，深知袁振武确有实学，暗卖一手，诚心从不施展中施展出功夫来。他不道袁振武竟存退让，反以为含着藐视戏弄之心，暗想："我要不给他一手厉害，我在本门怎生立足？"迟云树一转念，就要再展绝招，务求必胜。好歹把袁振武撂在场子上，方能挣回面子来。心存此意，立刻步眼发松，反不似一上场时那么紧追急赶了，在场子里连转了两周。

　　那刘云梁起初只怀恨迟云树挟长逞能，歧视同门，只是此时也已看出这个袁振武果然不是平庸的身手，大师兄连下毒招，勇猛进攻，人家竟很不费力地闪开；看这情形，正不知鹿死谁手。又看到袁振武始终没有还招，究竟他居心是戏敌，还是让招，却很难说，刘云梁不禁有点懊悔。其余刘门弟子，起初虽然挑拨着大师兄来动手，如今一看出袁振武功夫太强，也觉着不是劲了。各个的生了敌忾之心，暗替迟云树担心，恐怕他真个栽给人家，也是大家丢脸。

　　这时袁振武正由东西游走过来，转向偏西。那迟云树相隔着不过三四步，突然往前一纵步，猛扑到袁振武的背后，故意地喊了声："袁师兄接招！"立刻探右掌，猛向袁振武背后一击。袁振武往左一抢步，斜转半身，打算反从迟云树的左侧蹿出去。不料迟云树这一手竟是诳招，右掌往回一撤，左掌猛从右劈下穿出，用"燕翻盖手"，横出袁振武的左腰肋。

　　这一招迅捷非常，用的是重手法，掌风锐而硬，猛而重，"唰"的已到肋下。袁振武再想闪躲，已来不及；而且形迫势危，不得不拆招急救。袁振武双眸一张，急用"野马分鬃"，左掌往外一拨迟云树的左臂，身形往右一探；闪过这一招重手，本意仍不还手。哪知迟云树左臂往下微沉，倏然变招，"金丝缠腕"，反压着袁振武的左臂，往下一挂，右掌猛翻出一手"劈山掌"。吐气开声，大喝道："嘿！"迅如骇电，直向袁振武的胸前"华盖穴"劈来。指尖沾衣，掌心往外一登。袁振武蓦地一惊，这个迟云树竟要用内力来伤自己。慌不迭地凹腹吸胸，胸口缩得离开迟云树的指尖寸许；忙翻右掌，一挂迟云树的腕子，"手挥琵琶"，左脚上步，"退步跨虎"，借撤招展臂之势，暗把掌力"唰"的往外一送。迟云树跟跟跄跄向前扑去，袁振武乘势往外一蹿，也往前连栽，又一挺身，方才立起来，道："哎呀！……迟师兄，我输了！"身躯连退，好容易才站稳。

迟云树也跟着撑住了身躯，面红耳赤，抱拳说道："领教领教！袁大哥有这么好的身手，怎么还装外行？足见谦德，佩服佩服！"扭转头来，冷笑着又向刘云梁发话道："刘二爷，怎么样？我输了，你这该心平气和，趁了愿了吧？"

袁振武虽然矫作失着，故形一蹶，被迟云树的话一敲，不由脸色一变，张口欲答；可是又恐越描越黑，只索让人家一步，低头哑口无言。刘云梁却仍然一句话不让，嘻嘻的笑着说道："迟师兄，你这种话趁早少说。动手过招，输赢胜败是你的事，我凭什么称心如意？咱们没有深仇大怨，好歹总是亲师兄弟。你要是栽了，我们脸上也无光。得啦师哥，别拿屎盆子往脑袋上扣，凭师哥你还会栽了？你分明赢了人家一招，你倒说栽了，栽了怎么不躺下？"刘云梁说了这些话，连声笑着，跑出了把式场子。

迟云树脸上寒得笼起一层秋霜，袁振武走也不好，不走也不好，弄得很僵。刘云栋过来向袁振武说道："袁师兄，你真不含糊，你还客气什么？你比我们强多了。天不早了，该歇着了，我们明天再练吧。"扭头又向迟云树说道："迟师兄，还是你的功夫纯，行拳过招，能发能收。像我，招数发出来，有时就收不住。迟师兄，明天我们也得跟这位袁师兄拆两手。好在全是自己人，输赢没有什么相干。"蔡云桐也搭讪了几句闲话。却酸溜溜地暗讥袁振武藏奸，潜笑迟云树无能。随即散了场子。

袁振武回到屋中，说不出来的觉着不是味。从这夜起，决计不再到场子里去；自己明知不论怎么掩饰，跟迟云树已生误会，空费解释，也不见得他能相谅，反不如等刘师傅回来再说了。

又过了四五天，天色刚亮，袁振武乍醒未起，尚在惺忪。忽觉有人晃着枕头，凑到耳边招呼："袁师兄！袁师兄！"袁振武睁眼看时，正是四师弟刘云梁。袁振武急忙翻身坐起，问道："四师兄，这么早起来，有什么事？"刘云梁道："我父亲回来了。那天晚上的事，我们大师哥很不痛快我，我想他一定要在我父亲面前告我，我父亲又最听信他的话。袁师兄，你得帮我一点小忙，别叫他抢了原告。"袁振武一时矍然道："我怎么帮你？迟师兄分明连我也怪罪了。"忙改口道："四师兄，你打算叫我怎么样呢？"刘云梁笑了笑道："你只说你们两人自愿过招，别说是我怂恿的。再不然，你就说是他欺生，总想捧你，就没有我的事了。"

袁振武暗道："好么，看你傻，你倒不傻，你想拿我当傻子么？"一面与他敷衍，一面忙着穿齐衣服，自己思索："迟云树总是人家的掌门大弟子；我一个寄寓客居，新来乍到的人，怎好跟人家较量短长？我别净听这傻小子的聪明招，我应该话里话外，捧着迟师兄才对。不过迟云树不肯教招的话，我必须绕弯子描出来……"打定了主意，赶紧梳洗完了，遂由刘云梁引领，来到刘四师傅的住房门前，挑帘进内。

刘四师傅正在迎面桌旁坐着吃茶。刘云栋、蔡云桐等人均没在屋，掌门大弟子迟云树恰恰正在一旁侍坐。一见袁振武，迟云树脸色一变，站了起来。袁振武蓦地心中微动，看这神气，果然应了刘云梁的话，终归被人走了先步："唉！我怎么到处犯小人？"定住了心神，上前施礼道："师叔，你老昨夜才回来的么？你老可辛苦了。"刘家祺含笑站起来，点了点头，把手一伸道："请坐！"

袁振武细看刘四师傅。满面风尘之色，想见半月来很受奔波之苦。不知他这一去半月，可曾寻见鹰爪王？鹰爪王现时潜踪之所，料想刘四师傅当能知晓。思索间，方要动问情由，那四师弟刘云梁和师兄迟云树抵面相对，他竟自起毛骨，蓦地红头涨脸，冒冒失失地说道："爹爹，咱们当面对质，我反正一句谎话没有。你老别听他的话，这回我可没有引头闹！是他们俩自己要摽劲儿！"迟云树在一旁既不接声，袁振武对于这没头没尾的话更不好搭茬儿。刘四师傅把面色一沉道："什么，你说的什么？是谁要摽劲儿？"听这口气，好像还不晓得袁、迟比武的细情。

刘云梁站在当屋，看了看迟云树，又看了看袁振武，迟疑起来。把那只粗手，搔着头皮，说道："我说的是他跟他……"两手分指着迟、袁二人道："他们俩摽劲儿来着，跟我不相干，这里头没有我的事。"

刘四师傅诧异地看着迟、袁二人，重复问道："什么？"迟、袁二人都臊得面皮一红。

袁振武急忙打岔道："四师叔，你老……"底下的话竟不知怎样说才好。既然刘家祺实尚不知比武之事，没的叫刘云梁先抖搂出来，反倒不好。但又恐迟云树已先告诉，显得自己新来无礼。同时更怕刘云梁这个傻小子，和迟云树当面互控，惹得刘四师傅当着自己叱责自己门徒，给自己难堪。自己在这里，深了不是，浅了不是，一时也跟着窘在那里了。

迟云树眼看着刘云梁，眼角扫着袁振武，隐隐透出诡谲和笑容来；似乎要看着刘云梁这个傻小子不打自招，自己出丑。刘云梁果然惶惑起来；

只见他父亲刘四师傅面含怒容，厉声呵斥道："云梁，你说的到底是什么话？怎么说着又不说了？你又犯浑了吧，唵？"

刘云梁斜瞪了迟云树一眼，脸上露出可怜相来。他父一迭声的催问，他越发地慌了，喀喀巴巴地说道："你，你老不知道啊？"刘四师傅斥道："你这东西，半吞半咽的，到底是怎么回事？"刘云梁回过味来，忙道："没有事，没有事！你老出门，我们都好好的，没有吵架，也没有拌嘴。"说罢，翻身要走，刘家祺一声断喝，道："站住，到底是怎么回事？到底谁跟谁摽劲儿？准是你这东西犯浑蛋，又无事生非了！"

刘云梁满面通红，又斜睨了迟云树一眼。他父亲越催问他，他越答不出来，半晌才说："哪里是啊，是……是，是袁师兄和迟师兄，他们俩比试来着。"嗫嗫嚅嚅，又说了些有声无词的话，连他自己都听不出来。

刘四师傅察颜辨色，把三个人看了一眼，又复申斥道："不叫你说话，你偏唠叨；叫你说话，你又喔喔哝哝。滚开这里吧！"糊里糊涂，自找来一顿骂；刘云梁睁着怨悔的眼，把迟云树恶狠狠瞪了一下，扭头往外就走。袁振武干在那里，弄得很难为情。

沉了一沉，四师傅刘家祺忽然换出笑脸。让袁振武坐下，迟云树告退出来。刘四师傅凑过来，坐在袁振武身旁，又亲自给振武斟上一杯茶。袁振武急忙站起来，连声逊谢，刘四师傅和颜悦色说道："请坐下！坐下说话，不要客气。"

坐定，屋内无人，袁振武开言道："师叔一路辛苦，不知可见着王老师没有？"刘家祺望了望纸窗，把头微微一点，低声道："咱们晚上细说……"轻轻吁了一口气，道："这半个多月，简直把我跑坏了。振武，你看，从你到我这里，来了这些日子，我就没得在家安闲过。事情赶碌得我吃不得吃，睡不得睡，把你丢在家里，一切也没得跟你细谈。好在你也不是外人，绝不能怪我。要是疏远一点的人，还疑心我这是成心躲着人呢。好了，现在我总可以在家里稍歇几天的。振武，我今天白天还有点事，索性今晚定更后，你上这屋来，咱们仔细谈谈。还有你师傅的事，你一定很惦记着，今晚上我都告诉你。可是我有两句话，先对你说明：你千万不要听你云梁师弟的话，这小子傻头怪脑，生事惹祸，向来总是他引头。这些师兄弟们，就属他不是东西，你可不要听他胡闹。"

袁振武看了看刘四师傅的面色，似乎话中没有什么特别的含意，连忙站起来，答道："四师兄性情直爽，一派天真，他和小侄非常投缘。师叔不用挂虑，这些师兄都很好，没有拿我当外人的。"刘四师傅笑了笑，摇头道："你看他直爽，你不知他多么浑蛋呢。我嘱咐你，你少搭理他。我那大小子还罢了，比他明白得多。这半个多月，我没在家，你想必也天天下场子吧？"

袁振武应了一声，道："是的！……也不常下场子。师叔走得急，还没有分派我学什么，大师兄又很客气……"把下面的话咽住了。心想："我先别说什么，我倒要先听听四师傅怎么说。"

哪知刘四师傅把话扯开了，只讲些平常的闲话；出门的事不谈，传艺的话也不谈。敷衍了一回空话，刘四师傅站起来道："我还有事，咱们晚上见。"手拍着袁振武的肩膀，又重复了一句道："今天晚上见。"站起来，就摘壁间挂钩上的长袍，披上了，又皱眉对袁振武说："我还得进城去一趟。"袁振武一看，没有再说话的机会，只得告退回房。

这刘四师傅远行初归，并没有急急地要和袁振武谈话。袁振武似乎和刘云梁进来得莽撞了。

袁振武坐在小屋中，心中疑惑，更不知刘四师傅对自己安的是什么心，是否他已听了掌门弟子的先入之言？反复思量，疑云莫展。忽然门扇一响，刘云梁又跑进来，当着袁振武，把迟云树臭骂了一顿。说他刁钻奸猾，最可恶不过。袁振武拦不住他，只好听着，也不敢赞一词。

四师傅刘家祺在早饭前出去，直到晚间才回来。袁振武闷在屋中，已经听见。但刘四师傅并没叫自己，自己也不好冒冒失失地请见，只在自己小屋内转悠着听候呼唤。

那刘云梁却抽冷子又来了两趟，口中嘟嘟囔囔，还是骂大师兄。袁振武向他盘问刘四师傅的意思，连他也摸不清。可是他却断言："老迟这东西，一定告了老婆状了。"又对袁振武说："货到街头上，反正今晚就见了真章啦！我总想着老迟绝不能善罢甘休。我们老爷子专爱听他的话，就许等到晚上，把师兄弟都聚齐了，当着大伙儿，给我来个好看。袁师兄，你可不要看热闹。别看你也是在股在份，我却知道老爷子对你总有个面子，不好意思说什么的。你千万给我求情，别把我晾起来。袁师兄，你别瞧不起我，我真不怕打。我就怕老爷子当着我媳妇的面，罚我下跪，那多么难看哪！"

袁振武笑了笑，道："你没有什么大错，师叔也不会责备你的。就算你怂恿着我和迟师兄过招了，那也不能算是非。难道老师不在家，师兄弟一块儿较量较量拳招，也算犯规么！"刘云梁从鼻孔中哼了一声道："看你像个聪明人，原来你也这么糊涂！我们较量拳招，输赢不相干，你能跟我们比么？"袁振武吸了一口凉气，停一停说道："我怎么不能比呢？"刘云梁道："你别装傻了。"

袁振武只得改了话头，安慰刘云梁道："你放心，师叔不会责罚你的；当真责备你，我就是共犯。你叫我讲情，谁给我讲情呢？我也要挨说的呀！"刘云梁怫然道："好、好、好！闹了半天，你也会耍奸，跟老迟是一道号的，完啦，完啦！

正在不愿意，发牢骚，忽闻门外似有脚步声音。袁振武深恐被别个同门看见，又生是非，连忙用闲话岔开，不叫刘云梁再往下说。刘云梁越发地不高兴，说道："你看看吓得这样！我们说两句话，还犯私不成？"袁振武道："四师兄别误会，我怕迟师兄听见了，好像咱们背地议论人似的，见了面，怪不合适的。"

刘云梁生气道："吓，吓，吓！你刚来几天，就这么怕他，他还了得么！我不跟你谈了，别连累你。我也不烦你讲情了，你放心吧，老头子反正宰不了我！"一赌气要走，袁振武急忙拦住，只得权词安慰他，他究竟是四师傅的儿子。不想两个人正在一拉一扯，外面竟有人叫道："云梁，云梁，老爷子正找你哩！你又跟袁师兄闹什么了？"却是三师兄刘云栋的声口。

袁振武忙往屋内让；刘云栋并不进屋，隔着窗，把他兄弟叫走。听声音，且走且说，似正埋怨云梁。跟着听见刘四师傅招呼二师兄蔡云桐，又招呼窦云椿，又招呼黄云楼，末后又听见叫大弟子迟云树；这话声一一传入袁振武耳畔。袁振武默然侧耳，可是任什么听不真。

隔了很久工夫，袁振武独对孤灯，怙惧起来："莫非一场比拳，真个引起是非来了？"心中打鼓，只盼望刘四师傅招唤自己，抵面一谈，也可以吐露己志，表白一二。不料直耗到二更过，别的弟子一个换一个地进去出来，总不见招呼自己。袁振武有点沉不住气了。在院中遇见刘云栋、刘云梁，忙暗地打听二人。刘云梁说："不知道，他老没叫我。"刘云栋说："家父路上累了，现在躺着呢。你问刚才么，不过是问问我们几个人的功夫。"

袁振武嗒然若丧,站起来,便要径直开口求见。刘云栋道:"师兄稍为候候,家父过一会儿,就要见你谈谈的。"说着,大弟子迟云树在外弹窗,叫道:"袁师兄,睡了么?师父有请!"

袁振武忙应了一声,随着来到内院,要奔上房。迟云树一笑,说道:"师父在客屋呢。"袁振武脸一红,转身趋奔客屋。

第十六章

夜猫眼突造蓝滩

客屋中只有刘四师傅一人，其他弟子全都不在，迟云树也撤身退出。袁振武心中安然了许多，就是刘四师傅对自己有什么责难，没同着别的人，也可以给自己保全脸面了。上前给师叔行了礼，刘四师傅欠了欠身，让袁振武坐下。三师兄刘云栋旋即进来，倒了两碗茶，也坐在一旁。

刘四师傅蔼然说了几句闲话，袁振武急于要知道鹰爪王的行踪，遂眼望刘家祺，说道："师叔这些日子来奔波劳顿。想王老师的事，师叔一定很替他老尽力了。只不知他老人家现在……"刘四师傅眉峰一皱，说道："他现在还好！……"向刘云栋挥手，道："你到后面歇息去吧，这里没事了。"刘云栋忙站起来，向袁振武说声："师兄，你坐着。"随即走出屋去。

刘四师傅略一沉吟，辞色吞吐地说道："你不用牵挂，他已经出来了。"

袁振武欣然问道："师叔，王老师是用钱贿买出来的，还是越狱出来的呢？"刘四师傅迟迟顿顿地答道："他么？……自然是朋友们帮忙出来的。他那个性情，焉肯用钱买路！……"说到这里又顿住。袁振武忍不住又要问鹰爪王现在哪里，只刚一张口，刘家祺拦住说道："振武，你不用问了，他不久就要到蓝滩来；他自然把前后情形说与你。等着吧，为期不远，大约不出半个月。"

袁振武已经觉察出来，刘四师傅似不欲深谈鹰爪王出狱的事，遂不便再问；掉转话锋，向刘四师傅道："师叔叫弟子来，可有什么事吩咐？"

刘家祺笑道："也没有什么事，只不过想和你谈谈。振武，我们既属一门，彼此推诚相与，才显得情真谊挚。你一来时，我就看出你的体格气度，似受过武功锻炼；只是你谨守武林规戒，善自藏锋，不轻炫露罢了。

你这一来不要紧，几乎令我自疑，真个看走了眼。振武，你纵然对我不肯实说，我却能体会出你的心意来。这倒真是练武的保身免祸之道，不过，这也得看在什么地方，对什么人说。现在我们全说开了，我们究竟是一家人。我说你倒是跟哪位老师练过？练过多少年的功夫？尊师怎么称呼？提起来，或者我也许认识。"

袁振武愕然："这话里可有意思！"忙站起来，答道："师叔，你老错疑了。弟子实在没有练过什么功夫。弟子跟师叔说过，不过会几手庄家把式；哪里是善自藏锋，实在是见不得人罢了。我知道，师叔一定是听迟师兄说的；足见小侄年轻，不知藏拙，不自量力。前几天，弟子竟跟大师兄试起招来。迟师兄处处让着我，就那么着，还险些摔个嘴啃地。这是师兄弟们亲眼得见的事，真要是会武功，还致于在大家面前出丑么？"

刘四师傅微微一笑，道："振武，你要总这么心存顾忌，可就差了。我已经把话说在前头，我决不怪你瞒着我。你应当知道，我这个师叔是多半生在江湖上浪迹，还稍为明白一点世情，最能谅人，能容人的，我最深恶痛绝的是对人苛责。所以一知道你的情形，很想跟你一谈肺腑，也好计划计划你的前途。你们哥几个试拳，那手'如封似闭'，借力打力，完全是内家拳的手法，你一定练过内家功夫。你到现在还不肯明言，难道你看我这个师叔不足与言么？"

说到这里，含笑看着袁振武。袁振武被这番话挤得面色一变，不知不觉地把话声提高，连忙答辩道："师叔，你老不要误会！弟子我实因为自己武功粗浅，不敢拿那一知半解的庄家把式，班门弄斧，妄向一班师兄弟们讨教。因为弟子是来学武的，不是逞能的……"

袁振武方说到这句，忽觉言重了，才待改口；刘四师傅把手一指，做出拦阻架势，也高声说道："振武，你听我说。其实你身上有功夫没有？是哪一门的功夫？你说不说，本没有什么干系。不过有一节，我这里虽不是你久居之地，你总该明白，我跟你王老师乃是一派亲传。你既然带艺投师，要在我门户中掏换点本领去，我若不知道你学过的功夫和功夫的深浅。请问我怎么教你？你也是门里人，教初学和教带艺投师的，当然教法不一样。我若教得深了，万一你是初学，连初步根基还没立住，那一来我可就落了包涵，不知道，一定说我故意拿功夫挤你。若是教得太浅了，你的功夫却深，那一来又容易叫你师父疑心我是藏奸。所以我未从开教之

188

前，我一定要问明白了你，就是这个缘故。好在我绝没拿你当外人看待，我就是不传你一招，无非对不过鲁老姑太，对我王师兄面前，我倒不怕他责难。前几天，我也当面向我们王师兄说过，就是我这回问你，也是他的意思。他叫我问明白你，才好量材施教，替他先教教你。不久他来了，他自己恐怕也要先问明，然后才开教呢。"

袁振武听了，方悔自己措辞失当，现在只可承认会武术练过功夫，但若说自己是山东太极丁的掌门弟子，这话也很难启齿。倘若他尽情追问我为什么改投门户，我可说什么？袁振武眼光一转，打定了主意，做出言下大悟、开诚布公的样子，向刘四师傅道："不瞒师叔，弟子自幼便好武功，只恨机缘不巧，未得名师，空负好武之名，没学会一点儿真实本领。后来立志访求名师，借求深造，这才在彰德府遇见王老师。弟子从前拜过的老师，弟子不是瞒着，实在是不好意思说出来。常言道：'一日为师，终身是父'。弟子哪敢便菲薄从前开蒙的老师呢！"刘家祺道："话不是这么讲，这话你得看是对谁说。"袁振武忙抢道："那是自然。师叔既然问，我还能总瞒着么？弟子初入武门的这位师父，是我们同村李大户家中特请的武教师，兼带护院的。这位老师姓张，名叫张鸿泰，是直隶沧州人。据说他当初很在江湖道上闯过，可是张老师的武功并没有什么出奇的地方。他当初在江湖上创业争名的事，只是他自己说的，谁也没见过。弟子跟这位张老师练了二三年的光景，一无成就，这才决意另访名师。随后又在密云县地方，遇见一位以双刀成名的武师项华堂项老师。此人在当地很负盛名，据说他的六合拳最为擅长，门下的徒弟也不多，只有六七个人，可都是当地富户子弟。这项老师能够双手使刀，双手打镖，人们全夸项老师很有功夫。不过跟他习武的，全是有钱的子弟，要是家境稍为含糊的，简直不易进他的门户。弟子投到他的门下，每年的束脩就是五十两。弟子在他那里耽误了一年多，才觉出项老师武艺好，似乎有点嫌贫爱富，并且武断乡曲。"

说到这里，他把刘四师傅看了一眼，跟着道："他又似乎很重乡谊，拿弟子总当外人。这话弟子可不该说，弟子空在那里待了一年多，只学会了半趟六合拳。后来家母有病，弟子就辞师回家来。弟子空抱着习武的心，始终没有得着机会，遇见良师，因此始终没练出什么功夫来。师叔说弟子会内家拳，连迟师兄也这么问过我；弟子实在不会内家拳，弟子只会

189

这种六合拳罢了，此外任什么都不懂。这就是弟子习武以来师承经过，弟子在师叔面前怎能瞒着呢，不过太没有说头罢了。"

刘家祺听了，微把头点了点，向袁振武说道："原来如此，你是只练过六合拳么？"沉吟一回，又道："你的志气很好，你的意思，必得遇上名师，学好了惊人的本领，能加人一等，到那时才肯拿出来。这足见你心胸很高，外面上又能谦退，这样实在是很难得的。不过名师可遇不可求，像我也真够不上名师，我恐怕也未必教得了你。看起来你跟大师兄这番遇合，实非偶然。若不是我师兄在彰德府贪上官司，你也遇不上他；你遇不上他，也就不能够进入我们门户了。现在好了，良缘巧遇，得逢名师；你只安心在我这里稍待几时，你师父就来找你，他一定能叫你得偿夙志。尽你个人的天才，来探究本门的绝技，敢说不出数年，定有成就。我呢，既然受了鲁老姑太和你师父的嘱咐，我就不能不略尽寸心，给你指点指点门径。不过这绝不能算师徒，只和同学一样，彼此观摩罢了。咱们明后天就在一块儿，先试练试练看。可有一节，我这点武学，在本门中最为不济。我有个练走了，说错了，振武，你可别笑话我。说真的，像你这种带艺投师的。交情若是远点，我还真不敢教。跟你还有什么说的呢，从哪一方面看，我也不敢那么顾忌。像云树他们，虽说练了这么些年，可是一点心得也没有；自修还不行，哪能教人？这幸亏你是本门的人，要放在外人面前，不止于他栽了跟头，连我全受了；振武，你说是不是？"

袁振武脸一红，忙说道："师叔千万别信迟师兄的话。这话我可不应当说，迟师兄他们实把我形容得过火了。我这种本事，哪能跟师兄比……"

袁振武还想解说，刘四师傅微笑道："算了吧，过去的事不必提了；索性明天你就跟着下场子吧。"袁振武答了声："是。"刘家祺打了个呵欠，又道："就是这样吧。天不早了，你也该歇着了。咱们闲着再说话吧。"

袁振武站起行礼，退出屋来，回转己室要歇，心中却翻来覆去的犯想，琢磨刘四师傅话中的意味。但是鹰爪王不久就到蓝滩来，自己总可以正经从师了；刘四师傅的话就是带刺，也不用管他了。"我这回跟鹰爪王精练技能，进窥堂奥；十年以后，再走着瞧!"这么想着，欣然就枕，不一时睡熟。

第二日天刚亮，赶紧梳洗完，来到场子里；本门弟子已经早到了。袁振武见了迟云树，赶紧很客气地打了招呼。迟云树蔼然酬答，好似把上次的芥蒂全忘了。又沉了片刻，刘四师傅走进了把式场子。袁振武向前请问早安，刘四师傅颔首答应着，绕着场子转了一周，吩咐群徒开练。复又走过来，单向袁振武说道："振武，你把你学的功夫练练，我也看一看。"袁振武不由迟疑道："弟子练过几天六合拳，弟子不必在师叔面前献丑了吧？"刘四师傅"哦"了一声，随即微微一笑道："好吧，不练就不练，可是你打算跟我先学些什么呢？"

这却把袁振武问住，想了想，方才答道："弟子久仰师叔这门的大拿法跟别派的手法不同，师叔可以教弟子几手么？"原来他这话还是听刘云栋、刘云梁说的。并且告诉他，若练大拿法，拳脚功夫必先有了根基，才能开练。刘四师傅尚没答言，刘云梁站在一旁，就立刻插话道："袁师兄，当真要练大拿法，你的拳脚还没有……"这底下的话没说出来，刘四师傅登时把眼一瞪，叱道："练你的去，没有你胡搅和的！"

刘云梁被申斥得一咧嘴，赶紧走开，找刘云栋对拳去了。刘四师傅这才把面色一转，又缓和下来，向袁振武道："你想学三十六路擒拿么？这也很好，我也琢磨着你学着合适。这种功夫倒没有什么难练，只要手把有劲就成。这里面有十八字的要诀，必须把这要诀心领神会了，并且最要紧的是对手拆招、应招试力。这十八字诀是：浮、沉、吞、吐、封、闭、擒、拿、抓、拉、撕、扯、括、挑、打、盘、拨、压。还有十八格，也是很要紧的，搂、打、腾、崩、速、小、绵、软、巧、踢、弹、扫、挂、闪、跃、锁、耘、拿，这全是上手的功夫。我给你亮两个式子看看。不过这种功夫不能单摆浮搁一个人练；一亮式子，就得两个人对手对拆，才容易学，容易记。"

刘四师傅讲到这里，向空场子一指，道："振武，你来，咱俩先拆两招。你不是练过六合拳么？你就拿六合拳的式子来打，我就运用擒拿法，见招拆招，破给你看。"说着，信手亮了一个封招闭门的架子，静等袁振武发招。

袁振武非常高兴，忙往前一进步；忽然想起一事，忙又缩步，说道："师叔，我焉能那么放肆？并且我拳捂上也太不行，哪能在您面前递手？"刘四师傅把脸放下来，把手也放下来，正色说道："振武，你，你怎么这么外行？"说到"外行"二字，声音特别加重，跟着道："你要学擒拿法，你不动手，我可怎么教你呢？我教你比画比画，为的是试这擒拿法拆招的诀要。你会什么，你就使换什么。你就是一招不懂，你还不会瞎打么？"

袁振武一想，这话可也是的，擒拿法不擒不拿，可怎么教，怎么学呢？遂不再俄延，立即往前进步，说道："师叔，弟子失礼了！"右臂往前一探，"劈面掌"倏地发出来。

袁振武这招是平常的手法，不过掌势很疾，猝然击到。刘四师傅倒也没敢轻视袁振武，立即运用虚实莫测的手法，左掌突然往下一沉，用"里剪腕"，噗的把袁振武的腕子刁住；右掌却用"单推手"，从左臂下往外一穿，正奔袁振武的左肋。袁振武若不舍招，整个的身子便会被刘四师傅制住。急往右一上步，右掌猛然反往刘四师傅左腕子上一搭，"唰"的买实了；一斜身，右肘猛撞刘四师傅的乳盘。刘四师傅蓦地一惊，想不到袁振武竟有这种身手。倏然右臂翻回，用了招"牵缘手"，右掌掌缘往袁振武的右臂"三里穴"一戳；势猛力重，不过一划，竟自把袁振武一条右臂荡开。左臂"顺手牵羊"，往后一带，左腿往下猛然一拦，袁振武立刻顺势栽了出去。刘四师傅仍然故卖一手，霍地转身，右掌往外一探，用"仙人指路"，伸拇指、食指、中指，轻轻把袁振武背后的衣服捏住。喝道："站住吧！不算不算，咱们重练重练。"

袁振武挺身站住，心中却也吃了一惊。这一回装傻，竟上当了，刘四师傅掌法竟这么紧，忙向刘四师傅说道："师叔掌法迅猛，实在叫弟子佩服得五体投地。弟子若能常得师叔指教，弟子再不存一毫奢望了。"

刘四师傅这时面色非常郑重，向袁振武看了看，微把头点了点，随说道："你只要肯用功，绝错不了。你这时应该知道我说的话不假吧，这擒拿法必须对手习练，才容易有进步。你还真有两手，居然一上手，能够跟我拆下三招来。这正见你当年没白练，据我看，你很有心得了。"

袁振武谦然答道："弟子这么笨手笨脚，师叔亦看不出来么？我的本事全摆在这里了，往后只求师叔多多教导。"

但是藏拙不易，欲盖弥彰，刘四师傅早看出袁振武在武术上用过功夫。赶到一发招，袁振武竟忘其所以，只顾了封招破式，却忘了话应前言。刘四师傅不但看出他发招亮式，受过真传，并且在两下里一搭上手时，暗中竟试出袁振武的膂力颇强。当下也不说破，只虚与周旋，心里十分不快。

两个人接着仍往下试招，又连拆了二十几手。刘四师傅依然捺着火性，把擒拿法的诀要，指示了几处。那刘云栋、刘云梁、迟云树，全躲在一旁，一面自己练功夫，一面很注意地偷看袁振武递手的情形，也都觉出袁振武决非初学。这一来，师兄弟们跟袁振武无形中又多了一层猜忌，连愣头愣脑的刘云梁也觉着袁振武有些诡秘，闹得貌合神离，一点儿亲密的意思全没有了。

刘四师傅本说这次回来，先不走了，哪知只在家待了三四天，又照旧出门。忽出忽入，仿佛很匆忙，下场子教功夫的时候越发少了。袁振武倒很知足，认为刘四师傅实有一身惊人艺业，自己不论学点什么，全能争胜武林。

一晃便是半月的光景。这天刘四师傅没下场子，到了定更后，又打发人来招呼袁振武。袁振武正在场子里，自己贴着墙根，练习擒拿法；听见师叔呼叫，忙跟着来到客屋。刘四师傅正在灯下看书，见袁振武进来，遂指着侧首椅子，叫袁振武坐下，说道："振武，我告诉你一件喜欢事，你王老师眼下就要到蓝滩来了。"袁振武一听，喜上眉梢，忙问师叔："你老可是接着王老师的信了么？"刘家祺点点头道："不错，我这是才得着信。"袁振武道："是托人带来的么？"刘四师傅道："我还不知是哪位同门到了，我连送信人的影子都没看见呢。"

正在讲论着，突然外面檐头"唰"的一响。刘四师傅蓦地吃惊，噗的把案头灯吹灭。一纵步，到了屋门口。隔门外望，从檐头轻飘飘落下一个黑影，坠地无声，浑如鬼魅。袁振武一个箭步，也跟到门首，从刘四师傅的背后，往外张望。那团黑影已挺然站起，是个夜行人，身形非常矮小，像个小孩。刘四师傅厉声喝问："什么人？快报万儿，我可要动手了！"来人忽然一声轻笑，尖锐的嗓音叫道："刘老师，请你高抬贵手，我这把子瘦骨头，可是挡不住。"刘四师傅听了，呵呵一笑，道："计五弟，你怎么还是这股子劲？我要给你一暗青子，管你又得叫唤三天。请进来吧！"外面这人依然带着嬉笑的口吻说道："你不把亮子挑起来，我有点不放心。"刘四师傅冷笑道："刘四爷犯不上暗算你，给我走进来吧。"一边说着，忙摸着火种，把灯点亮。袁振武忙问："师叔，这是哪位老师？"刘家祺道："是我的一个同门。"

灯光复明，帘子一起，来人闯然走进来。袁振武凝眸一看，不由一愕。这人好怪的相貌，瘦小身材，高不过四尺三四；瘦削面庞，两只圆圆的黑眼睛，尖鼻子，尖下颏，居然像猴子似的；穿一身青色短装，身上斜背着一个黄包袱。进得屋来，两只黑眼珠被灯光一照。骨碌碌的来回乱转，好像夜行过久，有点羞明。只见他揉着眼，向刘四师傅龇牙道："刘老师，你别怪我心眼子脏，实在好心眼儿的人太少，我怕你暗算我。"且说且转，忽一眼瞥见了袁振武，顿时眼望着刘四师傅，问道："刘老师，这里有外人。你怎么一声也不哼，你成心装糊涂么？"

刘四师傅道："这怨你管前不顾后，刚进门就信口开河，你怎么就知道我这里没有外人？往后你要少这么张狂吧！一个人生了一张嘴，也可以仔细一点用。"刘四师傅说到这里，向袁振武一点手道："振武，这是鲁老姑太的娘家胞弟，名叫计林风，排行在五，在江湖上人称夜猫眼计五。"

袁振武立刻上前行礼，夜猫眼计五把手一摆，道："免！"瞪眼看着刘四师傅，道："你们两人黑更半夜在这屋里嘀嘀咕咕，有什么奸情盗案，从实招来！"袁振武一听不像人话，只是他既是鲁老姑太的胞弟，更不敢怠慢，便肃立在一边，取过茶杯，要给他倒茶。刘四师傅皱眉一笑道："不要胡说！"面向袁振武道："你别看他是个长辈，嘴里不说人话，你别搭理他。"

这个夜猫眼计五就一屁股坐在床上，一仰身躺在枕上，向刘四师傅点手，叫道："老四，滚过来，陪我躺躺。"刘四师傅呸的啐了一口，道："狗嘴吐不出象牙！"袁振武听他两人斗口，一旁侍立，不便多言。那计五向刘四师傅道："老四，别跟我没规没矩的。说真的，字帖你看见了，虎头万儿已往鄂北访那金刀陆四去了；大约从鄂北回来，只要不出别的事。就往你这里来。我这是前站，你别糊涂着心，计五爷不是专为给你送信来的，你猜是为谁来的？"

刘四师傅笑说道："我知道你肚子里全装的什么？我没有那么大本事猜。"夜猫眼计五道："我说出来，你可别骇怕。我奉本派掌门领袖的勒令，到蓝滩来，秘查一个不守门规、重财轻艺，不顾义气的不肖门人。叫我调查实了，就地清理门户，把那东西料理了。"

刘四师傅不禁愕然，向计五问道："这犯规的是谁呢？怎么我就不知道蓝滩一带还有本门的人，这可是怪事。你告诉我，是哪门里出了这么个不争气的门下，我也可以帮着你查查。"计五道："不用劳你刘四爷的大驾，我已经查完了。"刘四师傅越发诧然，问道："这人究竟是谁？计五爷你别闷人，你说到底是哪一门的门人？犯的究竟是什么条款？"计五扑哧一笑道："这个人姓刘，还是辈分不低。"刘四师傅道："晤，姓刘？"猛然悟会过来，抡手掌，啪的一下，照计五打去，骂道："好东西，你当面骂我，你倒得说说我怎么重财轻艺，怎么不顾义气？说不出理来，我掐死你！"说着就要动手。计五忽地从床上蹿起来，躲到床里头说道："你学成惊人功夫，收徒弟赚钱，是不是重财轻艺？我跟你有同门之谊，千里迢迢，奔来送信，你知道我计五爷好喝两杯，你连一杯水酒全舍不得给我喝，你是不是不顾义气？刘老四，你拍着良心想一想，你岂但犯门规，你简直该天打雷劈！"说着把眼一瞪，道："你认罪吧！"刘四师傅被他一片话恼得恼不得，笑不得，指着计五说道："计五，你是越闹越得意，你把我床上的毯子都踩脏了。我也不跟你分辩，我就是不款待你，你要想喝酒，刘四爷这里没开酒馆。"

两个人哓哓斗口，嘲戏了一阵，这才重新坐下叙话。刘四师傅刚要向计五询问要事，因见袁振武侍立在门隅，就又住口，想把振武先支使出去，道："振武，你受点累，把云栋、云梁叫来……"转脸对计五道："便宜便宜你，我还有半瓶子烧酒，赏你喝了吧……振武，你顺便告诉他们，做点酒菜。"

振武应诺了一声，才待转身，夜猫眼计五忽然拦住，道："别走，回来，我问问你！"对刘家祺说道："小刘！……"刘四师傅道："胡说！"计五哈哈一笑道："小刘，我骂你重财轻艺，你还不服气。你把本门技艺随便发卖，觍着脸误人子弟，你简直是死财迷。不用说，这一个又是你新收的徒弟。喂，小伙子，你是刘四的第几个徒弟？我说，刘四，到如今你到底一共收了多少徒弟了，够一百零个了吧？……小伙子，你一年给你师父多少钱？"

袁振武已经把门扇推开，被计五一呼，忙又回身。但是计五、刘四两个人不住的调舌，自己是晚辈，又是新进，实在不便插言。见计五不住地问，就垂手恭答道："弟子袁振武，入门不久。四师傅是我的师叔，弟子是鹰爪王老师新收的弟子，入门还不到半年。"

计五正又仰卧在床上，一听这话，忽地坐了起来，道："哦，你就是袁振武么？"说罢，上眼下眼，把袁振武打量了一遍；回头来，就看刘家祺。刘家祺道："你们早先认识么？"夜猫眼计五把头连摇，道："我怎会认识他，我可知道他。告诉你吧，你当我闲来没事，大远的跑来陪你说笑话的么？我就是专为他来的，我是鹰爪王王老大的前站……小伙子，你不是在彰德府遇见了鹰爪王。他把你打发到汉阳，由我们大姐姐鲁老姑太写信荐你来的么？"

袁振武心中欢喜，忙应道："正是。师叔，你老人家一定见着我义母鲁老姑太的了。"

计五未及答言，刘四师傅不觉一愣，道："什么，义母？你是鲁老姑太的义子么？多咱认的？"袁振武道："就是在汉阳认的。义母临打发我来时，承她老人家不弃，把我认为义子。"刘家祺道："哦，原来还有这么一档子事。"

夜猫眼计五站起来，走到袁振武面前，拉手拍肩，把他看了又看，道："好！小伙子，你这身子骨就不含糊。刘四，我们大姐专好认干儿子，这不算稀奇，就跟你专好收徒弟一样。人家认义子，可不图什么；你这家伙收徒弟，可是找人家要钱。刘四，我这趟来，便是奉你师哥之命，又受了我们大姐姐的托付，专来问询他的。看他到了没有，找着你没有。并叫我审审你，待承人家孩子好不好，把你那些玩意儿教给人家没有？刘四，咱们俩谈谈来吧。"

他信手把枕头一拍，催刘四师傅也陪他躺下，却又向袁振武摆手，道："小伙子，我听说你很有热心肠，这很好，千万别跟刘四学。刘四这小子又奸又滑，顶不是东西哩。"把个刘四师傅啰唣得真有点怒了，便要向他发作。计五却诡，看见刘四放下脸来，立刻又作揖道："四哥，四哥，我说笑话，你别恼……小伙子，我真犯了馋虫了，你快把两个小刘傻子叫出来，给我预备酒。刘四，刘四哥，我可不净喝酒，我真还没吃饭呢。你再给我预备点吃的，回头我吃饱喝足，再把你们大师哥鹰爪王这一回惹的事情都告诉你。"

刘四师傅本是淡泊严肃的人。禁不得计五嬉皮笑脸一阵胡闹，也没有法子了，扭头向袁振武道："振武，你快招呼云栋、云梁，叫他们给你计师叔预备酒饭宵夜。"

袁振武答了声："是。"转身出了客屋，来到西跨院，把云栋、云梁招呼起来，告诉他们哥俩："有位计师叔到了，四师傅叫师兄快给预备酒饭。"刘云栋、刘云梁一听，互相顾盼道："夜猫子又到了，你瞧吧，他的事可多了。"

刘云栋一面向厨房走，一面对刘云梁道："老二，快着点，别找着挨骂，赶紧把嘴头子给他抹抹。一个打点不好，连父亲全跟着遭殃了。"刘云梁答应着往外走，口中抱怨道："好久没来，这不知又冒什么热气，半夜三更的来了。母亲也早睡了，还得起来伺候他。"刘云栋道："好在吃食东西全在厨房呢。招呼母亲起来，有什么用。别看他闹得凶，三杯入肚，立刻就不炸了。走，咱们上厨房搜寻去。这可是半夜下饭馆，有什么，算什么就是了。"扭头向袁振武道："袁师兄，你先去告诉一声，就提给他烫酒啦。"袁振武道："师兄，不用回话，我也在这里帮帮忙，酒有现成的么？"刘云栋道："有。"

袁振武随着刘氏弟兄来到厨房。幸而刘四师傅也好喝酒，平常总要存个三瓶、四瓶的；云栋、云梁在厨房里一路搜寻，居然七拼八凑，凑了四个冷菜，和一盘子米糕，一壶陈绍。

在收拾的工夫，袁振武乘间问起这位计师叔的来历。刘云栋说道："袁师兄，你别小瞧他。咱们这门里。就属鲁老姑太武功高。旁人不过获得本门三两种绝技，已足夸耀武林；唯有鲁老姑太独得本门全部心法，凡是本门绝技，没有她拿不起的。这位计师叔是鲁老姑太的娘家亲弟弟，一身本领由老姑太亲手教成。别的本领还不怎样，唯有轻功提纵术，独擅胜场；纵横南北，没遇过敌手。就是性好诙谐，嘴里总是那么不干不净的。本门中长一辈、晚一辈的全要惧怕他三分。"刘云梁插言道："什么惧怕他三分，简直讨厌他七分罢了。"刘云栋笑道："那也不假。尤其是江湖道上，水旱两路找横链的，只要听见夜猫眼计五的名字，全有点脑袋疼。他专爱管别人的闲账，天生是捣蛋鬼，只有王师伯还管地住他。袁师兄，我们有这么位师叔，将来踏入江湖，总可以少吃好些亏。就有一节，真难伺候。"

袁振武听了，不禁有些怀疑，向刘云栋道："师兄，计师叔既跟鲁老姑太是亲姊弟，怎么相貌很差，年岁也很悬殊呢？"刘云栋道："他是鲁老姑太继母的老生子，怎会不差着呢！"说话时，一切全收拾齐整；这刘氏弟兄和袁振武三个人分端着酒肴，往客屋送去。刘云梁道："袁师兄，你看计师叔有多大年岁？"袁振武道："我看着他至多有三十五六岁。"刘云梁扑哧一笑道："人家四十二啦！身量矮小，举动诙谐，怎么不显着年岁小呢！"

师兄弟三人一同进屋，二刘先把酒菜杯箸放在桌上，齐向前给计师叔行礼。计五坐在床边，看着两人下拜，连谦让也不谦让。刘云栋道："师叔，你老好！你老这一晃，六年多，没到我们这里来了。"计五只说了声："好小子，全长这么高了。练什么功夫呢？"

刘云栋、刘云梁拜罢站起来，由刘云栋赔着笑脸，答道："小侄太废物，空练了这么些年，没有一点成就。本门中还属我们大师兄迟云树，已经练得有了根基，师叔多指教我们吧。"

夜猫眼计五从鼻孔哼了一声，道："好小子，在我面前，还弄这些花活！你当我不知道呢，是亲三分向，你老子有高招不教你们教谁？反正这门里，总得出两个拔尖子的，大约徒弟总没有儿子亲吧？"

刘四师傅听着，把计五的腕子抓住。道："计五，你诬蔑良善，该当何罪？我刘家祺历来就不懂什么叫藏奸。我这门里的徒弟，就没有出过半句怨言的；我偏向自己儿子，怎么你知道这么清楚？你又不是我的徒弟媳妇，红口白牙，别随便乱喷吧。"扭头来招呼道："云栋，你们别听他胡嚼，赶紧给他灌酒虫吧。再耗着，他更要胡数落了！"

计五哈哈一阵大笑；刘云栋、刘云梁赶忙把桌椅调好，把酒菜全摆上，斟上两杯酒，请计五入座。刘四师傅饶这么被他啰唆着，还得陪着他。

这计五果然贪杯好饮，连尽了五大杯，方有酣容，抬头看了看二刘，又瞥了袁振武一眼，见袁振武在外间伺候，忽然向刘四师傅低声问道："刘老四，我跟你说点正经事，这个姓袁的实在怎么样？老姑太叫我背地问问你，看他够料，就传给他本门的武功；若是没有恒心毅力，就别两耽误。他已经二十六七，奔三十岁的人了，筋骨已老，练本门中的武功，有许多不相宜的地方。老姑太的意思，他在我们人身上尽过心，出过力，不能辜负了他；给他几百银子，打发他另投别的门户，也是一个办法。刘老四你别昧着良心说话，咱们可不能屈枉人家，到底他行不行呢？"

刘家祺面容一动，借故先把振武遣出去，这才低声答道："你总先藏着脏心烂肺！这小伙子我也十分爱惜他，很想把我们这点武功全教给他，无奈人家别有用心，从来到我这里，就没说过一句真心实话。明明看他从前练过武，他偏偏告诉我一窍不通。我们师徒全是傻瓜，我和我顶门户的大徒弟迟云树，全险些栽在他手里。冲着他这么世故，真叫我摇头。我就是真想教他两手，你想我怎么下手开教？练咱们这门功夫，不是拳脚上筑好根基，哪能探讨？我是一片热诚，屡次拿话引逗，盼望他把从前的师承告诉我，我好斟酌他的情形教他。哪知小伙子竟这么老辣，一点儿口风探不出来；我只想等着王师兄来了，我交代给他，没有我的事了。王师兄教他不教，我决不置一词，反正我是教不了他。这个人太精明，太世故了。"遂将前情，细说了一遍。

夜猫眼计五听了，并不答话，只翻着两只黑眼珠，看着刘家祺。刘家祺被他看得倒疑惑起来，不知他是什么意思。遂用筷子，往计五脸上一划道："嘿，看什么？快灌吧，这半瓶子全是你的，喝完了，可别撒酒疯。"

计五只把头微点了点，冷笑着说道："你说的话，我看未必靠得住吧。相好的，尽凭你一面之词不算数，我得对一对。"刘四师傅方要辩别，计五道："少说废话。"随向站在门旁伺侯的刘云梁一点手，道："小子，把那个姓袁的叫来。"

刘云梁依言把袁振武找来，计五向袁振武点手道："小伙子，过来，咱爷儿两个谈谈。"袁振武忙来到计五身旁，恭恭敬敬地说道："计师叔，你老有什么事吩咐？"

夜猫眼计五道："你是在彰德拜的王老师吧？"袁振武道："是的。"计五道："你离开系马口时，我差一天没赶上你。我听老姑太说，你很是条汉子，跟我们这种人还对脾气。小伙子的热心肠竟能把老姑太感动了，实在不容易。可是你当日往蓝滩来时，老姑太是怎么跟你说的？"袁振武道："小侄那时本愿追随义母师母的左右，前往彰德，营救王老师，以表我做徒弟的一点微忱。只是当时二位老人家，全不容我跟去，只催我往蓝滩来。小侄来到这里，深蒙四师叔收留款待。义母本想叫我跟四师叔练练本门的功夫，只是小侄来的日子太浅，四师叔他太忙。从前几天起，承四师叔教了我几手擒拿法，弟子是这么不长进，还不能十分领悟……"

夜猫眼计五道："哦！你是愿意练，你来的日子不多，你这位刘四叔事情忙，没有工夫教你，是不是？"袁振武道："这个……不过四师叔的事情实在太忙，新近才出门回来。小侄很盼望师叔们指教指教。"

夜猫眼计五斜着眼睛，瞟着刘家祺，冷冷地说道："刘老四，你一共教了人家孩子几手功夫，你简直有点蒙差事吧！咱们谁也别说外行话；他说实话不说实话，是他自己不诚实，咱们应当各尽其心。你这么对待人家孩子，你怎么对得起老姑太？"

刘家祺听出计五的话风，又要跟他捣乱，忙道："我倒想多教他几手，你问问他来了多少天？我出去多少天？我多教，他能多学么？计五爷要挑眼，得挑出道理来。我有什么对不起人的地方？"

两个人哓哓不休，突听得院中铮的响的一声，好似一枚青钱落地。刘四、计五霍地推杯站起来，齐往外走。计五回头道："小伙子，好了，用不着低三下四，央求别人了。你师傅来了，还不快迎接出去？"袁振武应了一声，也跟踪一蹿，来到门首。

第十七章

鹰爪王荐贤自代

乍从屋里出来，院中情形看不甚清；对面房脊上，蹿下来一条人影，轻如飞絮，落在院中。刘四、计五全蹿出屋外，迎接过去。袁振武拢住眼神，凝眸一看；肩阔腰圆，身长颅巨，巍然站立在院隅，正是那戕官越狱的鹰爪王王奎。刘四师傅向前招呼道："师哥，你来得真快！"说着单腿请安。夜猫眼计五也迎上来，说道："大哥，你的脚程比我还快！我紧跑慢跑，差点走在你后头。"鹰爪王向刘四、计五略打了一个招呼，只说了几句话。

袁振武也紧走几步，近前施礼道："师父，恭喜你老平安出来了。弟子想念你老，一日未尝去怀。不知师父是哪天出来的，见着师母没有？"鹰爪王一语不发，只微微点了点头。刘四师傅忙往上房相让。鹰爪王抬头看了看，竟迈步登阶，往客厅走来，众人跟随在后。

客厅中明灯辉煌，鹰爪王进入屋中，闪目环视众人；众人一一上前见礼。袁振武借灯亮一看，只见鹰爪王面目憔悴，颧高眉耸，绕颊的浓髯剃了个干干净净，越显得面黑颏青，气象丑怪。只有目光如炬，威棱慑人，与在狱中不大相同了。随即坐在迎面椅子上，刘云栋、刘云梁给师伯叩头，献上茶来。

袁振武重新拜见，道："师傅，弟子奉命到系马口，本意传信之后，赶回彰德，为师傅的事，稍尽绵薄。只是师母和鲁老姑太再三催促，坚命弟子到四师叔府上附学。长者之命，弟子当日又不敢固辞，这是弟子最觉愧对的地方。今幸师傅不弃，远道眷顾，不知老师今后的行踪要往哪里去。弟子虽然愚懦，一到师门，誓随几杖；就是赴汤蹈火，也不敢落后。老师把弟子带了去吧，天涯地角，不拘往哪里，老师只要肯去，弟子就敢

201

跟着。"

说到这里，刘四师傅两眼看着他的嘴。夜猫眼计五嗷的一声，跳了起来，把大指一挑，道："好徒弟，真够味！大哥，你算摸着了，这孩子比愣头羊强得太多了。你听他这意思，又聪明，又大胆。刘四，你瞎眼了！"

说得鹰爪王欣然大悦，便要绰髯一笑，可是一扪下颔，只剩光嘴巴了，就摸着下颔，含笑向袁振武道："振武，你我相逢日浅，可是情深谊重，绝非一般武林中的师徒可比。你的热肠侠骨，叫我不能把你忘下。我是不轻然诺的，当日我既然答应了你，我断不会把你扔在一边不管，我一定成全你的志向。你来到这里，大概你四师叔这门的武功全见过了，你自己觉着哪种相宜呢？"

袁振武侧睨了刘四师傅一眼，又抬头向鹰爪王脸上一望，只见他双眸炯炯，正注视自己。袁振武赶紧低头答道："弟子来到蓝滩，深蒙刘师叔推情优遇，只可惜来日过浅，刘师叔正在事忙，尚未得多承教益。师傅这一来好了，这总可以使弟子长侍左右，得偿夙愿；弟子稍有寸进，决不忘师父成全之德。"

鹰爪王听了，抬头看了看袁振武，又看了看刘四师傅，道："你一点什么的也没有学么？"

刘四师傅脸一红，夜猫眼计五含着微笑，冲他点了点头。刘四师傅立刻涌起怒颜，瞪眼看着夜猫眼计五。夜猫眼计五把嘴动了动，向刘四师傅龇牙一笑，竟没开口。刘四师傅急声厉色地向计五道："你不用跟我做这样面孔，我没有对不起谁，我没有情屈理短的事。"

夜猫眼计五笑道："刘老四，你是贼人胆虚。你对得起人对不起人，与我什么相干！别跟我瞪眼啊！"

鹰爪王向计五道："老五你总是这一套，不管当着谁，说来就来。四弟，别理他，你越理他，他越闹得凶。"又道："我半夜奔波，非常劳累。四弟，可将杯中酒，拿来给我润润喉咙。"说着不容刘四师傅回答，转向袁振武道："振武，你先下去歇息去。我有许多话要向你说，不是一言能尽的，回头我再叫你。"袁振武忙答道："老师在此，弟子应该伺候。"鹰爪王摇头道："不用，你先下去！我还有别的事，和二位师叔商量。"袁振武只得答了声："是。"转身退出客厅，回到自己屋中，坐在灯下等候。这里离客屋只隔一道角门，夜阑人静，云栋、云梁出来进去的伺候，门开处

202

客屋说话的声音直透出来，可是语音模糊，只听见夜猫眼计五尖着嗓子嚷，跟刘四师傅一阵阵的争辩，鹰爪王的声音倒细不可辨。

袁振武直坐到四更后。听不见前面说话的声音了，心中又疑虑起来。生怕刘四师傅还有后言，鹰爪王万一丢下自己走了，自己岂不是空费心血了？因想："看刚才的情形，这位计师叔分明有袒护我的意思，只是我这一不在屋中，刘师叔就许在师傅前给我说坏话；先入为主，王老师果信谗言，我的前途越发暗淡了。"

袁振武正在怙惙不安，刘云栋进来招呼道："袁师兄，王师伯叫你了。"袁振武忙随着来到客屋，见刘四师傅已不在屋，只鹰爪王跟计五正在说话，桌上杯骸狼藉。袁振武招呼了声师傅，又招呼了声师叔，向桌上取过酒壶，想给师傅、师叔敬酒。鹰爪王摆手道："不喝了，你坐下，我有话问你。"计五乜斜着醉眼，向鹰爪王说道："你们爷儿两个谈着，我实在乏了。"一边说着，一歪身躺在床上，竟自睡去。

袁振武在一旁凳子上坐下，刘云栋给师伯倒了一盏茶，打着呵欠，退了出去。只留下鹰爪王和袁振武师徒相对，半晌无言。袁振武忍不住问道："师父，你老出来多少日子？这一向在哪里安了身？"

鹰爪王唉了一声道："我闯荡了二三十年，想不到竟弄了这么一场事，竟混成黑人了。我自己无能，又累赘了妻孥亲友。从你离彰德府算起，差不多前后二十七八天，才得出来。从入狱算起，足够两个月，喳，至少也有五十多天。我这些日来……"说到这里，顿了顿道："脱不过在朋友处搅扰罢了。"

袁振武问道"师傅，我那几位师兄也全平安离开彰德了吧？"鹰爪王点点头道："那当然，若不为他们，还不致那么费手脚哩。"袁振武道："师母和义母鲁老姑太全回去了么？"鹰爪王笑道："老姑太么？到你计师叔家去了，你师母现在跟我一样，到处打游飞哩。振武，你要知道，只为被我一人牵累，连她们全不得安生。在最近一年半载内，她们的行踪，你就不必问了。可是，你来到你刘四师叔这里，怎么不把你结识我的实情和你原有的本领告诉你四师叔？我方才很怪他不该外待你，听说他并没有把本派技艺的门径告诉你，我说了他几句，他才把你到这里的情形告诉我……"

袁振武脸一红，抢着问道："师傅，刘师叔说我什么了？"鹰爪王道：

"振武，你不用多疑，你四师叔是做长辈的，焉能暗地褒贬你。只错在你没把你的师承实况告诉他，反叫他从旁知道了你的武功深浅，你叫他怎不灰心？振武，你太世故了！"袁振武忙辩道："弟子初到这里，未容细说我的情形，师叔就出门了。"鹰爪王道："那么他回来以后呢？"袁振武道："师叔回来，我……咳，这里面一言难尽。"往窗外一看，低声道："你老要知道，弟子本来是外人！这里还有四师傅的几位徒弟，他们……"说着又不言语了。

鹰爪王微笑道："过去的事不必说了，你只说你此后志向吧。"袁振武道："弟子志求绝艺。唯有求师父成全弟子，把师父的绝技酌传一二，弟子没世亦感师恩。"鹰爪王摆手道："振武，往后少说这种浮泛的客气话。你我不是平常的师徒遇合，你志求绝技，我更愿意把我身上这点玩意儿传给你。不过我现在有难言之窘，这豫、皖、湘、鄂一带，不容我有立足之地了。你是好人家子弟，跟在我身旁，我觉着对不住你，而且也彼此俱有不便。你把你的出身以及武功造诣，切切确确地告诉我，也好叫我盘算盘算。你原学的是哪一门的拳术？你师父是哪一位呢？"

袁振武随答道："弟子不敢瞒哄师父，弟子学的是太极拳，不过也就是初窥门径。至于教我的师父，在武林中没有什么名头。并且当初教我练武时，说在头里，不准我往外宣扬师承，弟子是为这个不便深谈。"

鹰爪王唔了一声，低头一想，随向袁振武说道："你练的既是太极门，太极拳在南、北派武林中，是仅有的宗派，哪会师承不明？你是直隶乐亭人，你许是在大名府左氏双侠的门下吧？"袁振武吃了一惊，登时红了脸，忙道："不是不是，弟子不知道有这么两位老前辈。"鹰爪王道："你是跟那河南太极陈门下练的呢，还是跟那山东绸缎丁门下练的呢？你或者不明白，这太极门目下本没有多少宗派，讲究起来，屈指可数。振武你这么不肯明言，恐怕必有不可告人的隐情，你只管对我实说一切。你要知道，你是谁？我是谁？我在危难中，承你帮过我的大忙，你我明为师徒之分，实是患难之交。你就算是在太极门，有了犯规叛师的大过，做下杀仇避祸的大案，振武，你看看我的脸，我难道还有什么不能担待你的地方？"说时，四目对视，满脸现出诚恳之色。

袁振武是个果断的少年，听了这些刻骨铭心的话，不胜感动。略为一寻思，毅然站起来，走到鹰爪王面前，慨然说道："师父你老这么剖心露胆，真叫弟子感愧无地。请恕弟子不得已之情，弟子实是山东文登县绸缎丁的弟子。弟子也没犯规，也没有犯法；只为师门授受不依伦次，立幼废长，无罪被贬，弟子才忍了一口气，退出师门。游遍江湖，别求绝艺。无非是心之所好，立意求精，自己给自己争气罢了。弟子实实没有仇人，弟子不提是绸缎丁的弟子，也不过怕武林同道笑话罢了。"

鹰爪王问起袁振武师门废立的详情，袁振武遂把当年师门越次传宗，自己居长被贬的事，说了一遍。鹰爪王听了，不禁点头叹息道："你原来是以拳、剑、镖三绝艺驰名江湖的绸缎丁的高足，是因居长被废，中途退学的。……若按咱们武林中的规矩来说，既有这等事，我就不便再收你。不过你我的情形不同，莫说你还是发奋争名，你就是再不济的，我也要成全你到底。按你的情形，你一定是愿学鹰爪力打穴和接暗器的绝技。但是，鹰爪力乃是童子功，得用后天功力，培养先天真元之气；才能练这手功夫，你大概已经成了家了吧？"

袁振武脸一红，道："弟子现在没有妻室。"鹰爪王微微一笑道："再说也非一年半载，所能练得出来的。依我想，你只可在打穴和接暗器上深求了。这两种功夫，只要你肯下苦功夫，更兼你已得太极门的初步功夫，练起来必然事半功倍。我想把你转荐到山东曹州府佟家坝佟焕伦那里去，他门中的打穴法是另有过人之处的……"忽又摇头道："不行，不行！这佟焕伦和你的旧业师绸缎丁乃是同乡，恐怕他关碍着情面，不肯收留你……"说到这里，低头不语，半晌才道："有了，我简直把你荐到直隶省武强周家吧！一来他是你的同乡；二来跟我交情还厚。你看如何？"

袁振武心中不悦，只得说道："你老说的这周家，可是天罡手周远帆么？"鹰爪王道："正是，这天罡手周远帆以善打三十六大穴，跟善接暗器成名。江湖上以为三十六穴正合天罡之数，所以送他这个绰号。你跟他学得打穴、接暗器的绝技，足可以纵横江湖了。过个三两年，我的风声稍息，咱们再行聚首，我定把本门三十六路擒拿法的独得之秘和暗器听风术、青竹桩，悉数传给你。你有这一身武功，足可以争名吐气了。"

袁振武听了，未免气沮，向鹰爪王说道："弟子过去因为志求绝学，遍访名师，到处遭人白眼，空在江湖奔走了数省，饱受风霜跋涉之苦，毫无所获，已经十分灰心。这次得承老师收入门墙，自己可以稍偿夙愿，不料事与愿违，依然不能追随老师左右。我想师父不用再费事转荐弟子到别处了，弟子缘悭命薄，也许与武术无缘，弟子想就此先归故乡。何时老师有暇指教，弟子再来投托吧。"

鹰爪王不由微微一笑道："振武，你怎么这么不经挫折？你要知道，我此番冒着多大风险，潜到蓝滩来，全为你当日对我难中援手一片真诚，我绝不是再把你置之不顾。我深知你抱着一番热望，投拜到我门下，我不替你想一个两全之道，于心何安？我既想将你转荐到天罡手周远帆名下，必是有几分把握；若叫你再失望，我就不嫌自愧么？少年，你不要心存疑虑，我决意不会叫你瞎撞去。我暂时不能亲教你，其中实有难处，你要明白，我现在是个黑人啊！有我这点薄面，量他不会不收录你。你只要刻苦用功，把他那门的功夫锻炼出来，一样能在武林中成名露脸。我只要有了安身之处，等得外面风声稍为平静，我定然寻了你来；把我这点薄技，倾囊相赠，全传给你。告诉你吧，我门下那几个徒弟，就没有一个能够接我的衣钵，掌得起门派的。我跟老姑太论过你的骨格、胆气、识见，处处全高人一等。将来我愿意你能够承继我的门宗，也不枉我在江湖道上奔驰这些年了。"

袁振武愣了一会儿，慨然说道："并非弟子灰心习武，也不是弟子刚愎任性；实因弟子自出丁门，遭际侘傺，枉费了许久时光，空耗了多少钱财，一无所获。最后才遇上师父您老，又承义母过分的厚爱，弟子虽没得着本门的绝学，总算叫弟子衷心有所寄托。只要师父不嫌弃，肯提拔弟子，弟子定当唯命是从。"

鹰爪王温言抚慰道："我现在是亟须远赴边荒，有一桩重大的事。必须我亲自了当，无法延缓。我只能为你稍留数日，我想把我门中的三十六路擒拿法的诀要先传给你。你嗣后再自下功夫，揣摩锻炼；时日虽暂，好在你于太极正宗造诣已深，学来自易。你只要把诀要领悟了，至于拆招变式，全是活的。门径已得，熟能生巧，你只要自己多下上些功夫，定可运用自如，得心应手了。"

袁振武见鹰爪王待承自己的情形，算是一派血诚，愿把一身绝技倾囊相授，只为身处难境，不能如愿而已。心中感激，随向鹰爪王道："师父这么厚待，弟子没齿难忘。弟子唯有努力进修，好不负师父跟义母的期望！……"刚说到这里，刘四师傅掀帘而入，袁振武把底下的话顿住，忙侧身迎着刘四师傅让座。

鹰爪王向刘家祺道："四弟，我们爷俩还得在这里骚扰你几日，少则五天，多则七天。可是我得求你一件事，这两间客屋必须归我独占，你不再往这里让朋友。这么办未免有些不讲理，四弟你多包涵。没别的，临走多给你些房租费吧。"说罢彼此一笑。

刘四师傅听鹰爪王暂先不走，倒很高兴。时已五更，鹰爪王把夜猫眼计五叫醒。计五睡眼模糊从床上爬起来，愣呵呵站在床前，道："怎么样，天多早晚了，该走了吧？"鹰爪王道："你看你，是没有多大酒量，偏爱贪杯！老五快醒醒，拿冷手巾擦擦脸。五更交过了，还不赶紧走，等什么？郎家窝的事，你别给耽误了。"

夜猫眼计五揉了揉眼说道："我决不会误了事。你放心，我这就动身，太阳出来以前，我要赶到通山驿哩。"说着把床上放着的那只小黄包袱抄到手里，往背后一背，两手捏着两个包袱角，往胸前斜着一系，仰天打个呵欠，又将一对圆眼瞪一瞪，向鹰爪王道："我头前走了，你多时动身？"鹰爪王道："我今天不走，少则五天，多则七天，我准到郎家窝。"计五道："怎么你又变了卦了，有什么事？"

鹰爪王一指袁振武道："我传给他两手功夫。"计五向袁振武道："小伙子，你真有两下子，三言两语，居然把你师父粘住了。莫怪老姑太直夸你，你真有抓鹰的好本事！小伙子，咱们再见吧！"袁振武方说："师叔喝杯茶再走吧！"计五已经跨出门口，不答袁振武的话，却抱着头招呼道："刘老四，咱们再会啦。"刘四师傅跟袁振武紧随后跟，赶出来相送时，夜猫眼计五已如一缕轻烟，只在北房檐头一晃，一瞥即逝。

袁振武暗暗咋舌，这位计师叔的轻功提纵术真有不同凡俗的巧妙；自己空在太极门练了这些年，跟人家比起来，真有霄壤之别了。只听刘四师傅转身说道："瞧这份骠劲，临走还露一手，给谁看哪！振武，进屋吧。"说着走进客屋，袁振武也随了进来。刘四师傅向鹰爪王道："师兄，计老五大概白了胡子，也改不了诙谐的毛病吧？"

鹰爪王也微微笑着说道："江山易改，秉性难移。老姑太多么严厉，对这个胞弟也奈何他不得呢！"刘四师傅又陪着鹰爪王，说了一会子江湖近来的事情，东方已然破晓。刘四师傅忙站起来道："师哥一夜未眠，请歇息一会儿吧。"袁振武也站起来告辞。鹰爪王道："我倒不困，四弟，我还有事要跟你谈谈。"又道："你嘱咐他们一声，我的形迹要严密一点。"刘四师傅道："我就告诉他们停练五天。"鹰爪王道："也可以。"回顾袁振武道："振武，你歇歇去吧，你要把精神歇足了，晚间咱们再见。"袁振武答应着，退出客屋。

到了午饭后，袁振武正在假寐养神。刘云梁忽推门进来，拿着一本书，递给振武道："袁师兄，你真走运，王师傅怎么这样喜欢你？连我们老爷子，都为你受埋怨了。这是王师伯给你的一本书，叫你快看；本门三十六路擒拿图解诀要，全在这本书上了。王师伯叫我告诉你，先把三十六路的名称、式子、诀要记熟了，今天晚上就用，可没有全看的工夫。"袁振武如获异宝，大喜道谢，就倚枕看起来，这是个抄本，图解详明，看起来可收事半功倍之效。

赶到了晚间，鹰爪王把袁振武找来，屏人说道："我现在先把三十六路擒拿教给你，俟我事情完了后，再聚到一处，尽我所学所能，全数传给你，足可偿你期望之心了。"袁振武唯唯称谢。鹰爪王随命振武，把厅房中的陈设略事移动，地势稍觉开展些，向袁振武道："你先把你所学的太极门拳术练一练，给我看看。"

袁振武不似先前那么心存顾忌，答了声："是。"看了看客屋中地势，东西较长，南北较狭。随即来到东边，面向西立起太极拳起式"无极含一炁"。门户一开，立刻矮身换步，按太极拳正宗，一式一式演出来。手、眼、身、法、步、腕、胯、肘、膝、肩，一处有一处的功夫，一招得一招的要诀；手眼相合，身心相摄。崩、提、挤、按、采、捌、肘、靠、进、退、顾、盼、定十三字拳诀，字字见火候。

演到三十五式"转脚摆莲"，一杀腰，回身换式，变招为"弯弓射虎"，一收式，立刻仍还到发招处地方。气不浮躁，面不红涨，神色自如，向鹰爪王抱拳道："弟子的拳招荒疏日久，难免错误，师父多多指教吧。"

鹰爪王摸着下颏，连连点头道："难得难得！果然名家所授，毕竟不同。"随又正色说道："振武，你不要跟我客气。像你这样太极拳，虽还说不上火候纯青，已算开堂入室了。并且你得自名师传授，脚跟立得先好，再学别派功夫，驾轻就熟，事半功倍。咳！可惜我志与愿违，我若没有事牵缠，我绝不愿让你转入旁门。振武，你有这点根基，耐得劳，受得苦，什么绝技不能练？好自为之，有志竟成！来，咱们别尽自耽误。这里不是我久居之地，你我先演几式换手的功夫。你的太极拳一定也经拆过招吧？"

袁振武答道："当场倒也跟师兄弟们一处练过，不过没上过真阵仗，还没有跟外人上过招。"

鹰爪王道："临敌的经验固须有，可是底子扎得实在，更是重要。你把你的拳术拆着打，我顺着你的式子来破，这么讲着教总还容易。"袁振武大喜道："我就遵命，不过师傅务必搂着点，弟子怕接不住。"鹰爪王道："不要紧，难道我还真跟你动手么？来吧，你随便发招吧。"

袁振武不敢延宕，立即欺身进步，说声："弟子无礼了！"展开太极拳的身手，往前一递招，就是"进步栽锤"。鹰爪王容得拳已欺进来，轻舒铁臂，身形连动也没动，只顺着袁振武的掌锋，用"叶底偷桃"，一翻腕子，竟把袁振武的手腕刁住。袁振武这才觉出鹰爪王的指如铁钻；忙把左掌往外一撇，从右臂下穿，用"云手"，来击鹰爪王的"华盛穴"。鹰爪王左掌一松，右掌往起一翻，一点袁振武的左脉门。袁振武知道不好，来势甚猛，急将左掌往下一沉，用力一拧身，"白鹤亮翅"，右掌挥出来，斜打鹰爪王的丹田。

师徒二人连换数如，本为学艺，并非比武，所以发招还招格外加慢。鹰爪王微笑着，展开擒拿法，应付袁振武的太极拳，心中很高兴，袁振武更是欢欣鼓舞。但是会家遇会家，不知不觉，就把招数加快了。袁振武一掌打到，鹰爪王忙往下一沉右掌，顺势往腕子上一切，又往外一拦。袁振武身形被拦，急往左一斜；鹰爪王铁掌轻舒，突出右臂，照"环跳穴"一搭，一按，振武突觉右臂发麻，不敢勉强发招，忙一撤身。鹰爪王道："振武，你这条胳膊卖给人家了！"袁振武道："弟子拆不了这招，师父指教吧。"

鹰爪王道："第一式用的是'叶底偷桃'，是三十六路擒拿的'擒'字诀。第二手我用的是'拿'字诀。第三手本是用的'沉'字诀。你那手'白鹤亮翅'颇为有力，掌锋上也真见出功夫，所以我不得不受用'贴身掌'来拆你的招，用'盘'、'压'两字诀，把你的右臂买住了。这三十六路擒拿法，分上手十八字，是：擒、拿、封、闭、浮、沉、吞、吐、抓、拉、撕、扯、括、挑、打、盘、驳、压。又分为十字，是'双拉牵虎式，暗藏金龙形。'又有卧十字，是：猛、获、滚、镰、城、耘、卧、担、捞、褪。这是三十六路擒拿的诀要，你要牢牢记住。我逐式给你拆着讲解，你把擒拿法的招式记个大概，再把十八字诀细细揣摸研求，只要多下

209

些功夫，不用人当面指教，也自能心领神会。"

说到这里，又叫袁振武发招。鹰爪王不惮烦劳，且练且讲，边拆边说。直拆到五更将近，鹰爪王这才吩咐袁振武去歇息。袁振武谢过了师父，回转自己卧室。

但是袁振武虽则回到屋中，哪肯就睡；自己又把师傅教的，比照拳谱，从头到尾全重演了一遍。遇有解不开的地方，自己反复地思索，想不出来，便暗暗记下，预备明晚再问。那鹰爪王白昼藏在刘四的内室睡觉，一过二更，便到客屋给袁振武教招。

刘四师傅也闭门谢客，整天陪着，只到教招时，刘四却不来旁观。原来他率领栋、梁二子，和迟、蔡二徒，专给鹰爪王打更司警哩。一连两夜过去，袁振武学有根基，人又用心，居然把这三十六路擒拿法的诀要记在心头。鹰爪王扪颏大悦，连声夸奖。暗对刘四说："四弟，你失眼了！"

到第三天，袁振武起来，想到客厅给师父请安，哪知客屋门忽然倒锁；袁振武心里一惊，深怕师父走了，赶紧到把式场子去看，场中只有刘四师傅和云栋、云梁，正跟迟云树、蔡云桐，悄悄地练拳说话。袁振武来到刘四师傅面前，给师叔行了礼，随问道："师叔，我王老师……"刘四师傅赶紧一摇头，不叫袁振武往下再说。凑到了近前，低声说道："你师父昨夜四更后，有事走了。这时你哪能见得着？"袁振武登时失色道："走了么？"刘四师傅向弟子们一盼，不觉笑道："你放心，他今天晚间一准回来，你安心等着吧。"

袁振武这才放心，回转屋中。自己白天也没出屋子，躺在床上，歇息了半日。到夕阳衔山，鹰爪王果从外面回来，面上红润润的，显见在外吃了酒饭来的。

袁振武到客屋，见过师父。鹰爪王道："我从昨夜到现在，又奔驰了将近百里，尚不觉得劳乏。不过酒用得过多了，头目有些昏沉。你先歇着去吧，到了三更天，我再叫你。"袁振武应了一声，忙到街上，买了许多水果，切剥好，献给鹰爪王解酒。鹰爪王笑了笑，吃了一些，一挥手道："你先去吧。"袁振武答应着退了下来。

到掌灯时，鹰爪王又把袁振武叫到客厅，继续传给他三十六路擒拿。袁振武苦心孤诣，夜教昼习，竟自用了三日四夜的功夫，把三十六路擒拿法学得十之六七。这固然因他武功有根基，可也是他把全副精力用在这上面，才能突飞猛进，得这样的成就。鹰爪王也十分痛快，自己得这么个好徒弟，实是毕生之幸。直到第五日晚，袁振武把这三十六路擒拿法已经学全了；不过实际运用，还得有一二年的纯功夫，才能应付裕如。

鹰爪王当夜遂向袁振武说道："擒拿法你已得着其中奥义，只是你要想临敌制胜，还要多下些纯功夫，不要妄予轻试。我们门中虽有这种绝技，却不是临敌常用的。除非遇上大敌当前，敌强我弱，不易制胜，才肯用这三十六路擒拿法，保全我派的名望。这路功夫专能懈力，敌手不论怎么强，也不易容他攻进。耗的功夫久，敌手精力一弛，乘机进取，足可以败中取胜。这种功夫不用则已，用时必须当场制胜。你想着若是火候稍差，功夫未到，妄自施展它，只怕空贻门户之羞。你要牢牢记着我这几句话，不要叫我在本派中，落了同门中的责难才好。"

袁振武立刻正色答道："师父放心，你老这么推诚教诲我，破格成全我，我岂能辜负你老一番厚意？你老也记着弟子的话，弟子我纵不能给师门争光，也不能给师门现眼！"

鹰爪王道："好，话到这里为止，不用多说了；你这么存心，哪能不成名露脸？咱们该走了，你去收拾你的衣物，天一亮咱们师徒一同起身。"袁振武道："弟子的东西好收拾，没有什么麻烦。师傅几时走，都行。"鹰爪王点头道："好！你把你刘四师叔请来，我有话跟他说。"袁振武答应着，刚要出离客厅，刘四师傅已然推门进来了。

鹰爪王道："师弟，我们师徒在这里搅扰已久，该着走了。咱们再见面时，大概总得在一二年以后。"刘四师傅凄然说道："师兄，我深盼师兄往后行止多多检点。像这回事几乎身败名裂，细盘算起来，对手实在不值。我很盼望师兄锋芒稍敛，免得叫我们再担心吧。"鹰爪王摇头一笑道："人情鬼蜮，不知道要险诈到哪时才算完。荆棘江湖，使我无立足之地了！"又一拍胸口道："山河易改，禀性难移；四弟，我的命并不比谁格外值钱！"话到愤慨处，鹰爪王又不禁须眉偾张，目瞪齿错了。过了好一会儿，刘四师傅复又婉言劝解了一番。两人跟着谈到将来昌大门户，择徒授艺的话，天色已近五更。

师徒二人预备起身。袁振武站在客厅门首，抓了一个空，走上前来，恭恭敬敬向刘四师傅道："师叔，弟子在这里承蒙师叔的厚待，整搅扰了您这些日子，弟子感激万分。王老师已定今日带弟子起身，弟子这就给师叔辞行吧。"一边说着，一边磕下头去。刘四师傅急忙拦阻道："不要多礼，我这很慢待你了！"袁振武叩罢头起来道："师叔怎么还跟小侄这么客气，越发叫小侄不安了。"刘四师傅道："往后你要有事，路过蓝滩时，务必住我这来。按你这份心胸志气，将来定能成名；你两个师弟，还仗你提携呢。"袁振武连说："弟子不敢当。"

鹰爪王笑吟吟，看了看刘四师傅跟袁振武，说道："你们爷两个这么客气！天不早了，快收拾吧。"袁振武答了声，回转卧室，把随身衣物收拾好了。看了看窗上，已现曙光，遂提着行囊，来到客厅。

这时刘四师傅也正从后面出来，提一个小黄布包；包袱不大，分量很沉重，跟袁振武一同走进客厅。

鹰爪王遂站起来说道："天不早了，我们真该走了。"刘四师傅把小包袱往桌上一放，说道："师兄，我本意想留师兄多盘桓些日子。无奈师兄去意已决，我不便强留。这里是几件衣服，跟二百两银子；这是小弟一点心意，请师兄赏收吧。"鹰爪王笑道"师弟，你太周到了。衣服我用不着，银子倒要叨扰你几两。"坐下来就在床上，打开包袱，将一件件衣服抖搂在床上。这是一套新的长袍马褂，一套旧的粗布短衣；分别穿起来，便可改为绅士模样或小工的打扮。这并不是寻常的赠衣赠钱，乃是刘四师傅夫妻俩连夜给师兄特备的避难衣服。

鹰爪王看了，欣然会意，连说："好，好，这衣服我也得收下。"却将那四封银子，只取了一封，计五十两，命袁振武包了。站起来拍一拍身上道："我们走了！四弟，我也很愿跟你多聚几天，无奈我现时在哪里待着也不安心。四弟，我们相见有日再叙吧。"刘四师傅道："师兄怎么还跟我客气？穷家富路，客途上用钱的地方是多的。说句笑话，前些年师兄就向我要，我也拿不出来。自从干上这个小买卖，小弟身边还有些富裕。师兄！师兄不全拿着，叫小弟太难过了。"鹰爪王道："好，师弟你一番热心肠，我别辜负了你。"说到这里，向袁振武道："振武，把这银子全包在一块儿吧。"

袁振武立刻收拾好了，复向鹰爪王道："师傅，你略等片刻，我得向各位师兄们辞辞行，这么走，太失礼了。"刘四师傅道："振武，我替你说一声就是了。"鹰爪王道："四弟，不要拦阻他，叫他跟师兄们叙别，礼不可失。"刘四师傅道："既然如此，索性我把他们叫来吧。"立刻命云栋、云梁，把大师兄迟云树、二师兄蔡云桐等叫到客厅，先行叙别，跟着给王师伯送行。鹰爪王遂偕袁振武起身，刘四师傅师徒父子相继送出来。却不走大门，直送到后门外，出了小巷口，才彼此作别。

鹰爪王带着袁振武，于晨光曦微中，离开蓝滩，踏上征途，径赴直隶省武强县，投奔天罡手周武师的门下……

流光易逝，忽忽十年。辽东道上忽有一壮年行客，豹头环眼，体格矫健；孤身一人，踽踽独行。用一条核桃粗的紫藤棒，挑着小小一个行李卷，由龙岗岭北麓经过，往柳河口寒边围走。这个行客不远千里，出关渡辽，一路打听快马韩的牧场，特来投效。

第十八章

快马韩争雄牧野

快马韩是塞外的豪家，名叫韩天池，祖籍北直，自幼好勇使气。二十几岁时，曾因械斗杀人，被流到宁古塔。不久，被他逃出配所，辗转亡命，寄迹在边荒草莽之区。旋逢大赦，得脱重罪，他便做起贩马生涯。他少遇名师，获得北派拳技真传，擅长掼跤，能骑劣马。以一杆八母大枪，一骑花斑马，名闻辽东，争雄牧野。

仗他为人胆大心细，长于规划，又知人善用，颇得到几个好帮手。只二十一二年光景，便名成业就。计拥有大小牧场两处，谓之东场、西场；又有一座山林，附开着数座木炭窑；田地不多，只有一方半。由打前年起，又收买了一方熟垦地、三方荒地，招辑关内流亡难民，开垦农田，事业越来越大。遂在龙岗岭北，起盖下一大片庄堡，堡墙有碉楼箭道，俨然一座小城。这堡围子起初无名，后来人家叫开了，称它为"寒边围子"。乃是把他的姓叫俗了，望文生义，捏成这么一个古怪的名字。

快马韩黑面长髯，头大身短，外表气象粗豪；他却智勇兼备，好客轻财。上则结交官府，下则结纳江湖豪士，在塞外蔚成一种势力。韩家牧场放出去的马群，走遍关东三省，从没有失过事。手下用了许多人，给他帮忙，有一个结义的盟弟，名叫魏天佑，专替他照料牧场，人称为二当家的。

快马韩现年五十八岁，结发之妻早已死去，只给他留下一女。现在他房下却有一妾，是在当地娶的；生得白白的，矮矮的，并不十分漂亮，但会骑马。他的女儿名叫韩瑛，乳名昭第，已经二十一岁了，现尚待字闺中。

这姑娘处在辽东荒寒之地，竟出落得俊目修眉，容光照人，一把长头发，漆黑柔亮。快马韩偌大家业，只此一女，把她爱如掌上之珍。从小就请了家馆教师，教她认字；又将自己的一身本领，悉数传授给她。昭第姑娘遂深娴骑术，又擅长弓矢，从七八岁时，就敢扬鞭控辔，驰骋于山原绿野。赶到十几岁上，骑术愈精，往往鞍鞯不施，驰骤于重山叠岭间。牧场中的马师偶然陪着昭第姑娘，小试身手，有时就被她窘住。快马韩手下的健儿，把瑛姑娘看如公主娘娘一般。

东牧场设在孤山子下，广漠无垠的原野，茂草丛莽，一望无际。地旷风高，一阵阵风过处，卷得那乱草摇青，直似碧海翻波。西牧场设在河口，水草丰肥。两座牧场占地各十余里，筑短栅墙，环绕牧场一周，作为屏藩，四周各辟巨门。沿木栅墙每隔里许，有一间木板小屋，四面挖着方才盈尺的小洞，在木屋里，依然能查看四周。这木屋专为马师们夜间巡守马群而备的，遇到严寒风雨之夜，可以做栖息之所。木栅外更挖起一道十余尺宽的壕沟，一半为防群兽，和盗马贼的骚扰，一半是防雨季的雨水，跟秋冬的野烧。在塞外草原地带，这种野烧最为厉害。野火燎原，有时能够延烧数十百里，在辽东一带是常见的。

快马韩经营牧场多年，尚无疏漏。在进牧场不远，一片旷场，用细砂子铺的颇为平整。这片旷场上，埋着不少的拴马桩，正是训练烈马的所在。在这牧场的中央，有一座两丈高的平台，用碎石叠起的；台面一丈见方，登上平台，全场一览无遗。上面也有一座木板小屋，其构造也跟下面防守栅墙的板屋一样，可以居高临下，瞭望四面。这种设备，就是专为防备盗马贼。

辽东一带，在当年拉大帮的掠马贩和接财神的绿林豪客，几乎遍地多有。虽全做的是没本钱买卖，却讲究硬摘硬拿，以勇力服人，鼠窃狗偷之辈绝不容在关东立足的。单有一种马驳子，专吃牧场，一下手，就许掠个二三十匹走。可是也有小帮的盗马贼，三个五个成群，十个八个便算一帮。他们练就了一身小巧之技，选马的眼力极高，能在昏夜微光下，大批的马群中，挑选神骏的好马；在严密防守下，把马盗出牧场。牧场里常常吃这种哑巴亏。快马韩这两座牧场，仰仗着场主的威名大，交游广，倒不怕大帮的马贼、结伙的胡匪；但防范这些窃马小贼，从来不肯稍为疏忽。这就是丢得起马，丢不起脸面。

这日秋阳当午，山风吹面，快马韩手下二当家的魏天佑来东牧场中，看着相马师跟掌竿的师傅们，督率马夫，调驯烈马。数十名马夫个个剽悍精强，持鞭在旁等候。马师们选马分群，把那分好的马交给掌竿的。哪一拨马归哪一竿子管，分拨定后，再交马夫去"压""遛"。那已上笼头的马，野性已去了一半。由马夫先"压"后"遛"，骑上它沿着场中的木栅墙，如风驰电掣地奔驰数趟，看看马的脚力。

这种马虽上笼头，烈性仍有，不时盘旋蹴踏，掀腾人立，想把背上的马夫掀下去。只是马夫全是深有经验的能手，贴在马背上，如同粘上了一样。直到把马累得力尽筋疲，马夫反振起精神来，不容它稍缓。鞭策驱驰，直到这马驯服，不再犯性，这才缓缓地去遛它。

那未上笼头的生马，由马夫用套马竿子捋住了，挥动长鞭，吧啦啦！吧啦啦！或前或后，忽左忽右，直往马身上暴打。长鞭抢得山响，似雨点般往下抽打。那如同猛兽般的怒马，哪肯受这么鞭挞，铁蹄翻腾，蹄登口啮，如风似狂的乱捶。马夫们都将套马竿牢牢握住，长鞭不住手地叱打，毫不容情。马夫调弄一匹烈马，也累得热汗蒸腾。直到这匹马见了鞭子，只有忍受，不敢抗，不再惊；这才套上笼头，绾上缰绳，另换马夫去压马。有时遇上没法羁勒的烈马，马夫调制不下，便由相马师们接过去；用他那特种的手法，长鞭一动，专打马身上几处极护疼的地方。这一来就把马制服住了，只一见鞭影，立刻全身战栗。马鞭子的巨响只到它腿前，便不敢再咆哮了。不过马师这种手段不肯轻用，倘遇良驹，经过这番挫折，恐它雄威尽敛，不能再临大敌。

当时牧场上调马的数十条长鞭，响震数里。数十个健儿各压着鞍辔不施的烈马，奔驰于短栅墙内。所有的马师们都聚在木栅内平场里，把这批才贩到的新马极力驯调；再调个三五日，就能够上缰绳，跑大圈了。

二当家魏天佑负手观望，场门上的伙计忽进来通报，盛京将军派了差官前来采办军马。魏天佑忙把这位差官迎接进来，引他到围子里，面见快马韩。快马韩衔着大锅旱烟袋出来，立刻吩咐设筵款待。赶到一接头，据这差官说："这是官马，不论沟计算，要有一头算一头。挑选能够立刻入营编队的，一共要选二百五十匹，一色黑马，杂色不要。本场不够，可以兼往别场采办，但立须派人护送到盛京。将军见喜，定有另外的赏犒。"

快马韩把这位采卖军马的差官好酒好肉，先买住了，又叫了两个土娼陪着。跟着先把差官买马的回佣银子二百五十两递过去，另送程仪五十

216

两，合成三百之数。差官毫不客气，很爽快地笑纳了。立刻挑着大拇指，向同座称赞快马韩果然是开眼识面子的外场朋友。这水买卖就算成交。

原来牧场里原有这种规矩：除了马贩子，凡是来买马的，经手人倒得一份丰厚的回佣。可是别的牧场没有这么大方；必得把马交上，领下马价来，钱赚到手，才肯花这笔钱；早花了，诚恐一个卖不上，这笔钱就要落在空地上。快马韩眼力高，看得准，拿得稳，重人轻财，舍得抛杆（花钱），敢办人家不敢办的。即如盛京将军这号生意，一向本在吉林范家马场采办。快马韩以为我近彼远，我界内的生意反倒越出省外，未免丢人。居然被他亲赴盛京，不惜大倾资财，极意联络；终从将军的亲信人手下，把这号买卖承办过来。范家马场干生气，没法夺回。近六年多来，差不多关东三省的官马，都到他的牧场采买。他有这大的手眼，这才造成了偌大声势，人也落了，钱也落了。

当下，快马韩一面叫二当家的款待买马的差官，一面亲自到牧场马圈，站在高台上，监视掌竿的挑选马匹。就在这时，马师宗仁路站在快马韩身旁，突然"咦"了一声，用手一指场外，道："场主，你老看，这人好快的身手！看情形，不是奔碗口街，就是往咱们这里来的。"快马韩顺着宗马师手指处一看，在半里地外，有一骑白马奔来，马背上驮着一个人。那马撒开了四蹄，超尘疾驰，迅如脱弦之箭；马上人挺腰踏镫，纹丝不动。快马韩点点头道："果然是好身手。"

说话时，这骑马越走越近，穿着荒林茂草，时隐时现，眨眼间已来到近前。快马韩不禁失声道："吓！原来是他！糟了。马群一定出岔子了！"马师宗仁路也是瞠目惊呼道："陆老七怎么半途回来，大约是路上有事了！"彼此惊诧之间，疤脸子陆七已直入马场，翻身下马，喘吁吁满头是汗，衣服上尽是黄尘。

宗仁路迎上来问道："陆老七，你怎么回来得恁快，可是路上出了错么？"疤脸子陆七喘息方定，忙答道："可不是出了事了！咱们的马群，头两天按站赶着走，没出一点儿事。就在第三天太阳刚落，赶到了烟筒山附近；因为大批马群不能进镇店，我们择在店后水草方便的地方，安上围子，把马圈好。不料就在当夜，被人盗走了十七匹马！"马场中的人听见这种警报，都围上来问讯。

这疤脸子陆七正是奉了场主之命，陪同三当家的吴泰来，押着九十八

217

匹好马，往吉林送去，不想中途失了这些。宗仁路急将陆七引到快马韩面前。

快马韩举着一根大锅旱烟袋，走来走去，瞪着眼看定陆七，道："马丢了这些，又是在野地现打的圈，难道你们就没派人守夜么？"陆七答道："我们焉敢那么大意！我们除了三当家的和赵伙计，是通夜宿在店里；其余这些人全分上下班，守着马群，连吃饭都是换班去的。一到天黑，就由齐、邱二位武师，各带四个伙计，分为两班，绕着马圈来往梭巡。圈内是马师和掌竿的，分班看马上料，里里外外防备很严。直到下半夜，傍天亮的时候，马师查点马匹，方才晓得失盗了，到底也不知道偷马贼什么时候下的手。"

快马韩道："你们连失盗的时候全断不出，贼人怎么偷的，一定更不知道了！"陆七满面羞惭说道："猜是猜出来了，大概是在下半夜。"

快马韩含嗔不语，半晌道："猎狗放出来没有？"陆七道："放出来了。最奇怪的是猎狗前半夜还号叫，下半夜就没听见咬。"快马韩道："不用说，你们喝酒了？"陆七低头道："值班的时候没有喝。"快马韩哼了一声道："吃饭的时候一定准喝了。……旷野地方，夜里又冷，你们会不喝酒？我也得信哪！"想了又想，复问道："这一夜，马没有炸群么？"陆七叹然道："不错，约莫在四更天的时候，圈中的马炸了一回群，可是没有出圈。"

快马韩听了，忍不住怒焰炽腾，面对众人大笑道："我说怎么样，马丢了十七匹，怎会一点儿动静没有？那马炸群分明是贼人下手露了形，难道你们都睡死了不成！你们就没有把值夜的人挨个儿都盘问盘问么？尤其是吴老三，整天价吹牛，肚子里有妙计千条似的，怎么马行半途，既是店里住不开，他反倒离开马群，跑到店里睡了？"

陆七的疤脸一块块通红，接着答道："失马之后，我们立刻就报知三当家的，三当家把值夜的人，挨个都盘问了一次。据说他们全没有睡觉？那天夜里就是风太大，委实没有听出别的动静来。只在三更左右，我们听见狼嗥了，跟着又有人看见对山山根，有火光一闪一闪的。值夜的齐师傅曾经叫我们预备火枪，多加留神。跟着又没有动静了，就是这么糊里糊涂地把马失的。现在吴三当家的后悔得了不得，连邱、齐两位武师也都觉得对不住你老，他们现在都极力想法子哩。"快马韩笑道："想法子，让他们想去吧。不是才丢了十七匹马么？没有全丢，还算不错。那匹艾叶青也丢了吧？"陆七道："也丢了，丢的全是好马。"

快马韩又嚷起来道："这匹艾叶青乃是我许给朋友的，原来也丢了！吴老三只会说大话，一向是那样的人物。随行的齐、邱二位武师，乃是久走江湖的，怎么事前竟没有一点觉察，事后又没有一点办法？我这牧场开了这些年，就没有丢过马，这还是头一回！告诉你们，十七匹马是小事，这个跟头我栽得起么？"

陆七忙道："场主息怒！这回失事，齐师父倒没看出什么来。邱师父是个中老手，在前两日白天，已经动了疑；看出一个走道的小矮子，说恐怕是风子帮踩盘子的伙计。这小子打由半路上缀下来，邱师傅曾经拿话点他，又提出你老的字号来，这小子就躲了。没想到他真格的在我们头上动起手来。现在三当家的跟齐、邱二位师傅，正在根究失马的踪迹。我临来时，他三位已经查出：偷马的贼大概是往西北走下了。因为沿途留有马粪蹄迹，不难踩访的。大概这些东西们绝不是久闯关东的老江湖，若是在关东有个万儿的，他怎么也得摸摸咱们是怎么个主儿。"快马韩道："别吹了！凭咱们这个主儿，才一丢十七匹马哩。现在马群呢？吴老三打发你来，就是专给我添腻来的么？还有别的话没有？"陆七忙道："现在马群已经赶过一站，落在黄土坑；那里有大店，暂且住下来。三当家的意思，是一面请齐、邱二位根究偷马贼的老巢；一面叫我回来，请你老的示下，可不可以暂补出十七匹马，把这号买卖先交了，回头再认真抓贼抓马。"

快马韩素日为人脾气最暴，但是闹过去便完。手下人做错了，一向由他自己揽了过去。当下大发雷霆，闹了一阵，忙叫着陆七，回到私宅。那二当家的魏天佑急着赶来，督促马师，精选良骥，替快马韩把采办马匹的差官打发走了。跟着出离牧场，到韩家围子，面见快马韩。

快马韩在本宅大客厅，聚集手下头目，共筹应付失马之策，面向众人说道："马是在烟筒山丢失的。我想烟筒山附近，北方乃是马贼霍一溜的巢穴，南边又是肉头麻子时常出没的线路，这两处跟我们牧场都有来往。只是肉头麻子已死，由他的老表金贵贤代领着。这金贵贤却是新上跳板的，只闻过名，没有见过面。刚才陆七说，吴老三和齐、邱二位武师，已经预备拿我的名片，求见霍一溜和金贵贤去了。吴老三云山雾罩的，我恐怕他成事不足，败事有余。我打算就照他们的话，先拨出十七匹马，把丢失的数补上，由我亲自押送，一面根究盗马的贼踪。"

二当家魏天佑忙道；"仅仅十七马，得失何必介意。当家的若是不放心，可以由我亲押了去；一面多带几位武师，到那里看事做事，务必把马找回就完了，用不着你老亲自劳动。"快马韩摇头道："我们的马丢了，找得回，找不回，还是小事一端；我们的面子，却必须找回。老二，你不知道，这回事我很起疑。我觉得这不是寻常的偷马，这件事说文就文，说武就武，弄不好，就许像那年闹起大吵子来，打群架也说不定。他们不是勘得偷马贼的踪迹，似奔西北去了么？你可知道西北方是谁在那里？"

二当家魏天佑憬然道："西北方半山沟，有兴记牧场在那里。"快马韩扪须笑了，看着陆七道："大概吴老三也把这事看小了。我只怕这偷马贼把马一转手，弄到别家牧场。但是，不拘他们弄到哪里，我也得把原赃掏回来；掏不回原赃，我快马韩还在关东闯个什么劲？"又道："咱们现在先吃饭，老二，你就连夜挑选二十四匹好马，我这一回要多带打手去。这场里的事，请老二和司账马先生、书启赵先生，多多费心。"当下把从行的武师马师派定，也邀到客厅，告诉此事。

快马韩又回顾伙计，道："你们把姑娘找来，我们要多带几两银子，说不定我们还要借重官府的力量哩。烟筒山东甸里有防营驻着，是一位守备，带着马步五百多人在那里。"

伙计应命转入内宅，少时出来道："姑娘从一早带着陈伙计，出去打猎玩去了。姨奶奶问老当家有什么吩咐？"快马韩眉尖一皱，旋又堆欢道："这个丫头，简直是个野小子！出去打猎，有时连火枪也不带，万一遇见猛兽，怕不吃大亏！下回告诉陈伙计他们，如再陪着姑娘出去，千万带火器，不要一味倚仗弓箭。你告诉姨奶奶，把我的好酒拿出几瓶来。咱们今天好好喝一阵，赶明天一上路，咱们就滴酒不准入口了。告诉厨师，把咱们腌的鹿脯子肉，也给收拾出来；再宰一口猪、一只羊。"魏天佑面向众人道："别看今天是丢了马，我们倒要吃犒劳了。"大家哄然一笑。

酒筵摆好，无非是肥肉好酒和野味。魏天佑忙命伙计，把围子内的小铺掌柜、牧场炭窑掌杖的同人，凡在近处的，也都请来。快马韩不敬酒，由二当家魏天佑代做主人。快马韩趁这闲空回转内宅，安排出门的事。

就在这时，从牧场外，风驰电掣，飞奔来一骑白马，一骑黑马。白马上的人，头戴紫风兜，男子装，系皮带，窄衣紧袷，脚蹬控云"鹿唐玛"，背弓带箭，跨刀顺枪；人骑在马鞍上，伏腰微前，稳若泰山，迅若飘风，倏然策马，奔入围墙。直达到宅门前，戛然而止。把马上横放的一只土豹子丢下地来，然后翻身下马。后边那匹黑马，是个短衣黑脸汉子骑着，驮一些新猎来的野味，也如飞追到，跳下马来，把白马牵过。来的人正是快马韩的爱女昭第姑娘和陈伙计，到柳林一带，游猎归来。

昭第姑娘直奔出二三十里地，才打得一头土豹子、两只野兔、一头獾。一进家门，就嚷道："可惜！可惜，忘了带火枪，把一群野鸡空空放过了。"宅中别的长工将两匹马牵走，打来的野味也送到厨下。只有那只土豹子，约如狗大，勇猛异常。却是最狡猾、最难猎取的东西。

昭第姑娘笑吟吟地命陈伙计扛进宅来，向迎出来的女做活的问道："老爷子呢？"女仆说："在姨太太房里呢。方才老爷子找你呢，你老快去吧。老爷子就要出门，说是咱们牧场里把马丢了。"昭第姑娘愕然道："马丢了？可是遇上狼群了么？"连忙抢进堂屋，自到内间，大声叫道："姨妈，老爷子在屋么？"

快马韩正在房里套间，命侍妾开柜取银，应声叫道："是瑛儿么？你又打猎去了？这几天柳河口直闹狼群，你怎的这么大胆！"昭第姑娘笑嘻嘻地挑帘进来，说道："爹爹，我给你老打来下酒物了。可把我累了个不轻！两个野猫儿诈极了，我也没带鹰，也没带狼头棒，直追了六七里地，才把它射着；这东西好快腿呢！最可恶的是，它专钻马走不过的地方。这个还不新鲜，你老瞧，我还打着一只新鲜物呢！"

快马韩心中实在不快，但一见爱女，立刻欣然道："捉这种野味，全靠鹰扑狗掏；你连火枪也不带，硬拿马腿跟兔子比赛，你也不怕把马糟蹋了？"昭第立在桌旁说道："爹爹，我这匹马好极了，跑不坏。你老瞧，我还打着这么一只土豹子哩！"

侍妾见昭第已将风帽摘去，一身男装，遍体黄尘。发际有许多汗，就笑着说："姑娘，你这一回出去的更远了吧？"忙代喊女仆，给小姐打脸水。昭第姑娘一边更衣净面，一边问道："爹爹，我听说我们的牧场丢了马了，是真的么？他们还说你老就要出门，可是的，丢了几匹马，你老出去做什么？"快马韩叹了一口气道："傻丫头就知道吃喝玩闹，打打猎，放放荒。告诉你吧，丢了马是小事，有人要跟你参暗中作对哩！"

昭第姑娘虽是个关内女子，已濡染塞外强悍之风；听了这番话，蛾眉一耸，杏眼圆睁，嗔道："真有人敢大胆惹我们么？咱们父子在关东城，乃是一刀一枪闯出来的天下，谁要跟咱们下不去，咱们就叫他看一看。爹爹你老打算往哪里去？我陪了你老去吧！"快马韩失笑道："你陪我做什么去，可惜你又不是小子。"昭第粉面一红，道："小子怎么样？闺女怎么样？难道我就不如男子了？"快马韩道："好丫头！是你爹爹的女儿，谁说你不如男子来？不过有的地方，你就不能替你爹爹。比如上衙门见官，和官场拉拢，你能行么？"昭第忙道："爹爹，您要知道，我并不怯官呀！"陕马韩道："你是不怯官，无奈官场中并不与女子进门，你又有什么法？"遂命昭第姑娘坐下，缓缓吩咐道："我现在就要出门，这里家务事，里里外外，我就是要全交给你。我正想把你找来，嘱咐嘱咐你。我明早就走，你遇事可以内与姨妈商量，外与魏二叔商量。咱们父女，一个守内，一个出外。丫头，我不拿你当闺女，我从来就拿你当儿子看待啊！"当下将烟筒山失马之事，和自己的打算，详详细细告诉了昭第姑娘，然后又嘱咐她小心照应家事。

昭第姑娘听了，摇了摇头，道："原来是在外道丢的，我当是咱们牧场丢了马呢。爹爹，这也许是新上跳板的黑道上的小卒剪去的，我们要是跟他们斗气，可就有些犯不上了。"

快马韩摆手，道："真要是折在黑道上，或是落在风子帮的老合们手里，咱们非要找回场面来，那算是我们爷们小题大做。不过这些年来，凡是遇上江湖上的朋友，跟吃风子行的老么们，我没有不开面的；要面子给面子，讲用钱就帮钱，没有照应不到的地方。这时竟会出这种事，不论他是哪路人物？显见着有点诚心跟我们爷们过不去。所以我这一趟，必须彻底根究一下。"

昭第姑娘恨声说道："这是明欺负咱们了，咱们非根究个水落石出不可。爹爹，您就入手办吧。家里的事您就交给我，女儿纵然无能，也决不能给爹爹输脸。"

说话时，二当家魏天佑进来报说：筵散客去，马已选妥。快马韩请他坐下，因说道："二爷，您看我们瑛姑这份心胸，真胜过男儿；我虽没有儿子，有这个女儿，也跟儿子差不多了。"魏天佑道："场主说的一点不差，昭第姑娘心灵性巧，有胆有识，又有你亲传的这一身本领；漫说女流中，就是男儿队里也很少见哩。"说着笑了。昭第脸上一红，道："别人不捧我，就是爹爹和二叔捧我。我有什么本领呢？刚才我要跟爹爹去，爹爹还是不叫我去。"魏天佑道："当家的要自己去，连我还不去呢。我和姑娘，咱们爷俩一内一外，专管留守，也是一样。"快马韩道："二弟刚才只顾照应客人，大概也没吃饱，你就在这里吃吧。你侄女给咱们打来下酒物了。"昭第姑娘站起来，说道："你老这就吃？我叫他们收拾去。"

当晚，快马韩和魏天佑、昭第姑娘设家筵共饮，一面商量出门的事。所有内宅、牧场、炭窑、山林，都已分别将负责人叫来，谆嘱一番。所有从行人也都备好行囊、火枪、兵刃。每人还有一套貂皮帽子，和不挂布面的老羊皮袄，以防半途上天气骤变时御寒之用。

这时，劲风吹面，秋草朝阳。快马韩骑上他那匹花斑马，率领二十四骑，分成两行，如飞而去。疤脸子陆七也夹在群中，应赔的十七匹马，就在这二十四骑以内。魏天佑和昭第姑娘直送出数里，方才回来。

快马韩去后，昭第姑娘不回内宅，竟到牧场柜房，和二当家魏天佑，以及司账、别位马师们攀谈。她一心想打听这次马群失事的来路，到底是像哪路人干的。魏天佑莫说真不知道马贼的踪迹，就让他猜测出来，也不敢率尔向昭第姑娘说。因为瑛姑纵惯了，平日任性而为；场主不在家，她要听了自己的话，依仗自己工骑善射，单人独骑出去找场。倘或出了什么差错，魏天佑却真担不起这份沉重。所以任凭昭第姑娘怎样询问，他只是不着边际，随便搭讪。

正在说话的当儿，外面守场门的伙计进来报道："启禀二当家的，外面有一个姓袁的，说是从关里来，求见场主。"

魏天佑道："什么？求见场主？你不会告诉他，场主没在家。问他有什么事，可以留下话，请他改日再来么？"守门伙计答道："我已经这么说了，只是这人说跟咱们场主慕名已久，深知场主仗义疏财，收穷恤难。他从关里奔来，好容易才找到这里，不论如何，也求场主相见。他又提出一个熟人来，他说跟咱们牧场里的赵成桂赵师傅是乡亲。他这次是千里迢迢，为投奔赵师傅来的。要烦赵师傅给他引见，求场主把他留下。听他的话，说得很恳切，我们做不了主。场主又早有话，我们也不肯过于拒绝他。现在他在栅房等着呢，二当家的，你看，该怎么办？"马师杜兴邦插言道："这个人多大年纪？听口音是哪里人？"守门人答道："大约三十多岁，很透着精神，倒是乐亭口音。"司账马先生道："这个人许是投效告帮的吧?"

魏天佑一听,不禁沉吟。这个姓袁的自说是投奔赵成桂师傅来的,赵师傅偏又没在家,刚刚押着那二百五十匹马跟着差官,上盛京去了。有他在这里,当下一认,也就完了;现在却是没招没对的事,不得不加小心。眼望着昭第姑娘,一时拿不定主意。

昭第姑娘却沉不住气,向马师们说道:"众位师傅们,这要在平时,按着老当家的场规来说,我们用不着犯掂算;脱不过收留一个年轻力壮的小伙子,把他搁在那里,全闲不下。只是牧场刚出了这场事,场主头脚走,这人跟着就来投效,未免太凑巧了!说不定就许是贼人的爪牙,到咱们这里卧底来的,这倒不能不见他,不能不收他了。我们索性盘问他,谅他弄什么诡,也逃不出咱们眼皮底下去。别管盘问得出,盘问不出,先把他留下,好在他是自投来的,我们没找他去。二叔,你看怎么样?"

这一番话说得面面周到,众人无不暗服。魏天佑连连点头夸好,却又说道:"这个人真是来得太巧了,姑娘这番打算绝不是多虑,咱就这么先诈他一下子。"说到这里,他又向屋中共坐的马师杜兴邦等说道:"杜老弟,你赶紧出去找人,千万别露声色。至少调二十人:要十名刀手、五名硬弩、五名套索,全都伏在柜房左右。你在柜房门口守着,听我的招呼。只要我咳嗽一声,十名刀手一直入柜房,把来人看起来;那五张硬弩、五挂套索,把柜房一围,提防着来人,倘有真功夫,叫他想来就来,想走就走,我们可就栽了。"又吩咐守门伙计道:"这姓袁的就是单身一人来的么?"伙计道:"没有同伴,他只提着一个小行囊、一根木棒。"魏天佑道:"行囊里准有暗器,牧场外没有人暗等着他么?"伙计道:"这倒没有留神。"魏天佑忙道:"你要登高瞭一瞭。"

魏天佑这番布置,自是谨慎。杜兴邦是个性情刚急的汉子,刀搁在脖子上,不带皱一皱眉头的。听魏天佑这么小心,不禁冷笑道:"二当家,你怎么把来人看得这么重,把自己看得这么轻?别说来人未必就是奸细,就算他是,他难道就不先摸摸脑袋长结实了没有?韩场主在关东三省,是一天半天的人物么?真要应了二当家的话,我看他是活腻了!"

昭第姑娘忙说道:"杜师傅说的倒也是实情,只是场主没在家,咱们小心无过错。要没有新出的这场事,咱们也就不多心了。杜师傅,你就照着二当家说的预备去吧。"杜兴邦见昭第姑娘这么讲,遂不便再说什么,只从鼻孔哼了一声，答道："好吧，小心没错。这件事交给我，不用管了。"立刻转身出了柜房，暗中去调集场内的弟兄。

这里二当家魏天佑心中不悦，向昭第姑娘道："你看兴邦这种二愣子的性情，没个改了。他碰的钉子也不少，就是教训不过来他。"马师冯连甲笑道："杜师傅净碰钉子不行，得叫他多坐几回蜡，倒许可以回回味。"众人哗然大笑，二当家魏天佑看了他一眼道："你胡说什么？也不怕失了身份！"冯连甲猛地省悟，这里还当着女少东呢，不由臊得红头涨脸，很难为情。司账马先生忙打岔道："杜师傅这种二朏子脾气，场主也是恨他，不过杜师傅的心肠热，场主爱他直爽，没有一点自私自利的事；所以虽是事情办砸了，也担待他。"

魏天佑点点头，令众人退去，只留司账马先生和昭第姑娘，向守门伙计说道："把这姓袁的领进来吧。"伙计转身出去。

工夫不大，把来人领了进来，指着魏天佑，向来人道："这是我们魏当家的，场主没在家，有什么事朝他老说，也是一样。"

这来人挺胸健步，趋走如龙，来到柜房一站，双眸环视，先向魏天佑看了看，又向昭第姑娘瞥了一眼；立刻转身，面对魏天佑抱拳拱手，道："魏当家的，在下姓袁，名承烈，原籍直隶乐亭。只因来到辽东，访友不遇，谋生无路，流落在江湖，没有安身之地。久仰这里塞边围韩场主慷慨好义，威名远震，在下冒昧地投奔前来，恳求场主曲予收录。在下是一个武夫，没有什么能为，只有一把笨力气，愿供场主的驱策。"说罢，深深一揖到地，神情爽朗，吐属不亢不卑。

二当家、昭第姑娘一语不发，一面听着话，一面细细地打量来人。只见这人年约三旬以上，豹头环眼，身材魁梧。满面风尘，掩不住英挺之气；浑身旧衣，毫不带寒酸之相。

卷　四

第十九章

塞边围雨夜失马

　　快马韩天池场主才走，生客忽来，又在马群失事之后，牧场中自不免生疑。那个投效的壮士袁承烈说完慕名投托的来意，又复一揖。二当家魏天佑忙站起来答礼，顺手一指椅子，道："老兄不要客气，请坐，请坐！"姓袁的壮士躬身说道："魏当家的，是前辈长者，在下后生晚进，不敢借座。"

　　魏天佑哈哈一笑道："老兄别这么称呼，我一个粗人，在韩场主这里，也不过是混饭吃。老兄既然在江湖上跑腿，咱们全是一样，快请坐下，咱们好讲话。"来人这才落座。魏天佑道："老兄，看你这份仪表，大概是武林一脉，没领教老兄属于哪个宗派呢？"

　　袁承烈道："我在下哪敢提武功二字？不过在少年时，倒也操练过身子，学的也只是庄家把式；这些年奔走谋食，连当初学的也全忘了。论到练功，我真可说是门外汉。不过若是承这边场主不弃，肯把我收留下，我在下手头没有本领，腔子里却有一股热血，卖给知己。这是我交友事上，敢说得出口的。"

　　昭第姑娘听了，微微一笑。魏天佑也含笑点了点头，道："袁老兄太客气了！我们江湖道上的人，彼此以诚相见，若是处处存着谦虚，那就不是我们江湖本色了。韩场主也是关里人，穷汉子出身，这些年在关外闯出小小一点事业，也不过是刚能糊口。只是他老人家一生好交，乡里乡亲投奔来的，但有一技之长，或者有人举荐，他总竭诚款待，量材任用，再不然就帮盘川。因此，在江湖上，落了个好客的虚名，究其实这边规模小得很。这虚名也真误事，常常把有本领的英雄诓来，不想今天承你老兄枉顾了。你老兄来得不巧，韩场主有些不舒服，看病去了，这里就由小弟暂代。我们敝场主现有两处牧场、一座山林和几处炭窑，倒是处处用人帮忙，不过都是负苦受累的事罢了。老兄大远地光顾到我们这里，但不知从前干过什么事情？现在打算怎么帮韩场主的忙呢？"

袁承烈看着魏天佑的脸说道："我从前么，……倒是干过几天镖行，现下还没有正业，只算是一个流民。我因久闻韩场主任侠尚义，最能提拔江湖上的难友，我方才觍颜投来。若讲到帮忙效力的话，我在下情实一无所长，既不会相马养牲，也不会耕田造炭；只有一份力气，三份胆量。若有什么护院巡更、守桩防匪、看围子、看马群，一刀一枪，卖命出力的差使，我袁承烈不敢夸口，情愿报效场主。"

魏天佑听了，不由一动，那边昭第姑娘也哼了一声。"原来这人专为当更夫，做护院来的！可是这种差使也最容易当奸细卧底。"魏天佑面一整，暗向昭第姑娘摆手，两眼盯着袁承烈，微微摆头道："你老兄就是这种来意么？你真是想给我们打更坐夜么？"

袁承烈不解其故，率然说道："当家的，我们江湖上的人最忌夸口。我在下既是竭诚前来投效，我若一味说自己废物，你老也笑我太谦。我若过分自告奋勇，又迹近自炫。你老这里如果用得着看夜护宅的人，在下不才，实愿效力。而且我也是半生潦倒的人，一不求名，二不求位；只有糊口之处，存身之所，于愿已足。你老若能费心，领我见一见场主，更是求之不得的。不过我的意思就是这么一点，和你老说，也是一样。"举一举手道："还请魏当家的，代为美言一二。"

魏天佑听了，又沉吟不语："这个人说话倒很世故。"昭第姑娘在旁忍不住问道："袁客人，你不是投奔赵庭桂赵师傅来的么？"袁承烈一侧脸答道："这位姑娘……我在下确是投奔赵师傅来的。"说到这里，似有所悟，忙站起来，对魏天佑道："我袁承烈在营口就听人说，快马韩场主乃是塞外的孟尝君，千里好客，来者不拒，去者不留。我在下因此一步一打听，跋涉山川，慕名投来。至于赵师傅，我们乃是同乡。贵场主不在家，诸位要是不便做主，请把赵师傅邀出来，我们当面对认。我本是直隶省乐亭县袁家庄的人，家里也有房有地，有田有产；只为怄了一口闲气，方才跑出来。赵师傅跟我是邻村，只隔着十八里地，我的根底他总知道。"

袁承烈说了这些话，魏天佑和昭第姑娘互相顾盼，并不搭茬儿。只由魏天佑欠身道："袁兄请坐下说话。"半晌，那个司账马先生忽然插嘴道：

"我听袁大哥的口音，好像久闯关东的吧？"袁承烈旁睨了一眼道："也有几年了。"马先生道："这关外的事情，你老兄一定很熟识了？"袁承烈道："这倒不见得，像这么荒远的地方，我还是初次来。"魏天佑接声道："哦，你老兄是初次来？早先你常在哪里呢？"

袁承烈低头一想，抬头答道："我早先在营口、沟帮子、盛京、孤家子等处混过，最近才由千金寨转到贵处。"魏天佑道："您是老关东了。可是的，你老兄久闻关外，像这马达子的事情，想必深知。最近听说烟筒山附近，又闹偷马贼了，我想你老兄必然晓得，可不可以告诉我们？这也是跟牧场有益的事情呀。"

这个投效的袁承烈闻言愕然，道："这等事情，我怎会晓得？"魏天佑面视马先生，冷然笑道："你老兄太谦虚了！你老兄久在关外混，我不信会不晓得马达子的事。你老兄尽请放心，如果实有所闻，只管说出来。我们彼此全是江湖道上的人，决不能把朋友当点子看待，也不能卖了谁。况且老兄这么坦然而来，更是看得起我们。我们场主虽然不在家，我们也能竭尽地主之道，教老兄面子上过得去。请问老兄，现下是在哪一竿子上的？你们当家的是哪一位？我们韩场主固然好交，可是近年来人也老了，交朋友难免有疏忽之处。好朋友如肯见爱，只管指明，我敢说我们场主有礼有面，不能教好朋友白忙活了。"

昭第姑娘插言道："袁客人，我们魏当家说的全是实话。你有什么意思，尽请明说，我们总给朋友留面子的。"马先生也嘻嘻地赔笑道："对了，话讲当面最好！"说罢，三个人，六只眼睛齐视袁承烈。

袁承烈不禁一怔，怫然说道："魏当家的，你讲的究竟是什么话。倒教我好生不懂！照你这番话讲来，你们是把我姓袁的看成绿林了吧？哈哈哈哈，我袁承烈现在虽然落魄江湖，说句不客气的话，我若想干绿林，也用不着千里跋涉，跑到你们这里来了。关里关外，绿林道邀我的，就不止一处，不止一家。我袁承烈若肯干那无本营生，何处不能开山立柜？实不相瞒，我在下也是好人家的儿女，富室出身。不过自幼好武，误交匪人，在故乡惹出一口闲气，跟着打起一场官司，把一份家业全断送了，乡里乡亲全笑骂我是个败家子。我为此才怄上一口气，只身出关，立志要闯出一番事业，回去好见我们乡里父老。我这一双手并没有半点血腥，我这半生也不曾做过犯法的事情。好在贵场的赵师傅可以替我做证，你把他唤出来，一问便明。我却不知我袁承烈身上，由哪一点露出不地道来，落得诸位多疑！这真是想不到的怪事，莫非因我贸然远来，招起疑忌么？但是我袁承烈望门投止，决非冒时，我实在打听了数月，访闻快马韩韩场主实是招贤好友，来者不拒；我在下这才抱着'愿给好汉牵马坠镫'的心，大远地跑来投效。一来托庇英雄门下，找个安身立命之处；二来还想攀龙附骥，创业图名。谁想江湖的传言竟这么不足为据，我大远地奔来，连个佛前真面也没见着，便听了这么一套话。这总是我来得冒失了！恕我打搅了，诸位请坐，在下告辞！"言至此，奋然立起身来，同魏天佑抱拳，又一转身环揖，拔步就往外走。

魏天佑看了昭第姑娘一眼，刚要出言拦阻；忽然门开处，闯进来看牧场的武师冯连甲和马师杜兴邦。两人当门一站，大声说道："袁朋友别走，我们当家的还要请你吃酒哩！"袁承烈侧身止步，笑着说道："不敢当，不敢当！我的来意已明，贵场的意思我也晓得了；天色不早，我还要赶路。"冯连甲道："朋友，你忙什么？我们场主旧有例规，江湖上的好朋友来了，不问知与不知，识与不识，进门必有欢宴，临行必有盘川。你先别忙，你的贵同乡赵师傅这就出来。"

袁承烈挟着一肚皮闷气，本要甩袖子一走；听到设宴赠金的话，哂然一笑，意含不屑。但一听到"赵师傅这就出来"，便立刻止步，脸上堆出冷笑来，道："好极了，赵师傅出来，跟我对证对证最好。"说着重又坐下，专看他们的举动。

杜兴邦仍立在门旁，冯连甲紧走两步，到二当家魏天佑面前，附耳低声，说了几句话。魏天佑点点头，一指内间屋，冯连甲迈步进去。魏天佑站起来道："袁兄，你倒多疑了。我们因你是老关东了，不过是带口之言，向你打听打听，你怎么误会起来了？不要走，不要走，你请稍候一候。"只留马先生陪着来客。魏天佑竟转身进入内间，昭第姑娘也忙跟进内间，齐向冯连甲问道："检查得怎么样？"

冯连甲低声报道："检查姓袁的行囊，只有一把防身的匕首、十几粒小铁球，像大拇指头那么大，也有几件衣服。倒带着很多的银子，足有一百五六十两。另外一个小锦囊，内有两本书，好像拳谱。还有一对赤金箭环，分量很重。一只扁圆的漆黑'酒鳖子'，分量更重，似钢非钢，似铜非铜。我看像是银子打造的，外面敷着漆。此外没有扎眼的东西了。"

昭第姑娘道："这个人身上带着这些值钱的东西，究竟是个干什么的呢？"魏天佑摇手止住低声续问道："包内有没有信件和地图、人名单子等物？"冯连甲道："这倒没有。"魏天佑道："你们可全仔细检查过了？"冯连甲道："没有一点遗漏。"魏天佑目视昭第姑娘，想了想，又道："你们把他的行囊，照原样给他打好了。"冯连甲道："已经打好了，绳子扣、东西堆叠的样子，一切照旧。"魏天佑道："好。"

冯连甲道："杜兴邦杜师傅叫我告诉你老，这人实是投效来的，劝你老不要多疑了。"魏天佑笑道："我自有道理。"遂低嘱数语，冯连甲含笑点头，转身出去。杜兴邦还在门口等着，两人一齐退出，仍藏在柜房两边，听候动静。

魏天佑问昭第姑娘道："姑娘你看，我刚才硬拍他那一下，怎么样？"昭第姑娘道："拍得好像太猛了。二叔，这个人依我看来，还是把他留住。这个人一举一动，非常强傲，绝不像素常投帮的人。"魏天佑道："况且求帮的人绝不会带那些值钱的东西。此人言谈举动处处，确是可异，等我再诈他一下子。"

当下一同出来，魏天佑换了一副亲亲热热的面孔，向袁承烈说道："袁兄，你刚才实是多疑。我们韩场主待承投奔他来的朋友，诚如老兄所说，是来者不拒的。他老人家却有个老病根，新近又犯了。在这么荒野的地方，没有好医生，他老人家自己带着个伙计，出去看病去了。缘因有一位朋友晓得医道，就住在八道江；韩场主他老人家连看朋友，带瞧病配药，已经出门三四天了。有他本人在场，照应远道的朋友，自然周到。他既然不在场内，我们是他手下人，未免礼貌上差点，你老兄不要怪罪。刚才我们不过是闲谈，你老兄千万不要心存芥蒂，更不要往别处想。你老兄放心，既然你远道光临，自然是瞧得起我们韩场主，拿他当个人物；又承你老兄不弃，想给他帮忙，这更是我们引为深幸的事了。凭老兄高才，我们场主回来，一定要借重的；我们在一块儿凑凑，这更好了。我们场主现时不在，我就替他做东。我说冯伙计，教他们快备饭，要多热点好酒，咱们都喝喝。"外面答应了一声。

袁承烈尚在推辞，却也将话语放和缓了些，说道："既然场主不在，在下不便给你老添麻烦。这么办吧，我在你老面前暂时告假，趁着天色尚早，我先出去找店。多咱韩场主回来，还求你老替我美言几句；只要场主赏我一个信，我一定再来投谒。"

袁承烈口中如此说，心中却很失望；他以为传言误人不浅，快马韩手下这些人太难了。他只想告辞出来，仍折回盛京，魏天佑极力挽留，竟留不住。

韩昭第姑娘发话道："袁客人，我们可不是强留你，这里近处并没有店；你要住店，还得走出三十里地才行哩。你不要客气了，就在这里吃饭，吃完饭住下吧，场子里有的是地方。况且，你跟我们赵师傅不是乡亲么？你大远地投奔他来，你也得见见他，叙叙乡谊才是啊。怎么忙着要走呢？"魏天佑道："着啊，你老兄更不用走了。我说冯伙计，你们快把赵师傅找来，告诉他说：有位姓袁的乡亲，看望他来了。"外面又答应了一声。

魏天佑复又面对袁承烈道："赵师傅这就来，你请坐着吧，不要忙着走，走干啥？我也是咱们关里人，多年没有回家了，我还要跟你打听打听咱们家乡里的情形哩。"

袁承烈明白了他们的用意，笑道："如此说，我一定不走了。你老就教我走，我也不能走，我总得见过了赵师傅。"

说话时，距开饭尚早，却故意提前半个时辰。武师冯连甲装作小伙计的口气，进来说道："回禀当家的，给袁客人预备的酒饭，已经摆好了。"魏天佑说道："开在哪里了？"答道："开在客屋了。"魏天佑立刻拱手相让道："袁老兄，你先用饭。"袁承烈道："不必，不必，我还不饿。请你先把赵师傅唤出来，我们认对了，你老再赏饭，我吃着也舒服。"魏天佑哈哈一笑道："袁老兄，赵师傅已经在客屋候着你呢。"

袁承烈站起身来，也笑道："好！我就先领您一顿饭，我也试试我的眼力。魏当家的，实不相瞒，我和赵师傅，已有十多年没有见面了；贸然一认，我就许认不得他。我记得小辫顶上有一块秃疤，是个特别记号。就怕他也认不得我了，我比他小着七八岁哩。但是我们究竟是乡亲，他家，我家，见了面，总能说得上来。魏当家的先请，我不认得道。"又回顾马先生、昭第姑娘，虚让一声，道："还有哪位？请！"

他昂然拔步，走出柜房。不防他走得急些，外面又忘记知会，杜兴邦领着十余个刀弓手，分立在柜房两厢，竟来不及调动，被他全都看见。登时他把海口一撇，浓眉一皱，一对虎目傲然四顾，从鼻孔哼了一声。魏天佑急忙跟出来，举手相让，引路当先。那昭第姑娘素来不赴客宴，这一次

234

父亲不在家，她要根究来人的底细，居然也跟出来了。

客人紧跟在魏天佑前后，昭第姑娘紧跟在客人背后，三人齐赴客屋。冯连甲忙赶上一步，暗暗地卫护着场主的爱女，紧盯着来客的双手。昭第姑娘大大意意，毫不理会，睁俊眼，只仔细打量这虎臂熊腰的健夫，于是同进了客屋。这里说是客屋，实是很宽敞的饭厅，摆着十几张方桌，下首是五桌，已经坐满了人，见生人进来，一齐站起，哗然让座。一个个都是短打扮，穿蓝袄、蓝裤、扎青褡包。

袁承烈走入饭厅，魏天佑和昭第姑娘齐往上让座。袁承烈道："且慢，待我先见过了敝同乡。赵师傅在哪里？"闪目一寻，这些个人竟没有一个像他老乡赵庭桂的。冷笑一声，回顾魏天佑道："当家的，这可是笑话，我们敝同乡并不在这里，教我怎么相认啊？"魏天佑故作诧异道："怎么不在这里？我说赵师傅，你们同乡袁爷找你来了。"第三桌下首座位上，一个四十多岁的矮胖子，应声出位道："我在这里呢，哪一位同乡找我？"

袁承烈急一回头，定睛一看，纵声大笑道："这一位也姓赵么？恕我眼拙，却是不认得。当家的，我和这一位素昧生平。我的同乡赵庭桂赵师傅倒也是个四十岁的胖子，可比这位高半头。……我说你老兄怎么称呼？也姓赵么？也是乐亭人么？"

那人站起来道："您贵姓？我叫赵广全，我是乐陵人。"袁承烈拱手道："老兄是乐陵人？我一听口音，就知不是敝同乡。"转面说道："魏当家的，在下别看眼拙，还不会看错人。我和这位是初会。"魏天佑哈哈大笑道："你们二位不认识？不是同乡么？"他拍着袁承烈的肩头说："原来你是乐亭人，跟这位不认识。……你们传话的怎么传错了，乐陵乐亭，只差一个字，赵庭桂呢？"这矮胖人答道："当家的找他么？我叫他去，他估摸在炭窑呢。"

魏天佑摆手道："吃完饭，再叫他吧。这位袁大哥请入座，咱们先吃饭。"袁承烈笑了笑，脸上摆出了不在意的神气，坐下来，向四面让了让，抄起筷子就吃。敬他酒就喝，他非常直爽。魏天佑在旁陪着，翻来覆去问话；昭第姑娘不吃饭，坐在旁座上看着，偶尔也插问一两句。魏天佑心想："这个人很透亮，与众不同，只是来历太突兀。"暗中打好主意，决计暂不放他走。

几十人在饭厅吃饭，说说笑笑，素常很热闹；此时却鸦雀无声，恍入斋堂。冯连甲、杜兴邦凑着向袁承烈说话，套问事情。袁承烈有问必答，不亢不卑。少时饭罢，重到柜旁，献上茶来，魏天佑坚留袁承烈下榻。袁承烈道："韩场主既没在家，在下是生人，新来乍到，不好打扰，不便给诸位添麻烦，我告辞了吧。等场主回场，我再来一趟。"

魏天佑摇头道："袁仁兄错会意了。场主不在家，我们一样可以款留远客。你看……"说时一指外面，外面一色长天，作昏黄色，朔风正紧。魏天佑接着说："天色实在不早了，你老兄就出去了，也没有歇脚的地方，这里小地方，没有店。敝场有的是客房，你老兄不嫌屈尊，就多住些天吧，敝场主不几天就要回来的。并且我们差不多都是关里人，直隶的、山东的都有，很想知道家乡里的事，要跟袁兄谈谈。"冯连甲道："可不是，我也是咱们关里人，他乡遇故知，咱们得交交。"

袁承烈这个投效壮士，自觉牧场中人款客之意不甚诚恳，坚欲告退。他越要走，魏天佑这些人留得越紧。袁承烈踌躇半晌，微然一笑道："既然当家的不让我立刻走，我就打扰一两天，也没有什么。在下久慕韩场主的威名，实在很想一见。还有敝同乡赵庭桂赵师傅，我们是老邻舍，我很想跟他谈谈。"说着站起来道："请当家的费心吧，我该宿在哪里，烦哪位领了我去。你老事情忙，我不打扰了。"

魏天佑也站起来道："好！袁兄远来辛苦，我们可以早些安置安置。喂，你们把客房开了，把袁爷的行李搬了去。被褥不够，把我的被拿一床去。"当下，冯连甲衔命把袁承烈引到新客房，收拾卧处，给沏了一壶茶，坐下来，说了一阵外场话。跟着杜兴邦也寻来，凑合着打听袁承烈的身世。旋又进来几位马师，有唐山的，有滦州的，和袁承烈也叙起乡谊。彼此全是冀北的人，渐渐谈得亲切。由塞外风光、牧野情事，又转到故乡风土上。有一位马师拿来一大包落花生，和些枣子之类零食，几个人且吃且谈，居然一见如故。那冯连甲在牧场也是头目，闲谈了足有一个时辰，便把照应来客之事，转托一位名叫周诚的伙计；他自己抽身出来，径奔柜房。

柜房中韩昭第姑娘还没有走，正与魏天佑说话。冯连甲走进来说道："我已经套问这个人了。说起关外的马贼，他是真不懂，没有问出什么来。他的住处，我给他安置在新客房，一出一入，就在我们眼前。哪怕他来历不明，也摸不了什么去。他刚才要看看咱们的牧场马圈，我托词把他谢绝了。我告诉他：'今天太晚，明天领您看看我们这小场子。'看这人的言谈举动，倒很光明磊落，似乎没有什么鬼祟之处，也许是我们走了眼，自己起疑。"

昭第姑娘沉思道："就是他来的时候太不巧了。"魏天佑道："也就是太凑巧了。……是真投效呢，还是奸细呢？大姑娘，据你看呢？"

这句话未落声，那马师杜兴邦闯进来，粗声暴气地向魏天佑道："二当家的，你这卦没有算准，人家真是投效来的。我跟他谈了好半天，一点可疑也没有。我们把人家搜检了一顿，要教人家知道了，太笑咱们沉不住气呢。我历来最怕这种瞎疑心病。大概没有我的事了吧，我管的那两圈该着放青了，我可走啦。人家不是奸细，咱们倒真当奸细了；再有这种事，二当家的，你另请高明！"说罢一翻身，走出柜房。魏天佑闹了个面红耳赤，气得脑筋绷起，两眼瞪着那杜兴邦的后影。

昭第姑娘忙劝道："二叔，你别理他，他像疯狗似的，得理不容人。咱们往后不论有什么事，全不找他，别跟他瞎怄气。这种人就是这种脾气，你们又全是老弟兄了，谁还不能多担待谁么？"

魏天佑"咳"的叹息了一声，坐在桌旁，点点头说道："我还敢当担待二字么？看这情形，若不是当着姑娘面前，我就许被他唾沫啐到脸上。我要像他们几位，抱着不哭的孩子。什么事不多管，不多说，倒乐得大家心静。姑娘你不知道：场主就常说我小心过火，可是我焉敢大意呢！"昭第姑娘道："别看我父亲那么说，到底我父亲最信服你老呀。"她竭力安慰了一番，才把这件事岔开，彼此又评论一回，看这投效人的神情态度，倒真不像绿林道的人物，不过总是多提防一二为是。

晚饭后，魏天佑亲自骑着牲口，围着牧场围墙外圈，转了一周。将场外细细察看了一番。然后令守卫弟兄紧闭棚门，全上了锁。又绕着棚墙内圈，巡视了一番，嘱咐各更楼上守夜的弟兄，千万要比平日多卖些力气。场主不在家，更要齐心努力，不教出一点差错，才对得起场主厚待之谊。守卫牧场的弟兄全都慨然答应，绝不敢偷懒，忽视守卫的重责，请二当家尽管放心。魏天佑查讫全场，又赶到各马圈上，把守马圈的弟兄也全叫到一处，嘱咐了一番。又遍告场中人，务必要多留神这远来不速之客。场中这班弟兄全是跟随快马韩多年，共过患难的；对于二当家魏天佑，也都听他指挥；这时一一答应，各自整顿精神，各尽其职。由各圈上掌竿的师傅们督率着，分头去巡查守卫。

赶到黄昏后，天气忽然变了，浓云密布，星斗无光，西南风嗖嗖的，刮得草木"唰啦啦"阵阵作响。这里离着老林虽还有几里地，但是一无遮拦的草地，风起后远远听得无边的林木，发出巨声，如同怒涛澎湃，万马奔腾。

昭第姑娘策马回宅，到了自己屋中。歇了不大工夫，猛听外面天气转变，赶紧出来查看。只见天阴如墨，星斗无光，伸手不见掌。再一查风向，便知准有雨来。推测天气的阴晴风雨，凡是久居边塞的牧人，或者浮家泛宅的舟子，全有这种本领。昭第姑娘慌忙转回屋中，抄起一身雨衣，点起一盏孔明灯，唤起家中人，抢着收拾庭院，遮当仓库。忽然想起牧场，狂风骤雨的时候，那马骤闻惊雷，最易炸群；父亲不在家，自己应该操心。忙请姨奶奶看家，要亲赴牧场，指挥一切。姨奶奶极力拦他："有魏二爷，何必姑娘去？"昭第道："姨妈，你不用管。……今天来了个生人，我怕出错！"竟率领伙计，提火枪，跨马赶奔牧场。牧场此时，早由魏天佑率众纷纷出来，防雨防变。

快马韩的牧场距家不远。却须通过旷野，昭第姑娘策马奔来，时候并不算晚，却很黑；天上电火一条条闪光，霹雷一个跟一个，风吼草动，声势惊人。场中人万想不到昭第姑娘这么勇敢，一个弱女竟敢在这么山雨欲来之时，天昏地暗之际，摸着黑，来敲牧场的门。守门的伙计听出声音来，忙讨钥匙开棚，把昭第姑娘放入。人们不禁佩服道："姑娘好大胆！漆黑的天，你也不怕狼？"

风越刮越大，昭第姑娘哪里听得见伙计的话，一直扑奔马圈。魏天佑恰率一班掌竿的师傅出来，在望台前相遇。昭第姑娘下马相见，把魏天佑吓了一跳，道："怎么了？家里有事么？"昭第摇头笑道："家里没事，是我不放心牧场。"魏天佑不禁动容道："好姑娘，你真行，果然父是英雄儿好汉，可是你二叔不是白吃饭的呀。"昭第忙笑道："二叔，你可没挑眼，牧场交给您，我父亲都放心，我还不放心么？我是惦记着这小子！……"翘着手指一指那新客房。魏天佑道："不碍事，有人监视着呢。咱们先忙着防雨吧。"

昭第姑娘道："这天气变得太快，大概这场雨下起来，就小不了吧？"魏天佑道："今晚这场雨下起来，绝小不了，并且还快。你嗅着这股子雨

238

水气了么？姑娘，你回柜房吧，我们到圈上，招呼伙计们收拾。"说罢，一班人匆匆向后面走去。

昭第姑娘提着灯，反奔了前面，亲自到柜房看了看。伙计们早把雨帘放下来，把绳子结好，提防风大时，雨帘被风掀走。这里并有四五个得力弟兄，守护柜房。昭第姑娘重奔棚门一带查看，用灯照看壕沟，并无壅塞之处，这才放心。又嘱咐值班守夜的伙计，严防雨至马惊；把雨具兵器预备在手下，省得雨来了，临时慌张，抓什么不是什么。正在吩咐的当儿，一阵风过处，卷起地上的浮沙，触物有声。跟着雨点落下来，啪啪的打到草木沙地上，顿成繁响。天上电光如蛇，一道道青光映得人脸青白。昭第姑娘赶紧把雨衣披好，往回紧走，任凭脚下怎么快，经不得雨来很疾，猛然一个霹雳，大雨倾盆而至。虽有雨衣雨帽遮体，可是雨势太猛太大。跑到柜房，身上全湿了；尤其是脚下，出来慌促，没穿雨鞋，刹那间雨水深没胫骨。

昭第姑娘跑进屋中，把手中孔明灯往桌上一放，取毛巾抹去脸上的雨水，把雨帽摘下来，顺着衣帽往下流水。伙计过来，赶紧把雨帽接了过来。柜房中只有司账马先生，跟四个兄弟。马先生站起来，向昭第道："姑娘，你怎么这么大雨还到外边去？快请回去歇歇吧。风势雨势再大，有我们大家在这里了，姑娘请放心吧。"这时外面风声"砰腾"，屋中说话全听不清楚，得提高嗓音，才能辨得出来。

昭第姑娘因已夜深，自己在这里很是不便，遂告辞出来，命伙计挑灯打伞，来到她父亲快马韩住的那间屋内，这间屋正和二当家魏天佑连间。过了一会儿，魏天佑浑身雨点，打伞进来道："马真险些炸了群！看雨势，一时不能放晴，我只惦记着山洪。西牧场地势高，场子小，倒没有妨碍，就是这里吃紧。"又道："姑娘不在家里，跑到这里来，怎么办？若不然，我送你回家吧。家里防雨的设备很好。"

昭第道："不不，二叔只管忙你的去。你老人家不用管我，我不是给您添烦来的，是给你老帮忙来的。"魏天佑见昭第一定不走，也知此时天黑，冒雨难归，便不再催，却又说："姑娘，你就在你父亲这屋里歇着吧。我教陈老头在外间给你值夜。"

昭第摇头娇笑道："二叔只管马吧，不用管人了。我困了，就在这床上一倒，不碍的。"魏天佑道："那么你歇着吧，我打算带几个人，到西牧

239

场看看。"……说着起身出来。

外面风狂雨骤，骇目惊心。昭第姑娘生长辽东，恶天气倒是常见。只是像今夜这样声势的风雨，究竟少有。生恐勾起山水，那一来，只怕牧场就要付与狂流。昭第坐在板床上，惴惴不敢入睡。直耗到约莫三更左右，雨势才稍煞，这才把悬着的心放下去。

又过了一会儿，淅淅沥沥地下起细雨来。昭第姑娘仍旧披上雨衣，带上雨帽，换蹬油鞋，提着灯到外面巡看。一出屋，突觉凉风拂面，细雨如丝。场地上的积水未消，低洼处约有尺许深。全场挂起许多盏风雨灯，可也被风刮雨打，灭了好些盏。趁着雨势稍戢，场中弟兄纷纷披着雨衣，分头持灯奔向马圈查看，有那遮不严，漏进水去的地方，大家忙着收拾，遮挡好了，怕是再下起来。马师们也全出来，督率着伙计们，分头地查看全场。直到把各处全查看完了，细雨霏霏依然没住，可是场中积水逐渐消下去了，平沙场地上冲出许多小沟来，直似小河。这种暴雨别看来得疾，积的水多，可是雨水退得也快。

场中马师们仰看天空，鼻嗅雨气，觉得雨势收转，不致再有大雨，人人把心放下。本来近山的地方，就怕山洪降下来，那就立刻酿成巨灾。昭第姑娘在马圈上遇见了二当家魏天佑，心中非常欣幸，向魏天佑道："二叔，你看这场暴雨，真把我吓着了。不到雨季，又没有堤防，真要是勾起山洪来，岂不把人毁死？我长了这么大，真还没经过这么暴的雨。"

魏天佑道："莫说姑娘你骇怕，我也十分担心。像这么暴的雨，要再下几个时辰，就险了。天有不测风云，人有旦夕祸福。好了，虽然还没有跟着放晴，总不至于再出什么差错了。姑娘，你也歇息去吧，这里不用你牵挂了。"

昭第姑娘答应着，回转父室，掩上屋门，把身上沾了雨的衣履，能脱换的，全脱下来。造次之间，本没有替换的衣袜，她就把父亲存在这里的小衣服包儿打开，挑了一件小衫穿上。把自己的长袍、小衫、袜子、湿透了的雨衣，全晾在椅背上。昭第姑娘是在关外生长起来的，没有缠过脚，此时就光着一双白足，拖着父亲的鞋，收拾这个，收拾那个。姑娘好洁，一点也不将就；末后把外面的裤儿也脱下来，晾在床头上，然后就穿着红粉衫裤和父亲的白小衫，赤脚上床，扯过被单，往身上一搭，就枕安歇了。屋中的灯并不熄灭，墙上挂的兵刃也摘下来，压在枕下。

方才朦朦胧胧睡去，蓦地被一种巨响惊醒。昭第姑娘翻身坐起，迷迷糊糊叩额一想，刚才那声音好似雷音，又似呼哨。再侧身倾听，又没有动静了。自己正在迟疑不决的当儿，突听得住房两边，连响了两声呼哨，跟着东南北三面全接了声。吱……吱……吱……尖锐的声音。在夜间听得格外刺耳。这分明是牧场中的伙计们发的信号。这种撮唇音哨，场中弟兄人人皆会，用以示警。

　　昭第姑娘耳熟能详，此刻一听到这种连发的警号，不禁大惊，料到场中定有事故发生，急忙跳下床来，把床头椅背上晾着的衣服摸一摸，半干微潮，匆遽间只索性不管了，抓过来，就往身上穿。赶紧结束好，浑身短小打扮，蹬鹿皮"鹿唐玛"，左手把枕下那一柄七宝穿云剑抽出，开门奔到隔室一看，魏二叔不在，堂屋值夜的陈老头也出去了，堂屋内大开着。昭第姑娘心中明白，必定出了事，忙仗剑跑出屋外，立在牧场心。

　　快马韩的住宅是在场中单间木石圈起一道小院落，为是居中可瞭见一切。昭第姑娘一到院中，耳中听得西北一带，一片哗噪声音，比屋中听得真切，并夹杂着一片马蹄奔腾之声。昭第姑娘不敢迟延，急践雨路，扑奔西北。黑影中后面蹄声忽起，昭第姑娘赶紧往旁一停身，跟着一道昏黄的光焰扫过来，往昭第姑娘身上一幌，灯光顿敛，随听蹄声错杂中，有人喝问："喂，道旁站的可是昭第姑娘么？"昭第姑娘一听，大概是掌竿的刘义，忙答道："刘师傅么，是我，场中出了什么事？"

　　掌竿的刘义忙说："别提了，马圈中走了七匹好马，连场主亲自选的那三匹好骏马也在数。冯连甲冯师傅正在验看，派我们查看从哪儿挑的道。我们业已验明贼人是从西面偏北进来的，出水可是从正南挑了一段棚栏。验看他们做活儿的情形，大概全是个中老手，手底下很利落，跟明摘明拿差不多。姑娘，细情还得问冯师傅，我得赶紧报告二当家的去。"

　　昭第姑娘诧异道："真又丢马了？二当家呢，可是上西牧场了么？"刘义道："可不是，还是冒雨走的呢。"这时候雨还是时停时下，却小多了。昭第姑娘一挥手道："你去吧！催魏二叔赶快回来。"掌竿的刘义答应着，脚踵一磕马腹，如飞奔去。昭第姑娘暗暗气恼：这几年父亲把万儿闯出来，一向风平浪静，万不料一出差错，接二连三。莫非暗中有人作弄，不教我父女再在关东三省立足么！咳，事出偶然就罢了，真要是有人算计我父女，我们宁可把这事业全抛了，也得较量较量。

241

昭第姑娘心中盘算着，遥望西北，一片火光。忙寻了过去，眨眼间到了马圈前；一班马师们，打着二十多只灯笼，正在马圈四周，察看地上的蹄迹，七言八语地议论。昭第姑娘来到近前，马师傅冯连甲也随着火把，往圈外走去，昭第姑娘急忙招呼着："冯师傅，您请回来，我有事跟您商量。"冯连甲听出昭第姑娘的声音，转身来，立刻脸颊耳根红起，不禁叹了一声道："姑娘你来了。完了，我冯连甲算栽到家了。我有什么脸面见你父亲！"昭第姑娘忙用话劝慰道："冯师傅不要介意，也许是雨天，马炸了群。等到天亮，咱们派人出去找找。"冯连甲一挥手道："姑娘，现在不是那个事，马圈内外盗迹显然，绝不是炸群。我们不捞着失去的马，我们拿什么脸去见场主啊！"

　　杜兴邦拍着头发狠道："也对不起二当家的呀！人家临上西牧场的时候，就把这里的事托付给咱们俩。不到两个更次，就出了这错！"两人引咎自责，十分着急。韩昭第姑娘忙安慰二人道："咱们先验验马圈，二位先不用着急，这回出了错，也是我的责成哩，我不是替我爹爹正驻场么。"

　　大家匆匆地借灯火内外查看；偏是不作美的风雨，不时将灯火吹灭。大家踏行雨路，验视失马的踪迹。几位有经验的马师不住地吆喝："你们大家小心，不要踏乱了脚印，赶明天天亮，更不好查看了。"一人道："这就天亮了，还是等一会儿验。"杜兴邦发急道："不成，这时赶紧勘查，回头再来一阵暴雨，任什么形迹都冲没有了。"马师赵金禄道："这话很对，我们得赶紧查看，大家脚下多留神吧。"长竿挑灯，紧贴着地皮照看，里里外外又搜了一遍。

　　忽听一片蹄声，双骑破暗驰来，正是掌竿马师刘义，把二当家魏天佑寻来了。

　　魏天佑浑身是汗，下了马，便叫："冯师傅呢?"冯连甲满面通红，走了上来，正要报告，魏天佑摇手道："不必说了。不是丢了七匹马么? 快领我到失马的马圈看看去。"大家重奔马圈。这失马的圈栅已被贼人拔下两处；偷得了马，又给活按上。牧场西北围墙的木棚，有一处也被拔下两根木柱，一处拔下三根。盗马的人实是高手，地上蹄迹错乱，看不出趋向来，栅墙外面，贼人未留一点儿痕迹。

　　魏天佑勘罢，仰面浩叹道："真是有人跟我作对！"昭第姑娘忙道："二叔别这么说，这是跟我们父女作对！这明明和烟筒山是一档子事，有您什么事？"魏天佑看了昭第一眼道："咳！你爹爹没在家，把整个场子交给了我，这才几天，就出错了！而且上半夜我们还都出来防雨，大忙了一阵，下半夜竟被贼人乘虚而入，这简直给我一个大难堪！……"说完，就从破栅口走出来，往外面踏看。

此时实已到黎明时分，只是阴雨天，夜幕犹浓。遥望西北，黑乎乎一片旷野，夹着林莽，任什么看不见，四外连点火号也没有。待侧耳倾听，也听不出什么，只有阵阵野风呼呼啸响和细微的雨声罢了，猜想盗马贼早已远飙无踪。昭第姑娘凝眸望了一会儿，道："怎么样，二叔？"魏天佑不答，面对东南，愣了半晌，一跺脚道："走！我猜贼人必是奔这面走的。"说时一指前面，道："这场雨固然害得我们失盗，可是靠这场雨，路上准能留出蹄迹来；我们赶快追，也许追得着……我们分两路搜寻，赶上他们，把马夺回来。若是夺不回来，我魏天佑就没脸在这场子里混了！"

昭第姑娘忙道："这个，丢了马总得找。不过二叔何必这样挂火？这盗马贼也许是近处吃'风子钱'的，二叔可知道他们谁跟咱们闹过气的？"

魏天佑道："姑娘，事势紧急，你先不要问了，你只紧守底营。我这就追下去，明天能够回来，咱们还可再聚。要是回不来，好姑娘，你告诉你父亲，就提我魏天佑要把这条命报答知己了。"说完这几句话，向伙计们一点手，要过一盏孔明灯，拔步径奔柜房。急急安排一切，便传齐一班马师和掌竿的，抱拳发话道："众位师傅，我如今要连夜出去寻马。唔，是的，紧一步是一步的便宜。诸位有愿意跟我走的，就请预备家伙，一齐上马，咱们分两路往下蹿。我看贼人得手后，不是奔西北，就是奔东南。西北是李家店、营城子、下九台有一拨吃'风子钱'的，新在那里安窑立柜。不过还没有听谁在近处抢过买卖。可是咱们这回事很像，他们从西北角入栅，正和他们的老窑方向相对。刚才刘义刘师傅也这么猜测，怕是下九台来人掏的。可是我又看挑开的道，往东南去还有蹄迹，那就是奔老林、霜头寨、黑石岩、宁古塔的去路。这条线上也有两处老窑，一处是赤石岭，一处是商家堡，这两处也有马贼，也是最有嫌疑。我们必须分往这两条路上，溜一下子看看。我们先奔东南，再转西北；哪位跟我走，请随我来。"魏天佑这么交派完了，就要收拾兵刃，往场外走。

昭第姑娘喊道："二叔，你就要走，也得留人看家，还有白天来的那个小子，怎么样呢？"

243

魏天佑矍然道："可是的，这也是块病！这小子不知醒了没有？冯师傅，你过去假装没事人，去看一看他，探探他的口气，验验他的鞋底，有泥水没有。此时他若是醒着，……"司账马先生道："那一定有毛病。"魏天佑道："不然，这大雷雨，他若是真是投效的人，就该惊醒，他若是奸细，他一定蒙头装睡。冯师傅，你务必偷偷看看他的鞋。"

冯连甲依言，奔往北客屋。魏天佑却不闲着，忙着分派留守的人和寻马的人。他还是不放心牧场，派的留守人多，出寻人少。大家就说："二当家的出去寻马，要多带人才好。不管怎样，您当天总得赶紧回来，或者有了眉目，先打发一个回来送信。"魏天佑哼了一声，忽然那从外面进来的冯连甲大声嚷着道："二当家不好，那小子没影了！"

众人一齐吃惊。魏天佑拿眼盯着冯连甲，冯连甲盯着杜兴邦。杜兴邦蓦地红了脸，跳起来骂道："这小子敢情真是奸细，可把杜大爷冤苦了！"翻身就往外跑。

昭第姑娘这些人也都忍不住了，更无暇细问，打起灯笼，齐往北客屋寻视。

那投效的壮士袁承烈，不但人已失踪，连小包袱也已不见了。屋地上泥迹脚印，历历分明。此人必曾冒雨出去过，然后回来，带包逃走了。魏天佑骂道："我说怎样？这东西一定是盗马贼派来卧底的奸细。杜师傅白天还说我多疑，究竟还是我们太大意了。咱们找他去吧！"杜兴邦抓耳搔腮，愧愤难当，立刻自告奋勇，要随魏天佑出发；他抽出一把刀，比比画画，恨不得见了奸细给他一下。

魏天佑把场中事重托了司账马先生和昭第姑娘。他自己刻不容缓，率领十几位马师，出离牧场。牧场中混进奸细，以致失马，固然很可耻；可是反面一想，寻人认贼，又似添了一层把握。魏天佑打定了主意，要遍访各马贼的老巢，指名问人讨赃。当下放开马，带着猎狗，如飞地寻下去了；沿路的蹄迹和马粪做了追踪的线索。

第二十章

韩昭第凌晨缉盗

过了一会儿，雨未放晴，天已大亮。昭第姑娘知道魏天佑此次非常震怒。场主把全场的事业、财产，一手交给他照管，不想竟在他手中闹出事来。偏巧又是在烟筒山三当家吴泰来失事之后，这不凑凑对儿给场主添烦；因此魏天佑越琢磨越心窄，自觉无面目再见场主。听他的口气，此去不访着贼踪，再不肯回来。昭第姑娘容他走后，和司账议论此事。司账说："魏二爷要拜山寻赃，恐怕弄出差错来。"昭第听了，不禁着急，魏天佑不止于是父亲的患难至交，并且是条得力的膀臂，决不能教他有了失闪，这可怎好？

昭第姑娘一只脚踏着凳子，手拄账桌，默想了一回："魏二叔率众出去，踏迹寻马，自是无妨；若真如司账所说，他要拜山讨赃，那可就不好了。魏二叔和近处马贼素少拉拢，人又性急口直，弄不好，倒许给父亲惹出事来。"

昭第一拍桌子，站起身说："这个，我得追他去！……我们想个什么法子……"

话没说完，吓得司账马先生连忙劝阻道："姑娘，姑娘，这可使不得！怨我多嘴，我不过这么猜想；魏二爷是老关东了，也不会激出错来。您是场主的千金，您可不要出去。您要出去，咱们这里成了空诚计了，一个主事人也没有了。贼再来捣乱，那可怎么得了？姑娘，您趁早别去，千万千万去不得！"连说了好几句去不得。

昭第姑娘微笑道："我想去，也得敢去呀？"

又谈了一会儿，昭第姑娘打个呵欠，说道："闹了一夜，好困！雨住了，我要回家睡觉去了。这场子里，马先生多偏劳，日里夜里应着点。陈

245

伙计给我备马，我要回家去了。"且说且起身，出离柜房，趁雨住天明，复到马圈上，重勘一过。已拔的棚木，早经重按牢固。

有几位马师正在那里讲究，见昭第姑娘走近，一齐招呼。昭第姑娘笑说："我们真是贼走关门了。"便凑到失盗的马圈旁，加细复验。当下看出贼人下手，非常巧捷；并有驯马的高手在内，所以那样的生马，竟老老实实容他牵走。

这丢去的七匹马中有三骑是快马韩亲自选出来的骏马。据说这三匹马全是难得的良骥，虽不是千里驹，全有六七百里的脚力；要是驯出来，全能价值千金。这三匹个个不在场主那匹银鬃雪尾马之下。不过凡是良马，天生的力猛性烈，不容易受羁勒，比较平常的马调着费事，还得有真经验，有真本领的马师，亲下功夫，排、压、控、纵，须懂得马的脾性，才能着手。若是驯调不得法，反容易把这种良马糟蹋了。快马韩在这拨马群里，得了这三匹良驹，非常高兴，每天亲自调练。在十分忙时，只教老马师刘义帮着自己，概不准别人妄动。

这三匹良马，内中单有一匹火烟驹，浑身毛皮如同赤炭，夹杂着一片片的黑毛，正像烟火燃烧似的。这一匹尤其性烈力大，不受羁勒；在马群里没挑出来时，已伤了两三个伙计。每回都由快马韩亲自动手，才能给它挂上笼头。直下了七八天的工夫，还是不时地犯性，并且爱咬群。在大圈里，也是单立槽口，不跟别的马挨近。不料这三匹烈马竟被盗马贼一举盗走，这等身手怎不惊人？

昭第姑娘验看大圈里所失的四匹，还不怎样惊异；贼人只是用极好的刍豆，诱得牲口贪食，便把它一匹一匹牵引出圈。只那三匹烈马，绝不是刍豆能诱得住的；可是小圈里的蹄迹并没有凌乱挣跳的形迹，猎狗也没有闹，这就可怪了！只不明白贼人用什么法子，犹能仓促间驾驭得了这种烈马？并且三匹马便被盗马人的威力镇住，凭这种马，就是不咆哮，也得嘶鸣一两声，在马圈邻近的守夜伙计也可以听见，怎会一点声息没有？或者是马走蹄声虽有，却被雨声遮过，这是天与其便，由不得人了。

昭第姑娘验看完马圈，复到牧场外围看了一遭，看罢又是惊异，又是愤怒。嘱咐一班掌竿师傅，多加小心照管马圈，自己折奔马圈后的排房。

牧场里伙计们住宿的房子，跟场主住宅的跨房瓦舍截然不同，这只是板筑的窝铺罢了。全用木板搭盖，方丈小屋，高一丈二，每间只容两个至四个人住宿。通体是木料，只有顶上盖木板，外加一层茅草，为是搪雨雪渗漏。每一排八间，却占十五间的地址，第一间跟第二间隔开一间木屋的地方，为是防备火灾发生。假如第四间木屋着火，第三间、第五间不致被延烧。这些木屋拆卸时极易，再移挪到别处，依然能用。这因为畜牧的事业本是游牧性质，水草一断，这个地方便不能再住，立刻得迁移到水草丰肥的地方去。天时地利，变化无常，本是水草丰足之区，经过数年，或许水源干涸，土脉起硝，或野烧太广，也不得不迁。如到极边远的地方，连木屋全不用，一律用帐篷，全为迁移便利罢了。可是像快马韩所设的牧场，地在龙岗山麓，襟山带水，实是大好牧场，不会有变化的，不过不能不提防。

这木屋每五排，四十间是一部，在第五排排房后是一座庞大的饭厅。饭厅倒是按土著民房建筑，是圆形苇把泥坯墙。光圆茅草的顶子，里面轩敞异常，足容百余人吃饭。后圈也是照样搭着木板排房。另有客屋，其实也是板屋，无非稍为高大罢了。

昭第姑娘径奔前面排房第二排查看，这里的弟兄已全数出动散布开，每排只留一人看守。昭第姑娘查问白天那个自称姓袁的奸细，现已逃跑，昨夜他有什么口风没有？

那留守第二排房的弟兄忙将周诚找来，周诚本奉命暗中监视袁承烈，不幸昨夜风起防雨时，他也抢出来帮忙；一时大意，竟令袁某逃走。此刻站在昭第面前很觉抱愧。昭第姑娘抱怨他几句话，跟着就问他昨夜监视盘诘的情形。

据周诚说：此人口风很紧，一点什么也套问不出来。我们故意地拿江湖道上的话引他。听他口气，不过一知半解，好像实非此道中人。至于他是不是故意装作那样，就不得而知了。

"当时我们又跟他谈起走关东，练武功，打把式卖艺，到处吃香，受好朋友另眼看待；别管会的多会的少，总要手底下明白两下子，才能在关东三省吃得开。这个姓袁的听这个话时十分叹息，据他说：关东三省是好汉出头、英雄用武的地方，可也全靠老江湖，眼睛亮，有人缘才行。若没有真才实学，眼里又不认得人，好汉子一样吃亏上当，跌倒爬不起来。手底下有根，满不如心眼儿里有数；江湖饭还得让江湖人吃，言下颇有吃尽亏、上过当的意思。"

昭第姑娘听了，眉头紧皱，向看守排房弟兄和周诚等一挥手道："好吧，你们小心守护。如若那姓袁的万一装没事人，溜回来，你们就把他看住了，别教他走了。他如敢支吾，你们就赶紧鸣警，召集留守的老师们，把他先拾掇了，等我来场发落；现在我要回家了。"弟兄们连声答应着。

昭第姑娘又亲自把排房里查看了一遍，认定这新来投效的人，是盗马贼的内应。自己赶紧上马，折奔本宅，向姨奶奶屋里打了个晃，忙返自己屋中。匆匆换了一双鹿皮包尖靴，背铁胎弓，跨弹囊，佩双股剑，提一根花枪，收拾出来，对姨奶奶说："牧场闹贼，我要代父守场。"

快马韩的侍妾固是长亲，却非嫡室，素日怕着小姐的。她看出昭第姑娘面容紧张，全副武装，要问不敢，装不知又不能，刚叫了声："姑娘，你昨儿晚上……"

昭第姑娘回眸一笑道："姨妈，我不会偷跑！就是昨晚下雨，才闹的贼。二当家追贼去了，我得替他守场子。"边说边走，已经上马了；陈伙计策马跟随在后。

昭第姑娘重返牧场，进了柜房，对司账马先生说："我要带几个人，出去勘道。"

马先生说："这个……"昭第把眼一瞪道："丢了马，不找行么？"又放缓声音道："马先生，你多偏劳，好好看着咱们的牧场。二当家往东南去了，我只打算往西北验验蹄迹；不到午饭，我准回来。"马先生搔着头皮道："姑娘午饭在哪里吃呢？"昭第道："我叫他们带着干粮水壶，不过是个预备，我也许午饭前赶回来呢。"

马先生和一班马师都劝不住，只得嘱咐道："姑娘多加小心，多带几个人去，能够不再出事故才好。"

昭第笑道："我也是关外土生土长，这种生活过惯了，有什么可怕？何况又不是临敌上阵。并且我这匹玉雪驹，只有场主的银鬃雪尾驹追得上，可也就是短趟子；要是跑长趟，哪匹马也比不了。万一路上遇警，我纵马一跑，立刻化险为夷了。我这回只要勘出形迹，一定先翻回来，和诸位从长计议，断不教老师傅们悬念。诸位只把场子看好，不再在白天出错，就很好了。"

司账马先生和留守的马师们，被昭第姑娘这一番话，说得稍稍放心。昭第姑娘更不迟延，忙选了三位武师、一位马师，伴她出寻。选人时她用了一番心思，单选那气豪胆大的莽壮少年，免得他们畏慑不前。遂将玉雪驹牵来，接过缰绳，左脚微点镫眼，腾身翻上鞍去，那根花枪就顺在腿下。又一抖缰绳，这匹骏马一声长嘶，四蹄放开，冲出场去。随行武师也忙上马，跟了出来，却忘了携带猎狗。

出离牧场，略勘近处，有许多蹄迹，越过一片草原，折向东南。众人都说："这是魏二当家率众蹑贼的遗迹。"

昭第姑娘志在寻人，尤要于追马，便说："我们先勘东南。"

众武师听了，一齐加鞭策马，往东南荒径上走去。两边半人高的荒草，被野风震撼，沙沙作响，夹着老林发出来的涛声，倍增荒凉之感。举目一看，天高地旷，把人越显得格外渺小。在这一望无垠的野地上，只有这几骑骏马奔驰；昭第姑娘虽说胆大，但也觉得气虚。走了一程，遇到有积水的地方，恐怕陷入泥泽。就得觅着较矮的草径绕过去。草中的爬虫狐兔之类，猛被铁蹄惊起，吱吱发着怪声逃窜。人们听了，未免有些心悸；走久了，也就不理会了。遇到有岔路的地方，就驻马审视地上是否有蹄迹。

昭第姑娘一气儿蹚出四十余里，面前忽逢歧路。有三股岔道，都没有蹄痕，更没有一点马粪遗溲。魏天佑带着不少人，总该沿路留有蹄迹，怎的会一个追不上。连蹄迹也没有了？莫非他们是踏荒走的？

韩昭第心中怀疑，下马细勘。勘完，揣度情形，择一条道，又走出十数里，估计着已到黑石岩不远，离宁安只有一短站。蓦地想起魏天佑临离牧场，曾说这一带有绿林的垛子窑，自己太疏忽，怎的当时竟没留神；离牧场时也没有向留守的马师们细问。在平日闲暇时，郊原控辔，虽见过两处小村落，但是绝不像绿林人出没之区。迟疑了半晌，问随行武师，他们也和自己一样，只知近处有绿林，不知巢穴确在何处。昭第姑娘想了想，决计蹚到宁安城；实在追不上，只好返回牧场，再作计较。

昭第姑娘拿定了主意，立刻重往前蹚。这一带已近老林，无边林木涛声更大了，风过处，猛如牛吼。昭第姑娘拭汗扬鞭，骏马如飞地又往东奔出十几里的光景，前面又有一条道，分成两股岔路，不知道该奔哪里去。遂勒住了牲口，往南北望了望，什么也看不出来。

昭第姑娘遂从马上下来，走上一道高坡，凭高眺望。北面那股岔道，荒草甚深；南面那股岔道，不远便有一片积潦，哪还看得出有人迹蹄迹。

昭第本着先难后易的道理，立刻直趋南道。从草地里，越过这段积潦去，走出十几丈外，地上见了没有积水的地皮。遂低头仔细查看，发现地上确有蹄迹。往前又查看了十几步，不禁大为失望，敢情只是一匹马的蹄迹。忖度着魏天佑决不会一个人蹚下来，还有随行的那班人，断不会不紧跟着魏天佑的后踪缀下来。这一定不是牧场的人了，当然也不是单行的贼踪。昭第姑娘十分怅惘地折回来，复向北道寻去。

不意这一带地势凹凸不平，往北去的路口，又有荒草掩遮。直走出一里地，面前忽现泥泽，水面更大、积水更深，地下不能往前再走。照第姑娘遂上了马，招呼随行武师，教牲口蹚着泥水往前探。直蹚了半里地，才见着平燥之地。昭第姑娘下得马来，抽枪拨草。逐步往地上寻看。忽发现几个蹄印，再搜下去，立刻惊喜十分。只见地上蹄迹散乱，留有马粪，分明像是马群经过的情形；并且雨后泥湿，尤易辨认。

昭第姑娘寻得了马群趋向，心里略微安慰。可是又想到这条路十分生疏，自己从前并没走过，也不知这条道究竟通到哪里。虽查出蹄迹，准是不是，还不敢定。万一是别的马拨子，那可糟了！昭第姑娘这一转念，愈觉前路茫茫。她带来的壮士却很欢喜，不住说："这里还有蹄印！那里还有蹄印！"以为很有把握了。

昭第姑娘默然不语，挂枪四望，暗打主意。无意中，忽一眼瞥见通左十数丈外，荆棘上挂着白素素的一团东西，远望辨不出是什么，可是格外刺目。昭第姑娘遂提枪拨草，一步步蹚到近前，往荆棘上一看：原来是一块长大的布巾，正像自己牧场中人所用的。这种布手巾二尺长、一尺宽，两头全有蓝色横条子；这是快马韩在宽城子布机房定织来的，凡是牧场里的兄弟，每人全发给一条；工忙用他拭汗，不用时往脖颈上系，用作本场人的标记；虽在昏夜，也可以一望而知是否自己人。

昭第姑娘手持这条布巾，不禁精神一振。心想：这定是场中弟兄由此经过时，遗落下的。这一来，足可以证明魏二叔确是从这里蹚下去的；这倒免得教我大海捞针、望风扑影了。赶紧告诉三个武师、一个马师；大家齐喜，遂飞身上马，一抖缰绳，很踊跃地蹚了下去。

这条道盘旋曲折，忽左忽右；昭第姑娘走着，微微动疑。天然的草径，绝不会这么曲折，看着颇像用人工开出来的，幸而走了一程还没什么岔路。约莫又走出有五六里地，仍不见魏天佑等人的踪迹。那个马师说道："怎么蹄印马粪又没有了呢？"一个武师答道："你得下马细看。"

大家正在议论，昭第姑娘猛抬头，望见前面林丛，忽有两三只飞鹰，盘空打旋，忽上忽下。趁着这荒天旷野，振振风鸣，另展开一种图画；昭第一心勘迹，也无心领略。一个武师在后面望见，出声嚷道："姑娘你看，那边林子后头，一定有什么……"

一言甫了，忽听林后扑的一声，惊破长空，紧跟着又砰砰连响两下。顿有一只鹰双翅一旋，一翻一复落下来。其余两只鹰突然疾如骇电，穿云直上，飞开了。一个马师叫道："咦！莫非是蒙古猎户么？我们可是白蹚了。"

一个武师道："绕过去一看。便知道了。"

哪知：他们五匹马刚刚放开铁蹄，远远地便听见林边道旁，草丛之中，"吱"的响起一声呼哨。昭第姑娘这时恰在第二骑，不由诧然一惊，急一勒马缰，把牲口放慢了。头一骑那个武师也就勒住了坐骥，一齐张望。突见五六十丈外荆丛棘中，嗖嗖蹿出两个短衣壮汉，当途而立，高声喝道："来人少往前闯！是朋友，早报万儿，免得误事。"

昭第姑娘一听，附近真有绿林道的垛子窑。昭第姑娘懂得规矩，忙翻身下马，侧身站住，刚要举手发言；那第一骑武师早已抱拳高声答道："在下是快马韩牧场差派来的，有紧急事，要在贵窑的线上借道。当家的请念江湖义气，借道放行，改日快马韩定然亲身拜山道谢。"随行的众人全都下了马，站在路边。

那两个绿林道彼此私语了一阵。才由内中一人答道："原来是韩当家的牧场来的，我们久候了。但不知这个女子是谁？也是你们场里的么？"武师答道："那是我们姑娘。"

二贼相顾，私语道："谁的姑娘？"一贼又大声道："你们诸位大约是找人来的吧？先下来的那些位，全在敝窑歇马；你要见他们，请上马吧。喂，这条线上，你们走过没有？"

昭第姑娘此时不便抗言，知道一近他们垛子窑，定有埋伏。不如说实话，免得上当？连忙抢答道："二位辛苦了。在下头一次到这线上，请分神指示路径吧。"

那人答道："我们奉命守土，不便擅离。从这儿到我们垛子窑，还有五里地，共有三道卡子，从这里往北，走出八里多地，见着树林，早早打招呼。那里自有人指点道路，躲避埋伏。过了那片树林，奔西南走，又是三里多地的苇塘泥潭。把泥潭走尽了，就可以望见堡墙了，那里设有两道卡子。再走一段路，只要看见堡墙前的马棚。你只管把牲口交给他们，自有人领你进堡。听明白了没有？别乱走，别处的埋伏很多，告诉你也没用。请吧！"两对贼眼不住地打量昭第姑娘。在他们心中，有许多奇怪猜想。

昭第姑娘已跟匪人答了话，不论前途怎样，也只得闯一下子看。说了声："有劳指教！"腾身跃上马鞍，一抖缰绳，冲了过去。随行的武师自恃场主与这边绿林有交情，竟不阻拦，反而紧跟上来；连魏天佑的情形也没打听，打听也怕二贼不说。那两个贼登时往旁一闪，让开了路。昭第姑娘马走如飞，率众闯出不远，隐隐听得那两贼一阵狂笑的声音；昭第姑娘看时，已竟隐入草莽中，又看不见了。

昭第姑娘一边走着，一边盘算，就算魏天佑确已率众奔到这里，但是这里匪巢是什么情形，自己懵然不知；硬往前进，实在危险得很，只好硬着头皮，往前直闯。这时马走得不敢太快了，慢慢地往前蹚。不大的工夫，见前面黑压压的一片丛林，昭第姑娘知道第二道卡子到了。离着很远，把牲口一勒，按规矩一打招呼；果然有人暗中出来答话，盘诘一过，指点了道路。

昭第姑娘过了第二道卡子，顺着草塘泥潭往西南走。这一带形势非常荒凉险恶。右边是苇塘泥潭，左边林深菁密。所幸雨早住了，并且这一带土地是沙粒地，雨后水都泻入泥潭，路上倒十分好走，尘土不扬。昭第姑娘和四个武师提起全副精神来，提防着暗处。又走过一大段泥潭，目光所及，西南远远浮起三两点星星之光，测度着尚在半里地处。她虽说胆气豪壮，究竟在这时，既不知人家底细，未免有些惊悚。眼前这条道是荒林夹峙的一股窄径，有的地方枝叶低垂，人在马上就得伏下腰去，不然枝叶会扫在头面上。叶上面雨水未干，只一碰便"唰唰"的落下来，洒人一脸一身。

五个人穿行林间，猛然间从左边树林里发出"嘿"的一声，跟着发出一件暗器，啪的打在马前五六尺外的一株老树枝上；枝叶随响，纷纷落下。昭第姑娘正策马当先，一勒玉雪驹，左脚退出镫眼，往后一斜身，把铁胎弓摘下来，右手探囊扣弹丸，预备迎敌。

韩昭第方要喝问，只听左边树林里有人发话道："魏当家的连所带的人，都陷身在商家堡，凶多吉少；姑娘明去不得，最好请回；如要救人，也必得乘夜暗入，骑马不行的。我先走一步，姑娘还是请回吧。"跟着听得一阵轻微的脚步之声。

昭第姑娘忙惊问："说话的是哪位？你先别走！"哪知林中寂然，声息顿渺。

昭第姑娘急忙下马，往林中搜寻，暗中示警之人已然去远。此骑彼步，丛林荆棘，牵着马难以穷追。昭第心中不禁着急。怎的魏天佑跟所带的人全陷入贼巢？这一定是跟寻着盗马贼的巢穴，一时失计，着了人家的道儿了。只这暗中示警的，却是何人？为敌为友，善意恶意，都不可知，也许是故意吓唬人。魏天佑落在贼巢，是真是假，也很难猜，怎的他们一群人，就会被人一网打尽？

昭第姑娘满腹狐疑，一时拿不住主意。随行武师说："既已到此，不能后退。"昭第终于咬牙说道："不论如何，我们也要见个水落石出！"遂与四个武师低声商议，为小心慎重计，一齐下马步探。只是到了敌境，这几匹马却须藏好。大家说着话，取出水壶和干粮，略进饮食。

这时候天色已然不早，日光渐落；大家歇了一会儿，起身牵马前行。在这辽东深山大林的地方，最容易迷路。乍走进去，还可以记住方向，工夫一久，入林渐深。稍不小心，就要迷糊。昭第姑娘五个人且探且用器械在树干上留标记。挨到夜晚，就可以辨星认方向了。

众人走了片刻，渐近盗巢，昭第姑娘想要把这几匹马隐藏起来，却须藏在林深树密的地方，才免得被人盗去。大家在树林中钻了一阵，拣了一片枝干较密的地方，把这匹玉雪驹和四个武师的马，都拴在树干上。然后大家把弓剑全备好，穿着树林，往正南蹿下去。曲折而行，不到三箭地，林尽见山，便已望见山麓下那商家堡的土围子了。

昭第姑娘和四个武师停住了脚步，借林木障身，侧目细细地打量着前边土堡的形势。这时候已到黄昏时分了。

这座商家堡建在山麓，地势并不算太大，也就是方圆一里地大小；围子尚不过丈余，四角上也起着更楼。围子上黑沉沉，看不出什么来。五人所站的地方，只能看见堡墙北门；那里出现两三只灯笼，被野风吹着，不住地摇摆。在暗淡的灯影下，隐约有人来回走动。距堡门数丈，东西各有一间房子，是否就是那放哨贼党说的拜山接马的所在；离着过远，看不真切。

昭第姑娘打量盗窟形势，想往里闯，还不致费事。急忙退回林中，命那个马师看马，自己决计亲率三个武师，进探土围。当下绕林穿行一片片的蓬蒿荒草，从侧面扑奔土堡的东墙，避开堡门上巡守的匪徒，伏身猱进。

昭第姑娘最擅长骑术，对于轻功提纵术会而不精；但是登土围墙，却还不难。今晚她是初试身手，和三个武师，轻登巧纵，展眼间来到土堡切近。这时已看清：这土堡只有南门上站着四名匪徒，全是短衫裤，光着头顶，不打包头，辫子盘在脖颈上；每人提一口双手带的大砍刀，来回在堡子附近走溜。堡门前东西两排草棚，果是歇牲口的地方，马棚黑洞洞的，并没有马。

昭第姑娘向三个武师暗打招呼，轻身提气，拨草伏行，来到壕沟前。腰上一叠劲，借着腾身猱进之势，扑向围墙。用"八步赶蟾"的身法，脚点土墙根，"唰"的腾身上了土围子；三个武师也跟踪而上。昭第已登堡墙，恐怕上面有潜伏的贼党，赶紧向围场箭垛旁一伏身，往左右查看。见两旁并没有瞭高的人。自己这才放心，一长身直起腰来。

只见这围子内，附近没有房屋，有住宅也全在数丈以外。揣这情形，里面房屋不在少数，当中走道纵横，颇形宽敞。西南方一片火光，人声鼎沸。昭第和三个武师听这种声音，心头腾腾跳个不住。忙稳了稳心神，往四面看了看，径奔那盛张灯火的地方扑过去。沿着东墙走了一半，前面的灯火之光反被房子挡着，看不见了。昭第姑娘轻轻现身，凝目往下面看。下面院子内也是黑暗无光，从这所房往西去，房屋相衔，接连不断的有好几十间。不过这些房子，散散落落，都不成格局；有的四五间一段，有的四面全是一排十几间。当中有数十丈的大院落很像堆谷场院，又像练武用的武术场子。

昭第姑娘与三个武师分作两起，往土堡深处探视，越过两三箭地，立刻眼前陡现光明。灯火挂在木栅上，木栅前面又是一片极空旷的地方，远远望见对面的堡门。在这空地旁，又有一道木栅栏墙，圈起一大片房子。这里的房舍盖造得较够格局，数排长房，很是高大，从栅隙房角隐透灯光。更历历听见人声喧哎，可是听不清一个字。昭第观看良久，相度形势，恐怕正是全堡的主房。必须冒险一窥才好。

昭第姑娘向伴行武师一点手，先后溜下平地，那分路踏勘的两个武师就势也跳下土墙。四人遂又合在一起，伏身急行，蹿到东面；借着房屋隐身，仔细往栅院内看时，不禁蓦然心惊。

栅栏内，正房前，灯光之下，赫然入目的是一个敞穿长袍的匪首，身旁站立着四五名头目，两边散散落落聚着匪徒。倒有二十多只灯笼火把，或手持，或插壁，照耀着全庭。离开匪首数步，地上倒着几个人，内中有一人身边似有一大片血迹，不知是死是伤。又一拨匪人，各持着明晃晃的大砍刀，监视着地上被捆倒的六七个人。这被捆之人衣服穿着，越看越像是自己牧场的人。

空庭当中，有五个匪徒，牵着五匹枣红马，每匹马全用绊绳拴牢马身。绳子的那一头，紧拴在地上被捆的一人身上，两手、两足和脖子，各拴一套。这分明是匪首要用惨无人道的酷刑"五马分尸"法害人。地上这人手足脖子既被巨绳缚住，那边五匹马各拽一绳，只要牵马的一松嚼环，一挥马鞭，五匹马五处一挣，这个人就得被马分裂。即不然，也被绳套勒项，气绝而毙。这本是塞外牧场相传的一种酷刑，没听谁实行过。

昭第姑娘乍见之下，十分惊骇。尤可诧异的是，所用这五匹枣红马驹，很像自家牧场选出自用的马匹。这样看来，魏天佑等一定陷身这里了。只是将被这五马分尸的人，和地上别个被擒的人，究竟全是谁？自己隐身处只看见背影，竟看不出面貌。

昭第姑娘心中着急，便忘了危险；一手提弓，竟顺着栅墙，藏在黑影内，鼓勇往前面绕去。正面全是很轩敞的空地，栅门已经紧闭。昭第藏在木栅后，从栅缝往里窥看。三个武师也照样做，内中也有持重的，要把昭第拖出险地；昭第甩手示意，誓不后退。却幸火把的光只照及空庭三两丈以内，昭第伏暗窥明，居然看见那地上被擒之人，正是牧场中的马师、伙计，一个个捆绑在地上，不能动转。再看那将被裂尸惨刑的，正是魏天佑。

昭第姑娘这一看明，倍觉惊疑，想到魏天佑一身武功，并非泛泛，做事精干，素为爹爹重视；这次竟会被人一网打尽，足见匪党厉害。自己人单势孤，要想伸手救人，未必能行。只是目睹生死呼吸，哪有见危不救之理？她这里焦急惊恐，进退两难，急出一身汗来；她手下那三个武师全是鲁莽少年，此时竟也不度德，不量力，一齐跃跃欲动。

就在这工夫，火把光中，群贼往前挪动，似得动手行刑。那匪首冷笑发话道："牲口拴好了，赶紧动手。这几位好朋友大远地寻上门来，足见看得起我们，我们要好好待承人家。他们不是找马来的么？咱们就教他跟着马回去。"

匪首这一发话，立刻就有手下头目们豁剌往前一冲，全扑奔过来。

昭第姑娘，这时刚把匪首的面貌认准。只见这个匪首年约四十来岁，肥头大脸，下颌透青，一脸酒糟疙疸，从眉宇间流露出塞外一种犷野之气。这班匪党往前一冲，看这情形就要动手收拾人。

地上被缚的魏天佑好像才醒转过似的，忽地破口大骂起来。昭第姑娘按剑细听，只听魏天佑高声骂道："我魏天佑在关东道上总算是条汉子，什么样的英雄人物全都见过，就没见过姓姚的你这份朋友。好汉子讲究一枪一刀，脑袋掉了，怨它长得不结实。你这么对付魏太爷，我就是栽在你手里，决不心服，使暗算的是什么人物？姓魏的不过是牧场小伙计。可是，明去明来，我哪点不够朋友，请你点出来。我要有违背江湖道的地方，你就是把我寸剐凌迟，我死而无怨。你这么摆治人，我就是死在你手，也不心服；只算我瞎眼上当，日后总有找你算账的。"

魏天佑一阵狂骂，那匪首勃然震怒，立刻奔过来，俯着身子冷笑道："魏朋友，到了这时，你还道什么字号。你还想唬我么？任凭你说得天花乱坠，我也得给我们拜弟报仇。你伤了他，让他一辈子落残废，我只好对不住你。我商家堡在这条线上。这些年没有招扰过好朋友。你们自寻苦恼，找到我们头上，这是你们不睁眼。我要不给你们个厉害，也教别的好朋友们看着商家堡是容易沾的主儿了。姓魏的，就着你没死前，把话听明白了。你是英雄，教你死得也英雄；你是贩马的，教马送你的终！我还教你放心，快马韩他不是你们的头儿么？他在关东道上也有个万儿，跟我也认识，我这是替他清理门户。我发送完了你们哥儿们，我自然就去找他。我倒要问问他，上门口欺负人，这是怎么讲。我姓姚的专斗的是人物，从这时起，算是定下约会。我倒要看看这名震辽东的快马韩，是怎么样的英雄，我要领教领教他？话已说明，这总教你死得明白了。你就闭眼吧，相好的！"

匪首说到这里，转身挥手。那五个拴马的壮汉，各把鞭子一举，眼看魏天佑被五马分尸，惨死在商家堡。

第二十一章

飞豹子孤掌解纷

昭第姑娘再不能俄延，一咬牙，开了扣弹，将要冒险救人。就在这刹那间，突听得侧面木栅，有人用沉着的声音发话："你们别动，先看我的！"

昭第姑娘回头惊顾时，一条黑影于身旁数丈外，斜掠而过；跟着身形一起一落，已到了魏天佑的头前。这人手里只拿一把短短的匕首，用轻灵迅捷的手法，哧的把捆魏天佑的五根绳子，全都割断。在场群贼哗然惊叫！五个牵马的壮汉离得最近，就往前猛扑过去。

那救魏天佑的人忽然哈哈一笑，把手里的匕首反往地上一扔，抱拳环揖，高声说道："朋友们，暂请手下留情！可否容我说几句话？我在下明知油锅，硬往里跳，我没有打算逃走！商家堡是哪位当家？我要会一会儿高人，请当家的答话。"

匪首姚方清立刻向前叱问："什么人大胆，擅闯我商家堡？你藐视我姚方清，相好的，你是谁打发来的？报上万儿来！"

当此时，魏天佑乘间挺身跃起，在火把光焰闪烁中，急看来人：年约三旬以上，豹头环眼，巍然站在那里，不怒自威。再不料此人竟是牧场中头天来投效的那个姓袁的汉子！事非寻常，不但此间寨主惊诧，便是魏天佑和昭第姑娘也都觉得离奇。

这个袁承烈把魏天佑的衣袖一拉，教他跟自己并肩站立。复又面对姚方清，抱拳拱手道："尊驾就是这商家堡当家的，很好！我袁某本是局外人，跟快马韩一不沾亲，二无友谊。不过是路经贵窑，见当家的你竟因一时的气愤，要用这武林中不齿的非刑，来对付江湖道上的朋友，岂不招英雄耻笑？今日姓袁的不避刀锯斧剑，要出头领教领教，请姚当家的明示结

257

梁子的情由。你要是不敢斗快马韩，想杀人灭口，在你垛子窑里，那当然由着当家的你施为了。你要够得上关东道上的朋友，你应该大仁大义，放了他牧场的人，教快马韩出头。常言说得好，打狗看主。"

袁承烈用手指被擒的人道："这些人全是快马韩牧场中的伙计，他们做事有不对的地方，姚当家的应当看着快马韩的面子。你若是硬把牧场伙计杀了，剐了，固然出气了；可是凭你的身份，跟伙计一般见识，岂不是小题大做？好汉做事，要能摆在桌面上讲。我在下既然多事，我再告诉一句话：快马韩现时没在家中。你把他手下人都杀了，只算是乘虚而入，人家总有回来的那一天，人家要是邀集附近出头人物，登门赔罪，拿场面话来问你，你怎么回答人家？……一枪一刃，您得跟快马韩比画，跟这班人生气，怕不值吧？"

商家堡这位姚方清寨主，自从成势以后，十几年中，就没遇见人敢这么指名排揎他。今夜这青年竟敢如此目空一切，哪得不惹得他怒气填胸？赶前一步，戟指指着袁承烈的鼻子，纵声大笑道："好辞！好辞！你不要管我做得对不对，我先问问你，你凭什么，敢跟我说这话？我把快马韩的手下人扣下了，要处置他们，不是我不通人情。你知他们赶上门来，是怎样欺负人么？他们说是丢了马，抽冷子闯到我线上来，三言两语，跟我们的周老弟动了手。他们难道不知周老疙瘩是我的盟弟么？这姓魏的硬给砍伤，还削掉了四个手指头，把我们人害成残废。我若不把姓魏的处置了，我手下人要笑我欺软怕硬。袁朋友，承你出头了事，你且报个万儿来，我和快马韩是怎么个称呼？我听听你的，再讲我的。"

袁承烈叉腰一站道："当家的，要问我的来历么？在下姓袁，名承烈，和快马韩是慕名的朋友。我因访友，路过贵处；既知你们两家不和，不量斗胆，想给二家息争，绝不敢偏向哪方，这一点请放心。"

姚方清把双手一张，大声道："好！天下事本是天下人管的。袁朋友，你是光棍，你匹马单枪，硬敢给我们了事，我先谢谢！你说快马韩不在家，这话可真？"

袁承烈道："快马韩若要在家，我也不到这边来了，他们也不到这边来了。"姚方清把眼睛瞪得很大，登时将主意打好，突然说："快马韩和我是邻居，彼此对兵不斗，逢年遇节，也常来往。这回他手下的人太以无礼，他们丢了马，竟寻我的晦气，我不能受这个。你阁下既然出头了事，我别看不知你的来历，只看你这股劲儿，我也得和你交交。来呀，把人全给我放了。"

手下匪党怔了一怔，交头接耳私语。姚方清不耐烦，又大喝一声："听见没有，把人全放了！"手下人这才把地上被捆的人，一齐松绑。

袁承烈举手道："我谢谢当家的！"姚方清忽然一笑，挥手道："慢着！袁朋友，我把这几个人放了，固然冲着我老兄，我还冲着'快马韩没在家'这一句话哩，你要明白！"

袁承烈颜色一变道："我知道，我再替快马韩谢谢！"姚方清猛然将身一横，双眼彷徨四顾道："我现在把人放走，以后就专等快马韩回来再讲么？"

袁承烈将身子一退，抱拳道："我听你老的吩咐！只要赏脸，教我怎么样都行。"姚方清冷森森的又笑了一声道："对不住，我们商家堡这小地方，有这么一条规矩：不能教人家拿一口空唾沫，给了结正事。你阁下空手而来，我们这些人眼看着你阁下就这么走了，我们未免短礼！"

袁承烈道："哦！我在下确是空手而来，浑身只有刀剑口，两掌并无百炼钢。当家的不嫌我末学后进，要面加指教，我当然不敢退缩……"

姚方清大喝道："你们别看热闹了，过来陪袁朋友玩玩！"商家堡群贼嗷应一声，各亮兵刃，往上一围。内中一个年轻汉子，名叫裕海的，手底下又黑又快，挺七星尖子（较匕首长，比单刀短），"唰"的刺来。袁承烈猛翻身，往右一晃，铁臂陡分，"砰"的一掌，打在裕海的胸口"华盖穴"上。手爪箕张，又一探，刁住敌腕，只一拿，裕海立刻呻吟倒退。他的七星尖子不知怎的，竟到了袁承烈掌中了，手法非常的快。

贼人过来的不止一个，四周五六个贼，蜂拥齐上，把明晃晃的家伙，上上下下递过来。袁承烈已曾防到，缩身抢步，要踏虚而进，先放倒一两个示威。二当家魏天佑血脉已活，大吼一声，与被擒才释的同伴，纷纷动手……

突然听弓弦响处，啪啪啪，从栅外黑影中，飞来弹雨。扑扑扑，火把的火焰骤被打灭数只。两边的人不明敌己，霍然蹿开，一齐扭头，往栅墙缝影里寻视。持火把的贼也骚动起来。寨主姚方清急急抢过一把刀，厉声喝道："什么人在暗处捣鬼？"

栅外一个清脆的喉咙叫道："姚大叔，是我来了！"魏天佑大惊，这是昭第姑娘。"这可糟!"魏天佑惊惶无地,场主没在家,自己失马丢人,累得场主爱女来临险地,简直把他急坏。抬眼看时,昭第姑娘凭栅一跃,率三个武师,直走向空庭。

寨主姚方清也是精神一耸,火把余光中,急看来人:竟是二十许多的一个姑娘,身量颀长,面容仿佛很美;穿着似旗妆非旗妆的急装紧裤,手弓背剑,姗姗走了过来。

姚方清忙道:"这位姑娘你是哪位?"韩昭第回手挂弓,双手一垂,柳腰微俯,行了一个"蹲安",含笑叫道:"姚大叔,不认得我了?你的好朋友快马韩,那就是我父亲,我就是他跟前没出息的姑娘。记得前五六年,我还见过你老呢。那时您不是同着一位姓周的周大叔,到我们马场参观去了么?你老临走,还赏了我一副碧玉镯子,我父亲教我给你道谢。另外我父亲还送给你一匹狼掏臀的马。……我的名儿就叫昭第。"

姚方清把身子一挫,道:"哦!您是韩大姑娘!……五六年没见面,你真成了大姑娘了。你从哪儿来?你父亲呢?"

昭第笑道:"我父亲真出门了,我是刚从牧场来的。你老还不知道么,我父亲从来不敢得罪人,这回不知怎的,牧场接连出事。昨晚下雨,又丢了几匹马。丢马是小事,无奈我父亲没在家,场子里的人吃不住劲,可就乱碰头,瞎胡找,错扰到大叔您这根线上来了。我一听就很着急,才连忙追来。真是的,伙计们不知咱爷们的交情,你老别生气,我给您赔罪。"又深深一安,群贼愕然。

昭第姑娘明面出头,姚方清窘住了,把脸扭到别处,口中说道:"姑娘你真不含糊,将门出虎女……"顿了一顿,转脸来,一指昭第背后的弓,把语声加重道:"姑娘的弓箭真高,刚才……"

昭第忙道:"让您见笑!我只是闲着没事,常打鸟玩。刚才大家要动手,我怕谁误伤了谁,都不好,才胡乱将火把打灭。侄女可不敢在大叔面前逞能,我是劝架啊!"又赔笑前挪了一步道:"大叔,我跟您讨脸。把他们放回去。他们得罪您,我父女赔罪。我父亲过几天就回来,他一定登门负荆。"

姚方清道:"这一位朋友又是何人?我却没听说过,也没有见过。"昭第姑娘道:"这位袁壮士么,人家是新朋友,大远地慕名拜访家父来的。听见这事,也替我们着急,人家也是赶来劝架的。大叔,你放我们走吧。话说回来,您不赏句话,侄女可不敢偷溜走,你真格的不看我父亲的老面子么?"

武林道中,男女界限很严,长辈尤不能跟晚辈较量。姚方清无计可施,抱拳笑道:"姑娘,你这是什么话?冲着你父亲,我绝不敢胡来,刚才我是故意试试这位袁朋友的胆气,我商家堡不论吃多大亏,伤多少人,天胆也不能扣留快马韩牧场子的人哪。"信手一挥道:"姑娘,这几位既然都是贵场的人,你就把他们带回去吧。"

昭第道:"那敢情好,我再谢谢!……大叔您可别跟侄女开玩笑,您教我领走,我就真领走了。来吧,伙计,咱们改日再来道歉。大叔,不怕您见笑,我们还得找马去;我们丢了七匹马呢,太丢人了。"

姚方清道:"姑娘太客气了,姑娘先别走;大远来了,我这里有一杯水酒,略表地主之谊,要请大家赏脸。诸位放心,在我线上,如有人动诸位一根汗毛,那算我姚方清纪律不周。"吩咐手下人:把扣留之物也都检还。又向魏天佑举手道:"得罪,得罪!"

魏天佑道:"见笑,见笑!今天承寨主大仁大义,我魏某永远记在心……"袁承烈忙推他一把,方不言语了。

袁承烈就说:"天已不早,赐酒改日叨扰。既承当家的仗义释嫌,我们就含愧告退了。"

牧场众人都觉得这样下台,似乎太易;大家凑在一起,羞惭无地,齐向姚方清告辞。这个新来壮士袁承烈,不明白塞外豪客相处之情,心中更不无惴惴。

看那姚方清,真如没事人一般,向手下的党羽挥手道:"排班送客出堡!"堡中的党羽互相传呼,各持兵刃,列队相送。姚方清手下受伤的人都不甘心,只碍着首领,全怒目相视。这一齐队,大约商家堡的党徒全出来了,由栅墙起,直排出堡门;两行灯笼火把,照着一排雪亮的刀枪,光芒闪烁。魏天佑等走在当中,真觉得冷气森森,韩昭第脸上也微露惊容。只那袁承烈,昂然举步,目不旁瞬。好似眼中没有这些人似的。

姚方清督率着手下党羽,往外相送,那几个头目就紧随在背后。姚方清也只注定这姓袁的穿着打扮,此人绝不是久走关东的江湖道,居然穿行枪林,旁若无人,到底是从哪里冒出来的这个人物呢?姚方清是一寨之主,不由把袁承烈多看了一眼。心想:"快马韩这家伙不知从哪里搜罗来的,这人准是把好手。"

当下直送到堡门前，这就该告别了。袁承烈和魏天佑，一先一后，夹持着昭第姑娘，回身抱拳。姚方清直到这时，猝然发话道："袁朋友这回翩然光临，我深以为幸。可是的，韩场主哪天能到敝处来呢？这件事，请袁朋友保证一句。"

　　昭第姑娘道："姚大叔，家父只要回场，准先到这边来赔礼。"

　　姚方清笑道："那可等不了，谁知他多咱回来？诸位是明白人，这件事不算了结；如果这样模模糊糊完了，我怎么对得住手下受伤的那几个弟兄，我若不给他们顺过这口气，往后我怎么再用他们？"

　　魏天佑脸都气紫了，就抢着说："那容易，五天以后，敝场一定有人来赔罪！"

　　姚方清不搭这碴，转而看袁承烈。昭第忙道："大叔，咱们一言为定，五天后准到您跟前来赔罪。"

　　姚方清笑了笑道："咱爷们是自己人，姑娘，我不能跟您说什么。老实说，我愿意听这位袁朋友一句话。"

　　这简直要的是这么一股子劲。袁承烈也不由红了脸，道："堡主把我太看重了。我说是快马韩的生朋友，堡主大概不相信……"

　　姚方清笑道："你这么出力给我们两家了事，不是韩老哥的亲信，不会这么卖命。"袁承烈一听这话，咄咄逼人，也激出火来，抗声道："堡主既然这么看，我也无须多辩，这件事就算我的事吧。刚才韩场主的令爱已经说了，我再重说一句：五天以后，我们准有人来，给您顺气。"

　　姚方清大指一挑道："痛快！我谢谢您阁下赏脸。我说弟兄们，都听见了吧？不是我姚某怕事，这里头碍着朋友面子；这样办，你们觉得怎样？"紧跟在姚方清背后那几个副头目，闻言相顾低议。内有一人姓周，用布缠着手，便是与魏天佑动武，被砍落手指的人，此时忙说："大哥看着办，咱们弟兄不是不开面的人。我的伤不算回事，四个手指头值什么；脑袋掉了，不过是碗大的疤瘌。五天后，咱就五天后，不过我得请魏朋友也到场。"

　　魏天佑冷冷地说道："我一定给周爷赔礼来。"

　　袁承烈忙道："就是这样子吧，我们一言为定。天实不早，这里有韩姑娘，是女眷；堡主没有不开面的，我们可以早走一步吧？"

　　姚方清抱拳道："请！"

袁承烈又道："堡主，我们还有一个无礼的恳求，堡主可否派一位弟兄，给我们引路？"

姚方清哈哈笑道："大丈夫一言出口，如白染皂。咱们已然说定，前途一准平稳无阻，尽请放心。……我还有一句话，不说不明白。大姑娘和这位袁壮士，你们以后如要光临敝处，还请你在线上挂号，别这么自己进来。你们几位悄没声地闯进来，固然显得武艺高强；您可知道我们卡子上的弟兄，有多少犯了辣阶之罪？我若不罚他们，以后倘有急警，卡子岂不成了虚设？我若罚他们，诸位面子上过得去么？"这句话说得最辣，姚方清手下人听了，方才心平气和。

袁承烈和韩昭第微微一笑，口头上连说："对不住，对不住，是我们心急鲁莽了！"这样说法，就算很让面子了。

姚方清顺过这口气来，把腰板一挺，说道："恕不远送！天实不早，诸位上马吧。"跟随魏天佑出来的一位马师道："我们的马姚堡主还没有发还呢？"

姚方清故意矍然道："忘了，忘了！来呀，你们怎么不把人家的马牵过来呢？"

魏天佑明知姚方清恶作剧，却也无法。姚方清只送出堡门便回，另由副头目率党羽，持灯笼火把，伴送着出了头道卡子。马师向这伙绿林豪客作别，众人牵了马，走出数箭地，这才站住；回望盗窟，犹透火光。昭第姑娘见魏天佑垂头丧气，懊恼异常，也顾不得安慰；命手下武师，先入林中，找着看马的马师，把藏着的五匹马牵出来。然后向袁承烈再三道谢："若不是你露这一手武学，只怕我们不能好好出来。"

这个投效壮士却把昭第姑娘钦佩不止，以为有胆有智，巾帼丈夫，对昭第说道："我还得谢谢姑娘哩。要不是你飞弹打灭灯火，我也要吃眼前亏呢。"

昭第姑娘转问魏天佑："您是怎么和姚方清闹翻了？咱们的马是落在这里么？"

魏天佑咳了一声，道："我们一路寻马，被猎狗误引入他们的卡子。他们那个姓周的太不讲理，三说两说，就我一枪。我不能不还手，就把他的手掌劈了。姚方清一出头，就施诡计，把我们诱入陷坑。饶没访着马，伙计们反倒全受了伤。姑娘，我这回栽到底了！你爹爹把留守的事交给我，我竟给你爹爹丢这大脸，我没法子再干了!"又问道:"姑娘，你怎么也出来了?这太险了，你是闺秀千金，万一出点岔，我拿什么脸面见你爹爹!"双手交握，样子很难过。

武师们齐劝道:"二当家不要难过，麻烦遇上了，也没法子。咱们是好汉搪不住人多，一刀一枪到底没输给他们。他们施的是埋伏计，不是咱们盯不住。咱们人受伤，他们受伤的更多，算起来还是他们吃亏，我们虽败犹荣。"

昭第姑娘问:"都是哪几位受伤?"这一回合打得很凶，周老疙瘩固然吃了大亏，牧场里边几乎个个挂彩。所幸伤都不重!只是先中箭，后被擒，缺药救治，失血稍多;此时都撕衣襟，缚住伤口。魏天佑伤得较重，他并不介意，只是心上难过。

昭第姑娘和大家都和袁承烈道劳。这个投效的人来历不明，起初人们还猜疑他，想不到当晚便深得他的用。他是第一个发现盗马事件的。大家慰劳他，他只向大家客气，胸中另有秘计，要待机施展。

昭第姑娘总是惦记着失马，忍不住又问众人:"你们跟姚方清打了一阵，到底得着盗马贼的线索没有?"

一个武师道:"没有访出来，所以二当家的才格外着急;跟姚方清手下的周老疙瘩乍见面就说僵了，跟着动起刀来。"

昭第道:"哦，那是怎么的呢?"

魏天佑负惭不愿详说，别个武师刚要述说原委，另一个拦阻说:"反正今夜没法子访查了，咱们先离开这里。现在乍离匪巢，耳目切近，我们回场细谈吧。"

大家都以为然，魏天佑更怕牧场再出岔错;当下各整雕鞍，立即遄返。查点马数，竟比人数少了两匹。那报效壮士袁承烈没有骑马;魏天佑一行中，和贼动武，伤了两匹马，还短一个人。魏天佑便挑选健马两匹，教体矮身轻的四个人共跨两马。给袁承烈匀出一匹来，立刻大家扳鞍认镫，向牧场出发。他们仍恐中途被袭，虽有灯笼，竟摸着黑走。他们的骑术个个很精，居然黑夜扬鞭，疾行毫无闪失。报效的壮士袁承烈，似乎骑术稍差，夹在马群中，有人开路，也可以控纵自如。一路上但闻野风怒吼，荒草哀鸣;马师们仰看天星，辨路前进。走了好久，居然一路平安。他们望见牧场中心挑出来的天灯了。

魏天佑长吁了一口气，招呼大众，把马放慢。到牧场栅门前，下马叩门。早有了望的人看见来骑，向柜房讨来大锁的钥匙；略作问答，把大家放入。司账马先生披衣起来，说道："二当家和大姑娘一路回来了。你们在哪里遇上的？寻马的结果怎样？"忽抬头看见袁承烈，被大家客客气气地让进柜房，马先生不由一愣。

昭第姑娘用手巾拭汗，说道："马先生，你先别问，快给我们弄点茶水来。我们全没吃饭哩，赶快叫他们做饭。"所有出门的马师、武师，全让进柜房；柜房已经人满。昭第姑娘又忙命手下人，找刀伤药、膏药、棉布和人参汤、定痛药，给负伤的人调治。忙了一大阵，各武师、马师饭后都回宿舍歇息，柜房只留下昭第姑娘、二当家魏天佑和这位投效便立功的袁承烈。昭第姑娘很优礼地说："马先生，您不知道，人家这位袁大哥，新来乍到，当晚就露了一手。这一回多亏人家，才把魏二叔救了。"底下的话没肯再说，怕魏天佑脸上挂不住。

魏天佑自以对快马韩交深责重，虽然栽了跟头，口头尽表嫌意，实际仍须勉为其难，负责往下干。歇了歇，便把访马结怨，和姚方清、周老疙瘩动手遭擒的事，勉强说出来，跟着商量五天后应付姚方清之策。

原来魏天佑在牧场里，一发现有盗马贼光顾，登时愤火中烧。想到快马韩拿自己当亲弟兄看待，这次烟筒山出事，快马韩亲往查究，把全场留守的事，全托付了自己；竟在受人重托之后，不及三日，出了这事，自己有何面目再见场主？所以在盛怒这下，先放出猎狗，绕场勘查了一回。认定西北和东南两路可疑，这两处都有蹄迹马粪，未被雨水冲没。遂将马师、武师点派好了，分两路勘寻下去。

魏天佑晓得西北和东南很有几家绿林，在那里安窑立柜；不过他们多半都跟快马韩有过来往，猜想他们关照情面，不会唆人出头盗马。却有两处绿林，不敢保准，东南一处是黑石岩的风子帮（马贼），西北一处是赤石岭的红胡子。但这两处的匪党首领历来不在这附近百十里内上线开爬，并且他们不大跟江湖上的朋友通气，和快马韩的交情也比较疏淡一些；因此牧场中对于这两处的细底也不大清楚。不过塞外吃风子帮的马贼，历来还没有到寒边围这一带做过买卖；如此推测，又似乎只有黑石岩、赤石岭，这两家难脱嫌疑。魏天佑遂决意分一拨人奔赤石岭，自己便往黑石岩这路上蹚下来。

一路拈行，紧赶出十几里路，细雨如丝，野风阵阵。广漠的原野，越走越没有一点踪迹。猎狗在路上乱嗅，因当大雨，也嗅不出什么征兆，反而仰天狂吠起来。

　　魏天佑暗暗着急，彷徨无计。随行的武师有花刀吴鹏远、飞行圣手刘雍，这两人全是关东道闯荡多年的江湖道。魏天佑向两个招呼道："吴师傅、刘师傅，你看这种情形，恐怕咱们哥们要栽跟头了。按场里勘查的情形，从出事到发觉，工夫可没有隔多久，我想这伙风子帮的老合定不是俗手，我们场主的威名，他们一定有个耳闻。他们竟敢捋虎须，往太岁头动土，他们做的活又那么干净利落，得赃之后，他们'出水'，必有安排。我想着他们要往东南下去。奔营城子、九下台，虽是岔道多，可全是明线，未必走得脱。我断定他们既全是个中老手，定然走歧路，避眼线，往霜头寨、商家堡这一带绕下去的。这条线既有两处垛子窑，最易逃窜潜踪。只是咱们紧赶了这一程，路上一点踪影不见，难道咱们推断错了不成？"

　　马师飞行圣手刘雍答道："二当家，你先别急躁。你老推测的跟我心意一样，我也觉得我们的马怕落到这趟线上。不过这伙老合颇觉扎手；马要是他盗的，他既得了手，绝不肯扎窝子不动。偏偏今夜这场雨给他留下老大便宜，道上一点脚踪蹄印没留下，猎狗的鼻子也靠不住了。我们还得提防他们离开了帮，穿老林，从草地里走下去；那一来，我们就是追到宁安城，也未必能踩着他们的脚印。他们要是踏草地走，我们在大路上奔驰，我们马拨子的响音，在这黑夜旷野地里，离着几里地，就能被人听到。那一来不啻给人家送信，他们知道已经有人跟踪缀下来，他们必然闻声闪避，我们岂不暗中吃亏？依我说，我们不要成群结伙的从大道上追，我们还是一匹一匹散开了，从青纱帐里往下蹚。我们有三四盏亮子，沿途可以留心查看草地上的马粪，也许能够究出点迹象来。我可是胡出主意，二当家睢着怎样？"又道："众位若有什么高见，也请说出来，咱们大家斟酌办。"

　　魏天佑忙答道："刘师傅说哪里话来？我是当事者迷，只顾了气愤，这种地方全没想到，就依刘师傅的主张办吧。"立刻把这队人分散，成为两队，每隔开几十丈，便放一骑马；果然这样穿行纱帐，尽管马走如飞，竟没有多大声息。

　　约又走出二、三里地，掌竿的于二虎用孔明灯忽照见路旁草地，遗有一堆马粪。于二虎忙招呼大家察看；他自己也顾不得脏净，竟自下马，把马粪拾起来，破开验看。他知道遗粪不久，准是马群过去工夫不大。魏天佑一见大喜，如逢暗室明灯，忙招呼右边那一路的马师弟兄，全归到左路，沿着这片草地追下来。

将次追到黑石岩，在路上又发现了一堆马粪，魏天佑等越发断定贼人是奔这条道下来的了。大家精神一振，各抖丝缰，往前急蹚下来。时已黎明，雨住云浓，天色依然昏沉，十数匹马并成一路。赶到距离商家堡岔路不远，最前头的是掌竿的于二虎，忽然把牲口一勒，向后面的武师们打招呼，说是前面有了动静，请大家把牲口勒住了。后面听见招呼，全把牲口勒住了，一齐侧耳，果然听见远远的草地里一片蹄声。

飞行圣手刘雍跟掌竿的于二虎，向二当家魏天佑说了一声，忙翻身下马，蹑足轻步，从青纱帐里趋奔前面，伏身在暗偶窃伺。刹那间，从东北的丛莽后，蹿出一拨马群，大约有十来骑，从大道横驰，奔商家堡那趟道跑下去了。这时雨虽已住，阴云未开，马奔飞速，一掠而过，辨不出马的颜色、人的形状。

魏天佑跟踪赶到，望着驰过的马群，不由目瞪口呆，半晌说道："唔?"……他固然断不定是否失去的那七匹马，但是这马群出现的地方跟时候，很惹猜疑。魏天佑还在发愣，那于二虎催大家赶紧上马追赶。于是在这稍纵即逝的紧急的夹当，魏天佑等不由得各自飞身上马，横穿上路，往商家堡这条道紧追下来。只是稍一耽搁，那拨马已经走得没有踪影了。

武师刘雍、吴鹏远一齐叫喊道："快追吧！现时好容易得着踪迹，千万别二愣。"大家匆忙急促间，不暇深思，豁刺地奔过来；全抱着一股勇气，想追上盗马贼，把马夺回来，而结果反酿成极大的误会！

众马师展开熟练的骑术，扬鞭控纵，飞似的疾追。并将带来的猎狗唆唤，也箭似的扑上前去。追出二三里之遥，傍林纵目，已望见马影，从人欢呼，说道："加快，加快！"

猛然间，将近林边，听见一声断喝，众人才一愣，陡然破空嗖嗖地连响起两支响箭，从林丛和林丛对面丛莽中，奔蹿出两拨人，各三四名，往当路一横。一个首领似的人厉声喝道："歹！来人少往前进！是哪条道的朋友，赶紧报万儿！要敢乱闯，我们可拿暗青子，拾你们了。"

第二十二章

魏天佑断指结仇

魏天佑嚇然一惊，驻马凝眸一望，忙招呼马师们，把牲口一齐勒住；自己上前答话，先礼后兵，免得教人家挑眼。众武师马师也都是行家，见对面有人拦路，立刻勒缰退后，纷纷跳下马来，往路旁一站。

由二当家一人上前，勒住马缰，手掌一按马鞍前的铁过梁，立刻从马头上腾身飞纵下去。脚尖点地，挺腰站住，抱拳拱手道："朋友，在下是龙岗山寒边围快马韩牧场来的。在下姓魏，适才奉场主之命，缀下一拨吃风子帮的朋友，一路跟追，瞧见他们落在遗窑这条线上了。这里既有安桩的朋友，我们不能不打招呼。请问老兄，贵窑大当家的，可是商家堡姚方清姚寨主么？姚寨主和敝场主都是朋友，请老兄赏面子，让让道吧。"

那守卡子的匪徒们一听，互相低语，把魏天佑连看几眼；仍由那个头目大声答道："喂，朋友，你是快马韩牧场来的，亲眼见有吃风子帮的朋友落在我们这里了？可有一节，我们眼拙，竟没看见，再说我们也不认识你阁下呀！没别的，我们先给你回复一声，你多等一会儿吧。"

魏天佑听这话口风既硬且紧，暗含不悦，正色答道："对不住！在下姓魏名天佑，在快马韩牧场里做点小事。难怪列位不认得我，可是提起来，你们姚寨主不会不晓得。我们是缀下风子帮来的，稍一耽误，可就追不上了。列位，光棍一点就透，话不用多说。我们深知贵窑不在附近线上做买卖，可是别被外道上的老合扰了咱们两家的交情。光棍借路不截财，我们不过借道用用，决不骚扰贵窑。朋友请赏面，暂且撒开卡子。你们当家的跟敝场有交情，决不会教你们落埋怨。就是姚寨主有什么说的，我姓魏访马回来，一定面见姚寨主，有一番交代！"

守卡的贼人嫌这话不好听，一齐厉声说道："魏朋友歇着吧！听你口气，跟我们头儿好像很有交情，可是我们没听说过。我们奉命守卡，没有头儿的话，莫说是人，就连一只狗也不敢私放过去。你们倚仗人多，一定要往里挤，那就请便吧。"

魏天佑想不到这伙强徒公然不留情面，而且末句话近乎当面骂人了。卡子这一阻拦，前面马群定已隐藏；一旦翻脸，证据毫无，反容易被人问住。况又当着自己部下这些人，脸上太下不去。立刻激起愤火，不顾利害，一声断喝道："朋友，你们太不顾面子了！你再不借道放行，我姓魏的奉命出来，没法子回去交差。只可……"贼人道："只可怎样？"

魏天佑抗声道："只可追我们的马！"说到这里，回身向一班马师弟兄喝道："上马追！"立刻众武师、马师、手下弟兄，潜提兵刃，各抖嚼环，豁刺刺冲了上去；一个个马走如龙，蹄翻如飞。魏天佑横刀跨马，一骑当先，向手下人喝道："加快，加快！他们如敢动咱们，咱们就用暗青子打他们！"

商家堡弟兄见这边人多势众，公然夺路，便打了一声呼哨，闪开了路，不加阻挡，可是嗖嗖地连射了三支响箭。魏天佑只想飞马追上那马拨子，把商家堡群贼，只可置之度外。可是那商家堡也不是好惹的，头道卡子发出响箭，那商家堡各处伏桩全接着警报，立刻全往下传声报警。任凭魏天佑一行人马走得怎么快，也没有人家响箭疾。一路飞奔，魏天佑心存戒惧，诚恐贼人中途暗算，哪知连闯过第二道、第三道卡子，反倒一点阻挡没有；不过先前追的那马群，已走得无形无踪。

魏天佑十分懊恼，只这一耽搁，饶与贼人生隙，失马反追没了影。既已入卡，还得前赶，一面和同行的马师们商议：这失去的马是否落在商家堡，却很难说。只想着商家堡不论怎么难惹，好在快马韩在这一带没跟人结过怨；纵稍有失礼的地方，也不会不闪一点面子。索性登门拜山，当面揭破，尽拿客气话挤对他。如果马在他处，把马交出来，和平了结，两不失面子。魏天佑和武师、马师低声商量一回，认为这样打算不错。遂不再迟疑，竟往商家堡的垛子窑扑来。

前行泥潭当路，忽从丛草后，远远地冲过来两骑快马。马上两名壮汉，各持利刃，展眼间驰到近处。相离五六丈远近，"吁"的一声，把牲口勒住，高声嚷道："喂，朋友们可是快马韩当家的手下人么？找马的随我来，我们堡主恭候多时了。"说罢，不等答话，拨转马头，在前引路。

魏天佑一看来人说话的神情，知道商家堡已有准备。来人说完话，回马就走，分明不愿再等自己的答话。却见东南一带，林木掩映，高高立起一杆红旗，四下里嗖嗖的响箭胡哨连鸣。魏天佑等情知已深入商家堡的腹地，说不上也不算了，向众马师招呼道："堡主既然看得起他们，倒不能不领盛情，咱们上吧。"大家也知道闯入商家堡的围地，再退出去也是栽，便各抖缰绳，紧追着前面两匹牲口，奔红旗驰来。

越走越近，不一时绕过林莽，现出一片土围子，一座宽大的栅门大开，两行排列着十名刀光闪烁的匪党，当中站着两三人，远处看不甚真切。又往前行，离着这有两箭地，前头领路的两个壮汉各自挥鞭，如飞扑向围子前去报信。

魏天佑容二人走远，向马师吴鹏远道："吴师傅，商家堡的瓢把子姚方清虽没会过面，可是听说此人很有些难惹。我们虽是缀着点儿来的，他要是不认账，还要费些口舌。我们的人只拿面子跟他讲交情，不到不得已时，千万不要莽撞了！"

武师吴鹏远笑道："魏当家不用嘱咐，我们按着外场的规矩走；看他怎么来，咱就怎么接。"刘雍道："人家是主，我们是客，我们总该以礼当先。"

魏天佑答道："好。"用脚踵磕马腹，一直蹿向前去。距离堡门不远，魏天佑头一个翻身下马，牵着牲口，高举一手，往前紧走。高家堡的人仍在堡门两旁直立，并不上前迎接。魏天佑纳着气来到近前，把缰绳往马上铁过梁上一搭，往前走近了几步，抱拳拱手道："哪位是姚当家的？我在下魏天佑是韩家牧场来的，特来拜望。"说罢一躬身。

只见堡门前当中一人，越众走出来。这人年约三旬，正当少壮，赤红脸，鹰鼻巨口，目闪黄光，有一种难惹的气象。披长衫，系褡包，手团一对铁球。两人抵面，此人把铁球往怀中一揣，拱手道："少会少会，台驾姓魏么？你跟快马韩当家的怎么论？彼此初会，我得先领教领教！"

魏天佑道："在下跟韩场主是朋友，不过在场里帮忙。我此来是因为……"那黄眼珠壮汉哦了一声，把这话截住道："你们是朋友。……快马韩名震辽东，江湖道谁不敬仰。魏老哥今日到我们这里来，真是赏光！魏老哥往里请，有什么事，咱们里边谈。"这时后面的一班马师、伙计全赶到，纷纷下马，全听魏天佑答话。

魏天佑往里一让，论理既到这里。不论是什么阵势也进去。只是魏天佑等不是这种来意，遂含笑答道："当家的，这倒不敢从命，我们因事路过，衣帽不整，不敢拜山骚扰。只为昨夜有吃风子帮的老合，在敝场吃下一水买卖来，我们跟踪追赶，眼看落到商家堡这趟线上。我们万分不得已，才惊动到当家的这儿。请当家的帮个忙，这伙老合既走这趟线，贵窑伏桩守土的弟兄是多的，绝逃不出当家的眼皮底下，请当家的念在江湖道的义气二字，指示一二。改日定教敝场主登门拜谢。"

　　那壮汉把铁球又掏出来，"豁朗豁朗"的团着，呵呵笑道："怎么？我就不信竟有风子帮的老合，敢动韩当家的一根汗毛，他是不要命了！可是又亲眼看见到了我这条线上，我们更不能脱干系了。魏朋友，咱们打开窗子说亮话，这水买卖别是我手下无知的弟兄们剪的吧。我手下的人太多，难免他们要找个外快。要是外路的老合，魏老哥，说句不怕你见怪的话，凡是我商家堡安桩下卡子的地方，他未必有这种鸡毛胆子敢闯吧？可是话也难说，连快马韩老人家的马也动了，我商家堡又不是铜墙铁壁，焉能挡得住人家不走这趟线？魏老哥，先请里边歇歇脚，我敬不起别的，一杯清茶总管得起了。"

　　魏天佑忙答道："当家的不要多疑，我们来得虽则冒昧，但是当家的在这趟线上，从没剪过买卖，人所共知，我们决不能无故诬蔑朋友。这次敝场失事，已经算把万儿折了，无论如何也得把面子找回。我们到贵窑来，也只是请教朋友帮忙代访。既然姚当家的不知道是哪条道的老合剪的，我们还要往前追赶那拨马群，免得教他逃出手去。姚当家的这番盛情，我们不敢当。请容事后再领，我们告辞了。"

　　那壮汉脸上不耐烦，把头一扬，冷然说道："我不姓姚！……"魏天佑道："唔，这怪我眼拙，把你老兄认错了，没请教你老兄贵姓？"

　　那壮汉面色越冷道："我是无名小卒，倒无须乎叩名问姓。魏老兄，我请问你：你们诸位的来意，究竟是为什么？咱们全是江湖道上的朋友，谁也不能跟谁说假话。魏老哥你们是懂得拜山的规矩的，请你看看你自己的身上，跟你们贵场的这些位好朋友，全是陈兵布阵来的。凭我周老疙疸这么远接高迎，也就很够朋友吧？"

　　魏天佑被他这几句话说得脸一红，本来按着登门拜山的规矩，讲究寸铁不带。自己这次率众深入商家堡，个个带着全份的兵刃；若论拜山，实

271

在是输理，只得答道："您老姓周？周当家的，我们有言在先，此来衣帽不整，实是访马路过，不是专诚拜山。既是当家的非教我们到贵窑骚扰，我们违命不入，似乎不识抬举；我们遵命入窑，实在又非本意。周当家的，请你暂释疑猜，替我们想想。我们固然是拿刀动杖，但我们本为追缉风子帮出来的，我们能空着手么？"

周老疙疸微微一笑道："魏老兄这话很漂亮！但是，不论怎么讲，好汉登门，我们得尽地主之道。您就是瞧不起我姓周的，也不会过门不入，硬教我丢脸吧。"侧身拱手道："往里请吧！"

魏天佑倏地变了色，一咬牙，厉声道："我就遵命！"回身向花刀吴鹏远等招呼道："弟兄们既来到这里，要不进堡，也教这里周当家的看着咱们太不识抬举了。来，咱们随周当家的进堡。"魏天佑这一招呼，明是告诉大家赶紧戒备，死活也得往里闯了。商家堡的四寨主周老疙疸把大拇指一挑道："这才够朋友，魏老哥往里请吧。"

魏天佑明知进堡如赴鸿门宴，已经到了油锅边上，哪能不往下跳。跟着也答了声："请！"立刻带一班弟兄们，齐往里走。前面早有四对枪手当先引路，周老疙疸陪着走进堡门。魏天佑一看围子里，只有外边这几十名匪徒，堡内空空洞洞，并没有什么巡守的人，房舍也有限，只二十来间。此处竟不是商家堡的总盗窟，只是一道要紧的卡子，由周老疙疸守着罢了。

魏天佑才随着周老疙疸走进围子不远，后面吱吱的两声呼哨响过，堡门外亮队的匪党分为两队，一小队仍在堡门前留守，一大队立即随进堡门；砰的一声，把堡门紧闭。匪党各持兵刃，竟自双抄手镶在魏天佑等两旁；同时从堡门起，一声声呼哨连鸣，里外四下接声；只听得沿着的土围子四周，阵阵步履杂沓，却不见人踪。魏天佑等早知周老疙疸不怀好意，一见这般举措，随即暗向吴鹏远、刘雍示意戒备。

魏天佑一行人的马匹，都由马师牵随在后，周寨主向身旁随行的一名弟兄喝道："你们越来越不成规矩了，难道还教好朋友自己把牲口送到槽头上么？"呵斥声中，奔过来几名弟兄，把马师们的牲口全接过去。却是匪党们接牲口的神色颇令人难堪，全是一声不哼，把缰绳夺过去，牵头就走。

魏天佑冷然一笑道："周当家的，何必这么费事！这几匹牲口已进了贵堡，哪还怕它跑了？请当家的吩咐一声，不用多费手脚，我们跟着还用哩。"

周寨主道："高朋贵客，我招待不起；几匹牲口来到我商家堡，我要连顿草料都不管，也显得我做主人的太穷了。"说罢哈哈一笑，把手中的铁球豁朗豁朗，团个不住。

魏天佑暗骂好个姓周的，拿我们当畜类，立即还口道："我倒没想周当家的还会服侍牲口！"

周寨主一声不响，引客人来到土围子中心，忽的一回身，向魏天佑道："魏老哥，我跟你商量点事，请你们众位把所带的兵器先交出来。这商家堡不是我一人的，我还有几位弟兄，性情太坏，你们哥几个带着刀枪暗器往里走，他们一定误认是抄我们来的。并且我周某的晚生下辈又多，我这家大人又不会管孩子，他们一点礼节不懂。一见你们哥几个带着家伙，说不定就许先摸了你们。请老哥们别教我为难，把家伙先下了吧！"

魏天佑见周寨主咄咄欺人，实在有些捺不住火。内中那位掌竿的于二虎，历来浑愣，早想答碴，只碍着有好几位武师在头里，自己不便多插嘴。此时再忍不下去，未容魏天佑话说出口，他立刻从身后答了话道："周当家的不但武艺高强，恃众唬人，并且还能口头讨消，利口伤人，足见是个人物！不过像这么倚着家门口发威，恐不是关东道上好汉子所为吧。你这商家堡就是摆着刀山剑树，我们已然进来，就算够朋友。你要想教我们把家伙下了，你应该早说。已然来到你家炕头上，你这叫关上门打老虎，纵然我们全折在你手里，你也不算人物。当家的，你不嫌输口么？"周老疙疸一声怒叱道："咄，你是什么人？敢出这种狂言？"

那花刀吴鹏远厉声道："于老二不要多言！"回头来向周四寨主道："当家的，咱们全是江湖道上的朋友，说话用不着绕脖子。你既是想教我们把家伙全下了，一定连人也不想放走吧？可是你是干什么的，我们是干什么的，彼此全明白。只凭你这点阵势，就想教我们哥们丢盔卸甲，舍脸求活，你大概看错了人。当家的，说痛快的，你划出道来，我们准含糊不了，你就招呼吧！"

周老疙疸双臂一扎，怒吼道："你们找上门来，寻我们的晦气；教你们交兵刃，还是看在快马韩的面子上。你们预备了，我姓周的这就摆道！"话没落声，把长袍一甩，待抄兵刃，突然身旁蹿出一名贼党，手使一柄二

273

刃双锋夺，恶虎扑食似的，蹿奔魏天佑。

魏天佑早预备好了，正要迎敌；那花刀吴鹏远一声断喝，挥刀上前。来贼姓肖名龙，生得身量高大，形如黑塔，力大刀沉，扑过来，挟着一股劲风。吴鹏远纵身一闪，没容这黑大汉再扑过来，一个猛身进步，青光闪烁的折铁刀，"五带围腰"，照着这姓肖的拦腰就斩。这姓肖的是堡主姚方清手下最得力的头目，为人凶狠暴戾。凡是"上线开爬"，大半全由肖龙带人去做。只要遇上买卖，吃得狠，剪草除根，一个活口不留，只为他不在老窑近处开爬，他这商家堡又是隐僻的地方，所以能够没被官家抄捕。这次遇到韩家牧场失事，找到他门上来，依着他，一照面就把来人全收拾了。那四当家周老疙疸却是个谋士角色，姚方清临时派他来，把守卡子，查问韩家牧场的来意，不想三说两说，到底动起手来。

肖龙亮二刃双峰夺，向马师骤攻过来。花刀吴鹏远却非弱者，略避锋锐，将折铁刀掣到手，施展开万胜刀法，跟肖龙拼到一处。周寨主厉声向手下的党徒喝道："好朋友全想露一手，给咱们开眼，你们还不上去奉陪？"这一发话，商家堡手下有功夫的人立刻齐往上围，把韩家牧场的马师伙计，团团围住。

魏天佑见已翻了脸，任说什么也挽回不得了，便把青铜厚背刀一抢，扑奔周四。周四早把发辫盘在顶心，甩衣紧带，抄取一杆长锋漆杆皂缨枪，指挥党羽。魏天佑似水蛇般，从夹缝里抡刀砍到。周四便将枪一颤，未容敌人近身，先照着魏天佑右臂就扎。魏天佑见敌人枪风甚劲，随即往回一坐腕，往外一封敌人的枪，急往旁撤身，亮开动手的地势。

周四两眼瞪着魏天佑，冷笑道："我要领教领教！"立即上步，一抖漆杆枪，候地抢枪盘打，照魏天佑的下盘扫来。魏天佑咬牙切齿，往起一纵身，让过枪锋，猛身进步，刀点周四的华盖穴。周四立刻往起一提枪把，朝天一炷香式，往外一拦，把刀磕开。

魏天佑施展开六合刀，崩、扎、窝、挑、删、砍、劈、剁，一招一式，沉稳轻健。两人对走了十几招；这四寨主周老疙疸的花枪倒也有功夫，不过遇上劲敌，渐渐门户有些封不住了。兵刃中"一寸长一寸强，一寸短一寸险"，虽是这么说，也得在人运用。使用长兵刃，固然占着便宜，却须封住门户，不能教对手欺进来。只要门户一封不住，定立于必败之地。

274

魏天佑欺身进步，一招紧似一招，一式紧似一式。周四已觉出敌人厉害，自己枪法一散，稍一失神，定要伤在刀下，不如用败中取胜的绝招胜他。正赶上魏天佑的刀劈到，周四单手抖枪，用枪杆把魏天佑的刀荡开。跟着用退步拖枪，往下一败，口中连喊："哥们快接应，这家伙真扎手！"口中嚷着，嗖嗖的竟纵出丈余远。魏天佑偃刀就追，堪堪追近，那周四陡从右往前一带枪攒，枪头的血挡"唰"的已到了手中；微一斜身，枪尖从左肩下疾如飞蛇，往后穿出。魏天佑正追的是一条直线，枪锋奔胸膛扎来。魏天佑认得这招枪的厉害，只要往左右一闪避，或是用刀往外封枪，准得受伤。这招是连环三式，刻不容缓。你往右闪，刀往右封；他的枪疾如电转，倏然往回一吞，枪抽回来，复从左胸下穿出来，正扎你往右闪的式子，往左闪也是一样。

　　魏天佑此时箭在弦上，不得不发；故意地往右一斜身，刀往外一封，脚下步眼早变了式子，拧着身子，反往前一滑，周四果然的一吞一吐，枪头又递出来。魏天佑旋身挥臂，"乌龙探爪"，一个转身，身形贴着枪杆一转，反往周四的面前一欺，手中刀顺枪杆往外一滑，"扑哧！"周四嗥的一声惨叫，松手丢枪，身躯往后一窜；陡见鲜血迸溅，四个手指头随枪坠地，周四登时黄了脸。萧龙也被武师吴鹏远砍伤一刀，负痛逃回。群贼哗然大噪，奔来一人，把周四搀入屋内。魏天佑往回一撤身，把刀一收，说道："哎呀，对不住，我失手了！"

　　当此时，堡主姚方清已赶到，藏在窑内，没有出头。今一见拜弟负伤，成了残废，登时一跺脚，叫道："好！"随又大嚷道："老四毁了，我们跟他拼吧！"提刀就要往上扑。

　　突然有人拉了他一把，附耳说了两句话；姚方清怒叫道："对！……姓魏的，敢堵门口，伤我拜弟，我姚方清要教你们这群小辈逃出一个，我不姓姚了！"立刻传令，教大众往里边栅门前撤退，栅门里"邦邦邦"一阵木桥暴响。

　　这时魏天佑所带的马师弟兄，一场混战，也伤了三、四名。忽的群贼往下一退，这边刚要跟追时，从左右"唰唰"连射来四五支弩箭。商家堡的群贼一齐退到二道栅门边，又一声呼哨，群贼竟自纷纷窜向栅门。就在这刹那间，围墙四面梆子连珠般暴响。魏天佑情知不好，刚招呼大家往外撤退，左右身后，啪啪的弓弦响处，嗖嗖的弩箭，向众人立身处射来。魏

275

天佑顿觉情势危急，见群贼才退进栅门，想到贼人一退净，迎头再一发箭，四面受敌，自己人难逃活命，忙大声招呼："弟兄们别等死，索性往里撞，还可活得了！"一边招呼着，头一个先扑向内栅门。

里面正要闭门，被魏天佑跟马师们抢进来。刀闪处，闪门的人竟自撒腿就跑。急望栅门内，人影乱窜，似一个个正由首领引导，向里逃去。魏天佑估摸那人许是姚方清，就大喊："姓姚的，你枉是商家堡的瓢把子！相好的，你跑到哪里，爷们也得掏出你来。"头一个纵身就往里闯。马师、伙计们明知越往里走，更入了匪巢的腹地；只是弩弓从后三面逼来，只有往内栅门里闯。大约贼党因为有他本堡的人。不敢乱放箭，马师遂拼命地全闯进内栅门。

这内栅门当中，是一趟平坦的土道，约有一丈五六宽，两边全有房子。再追出去十几丈，才是一片宽敞的院落。商家堡的群贼奔到房檐下，全回身站住，突从两旁冲出来十二名弓箭手。魏天佑跟吴鹏远脚底下快，一顿足窜到院心。伙计们稍稍落后，可也全闯进院心来了。这时梆子连响，利箭"唰唰"的射来，魏天佑一面用刀拨打，与吴鹏远不约而同，往后一退。从外面闯进来的马师也被后面箭手追得往前挤。两下里凑到一处，正在栅门内的中间。

为头贼人忽一阵狂笑道："姓魏的，你已入姚某的掌握之中，死在目前，还不自知？下去吧，相好的！"

花刀吴鹏远猛然醒悟，说声："不好，这块地方有毛病！我们赶紧退。"这个"退"字没说出口，突然听得一声暴响，有四五丈的地方，"悠"的往下一沉。魏天佑等猝不及防，还想往外跳；搪不住飞箭如雨，顾得了脚下，顾不得了四周，轰然一声，翻板翻落！

这块翻板长有十丈，在当中有横轴，有专人管着拨闩。只要踏到这十丈长的翻板上，前后全能往下翻。姚方清在这商家堡，预备下这咽喉要路的埋伏，并不是预备任意捉人。他们只想到据守商家堡为盗窟，终不能保永久不败；一旦被官家抄捕，有这设备，阻挡追兵，好脱身逃走，没想到今夜先用来拒敌。翻板往下一翻，魏天佑等全落到陷坑里；依然逃走了两人，一个是飞行圣手刘雍，一个是杜兴邦。刘雍出身绿林，颇擅纵跃；在翻板往下一塌时，纵身蹿上旁边的檐头。杜兴邦因为腹背受敌，抢刀拨打栅门外的利箭；翻板一塌，身离栅门很近，便不顾命地往外一蹿。外面的箭手见发动翻板的信号一起，登时停箭不发；杜兴邦乘机逃走，直扑土围子下。

刘雍跃登房顶，逃出陷阱，杜兴邦夺路逃出虎口。

商家堡三当家郭占海在外面督促箭手，登时瞥见杜兴邦，喝一声："拿下！"众箭手见翻板收功，只顾喝彩；郭占海连喊数声，众箭手方才放箭。杜兴邦竟跑出围子，却不防商家堡二当家蔡占江在外埋伏，只一箭，把杜兴邦射倒，杜兴邦白挣了半晌命。

那飞行圣手刘雍身法轻捷，居然从房顶跳落后墙，从更道蹿上围子，翻到外面，逃了出去。

大寨主土太岁姚方清哈哈大笑，认为把仇敌一网打净。因这翻板是从外边一头翻起的，栅门这边的翻板往下沉，里边的翻板往上起，正挡住姚方清这边的视线。当即喝令匪党，往上起绳网，把魏天佑等挨个上了绑。在牧场中人一入卡子时，他们早就暗记了人数；现在逐个点数，才知漏网两名。姚方清大怒道："这可糟！他们在外面留下巡风的了吧！"说时，二当家蔡占江把杜兴邦押来。周四呻吟道："还短一个。"

姚方清到此势成骑虎，不再顾忌什么后患，立刻喝令手下弟兄，把这被擒的人，全押回总窑，在内栅门外旷场上，处置他们。又命同党往外搜缉逃人。

快马韩手下这班弟兄久走关外，视死如归；身虽被擒，决不输口。竟一递一声的讥诮姚方清，不够汉子，用翻板赢人，可惜失了身份。这么肆口谩骂，姚方清越不得下台，竟一怒要五马分尸，把魏天佑处死。到危机一发的时候，袁承烈翩然驰至，跟着昭第姑娘也赶来相救。短刀示武，片言解纷，才得将危局暂掀过去，改为订期相见。这在姚方清，关照着快马韩的声势，已是很留情面了。

魏天佑述罢前情，昭第姑娘愤然说道："二叔，姚方清这么不留余地。我们无论如何，也得跟他拼一下子。我看这事，五天限期，转眼就到，我们也不用等我爹爹回来，我们调集全场的弟兄，跟他械斗，先把他的窝给他挑了。既动他，索性就闹个大的！"

魏天佑似乎意气很消沉，半晌说道："姑娘不要性急，咱们从长讲议。"随又向袁承烈问起闻警逐贼、仗义相救的情形。

袁承烈方待述说经过，突听得前面一阵砸门声，疾如风火。魏天佑眉

277

峰一皱，赶紧派弟兄们，隔门盘问，先查看来人。

弟兄们赶奔栅门，不一时回来，向魏天佑报道："二当家的，来的是咱们自己人。不知怎么得着信，由冯连甲冯师傅，督率着西场和房窑里几十名弟兄，接应二当家来了。"

魏天佑等忙迎出去，来的人果然是冯连甲，带着西牧场的武师季玉川、李占鳌，率领几十名武勇力壮的弟兄，赶来问讯。他们都听说魏天佑因寻马，和商家堡肇事了。魏天佑问他们，怎么知道的信息？

冯连甲说：他正代守西牧场，是刘雍刘师傅从商家堡逃出来；因知东牧场的人大半派出寻马，刘雍这才折奔西牧场勾兵。又在半路遇上牧场派出来往西北追贼的弟兄，遂借骑了他们的牲口，疾奔西牧场。冯连甲得着这信，知道事情紧急；场中弟兄有知道商家堡底细的，断定他们非遭毒手不可。冯连甲立刻鸣锣聚众，仓促间，先招集了这几十人赶下来。本要立刻扑奔商家堡，行至半途，遇上东牧场放哨的人，才知魏天佑已经安然出险。冯连甲道："幸亏我们没有鲁莽，这一定是姓姚的讲面子，不愿跟咱们结隙了。"

冯连甲这样说着，那刘雍跑得满头大汗，忽一眼瞥见昭第姑娘，跟那白天投效、事后失踪的姓袁的，并坐在屋隅，不禁"咦"了一声，向魏天佑道："怎么这位也在这里了？他、他什么时候回来的？"

魏天佑忙低声道："人家是好朋友。我们若不亏人家，还想回来？这时早没命了！"刘雍和冯连甲不知袁承烈单刀解围的事，都很诧异。杜兴邦立刻跑在人群中，把大指一挑，叫道："刘二哥，你早跑了，你哪知道？这位袁老哥真够朋友，真给我姓杜的做脸；若不是人家，我们个个玩完大吉！哼，你们都说……哪知人家是真投效。人家才入场，就亮了这一手，匹马单刀的叫字号，把姓姚的小子问短了！"

魏天佑皱眉道："你嘴上清楚点！冯师傅，回头我告诉你。"冯连甲满腹狐疑，只得先和武师季玉川、李占鳌，向昭第姑娘打了招呼，又向余人道惊，把带来的人都安插了。魏天佑重把陷身商家堡，已经瞑目等死，竟蒙这新投效来的袁朋友奋身相救的话说了。万没想到这人竟是不露形迹的英雄，不止于胆子正，手底下还有真功夫。跟着又说："我们虽然是暂时得了活命，事情并不算完；不但马没访着，又和姚方清约定，五天内咱们场主亲到商家堡领教。这种约会，也是这位袁朋友替咱们做脸，一口应承的。我们无论如何，也得圆这个场。"韩昭第道："那个自然。"

众人七言八语，还在絮絮盘问；冯连甲站起来说："天气不早了。姑娘和二当家都很受累，该歇歇了。有什么事，明天见罢。"大家这才出了柜房。

昭第姑娘仍然留场，次日早晨，派人回宅送了个信，密嘱司账马先生："二当家此番栽了跟头，很是难过；请你告诉大家，说话千万留神。"嘱罢，转到魏天佑那里。魏天佑果然脸色异常难看，似有病容，那一种强打精神的样子，尤令人不忍看。昭第道："二叔怎样了？"

魏天佑摇了摇头，道："不怎么样，我们先商量正事。"昭第暗暗叹息，和魏天佑坐下来，计议了一阵。遂在饭厅，摆了几桌席，无非肥肉好酒；即烦马先生和冯连甲作陪，普请出力受惊之人。另在场主快马韩的屋内，单摆一宴，专给袁承烈道劳，并向他打听前夜失马、昨日寻马的情形。这袁承烈既已挺身而出，失马当时必有觉察。或者他已缀着盗马贼迹，也未可知。

傍午，魏天佑和司账马先生亲到客屋，去请袁承烈。哪知才一进门，便见屋内热闹异常。许多位马师、武师，围着袁承烈，以酒代茶，又吃又喝，大说大笑。这一群大汉俱是热肠，把袁承烈佩服得不得了。魏天佑笑道："我一步来迟，你们先偏我了。"

杜兴邦嚷道："二当家来了，喝一盅吧。我们正跟袁爷打听他前夜冒雨追贼的事呢。"魏天佑道："好，真有你们的。袁老弟，那边摆上酒了，请到那边谈谈。我和大姑娘都候你入座呢。"

袁承烈道："这可不敢当！"魏天佑道："走吧。"过来拉手腕就走。袁承烈道："还有别位没有？"魏天佑道："摆了好几桌呢。咱们大家先乐一乐。跟着还得办正事，走吧，走吧！"马先生向杜兴邦摆了摆手，另把众人引入饭厅。

来到场主私室，早摆好圆桌，昭第姑娘已然在那里恭候。屋内只有昭第姑娘和书启赵先生、武师刘雍、吴鹏远。大家逊座，推袁承烈首席。袁承烈忙道："当家的，别客气，我袁某虽是新到，可是专承投效来的，我就是你老的部下，这座位我绝不敢僭。"

吴鹏远"喝"了一声，首先落座道："圆桌子四面为上，咱们谁也别跟谁客气，袁老兄从直坐下吧。"魏天佑道："请随便坐，咱们好细谈。"

几个人到底把袁承烈推到上首，魏天佑就了主位，昭第坐在末位，赵、吴、刘恰是陪客。敬酒之后，魏天佑向昭第姑娘微一点头，昭第姑娘会意，站起来，跟魏天佑站在一处。

魏天佑向袁承烈深深一揖，昭第姑娘也恭敬致礼。袁承烈忙不迭地站起来，往旁撤身，还礼道："二当家，姑娘，不要这么客气，我不过略效微劳，值不得介意。二当家和姑娘要总这么着，倒教我袁某无地自容了。"

魏天佑道："袁老兄，俗话说，大恩不言谢，我这不过是略示感激之心。此次本场失事，全由我疏忽所致。马既没有找回，反倒跟商家堡结了这个梁子；不止我栽跟头，还给牧场留下祸患。我可不是当着袁老兄说人物话，遮羞脸；我倒愿意一刀一枪，死在姚方清手里，省得活着遭擒，当场现眼。哪知道教人家一翻板，全给诓在陷坑里；足见我遇事不善应付，害得好些位弟兄，也跟我一块挨捆，场主的威名全被我一人断送了！顶糟的是我只顾硬闯人家的巢穴，反忘了在外面预留一个巡风的人，以致于全伙失陷，连个回场报警的都没有。人家吴鹏远吴师傅舍命卫护我，也跟着掉下翻板去。还亏着刘雍刘师傅，从虎口挣出来，奔往西牧场求援。可是远水不救近火，我们当场眼看栽给人家。想不到袁老兄匹马单刀，从天而降，才免了我们那场耻辱。这一来教姓姚的看看：我们牧场还有人物；好比快马韩的牌匾教我弄砸，袁老兄竟给只手托起来了。不但救了我们的性命，更保全了快马韩的脸面。我魏天佑但有人心，至死也忘不了袁老兄这份大恩。只怪我们肉眼不识英雄，一切怠慢之处，还望袁老兄多多原谅！"

昭第姑娘也说道："袁大哥，你这次舍身急难，救了我们，更保住我父女的微名，我父女受惠实深。这种情形若是出在我们老东老伙，已是感恩不尽，何况袁大哥又是才到这里。袁大哥！这人心都是肉长的，我父亲没在家，我先替他老谢谢您！"说着又施一礼，满脸堆下笑容来，要亲给袁承烈把盏，慌得袁承烈耳根一热，忙伸左手按住酒杯口，连说："不敢当！"右手往外一挡，却不防豁剌的碰翻邻座酒杯，洒了一桌面，他虽老练，也臊得面红过耳了。

昭第姑娘毫不在意，笑嘻嘻地接着说道："袁大哥别客气！我还向你打听，您到底怎会竟知道我们魏二叔误走商家堡呢？我们丢的马是否就在商家堡？或是教别路风子帮给拾去了？袁大哥，请你务必费心，告诉我们，我们好想法子找找呀。"

袁承烈谦让着，请魏天佑和昭第姑娘落座，自己遂把昨夜的事略说了一遍。

袁承烈自从跋涉山关，远慕着快马韩好客的名声，前来投效；原期一快瞻韩，开诚自荐，借此立足创业，深怀热望而来。偏逢牧群肇事，魏天佑动疑，虽将他安置在客舍，却暗中防备着他。袁承烈不是不懂骨窍的人，冷嗤一声，潜有去志。客舍紧挨着排房，那些牧场中的武师、马师们，这个过来盘问一阵，那个过来搭讪一回；自己明说投效，他们仍问来意，自己已陈身世，他们仍问来由。这些人内中也有受魏天佑密嘱的，也有不知底细，闲来打听的；问得袁承烈很不耐烦，应酬一阵，便称疲倦要睡。不想外面又豁剌的进来数人，讲起他们的场规来。从他们话中，得知牧场范围很大，规约很严。前面圈各有掌竿马师掌管，他人不能随便走动。

有一个愣头愣脑的汉子，自称同乡，对袁承烈说："你是新入场的，我可不知派你归到哪里帮忙。这里的场规，我是告诉你一声，这里一到起更，凡是不值夜的伙计，全得回排房睡觉，不准谈笑赌博。熄灯后，排房栅门不论闭门没闭，无事不准私出栅门一步。夜间随意出去，不止犯规，也很蹈险。守圈的猎狗二十几条，入夜便全放出来，你既在关东道上走，总知道这种狗的厉害，含糊一点的小伙子，有两条狗就许给活拆了。最好没有事早睡。有用人的时候，响哨齐队，那是大家的事。只要不生事，不打架，不赌博，绝碰不了钉子，吃不了亏。"袁承烈听了，微微一笑，信口把这位头目对付走了。

这时也就是正当酉末戌初，各处不值班的弟兄全回排房，这里立刻火炽起来。人语沸腾，三个一堆，五个一伙，聚在一处，笑语欢欣。袁承烈默处客舍，心中暗想，快马韩能得这么大的威名，能成这么大的事业，绝非幸致，一定有过人之处。就看牧场这班人，山南海北的全有，一个个粗暴狂野，快马韩居然能驾驭得住，一个个甘心为他效命，他一定有足以服众的手段。自己来到这里投效，快马韩恰没在家，他手下人自然要加细盘查；塞外本多亡命之徒，他们这等慢待，也是情理之常。如此想，又把闷气消释了好些。

袁承烈又一转想，自己奔波数百里，前来投效，也不必过争礼貌，轻于去就；不妨等快马韩回来，再看形色。但自己本想在此立足，若是没点惊人的本领，不做两件震动群伦的事情，就这么碌碌的混饭吃，哪能树立事业？这就要看机缘了，若没有机缘，空有雄心，英雄也无用武之地，徒唤奈何！

袁承烈思前念后，把以前失意的事全兜上心头，越思索往事，心里越烦。转瞬天黑，管守排房的头目提着盏孔明灯，到各号房察看。袁承烈辗转不能成寐；直到二更过后，外面狂风骤起，人声嘈杂。袁承烈不觉欠身起来，向门外窥视。听邻舍的人说："不好，要下雨！"一齐穿鞋奔出去。外面管排房的头目果然提着灯带着人，纷纷出来防雨。跟着风声愈紧，草木振动，全牧场的人声、狗吠、马嘶，汇成繁响。又听一人大声吆喝，命各头目从每排房里，抽派弟兄，盖草帘，挡马棚，紧拴烈马。唉回猎狗，检查围棚里泻水沟的水道。出入奔呼，忙碌异常。

袁承烈是生客，坚坐不出，只侧耳倾听。转眼间，一阵阵的东南风刮得非常猛，跟着大雨倾盆而下。雨声繁密，再夹着阵阵的风鸣，任什么旁的声音也听不见了。排房竟被风雨震撼得有些颤动，门窗虽都有雨帘子，哪里遮得住疾风暴雨？工夫一大，屋顶未漏，风却卷着雨水，从门窗洒进屋来。板铺位置靠里，幸不被水淋，屋中人究竟不能安睡了。袁承烈只得坐起来，借着电闪之光，见门内地上已然水汪汪的，雨点子有时随风往脸上飞；恐怕被褥包裹被雨淋湿了，遂把包裹放在墙角，把被褥也推到墙根，避开迎门这一带。自己盘膝坐在板铺上，觉得气候立刻被这场雨变了，冷飕飕的，遍体生凉。隔墙排房里的人也闹起来，虽听不真切，但是隐约听去，想也因为雨水进屋才嚷。

过了好久，雨势略刹。跟着门外灯光闪烁，哗啦哗啦的，有人蹚着地上的积水走过来，向隔壁排房，大声发话道："喂，歇班的师傅们，起来看着排房的水道吧；屋里进点雨水，算不了什么。你们想想出去加班的哥儿们，顶着那么大雨，连气全喘不出来，人家还一样干哩！你们这么嚷，教头儿说两句，图什么呢？"

袁承烈听这人吩咐完了，灯火移照，又来到客舍门口。旋听这人在门外跟随行的人说："哦，这里是新来投效的那位，不晓得醒了没有？"板门骤启，昏黄的灯光一闪。

袁承烈忙将身一倒，闭眼装睡；微启一目，欲看他们的举措。在昏黑中乍见灯火，眼光一花，反看不清来人。凝眸偷认半晌，才知这是个生人，并不是魏天佑。这人晃着手中的孔明灯，把屋中遍照了一下，问了一声："哥们，怎么样？铺上还可以睡么？要是全湿了，换了地位。"袁承烈佯作乍醒，含糊含道："不要紧，铺上还可以睡。"

这人跟着出去。又沉了一刻，排门夹道的栅门传出一阵落锁的声音，和踏水的脚步声，似有好多人，立在各排房的箭道里，疏通泻水的明沟。客舍的板门没有关严，外面的灯光射进来。

袁承烈俯视屋地，犹留水痕。只是狂风稍戢，雨水不再刮进来了。遂下了板铺，从门缝往外张望；只见许多人穿着雨衣雨帽，和高筒油靴，在那里忙，雨仍一阵大、一阵小的下着，这班人浑身全都披着雨水珠，被闪烁的灯光照着，发出一种异光。一个头目手拿一支荆条木杖，指点着几个壮汉，用长杆铁锹，正在豁通原来的泻水沟。果然经过一番通掘，深有半尺的积水，转瞬间畅泻下去。不一时这里修治完了，由那头目率领着一班壮汉，走向别的排房箭道去了。

袁承烈站了一会儿，才把板门关紧，和衣重睡。也不知睡了多久，忽然冻醒，跟着又觉得一阵内急，似乎感受夜寒，亟须赴厕。记得白天看见墙角挂着一分雨衣、雨帽，黑暗中摸到手内。把雨衣、雨帽穿好，开门看了看，外面黑沉沉，雨声淅沥。好在厕所就在栅内近处，只要不出栅门，不算犯场规；遂悄悄出来，走向栅门。虽有雨衣，脚下并无雨鞋，借着天上闪电之光，看准了地上水迹少的地方，连蹿带纵，到了厕所前，脚上幸喜没湿透。

由厕所出来，方往门外迈步，袁承烈突然发现了一件意外的事，在栅门侧面，陡现一条黑影，伏腰来到栅门附近，骤然止步。一摸栅锁，竟用弹指传声的江湖手法，回身连弹三下，"嗖"的一个箭步，又退回去了。

袁承烈急缩身凝眸，见栅后西北一带，竟蹲着三条黑影。那人奔过去，登时全站起来，窃窃私作数语，陡然地散开。袁承烈听得末后两句话道："这是排房，风子圈还得往后走。"跟着黑影一晃，果然齐奔马圈而去。

第二十三章

风子帮借交修怨

　　袁承烈目睹此状，骇然心惊。这几人举止飘忽，定非善类，也绝非牧场中人。自己既遇见了，就该查个水落石出。按说目睹歹人窃入，便应报告场中主事人。可是自己新来投效，万一认错了人，深恐轻举妄动，徒惹笑柄。想到这里，忙往马圈那边一望，漆黑无光，但听雨声滴答，此外不闻一点别的声息。

　　袁承烈心想："不对！这几个人一定有毛病。"忍不住心头跃然，欲往一观究竟，猛又想道："自己赤手空拳，任什么没带。"遂一转身，施展轻身功夫，脚尖轻点，腾身跃起，嗖嗖的连纵数步，已到了客舍门首。进得屋来，黑影中，抓着自己的包裹，把护身的短刀摸到手中，转身往外走。身上穿的雨衣是油布的，非常生硬；只一转动，立刻发出"唰唰"的声音。袁承烈心想：穿这种衣帽，哪能暗缀歹人？有多笨的夜行人，也给惊走了。遂不顾雨淋，回身把雨衣雨帽全都甩掉，另取一块油绸，顶在头上，又把一双鞋掖在腰间。包裹藏在别处，又取了一盏孔明灯，以便照看。然后急急出来，轻轻掩门；准知道来人奔了马圈，便蛇行鹿伏，曲折先奔向东栅门。

　　栅门前悬着羊角灯，门旁木栅有人驻守。袁承烈想："刚才人影如是匪徒，必不敢从这里走过。未获歹人确迹，自己也不愿现形。"他忙伏身木栅边，别寻出路。果然履行不到数步，发现左边木栅，被拔下两根栅木。袁承烈闪目回顾。暗道："是了！"这一定是那几人刚才走过，留下来的道，便微然一笑，伏身也从这两根栅木空缝钻了过去；仍然弯着腰，向马圈那边摸去。

　　这时雨仍未住，场中的一切景物，全隐在黑沉沉的雨夜中。袁承烈拢目光看了看，侧耳听了听；但闻风雨声，不见刚才的人影。袁承烈道："唔……"东张西望，往来搜寻半响，突听西南一带，隐约似有踏水之声。袁承烈忙从黑影中，循声蹚了过去；一面走，一面设法匿形；深恐场中人瞥见，难免动疑，又怕歹人听见，必要逃跑。讵知他慢慢地一路勘寻，刚近马圈，忽闻扑登一声响，有人说出一句黑话；紧跟着蹄声杂踏，似有人低喝了一声："吁！"

袁承烈骤然收脚，顿然明白，雨夜中确真出了意外事，牧场中确真有了盗马贼！心似旋风一转，打定擒贼炫技之心。一下腰，施展开轻身提纵术，在浮沙积水的地上，身形如飞鸟低掠，扑向马圈侧面。远远辨出西圈有黑影晃动，忙追过去一看，人影渺然不见。回头再看柜房一带，依然黑洞洞无光。

袁承烈一点不放松，此处扑空，脚下加紧，急急又赶到东马圈前，逐一验看。马圈上全挂着雨帘，却有数处马棚，所悬雨帘全被摘去，丢在地上。袁承烈心中一动，不顾一切，急纵身闯进圈去。张眼一望，见有三个马槽，全没有牲口；守马圈的猎狗也没有放出来。这一定是被盗，殆无可疑！袁承烈抽身出来，便打开孔明灯板，微露隙光，到别处往来照看；在另一马圈，居然又发现三个单槽，槽已空，马不见了。

袁承烈飞步出来，绕围墙，寻找贼踪，贼已得手，逃走无踪；所有遗痕，尚未被雨冲尽。袁承烈把贼踪勘准，冷笑数声，急急扑回马圈；一俯身，把绷腿上的匕首拔下来，选取一匹马，割断缰绳，牵了出来。却没有鞍辔，好在马上功夫，自问还有把握。火速带马出圈，左手扯截缰绳，一按马背，腾身蹿上去。

这匹马刚进大圈，还没压出来，烈性犹存，倔强特甚。骑者才挨上它的背，便猛然一扬头，撩起前蹄。袁承烈忙一合裆，使出九成力，幸没被掀下来。右掌还握匕首，未及插入绷腿，缓不过手来；赶紧往口中一衔，腾出右手，一捋马鬃，左手紧缰，这匹马"希律律"一声长嘶，陡打一个盘旋，要将骑它的人甩落。袁承烈裆下加劲，双腿一扣，再用拳家所谓内力，这烈马方才伏帖，不再咆哮。用两脚踵，往马的后腿腋一磕，又一抖缰，这匹马四蹄放开，奔了出去。袁承烈不敢大意，右手把马鬃，不敢撒开，怕马再犯性，把自己扔下去。

袁承烈驱马直趋东边墙，到了墙根，把马拴住。循墙根提灯搜寻，把围墙木桩逐一摇晃；费了好久工夫，发现数根栅木，借雨后土软，也被拔下来，又浮安上。袁承烈大悦，顺手拔下栅木，带马出栅，仍复虚安上，以防别贼。

于是，袁承烈纵目外望，这里果然荒僻，从黑影中辨出紧贴围墙，掘着一丈多宽的壕沟；过沟就是黑压压的深草，高及人身。围墙内东西南北转角处，高筑更楼，派专人防守瞭望，备有芦哨、响箭、望远筒。每一角楼，尚有一两杆打铁砂的大抬枪，用以御侮。各要口复有值更守夜之人，内外戒备。可是饶布置得这么严密，设备得这么周到；偏偏出了盗马贼，他们竟没有一点觉察，袁承烈不由暗笑。却不知刚才一阵防雨，众人大忙了半天；及至重入睡乡，未免睡得死些。牧场地面又大，马圈又多，加之因风雨交作，人们难免疏失一些，也就获得疏失的结果了！

袁承烈出得围墙，忙将脚跟一磕马腹，一提马缰，乘着往前疾冲之势，蹿过壕沟。他此时已打定缉贼立功的决心；到了场外，凝目张望，黑乎乎任什么看不见，只远远听见斜向东北一带，荒草丛中，似有许多马蹄声，在那一带奔驰，袁承烈遂也踏着荒草，瞄着声音，追赶下来。

这事很凑巧，越追越听得马蹄声近，居然没有追错。这自然是他发觉盗贼很早，又跟踪急蹑，才得奏效。遥望前途，袁承烈叫一声"侥幸！"忙将马放慢。他心想："马贼人少，我便上前夺回，返场献功。倘若人多，我就直跟到他们的老巢，认准地方，再回来报信。"

袁承烈继续追了一程，居然从黑暗中，望见马群的浓影。更察见前面盗马贼所走的道路，全是荒僻的草地密青，绝不往正路上走。这么忽东忽西，倏南倏北的绕走，工夫一大，竟自迷了方向。虽是道路荒凉，满途荆棘，又是在昏黑的雨地里，不致被前面的盗马贼发觉，可是袁承烈也不敢过于贴近了。约莫又追出四五里地，这簇人马蹿出草地，竟大转弯，改往东南大路奔驰下去。袁承烈仍然穿着一段的丛莽密青，往下紧缀。此时他全身被雨淋透；远远见那些贼人，仍不敢径走正路，只是横穿大道，又往落荒走去，分明是要不留逃走的准方向。

袁承烈约莫又追出十余里，前面贼人竟把牲口放缓了。他心想："贼人这一缓辔徐行，于己十分不利。他们紧走时，蹄声杂沓，我离得稍远些，还不致被他们觉察。他们如今慢走，我这么跟缀，非被他们听出来不可。"相度两旁道路的形势，赶紧下马，牵到一片林木深密处，匆匆拴马在一株小树上；自己赶紧穿林而出，步行跟缀，这一来倒觉得便利了。仗着身势轻灵，虽则耽搁了这一会儿，好在马贼在前面走得慢，不似方才的疾驰，一会儿又被追上。借着林木丛草隐身，反能紧步贼人后尘了。

袁承烈侧目细看：盗马贼一共四人，个个全是短打扮，不加鞍缰，骑着四匹马、牵着两匹马，显示出矫健异常。内中两匹烈马竟跟驯马一样，夹在马群中，伏伏帖帖被驱着走，袁承烈看着十分惊异。果然这吃风子帮的人另有一种降服牲口的本领，竟不知他们用何方术，驾驶烈马，能够任意听他的驱策。他们一边冒雨驱马走着，一面在马上任意谈笑，似没事人一般，一点也不顾忌后面有人追赶。

内中一个短小精悍的汉子，骑在马背上，像个活猴子似的，扭着头，向他旁边并骑而行的同党说道："喂，刘老么，你这回还能不服我马殃神的手段么？没有点出手的能为，焉敢在老虎嘴上拔毛？这一下教姓韩的也尝尝咱的厉害，教他栽了跟头，连影子全摸不着。"

那一个同党答道："侯二爷，你真成！冲着你一入窑，在圈里那几下子，凡是在关东立脚的风子帮，就得全拿你当祖师！我看小子们不追来，是他们的便宜；只要一追了来，咱们往商家堡领他，先教他们撞个大钉子。姚方清那家伙素来难缠，周老疙瘩更气粗，没枣的树全要打三竿子；咱闪绕着商家堡的线上走，只要快马韩派人来追，让他们两家里先干一场，咱们坐山观虎斗。这回快马韩可要栽到家，任他有天大的本事，也禁不住这些好朋友照应他吧！然后咱们去见这个主儿交差，准得落个满堂好。"

先前发话那个瘦猴，名叫马殃神的笑答道："这么照应快马韩，准有他的乐，早晚还不把老东西照应得归了位？"又一个匪徒搭腔道："侯二爷，你别当是笑话，快马韩好容易立起万儿来，名也有了，利也有了；如今连着栽跟头，还有什么脸活着？气也把他气死了。"

第四个匪徒说道："我可不是架起炮来往里打，替姓韩的说话。咱们这是受人之托，忠人之事，为朋友卖命，没有办法；其实姓韩的跟我们没冤没仇。这回就是把姓韩的扳倒了，究竟是暗算人家，也不算怎么人物。这个主儿既跟姓韩的过不去，即便自己不是敌手，邀了助拳的，也该明着斗斗人家；明斗不过，改使暗算，就够泄气的了。他竟连头也不敢露，只用借刀杀人的手段，教雕头儿给他顶缸，未免给闯关东的老朋友丢人现眼。我不知道咱们瓢把子跟他有多大交情，依着我看，这种事犯不上管。我说侯二爷，你说是不是？"马殃神哼了一声，道："别胡说了，雕头儿也是情不可却，被逼无法，谁教雕头儿欠人家的情呢？"这四个盗马贼，一个是马殃神侯二，其次便是姓刘、姓彭和姓萧的三人，他们全是坐山雕刁四福的部下。

四个马贼驱着六匹马，且谈且走；袁承烈从步下赶，只顾注意偷听，稍一疏神，竟自把道旁的一丛茂草，带得"唰拉"的响了一声；急忙一闪，脚下又滑了一下。后面这姓肖的匪徒，听得了些声息，猛一回头，出声道："咦！"

袁承烈早一拧身，斜蹿出丈余远，急往一丛乱草后一蹲，隐住身形。这匪徒一出声，其余匪党全一领牲口，豁剌的散开。

那为首的马殃神侯二喝问："萧老五，你又炸什么，活见鬼了！"姓萧的答道："我恍惚看见，好像有个人往草棵子一晃，咱们得搜一下子，别真有对头缀了下来。"说着一抖缰绳，连牲口带人，愣往草地里蹚。

马殃神侯二忙喝道："萧老五，别犯膘劲，留神人家的暗青子！"尽管马殃神这么招呼，萧老五竟把这一片半人深的荒草全蹚过来，任什么也没有发现。他自己觉着怪不得劲，嘴里骂骂咧咧，把牲口圈回来。却不知袁承烈身法何等轻捷，未等人到，早伏身旁蹿，闪到另一边去了。

那个叫刘老么的笑骂道："萧老五又炸尸！你是背的命案太多了，冤魂缠腿；你可千万别走单了，提防着四眼并那个女冤家，早晚把你活捉活拿了！"

萧老五也骂道："刘老么少说现成话，我若没有看出岔眼来，我抽这个疯干什么？你小子蒙头浑脑，你懂什么。萧老五使唤剩下的招儿，全够你学一辈子的。萧老五除了怕饿就是阎王老子犯在我手里，我也要剁他三刀，一个死婊子，算得了什么？"刘老么笑道："萧老五你不用吹，你这工夫头皮子准得发炸。你东张西望，你准是害怕，你别扯谎！"

萧老五摸了摸脑门子，仍要还言，被那马殃神拦住道："别管他是人是鬼，离商家堡已近，道上留点神吧。教姚方清手下的人撞上，顶多闹个没意思，若教牧场的人缀上了，那可是真栽。哥们，马前点吧。"

群贼道："侯头说的对，咱们别骑着马瞎闯了，还是牵着走吧。只要出了姚头的卡子，咱们再上马。"于是纷纷下来，四个马贼牵了六匹马，轻轻地落荒往岔道上走。

　　袁承烈这一路奔驰，弃马步蹑，早累得通身汗下。这时雨虽住了，身上的衣服被雨淋汗蒸，也全湿透了，身上十分难受，欲罢不能。却幸贼人越走越慢，也改为步行，袁承烈心中大喜。只是贼人已动了疑心，时时提防被人追赶，袁承烈便多了许多顾虑，不敢迫近，只远远跟着。匪党们一味往岔道上走，好像取路前进，有所趋避似的。

　　袁承烈蹑迹跟追，又走了一段路。突听见前面飞箭破空之声，匪党马群倏地往四下一分。袁承烈只道他们真撞上商家堡什么姓姚的卡子了；不料那盗马贼为头的马殃神竟昂然显身，厉声叫道：“这是哪位这么胡闹？故意卖两下，教我姓侯的见识么？”

　　倏从草地里，嗖嗖连蹿出四五个彪形大汉。各提利刃，才露面，往两下一分，散开了群。内中一个发话道：“来的可是侯二爷么？头儿不放心，教我们给你们打接应来。刚才听见马蹄声，我们猜着是你们几位，不过昏天鹘儿盯不清，侯二爷别摆在心上。这回彩头旺，一共六匹，我们哥几个喝你老的喜酒吧！”

　　马殃神一行四人这才聚在一处，侯二爷一边缓缓往前走，一面带玩笑地笑道：“好小子，原来是你。你小子心眼真不错，打算喝喜酒，先请你二爷吃暗青子。小子你等着二太爷的，早晚准教你尝尝。”彼此笑骂着，两拨合作一拨，复往前走。

　　前面忽现一片浓影，马殃神对同伴说：“你们慢慢走，我先进去了。”同伴道：“你别忙，咱们一块走，这不有六匹马了么？”立刻有六个人，抢着上马，一直奔黑影跑去。还剩下三个人没马，就骂道：“好东西，抢着报头功去了。”三个人只得在步下走。

　　越走越近，袁承烈已辨出前面浓影，似是小小一座土堡，心想：“这一定是贼巢。”见前面三贼还在慢慢走，便要上前急袭，把三贼捉住讯问：但又怕三个人要嚷，距贼巢过近，似乎不妥。心中稍一游移，三个贼已经向土堡发出暗号，土堡也有人答应。袁承烈不敢再动，忙伏身蹲下，眼看三贼进入土堡去了。

　　袁承烈心中作难，这里已是贼巢无疑，理应入探，但自己地理不熟，连这地名和方向都不知，进窥似乎太蹈险地。又想暗处必有巡风的贼人，贸然硬闯，被人喝阻，未免给武林道丢脸。搔头寻思一回，忽然得计，退身草丛中，把附近地势看好，随将孔明灯板打开，把灯火捻亮，立刻冲着土堡，举灯连晃两下。黄光如电火似的扫射，登时惊动土堡藏伏的人；吱的一声呼哨，奔出两个贼来，搜寻火亮的来由，袁承烈早把灯板关好，抽身退到别处去了。

两个贼打圈寻找，口出诧怪之声，只疑心是同道所为，喊出好几句黑话来，见没人答对，又寻不出踪迹，两个贼骂骂咧咧地回去了，仍藏在暗处。盯着这一面，不敢大意。袁承烈远远窥见，暗想：贼人的戒备，到底比牧场强，觉得此时已然不早，先远远地绕土堡周围，踏勘了一遍，潜记住附近的形势。打算等天亮，探明此处地名，和盗窟首领，即返牧场，教他们前来讨马。但又转念："贼人存着嫁祸于人的心，我还是赶紧回去送信为是，免得牧场中人和什么商家堡的姓姚的惹出枝节来。"

袁承烈打定主意，回身趋向原路，留神寻找那个藏马的小树林。预备找着马，便可骑马回场。哪知他究竟地理不熟，追贼时又很心急，乱钻一阵，那匹马竟找不着了。

袁承烈颇有点内愧，心想："我一个夜行人，当真忘了地方，迷了方向，可未免丢人！"

此时天已破晓，雨已稍停，袁承烈非常发怒，正在四下张望，突听得迎头上一阵蹄声杂踏，不时地烁起灯光；同时又在背后岔道边，也隐隐听见蹄声。袁承烈心中诧异道："这都是马贼不成？"因不知两者的来头，遂赶紧缩身，走到草木深处。

迎头来的马是往东走，袁承烈忙侧身让道，从丛莽中往外察看：这一拨马群匹数不少，却并不坦然地顺着大道走，反而不时出没于两旁荒地。袁承烈越发心疑，欲观究竟。霎时间，两下里越凑越近，相隔不到数丈。袁承烈借物障身，侧目偷窥。这来的马群走得很慢，时进时停，孔明灯也乍明乍暗；看那样子，似一面走，一面察勘地上的踪迹。再看岔道上的那一拨马群，就在这时，如风卷残云般，远远地穿斜路，落荒走了。

袁承烈料这两拨马群必有蹊跷，这徐行的马群大概是牧场中寻马的人，这疾行的马群却不知是另一拨马贼，还是过路的马群。但看人马数倒有七八个，断定决非快马韩丢的那一伙。又想：快马韩的牧场马圈很多，也许东圈失马，已被发觉。这一拨马是另一拨风子帮偷的？现在既被自己遇上，理应根究，不可空放过。但有一样，自己是追蹑这疾行马群，寻究

290

贼踪对呢？还是跟追这徐行的马群，向牧场中人报警对呢，一手不能遮两处，万一自己推断错了，岂不是顾此失彼，招人笑话？

此时天已大亮，袁承烈略一沉吟，顿足道："还是追这徐行的马群，比较要紧。"从潜藏处现出身形，斜抄着追过去，眨眼缀上，看这徐行马群，果然是牧场中人，当头那人正是魏天佑。袁承烈正要上前招呼，突见迎面丛莽中，"吱"的一声响，蹿出来几名彪形大汉，把路挡住。魏天佑一行人纷纷下马，上前答话，跟着似闻晓晓抗辩之声。

袁承烈不由倒吸一口凉气，心说："必要出事！"忙伏身绕道，往前凑了凑；要看他们遇到卡子，怎么应付。不料他们三说两说，忽然喊了一声，魏天佑率众猛冲上去，把守卡子的大汉竟不阻挡，往旁一撤，公然把马拨子放过去。袁承烈猜疑道："这分明是绿林道设的卡子，他们竟闯过去了；必是投字号，讲交情，卡子上答应借道了。"

可是事实又不像；马群才过，丛莽中便闻连声狂笑，并且有人发着笑声道："小子们不用叫横，来的高兴，管保碰钉子回去，教他们快马韩知道知道咱爷们的厉害，往后得拿正眼看咱们来。"

袁承烈一听，蓦地心惊，恍然大悟，暗道："不妙，这里多半就是什么商家堡？……这样看起来，魏当家势必要中狡贼的嫁祸诡计！我既然知道了，我、我……该怎么样呢？"

袁承烈越遇难事，越有准主意，虎目一转，当机立断。忙把腰带一紧，绕过卡子，斜跟着魏天佑后影，也一步一步，潜闯入商家堡的腹地。此时天已不早，绕过苇塘，忽逢栅院。袁承烈也和魏天佑一样，把这里当作商家堡贼人的老巢了；却不知狡兔三窟，这里只是他们的别巢。袁承烈稍稍落后，魏天佑等业已进栅。袁承烈独留外面，绕了半圈，竟不得近前。贼人把魏天佑诱入自己的重地，把外面卡子撤回去一多半，改守栅院外围，不住梭巡，此时又当白天，袁承烈武功尽好，却不会隐身法；只可伏在暗处，远远瞭望，替魏天佑做了巡风人。探巡半晌，只望见贼人出入频繁，不见魏天佑出来，也没有见他到底怎么进去的。

经过好久工夫，日影高悬，殆已过半，袁承烈饿得肚皮叫，有些耐不及了；距贼巢很远，更听不见动静。忽见一大拨人，刀枪如林，跨马从远处奔来，直入栅院，也不晓得都是谁跟谁。袁承烈道："不好！"他已是有阅历的人，自知孤掌难鸣，不肯白昼冒险，正打算办法。

隔过一会儿，忽听栅院马蹄声乱，忙探头外窥；栅中拥出一批人马，穿丛莽走了。这许多人马中，有十多匹枣红马，不是人骑马，却是马驮人。袁承烈瞥见大惊。这正是牧场的一行人。他们被贼诱擒，捆在马上，往老巢押解；手脚倒剪，驮在马背上，一声不哼，料想魏天佑也必在内。

袁承烈十分懊恼，现在救人又比找马吃紧了。从草丛一跃而起，摸了摸绷腿上的匕首，连忙遥缀下去。当下见群贼把魏天佑等押进商家堡的老巢；袁承烈悄悄退出，急找民家，打算觅食果腹，挨到天黑，再独探匪窟。……恰巧遇上昭第姑娘，于是各显身手，各吐辩才，入商家堡，见姚方清，单刀解缚，飞弹打灯，把魏天佑等从危发千钧中救出来。却又话挤话，定了个五天后再见面的约会；这才从商家堡退出来，返回了寒边围东牧场。

袁承烈不矜不傲，把自己寻马救人之事，一一述完。魏天佑、昭第姑娘和陪座的武师，俱各惊服。魏天佑站起来，亲给袁承烈斟上一杯热酒，面向众人说道："行家一伸手，便知有没有。袁师傅不但陆地飞腾术令人望尘莫及；就是武功，也很精熟。但不知你老兄嘱哪一宗派呢？"

袁承烈道："二当家不要这样说，我在下倒是自幼好练，也许会个三招两式；但从闯荡江湖以来，实只靠着两膀子笨力气，跟一条不值钱的命罢了。你若夸我有胆，我可以说不含糊；要讲到武功，我哪有什么宗派师承呢？"

飞行圣手刘雍道："袁爷还是客气，你的脚下竟这样神速。拿两条腿的人，追四条腿的马，若没有真实本领，焉能办得了？"

袁承烈笑道："那倒不是。我发现盗迹，起始追赶时，也是偷骑了牧场一匹马；追上之后，才改为步行。"

众人道："哦，那么，咱们只丢了六匹马？"

袁承烈道："正是，牧场丢了七匹，贼人实只偷了六匹，不过说出来是笑话，我偷骑的那匹马，被我临时藏在小树林中，跟手找不着了。"

众人说说笑笑，又归到寻马御敌的办法。魏天佑向袁承烈请教，袁承烈道：姚方清这一档事，我们固然必须预筹应付之策；追缉盗马贼，更是刻不容缓。他们的下落，侥幸已被我缀着，只是地名不大清楚，大约在商家堡西边一带。我看那地方，是他们临时落脚地点，我们必须快去，若隔时间稍久，还怕他们迁场。他们动手偷马时，一共四个人，为头的叫作马殃神。据马殃神说：他们这次偷马，不为图赃，实为出气；乃是他们的瓢把子受人所托，故意来跟韩场主捣乱。究竟真相如何，该怎么下手，在下新来乍到，不明内情，这还得二当家和诸位师傅主张。"

魏天佑骇异道："是马殃神么？他是受谁的指使呢？"

袁承烈道："他们说的全是黑话，在下没有听出来。"

昭第姑娘瞿然道："这个马殃神名字好怪，可知道他姓什么？"袁承烈道："大概姓侯行二。"

昭第姑娘道："我说，魏二叔，你可知道这人的来历么？"

魏天佑侧首沉思道："知道一点。吉黑牧场确有过这么一个人物，从前他是在小白山；后来闹了一件事，他们头儿要惩治他，他不辞而别，盗马逃走了。他们的头儿曾经关照过我们，如遇此人，万勿收留。现在可就不知道他投到谁那里去了？"

刘雍道："既有这个人，就好办多了，我现在就去查问查问。咱们的马师什么样人都有，或者能知道他的根底。"立刻推杯站起，径到饭厅去问。稍过一会儿回来，向魏天佑、昭第说道："这马殃神果然姓侯，叫侯二旺，赵金禄赵师傅知道他。从前他也是牧场伙计，却会几手功夫，人瘦力大，善调劣马。只是脾气很坏，因争嫖暗娼，把暗娼杀死，把牧场同伴砍伤。他见出了人命，就弃凶刀逃走；不知怎的，加入了风子帮，做起马贼来。总是六七个人作一伙，不搭大帮，聚散出没无常。恐怕要找他，不很容易，他本就没准窝。"

昭第姑娘为难道："这不成了大海捞针了么？"袁承烈忙道："常时我还听见他们四人互相问答，有姓刘的，姓萧的；姓萧的大概叫萧老五。听他们的口风，他们上边的确还有总瓢把子。这次盗马，仅看人数，他们至少来了十几个人，这马殃神一定加入吃风子钱的大帮了。"

魏天佑、韩昭第一齐问道："他们有瓢把子，可知叫什么名字么？"

袁承烈道："这个？可惜我……没有听清。"贼人当时确曾说过什么"雕头儿"，袁振武也影影绰绰听见了，却错疑这"鸟头儿"一词（鸟字丁了切）是句脏话。当着昭第姑娘，他迟迟不能出口，索性咽回去，只推说："他们一定有瓢把子，可惜我没听明白！"哪知贼人说的这"刁头儿"，正是他们的瓢把子，姓刁，外号叫坐山雕。魏天佑以为袁振武既没听清，不便追问，就把这线索白丢下了。

当时筵罢，众人向袁承烈深加慰谢；魏天佑立刻传集武师马师，就马殃神的去向，细加推敲了一回。命书启赵先生，修书一封，派遣急足，给快马韩火速送信；言说场中出事，催他速回，以顾根本。又写信分送附近出头人物，转烦他们，向商家堡姚方清递话：能和解就和解，不然，索性械斗。

这些事先安排好了，随即商定：先派人根寻马殃神的下落。次集众应付商家堡的械斗。这两事全很吃紧，却以寻贼之事稍纵即逝，刻不容缓，魏天佑决计亲往。坚嘱韩昭第留守，把快马韩宅中的火器，分出大半来，放在牧场，以抗外侮的再来；所有巡更、放哨，自不必说，加倍加紧。然后，魏天佑亲率武师刘雍、冯连甲、季玉川、洪大寿、马师杜兴邦、张金朋等，共二十一人，由袁承烈做向导；立刻预备干粮水壶、兵刃弓箭，上马出发，直赴袁承烈当夜所到之处。当夜袁承烈走了大半夜，现在白天，可就用不了这大时候，按照沿路所留的标记，只两个时辰，便已找到马殃神投宿的土堡。袁承烈藏马的小树林也已寻着，只是拴马处只剩断缰，那匹马想已饿极，挣缰逃走。

众人暂不管它，忙扑进土堡一看，竟是民家。找到堡中首户，客客气气，细加询问；果然前昨两天，堡中来了一拨老客，约有十几个人，在此地借宿。原知他们是马达子，但他们明说过路借道，堡中住户只得竭诚款待。这情形在常年荒原乍辟，本来常有清乡的官兵来了，民家须好好支应；过路的马贼来，也得好好款待。有时官兵与土匪会走个前后脚，贼刚去，兵便来；兵才去，贼又到。民家遇此，更得妥为应付；否则马贼要给庄院扰乱，轻者放一把火，将柴垛烧了，难免延烧住房。官兵给民家过不去，又会加以通匪的罪名，捉去轧杠子。

魏天佑拿出快马韩的名望，向土堡民家，盘询盗马贼踪。关外民户对待过路马贼，也有不成文法律；贼人的姓名、去向，他们向来不敢打听，更不敢对人说，就说也不可靠。贼人借住民宅，临去全是大队先发，末留断后之人。走时也必采迂回路线，眼看他往东，实则他们投奔西方。若认定他们是奔西，半路上他们也许忽然折回，又改奔东面。

魏天佑明知是白问，也不能不试着打听一下；仗他设词诱探，居然将马贼的人数、马数，和人的相貌，打听出来，算来此行实在不虚。跟着告辞出堡，与马师们商量；仍勘蹄迹，往前根寻。可是贼人所留的蹄迹，也不尽可靠。他们每人的脚底下，会装蹄铁，用人脚故意假造出倒行的蹄痕；也会把马蹄包上，隐没了蹄印。但任凭贼人用何方法，魏天佑一行久干牧场，还带着有经验的马师，若非遇雨，又逢意外，终能寻勘出贼人的行踪。

魏天佑等二十一个人散开来。各穷智力，四面勘察。偏偏这盗马贼十分狡狯；他们当夜忽东忽西，一路乱走，在堡稍歇，未及天亮，便急逃走。把他自带的马群，和盗来的马，分成三队，按三个方向，分开走去了。魏天佑直寻到歧路口，发现蹄迹纵横，顿觉计穷；袁振武也抱愧起来。虎目乱转，潜思别策。杜兴邦说："我们当时穷追就好了，偏偏商家堡给打了扰；如今缓了一天，事情越发难了。"

二十一个人打算分三处，按蹄迹分勘。魏天佑权衡轻重，瞪眼说："我们别忘了商家堡的事，现在只剩四天了！袁承烈愤然道："二当家无须着急！寻马的事，我看可以交给我，你老拨几位师傅跟着我，我们试着往下蹚。你老自己可以速返牧场坐镇，专筹划商家堡践约之事。现在我们牧场并非泛泛失盗，实是有仇人暗中作对；你老回去最好，须提防再生别的枝节！"

本来魏天佑所处在此，听了袁承烈这话，眼望众人，进退两难。杜兴邦是一勇之夫，虽为马师，偏好打架，当下就说："我陪袁师傅去，我管保寻着马殃神，我要逗逗这小子！"季玉川笑道："寻找马殃神，斗智不斗力；你想逗人家，你可是找不着他，有劲没处使！依我说，我们暂且别管这六匹马，我们还是合集众力，专心应付姚方清……"张金朋道："刚才袁师傅说得很对，这不是寻常失马，乃是仇人寻隙；现在不根究，五天后更没影了。我们总得两面并进，双管齐下。"

魏天佑叹了一声，道："我只好做没脸的事吧！我可不是临阵退缩。"向袁承烈举手道："寻马的事，袁大哥，你多分神！可有一节，无论采访的情形如何，两天之内，务请你返回，咱们还得对付姚方清呢。"袁承烈道："那是一定，我和他有约会，焉能不到！"

立刻把二十一人，分给袁承烈十四个人，内中三个马师，六个武师，五个有力的伙计。魏天佑又谆嘱道："诸位前往，总以寻着贼巢，访明对头为要，千万不可动武。不是我经不得险，胆小怕事，我们总该小心，不再生枝节为妙。商家堡一招，就怨我胆粗惹事。"把带来的干粮，都给袁承烈十五人留下。魏天佑灰心丧气，带余众返场；却不一直走，仍存着万一之想，绕走别途，要顺道寻勘马贼的踪影。

袁承烈容魏天佑去远，自以新人做了领袖，先向十四人客气了一阵，刘雍、季玉川这十四人心佩他武功出众，甘受指挥，都无异言。这就是袁承烈年来饱经挫折，学出来的乖，再不像当年那么豪气凌人了。遂虚心商计，把十五人分为三拨，分路访下去；仍以两天为限，无论成果如何，必须返回。

袁承烈这一拨，是飞行圣手刘雍、洪大寿、李泽龙、杜兴邦五个人。杜兴邦地理较熟，就由他当先引路。塞外荒凉，纵目四望，往往十数里，不见人影。只在草原起伏处，初垦荒田边，不断发现土堡、庄院。僻区荒庄没有店房，可是任何民家，都可以叩门求食，打尖借宿。就是投住十天八天，也不要钱，和蒙古包的风气一样。袁承烈、杜兴邦就依着这塞外的风尚，每遇庄堡，便登门求饮、歇脚；顺便用两种措辞，打听马殃神的去向。或说：这马殃神是他们的伙伴，路遇放荒的野火，中途失散，现在是专意寻找他们。或者径说：自己是快马韩牧场中的人，因场中有几个伙计，起了不良之意，拐马潜逃，故而奉派沿路追求。饶这么急追巧探，寻访出一百多里地，连投五六处庄堡，竟一点线索也没问出来。人家异口同声说："这两天就没看见马群。"这话是真是假，也自难言；袁承烈一行渐觉得一步来迟，无计可施了。

又走了一程，天色渐晚，亟须投宿。袁承烈在马上昂首远眺，沉思不语；杜兴邦指着地上深浅的蹄印，还要往前再赶一站，以观究竟。刘雍仰面看天道："不能尽往前赶了，越走越远，错过宿处，明天可就赶不回去了。"杜兴邦不以为然，两人对拌起嘴来。洪大寿等齐说："你们二位别乱，咱们听听袁大哥的。袁大哥，你是我们的头儿，你说咱们是退回一站寻宿好？还是再赶出一站好？"袁承烈憬然若悟地说道："诸位大哥别这么捧我，那可是骂我了。若依小弟愚见，寻马自然是急事，可是商家堡的事更要紧。若教我看……"眼望杜兴邦道："咱们就此退回一站，好不好呢？不过小弟地理不熟，杜大哥，前站离这里近不近呢？"杜兴邦忙道："回去就回去，你别看我这么说，我是跟老刘抬着玩。前站离这里倒不很近，足有二十多里地，赶到准得很晚了，干脆我们就往回走。"

大家都知照此访法，绝访不出什么来，全愿意就此折回。杜兴邦满心敬服袁承烈，头一个拨转马头，往回路走；仍不循旧道，略绕小弯，改走来时没有走过的路。走了不远，便逢岔道，隔着一片树林。李泽龙道："这么走，对么？"杜兴邦道："没错，这么走抄近；你闭着眼，随杜二爷走吧，决不会寻不着宿头的。这里也有好几个蹄印，我们凑巧了，还许摸着马殃神的后影哩……"

天色说黑就黑，众人纵马疾行；忽然间，刮来一阵风，听见林后一片铃声。洪大寿道："怪呀！这半晌我们就没遇见半个人影，这儿可有了铃声了？"李泽龙道："像是拉骆驼的。"飞行圣手刘雍道："不对！"但是旷野闻铃，究竟蹊跷；袁承烈道："咱们追过去看看吧。"

一言未了，铃声哗啷啷大响着过来，众人急勒马寻看。从树林中飞驶出一匹紫色健骡，和一辆"草上飞"大轮轻车，两头猎狗。这健骡项挂一串银色铃铛，这驾车的牲口是一头青骡，骡项也挂着一串银铃。车上一个蒙古打扮的少女，穿蓝坎肩，枣红旗袍，头蒙红巾，自己勒缰驱车。车上堆着许多野畜，狐也有，兔也有，鹿狍也有；还有火枪、弓箭、钩叉，顺放在车箱。那一匹紫骡，由那个男子骑着；男子肩背标枪，手提马棒；挺腰揽辔，气象强健。牧场群雄方在错愕，听那男子喝了一声："喂！"一车一骑从林后出来，疾如电驶，斜奔北方走下去；两头猎狗窜前逐后，跟着飞跑。

这男女与牧场五个壮士隔着路，斜打了一个照面。那女子似乎不甚理会，只微转秋波，斜投了一瞥。那男子却张眸直待纵骡过去，还回头打量这哥儿五个。这哥儿五个也相顾疑讶了，觉得当此时，在此地，不会有此种人出现。刘雍、杜兴邦等初疑这男女必是蒙古猎人，或者是满洲射手。哪知隔路迫视，才瞧出这女子唇红齿白，眉目清扬，身段儿竟也苗条，脚下穿着"唐唐玛"（一种短腰皮靴），也非常窄小，似是纤足女娘，故意改扮了旗装。那男子远看着腰板笔直，气度英挺。这一对面，才发现他苍颜皓首，长须飘飘，是个很上年纪的老头儿；更不带塞外粗犷之气，眉目面型分明是南方人。

这一老一少，男女二人，竟引起牧场群雄的注意来。袁承烈目光犀利，虽只一面，已觉出那老汉不是寻常猎人。两道苍眉，一双巨目，顾盼之间，猛如少年。那女子尤为奇特，"草上飞"巨轮疾转，跑得飞快。颠得车中的活狐狸、活兔儿吱吱的叫。可是那女子盘一腿，垂一足，跨辕驱骡，不用鞭策，只用纤纤玉手，提着两根缰绳，控纵自如，很有一种悠然自得之态，真是很好的驾御术。车尽管轱辘辘的猛颠，她把纤腰直挺，纹封不动，稳如泰山。杜兴邦失声叫道："好俊的手法呀！"骡在前，车在后，那女子似乎听见了，（其实只听见喊，没听清喊什么）又回眸送了一瞥。把头一昂，喊了一声："驾，窝！"那老头也回头一看，回手一马棒，巨骡狂奔起来。那"草上飞"同时加快，连那两头猎狗，一阵风似的走过去了。

飞行圣手刘雍、李泽龙、洪大寿这几人齐说："怪道，怪道！"一个个把眼光直投了过去。他们此行只为寻马，不相干的事应该少管。并且他们不是没看透，这男女二人一车一骑，携火枪，俘狐兔，分明是莽原游猎，饱载而归。但他们竟为这老叟少女的诡异形色所动，一个个着了魔，心头跃然，都要追下去。再看袁承烈，驻马垂鞭，也似直了眼。刘雍叫了一声："袁大哥！"袁承烈忙回头道："刘大哥，你有什么话？"刘雍道："刚才这个老头儿和这个蒙装的汉家姑娘，好像是爷儿俩，瞧着很透邪行。咱们是不是缀缀他们？"洪大寿道："可不是，这两人真有点不伦不类，碰巧了，就许跟盗马贼有关。"

袁承烈道："追好么？"李泽龙道："追！要追还是快追，你瞧人家绕过这林子去了。"袁承烈道："只恐怕错过宿头？"杜兴邦忙道："追吧！寻宿的事你全交给我，那边有的是人家；半夜砸门也不碍，只要咱们一报字号，再掏出咱们这条手巾来……"李泽龙掏出牧场特制的手巾，对袁承烈道："咱们场主快马韩的威名，在这寒边围方圆百十里内外，叫得很响，人人都关照着面子。场里的人只要有这条号巾，到哪里寻宿，都不用费话。"他只顾替牧场吹大话，可忘了新近碰的这两个钉子。刘雍是在商家堡吃过亏的，忙拦道："你别让袁大哥见笑了！咳呀，人家的车可没影了。"洪大寿道："快追吧！"啪啪的一阵马鞭子，五个壮士如飞似的赶下去。（老实说，他们多一半是为瞧女娘，看稀罕事；只有袁承烈和刘雍，却知老叟少女不是泛常之辈，因存窥察之心。）

路边浅草因经践踏，长才尺许；人迹不到处的荒草有时高过人肩，遮蔽视线。五个人放马直追，绕过丛林，那健骡和"草上飞"大轮车不见了，不知他们是钻入林中，还是绕投别处。杜兴邦嚷道："赶紧追就好了。"刘雍道："我不信我们的马，会赶不上人家的骡子，咱们往林子里搜

298

搜。"杜兴邦道："刘爷，你外行了。人家那两匹骡子真不含糊，比咱们的马还许快。"

几个人在林边探望，此时暮色渐合，林中似有曲折的狭径。有的人主张进林去搜，杜兴邦道："别闹了，道很窄，他们那辆大轱辘车进得去么？"袁承烈道："我们只绕林边看看吧，进去怕涉险；倘是歹人，又要受暗算。"众人果然牵马步行，绕看林边。塞外木客们入森林采樵，惯在要口潜留标记；或者折枝，或者刻木，或者把几条枝绑住一起，用来指示前途的险阻、林中的虫蛇，留给后来人看，以资趋避。袁承烈、刘雍等都知道这一点，寻了一回；这林子很不算小，一时走不到头，也没寻出暗记。袁承烈手指天色，道："杜大哥，找不着，算了吧。前边如有人家，我们还是先投宿，一面跟人家打听打听。这男女奇装异服，一定可以问出来。"众人恍然道："对！打听马达子，住户们都不肯说；打听猎户，他们用不着避讳。"

杜兴邦道："我也找腻了，寻马还寻不着，干啥又寻大姑娘？你们跟我来，快投人家歇歇吧。饿倒不饿，我是真渴。"五个人又扳鞍踏蹬，再寻土堡人家。走出一段路，忽见一带草原，冒起炊烟，独不见堡院。众人驱马追近一看。有一带高岗，环抱如半环；环内果有两排草舍，大约每排五间七间；四周也挖着防火壕，立着防兽木栅，栅内也有柴堆、炭堆。这地方很隐僻，四面土冈满生荒草，远望看不出中有人家。大家吐了一口气，道："这里有人家，咱们过去寻宿吧。"杜兴邦驻马登镫望了望，说道："这里不行！"袁承烈道："怎么的呢？"杜兴邦笑道："袁大哥，你到底在关外待得不久。你瞧那草房，不是才两排么？这一定不是垦田的农家，这是一座小小炭窑；那几间草房定是他们的锅伙，地方必定很窄很脏，又没有马棚，我们投宿去，人有处睡，马可没处放；拴在露天地，弄不好，半夜就教狼给咬炸了群。"刘雍道："准是炭窑么？那窑呢？"杜兴邦道："你瞧冈后黑乎乎的，那准是窑。"众人还想过去看，杜兴邦道："别走冤道了，我说这里住不得，一定住不得。你们顺着我的手看。这边那儿棵树后头，不到五里地，就有座大庄堡，足有百十户；我记得堡主姓黄。咱们一到那里，好铺好床，有吃有喝，还有好高粱酒，比这里强得多了。而且咱们回牧场，又是顺路。"

众人听他这样说，也很有理，就道："好吧，咱们就再赶五里地。"

……却不道天色渐黑，四野荒旷，杜兴邦记错了地方；直走出十六七里地，才寻着一座较大的庄堡；堡主也不姓黄，堡门也已上了锁。杜兴邦叫了半晌门，才得问明放入。

这堡主知道他们是快马韩手下的人，居然很款待。堡主出来客气几句，便命他的侄儿陪着客人；特备酒饭，请他们吃。又沏了一大壶酽茶，拿来一大包旱烟叶，并给他们特腾出一排长炕。杜兴邦等饭罢道谢，向堡主的侄儿设法套问话。问及马群的事，答说是头几天在堡前过了一拨马，有四十多匹，这话不很对碴。问及一个老叟携少女驱车打猎的话，这位少当家的连说了好几句："不知道！"声色似乎不大可靠。又闲扯些别的话，少当家打呵欠告辞，请客人安歇。袁承烈、刘雍、李泽龙、洪大寿、杜兴邦五个人低谈了一回，只好脱去衣服，上炕就睡。关外人睡惯了热炕，夏天也不能睡凉炕，冬天也得脱光了，才能睡熟。这五个人，杜李洪等都是这样睡法，只有飞行圣手刘雍，和袁承烈是和衣而卧，只脱去长衫罢了。

刘雍这人不管心里有多大烦事，该吃就吃，该喝就喝，而且该睡必睡。看那袁承烈，却并不然，坐在炕边，捧茶碗低头深思；刘雍连催他就枕，方才脱鞋上炕。把油灯拨得小小的，侧身闭目，呼吸细微；过了好久，很像睡熟了，其实没有睡着。跟着杜兴邦把马殃神骂了几句，把打猎女子胡批了一阵，翻了一个身，渐渐打起鼾声来；和李、洪二人一递一声，越睡呼声越响。刘雍翻了两个身，也就迷迷糊糊，渐入睡乡了，并且含糊催道："袁大哥睡吧，有事明天再讲。"

刘雍沉睡良久；此地庄堡较小，只有值更之人，没有打更的梆锣，也不知经过了多大时候，猛然间，似头顶刮来一股凉风。刘雍登时看见那商家堡的姚方清，用板刀削自己的脑皮，那周四又拿花枪扎自己。刘雍一个抵挡不住，要跑又觉伸不开腿，急得呻吟了一声，把眼睁开。定睛一看，长炕一排五个人脑袋，除了自己，只剩下杜兴邦、李泽龙、洪大寿三个人；那袁承烈只留空铺，不知哪里去了。

刘雍把眼揉了揉，才看出油灯微光之下，已闩的屋门此时半掩，留下尺许宽的空缝，便从门缝刮进夜风来，正吹自己头顶，自己的睡处最靠门口。刘雍心里仍然迷糊，想道："袁爷许是出去解溲了；等他回来，得教他闩上屋门。"关外是大陆气候，晌午极热，早晚很凉；就到夏天，也须预备皮褥棉袄。这工夫夜已很深，刘雍冻得缩了缩脖项，裹被重寻前梦，不一时又睡着了。

这一觉又睡了很久的工夫，忽听见一阵犬吠，飞行圣手刘雍蓦然惊醒，欠身望窗，微现曙色，屋中灯犹未灭。同伴杜兴邦直挺挺睡在本宅借给的被内，一只眼睁，一只眼闭，似刚醒转，还在恋枕未起。袁承烈穿一身短衣，正坐在炕沿边，似要穿鞋下地，又似脱鞋上炕。杜兴邦喃喃地说："天还早呢，袁爷再睡一会儿吧。本家没起，咱们老早地起来闹腾，显着不大合适……"袁承烈道："是的，是的，我要解溲……"忙把身子背过去。

杜兴邦说完话，又闭上眼了。飞行圣手刘雍蓦地心一动，忙拥被坐起，揉眼打量袁承烈，叫了一声："袁大哥没睡么？"袁承烈忙又把身子扭过去，含糊应了一声；把一物往枕边一塞，跟着脱鞋上炕，重欲入睡。但是刘雍早已看明白了，袁承烈并不是久睡乍醒，也不是要下地解溲。他分明穿得衣履齐整。衣纽腰带也都好好系着。他一定刚从外面回来，却不是解溲。解溲没有穿戴得这么齐全的；况且他双目炯炯，额上又有汗。刘雍看了看屋门，屋门已关；又看了看袁承烈的卧处，被褥虚摆，不似有人睡过，再看看袁承烈的神情，把脸躲着自己，匆匆地脱袜子，解腰带，扯被。可是他乍睡时，分明是和衣而卧，现在怎么又要脱光了？

刘雍猛然一笑道："袁大哥，您先别睡，我跟您打听打听。……"说着掀被起来，下地，穿鞋。袁承烈道："刘大哥，怎么就要起来么？天还早呢。"伸手一扇，把残灯扇灭。刘雍早趁探身觅鞋之际，把地上袁承烈的鞋摸了一把，很湿，有泥。笑说道："袁大哥！"凑到袁承烈枕畔，低声说道："大哥别瞒我，由打二更天起，你就出去了，直到这时候才回来，你上哪儿去了，唵？你可以告诉我么？"

袁承烈本来要脱衣就枕，闻言住手，冲刘雍笑了笑，道："我刚才出去解溲了。"刘雍道："你是真人不露相，你上厕所，还带兵刃？咱们是一家人，他们糊涂，小弟可是门里人；这么办，出你之口，入我之耳，你只告诉我一个人行不行？你瞧，你的鞋都湿透了，你至少在外面奔波了半夜。"指一指枕底，又指一指地，把笑脸对着袁承烈。

袁承烈愕然一愣，不由得瞧着刘雍的手，看了看自己的枕头。刘雍索性上了炕，挨着袁承烈，打叠精神，询问他只身夜出，奔驰竟夕，究竟为什么？再三说："我不是刺探你，也不是信不及你；我是打听打听你，出去这一趟，有何发现？请恕我鲁莽，我看你的神情，好像不甚得意；莫非徒劳奔走了？还是碰上劲敌了？和商家堡、马殃神，有干系没有？"

袁承烈笑道："你老兄可是多疑，咱们五个人访了一白天，还没访着；怎么我只身夜出，就会访着马殃神么？太笑话了！"刘雍赔笑道："那么说，你可是搜寻那个短衫老叟，和那个蒙装汉女去了吧？"袁承烈仍然摇头道："哪里的话！我实在出去解溲了。他们这里的狗直咬，我没法子，才带着匕首，出去了一趟；解完溲，我就回来了。"刘雍也摇头道："大哥，你还骗我！你要知道，从半夜里你一不见，我就没睡；直等到这时候，你才回来，两个更次了。当时我不好意思跟缀你，怕误了你的事。说实在的，你要是访敌，有我跟着，虽当不了大用，也可以给你巡风。"正面问不出，他又从侧面挤；但是袁承烈兀自不肯认，刘雍只得罢了。

他哪里晓得：袁承烈真个追那老叟少女去了。却不是他多事往寻，乃是老叟找了他来。当他们绕林搜寻，已被人家窥见。当他们行过高冈，驻马遥望，杜兴邦把草舍误认作炭窑，哪知这正是老叟父女的隐居之所。当他们七言八语的猜议，人家父女也动了疑心，把他们当作没安好心的马贼。当他们驱马寻宿，投入庄堡，老叟父女可就遥加跟踪，认准了他们的下落。

二更以后，五人就枕，忽闻一声犬吠，旋即寂然，跟着听见弹窗低喝之声；袁承烈忍不住携刃潜出，欲勘真相。才出户外，陡见群犬争食地下的馒头；一个人影向他点手，回身飞奔堡外。袁承烈挺刃急追，不料奔波竟夕，不但未捉着人影，反被人影诱出多远，更遭种种侮弄。不但未探着人家底细，反被人家猜出他们的来历，知是快马韩牧场的人，为丢了马，出来寻贼。但是袁承烈的胆气武功，却颇为老叟所惊讶。这老叟实是南方大侠，自以不得已之故，携女避怨，来到这边荒之区。更名隐居，已有多年。这父女自与袁承烈有这一番的冲突，后来竟种下一桩意外姻缘。

第二十四章

商家堡对仗应敌

袁承烈一味支吾，刘雍自以新交，未便深问；跟着杜兴邦、洪大寿等先后醒转。天光照窗，大家悉起。宅中少当家的出来款待，打脸水，冲茶，备早餐。餐后，马师们拿出一锭银子，赏了宅中佣仆，又向堡主道谢；把马牵出来，告辞出堡。一路曲折行走，仍不断地寻问；结果一无所得，大家只得老老实实地回牧场。

这时的牧场顿易旧观，内外呼应，戒备森严；瞭望台上架着火枪抬杆，围栅外派出放哨的人，几乎十步一岗，百步一卡。袁承烈五骑离着牧场还有一里多地，便遇上一道岗。两个牧场壮士持武器迎上来，问道："袁大爷、杜师傅辛苦！访得怎么样？"跟着说："二当家和各拨出访的人已陆续返场，外面只剩一拨未归，可惜都没得着确耗。"袁承烈忙问："韩场主回来没有？"值岗的未及答，洪大寿插言道："早呢，他老人家上烟筒山去了，最早也得五六天，才能转回来。"

大家越过守岗，直往前走，又遇上两道卡子，方近牧场。未到场门，早由牧场瞭高的伙计，看清来人，报到场内；立刻由魏天佑率众迎出来。袁承烈到此方才钦佩：人家快马韩的牧场果然很有布置，前夕之事只是积渐疏忽，出于意外罢了。

袁承烈翻身下马，伙计们忙接过牲口。魏天佑上前握手道劳，越过柜房，把五人径让进议事房。这是座大厅，座上已经坐满了人。一见袁承烈进门，纷纷起来，打招呼让座。环视在座的人，有好几位不认识；却是快马韩附近的知交，闻变前来慰问、帮忙、献计的。

魏天佑忙把袁承烈给来客介绍了，彼此互道钦仰。逊坐之后，略说出访的情形，昭第姑娘便道："袁师傅，你来得正好；访不着马殃神的下落，姑且丢下吧。现在商家堡的事很急，他们刚才又来了一封催驾的信，好像他们准知道场主没在家，怕我们失约不到。"刘雍道："场主有信回来没有？"魏天佑皱眉道："倒有急足送来回信，教咱们相机应付；他说他届时恐怕赶不回来，想是那边的事缠手。这里我们正在计议着，后天无论如何，也得请大家帮忙，践约赴会。商家堡就是摆上刀山剑树，我们也得去比画一下子。不然，对手绝不说场主没回牧场，一定说是快马韩不敢践约。"

昭第姑娘拍掌道："姚方清这小子真把姓韩的父女料短了！袁大哥，请你不要客气，该怎么预备，有高招务必请你提调一下。"又向大家说："诸位叔叔大爷，没别的，请多捧我们父女这一场吧。"这位姑娘性情特急，一口气说出这些话来，就请大家分派践约的人数和践约的步骤。魏天佑遂忙拦住昭第姑娘的话锋道："姑娘，袁师傅他们几位刚回来，大概都还没有吃饭呢，商家堡践约的事还有明天一整天的工夫，咱们尽可从长计议。"随招呼伙计们斟茶，打净面水，备饭。袁承烈见满座是生人，忙说："我们到饭厅吃饭去，别在这里打扰了。"遂与杜兴邦等一同出去。饭罢，擦擦嘴，连忙走回来。

大家环坐在议事房中，商量赴会的办法，众人因袁承烈是立过功的，都推他定计。袁承烈一力谦让，谢不敢当。最后仍由魏天佑，把已商定之计对袁承烈说了。

这回与商家堡定约，本由袁承烈代快马韩答应的；故此赴会名帖共备三份，一是快马韩，帖到人不到，二是魏天佑，三是袁承烈。商家堡姚方清部下的实力，牧场中人很有知道的；据说他们全数不及百人，有四位贼头，姚方清为首，周老疙疸居末。不过自己这边现下大邀帮手，姚方清那边也难免邀助，已经派人前去密访，还未得回报。魏天佑与昭第姑娘细细核计一下，把牧场师傅、炭窑伙计、垦田佃户，全数凑起来。有的留守，有的赴会，计可赴会的仅能凑足六十人，势力未免不敌。魏天佑、昭第姑娘事先早已料到，已从寒边围西四十里外柳树堡老何家，借妥三十名壮汉、两位武师，说定明天准来，帮同赴会。现在老何家的少当家何元振，正在座参议，当即答道："明天我回去，一定早早把他们带来。"但东西两边牧场经过这番抽调，留守马师也稍感不足；遂又由魏天佑向开源牧场场主，借好二十人，驻场代看马群。外援既已请定，再点本场赴会的人。魏天佑、袁承烈两个首领以下，又点起季玉川、洪大寿、李泽龙、刘雍、黄震、李占鳌六位武师；还在邻堡借来护院武师二名，连老何家那两位武师，恰凑足十位武师。又牧场内掌竿的马师，也不乏力健善斗之人，从中也拔选出四位，是于二虎、张四愣、胡六、丁德山。

践约之人派妥，再支配留守之人。以昭第姑娘为首，派冯连甲、周诚为副，用火枪、抬杆、弓箭为御侮的武器。万一贼人明面订约会斗，暗地潜来偷马，那就不客气，开火枪轰他们。械斗向来以刀枪当先，不许妄动火器；但若敌人暗袭庄围，那么就用火枪打他们，到哪里也说得下去。跟着，又将留守牧场巡风值岗之人派妥。

众人通盘计议之后，觉得大致已无遗漏，当下便要定局。昭第姑娘站起来说不愿留守，要替父亲前往商家堡践约。经魏天佑等再三劝阻，她赖快快地坐下来，有点不高兴。那边袁承烈看了看众人，似要说话，魏天佑忙道："袁大哥还有什么高见？何妨说出来，大家参议。"袁承烈这才推椅子，站起来道："刚才的打算十分周密，赴会的、留守的、巡哨的全有了；只是从这里到商家堡，似乎还缺少几位传递消息的人。我们的人深入敌人重地，最忌前方和后方两边的信息隔绝。我想这也该派几位弟兄，用连环报马的法子，专司联络情报。不知众位老师以为怎样？"

魏天佑、昭第姑娘一齐点头道："这一着很要紧，还是袁师傅虑事周详，我们全忽略了。"遂又派定西牧场的师傅崔振基，带八名弟兄，专司报马。魏天佑复又问道："袁师傅还有什么高见？"

袁承烈道："还有一点意思，不过说出来不大好听。临敌之机似应未虑胜，先虑败。我们这次践约拜山，按比武的常规，胜负一见，便该罢手。就按械斗讲，打败了，逃回本村，也不致全军覆没。我们这一回却是深入敌寨，名为拜山，实是决斗。敌人又是一伙剧盗，须防他们蛮不讲理。比如我们胜了，他们是否甘休？我们败了，他们是否放我们出来？这一点，我们必须虑量一下。"

大家听了，耸然道："这可要紧，我们不能不虑。"魏天佑道："袁师傅，依你之见，我们该当怎样？"袁承烈道："据我愚见，似应另外埋伏下一支接应之兵；万一不胜，可以接应自己的人后退。幸而我们打败敌人，须防他恼羞成怒，不肯认输，到那时难免别施奸谋。我们有这支援兵，便可突阵上前，把失陷的人接救出来。"

在座武师哄然喝睬道："好，袁师傅真有大将之才！"

但现有人数安排已定，哪一处人少了都不行，又从何处抽调这一支援兵呢？众人齐望着魏天佑，面现难色。昭第姑娘问道："二叔，我们明天还得另邀人吧？"魏天佑沉吟良久，忽然道："有了，请打接应的兵，我已想好法子，全交给我吧。咱们先商量别的，众位还有什么妙策没有？"

座上又有一人，因"深入敌寨"这一语，也想出一策，对众说道："这一次说拜山不是拜山，说械斗不是械斗，我们深入人家腹地，实在涉险。我们能不能跟他们说，另换个会面的地方？"昭第姑娘道："怎么不能？他们不是刚来了信，我们就答他一封；快马韩别看没回来，照样有人践约。不过我们不能堵人门口无理，也不能容人守着家门口发横；要械斗，干脆在别处。"魏天佑忙拦道："别这么说，我们仍得说是拜山赔礼。干脆我们预先指定一个地方，要介在牧场和商家堡之间。"遂命书启赵先生写好一封回信，指定一片疏林旷野，准于午前，双方相会。

昭第姑娘密问魏天佑："接应兵究竟怎样调派？"魏天佑不愿当众说出；容得议罢，大众退息，方将袁承烈和几个要紧人物，请到己室，低声说："赴约的人已近百名，可将善用火枪的抽出二十名；再向邻近猎户，邀二十名助手，借数十支火器，凑足四十人，作为接应，埋伏近处。倘遇意外，自己人往两旁一败，立刻开火枪轰击敌人。"这一招极毒。但只作为万一之策，非待敌手逼人太甚，暂勿轻施。

当夜议毕，一宵无话；次日天明，赶忙调派。催借兵的，探敌情的，送信件的，纷纷出动。不到辰牌，外援均到；便提前开饭，盛设酒馔，请这些拔刀助战之人。酒筵甫罢，整兵要走；那赴商家堡投书之人，气急败坏奔回来，急问原委。方知他们距贼寨尚远，便被捉住，盘搜再三，才派人送到第三道卡子。匪徒把信代投进去，好半晌，那姚方清拿着信跑出来，又跳又骂，不知哪里来的怒气，竟当面撕碎了信。也不写回书，只喝命送信人："快滚回去，告诉你们场主，你们的人堵门口无礼，怎的不上山来赔话？倒教太爷跑到露天地跟你们见面，你们懂人事么？我这里是虎口，咬着你们没有？"一味叫骂，把送信人硬往外赶。那个周老疙瘩还追出来说："你们识相的，赶紧到这边来；不敢来，我们可要找上门，掏你们去了！"

魏天佑听罢大怒，立与袁承烈，率十名武师、四名马师、七十个壮

306

汉，刀矛并举，整队牵马出发。那接应兵二十人已于天破晓时，由两位武师分领，秘带火枪，悄走后门，先到达猎户家；与二十个猎户乔装打猎，早早到埋伏地方去了。昭第姑娘带冯连甲、周诚留守牧场，把魏天佑一行送出场门外，恳切嘱道："二叔保重，不要中了他们的激将计。"魏天佑道："姑娘放心！这一回我再挣不回面子来，我只有死了痛快。"让牧场群雄一齐上了马，他这才搬鞍踏蹬，说了声："姑娘请回！"把马豁刺刺放开。直等到赴会之人去远，昭第姑娘双蛾微蹙，慢慢走开牧场，一颗芳心又有一番打算。

这八十六个人一色短装，鞍马鲜明，刀光矛影森然如林，踏行荒野，声势分外惊人。由李泽龙、杜兴邦当先开路，魏天佑与袁承烈督队在后。已商定办法，这番不必绕走径取直路。届时或直入贼巢，或当门索战，且待到了地方，再相机应付。于是走了一程，将到傍午时候，前面有一片丛林阻路。绕过丛林，便是商家堡头道卡子；那里本设着暗桩，如今竟改成明桩。十名匪徒遥闻蹄声，立刻现身，一字儿排开，把路挡住。杜兴邦勒马扬鞭，大叫一声道："哒！前面朋友听真，快马韩拜山来了！"跟着向魏天佑打一手势道："前面有人，十个数！"魏天佑在队后厉声喝道："不管几个，闯！"回手一鞭，越队先发，豁啦啦蹿到前面；袁承烈也急忙策马紧跟过来。到卡子上，魏天佑瞥了一眼，略一拱手，"唰"的下马，说道："辛苦！"又跃上马去，身法极快。后面马师照样各逞身手，才下马抱拳，便嗖的骑乘而上。

那守卡头目一见这举动，左手提鬼头刀，右手向刀锁上一搭，说道："快马韩拜山来的么？好，朋友们往里请！"这拨武师策马如飞地走过去了。那头目目逐征尘，对同伴说："哪是什么拜山？他们弓上弦，刀出鞘，分明是械斗来了，待我来报个信。"从喽兵手内讨过弓矢，嗖嗖的连发五支响箭，这是说：来人够百，并非少数。又射出一种奇响的响箭，通报老窑，说是：来骑都带兵刃，并非徒手。

后面卡子登时得了警号，第二道卡子照传响箭，通知了第三道卡子；第三道卡子也忙关照总窑。在这时候，商家堡的群寇大半聚在第三道卡子上（就是魏天佑刀削周四手指，姚方清发动翻板，擒拿众人之处）。那姚方清闻警，急急地爬上瞭台，台上立着高竿。他又急急盘上高竿，凝神一望。牧场这一拨马队单排驰行，远望足像一百数十号。姚方清摇摇头盘下

307

来，忙与本寨头目和邀来的各帮匪首，打点迎敌。

那边，魏天佑、袁承烈已率大众，闯近二道卡子。林边登时过来十六个贼人，骑着马，上前迎接。为首贼目抱拳大声说："哪一位是快马韩韩场主？"武师李泽龙也抱拳大声道："朋友请了，这里有帖。"翻身下马，把三份名帖、一份礼单递过去。贼人下马，接帖一看；帖写："韩天池、魏天佑、袁承烈，率同人载拜候教。"单开："谨具良马六匹，鞍辔俱全，奉申……"这贼人哈哈一笑道："诸位太客气了，咱们这一回分明是'刀矛候教'，何必备礼具帖？"魏天佑道："不然，我们只是'专诚候教'，究竟是'以武会友'，还是'杯酒解纷'，悉听尊裁。请你把这帖拿上去，我们在这里候寨主的吩咐。"

贼目陡说一个好字，把众人逐个盯了一眼，飞身上马，持帖奔向三卡。余贼十五骑就当先领路，请牧场群雄上马："既然来了，快请入寨！"魏天佑等一声不哼，策马扬鞭，跟着他们前走。越走越近，不一时望见三卡栅院。果不出牧场所料，栅前贼人已列出大队，姚方清预备的人比他们还多，足有一百六七十人。魏、袁相顾示意，走到相隔数箭地，魏天佑潜择形胜之处，喝一声："住！"八十六名牧场壮士一齐下马。伴送贼党道："只管前请！"魏天佑道："我们应该望门投谒。"

魏天佑、袁承烈立刻把七十名壮士，全留在空场；请本场武师李占鳌，外邀武师戴崇侠、褚永年，三个人在此督队，相机而动。复请本场武师洪大寿、李玉川、黄震、刘雍，和外邀的顾宪文、施景仁，计共七人，随同魏袁，齐摘兵刃，按拜山的来派，徒手前进。魏袁穿上长袍马褂，正着脸色，向伴行贼人拱手，大声道："请过去言语一声，就说快马韩派人拜山来了，已到门前，不敢擅入……"话没说完，就住了口。

两边相隔甚近，已能听出话声。这十五个盗马贼监视着众人，不肯离开。那先去的贼目又捧帖奔出来，喝问道："诸位朋友，我们瓢把子说了，不敢当诸位的大礼；只请问一句，快马韩韩场主可是本人亲到的么？"

魏天佑登时怒起，对袁承烈冷笑道："姚寨主好像明知故问，瞧不起我们。"转脸笑道："韩家牧场不是快马韩一人的事，我们能替他来，有事就能替他担。请上复姚寨主，无须乎凿真！"说时，记恨前耻，声色俱厉。袁承烈忙道："朋友费心，请转达贵寨主，我们是话宗前言，韩场主有事不能前来，又恐失约，才托牧场二当家魏天佑和在下袁承烈，专诚登门赔罪。贵寨主如认为草茅后进，不屑对手，那么失约之罪，牧场不负；改期之事，还请再议；不过，那总得容韩场主回来。这话请你婉达，就由贵寨主看着办吧！"魏天佑和洪大寿等一齐应声道："对！你们愿意改期，你们看着办！"

这贼目也是个利口，登时说："哦，闹了半天，韩场主有事不能来么？可教我们足足恭候了五天。敝寨上下三百多人，满承望一瞻快马韩，如登龙门；哪知道一场空欢喜，贵场换来换去，还是您这几位。固然诸位也都是人物，无奈我们早领教过了；明珠虽是宝，见惯也不惊……"魏天佑越怒，厉喝道："这话怎讲？你认得我，我却不认得你，我只知你是贵寨的一位头目。刚才那张帖，就有我的具名；我来拜的是贵寨姓姚的，不是拜阁下。请你不必啰唆，趁早把我这话原封传过去！"

双方的话越说越毒，偏这传话的贼目不肯就走，拿出恶赖神气，一句跟一句，和客人对项。同时，栅前群盗忽然移动，有一二十位领袖模样的贼，现身出来；这里面就有大寨主姚方清，二寨主蔡占江，三寨主郭占海，四寨主周老疙疸周占源。袁承烈忙将魏天佑拦住道："当家的何必跟他们费话，你看，那边姚寨主不是迎出来了么！"

魏天佑登时面现鄙夷之色，向传话贼目睨视一眼，即刻把两胁一拍，道："我魏天佑和今天这几位伙计，寸铁不带，前来拜山。我倒不知姚寨主的山规，会这么七嘴八舌。——伙计，咱们走，找他们主事的人去。"把贼目丢在一边，抢行数步，冲姚方清走去。姚方清与三位寨主，越众而出，也恰同这边迎来，并且抢先嚷道："快马韩在哪里？韩场主在哪里？怎么韩场主没到么？"

牧场群雄叫了一声："姚当家！"忽然背后如风卷梨花，豁刺刺奔来双骑白马。马未到，人先接声，遥听娇脆的口音答道："姚大叔，快马韩本人没到，他的女儿亲来赔罪来了！

魏、袁大惊，回头，齐看果然是韩昭第姑娘，那并马而来，是一个中年儒生，姓何，名延松；轻衣缓带，举止英迈，是少年何元振的叔父，当地的豪绅，有势力，有钱财。因与快马韩交厚，特赶来排难解纷，却不知这场事内有宵小暗中"拢对"！

卷　五

前　记

　　辽东有大牧场，场主快马韩，通声气，广结纳，隐然为一方之豪。每贩马各地，沿途绿林莫不假道。一日遣副手押马，竟中途失盗。韩大愤，亲往勘寻。乃于是时，突有一壮士，登门投效，即飞豹子袁承烈也。客来不速，场中疑之。及夕大雨，戒备通宵。破晓检视，又失良驹六匹，而袁亦无踪。全场大哗，二当家魏天佑亟率骑，逐蹄迹。乃误犯盗卡，刃伤副贼。贼首怒擒马师，将置魏死地。至是，投效壮士突现身解围，炫技示武，逊辞请和。而快马韩之女亦适至，以晚辈礼求情焉。盗首不得已，悉释魏等，而坚邀场主订期一会。袁慨然代诺之。及期，场主未归，袁魏竟纠众而往践约。

第二十五章

登盗窟牧客争锋

　　牧场二当家魏天佑和袁承烈，率十位武师，四位马师，七十个体力精强的壮士，连闯过商家堡两道卡子，和群盗答了话。那边商家堡盗首土太岁姚方清，已率手下党羽一拥而来。

　　姚方清首先抱拳道："袁老师果然言而有信，如期到场了。不过我们渴盼的韩场主怎竟不肯赏光？教我们望眼欲穿了。"袁承烈抱拳答礼道："有劳堡主久候，我们抱歉十分。我们韩场主既承商堡主看得起，哪好不识抬爱。只为前日我在下来时，适值我们韩场主到烟筒山未回。爽约之处，改日再来谢罪。"

　　姚方清又向袁承烈请问同来的武师，袁承烈给武师季玉川、左臂金刀洪大寿、金镖李泽龙、刘雍、黄震引见了。随姚方清来的，有二当家蔡占江、三当家郭占海、四当家周占源，和外邀的朋友，内有又有赤石镇的匪徒。这班人全站在姚方清身后数步外，袁承烈不便在这时请问匪党的姓名，姚方清也在这时往里相让。袁承烈旁若无人，目不少瞬，在这盛陈兵威之下，与魏天佑等往里走来。

　　进得商家堡的堡门，只见两旁也全列队站着两行匪党，全是弓上弦，刀出鞘，直排到里面的栅门口，在栅门前单有十六名匪党守卫栅门。袁承烈一行人，随着群贼，深入商家堡的腹地。进得木栅门，里面是一道宽阔的敞院，有二十丈见方，高搭着天棚，院中细沙子铺地。迎着门五间大客厅，厅前有三尺高的台子，在月台的西边，摆着两排兵器架子。厅房的厦檐下，悬灯结彩。在厅房门口站着八名匪党，全是一色的蓝布大衫，青布抓地虎快靴，垂手侍立着。

　　魏天佑、袁承烈见姚方清居然这么大事铺张，我们此来，不判出生死高下来，大概不易再出商家堡。暗中盘算，已走上月台。土太岁姚方清到门口一侧身，往里相让。袁承烈等也全一拱手，道了声："堡主请。"相将并行，走入厅房内。厅房十分宽大，更兼外面有天棚遮住阳光，愈显得厅内阴沉沉的。姚方清往客位上一让，魏袁诸人彼此落座之后，由伺候厅房的喽啰献茶。

袁魏等看进厅的匪党很多，可是随姚方清一同就座的，只有五个。随着一同落座的在上首的是一个年约五旬上下的矍铄老叟，身躯魁梧，掩口的黑须，根根见肉，赤红脸，酒糟鼻子，两太阳穴突起。穿着件二蓝串绸长衫，黄铜纽子，白袜青鞋，手中搓着一对大核桃，两眼神光奕奕，颇显威棱。这个老者左边是个四旬左右的枭强汉子，面如赤炭，浓眉巨目，大耳扇风。也穿着件绸长衫，下面可是沙鞋打裹腿。右首坐着个年约三旬左右，白净面皮，细眉朗目，鼻直口方，灰布长衫，下面青布薄底快靴。在紧挨着这中年匪徒坐着的，是赤石岭的坐山雕刁四福，马殃神侯二。

袁承烈依稀犹认识他们，只作不认识，仍向土太岁姚方清请问诸人的万儿。姚方清遂指着这年约五旬的老叟道："这位是松岭的张开甲，江湖中称为铁臂无刚，松岭一带各帮的弟兄全奉张老当家的做领袖。"

袁承烈拱手道："久仰久仰！我在下初到辽东，对于成名的武林同道，无缘拜识。今日借着姚当家的这一会儿，教我在下多认识几位高人，实是三生之幸。这几位也请姚当家给引见引见。"

姚方清指着那面如赤炭的匪徒道："这位是铁石蒲的萧贵萧四爷。"又指着面貌白俊的匪徒道："这位是霜头寨的白马银枪罗信，罗二当家的。"又把坐山雕刁四福跟马殃神侯二也给引见了。袁承烈、魏天佑对他们全致了景仰之意。那铁臂无刚张开甲在这群匪党中，年岁最大，神色上最属傲慢。手里搓着那对大核桃，"唰唰"的直响，旁若无人，目空一切，牧场群雄全有些看不下去。

这时那铁臂无刚张开甲向袁承烈道："这位袁老师是初到辽东，不知以前在关内武林中何处创万儿？我在下还没请教，袁老师是武林中哪一派？令师是哪位武林先进？"

袁承烈沉着面色说道："我在下实是无名小卒，忝列武林，不过会个三拳两脚的庄稼把式，哪提得到宗派？更兼我那老师素怀谦退，武功上只是略识皮毛。教授我时，就嘱咐了我，无论到什么地方，只要遇见武林中人，不得提他的名姓，以免令人齿冷。更告诉我辽东道上尽多高人，漫说是于武功略识门径的，就是有些造诣的，轻炫轻露，也难免自取其辱。一般初学，每因目空一切，折在江湖上。所以在下虽略习拳技，历来不敢提武功二字。像你们几位全是在江湖道上成名露脸的英雄，我在下哪敢妄谈武功宗派？这次我在下来到辽东道上，本不敢在这里跟一班创出万儿的英雄们班门弄斧。只是不才和快马韩本是朋友，赶上两下里偶起误会，韩场主适值没在场中，我们哪好袖手？幸遇这里姚当家的成全我姓袁的，没教我栽在这里。今日更承相召，我们践约到场，不想竟承众位豪杰的光临赐教，真教我在下欣幸万分。我在下倒要在众位台前多多请教，我在下来到辽东道上，总算既过宝山没有空回。"

这位铁臂无刚张开甲道："袁师傅过谦了，我们弟兄跟这里当家的全是道上同源，更是多年的朋友。昨日偶然路经这里，恰谈起姚二哥竟与威震辽东的快马韩结了梁子，我们深为我姚二哥抱恨。快马韩是成名的朋友，我们想借重他的威名，在辽东立足，还怕未必能邀他的垂青。这次竟因小事跟他结怨，只怕这商家堡非落个冰消瓦解不可。我们想快马韩是何等英雄，既定约到姚二哥这里赐教，绝不能爽约失信。我们想借这机会，瞻仰瞻仰快马韩的风范，凭我们弟兄这点薄面，给两家息解争端。谁料我们无缘，韩当家的竟不肯赐教，这真令我们失望。这一来他们两家的事还未必就了解得完，没别的，我们只可到牧场去拜谒了。袁师傅回去时，务必替我张开甲转达，就提我张开甲既然赶上这场事，我不管韩当家的看得起我看不起我，我定要到他贵场请教，请袁师傅给我先容吧。"

张开甲这番话，牧场群雄十分不悦。袁承烈立刻冷笑着向张开甲道："张老当家的，这才叫热心交友。为朋友的事能这么尽心，我在下更不能辜负了张老当家这番美意。只是我在下初踏辽东，又是无名的后进，这次承韩家牧场不弃，令我在下替韩场主来商家堡践约赴会，借这机会教我在下会一会辽东道上的好朋友。我在下忝颜前来，想在众位台前讨教讨教。不想张老当家的竟以为我姓袁的人微言轻，不值一顾。我在下愚不自量，倒要在张老当家的面前说句狂言。我在下虽则年轻，不过今日的事，我愿代快马韩担承一切。老当家的们哪位有意赐教快马韩的，我在下凭双掌一身，愿替承当。只要划出道来，我在下定要竭我绵薄之力奉陪。倘或我在下有个接不下来……"说至此，一指到场的马师，道："这里还有牧场的

315

几位朋友，也都想替韩场主献拙。只要诸位把我们来的这几人，一一指点过了，我们既然出头，就敢做主。我们情愿把快马韩全部事业，双手奉献。张老当家的，你自管赐教，我姓袁的既来践约赴会，本领丢在一边，反正都能替我们韩场主说一句，应一句。"

袁承烈说到这里，颇有跃跃欲试之意，牧场群雄自魏天佑等也都勃然欲动。那张开甲不由一阵狂笑道："袁老师，你错会意了。我张开甲岂敢小看江湖道的朋友，既袁老师肯替快马韩出头，来了结商家堡的事，这是我们求之不得的。不过我们出头办事，总要量力而为。只为我张开甲从前为朋友的事，吃过一场大亏，后来再不敢那么说大话了。所谓一次被蛇咬，十年怕井绳。我也是像老兄你这么血心，不料我那个朋友竟自在事后不给我圆脸，把我丢在空地上，使我栽了大跟头，这一下子把我害得几乎在关东道上无法立足。所以我张开甲经过那么一场事，实在交朋友交得寒了心。可是人哪有一样的，像我们姚二哥这种朋友，绝不致教我栽在别人手里。袁老兄口气说得这么硬，想必跟快马韩有着过命的交情，能把他全部事业一手交与你老兄。我说袁老兄，可是这样么？"

袁承烈听张开甲这番话，分明还是绕着脖子看不起自己，遂冷然说道："张老英雄是饱经世故的人，自然是经多见广。不过像我在下乍历江湖，没有什么经验阅历，只仗着一个血心和不值钱的一条蚁命，到处还没遇上那种不够朋友的人，所以我才越发胆大，天大的事，也敢去接。这次谬承快马韩看得起我，以这种大事相托，我在下更是斗胆应承，栽跟头现世，敝友大概也认命了。"

这时从外面进来一名匪徒，向姚方清说了声："酒筵已备齐，请示当家的在哪里入座？"

土太岁姚方清道："就在这里摆宴。"

立刻从外面进来几名喽啰，把桌椅摆开，设了三席。姚方清请牧场群雄坐在东边这一席，西边一席由铁臂无刚张开甲坐了首座，其余都是帮拳的贼党。另有一席设在主位，是商家堡各位寨主，镇边太岁商清只在末座相陪。

自己亲自挨位地敬了一巡酒，随即起立向袁魏二人及一干匪党们说道："众位老师，今日肯驾临敝堡，足使我们商家堡生辉。我姚方清面上无限光荣，略备水酒，稍表敬意，请老师们各尽一杯。"说到这里，立刻把杯举起，向众武师一让。

　　袁承烈和群雄全把酒杯往唇上一沾，略饮了一些。土太岁姚方清又敬了一次酒，随又说道："这次我这商家堡跟这里威镇辽东的快马韩，韩家牧场，出了点小事，我要请大家主持公道。"遂把启衅的经过，向大家说了一番，含着冷笑，转向铁臂无刚张开甲道："张老当家的，我们是交情放在一边，就事论事。我商家堡虽是吃横梁子的，可是江湖道也有江湖道的规矩，绿林道也有绿林道的理性。我姚方清在附近一带，从来没招扰过。不论哪道上的朋友，我没薄没厚，一例看待。我对于韩家牧场，历来更没有得罪过。这可不是我说大话，壮门面，我跟快马韩也是朋友，彼此关着情面，我们是井水不犯河水，谁也碍不着谁。这次有风子帮的弟兄，敢捋虎须，竟到姚家牧场剪了一拨牲口走。快马韩不能立刻扣下人家，事后有他贵场的弟兄黉夜闯进商家堡，硬给姓姚的把这场事扣上。你们众位全是外面朋友，请想这是什么事？快马韩要是辽东道上无名小卒，我倒可以低头忍受侮辱。可是快马韩的万儿太大了，我要是这么低头忍受了，我从此哪还能再见江湖同道，哪还能在辽东道混？所以我奉请众位到这里，也就是请大家按着公理来说话。光棍怕调个，这回事放在别位身上，试问能容得下去容不下去？只要众位说是我们周四弟伤的残废无足轻重，我情愿从此离开商家堡，我自认我不会交朋友，自取其辱。要是认为我们周四弟的手指头不能教人白白砍掉，那没别的，怎么砍的，怎么给赔上。再请快马韩普请武林中的朋友，在桌子面上，给我商家堡赔罪道歉。能这样办，我们两家化干戈为玉帛，从此后各约束自己的弟兄，谨守江湖道规矩，各不相扰。若不然我姚方清只有跟韩家牧场的好汉一决雌雄。我们全是在辽东来创事业的，咱们先说定了，咱们个顶个，开手比画一下子，谁要把谁压下去，谁就得挪挪地方。我的主见就是这样，众位有什么主张，自管指教。只要在桌子面上说得下去，让我即日退出辽东，我抖手就走，绝不能多延迟片刻。众位对这事有何高见，望乞赐教。"说罢，举起酒杯，向阖座一让，自己一饮而尽，眼望座上众人，静待答话。

　　那铁臂无刚张开甲首先发话说："我这局外人，既然置身事内，我倒要不怕袁老师及众位老师傅们见怪，我要进几句忠言。这次韩家牧场的事，实在有悖江湖道的规矩。我们虽是寄身江湖，更得处处占住理字。这次贵场失事，既是当时未能把这光顾的朋友捞着，事后跟踪追缉，可又始终没跟对手对盘，又没摸出对手的底来。贵场的人只看见这我伙风子帮的弟兄曾从商家堡的这趟线上经过，那么是否就是商家堡的人，就未可定了。黄夜深入商家堡的腹地，这是你们众位失礼的地方。既要拜山，莫说明带着家伙，讲起规矩来，连暗青子全不能带。众位到商家堡竟是以威力要挟，颇有进堡搜查之意。想商家堡要是低头忍受了，从此就算折在辽东道上，明知道斗不过快马韩，宁落个瓦解冰消，也得跟你们哥几个比画了。光棍怕调个，设身处地一想，这场事放在姚当家的身上，是否能吃这个？彼时姚老哥和周四哥盛怒之下，就有得罪众位的举动，也是激出来的。你们要真是出于一时气愤，一误不能再误，就该大仁大义，把兵刃一扔，交代几句场面话，说明事出误会，决非故意寻衅，也就把梁子化开了。你们彼此历来各不相扰，各不相犯，姚当家的既然是认为我们的举动不当，我们只有当面谢罪。当时你们哥几个要是这么交代几句场面话，也可以解释当时的误会。我们姚二哥也是外场朋友，他纵然被着万分委屈，也不能再跟众位过不去，难道他还真个一点面子不顾么？众位既然动手，又伤了许多人，他们四当家的，又伤在你们哥几个手中，试问像这样怨仇深结，谁肯甘心？我张开甲可不是跟姓姚的是朋友，屈着心向着商家堡。凡事须从理上讲，金砖不厚，玉瓦不薄，只论交情不论理，焉能服人？这场事完全是贵场方面措置失当，事情既已惹起纠纷，得想解决之策。快马韩要是在辽东道上无声无臭的人物，那倒好说了，商家堡吃亏让步，倒不算栽。无奈快马韩的万儿太大了，姚当家的若是退步，哪还能再在这里立足？可是不论天大的事也有个完，我想你们哥几个既替快马韩出头，自然愿意息事宁人，不愿他两下里各走极端。那么诸位就得一碗水端平了，教人家面子上过得去。依我看，你们诸位还是回去，请快马韩亲自出马，到商家堡，普请武林同道，在席面上，由快马韩认个错儿，谁动手伤人，把他交出来，由大家公议处置。这么一办，从我们这儿说，这场事算完。不然的话，我们这场外人也不便多管，只可是任凭你两家自去解决了。"

张开甲的话偏向一方，早把魏天佑气得变色，即要抗声发言。袁承烈悄悄扯他一把，说话的自有别人。于是牧场武师洪大寿微微一笑，从旁答道："我们先谢谢这位张当家的一番盛意，你所说的倒全是人情。不过当时的事，不尽如你所说的情形。韩家牧场在这里不是一年半载，平时对于江湖同道全是高抬高敬。韩当家的历来最重朋友的，就跟姚当家的，别看

318

隔着道，也是呼兄唤弟，交情很好。别的绿林，更不用说，都一样看承。这次想不到会有不开面的朋友，摘他的牌匾，诚心想折他的万儿。韩场主又没在场，我们无论如何，也得追缉这个正点，方算对得起堡主。我们由一班武师分头追捕，食人之禄，忠人之事，我们亲眼见这伙风子帮的弟兄到了商家堡这趟线上。我们因道路生疏，眨眼间竟失了这伙风子帮的踪迹，我们想只要在这趟线上经过，就搪不过贵堡沿路的卡子和伏桩的眼下。我们一时冒昧，意欲登门叩问，那时本想请姚当家的帮忙，替我们向手下弟兄查问。我们想这里当家的，念在江湖道的义气，定能指示我们一条线索。哪知他们周四当家的竟心怀恶意，把我们诱进商家堡。张老当家的，你也是久走江湖的，我们弟兄纵然无能，遇到这种情形，也只可接着比画了。刀山油锅摆在那里，就得往那里跳，这叫事情挤住了。商家堡当时要是稍留余地，何至于闹到不可收拾的地步？"

　　说到这里，四当家的周占源就要发话，洪大寿向他拱手道："请容我说完了。这件事据我们从旁一摸，跟我们套事的这个主儿，大概是跟我们两家诚心拢对。他要是够朋友，就该明着出头。既不敢明着找上门去，跟人比画，只会借刀杀人，潜施暗算，这种人物，我们真没把他看到眼里。这里姚当家的明是被人利用，我们的人固然太鲁莽，可是周四当家办得也太辣了。我们绝不敢捕风捉影，冤枉好人，是这种情形，不是这种情形，反正姚当家的是明白人，请你想好了。我们诚然伤了周四当家的贵手了，这是当时我们被诱进商家堡，两下里亮家伙动手，刀枪没眼，我们挂彩的也有好几位。就论当时被诱被擒，这里当家的竟下毒手，我们的人一个接应不到，我们来的人定被五马分尸，那又该怎么讲呢？事已闹到这种地步，当家的能够退一步，我们当众赔情，容敝场主回来，定然登门亲来谢罪。至于背后弄诡，故与快马韩为难的人，快马韩自会去找他。姚当家的，你能够闪个面子，我们从此多近一步，周四当家的伤，肉断不能复续，我们只能赔罪，可是赔不起别的。若是像张老英雄说的话，人家总是给了事的，不是激事的，我也不敢说什么，我们只听姚当家一人的话。"

　　洪大寿的话淡而不厌，暗含着把张开甲骂了。土太岁姚方清忙道："洪老师，你这话说得倒是十分有理，本来手指头掉了，再接不上，我们的人论起来，死在你们弟兄手里，也有几个，讲人物得算自己无能。可是洪老师既讲到交情，我们若是就这么算完，我姚方清立时把商家堡放火焚

319

烧,我得立刻离开辽东。今日我既请众位大驾光临,就得给姚方清一个公道。若是这么办,手指断了,换两句空话,脑袋掉了,换两杯白干酒,实在让我让姓姚的有些不甘心。至于洪老师所说的暗中定有主使的人,这真有些血口喷人,洪老师你得给我个赃证。就凭这么一说,我们焉能心服?”

袁承烈突然接声道:“我们在辽东道上立足,别管是立山头当家的,或是武林中的朋友,或是吃横梁子的,讲究明吃明拿,硬摘硬要。谁跟谁有梁子,桌子面上明打明斗。暗箭伤人,暗中图谋,那全不是汉子所为。这个人姚当家的你认得他认不得他,那全在你。我们认定你是为阴险小人所利用,你要赃证,也有,到时候自然得挑明了帘。像贵堡所到的也全是朋友,说句不怕过意的话,即或是彼此言语不合,动上手,跟着全染上浑水,也全是好朋友所为,没有人敢小看一眼。姚当家的,你既然不肯把这场事了结了,那么也没法子,只有请姚当家的划道吧。我们只知道杀人偿命的话,那是跟老百姓们说,我们江湖道上人没有这个规矩。姚当家的,你要非教我们赔周四当家的手指头,也好办,我们来的人不多,寸铁未带,当家的你想替朋友出气,更是容易。你除非是把我们哥儿几个全撂在这,那算仇也报了,事也完了。姚当家的,你看我们哥儿几个哪个身上的刀口最顺手,请你就自管招呼,我们哥儿几个绝含糊不了。”

姚方清方要答言,那商家堡客位中的白马银枪罗信冷笑一声站起道:“袁朋友,你们这韩家牧场出来的老师们真够横,走到哪儿也得叫字号。好吧,打姓罗的这儿说,你们今天的事,就是把嘴皮子说破了,恐怕也是白费事,咱们索性比画下来看吧。可虽说是姓姚的事,姓罗的还敢给他做主。今天没有他们商家堡的事,能把我们这几个局外人撂在这里,周四爷的手指头算是白砍,这场事打我们这儿说算完。”

那陪在姚方清身旁的赤石岭匪首座山雕刁四福、马殃神侯二说道:“罗当家的,你这种办法,我们看很对,索性我们给他们把这场事了结了。不论是哪面的朋友,也不能说我们过于好事。他们两家的事,要是从我们这儿这么了结完了,多少给他们省些事吧?”

这时袁承烈奋然起立道:“好,既是这位罗当家的肯这么成全我们两家,这太够朋友了。这么血心交友的,实在令人可敬,我们只有恭领盛情了。罗当家的,你既然是拿着商家堡的事当自己的事,这最好了。没别的,请罗当家的就赐教吧。”

武师左臂金刀洪大寿也站起来道："对，这位罗当家的既然这么成全我们，我们别辜负了人家的盛情。事到现在，我们谁也别客气了，索性就请这位罗当家赐教吧。"

金镖李泽龙也站起来道："可是我要请示一句，这位罗当家的是秦琼为朋友两肋插刀，这真是有担当的汉子。不过这里姚当家的是否真能按罗当家所说的应承，请示一言，我们愿意当面请教。两家胜败，只在这一手了。"

土太岁姚方清道："姓姚的历来是言行相顾，决不愿妄发一言，致落言行不能相顾之讥。今日的事，既有好朋友给我做主，我姚方清不论落到哪步了，决不能含糊了。"

袁承烈道："好吧，君子一言，各无反悔。罗当家的，跟众位朋友们请赐教吧。"说到这儿，自己先站起来，向外就走，丝毫没有迟疑的意思。当时这一班绿林道随着全向外走来。这里的韩家牧场来的武师，自魏天佑以下，全跃跃欲试，相继随着往外走。出得厅房，来到月台上，彼此不言而喻地分东西站住。袁承烈却向这位霜头寨的白马银枪罗信抱拳道："罗当家的，该着怎么试试你的身手，请您不要客气，自管吩咐。我下在唯命是从，绝不教你罗当家的失望。"说罢，立待答言。

当时罗信尚未答话，那铁臂无刚张开甲走出匪群，向袁承烈重问师承，袁承烈仍不肯答。张开甲道："袁老师，你虽然抱定了真人不露相，可是你老兄既来到辽东道上闯万儿，必有惊人的本领，我们借着你两家这场事，我们在袁老师跟前讨教讨教。我张开甲好在脸皮厚，我先抢个先，给大家垫垫场子，给袁老师接接招，让我张开甲也见识见识名家的身手。我想，罗兄弟定能让我这莽张飞一场了。"张开甲说完，把胸口一腆，颇有旁若无人之势。

袁承烈冷笑一声道："张老当家的，你别这么捧我，只怕捧得越高，跌得越重。不过到现在也提不到名家不名家了，既是张老当家的这么看得起我，我别不识抬爱，只好舍命陪君子。张老师下场子吧。"

铁臂无刚张开甲才等往下走时，袁承烈身旁的左臂金刀洪大寿往前抢了一步，宽洪高亢的嗓音说了一声："二位先别忙，这位张老当家的在松岭开山立柜，名震江湖。我洪大寿从打六七年头里，就耳闻大名，我在下从前在离松岭东北五十多里，那时就听江湖道上朋友盛道张老当家的威名，我总想着拜望拜望。偏是被快马韩把我硬架弄到宁古塔参场里帮忙，更没工夫去了。今日竟在这里得会张老当家的，可算是得偿夙愿了。没别的，我也请我们袁老师让一场了。张老师，久仰你的拳术上有独到之处，通臂拳在绿林道中没有一二份。更有铁臂的功夫，我洪大寿不度德，不量力，这把瘦骨头想挨你几下，张老当家的，你就屈尊见教吧。"

张开甲在先引见时，并没有怎样注意随来的人，这时听到洪大寿的嗓音，声若洪钟，高壮的身材，年纪有四五十岁。一张赤红脸，粗眉巨目，一部连鬓络腮的虬髯，气度极其沉着勇猛。穿着件灰褡裢布的长衫，大黄铜纽子，下面穿着青布薄底快靴。穿着打扮，跟保镖的差不多。在外面的神色上看来，颇有些不可轻侮的态度。

原来这位左臂金刀洪大寿是清真教徒，原籍是直隶沧州人，自己闯荡江湖，于武功上曾受过名师传授，在中年又遇上以左臂刀驰名大河南北的卢殿凯，把自己独门的刀法倾囊相授，全传给了洪大寿。只是这洪大寿性情刚烈，喜抱不平，竟在京师惹了一场大祸，远走辽东，潜踪避祸。十余年的工夫，没敢回故乡。先在那黑狐峪，铺了些年场子，倒教了不少的徒弟，跟快马韩结识日子不多，可是彼此气味相投，一见如故。适值快马韩从阴鸷文叶茂的手中重把牧场收回，没有人主持参场，遂把这位左臂金刀洪大寿请了来。洪大寿自入参场，颇为出力，更兼武功卓越，威望足以服人。一到了参场出采期，左臂金刀更能督率着采参把头们，深入宁古塔的腹地，只凭他掌中一柄金刀，除了许多毒蛇恶蟒，凶禽野兽。所以自从洪大寿到这里后，较从前收获上增加了好几倍。左臂金刀洪大寿忠于所事，快马韩更是推心置腹，把参场全盘事交给了他，参场的事不再过问。这次牧场中突遭意外风波，洪大寿并不知道一点信息，赶到到了赴商家堡践约的头一天，才由昭第姑娘和魏天佑等，商议着把左臂金刀洪大寿和金镖李泽龙请了来。好在这班人跟快马韩全是过命的交情，定能舍命帮忙。

这位洪大寿是老江湖，有城府的，从没动身到商家堡时，就一切事全听凭着大家的计议，自己不赞一词，对于牧场武师，更是十分客气，可是对于袁承烈反倒没有什么推崇的话。这种情形，明面上好像跟袁承烈十分疏远，不屑交谈似的。其实这位左臂金刀洪大寿是衷心器重袁承烈，佩服这种肝胆照人的人。所以反倒不做浮泛的客气了。自己拿定主意，要在商家堡竭尽自己一身的艺业，帮着袁承烈把快马韩这场给解决了。故此旁人

322

说什么时，自己只是点头赞好，好像是对于商家堡践约赴会，不甚关心，只虚应故事，敷衍面子似的。杜兴邦等早就看着不快，暗道快马韩待你不薄，自从把你请出来，参场的事全权交给你，推心置腹，哪一点也不含糊。像魏当家的，从快马韩没扎住根的时候，就在一处，顶到如今也没让他单独掌管一场，养军千日，用在一朝。快马韩现在遇到这种事，正应该稍发天良，卖卖命。看洪大寿不闻不问，哼着哈着，这种漠不关心的情形，简直就想置身事外。只于碍着众人，不能撒身就是了。杜兴邦等因为事当紧急的时候，不便自己先闹内乱，隐忍着不言语，可是心里暗含着憋着劲，想要遇到时候，准得给他几句，教他也知道知道快马韩手下不尽是不识数的。赶到来到商家堡，不想左臂金刀洪大寿，竟一变冷漠的态度，越众当先，要一会儿这刁狡狂傲的铁臂无刚张开甲。当时这洪老师一答话，杜兴邦等才暗叫惭愧，这才是真人不露相，英雄到底是英雄。做出事来教人看，这才能服人了。

当时武师洪大寿一发话，土太岁姚方清及铁臂无刚张开甲等人不禁愕然。张开甲容左臂金刀洪大寿把话说完，遂向前冷笑一声道："这位洪老师过于抬爱我在下，我是这辽东道上的无名小卒，值不得你老兄这么推重。我是历来抱着舍命陪君子的心，不论是哪一路的朋友，只要是看得起我，划出道来，我一定勉力奉陪。洪老师，咱们就先下场子吧。"

第二十六章

比拳技两豪双败

　　两人谁也不肯示弱，立刻一同往场子里走来。左臂金刀洪大寿往场子里下首一站，那铁臂无刚张开甲毫不客气，向上首一站，彼此一抱拳。洪大寿向张开甲道："张老师，咱们是过家伙过拳？请张老当家的示下。"

　　铁臂无刚张开甲冷笑道："兵刃上没眼，我与洪老师既无深仇宿怨，一个走了手，反为不美。"张开甲这话说得十分狂妄，就好似准有把握似的。左臂金刀洪大寿心藏愤怒，更不多说，向张开甲一拱手道："当家的请赐招吧。"

　　张开甲这时本应当还有两句场面话，可是张开甲并没往下说，把双拳一分一错，一立门户，立即开招，走行门，迈过步，欺了过来。左臂金刀洪大寿用劈掌一立门户，也随着开招。两下里往一处一凑，那洪大寿竟用"黑虎掏心"，拳势挟风，向张开甲心窝便点，张开甲见洪大寿的拳到，左脚往上一滑，劈掌往洪大寿脉上便切。洪大寿倏地右掌往回一带，一横身，双掌一分，"白鹤亮翅"，左掌奔张开甲的小腹便击。张开甲身形一个盘旋，闪过这一招，猱身进招，从侧面欺过来，"黑虎伸腰"，双掌向洪大寿的肩背击去。左臂金刀洪大寿随即往下一塌腰，张开甲的双掌击空。洪大寿借势打势，"白猿献果"，双掌打向张开甲的腰腹。张开甲左掌往下一穿，往外一拨，右掌"仙人指路"，向洪大寿的双目点去。洪大寿竟"翻身打虎掌"，闪过了张开甲的招数，反向他左肩胛便卸。两下里见招拆招，见式打式，连斗十数合。

　　洪武师的武功确受名传，虽过壮年，依然是精神矍铄，手、眼、身、法、步、腕、胯、肘、膝、肩，处处见功夫，处处见火候。疾徐进退，封闭吞吐，深得武功中的窍要。铁臂无刚张开甲的武功虽也真下过功夫，可惜沉实有余，轻灵不足，在武功上吃亏在"滞"字诀上。两下里走到二十余招，张开甲用了招"金龙探爪"，哪知招数用老了，变化不能灵活。洪大寿竟用"金丝缠腕"，噗的把张开甲的右腕脉门捋住。张开甲虽有铁臂的功夫，无奈洪武师用的是巧劲，借力打力，借他往外递掌之势，掌上潜运足了力量，往外一带，张开甲竟没把这条右臂夺出去，脚步踉跄，撞出三四步去。强自拿桩站住，脸上胀得像紫茄子。

洪大寿随说道："张当家的，你这是诚心让招吧？"

张开甲苦笑道："姓洪的，用不着挖苦人，众目共睹，谁也不是瞎子，怨我学艺不精。你没的给我张开甲脸上贴金，倒成了抹狗屎了。我还要领教领教洪老师的左臂刀，你肯赐教么？"

左臂金刀洪大寿笑道："那有什么不可？不过我在下没带着兵刃，我们遵约赴会，空手而来，只可向姚当家的借一把刀使用了。"

张开甲道："对，咱们一样，我也是照样没带兵刃，咱们全借人家的吧。"

两人立刻向兵刃架子走来。张开甲抄起一杆大枪，他在这种兵刃上下过十几年的纯功夫，自己拳脚上已然输给人家，要从大枪上把面子找回。左臂金刀洪大寿拣了一柄厚背折铁刀，试了试，比自己平常使的稍嫌轻点，还可以使用。

两人来到场子中，张开甲道："洪老师，咱们丑话说在头里，这一过兵刃，可不比对拳，一个收招不及，难免当场挂彩。我们谁带了伤可得自认晦气，可不能怨对手手黑心辣。洪老师可别疑心我这是卖狂，我可没说我是准成。"

洪大寿冷笑答道："张老当家的说得极是，我们这一对家伙，谁也保不定怎么样。顶好说在头里，死生认命。"

往后一撤，依然在下首一站，右臂抱刀，左手成掌式，一立门户，立刻按着六合刀法，往前一亮式，刀换左手，右手成掌式。那铁臂无刚张开甲一立式，是六合大枪。洪大寿暗道："很好，我是六合刀，你是六合枪，论起来是旗鼓相当。不过我这左臂刀，教你尝尝是怎么个滋味吧。"

两下里亮式开招，张开甲这杆大枪，实有真功夫，右手握住枪攒，左手一摆大枪后盘，一合把，一颤枪头，扑鲁鲁，枪头的鲜红血挡颤成桌面大的一片红云，"唰唰唰"一连三把，枪风锐劲。抖完了，跟着往前欺身进步，走中锋，直奔洪武师。洪大寿是不慌不忙，沉机应变，金背砍山刀封住门户。

张开甲大枪够上部位，一抖枪，"唰"的带着劲风，"乌龙出洞"，向洪大寿胸前便点。洪大寿见枪已递到，忙用"烘云托天"，左臂刀往枪头上一拦，一扁腕子，顺着枪身往里一划，刀头往张开甲的咽喉点去。张开甲见枪扎空，对手的招数进的真快，左脚往后一撤，前把往回一带，推枪献钻，立刻反往洪大寿的肋骨点来。洪大寿刀锋往下一沉，往张开甲的右腕子便削。张开甲抽招拆式，两下里各自施展开招数，乍一动手，倒是旗鼓相当。张开甲这杆大枪，沉、拿、崩、拨、压、劈、砸、盖、挑、扎，枪点上颇见功夫，吞吐撒放，进步抽身，这杆大枪施展开，恰似一条懒龙。

左臂金刀洪大寿这趟左臂刀，更是不同凡俗。崩、扎、窝、挑、删、砍、劈、剁，砍到紧处，嗖嗖的一片刀风，疾似闪电。更兼他这趟刀法是左臂刀，全是反着的招数。张开甲未免先吃着亏。两下里对拆到二十余招，张开甲的枪身几次被刀裹住。勉强地应付，赶到又走了几式，洪大寿立刻故意卖了个破绽，往前一个"怪蟒翻身"，情形是想用"乌龙摆尾"。张开甲这时丝毫不肯再放松，往前一个赶步，竟用"玉女投梭"，往前一穿。这杆大枪竟如羽箭离弦一样快，直奔洪武师的后心扎去。

洪武师听着背后枪风已到，往右一滑步，一个斜转身，右手一拨枪头，左手的金背砍山刀竟用"大鹏展翅"，"唰"的一刀，照敌人胸前斜着劈来。张开甲努力斜身闪避，将将把胸口闪开，右臂上竟被刀尖给撩了一道口子。

张开甲喝了一声，拖枪一纵，已退出丈余远去。把大枪往地上一扔，左手按着右臂上的伤口，面色铁青着，向洪大寿道："好，姓洪的刀法真高，我张开甲想不到在辽东道上闯荡了这些年，今日竟栽在阁下手内，咱们后会有期。"复向土太岁姚方清一拱手道："姚贤弟，我算栽了，咱们再会。"说罢翻身向外走去。

这时土太岁姚方清以及罗信等，全十分羞愤。尤其是张开甲，一向气焰熏天，倚老卖老，哪知一触即败，弄了个虎头蛇尾。又是头一阵，竟栽了个大的，脸上十分难堪。那罗信自忖自己掌中三十六路白猿枪，还足应付他这趟左臂刀，遂向袁承烈拱手道："我先跟贵场这位洪师傅走一趟，

326

回头再跟阁下领教。"

说着就要往外纵身。忽在罗信身后转出一人，招呼道："罗当家的，您先等等，让小弟先见一阵。罗当家的还是跟那位袁师傅招呼吧。"

罗信一看，说话的正是赤石岭的马殃神侯二，他是赤石岭的新入伙头目，外号马殃神，排行第二，名叫侯震，人都称他为侯二头。这侯二头侯震在辽东道上吃风子帮中是一把好手，专擅小巧的功夫和控制烈马的本领。今日他既然要抢头露一手，定与韩家牧场有个讲究。罗信不肯拦他的高兴，遂拱手道："好吧，侯当家的给我们助助威。"

马殃神侯震含笑道："我要不是人家敌手，罗当家的可接着点我。"说罢，立刻扑向月台下。

那左臂金刀洪大寿方要回身，马殃神侯震大声招呼道："洪老师，请你给在下留招，我也要领教领教你这打遍关东无对手的左臂刀。"

说罢，向站在阶旁的喽啰一点手，有他赤石岭带来的党羽，立刻把他的兵刃送来。侯震使的是折铁轧把翘尖刀，刀锋犀利。

那洪武师见是赤石岭的马殃神侯震，知道全是商家堡的一党。听场中武师们讲过，赤石岭早就想斗斗快马韩，只是总没有机会。更兼快马韩也不是好惹的，所以总是两下里暗中较劲。这次赤石岭群寇居然挑明了帘，出头比画，据说这次所劫去的马，大半是他们的部下。自己倒要好好对付这小子，好歹先给他点苦头吃，教他尝尝韩家牧场的厉害，遂冷笑答道："侯当家的，你这真是抬爱我在下，我只得舍命陪君子，侯二当家的请赐招吧。"

二人各立门户。这位马殃神侯震立刻在下首一站，那左臂金刀洪大寿也跟着往对面一站，两下里走行门，迈过步，立刻各自把刀法施展开。马殃神侯震施展他那最得意的一趟万胜刀，洪武师更把自己一趟反六合刀施展开。马殃神侯震身手灵滑，手法紧妙，身形轻快，蹿、纵、跳、跃、闪、展、腾、挪、挨、帮、挤、靠、速、小、绵、软、巧。洪武师见侯震这种小巧功夫，实是惊人，遂把刀法一紧，六合刀毕竟与众不同，劈剁闪砍，封拦格拒，吞吐撒放，撒步抽身，一招一式全有真实功夫。

走了二十余招，两下里居然走了个平手。洪武师暗暗惊奇，这侯震听说不过是个偷马贼，挖窟窿、钻狗洞的家伙，他居然有这么小巧的功夫。自己赶紧把手下招数一紧，立刻一变招，改用劈闪单刀的招数。这一来马

327

殃神侯震竟有些应付不了。突然间左臂金刀洪大寿施展了"连环进步三刀","封侯挂印",左臂刀往马殃神侯震的咽喉一点,立刻变招为"玉带围腰"。马殃神侯震手忙脚乱,急用上崩下划,想把洪大寿的来势拆开。哪想到洪大寿手底下非常迅捷,虚实莫测,在第二招往外一撒,立刻变招为"乌龙摆尾","唰"的一刀,向下盘扫来。马殃神侯震纵身一跃,蹿起六七尺高,往下一落。洪大寿一个翻身,盘旋着身形,从左往后一个"凤凰旋窝"。同时马殃神侯震已经腾身下落,无论身势如何轻灵,也变不过式来,刀来甚骤,闪避不及,竟被刀尖子扫在了脚踵上,算是身形快,只把靴后跟给划破了,虽没受伤,也算是栽在人家手里。

左臂金刀洪大寿立刻一收式,哈哈一笑道:"侯当家的,刀法高明,我在下承让了。"

马殃神侯震不禁脸一红,自己初进赤石岭满想人前显耀,张开甲与洪大寿相斗,他看了个清清楚楚,自觉已知敌招,下场可以得彩。哪知今日竟栽在这里,有何面目再在这条线上立足?眼珠一转,想起当场报复的法子,遂不再退下去,反倒提刀往那里一站,立刻说道:"洪老师,你的刀法我实在佩服。不过我想再跟洪老师领教领教拳术上的功夫,只要是再赢了我侯震,就从此算是死心塌地地佩服你老师傅。知道我当初教我的师傅误了我,以致使我栽跟头现世。不知道洪老师肯赐教么?"

洪大寿冷笑一声道:"那么侯当家的还要跟我在下过过拳术,很好很好。我焉能那么不识抬爱?我已说过舍命陪君子,只要是侯当家的划出道来,我一定奉陪。"

洪大寿是个亢爽的汉子,虽则奔走风尘,有些阅历,可是机诈之心不屑施为。当时本在刀法上胜过他,这时又要求跟自己过拳,自己哪能不答应。遂毫不思索地答应他。

哪知侯震容洪大寿答应完了,立刻说道:"咱们要是按着平常的拆招对拳,实在没有什么意思,我想出个笨主意,凭洪老师这种身手,一定不把这点微末的技能放在眼里。咱们把这里两丈五见方较拳的地方,竖立起十二把尖刀,咱们从这尖刀的丛中擦拳对掌,谁被地上的刀制住了,谁算输。可是谁失脚,谁受伤,可自己怨命。洪老师你看这么较量不比光较拳好么?"

洪大寿武师一听,立刻暗暗后悔,不想这小子竟用这种阴险的主意来骗我。我既已说出口，焉能反复，莫说只竖立这十几把刀，就是摆上刀山，也就不上不算了。哼了一声，向马殃神侯震道："很好，侯当家的竟想出这种道来，我只有勉力奉陪。不过武林道上，好朋友做出事来，该光明磊落，较量武功谁也难保必胜。侯当家的应该把话说在头里，我姓洪的有个接不下来，我可以捂着脸一走。现在我先答应完了侯当家，我要是再说不敢奉陪，我栽跟头也没有这么栽的。不过刚才侯爷讲的是比拳，如今又兴出这个道来，未免差点味儿吧？我说侯当家的是不是？"

马殃神侯震蓦地脸一红，向洪大寿说道："洪老师，我绝不敢强人所难，洪老师你要是脚底下不大利落，咱们可以说了不算。"

左臂金刀洪大寿呵呵冷笑道："侯当家的，咱们谁也别阴谁。我洪大寿是铁铮铮的汉子，头可断，人不可侮，莫说只这几把尖刀，就是刀山油锅，我们也得比画下来看了。侯爷，你不用藐视我姓洪的，还不定谁行谁不行了。侯当家的，就请你赶紧预备吧。"

马殃神侯震又含愧又觉得计，向商家堡的壮汉一点手，过来四人，从东西兵器架子拿过十二把刀来。兵刃架子以刀为最多，刀的种类也多，当时所以毫不费事，立刻取来应用。壮汉们用大枪花枪把地上穿出窟窿来，把刀钻埋在地上，刀尖子在外面露出一尺多长来。这十二把刀散布开，占了三丈多的地势。

洪大寿愤愤不平，向马殃神侯震道："侯当家的，刀山既已摆好，请你赐招吧。"

马殃神侯震立刻一亮式，是通臂拳，这趟拳是轻灵巧快。左臂金刀洪大寿把刀早递到伙伴手中，自己想到已上了人家的当，说不出来不算。立刻在侯震对面一站，微一拱手，道了个"请"字，立刻把门户一立，施展五行连环拳，在刀林之中，与敌相抗。他这手拳法，轻灵不足，沉实有余，但一招一式全下过功夫。洪大寿十分小心，未肯轻视敌手。尤其是步眼处处要得留神，虽不是步步有刀阻着，可道进退也得时时当心。这一来两下里未免较平时稍慢。

洪大寿与侯二斗了数合，渐渐招改快。心想这种插刀较拳，利于速战，一耗长了，自己非伤在这里不可。招数越来越紧，施展连环进步，一招变三式，欺近了侯震，用了招"白猿摘果"，往侯震的面门一点。侯震在外一封，洪大寿倏然往回一撤招，左掌一往外穿，变招为"黑虎掏心"，拳锋直逼侯震的中盘。侯震往后退避，竟赶上埋刀的步眼，随即斜着一纵身，立刻蹿出丈余远去。洪大寿跟身进步，往前一纵身，立刻跟踪赶到。"黑虎伸腰"，立刻往前一探掌，照着侯震劈胸就是一掌。侯震用"鹞子翻身"，往回一翻，也想用虚实莫测，欲进姑退，乘旋身败退之势，猛然反扑过来，猱身进掌，疾求制胜，击洪大寿于掌下。洪大寿跟招应招，也是利于速战。侯震一翻身，洪大寿也往左横身，往回下一斜身，用足了十成力，一个"扁身跺子脚"，右脚照侯震下盘踹了出去。

侯震回身反扑之势也快，这一来，洪大寿的右脚正踹着侯震的右腿迎面骨。但是他全身的力量，正往洪武师这边撞，两下里势疾力猛，侯震仰面向后倒去，洪武师也被震得往回下倒来。只听两下里一起"哎哟"了一声，马殃神侯震被地上的尖刀穿着左肋扎过去，洪武师也被尖刀穿着左肩头扎了过去，立刻鲜血蹿了出来，两人立刻全晕了过去。

两下里全过来人，各自救护自己的人。那马殃神侯震受伤反倒较重，血迹殷然。作法自毙，自己划的道儿，自己反倒受了重任。姚方清忙过来查看，教手下人把这两个受伤的全搭到屋里，给敷药扎伤。牧场群雄咬牙含怒，分了一个人，去照应洪大寿。这时商家堡的人立刻把地上埋的刀全撤下去。

这里袁承烈愤然向对面姚方清说道："我们话宗前言，还是请这位罗老当家的下场子，由在下奉陪。"

哪知道这时赤石岭的座山雕刁四福有些吃不住劲了。自己的同手弟兄一同来的，侯震当场受重伤，生死莫卜，自己要不上一场，就这么回去，未免不像话。况这事弄到商家堡头上，骨子里自己才是韩家牧场的正对头。若不上场，既教阴鸷文叶茂轻视，也无面目归见本山弟兄。遂从带来的弟兄手中，要过自己带来的一柄七星尖子，左手倒提着，走到场子里，向袁承烈一点手道："袁老师，我刁老四不才，要跟尊驾领教领教。袁老师，你肯下场子么？"

袁承烈愤然答道："那有什么不可？你老兄是赤石岭当家的，我不止于奉陪，我还要找刁当家的你算算账呢？韩姚两家的事，没有尊驾也完不了事，我先跟尊驾过过招，咱们回头再算账吧。"

当时袁承烈就要下场子，蓦然背后走出一人道："袁老师，你先等一等。他们同伙的弟兄受伤栽在这里，就有他们同道不含糊。难道我们就没有同道的弟兄了么？我李泽龙要跟这位当家的先领教领教。袁老师请你略候片刻吧。"

袁承烈侧身一看，这人正是金镖李泽龙，知道他跟洪武师是莫逆的弟兄，这次他上场，是朋友应当尽的义气，自己哪好不暂时退步，遂拱手道："李老师只管请，我在下给你老兄接着。胜败没有关系，反正韩家牧场的弟兄，哪个也含糊不了。"

李泽龙道："好吧，袁老师给我接着点。"说话间蹿下了月台，到了场子里。

座山雕刁四福在东边一带很有万儿，身上的功夫很有两下，惯使一口扎把翘尖刀。当年在宁安一带，也踢过两次场子，把万儿闯出来，遂联合几个辽东道上"风子帮"中的能手，在赤石岭盘踞起来，居然一帆风顺，很做过几水大买卖。可是自从受好友叶茂所托，在寒边围子拾了这水买卖之后，自己也深知是老虎嘴上拔毛，不过既已动了人家只可招呼到底了。这时见过来的这位武师，年在四旬左右，浓眉巨目，黑紫的脸膛，虎背熊腰，来到场子当中，向座山雕刁四福道："这位当家的听说是赤石岭的瓢把子，像我这种无名小卒，跟阁下动手，实算高攀。这位当家的是想过兵刃吧？"

刁四福答道："这倒不拘，我看李老师有不大愿意过兵刃之意。本来刀枪没眼，失手就得像他们二位，当场出彩。那么咱们过过拳也是一样。"

李泽龙冷笑道："既然比画上，兵刃拳脚全是一样。我是因为到商家堡拜山的，我们弟兄全是赤手空拳，只好向这里借着使用了。当家的你不用拿话阴人，我李泽龙要是怕死贪生，畏刀避剑，就不下场子了。"说着，走到兵刃架子前，伸手把架上插的一对双怀杖取到手中。

座山雕刁四福一看人家抄起这种兵刃，不禁暗暗吃惊。家伙上历来是一寸长一寸强，一寸短一寸险。这一对怀杖施展开，在一丈五六以内，不容易欺进身去，错非手底下有真功夫的，才能应付。这时见金镖李泽龙提双怀杖走过来，遂佯笑说道："原来李老师这种家伙上下过功夫，我在下可不定接得下来接不下来。你老兄请赐招吧。"

李泽龙道："刁当家的，不要客气，咱们比画下来看。"

说着双怀杖往左臂上一抱，右掌往左手上一搭，立刻道了个"请"字，走行斗，迈过步，由左往右一盘旋。座山雕刁四福也是左臂抱刀，却也随着李武师把式子亮开，也是从左往右，两下里是对面亮式，这一盘旋，却是背道而行，彼此各走了半圆周，立刻各往回盘旋，彼此往当中一凑。那座山雕刁四福刀换右手，猱身进招。金镖李泽龙也把左臂抱着的双怀杖一分，双臂一抖，哗啷一亮式，立刻拿掌一撞，哗啦的再一分，两支怀杖的上节合到手中。脚下一点，往前进身，左手怀杖往外一撤，"唰"的直奔刁四福的面门便点。刁四福一斜身，怀杖点空，李武师的右手怀杖跟着"唰啦"的搂头盖顶就砸。刁四福不敢硬接硬架，往旁又一撤左脚，让过怀杖头，用掌中刀往怀杖上一封，跟着往处顺怀杖一滑，刀斩李泽龙的腕子。

李泽龙右臂往下一沉，一个"鹞子翻身"，双怀杖"玉带围腰"，照着刁四福，拦腰便打。怀杖带着风已到。刁四福往起一耸，"旱地拔葱"，蹿起六七尺来，斜着往下一落，李武师双怀杖扫空。刁四福猱身进招，立刻翘尖刀递到，照李武师的小腹便扎。李泽龙往外一带双怀杖，往下照刀背便砸。刁四福用进步连环，往回下一抽刀，一扁腕子，就往李武师的下盘削去，李武师立刻往起一纵，往下一落，双怀杖"双峰贯耳"，一分一合，照刁四福双耳扇来。刁四福缩顶藏头，往下一矮身，就势往外一探右臂，翘尖刀随着往外一展，"乌龙入洞"往李武师胫骨上便扎。李泽龙一个"拗步翻身"，斜肩带背，往下打来。刁四福抽招换式，抡刀进取。这位李武师一对怀杖旋展开，恰似两条懒龙，上下翻飞。座山雕刁四福将全副精神来应付，两下里全是安心把敌手折在当场，各把全身本领施展开。

走到十几招，刁四福往李武师面门上虚点一刀，故意诓招，一拧身，刀拖在右胯下，往前一拱腰，故作败走势，把一个后背全现给了敌人。李武师见刁四福后背全交给自己，哪还肯再容缓，哗啷的双怀杖竟抡起来，照着刁四福背上便砸。怀杖用足了力量，堪堪已经砸上，座山雕刁四福却一个"怪蟒翻身"，身随刀进，"探臂刺扎"，直点李武师的心窝。

金镖李泽龙招数一用老了，再想变招闪避，哪里还来得及，竟在这危机一发，生死呼吸的当儿，往左一拧身，哧的翘尖刀滑着左肋骨扎过去。就在这已被刀伤之下，右手的怀杖从下往上一提，当的一下，兜在座山雕刁四福的刀刃上，翘尖刀飞到两三丈高，才落下来，把刁四福的虎口震裂。两下里各往外一纵身，立刻双方的人各来接应自己的人。那金镖李泽龙肋下的血立刻蹿出来，杜兴邦赶过来，向掌竿的弟兄于二虎招呼了声：

"拿药来。"

当群雄决斗时，双方的全都聚到空场。于二虎身边带着自己牧场里的刀伤药，急忙递过来。杜兴邦打开药瓶子，把药倒在掌心，把李武师的短衫撩起来。见这道伤口足有四寸长，有四五分深，皮肉全翻起。杜兴邦立刻把药末子给按在血上。这种刀伤药只要是刚受伤，立刻敷上药，准能当时见效。

武师李泽龙咬着牙，随即向杜兴邦道："完了，韩边围子的名算教我给毁了。"

魏天佑道："这算得什么？谁也保不定准成。咱们是自己人，没有什么说的。反正对付韩边围的人，教他们讨不了好去。"

这时土太岁姚方清仍然立在场面，过来招呼着，教受伤的人到他堡中客房去歇息。魏天佑忙道："我们不愿在这里打扰了，我们这受伤的暂时可以回去，堡主以为可以么？"

土太岁姚方清冷笑道："魏老师怎么说起这样话来？这商家堡哪敢强留贵客？像韩边围子的人，来也是自来，去也是自去，任凭尊便吧。"

魏天佑尚不知结果如何，不便跟他过于争执，遂寒着面色道："好吧，既是堡主这么说，我们暂把受伤人送走了。"说罢，立刻吩咐带来的掌竿弟兄，把左臂金刀洪大寿和李武师送出商家堡。外面有第二路人接应，把两位武师送出堡去。

这里座山雕刁四福居然刀伤李泽龙，遂得意洋洋向快马韩这边的人说道："我在下跟贵场的李老师过招，不料收招不及，教李老师受了伤，教我刁老四十分抱歉。不知还有哪位肯下场子来，再给我刁老四领招？"

武师刘雍见刁四福站在场子里，得意卖狂，自己这边已经伤了两人，自己不能再看着，遂答了声："刁当家的，我刘雍给你领领招。"说着便往月台上走。

就在这时，突由外面跑进来一名匪党，来到姚方清面前，说道："报，有虎林厅的单掌开碑陆万川陆三爷到了，请当家的示下。"

土太岁姚方清脸上立刻涌起一层笑容，随向袁承烈、魏天佑等抱拳道："众位少待片刻，在下有位远道的朋友过访，我去迎接进来。他也是江湖道上人，我给众位也引见位朋友。"说罢，不待袁承烈等答话，带了身边两名党羽，迎了出去。

这里武师刘雍也止步不前，这座山雕刁四福遂也收刀，凑到他们同党身边，窃窃私语。工夫不大，就见姚方清从外面进来，陪着十几个壮汉。跟姚方清并肩而行的，是个面黑如铁，短髯满腮的胡匪，说话声如洪钟，扇子面的身形，骨骼十分壮健。随在他身后的有七八名壮汉，一个个全是剽悍矫健，一望而知是匪类。看姚方清的神情，对来人十分客气，满脸堆欢，陪着走上月台。

　　姚方清随向袁承烈道："袁老师，我给你引见位朋友。这位也是我们这辽东道上的朋友，姓陆名万川，有击石为粉的铁掌功夫，江湖上的朋友们送了他个绰号，全称他为单掌开碑。住在虎林厅，差不多那一带的江湖道全推他做领袖。"说到这，又指着袁承烈道："这位姓袁名承烈，是关里武林名手，又是快马韩的朋友，现在来到商家堡的情形，陆三哥你已知道了，我不用再说了，你们二位全是成名的英雄，往后倒要多亲近亲近。"

　　还要给魏天佑、刘武师引见，来人陆万川身旁，转过一个赤面大汉，脑门子上一道刀痕，突向姚方清道："这位袁爷我们早见过了，不过不是姚当家的说过的名字吧？我记得人家报万儿叫袁啸风，又叫袁振武。还算不错，更名没改姓，总还算够朋友。"说到这里，用手一指袁啸风道："姓袁的，邓二爷居然也有找着你的日子？咱们今天在这算账吧。"

　　袁承烈蓦然一怔，及至看见这赤面大汉额上的刀痕，不禁怒气填胸道："无耻的匪徒，你已是袁某掌下余生，你还道的哪门子字号？"

　　这一来商家堡的事未了，又引起一场寻仇报复。袁承烈奋发武怒，力战群贼，更因而威镇辽东了。

第二十七章

虎林厅仗义惩暴

袁振武自负怒出离师门，竟与鹰爪王结识，又承鹰爪王转荐，学得一身绝技，更勤在修练，用心勤苦。不幸故乡祸起，孑然一身，来到辽东，风尘跋涉，茫无定所。有一年，来到虎林厅地面，见这一带不像别处那样荒凉，越近镇甸，处处的小村落，人烟颇见稠密。袁振武来到辽东道上，到处皆以袁承烈袁啸风的名字示人，本为避祸，所以改名。对于出身门派，讳莫如深。这天在虎林厅市面上一打听，这时实是一个大集市，所有附近五六百里的庄户和猎户，全在这里做交易，所以这里多少年来，总是这么殷实富庶。袁承烈打听明白了，当时适值是皮毛商列市，他们规定的是一三七日为粮市，二五八日为皮毛市。袁承烈走进这七虎林厅的市镇，只见沿着街道两旁也有堆积着剥好的各种兽皮，也有是现打来的各种野兽陈列着。商人收买猎来的野兽，价钱比较便宜，买回去，自己剥取皮骨。此地尚有许多处门面，全是做着细皮毛的生意，营业较大，看他们门前冷冷落落的，其实做着极大的生意，有垄断全市的力量。这细皮毛商所交往的，全是北口西口以及蒙藏各处的巨商，他们也买也卖，交易的数目颇巨。

这七虎林厅既有这么大市集，别的商家也跟着沾了不少生意。可是这里竟有些地痞匪棍，见有这么些富商巨贾，在这里经营着生财事业，他们变着法子，来剥削他们所得来的厚利。竟在这里立了处很大的赌场，招聚了许多私娼。一般酒色赌徒，趋之若鹜。这明是毁人炉，销金窟，可是一般殷实商人，绝不醒悟，受害的不胜枚举。

袁承烈信马由缰走进市街，见沿着长街的两旁全是皮货摊子，交易的正在繁忙。但是看那买卖两方，绝少现银交易，顾客在这皮货摊子上选完了，跟那卖主讲定了价格以后，那顾主用自己带来的账本子，把买的货色写上，回头就走。那卖货的立刻把他所选定的给折叠起来，放在一旁。袁承烈一打听，始知这种交易全凭信义，极重然诺。卖主临到收市后，把客人所选妥的立刻给送了去，价银毫厘不差。即或客人有时买的价钱贵了，也不肯再反复，必然如数付与。这种守信不欺，足见当时风俗的朴厚。若是买卖两方，有一方反复的，立刻其他商人绝不再跟他交易，所有对于信用上全极力地保守。

袁承烈把一条三里地的长街全走尽了，觉得喉干口渴。见街北里有一家酒馆，字号是醉仙居，里面的生意倒也十分兴隆。袁承烈走进酒馆，里面酒饭客很多。这塞外市镇没有较大的买卖，只不过平常的小买卖。里面的座客，也不甚整齐，有衣冠齐楚的商人，也有短衣粗野的猎户，据案狂啖，高声谈笑。袁承烈自到辽东，倒也走了几处，已经看惯了，自己拣了个靠窗子的座头，那木窗高支着，正可看看街上的来往过路人。堂倌过来，把杯箸摆好，袁承烈叫了几样菜，教堂倌泡茶，又教烫了一壶高粱烧酒。这种高粱烧酒是关东的特产，风味极佳，酒力更大，没有酒量的，几两酒就能醉倒。袁承烈坐在窗前先喝茶，又喝酒，自斟自饮，觉得烦渴顿消，十分爽快。正在举杯连饮，突然一片铁蹄奔腾，人声杂沓。袁承烈从窗口往外看时，有十几骑烈马，如飞地过去，带得尘土飞扬。

马行过疾，横冲直撞，走在这么窄的街道上，十分危险，行人一个闪避不及，就得撞死。袁承烈不禁皱了皱眉头，邻座正有一个粗汉，他从窗口探头看了看，赶紧把头缩回来，向他同桌的一个汉子道："老程，你看见了么？这过去的就是舍命周七，今天他一到局上，非出人命不可了。还有那火鹞子邓熊，那小子更是阴毒险狠，他们两人到一块儿，更是变本加厉，没有别人的活路。这个姓孙的老客，可真叫倒霉。陆三这小子要不掺和，他还许多活两天，这一来他们爷儿两个，一个也别想活！"

袁承烈听着十分注意，立刻想要向这旁桌上的打听打听。哪知外面一阵人声嘈杂，立刻又过去一彪人，只听得有人嚷道："走，咱看去，大约这回非当场出人命不可了。那个姓孙的爷俩儿全得把命送了，我看见那老头子已经去了，咱们快看看去吧。"袁承烈一听这番话，立时坐不住了，立刻引起好事之心，遂把堂倌叫过来，算清了饭账，立刻出了醉仙居。

这时街上已到了收市的时候，路人也纷纷地往西街走去。听路人说，人群是往宝局去的，随即跟随在他们身后，也往西街走来。行人蜂拥在街西，在街东，有一所较大的房子，门前站着许多人。跟着就听得一阵呼喝叱骂，从门里跑出一帮人来，忽拉的往两旁一分，立刻看见几个短衣赤足的汉子，从门里拖出一个老者，已经浑身血迹，跟着又拖出一个三十许的汉子。刚拖到阶下，有三四个汉子，全手拿着斧把，啪啪乱棍齐下，打得那男子鬼嚎。那老者猛地一翻身爬走，才看着更形可惨，一身泥土，遍体血渍，须发斑白，也染了许多血，再和上泥土，更形难看。身虽立起，脚底下已经没准，摇摇晃晃的，努着力往那壮年人身上一扑，嘶哑的声音叫道："你们把我老头子打死吧，我没想活着。你们就是活阎王，也得给我们爷俩儿留一条命啊！"

这伙子打手把棍一停，有个赤面的匪棍，暴喊道："哥们儿别听他这一套，跑到爷们眼皮子下卖死肉来，教你爷两个一块并骨吧！把那老小子拉下来。"当时那班打手们，七手八脚地就来拖那老头子。哪知那老头子死命地抱住了他儿子，再不肯撒手。那班打手，一个个全是铁打的心肠，竟有持木棒的要往那老者的手上砸。袁承烈看到这里，心不能忍，气不能压，立刻往前一纵身，蹿到那被打的人面前，一抬腿，照着那持木棒的匪棍脉门上一脚尖，把匪人踢得哎哟一声，甩着腕子直转。袁承烈复又兜着匪人的左肋一脚，踹了个正着。站在宝局门口的两个匪棍，一见大哗，立刻往前一撞，两人分左右扑过来，左边是舍命周七，右边是火鹞子邓熊。

舍命周七一拳，照着袁承烈的右耳轮便打，火鹞子邓熊是两手扑过来便抓。袁承烈突然往前一探身，舍命周七一拳捣空，被袁承烈一叼腕子，"顺手牵羊"，一转身，往前一带。这一来，两人登时丢人，噗的一声撞在一处，两人脸对脸一撞，一个是鼻破唇肿，一个面门嘴唇全破了，全是一脸的血渍。

这两个匪棍从没有吃过这么大亏，登时全把手叉子拔出来。那舍命周七手黑心狠，大叫一声，一转身，猱身而进，照着袁承烈的小肚子便扎。袁承烈见来势过猛，往右一滑步，容这手叉子点着胸前递过去，倏地双掌一分，用"七星手"，左手一切敌人的右臂，右手变掌式往外一展，砰的一声，打在舍命周七的"华盖穴"上，这一掌把这周七打出好几步去。

那火鹞子邓熊急忙来救，手叉子奔袁承烈的后心刺来。袁承烈一上步，手叉子擦着右肋过去，袁承烈一掌把舍命周七打出去，身随右掌往外

337

一倾，邓熊的手叉子也走了空招。立刻往下一煞腰，用"转脚摆莲"，砰的一脚，踢在邓熊的右胯上。这一脚尤其厉害，这西后街街道又窄，把火鹞子邓熊撞到对面墙上，左额角撞伤。再加上以先跟舍命周七互撞的伤，这时满脸全让血染过来，火鹞子倒成了血鹞子了。

邓熊急得怪叫着嚷道："好小子，真敢伤邓二太爷的金身大驾？反了你了。哥们儿，亮家伙，把这小子废了，可别教他走脱了。"

本来这群匪棍全是亡命徒，愍不畏死，平日没枣都要打三竿子，这时有他们首领招呼着动手，哪还肯留情。立刻手叉子、单刀、花枪、木棍，全亮出来，往上一围，声势汹汹。看热闹的老百姓，没有见过大阵势的，看着无不心惊胆战。袁承烈一看这情形，不下狠手，绝难把这群匪棍镇住。并且尚有那受伤的孙氏父子全在匪棍手下，生死呼吸，不得不赶紧把这群匪棍全打发了，好把这被打受伤的父子全救走。众匪棍各拿着雪亮的兵刃围上来，袁承烈施展开空手进兵刃的功夫，三十六路擒拿法，浮沉吞吐，声东击西，欲虚反实，运用开变化不测。袁承烈把绝技施展开，匪党们空有六七柄雪亮犀利的兵刃，刹那间，被袁承烈打倒了四五名。

那舍命周七跟火鹞子邓熊一看情形不好，忙招呼弟兄们把姓孙的爷两个搭进宝局。袁承烈一听，立刻怒叱一声："小子，你还敢扣留活人，今天袁二太爷要你的好看！"一纵步，蹿到舍命周七的背后，铁腕轻舒，立刻把这小子抓住，往起一提，左手抓住双腿，给举起来，向匪棍们喝道："你们敢再动手，我先把他摔死！"

火鹞子邓熊一见此状，登时气馁，忙招呼道："弟兄们，报仇不在一时，周七爷落在他手里，你们千万别动手了。"匪棍们立刻全退到宝局门口。

袁承烈道："小子，你就是这里的首领么？"

那火鹞子邓熊从鼻孔里哼了一声，冷然道："朋友，我们一个也走不了，你先把他放下。"

袁承烈道："我倒不怕你跑。"随把周七往地上一放。

那火鹞子邓熊才又说："你既问到这，我不能不告诉你，可是朋友你既然出头给姓孙的挡横，你可始终接住了。相好的，别含糊了！我在下并非这里局头，我是这局上看案的，我叫火鹞子邓熊。我们局头郑三爷没在这儿，要是他在这儿的话，相好的，教你站着离开局上，我们陆三爷就枉

338

在虎林厅这混了！相好的，你打算怎么样吧？"

袁承烈道："哦，你不是这里的当家的，你是看案的，人可总是你打的了。没别的，我姓袁的要斗斗你们这伙土豪恶霸。现在放下远的说近的，姓孙的我早打听了，人家是老百姓，安善商民。你们饶插圈子吃人，还把人家父子全毁在这里。没别的，这场事到现在算完不算完，我净听哥们儿你的了。"

火鹞子邓熊冷笑道："相好的，你不用卖狂，我们周老七的命在你手心里攥着，还会没完么？相好的，咱们话不用多费，你想把姓孙的带走，请你自己带着走，难道你还把我们的周老七带去么？"

袁承烈道："我要这种废物做什么？我没打算养活他。"

火鹞子邓熊道："朋友，你既然敢出头给姓孙的挡横，你报个万儿吧。是好朋友，谁也不能含糊了。你要是不敢露真名实姓，相好的，你还是怕事。"

袁承烈冷笑一声道："姓邓的，你不用跟袁二爷叫阵，怕事的不来，来者不惧。我姓袁名啸风，字承烈，偶然来到虎林厅，遇见你们这伙土棍。没别的，袁二爷倒要领教你们这班狐群狗党，到底有多大道行？袁二爷本当即日离开你们这块肮脏地，可是我因为你既然还想报复，那倒容易，袁二爷在一进虎林厅的东镇口的双合店里等你三天。三天内你自管邀那好样的朋友找我去，官私两面随你的便。袁二爷既然动了你们，就含糊不了。我知道你们人杰地灵，没有别的本事，在地面上使个手眼，把袁二爷摆治一下子，那也得算着。相好的，话已说完，我在双合店等你，咱们不见不散。现在可不算姓袁的小气，我得烦你们派两位把受伤的替我送走，连这姓周的也得避点屈，辛苦一趟。"

那火鹞子邓熊方一瞪眼，要说不行，这个话没出口，突然袁承烈使个拿法，在舍命周七的寸关尺上一较劲。周七疼得脑门上汗珠子有黄豆大，这一来他名叫舍命周，可舍不得不要命了，忙向邓熊道："邓二哥咱们哥们儿既然栽到姓袁的手里，没别的，任什么事不会过了今天再说么？"说到这，立刻向袁承烈道："相好的，别叙废话，你不点的把人送到双合店么？走，你那摆着油锅，姓周的跟你跳就是了。"随又向打手们招呼道："你们赶快教鲁家店套一辆车来，送人家走。"

打手们一看这情形，就是大家齐上，也未必准是人家的对手，何况周七在人家手里哩。遂忙到宝局紧邻鲁家车马店里，套了一辆车来，七手八脚地把两个受伤的搭上车去。袁承烈立刻抓着舍命周七，说了声："咱们走吧。"周七这时只有低着头，一语不发，脸臊得像红布似的。他素日在虎林厅横行不法惯了的，今日栽这么大跟头，哪还抬得起头来。看热闹的人，要按平常，应该跟着起哄叫好，可是先前宝局上打人，倒全围上去看热闹，这时舍命周七等栽大跟头，所有看热闹的反倒闭口无言，躲的躲，溜的溜，谁也不敢再贴近了。这足见周七等虽现时栽在别人手里，他们的党羽尚多，要找别人的晦气，还是一样。

当下袁承烈紧随着车子转出西后街，直奔东镇口，径奔双合店，相离本没多远，不一刻来到店门首。双合店早有人把这事传到了。这就叫好事不出门，坏事传千里。陆三宝局闹事，早传遍了街市，双合店不愿意招揽这个主儿，早打发伙计在门口等候。这时见这伙人蜂拥而至，忙凑到车前道："众位，敢是要住在小店么？小店里可没有闲房了，请您到别家照顾吧。"

那舍命周七一只手腕被袁承烈扯着，但是威风仍在，立刻一瞪眼道："什么？没有房子？妈的，你是要找倒霉，没房子，把你的这座店拆了。"

这个店伙一看是本街的恶霸，立刻蝎蝎蜇蜇地往后退着，向舍命周七说道："七爷，我们天胆也不敢跟七爷玩枪花，再说这个买卖在这街上还指着您照顾，就是别位来，我们也不敢拿着财神爷往外推。您要是非照顾小店不可，您可得将就点，只有一个单间闲着，我怕您这些位住不开。"

舍命周七这时恬不知耻，还要壮着自己的声势，向店伙道："用不着你多操心，有一间算一间，七爷有家有业，用得着你操心么？"

店伙见推不出去，只好往里让，把大车赶进了双合店，店里早安排好了，其实尽有闲房，他们潜教别的客人占上，只留一个小单间，遂请袁承烈连这受伤的人全进了屋。舍命周七跟随来的打手，连屋子全没进，只站在门外，听候动静。周七向袁承烈道："朋友，你还想怎么样？你点的，我们全唱了，咱们是随后再说，还是另有道儿，我们静听朋友你的示下。"

袁承烈早已松开了手，目视周七，笑道："相好的，你请吧，我是在这双合店恭候三天。相好的，有什么道儿，任听你们摆，我可是有言在先，过期不候。"

舍命周七从鼻孔中哼了一声道："朋友，你等着吧，咱们死约会，不见不散。"说完了，立刻带领打手，转身出店。

这店家一见舍命周七走了，这姓袁的跟两个受伤的全住在这里，虽听人传说是来个外路县人，到局上给被害人挡横，究竟不明。这时见姓袁的竟带着两个受伤人落店，那舍命周七又亲自送了来，更闹得莫名其妙了。趁着给袁客人泡茶时，搭讪着问道："这位爷台，您贵姓？您跟局上的周七爷全是朋友吧？"

袁承烈道："谁跟他是朋友？我姓袁的虽是异乡人，还没交过他们这种样子的，欺软怕硬，打鸡骂狗，跟窝囊包瞪眼，踹寡妇门。关东道上可是好汉子争名立业的地方，像他们这群小子，我真没把他放在眼里。店家，你赶紧给煮些粥来。"

店伙一听，敢情这是陆三局上的对头，跟周七是仇人，这一来可真糟。周七等这班土棍，没枣的树全要打三竿子，我们这双合店这回要教他们给抖搂关了门。店伙赶紧到柜房里，向掌柜和管账先生报告。哪知到柜房时，舍命周七竟打发了两个打手，到这里卧底监视，正跟掌柜说着话呢。

店伙不敢多口，在旁窃听。局上两名打手，张牙舞爪，胡天胡地正在说大话，开店的掌柜的也在虎林厅是个主儿，当时就跟这两个打手交代了说："这姓袁的无论怎么样，店里可不能多事。你们跟他的事没完，可把他看住了。店里做的是买卖，人家要走也拦不住。你们二位要估量着不行，可得赶紧给局上送信，多派人安桩。双合店不是一天半天的买卖，跟陆三爷也有个认识，别落个我们架炮往外打，不讲义气。"

掌柜的拿话把两人扣住了，自己抽冷子又来到袁承烈屋中问道："这位朋友，你跟这两个受伤的是怎么论？"

袁承烈正在给孙氏父子敷自己带来的铁扇散，连吃带敷，刚刚忙完，正在问话。这时见进来人向自己说话，遂抬了抬头，看了掌柜的一眼道："您贵姓？"

掌柜的道："岂敢，我贱姓何，这个小店是我干的。"

袁承烈道："哦，你是掌柜的，好极了，我正要找你老。你问这两个受伤的么？我跟他们非亲非故，我只听说他姓孙，究竟他是哪儿的人，在局上受了多大的苦，我这还是现问哩。"

掌柜的摇了摇头道："哦，敢情尊驾跟他们并不认识。咳，这又何必

341

呢，这场事您惹的可够瞧的。您现在打算怎么样呢？"说罢，看了孙氏父子一眼，把袁承烈调开说道："客人，我这可是多余讨您的厌，谁教您住在我这儿呢？俗语说店家店家，客人到了店里，如同到了自己家里。听您的嗓音，也是咱们直隶人。常言道:同乡护同乡。我又是个爱多管闲事的人，您既跟这二位素昧平生，蹚上这场事，可真有些不值。这陆三的宝局可真够斗的，袁爷，您这么抓了他的脸面，您想他能完不能完？"

袁承烈道："何掌柜您是番好意，承您的关照，我先谢谢您。我也不用打听，我很知道干宝局的不是好惹的，我这是惹火烧身，自找烦恼。不过我这人的脾气就是看不过这么欺凌良善，敲诈良民的土棍。我就是把这条命扔在这里，我也算认命了。我摸了他们，我就索性得跟他们较量个起落出来。还告诉掌柜的你，我别看是无名小卒，我可不能做那种不人物的事。我来到掌柜的你这里，我不能连累你。你只管放心，我已经跟那群小子们定约，我在这等他们三天，他有本事自管来找我，我或者也许等不到三天，我还许去找他们去哩。"

双合店何掌柜搔头道："袁爷，您可别会错了意，我跟他们素无来往。我既干这买卖，这街上有这种主儿，我不能不细摸清了他们的身家底细。虽是井水不犯河水，可也保不定碰在一处，我好有个提防预备。干宝局的哪能有善良之辈？这个开宝局的更是加倍的不法。此人姓陆名万川，据说有铁掌功夫。他手底下人愣说他叫单掌开碑，究其实不过手底下明白，有两下子。不过这小子是什么无法无天的事全做，结交匪类，走动官府，手底下养着一帮走狗，在这虎林厅一带，真是跺一跺脚，四街乱颤，实在难惹。袁爷你这来的时候，赶上他出门，没有在这虎林厅。袁爷你想，他若回来，能不能跟您善罢甘休？依我相劝，您还是赶紧离开这虎林厅，不必跟他们较这种劲。您一个出门做客的，在这虎林厅，官私两面全不易讨了好去。"

袁承烈沉吟良久，道："掌柜的，你的好意我心领了。但是，姓陆的就是活阎王，我也得斗斗他，我倒要见识见识他。我看掌柜也是个人物，你想闹到这样，我能丢手一走么？这孙家父子，不帮便罢，帮便该帮到底。我若一走，岂不更给人家惹了大祸了？"

掌柜忙道："袁爷您何必这么滞？其实我撺掇你老走，也不是拿腿就走得开的，要走还得另想法子。你想这么离开虎林厅，还怕不大容易，舍命周七在这里早安上人了。我是一份好意，我想趁这时陆三还没回来，他们手底下的人好在全不是袁爷的对手，袁爷莫如再到他宝局中挤对他们一下子。您从他宝局上一走，这虎林厅您把字号也叫足了，把他们哥几个的道行也打去五百年。至于我这里呢，也毫无挂碍，三全齐美，袁爷你这么办多好呢？"

袁承烈一听，这才明白掌柜的是怕把他连累上，想把自己打发得离开他这个店。但是他出的这道儿，也颇有理。袁承烈遂向何掌柜说道："何掌柜，原来这宝局是姓陆的开的，这就是了。他们用腥赌骗了人，还敢群殴被害的主儿，错非是他这种土豪，谁能这么无法无天？掌柜的，你也是外面朋友，光棍一点就透。话不用多说，我无论到怎么个地步，决不能教你这店里受连累。既是你关照我，我心上很领情。这被打的爷儿两个，我刚才只问了几句。人家全是做买卖的客人，这位年轻的掌柜的，是到这采买皮毛，把带来的上万银子全输在宝局中。他们知道人家在张家口归化城干着好几个皮庄，拿人家当秧子，饶把这位少掌柜的钱全诈了去，还把人扣在宝局上，愣教人拿五千银子赎人。这种无法无天的，简直跟请财神、架肉票一样。这位老掌柜的闻信赶来，到宝局上跟他们一说理，立刻把人家爷儿两个打成这个样子。我要是再晚到一步，这爷儿两个不死也得全废了。可是人家是规矩买卖人，飞扔了，人家扔得起，往虎林厅告他们。大概也告不出他们手心去。我也不想跟他们怄气，可是我必得救人。我的主意，教他们爷俩儿回口上，有法子报仇，将来再说。这场斗殴的事，由我姓袁的兜到底，决不能含糊了，弄个半途而废。掌柜的你要是真关照我姓袁的，咱们还作为谁不认得谁。我教你们店里预备车，你就给预备车，有拦挡的，有我一个人去打点，没有你的关系，我自有法子惩治这群小子。咱们是光棍一点就识，谁也不用跟谁绕脖子，我是有什么说什么。我既敢斗这群小子，我索性得跟他们较量个起落出来，我绝不能把送殡的人埋在坟地里。"

店主点头道："我要是看不出袁爷你是外场朋友，我还不这么多管闲事了。好吧，咱们一言为定，我帮了袁爷的忙，你自然对得过我。就这么办了，回头见。"

店主何掌柜走出屋来，袁承烈也没往外送。掌柜的先奔了别的屋去，故意从里面出来，站在院里向柜房招呼刘三："十二号的客人回来，你们怎么开完了门，不赶紧给人家泡茶吃？你们越干越滑了。院里这么脏，也不打扫了。这五号新来的客人屋里，你们也得勤看着点，不知道跟陆三爷周七爷是朋友么？你们可估量着，可提防着两条腿。"

掌柜的站在十二号客房门前喊喝，故意教柜房陆三宝局的打手们听见。他站在十二号房前，边说边走，进了柜房，见那两个打手正在高谈阔论，尽说些个没招没对的大话。管账先生只有随声附和，顺情说好话，掌柜的也是竭力地奉承。这两个小子，一路狂吹，见有人赞赏，几乎把自己的姓全忘了。

那五号屋的袁承烈已把孙氏父子的伤全扎裹好了，又给他父子服下铁扇散。这种药仗着是师门的秘制，颇有特效，只有半个时辰，药力已行动。那年老的商人，已能忍住疼痛，遂向袁承烈道："袁爷，我父子死里逃生，全仗着你老仗义相救，两世为人，恩同再造。我们爷儿两个只要能够逃得活命，定当图报。这里我们实不能再待下去了，我们爷俩的伤势，也不是一天半天能好得了的，住这里调养，太不方便。再说尽自教袁爷您照管我们，我们父子于心不安。况且宝局上这群匪棍吃了袁爷的亏，也未必能甘心。我们爷们这两条命扔在虎林厅，那算命里该当，情屈命不屈。要连累得袁爷你有个凶险差错，教我们父子居心何忍？方才店主的话，我们也全听见了，大概这群匪棍不肯甘休，非找二次场不可。袁爷，咱们还是想法子，赶紧走开才好。光棍不斗势，不吃眼前亏。我们父子倒是不断到虎林厅来，可是认识的只是些买卖商人，若是闹事斗殴，简直是白送命，一个帮手也没有。强龙不压地头蛇，我们还是离开火坑，缓开了手，我们爷们豁着花个万儿八千的，买出人来找他，非出这口气不可。现在不怕丢人，我父子只好躲了。袁爷是我们的恩人，我不能教你行好受害，咱还是一块儿走吧。你到我们那里去，我父子还有一份人心，补报你老。"

这孙老头儿一力哀求着袁承烈，请他赶紧设法离开虎林厅。哪知袁承烈另有自己的主张，毅然地向孙氏父子道："老掌柜的，你不用害怕。这件事我既然伸手多事，没别的，一定有始有终，把你们父子送出虎口。至于我本身，毫不用掌柜的你担心。我若没有把握，我一个客居的游民，敢惹这种地痞匪棍么？少时你们父子要是坐车走，能支持得住么？"

那孙少掌柜的却颤声说道："袁爷，你这次不啻从鬼门关上把我们爷俩儿拉回来。这伙土匪实在太凶，我们总是挣扎着先离开，回去再想法报仇。漫说是稍吃点苦子，算不了什么，就是再多受点罪，总算我们爷们逃了活命了。你老自管看着办吧，越快越好。"

袁承烈听了，微笑点头。老掌柜的却道："袁爷，你别看得太滞了，无论如何，我们也想请你一同回口北。俗语说：'君子报仇，十年不晚。'我们存心报复，何必忙在一时，早晚总能找他来。再说不是我这有年岁的人说话黏缠，我既说了不怕死，岂能再惜这条命？不过既承袁爷你的一番恩情，救我父子，我父子不能说感激话了，可是我要是自己走，只怕未必走得开。他们别看已经用腥赌坑了我们上万的银子去，可是最后这几千银子没到手，我们父子又逃出来，他们又挨了打，丢了人，他们岂肯甘心？这要是教我们自己走，袁爷你这份心就算白费了，我们爷两个定要重落到他们手里。袁爷你一番热心，我们再落到他们手里，未免太冤。请你无论如何，暂时跟我们回口北吧。这不算你老怕事，实在是你老救人救到底，要护送我们，并不是躲他们，怕他们呀。"

袁承烈含笑说道："孙老掌柜的，你不必担心，我若教你父子再落在匪棍手里，我也太栽跟头了。这里的事不用你管，我自有办法。我一面打发你父子平安上路，一面……"说到这里，又是一笑，随即站起来，向这位老掌柜再保障一句道："你们爷俩候着，任什么不用管，全有我了。"一边说着，走出屋去，站在院里向柜房招呼道："伙计快来，我这有事。"

店伙答应着从柜房中出来，向袁承烈道："袁爷，你有什么事？"

袁承烈道："你去给找辆长趟子的车来，从这儿到张家口，价钱你看着办。"

当下店伙慢答音地向袁承烈道："袁爷，你可得候一候，这儿离着车马店很远，这时候又不是出车的时候，你还是一早起身不好么？"

袁承烈怒叱道："你少管我的闲事，我吃饭给饭钱，住店给店钱，干什么由着你管？"

店伙赔着笑脸道："爷台，你别着急，我这全是好意。我这就给你找车去。"说罢转身回了柜房，忙向掌柜的说道："掌柜的，那姓袁的教我给他叫长趟子车，大约是要走。掌柜你看怎么办？"

店主何掌柜立刻站起来道："怎么，他想走？那可不行。他走了咱们怎么对得过周七爷？"扭头对局上派来的两名打手说："侯爷，祝爷，这姓袁的大约想走。二位看怎么样？"

那个姓侯的打手立刻跳起来说道："好小子，想走，得把狗腿留下，我们先鞭他一顿。"嘴里说话虽横，可不往外走。

那姓祝的打手忙道："二哥，你先别着急，咱们动他容易，不过七爷只吩咐咱们在这里看住他，我看咱们还是赶紧知会周七爷，听他的意思再动手，省得惊动了这小子，回头周七爷怪罪下来。"

那姓侯的立刻趁坡儿下，点头道："也好，好在他也走不了，咱们先给周七爷送信去吧。"随又向店主何掌柜的道："掌柜的，人可交给你了，你只要让姓袁的走了，别说有你的好看。"说罢，匆匆走出店去。

这里袁承烈沉一会儿来一趟，直催店家赶紧找车。店伙只是一味支吾，不肯给找。袁承烈也明白店家怕自己走了给他们留祸。无奈自己正急着送孙氏父子脱离险地，袁承烈不禁性起，大骂店伙，店家只赔笑并不作声，好在彼此离着很近，一会儿工夫，那姓侯的打手已从宝局上回来。

那邓熊是单人单骑，寸铁不带。到了店里，掌柜的小心赔笑，把火鹞子邓熊迎进柜房。火鹞子邓熊向何掌柜的道："何掌柜你放心，这没有你的干系，只要你处处小心，我们一定对得过你就是了。姓袁的怎么样了？"

掌柜的忙道："他还没走，在他屋里呢。"

火鹞子邓熊站起来道："我找他去。"

掌柜的这时心提到了嗓子眼里，赔笑向火鹞子邓熊道："邓爷，我看你要收拾他最好还是用话把他诱到你那宝局上去。姓袁的这小子，手底下很有两下子，要是到了你的宝局，那里能人很多，就算他是神仙也跑不了，你说是不是？"

邓熊遂冷笑着说道："掌柜的，你请放宽心，咱们谁跟谁没怨没仇，又全在本街上做买卖，我们哪能教你被累呢？你没看我这跟他讲理来的？我要是想摸他也不能这么来。我们真要动他，就得白刀子进去，红刀子出来。掌柜的你放心吧，准没你的事。"

说着走出柜房，掌柜的及伙计们在后跟着，那侯祝两个打手也随在后头。来到五号客户前，掌柜的先招呼道："袁爷你请出来，朋友找你了。"

袁承烈在屋里已听见院中说话的声音，从门缝往外张望，见是邓熊跟掌柜的和两个打手，遂一推门走出来，向邓熊道："相好的，三天的约会，莫非有点等不了，这就要见个起落么？"

邓熊冷笑道："朋友，我倒等得了，我看朋友你有点等不了了吧？既

346

然有约在先，大丈夫说话如白染皂，刀搁在脖子上不须反悔，要是说完了不算，那是妇人女子之流，朋友你怎么说人话不做人事？"

袁承烈怒目叱道："你那是满口胡言，凭袁二爷言而有信，哪个反悔？"

邓熊道："你既定三天之约，为什么竟要逃走？你走了，我们这场事朝谁说？"

袁承烈冷笑道："姓袁的是言而有信的好朋友，现在这场事你们是朝姓袁的说，还是朝姓孙的说？"

邓熊道："自然是全朝哥们儿你说了。"

袁承烈道："着哇，既是朝姓袁的说的，那你干什么姓袁的始终在这儿等着，没离开地方，总算够朋友吧？"

火鹞子邓熊道："你既然没想走你干什么教店家预备车辆？朋友，咱们全是江湖道上人，要是拿着别人当傻小子，那可不够朋友了。"

袁承烈道："你这叫以小人之心度君子，姓袁的这场事不完，你倒休想教我离开这儿了。姓孙的是买卖商人，被你们打得遍体鳞伤，难道你还想把人家扣在这里么？"

火鹞子邓熊道："论理你们这班人谁也不能走，得把这场事完了才算。既是朋友你接到底，我们就朝你说了，姓孙的愿意走自管走吧，我们绝不阻拦。"

袁承烈冷笑一声道："你们不加拦阻，我姓袁的也不为已甚，你请便吧。"

火鹞子邓熊悻悻地退去，可是他们哪肯就走开，又从宝局上调来四个不怕死的亡命徒，教他们暗中监视着，不得放松一步。这四名打手，遂暗中紧把着双合店门。袁承烈忙催店家去找来车辆。袁承烈到店外看了看，见宝局上更安了暗桩，自己一想，这种情形，孙氏父子怕走不开。遂回到屋中，向这孙老掌柜的道："老掌柜，这虎林厅你没有朋友么？"

这位孙老掌柜听出袁承烈说话的用意，遂惶然道："我们在这虎林厅也不是没朋友，同行交往很有几家可以的主儿，不过人家在这虎林厅差不多全是老实的买卖人，惹不起事的。只有离开虎林厅百四五十里的卢家堡，那里干牧场的卢五爷，跟我是亲戚，我只要投到他那去，就可以有点法子了。"

袁承烈道："那么，你把本地熟识的同行找一个来，教他们找十几个猎户，请他们护送你父子到卢家堡。到那里烦你这亲戚把你父子送到口上，以保安全。我实在不能离开这虎林厅，无论如何，也得把这场事料理下来。"

孙老者一听袁承烈这种话，已知道是有些走不开，遂点头道："这么办也很好，我们同行里准能办到。"

遂教店伙拿来纸墨笔砚，孙老者自己写了一封信，打发店伙送去。信里的情形是由袁承烈说着，孙老掌柜的写着，一面送信，一面招呼店伙，吩咐车上预备好了，这就起身。车是早雇了来的，由店伙帮着把孙少掌柜的架上车去，那老掌柜的坐在车外，袁承烈坐在车辕上，跟着车一出店，那两个在店外埋桩的，一见车辆出店，跟着全陪随在车后跟随着，往镇外走来。袁承烈一望而知是舍命周七的党羽，也不理会，任他们跟随。车子走得飞快，人腿无论如何跟不上马腿，半趟街没过，竟被落后了老远。袁承烈暗笑：小子们，我若是安心使坏，今夜先把你们狗腿累折了。

这时市集已散，街上立呈冷清，车夫抖缰急驰，车身辘辘作响。蓦地车身一侧，车把式连声大喊，车中人吃了一惊，细看时，从一个十字路口蹿出一人，横穿这条街。这人是愣闯，车子是双套健骡，一时哪里收得住缰，车把式虽是熟手，在这时也有些手忙脚乱，往怀里一搂缰，拼命喝道："喔吁！"车上的二套倒是勒住了，头一套的大健骡子立刻被后边的骡子一坠，跳了起来。那闯路的人哎哟了一声，立刻一溜翻滚，倒在路旁。车把式心中惊慌，心说这人不死必伤。车子已住，袁承烈头一个跳下去，街上只两家铺户有灯光，可是离着又远，路上非常黑暗，辨不出这行人是否受伤，以及伤在哪里。遂立刻回身，把车上的纸灯笼摘下来，往这行人身上一照，只见这人一身短衣裳，横眉怒目，一脸强悍之气。细看他身上又无伤，袁承烈心中明白，立刻把面色一沉道："喂，朋友，你有什么急事，这么愣闯？相好的，你倒是为点什么，拿着小命当儿戏？喂，怎么不说话呀？相好的，你怎么躺下的，我看得明明白白，咱们打开鼻子说亮话，你打算怎么样？

第二十八章

亡命徒沿路劫仇

行路人哎哟一声，叫道："可我把碰死了，我这两条腿准得折。你们有什么势力也不行，反正轧死人得偿命。好，饶撞了人，还说不通情理的话。好，咱们有说理的地方，你别走了。"

袁承烈道："相好的，少弄这套。我没打算走，杀了人不过偿命，你说怎么样吧？"

那人道："怎么样？赔腿治伤，趁早给我治好，算完事。"

袁承烈道："朋友，你哪儿受伤了？"

那人道："哪儿受伤了？好轻松话，我两腿全折了，趁早赔我的腿。"

袁承烈笑道："相好的，你算遇上了。我还是专门会治跌打损伤，伤筋动骨。至于治折腿，那更是咱的拿手，你这腿小事一段。"

那人一听，哎哟着坐了起来。孙氏父子等心中暗笑，心说，这小子碰上魔星了。

只见袁承烈说着话一下腰，就要拉那人的腿，那人忽地跳起来，说道："你要干什么？"

袁承烈哈哈大笑道："朋友，腿好了？真是手还没到，病就除了。"又道："你的病还没好利落，朋友，随我到车上治去吧，管保给你除根。"抢步上前，就要下手。

那人不由闪身后退，举步要走。袁承烈横身阻住，伸手抓住那人的手道："朋友，你今天遇上了我，我碰了你，我若不给你治好伤，做鬼也不痛快。相好的，你想走可不行。"

那人大嚷着道："你这是干什么？你会治，我还不放心呢。你要把我害了呢？"

袁承烈怒道："我凭什么害你？我和你往日无仇，近日无恨，你教我赔腿，我一定赔，你捣完乱，要想走？朋友，你的亮子差点事吧。"

正在吵嚷，突听得那街西一带一阵马蹄声响，从那边如飞地闯过两骑马来。马上两名短衣背刀的壮汉，军马来到近前，突地一领缰绳，从车旁擦着过去。马上人扭头向下面看了一眼，扬鞭如飞而去。袁承烈为躲马，不觉松了手，这个挨摔的汉子，忽地咬牙说道："好吧，你们饶撞了人，还不讲理，我算认准你们了。相好的，等着吧，你走不开。我要不给你点厉害，也不知我是谁。"

说着龇牙咧嘴，转身又要走，袁承烈大怒，厉声叱道："小子，你吓唬谁？你倒是睁开眼，看看二太爷是吃这个不吃这个？你这时想走，大概是看你们的伙伴已经来了。相好的，你枉费了心机，姓袁的早明白你这套了。相好的，有什么招儿快使去吧，袁二爷盯着你呢。"

当时这挨摔的汉子不再答话，转身就走，走出十几步去，连腿全不那么瘸了，竟自转入小巷而去。

孙掌柜见那人走了，这才向袁承烈道："袁爷，这是什么意思？我们撞倒了他，他真这么老老实实地走了么？"

袁承烈听了，冷笑道："掌柜的，你看不出来么？这是邪活，这一定是陆三宝局上舍命周七的毛病。这小子是认定我要撤身逃走，所以打发一个狗腿子到这里来，故意跟我们捣乱。老掌柜你没见刚过去的两匹快马，正是他打发来的，一定在虎林厅镇外埋桩邀劫。小子们竟用这么拙笨的招儿，来跟姓袁的使唤，这可不怨我手辣，我倒要摆治摆治这群小子们，让他们也尝尝姓袁的厉害。"

袁承烈只顾震怒放言，赶车的把式一听，立刻愕然道："怎么？真是舍命周七要在半路拦劫么？这可得提防提防。这班地痞匪棍，我们早已知道他们的底细，他不但开宝局，包揽私娼，并且还有更违法的事哩。他们局头陆万川，出身很不清楚。据说这陆万川专结交各处招大帮的掌山头的，杀人放火的强盗，很有些个匪类，在别处不能立足，就来到他宝局内潜藏。收赃、窝匪，这陆万川拿着当正经事干，官私两面他全接得住，在虎林厅一带的人全奈何他不得。袁爷既然跟他套了过节，我看这辆车怕不易走开了。袁爷，可不是我这赶车的胆小怕事，你老常在外面跑，没有不明白的，其实我们一点损失受不着。轮到遇上车，我们往旁一撤身，绝没有连我们一块儿动的。我看你老还是预备预备好，别再吃了他们的眼前亏。"

袁承烈向车把式一挥手道："走，赶你的车。我早知道他们有这手了。没有金刚钻，不揽碎瓷器。我倒没把这群小子放在眼内。我倒要看看这群小子有什么手段，敢拦阻姓袁的去路？"

车把式听袁承烈的话风很硬，不敢再言，立刻吧啦吧啦一连几鞭子，这双套的健骡铁蹄翻飞，向前驰去，眨眼间已离着虎林厅的镇甸口不远。本来应该在这里停车，袁承烈跨坐在车辕上，凝神往前察看，见镇甸口一带，隐隐似有两三个人在那里晃动。袁承烈向孙老掌柜的低声道："不要停车，我倒要看看这群匪棍用什么手段，来邀劫我们的车辆。"

孙老掌柜的方要说："袁爷，何必跟他们一般见识。"这句话没出口，袁承烈一按车辕，嗖的蹿出丈余远，落在车前，又一下腰，立刻往前嗖嗖地连连纵跃，展眼间已到了镇甸口。

镇甸口有三四个人，在黑影里溜来溜去。袁承烈见这几人的打扮形色是猎户的模样，遂作为漫不经意，向这暗影里的人问道："喂，朋友们，可是东盛号的么？"

那暗影中的一个壮汉说道："哦，敢是袁朋友么？"

袁承烈道："正是我在下，哪位是头儿？"

这答话的说道："俺是铁胳膊张六，我们同伙弟兄全归我调度。我受了东盛号掌柜的嘱托，教我们在这里等候袁爷。我们大帮的弟兄全在洼里等候着，人多了这里太扎眼，怎么车还没来么？"

袁承烈道："我也正为着这里人多扎眼，我本当在这里把他们爷儿两个交给你们。不过小子们竟敢在中途邀劫，跟我弄起手段来，我倒要跟这群小子们较量较量。"

当时这猎户头竟自点头答应道："袁爷，你自管动手收拾，我们弟兄们接你的后场。袁爷请放心，我说句放肆的话，我在下手底下还可以料理他们十个八个的。"

袁承烈道："好吧，张师傅，你能够帮我的忙，我在下承情不尽。只是我跟他们有约在先，只凭我单人独骑，跟这群匪棍们招呼。不到不得已时，绝不能请人帮忙。张老师傅，请你保护住了老掌柜的父子，只要有敢动他们爷们的，请你帮帮忙，别的事不用你管。你先请吧。"

说话间，后面车子已经跟了过来。袁承烈抢行一步，向车把式道：“喂，往外赶啊，咱们的车子走到哪儿也含糊不了。”

　　袁承烈是安心说这种话，明知道有敌手埋着暗桩，故意地教他们听听。当下这车在车把式吆喝声中，赶出镇外。走出没有半箭地，突然对面一阵鸾铃响动，铁蹄翻飞，豁拉拉地飞奔来两骑马，和车子走处碰头，两匹马立刻抄着车旁过去，袁承烈并不理会。这两匹马走过去工夫不大，竟从后面又抄了回来，眨眼间又蹿到车头里，一直顺着大路下去。

　　袁承烈微微冷笑，暗加注意，知道这定是陆三的宝局上邀来的江湖道上的朋友。这分明按绿林道“上线开爬”的手段。趁着车往前走，暗向车里的孙氏父子嘱咐了几句，教他们不要害怕，绝不能受毫发之伤。孙老掌柜已知袁承烈确实好身手，绝不会落在匪徒手内，但是心仍不无惴惴。车往前又走了不远，那两匹马又圈了回来。来到车前，把牲口的缰绳一领，牲口站住，正挡着去路，一声断喝：“喂，朋友，你就顶到这里吧。想走，你也不嫌栽跟斗么？”

　　车把式忙把车勒住，把鞭子往怀中一把，往旁一溜，这算是江湖道上的规矩，没有他的事了。袁承烈很从容地一按车辕，腾身跃到前套牲口前，丁字步一站，冷然说道：“嚇，贵宝地还有硬吃硬摘的朋友么？这倒失敬了。二位在哪里安窑立寨？我这外乡人不知道虎林厅一带，还有好朋友把着这条线。相好的，你们怎么就看着我们这种逃荒难民似的苦朋友‘合了点儿’呢？朋友们可有点输眼了，我们这车连顿饭钱全没有，朋友们还是另照顾别人吧。”

　　马上的匪徒相继下马，有一个身量高大，语音也分外粗暴的，向袁承烈道：“姓袁的，你少要跟爷们装蒜。你为什么来的，我们为什么来的，彼此心里明白，谁也别跟谁装着玩。姓袁的，你这是想往哪儿跑，说痛快话吧，难道还真个等我们动别的么？”

　　袁承烈道：“哦，这么说，你们二位是单为我个人来的么？二位一定是陆三宝局上的腿子朋友了。可是你们二位问的话，我不大明白。你们说我往哪儿跑，我还没打好了主意。我跟那邓周二位已定了约会，是在三天之内，我净擎着他们的招呼。这时日子还没有到，你们二位竟不辞辛苦，截在这里等我，你们有什么说的，就趁早说什么吧。姓袁的长了两条腿，我愿意往哪里走就往哪走，谁想拦阻我，谁得拍拍脖梗。可是二位的贵姓高名，我还没领教，朋友们可以报个万儿么？"

来人中那个身量高大的说道："我在下名叫宋杰，这位名叫穿山甲崔贵，在关东道上是个无名小卒。今夜是受朋友所托，来到这儿，恭候袁爷的大驾。请你言而有信，随我们返回虎林厅，了结你们两下的事。袁爷，你也是久走江湖的朋友，光棍一点就透，话不用多说，你难道还不明白么？"

袁承烈冷笑道："你们二位就是为这点事来的？好吧，二位请回，姓袁的是要名不要命的汉子。说话如白染皂，绝不会像妇人女子之流。我既跟姓郑的姓周的订下约会，哪能栽给他？我现在把孙家爷们送走，仍然回双合店等他们。二位告诉邓、周二位，要是怕姓袁的不够朋友，就该自己来。自己不敢跟姓袁的招呼，也得等到三天的约会到了，姓袁的不到，再找来才对。这么日期没到，先来邀劫我，我姓袁的老实说有点不大愿意。如今话已说明，二位看怎么样？我是静听你们的吩咐。"

身高的闻言侧顾，意涉迟徊，那个身量略矮的匪徒厉声说道："姓袁的，你自以为理直气壮，不过你这种行为，有谁肯信？你自己说的，你的腿长在你的身上，你要是从这儿一去不回，谁能把你请回来？朋友，别废话，请回虎林厅，我们拿好朋友看待你。你要是尽自跟我们装不懂，耍嘴皮子，姓袁的，我们是为什么来的，你总得想一想，你可别怨我们无理。"

袁承烈一声冷笑道："姓袁的历来是我行我法，你要想干涉我的行动，我倒要看你们哥俩儿摆什么阵势？"

那个身量高大的壮汉名叫宋杰的，立刻厉声说："姓袁的，你是一股出溜屁，说了和没说一样。我们把光棍话交代在头里，你这么不识好歹，我们可要无理了。"

这宋杰真愣，话到人到，往这边一纵身，劈面就是一掌，照袁承烈打来。

袁承烈喝声："来得好！"急闪身，左掌往外一封，身形又一晃，右掌往外一穿，反往宋杰的华盖穴击来。宋杰手下并不弱，见敌人的掌锋迅急，往回一撤掌，借势一拧身，往外一纵，喝了声："并肩子，亮青子，刽他个小舅子！"宋杰的话方出口，那个叫穿山甲崔贵的，早已亮了手叉子，一纵身蹿了过来。从侧面旁袭，手叉子奔袁承烈的右肋猛戳过来。

袁承烈早有提防，身形陡转，用了手"盘马弯弓"，往左一翻身，右掌照着穿山甲崔贵的脉门上切去。这一下子，匪徒哎哟一声，手叉子当啷扔在地上，立刻甩着腕子，翻身就跑。袁承烈哪里容他走开，一个斜身塌式，"转脚摆莲"，噗的正踹在胯骨上，崔贵扑通摔了个嘴啃地，鼻子嘴全见了血。

那宋杰见同伙受伤，愤怒之下，忙把七节鞭亮出来，恶虎扑食，前进一步，抢鞭搂头盖顶就砸。袁承烈喝声"哒"，往左一错步，让过鞭梢，右手骈食中二指，往宋杰的"三里穴"一点，那宋杰七节鞭已砸空，一条右臂要卖给人家，忙借右臂往下落之势，往左努力地一带，变招为"翻身盘打"。袁承烈的右掌本是虚式，倏地往回一撤，左掌从右肘下往外一穿，"肘底拳"，向宋杰打来。这一拳迅疾无比，竟不容敌手变过招来。宋杰吃了一惊，忙往左一拧身，救招旁蹿，幸得躲开这一拳，登时气浮势败，喝了声："好小子，爷们不是你的对手，你走吧，回头见！要教你逃出掌握，姓宋的姓你的姓。"说罢，拖着七节鞭，向同党穿山甲崔贵招呼了一声，往来路逃下去。

袁承烈哈哈一笑道："相好的不用跑，袁二太爷历来不做赶尽杀绝的事。你们已尝了袁二爷的厉害，袁二爷犯不上要你的命。姓袁的这就回虎林厅双合店，见你们头儿。往后再想替人挡横，先问问自己有那种本领没有？像这么丢人现眼，还是少出来贻笑江湖吧。"袁承烈奚落了匪徒几句，二匪早已跑远，回头还骂了两句，没入黑影中了。

袁承烈转身向赶车的把式一挥手，立刻把车赶过来，又撮唇吱的响了一声呼哨，潜伏在面前柳林的猎户也赶紧过来，由袁承烈深致拜服之意。孙氏父子向袁承烈千恩万谢，又劝他不必与匪徒怄气。袁承烈微笑摇头，反向猎户头托付了一番，随即分手，自己真个向虎林厅走来。路上果有匪党们埋着暗桩，袁承烈没把他们放在心上。

这时已到二更以后，袁承烈进了虎林厅，径到双合店落宿。这一来连店家全替那送走的孙氏父子悬系着，恐怕要走不开。当时店家并不知道孙氏父子已有人护送，袁承烈也没向店主说明。袁承烈一个人在店房对灯坐了一会儿，盘算对付这群赌徒土豪之法。到了三更，早早安歇，暗中提防他们潜入来行刺，哪知竟一夜平安无事。

舍命周七连遭折辱，自然不肯死心。他是想把局头陆万川找回来，或是再约出几位有本领的人物来，把姓袁的毁在这里。所以对于袁承烈，依

354

然暗中监视，不肯放松。不幸他烦出来的那两位找横钱的，仍然折在人家手里。周七和火鹞子邓熊焦急万分，只得往各处派出人去，摸这袁承烈的底细，始终没有人知道他的出身来历。这两个土豪还指望着既定了三日之约，总能缓得开手，遂又派专人，飞马去给陆万川报信。更想请那素和陆万川交好的祁家洼当家的侯德泰，来给找场。只是这两拨人派出去，全得两天赶回来，但盼这两天内不出事，就很好了，所以没敢潜施暗算。他们这次遇到袁承烈，横来出头，抱打不平，人又很扎手，他们自觉威风一挫，往后不好混了。这场事不知闹个怎样结果。这种要胳膊的地方，讲究硬吃硬碰，硬摘硬拿，这一折在人家手里，不把这个场找回来，宝局就不能再摆案子。这一夜陆三宝局上冷冷清清，赶到临时请的两个朋友又负伤大败而归，这一来更加了一层羞辱，急得火鹞子邓熊和舍命周七两人只有在屋里转磨。

一宵过去，袁承烈倒是真没走，他可不是真想等三天，自己计算着，只要孙氏父子走出一二百里去，就不妨事了，容得他们爷俩儿走开了，自己再走。可仍打算来得明，去得白，仍然是找到局上，得跟这摆赌局的主儿朝朝相。

火鹞子邓熊和舍命周七第二日早起来，重打发伙计到双合店去窥情听信，嘱咐在店中卧底的务必看住了人。跟着虎林厅官面上来了人，向赌局上要例规。赌局照例每天给虎林厅班上拿二十吊钱。隶胥与土豪互通声气，上下其手，已经有一二年了。所以这里摆着这么个毁人炉，三天两日私打斗殴，地面上装聋装瞎，这全是拿钱买的。在百十年前，各地全是一样，只要在赌局上拿挂钱，全是一天一分，不存不欠。今天早上是虎林厅班上的二头儿毛腿杜魁，路经宝局门外，一看外边的情形就不大对。平常这一早晨虽是散局的时候，一班赌徒多半要在赌局上流连一会儿，梳洗喝茶吃早点，赌局上每天到这时出入的人不断，并且门外也打扫干净，用水把赌局附近一带泼得潮润润的。今天不至于门前没人打扫，并且大门虚掩着，冷冷清清，没有人出入。二班头杜魁是来熟了的，自己径往里走，直到了柜房，见那五间上房寂然无声，柜房只有邓、周两人，垂头丧气地坐在里边，似乎商量什么事。

二班头毛腿杜魁尖着嗓子招呼了一声，举步走进柜房。那火鹞子邓熊和舍命周七抬头一看，全站起来打招呼，可是两人不由得脸全飞红。二班头毛腿杜魁看见邓熊的额角上带伤，舍命周七脸上也是青了一块，肿了一块，两人像都吃了亏，杜班头不便直问，绕弯子问道："邓二爷、周七爷，怎么陆当家的还没回来么？怎么今天局散得这么早，人全走净了？"

舍命周七斟了一盏茶送过来，咳了一声道："杜二哥，您请坐，咱们局上又出了事了。"

杜班头毫不介意地说道："又有滚赌的了？咱们可不是关上门说大话，有搅局的只管动他，官私两面，他还会逃得出咱们手去么？"

火鹞子邓熊道："杜二哥，别提了，我们栽了。这回栽得太不像话，想不到竟栽到一个外乡人手里，我们还有什么脸面再摆案子？"

周七也瞪着眼说："虎林厅不好混了，出了拆咱们的了。"

这二班头毛腿杜魁听着一怔，迟迟疑疑地向邓、周问道："嚇，真有这种不要命的小子，敢到咱们虎林厅地面上叫字号？他有几个脑袋，多少胳臂？居然还是外乡人？你们哥儿两个手底下全明白，何至于连案子全不能搁了，他有多少人？"

舍命周七面含愧色，向杜二班头道："好在杜二哥也不是外人，我全告诉你，你听听我们还怎么混？我们这回真栽到家了，您看我们这不是全挂彩了么？我们哥几个栽人家一个人两条胳臂上了。"

邓熊也帮腔道："那家伙就只一个人。"

舍命周七遂把经过详细向这二班头杜魁说了一番，杜魁道："这么说起来，这个叫袁承烈的居然没走，还在双合店里住着？好厉害的家伙，他真想在这虎林厅叫叫字号，很好，咱们要不把这小子毁在这里，别说你们哥们儿栽不起，连我们也跟着栽。这姓袁的倒是怎么个来头，难道他就没长着耳朵，陆三爷在这地方是怎么个主儿？他敢太岁头上动土，真反了他了。"

火鹞子邓熊道："事情就赶得这么巧，当家的要不往金鸡岭去，也不至于栽到这步田地。这小子手底下颇有功夫，我们弟兄们跟他比画了一阵子，竟致全败在这小子手里。二头你说，我们要不找回这个面子来，这虎林厅地面，我们还怎么再站脚？就让我们脸皮再厚，也不好抬头了。"

杜班头略一沉吟，想到这件事也有油水，值得买好，立刻向邓周二人道："你们二位别着急，咱不能吃这个亏。姓袁的小子单人独骑，居然来到虎林厅摘咱们弟兄的牌匾，咱们要教他这么走了，别说你们哥们儿栽不起，连我们弟兄脸上也挂不住。"说到这里，站了起来，凑到两人面前坐下，向舍命周七道："周七爷，这姓袁的有人把住了没有？"

舍命周七道："从昨天就安上了桩，虽然动不了他，他也走不了。"

二班头点点头道："好，看住了他，有力使力，无力使智。无论如何也不能教他出了咱们的掌握。你们哥俩儿候着，我去找我们谢头琢磨琢磨去。"

火鹞子邓熊道："杜二爷肯揽过去，好极了。你有什么高招？咱们打算怎么动他？"

杜二班头道："这可是事情挤在这里，我也没有什么高招，只有把心往肋条上挪挪，丢包下药，随便弄一手，教这姓袁的小子先尝尝咱们哥们儿的厉害。我先把小子搭进去，教他天大的人物，也先饱打他一顿。咱们也别要他的命，多咱这小子知道咱们的厉害，递了降书降表，冲咱们弟兄告了饶，才跟他算完。他也不敢再在咱们这里搅和了，别人也不敢乍刺了，这就叫杀一儆百。二位看这法子怎么样？"

火鹞子邓熊和舍命周七一齐点头道："好吧，只要您肯帮忙，这是我们求之不得的。咱们哥们儿的事，你只管放开手去办，怎么办怎么好。用钱用人，只凭你一句话。别看我们陆三爷没在家，也是一样。我们这个宝局全仗着你们哥儿两个给顶着，能够保全住了，我们哥儿三个绝不能没有人心，吃甜水还会忘了挖井的么？我们这静听你的招呼，好在你也是自己人，我们说句泄气的话吧，现在我们是一点招儿没有，你赶紧回去跟谢头商量吧，我们静听你的信。要是能动这姓袁的小子，还是趁早动他，别容他再找到局上来，我们可就丑死了。"

这位二班头把肚子一脯，傲然点头道："好吧，二位尽管安心候信，我这就回去。不是我背地里说大话，就凭一个外来的小子，我们哥们儿要想拾掇拾掇他，大概还费不了什么事。你二位全交给我吧，咱们是急不如快，咱们回头见吧。"说罢，意形于色，出了柜房。

那火鹞子邓熊和舍命周七急忙取出一包银子，说是小使费，"您给哥们儿分分。"硬给塞在衣兜，然后并肩而行，直送到门外才回。

两个赌徒十分高兴，班上的人这一出头，就好办了。这位二班头还不怎样，唯独那大班头铁心谢禄，是有名的难惹，手底下不知葬送多少屈死鬼。他也知道跟江湖道结怨太深，轻易不敢出虎林厅。要是有事下乡，总得带几个班上的好手，才敢出去。恐怕走单了，有人暗算他。只要谢、杜二班头肯使手段，姓袁的小子就别想逃出手去。邓、周两人这里暗自庆幸，同时还在暗暗地预备别的阴谋诡计。而店房中的袁承烈傲然不顾，只凭双拳自卫。

第二十九章

飞豹子闹衙逞威

袁承烈早起在店中梳洗已过，告诉店伙锁门，说要到街上买点东西，少时就回来。他打定主意，尽这一天的工夫，容孙氏父子走开了，自己便将飘然一走。他为了自己前途，亟要寻访一个人，犯不上在这里再等什么三天的约会。晚间到陆三宝局上，好好地收拾火鹞子邓熊和舍命周七一番，自己抖手一走，离开这里，总算漂漂亮亮的，替安善商民除去一害。他此刻凌晨出来，为是勘勘这虎林厅的街道，以防意外。

披长衫才出双合店，不想身后已有安桩的匪党远远缀上。袁承烈故作不知，一任他们跟缀。自在街上转了一周，买了些零星物件，仍然往回走。这时已近午初，今日街上冷冷清清，不是集期，没有多少行人。走到双合店前，只见店门口站着三四个壮汉，一望而知不是公门中的捕快皂役就是匪类，暗中似全带着兵刃。袁承烈漫不理会，走进店门，店中伙计们也都溜在柜房门内，似在窃窃私语，脸上的神色也不对，很有些惊惶不安的情形。袁承烈向店伙招呼了声："开门去。"伙计嘴里答应着，身子不动，慢吞吞地扭头向柜房里问了一声，话音很低，听不出他说的是什么。袁承烈又催了一句，这店伙方才向外走来。过道里那两个闲汉，立刻也随着往院中溜达。

袁承烈料到情形有异，这里恐怕有什么意外举动，遂也暗暗留神。这个店伙更是贼眉鼠眼，东张西望，有点神不守舍似的，把袁承烈住的这间房门开了，就急急走开。袁承烈缓步走进了屋中，刚回身掩门，陡闻外面一阵脚步杂沓的声音，似乎有四五个人走来。袁承烈把买的东西往桌上一放，翻身往外察看时，风门猛地一开，首有一个年约四旬的汉子堵门而站，脸透暴戾之气，似有寻隙之势。看穿戴，披着一件灰长衫，大襟纽扣

359

不系，襟头反奄拉着，两只肥大的袖管，挽到手腕子上，脚登青布快靴，一条大辫子从脖项上绕了两遭，秃着头，不戴帽，把袁承烈恶狠狠看了一眼，厉声喝道："查店！"

袁承烈一看这人的身后还站着两个，全是年轻力壮，一个提着铁尺，一个提着蟒鞭，其势汹汹，跟平常官人查店不同。袁承烈不由心里一动，暗作提防，随答道："我是这屋的客人，有什么事？"

这官人道："什么事？没听见查店查店么？喂，你就叫袁承烈么？"

袁承烈道："是，我叫袁承烈。"

官人道："你是哪里人？来到这虎林厅做什么来了？"

袁承烈答道："我是直隶人，来到这里找朋友未遇，住个一两天就走。"

官人道："哦，你是找朋友的？好，你出来，我们得搜查搜查。"

袁承烈道："我只随身一个包裹，无私无弊，请搜吧。"说着走出屋来。

刚出屋门，门旁隐藏着的一名官人蓦然喝了声："朋友，官司你打了吧！"哗啷一声，把一条铁链抖起来，套在袁承烈的项上，立刻往怀里一带，想给袁承烈点苦子吃。这个官人手法很妙很快，哪知这次碰上钉子。往外一带时，被袁承烈捋住了锁链往回一带，喝声："干什么？"猝出意外，这差人被带得脚步踉跄，往前一栽，脑袋砰的撞在墙角上，立刻哎呀了一声，手捂着脑门子，骂道："好小子，你敢拒捕殴差么？"

支吾之间，群役都眼睁睁看见，一声咆哮，四面突然闪过来十几名壮汉，单刀铁尺，往上一围。随即有两个差役，愣头愣脑地撞了过来，一个抢铁尺，一个抢蟒鞭，照着袁承烈肩背上就打。这一来，袁承烈勃然发怒，就要动手。还是那首先问话的头儿老辣，看出情形不对，动力似乎不如示威，立刻呵斥道："你们不要乱动手，我有话问他。"随即厉声呵斥道："姓袁的，你太胆大，你真敢目无国法，拒捕殴差么？"

这时一班兵弁见这股差事手底下真厉害，弟兄们手底下虽全有兵刃，可也不敢真动手，不过狐假虎威，虚张声势。这一听大班头铁心韩禄一招呼，全止步把这间客房包围。袁承烈怒目而视，向这位大班头问道："你们动手锁人，我是身犯何罪？你得拿公事给姓袁的看看。"

这位大班头喝道："自然有公事，朋友，你既是江湖上的朋友，既在

360

这儿折了，认头打官司，二句话没有。相好的，有什么事堂上说去，好朋友别教好朋友费事。走吧，相好的。"

袁承烈怒叱道："杀人偿命，欠债还钱，你不说明我犯了什么罪，我可对不住，决不能这么跟头儿你到案。"

大班头铁心韩禄把面色一沉道："朋友，你这个话就不敞亮了，冤有头，债有主，我们只知奉行公事，别的事你问不着我们，我们也不知道。你要说不跟我们到案，你自己估量着行不行？好汉子别教好朋友为难。你既是想见真章儿，我们也给你个面子，你看这个不假吧。"

说到这里，把一张拘票向袁承烈面前一抖，袁承烈一眼瞥见这张拘票，确实写着自己的名字，是急拘袁承烈的字样，登时明白这是邪火，多半是那赌局上舍命周七和火鹞子邓熊使的手眼。自己心说："好，这是你们挤的袁二爷做赶尽杀绝的事，谅你们也把姓袁的这条命要不了。"遂朗然说道："好吧，姓袁的情愿陪你到案。"

大班头这才放了心，说道："好吧，朋友你很懂面子，我绝不难为你。"

袁承烈遂招呼店家过来，向店伙道："你们把这间客户锁了，我的包裹存在屋内，占一天房间，给一天钱。"

店伙连声答应着，大班头铁心韩禄道："一点不错，你这场官司，上去只一堂房就许抖落下来。"

一班捕快遂拥护着袁承烈往外走，店外的人纷纷议论，随在后面不肯散去。好在穿过两条街已到了虎林厅，把袁承烈带进班房。班房中还坐着三个快手，一见把犯人带到，有一个身量瘦小的头儿，站了起来，向大班头韩禄道："韩头，点儿到了，很好，上边已催问了两次，咱们开点单上去，回头就许过堂了。"

班房里警戒森严，如防大盗。袁承烈不禁暗自掂惙："好小子们，竟敢往死处毁我，我要低头忍受，太教小子们称心了。"自己遂暗打主意。

不一刻外面一阵吆喝，已经升堂，跟着就招呼带盗犯袁承烈。这一招呼，立刻把袁承烈震得心里一惊，随即暗自警戒着，心说要是拿盗案往我脑袋一扣，我无论如何也不能糊里糊涂钻他们的圈套。当时被带到堂上，袁承烈一看这堂上的情形，遂立刻往上一跪。这虎林厅是一位都司驻防，虽是武官，可代为民词。所有这里的一切民刑盗案，全由他这里讯问上

361

解，这一来无形中权限大了许多，而且升堂理事，更是尽力地铺张。堂上先问姓名年岁，袁承烈一一回答了，这位都司大人突地一拍公案，厉声断喝道："袁承烈，你好大的胆量！我这地面上你也不拿耳朵摸摸，我历来不容匪类在我地面上搅扰。你既落在我的地面上，趁早实招实供，把你作的案从实地招认，我还可以从宽发落。那黄家屯劫掠四家粮商以及黑牛峪劫掠九辆商人车辆马匹财物，刀伤事主，和本厅东发号皮货栈一案，你一共分了多少钱？你同伙弟兄已全招认，你要是狡展，可知道我这个主儿不大好搪么？"

这一来闹得袁承烈莫名其妙，向上说道："大人说的这些事，商民一概不知。商民是安分守己的商人，历来不做丝毫犯法的事。商民来到虎林厅，是找朋友来的，从昨天才来到这里，因为访友不遇，不过在这里稍住一两日，就要赶奔宁安。大人不要把这种莫须有的事加在商民身上，商民对于这些目无国法的事，实不敢承认。"

堂上一声断喝道："呔，你推得倒也干净，你手下的伙伴已经把所作的案子全招认了，真赃实犯，你还敢狡展？我不给你个厉害，你定不肯招。来呀，先拉下去，给我打他四十大板。"

这一声招呼，值堂的喝喊堂威，如狼似虎，过来两个掌刑的，就要往下拉袁承烈。这时袁承烈可不肯再像先前那么装老实了，遂厉声说道："大人息怒，商民有下情上达。"

这位都司大人喝道："你还有什么讲的？"

袁承烈道："大人既说商民是盗匪，是何人告发？何人做证？大人若是只以刑威取供，商民虽然惧刑招认，死也不瞑目。"

堂上冷然发话道："我要不给你个真凭实据，你也未必就肯甘心。来呀，把盗犯花面狼齐虎和高四愣提来。"跟着标了提牌签票，到囚所去提这两名盗犯。工夫不大，差人从堂下把两犯人带到。袁承烈侧目偷窥，只见这两名犯人全是三十上下，形容凶暴，令人一望而知，绝不是善类。袁承烈已明白这是买盗攀赃无疑，遂低头不理。容得把这两个匪徒带上来，堂上厉声断喝道："袁承烈，你看你这同党已落在我的手里，他们业已合盘招认，你还有什么说的？"

袁承烈一看这两个匪徒，自己并不认识，遂向堂上说道："商民并不认识这两人，怎么说他们合盘招认？他们合盘招认与我何干？"

堂上厉声呵斥道："现在真赃实犯，口供确凿，你的同伙都已招认，你还敢任情抵赖么？"随又向提来的两个匪党说道："齐虎，你可认识他？"

左边这个盗党竟向堂上供道："跟大人回，他就是我们的瓢把子，袁当家的。我们跟他干了二年多了，想不到这回失手，他带着同伙弟兄逃走，把我们哥俩儿扔在这里不管了。我们不算不够朋友，是他先不够朋友啊！"说到这里，扭头向袁承烈说："瓢把子，咱们一块儿待两天，这才显得咱们的义气。你要是只顾你自己，不管我们死活，那就不是咱们弟兄同手共事的义气了。"

这个叫齐虎的囚徒往袁承烈身上硬拍硬扣，袁承烈气得虎目圆睁，阔眉倒竖，抗声说道："你这人是满口胡言，我在什么地方见过你？哪年哪月和你共过事？咱们素不相识，无冤无仇，你怎么血口喷人？"

那匪徒齐虎道："瓢把子，你怎么跟我弄这套？想当年你我弟兄歃血订盟，咱们不是说好了同生同死么？这一来小有风波，就反颜不认，你可太不对了。我们是同手共事的弟兄，既然都落在人家手里，没有别的说的，我们有福一块享，有罪一块受，你我弟兄一块等着挨刀吧。"

那个高四愣一旁也搭腔道："瓢把子，别含糊了，这算得了什么？我们干这行没本钱的生涯，脑袋整天掖在裤腰带上，死生二字，咱们哪能放在心上？脑袋掉了，不过是碗大的疤瘌，二三十年后又是好汉一条。瓢把子，你这一含糊，可真有点差事，挺起脊梁骨来，别栽给人家呀。"

袁承烈此时真似火上浇油，咬牙切齿地怒吼道："你们是什么东西？你们这定是受人买嘱，攀拉我姓袁的。你们身为盗匪，抢掠杀戮，恶贯满盈，身受国法，还敢做这种伤天害理的事，就不怕报应临头么？"

堂上一声断喝道："呔，好你个混账东西，现有你的同党当堂对证，你还敢狡展，你太可恶了！不教你皮肉受苦，你定不肯招。来呀，把他拉下去，先打他个皮开肉绽，骨断筋折！"

这一声呵斥，立刻扑过来如狼似虎三名掌刑的差役，就要往下拖袁承烈。袁承烈一想："我要是再顾忌什么，白落一身棒伤，陷身囹圄里，这场官司无亲无友，够我打的。贼咬一口，入骨三分，我得赶紧打准主意。"立刻一横心，看了看项上锁链，不容易脱掉。好在还没带下手（即镣铐），叫了一声："大人且慢，商民有招！"趁掌刑差役稍一停步，猛然一纵身，跃了起来。倏又一退身，喝道："你们这是官逼民反，二太爷不陪了！"

骤出不意，督司吃惊离座。堂上的捕快差役一阵哗噪，有几个手底下明白的，急忙扑围上来，喝声："匪徒你往哪走？"大班头铁心谢禄头一个蹿到，飞起一脚，大喝道："躺下！"哪知袁承烈一伏身，说了声："来得好！"噗的一把把大班头脚跟抄住道："去吧！"借势一悠，把这铁心谢禄像皮球似的，直抛到大堂口。二班头毛腿杜魁在大班头铁心谢禄刚一动手时，也扑过来，立刻兜着袁承烈的脊背，就是一铁尺。袁承烈才打倒这一个隶役，耳中听得背后风声扑到，往前一滑步，斜着往左一翻身，把自己项上的铁锁链子抡起，照这二班头毛腿杜魁的双臂"唰"的鞭来。这一铁链子鞭了个正着，杜魁哎哟了一声，踉跄向一旁倒去。那两个诬攀匪徒反带全副刑具，本有心动手把这个替死鬼擒住，自己可脱重罪，只是动转费事，又看见这个姓袁的手底下十分狠辣，把两人震住，不敢动手了，只拖着刑具往堂下闪躲。

　　当下，大堂之上乱作一团，都司喝了一声："大胆！快拿下，快拿下！"就钻奔后堂。一群兵弁隶役越发鼓噪乱钻。内中有一高手，连叫："快传弓箭手！"登时有一兵丁往外跑去。袁承烈如猛虎似的寻人而打，见这里没有什么高手，挡不住自己去路，但也怕箭射，不愿留恋，遂喝了声："挡我者死！二太爷我走了！"嗖的往外一纵身，立刻腾身跃到堂口。后面的一干兵弁全叫唤着，往外追赶。这时袁承烈把铁链子往项上一盘，夺路要走，忽又翻身，扑到二囚跟前，骂一声："好恶贼！"抬脚狠踢两下，然后翻身外闯，立刻用"蛇行一式"，一穿群脚下一点地，纵到了东墙下。那一班捕快皂役一个个全是怕死贪生的，只是狐假虎威惯了的，遇上大敌，哪敢卖命。这一来袁承烈竟得从容逃走，跃上边墙，回头看了看，有几名捕快虚张声势，喊嚷着："拿呀！拿呀！"可是谁也没肯认真追赶。袁承烈立刻翻到墙外，飘身落在地上。

　　这时正是日没之时，街上还断绝行人。袁承烈项上还横着铁链，这样哪能走得开？遂穿着大街小巷，往没人处跑去，钻到一条僻巷里，回顾并无追兵，方才止步前看。这条小巷不过三两户人家，全是街门紧闭。袁承烈忙走到暗隅黑影中，自己运足了内力，把一只生铁锁头拧折，把项链卸了下来，抛在人家房上，随即出了小巷，绕着那僻静的街道，竟奔了陆三的宝局。

　　袁承烈拿定了主意，要重惩这火鹞子邓熊和舍命周七一番。赶到了陆

364

三宝局，已在黄昏之后。宝局门口冷冷清清，没有人出入。袁承烈一身是胆，直往里走。只见门房里微现灯光，两人正在说话。袁承烈伸手把风门一拉，探身往里一看，是两个伙计，对面坐着，喝茶闲扯。袁承烈侧着脸，半探头，变着口音问道："喂，你们邓二爷、周七爷在里边么？"天色虽是将黑，可是因为在过道里，门房里灯光又暗，里边看不清来人的面貌，更兼着宝局上整日人来人往，十分杂乱，居然被他蒙混过去，伙计居然据实答道："他们二位正吃饭呢。"

袁承烈砰的把风门仍给关上，这门房里的打手只疑惑是常来的赌徒，竟毫不介意。袁承烈随即往里寻来，只倒座东房里有灯光，正有人在讲话，别的屋窗全是一片黑暗，没有人在内，看情形是仍未开赌。袁承烈毫不迟疑，竟奔这两间倒座。到了门首，把脚步放轻，先不开门，侧耳听了听里面，正在高谈阔论。先讲究衙门口花钱的事，跟着有一人说道："嗯，这一回准把这小子按到里头去。咱们不止于把邓二爷、周七爷的万儿正过来，咱们这局上往后依然叫得起字号。这场事说实在的，全亏谢大班头和杜二班头了。"跟着又听得一个辽东土著的口音，接声说道："既然是他们二位班头这么看得起咱们，咱们就别辜负了人家这番美意，该打点的趁早打点，别怕花钱，就是掌柜的来了，也没什么说的。"又有一人道："我看明天咱们可以照常开宝了。这一来总算不错，就是陆三爷回来，我们没给他弄砸了牌匾，脸上到底好看一点。真格的，白栽给那小子，弄成灰头土脸，咱们还有什么脸面在虎林厅立足？"

又听一个北直口音的说道："这回事办得总算是够老辣的，不知不觉竟把小子闷在里头，咱们是正过气来了，姓袁的这小子不死也得去层皮。依我看，一不做，二不休，索性别教小子出来。量小非君子，无毒不丈夫。还是利利索索的，免得留后患。我说周七爷，是不是？"

舍命周七得意洋洋地说道："这个我早对谢杜二位说了，要毁就得把小子毁倒了，拍两下，凿两下，不痛不痒的，反倒留下祸根。谢杜二位也答应了。这倒不怨我们意狠心毒，实是这小子自己找的。凭咱们哥们儿，没有这么两下子，哪能在这种地方立足？我周老七轻易不肯使绝招，下毒手，这是他……"

袁承烈听到这里，愤不可遏，猛然把门一开，立刻纵身蹿进屋中，当门而立，两手向背后一背，厉声断喝道："你们这两个该死的畜生，袁二爷跟你们有什么深仇大恨？你们这班狐群狗党，要把袁二爷置于死地，袁二爷命付于天，你们这群小子倒一厢情愿，只怕老天不容。呔，你看，袁二爷出来了！"

屋里一共坐着六个人，除邓周二恶棍外，其余全是久据赌局的赌徒，这是怪嚎了一声，忽拉全站起来。舍命周七、火鹞子邓熊两人立刻脸色变了，往起一站，身形全有些颤动。那赌徒中有机灵一点的，知道要出人命，蝎蝎蜇蜇地就要往套门门口这边溜。袁承烈一声断喝道："站住！老老实实地别动弹，没有你们的事。你们只要想跑，那是找死！"立刻吓得这赌徒嗫嚅着说道："你这位贵姓？我是串门的，我不是这里人，我、我没走。"

袁承烈把门堵住，赌徒们一个个缩着脖子，往后倒退躲藏。舍命周七回顾闪避无门，壮着胆子往前说道："姓袁的朋友，你既是跟我们有约在先，三天之内，两家会面一决是非，你要始终够朋友，请你在双合店等我们，到明天黄昏为止，我们一定请出好朋友来，跟你朝相。你要是现在就赐教，我武功上没有你明白，这并不算丢人，也不算现眼。各人的本领有高有低，你要是一个劲地赶碌我，可有点差事！咱们按着江湖道的规矩来，谁也别强人所难，是好朋友你先请吧。"

舍命周七强挣扎着说了这几句话，遮饰自己的阴谋，妄想以空言解实祸。那火鹞子邓熊是一语不发，只大睁两眼，盯着袁承烈的双手，手头没有刀，稍稍放心。袁承烈容舍命周七把话说完，冷笑一声道："无耻的匹夫，你们是满口胡言，恬不知耻。我此来是特向你这两个匹夫领教，你们竟敢用阴谋恶毒的手段，来诬害袁二太爷，袁二太爷岂是你们这班匪徒害得掉的？小子们，莫说区区代理民词的都司衙门，就是刑部大堂，袁二太爷我也自有袁二太爷的本领，想出来就出来，陷害不了二太爷的。今夜倒教你们这群匪棍看着，袁二太爷要不教你们这群匪棍尝尝厉害，你们往后更要伤天害理，任意害人。"

刚说到这里，身后风门突然一开，蓦有一个匪党从外面冒冒失失撞来，才一探头，见袁承烈当门而立，邓周二人的神色惨变，这匪徒撒身就要往外走，袁承烈倏然转身，探爪一抓，如鹰命燕雀一样，把这探身查看的匪徒抓了进来，往地上一掼。就在这刹那顷，突觉背后一阵风声袭到，周七抄刀刺来。自己并不回顾，赶忙往左一上步，一个"鹞子翻身""搂

366

膝指堂锤"，一拳击中了敌人的脉门，这一下子，用的是十分力量，把暗袭过来的舍命周七的利刃给打掉。

当此时，那火鹞子邓熊也一把把凳子抄起，照定袁承烈脊背狠狠砸来。袁承烈微然一闪身，立刻把凳子闪开。只是那舍命周七和那被抓进来的打手，两人却砸了个正着，齐齐怪号了一声。袁承烈猱身而进，疾如狂风，扑到火鹞子邓熊面前。邓熊方要高声喊叫前面的打手，话未出口，袁承烈右手往他面门上一点，是虚式，左手噗的抓下去，"顺手牵羊"往前一带，把个火鹞子邓熊摔了个嘴啃地。邓熊被摔得过重，竟哎哟起来。袁承烈大怒，运掌力，照定了邓熊的脊背，一掌击去。邓熊被打得哇地喷出一口血来。

那舍命周七拼着命爬起来，往门外一纵，想逃出去，口中岔了声地喊道："弟兄们抄家伙，柜房有匪了！"

袁承烈一个箭步，跟踪追出来。这时周七是想从宝局的后夹道逃出，只要到了街上，自己就算逃了活命。更兼外面昏黑，这里路径姓袁的也不熟，自己足可以脱走。当时计算得倒是不错，无奈身逢劲敌，怀恨深仇，竟不容他逃出手心。他刚刚地一伏身，要往前飞蹿，夺路逃走时，被袁承烈猿臂一探，铁掌一伸，喝了声："哪里走？"立刻肩头像被钢钩抓住。舍命周七拼命一挣，没有挣脱，又拼命翻身挥拳，被袁承烈翻身一拧，下面轻轻用腿一拨，舍命周七身形一栽，整个身子复被袁承烈提起。

这次袁承烈怒极恨极，哪肯再留情？竟自往上一抡，把舍命周七举过头顶，屋门正在敞着，随即喝了声："小子，教你害人先害己！"轩眉咬牙一抛，这一下子把周七直摔到屋里的迎面桌子前。嗷的一声鬼叫，四肢皆伤，头面全破，疼得他坠在地上翻滚。

这时打手们全惊觉了，各抄起刀棍斧钺，簇拥着寻殴而来。这一群匪徒足有十六七名，拥到柜房前，想要往里闯。那袁承烈一转身，又复当门而立，喝了声："站住，你们已经尝过袁二太爷的厉害，你们有不怕死的只管往里闯。告诉你们，冤有头，债有主，姓袁的只找的是邓周二匪，没有你们相干。你们只要敢多管闲事，我先把你们两个匪首摘了，回头再剥你们。袁二太爷说到做到，不要命的只管过来。"

袁承烈这番话居然把匪徒们全震住了，真就没有敢硬往里闯的。袁承烈跟着回身看了看，舍命周七挫断了一只腿，已经不能再走动。那火鹞子邓熊也是好几处伤，口吐出鲜血来，两个仇家全成了半死。遂冷笑一声，手指邓周二匪说道："该死的匪徒，你们狼心狗肺，明着斗不过袁二太爷，暗地却想用阴险的手段，来诬告袁二太爷。可是你们是昏了心，瞎了眼，把你袁二太爷看得太容易欺侮了。你们就不想想，袁二太爷既敢出头抱打不平，焉能没有一点拿手？你们欺压良善，伤天害理，人容得你们，天也容不得你们这群匪棍。这就是你们报应临头。袁二太爷不想宰了你这两个狗头，也不是二太爷不敢，也不是二太爷不忍，只是二太爷手上从来没染沾血腥，还不愿为你们这两个狗头破戒。袁二太爷暂留你们这两条狗命，你们从今后痛改前非，睡到五更头上自己想想，是不是袁二太爷有好生之德，不做赶尽杀绝的事。便宜你们这两个狗头，咱们往后江湖道上再会。借你们这两个狗嘴，告诉你们匪首陆三，教他往后也得稍稍敛迹。如敢再在虎林厅横行霸道，早晚我还来找他。狗党们如若不肯甘心，好在袁二太爷一年半载的离不开关东，咱们哪儿遇上哪儿算账。小子们听明白了？袁二太爷不陪了。"说到这里，转身往外就走。

那火鹞子邓熊嘶哑着喉咙道："别教这小子走了，咱跟他是人命的官司！"

只是他尽管喊他的，一班打手多半不敢上前。内中有两个亡命徒，要在同伙弟兄们面前露一下子，乘着袁承烈转身向火鹞子邓熊、舍命周七交代话时，暗暗溜向门两旁。这两个匪徒每人一柄手叉子，要乘机刺杀袁承烈。这时见袁承烈把话交代完，似乎要往外走，两匪徒立刻蓄势以待。袁承烈往外一迈步，两个匪徒一左一右，两柄锋芒犀利的手叉子，从黑影中往外一探，照着袁承烈的两肋扎来。袁承烈早已注意到暗算，欲擒故纵，身势往外一蹿，猛然往回下一缩。两个打手的两柄手叉子全扎空了，竟自收不住势。还算两人手底下全利落，一见扑空，身躯往旁一侧，腕子往外一斜，人是往一处一撞，谁也没伤了谁。赶紧往后一撤身，换势往里再递手叉子。

袁承烈竟自施展开太极拳的"云手"，往左边这个打手的右臂上一搭，用左掌心往外一用力，把手叉子给推开。双掌往外一封，竟把这个匪棍"排山拳"给击出五六步去，咕咚一声，仰面而倒。又趁势往下一塌腰，"抛身蹬脚"，照右边匪徒踢去，砰的一脚，正踢在这匪徒的小肚子上。这一下稍狠些，竟把匪徒踢晕了过去。

袁承烈小试身手，又败二敌，一纵步跃到空阔处，一声怒叱道："你们还有不怕死的，只管过来！"

这些打手们真能动手的不过三两人，这时一看，拿着家伙去过的全差点白送了命，没有本领的岂不是白拿命垫？当下只有哗噪着说："别教他走了！"可是一个敢过来的也没有了。

袁承烈哈哈笑道："小子们知道二太爷的厉害了，二太爷可要走了，你们谁还陪我两步？"说罢腾身纵跃，嗖嗖的眨眼间已到了后墙下。一纵身，用"龙形一式"，单臂跨墙头，翻到墙上，急张双眸，往下望了望，下面正是一条窄巷，阒寂无人，黑洞洞伸手不见掌。遂往下一飘身，落在小巷内。似乎匪党们还没顾得惊动地面，静悄悄地没有一点别的声息。袁承烈即飞身扑奔巷外，走出十数步，前面正是一条僻街。这里只是一班农民百姓，全是早起早睡惯了的。这时家家关门闭户，已入睡乡。袁承烈绕出西后街，远远地见从宝局撞出一伙人影来，全奔前街寻去。袁承烈知道他们必是去找那衙门的班头铁心谢禄和毛腿杜魁。自己已然惩治了匪棍，总算把当时的仇报了。两个主要的匪棍已受重创，足寒匪胆，便不屑再与他们牵缠，想了想，遂径赶奔双合店。

到了店前，店门已阖。袁承烈虽明知舍命周七已料定自己身入囹圄，笼中之鸟必不易出来，这里一定没有匪党卧底。可是现在仇已者已对自己下了毒手，不得不稍加慎重。更想自己大闹都司衙门，兵弁必料自己畏罪狂逃，定然不敢回店，可是难保他们不派人来到店中检查自己的行李，因此更须持重一点。遂猱升到店房的过道顶子上，向下面张望。只是全院中的客户有已熄灯睡了的，有尚点着灯火的，全都悄然无声。袁承烈飘身落在店院之中，蹑足轻步，走到柜房前。侧耳一听，柜房里算盘珠尚在吧啦吧啦地乱响，有两人尚在说着话。辨了辨，似是店里的厨师和管账先生在算着账。袁承烈凑近一步，更从门隙往里张望。只见里面共有三个人，一个是管账先生，一个是厨师，一个是店伙，全都气度悠闲，既没有衙门卧底之人，也没有宝局安桩之匪。袁承烈放了心，自己遂把风门一拉，立刻进了柜房。柜房里的三个蓦然一惊，全站起来。那管账的先生哦了一声道："袁爷，您……您这是从哪里来？"

袁承烈用沉着的声音道："你们不要惊惶，你们一定是猜疑我姓袁的已入虎口，决不会逃得活命，是不是？嘿，这群匪党是错看了袁二太爷，我若没有降服这群匪棍的本领，我也就不来太岁头上动土了。现在我也没有工夫跟你们细说。好在这场事没你们店中的干系，姓袁的恩怨分明，决不妄动好人。你们掌柜的没在这里，也不必惊动他了。他很够外面的朋友，烦你们诸位，替我向他道谢，我们后会有期。伙计，把我的包裹拿来，我要走了。喂，伙计，听明白了，你们要是替舍命周七做走狗，只管趁此时报官，或是给周七的党羽们去报信，袁二太爷是静等你们施为。要是知道姓袁的不大好惹，赶快去把包裹拿来，咱们井水不犯河水。敢跟我迟延的，可怨不得袁二太爷手下无情了。"说罢，立刻瞪目看定柜房里的三人。

管账的先生赔着笑脸道："袁二爷，你这可是错想了，我们一个开店的，决不能安着害人的心。我们跟袁爷没冤没仇，跟宝局上也没有交情，我们焉能做那种自找无趣的事？袁爷你略候一候，您那间客房尚给您老留着呢。"

袁承烈看这店伙和管账先生的神色，似乎没有什么鬼祟。遂仍镇定住心神，身在屋中，耳朵倾注到外面，听那店伙的动作，确是向里边走去，院中这时已经无人出入，没有什么杂乱的声音，店伙开门的声音听得真真切切。不大工夫，店伙把包裹给拿进来，放在袁承烈面前，赔着笑脸说道："袁爷，您看看，原个的包裹，您检点检点，要是短少一根布丝，就算小店不规矩了。"

袁承烈把包裹打开，无暇细看，要紧的东西照样都在，遂从里面取出银包，匆匆地拿了二两多一块银子，丢在桌上，向店伙说道："你也辛苦了会子，除了店饭钱，多余的算酒钱吧。"边说边把包裹包紧，捏着包裹的两个角，往背后一背，从左肩头右肋下抄过来，往胸前一系。站起身来，向管账先生点点头道："咱们再会了。"

店伙见了钱，赔笑道："袁爷，您把钱带着吧。掌柜的留下话了，不论您老多咱回来，也不教要您的钱，这倒教袁爷多破费了。"

这时袁承烈已到了账房门口，蓦听得街上一片脚步声，夹杂着刀尖子碰地的声响。袁承烈蓦地一震，回头看了看屋里这三个店家，也是听见门外的声音，吓得惊惶失色。

第三十章

孤行客逃罪夜奔

柜房本来正守着大门，外边的声音听得真真切切。忽然间，外边似乎紧贴着店门，有人用沉着的语声，塌着嗓音说："把住了，只要盯他一袋烟的时候就行了。"又一个道："准在这里啦？"另一个尖喉音道："没错，钩心李缀他来的。"跟着就听叭叭连拍了两下店门，又一个粗声暴气地喊："开门！"

袁承烈一咬牙，一斜身，向三个店家低叱道："你们还不动手么？"

那管账先生脸已焦黄，厨师两眼发直，唯有这店伙陈三，脸上陡现紧张严重之色，脚底下似乎要往外走。听袁承烈一说这话，立刻低着声音道："袁爷，咱们没仇。外边是宝局上的还是官面，我们可不知道。这当儿，到底您走得了走不了？我看您大概走得开，我们官私面可全惹不起他们，您走不开，我们豁着担点风险，虚张声势，作点彩。"

店伙说到这里，故意鬼嚎似的叫唤了一声，自己一拳头，把嘴唇捣了一下，立刻破了，连唾沫带血往嘴角跟下巴一抹，又把茶几拉翻，茶壶茶碗全抛在地上，向厨师低声说："喂，把袁爷那屋窗户砸了，回厨房睡大觉。"

这陈三一切动作，不过在刹那之顷，随向袁承烈说了声："袁爷，你就放心走吧。我得开门，他们从房上上来就坏了。"

嘴里说着话，还夹着喊叫，却把木脸盆的残水往管账先生身上泼了一半，剩一半往自己下半身上一浇，把木盆吧嗒往过道里砍去。这时里边也稀里哗啦一片砸窗户的声音。店伙陈三一把抓着管账先生往地上一推，低声说了句："装着点。"自己又推了袁承烈一把。

袁承烈万没想到这店伙竟这么临事多谋，颇有血性。事在紧急，实难

371

说什么，只向这陈三一拜道："姓袁的有你这么个过命的朋友了！"纵向蹿到过道内。陈三却喊着："快来救命呀！打杀人啦！"一边喊着，落闩开门。

袁承烈出了过道，才要翻往过道房顶子纵身，见那厨师砸散了自己住的那间客房窗户，提着根门闩，拔足疾驰，向夹道飞跑，他是怕教店里客人看见。袁承烈蓦地心里一动，双合店何掌柜带这陈伙计，满够朋友。"我既已惹了祸，索性就再多伤几个，留点痕迹，也好把店主摘落干净了。我自己走后，也教人家挑大指敬服。"

想到这里，往前一纵身，猛把厨师一拦。这一来，把厨师吓得往后倒退，刚要说话，袁承烈低声说道："这条棍给我使使，睡你的觉去吧。"劈手把门闩夺过来，把厨师一把推进了夹道子内。

袁承烈一转身往后退了两步，垫步拧腰，飞身蹿上过道屋顶，往前走到边墙。下面店门已开，有人哗噪着往里闯。袁承烈往下查看，见店门附近黑影幢幢，似有不少的人。这一到房上，隐隐听得远处似有马嘶之声。心中一想："我得赶紧走，光棍不斗势，对面墙下似乎像官人模样。"遂厉声喝道："一群饭桶，你们是来找姓袁的么？姓袁的含糊不了，咱们打官司就完啦。"

刚喊出这一句，就见从对面墙下涌起数道黄光，有人用孔明灯往上面照来。袁承烈怒叱道："狗种，教你看个够！"纵身一跃，落到街心。

暗影里一阵大哗："点子在这儿哪！"竟有两个壮汉一个抢腰刀，一个颤花枪，齐向袁承烈身上招呼。袁承烈往前一抢步，刀枪递空，自己一个怪蟒翻身，手中木棍随翻身之势，往上一撩，那个使刀的兵刃短，刀扎空了，已撤回去。那使花枪的可收招不及了，腾的一震，哎呀一声，一条花枪飞向天空。跟着左侧"吧嗒""哎哟"，又是一声怪叫，一个人嚷道："扎死我了！"这条花枪正落在一个匪徒的头上。

袁承烈一翻腕子，往东边墙根一上步，照暗影里两个匪徒的下盘扫去。"扑通""哎哟"，打倒下两个。跟着一道黄光向自己脸上照来，袁承烈一惊，忙用手中棍一个盘打，护着身往旁一纵，才避开灯光。袁承烈深恐这孔明灯，眼神被灯光一乱，自己非吃亏不可。又见这次递过来的是钩竿子，忙将木棍翻动，往外一封，把两根钩竿子震开。那灯光又扫来，袁承烈身形展动，看准了那执孔明灯的立身处，脚下一点，只一丈多宽的街道，立刻扑了过去。那人看见像生龙活虎的对头蹿过来，忙一扭身想跑，右手的孔明灯也没合灯门，往下一垂，被袁承烈一棍砸了个正着，叭哒落在地上，已经碎散。袁承烈木棍顺势往外一展，正扫在这匪徒的屁股上，咕咚把这人打出好几步去，滚在地上。

刚把这执灯的打倒，后店门里又闪出两道灯光，也向袁承烈的脸上照来。袁承烈怒不可遏，立刻一个箭步，飞纵到对面，随即略展手脚，"唰唰"的一连两棍，把两个持孔明灯的全都打倒。就在同时，听得远远有马嘶之声。袁承烈恐被马队包围，喊一声，挥动木棒，狠狠攻打，把这面前的几个匪徒打得鼻破脸肿，东倒西歪。这时马声渐近，袁承烈一个箭步，腾身飞纵出去，顺着这条街道飞奔镇口。

后面的铁蹄杂沓的声音，越来越近，已听得清清楚楚。袁承烈飞身纵到镇外，只见荒凉的野地里，在近镇甸口的一带，没有什么隐身匿迹的地方。脚下加紧，施展开轻身飞纵术，嗖嗖的扑奔一箭地外一片青稞子。后面果然有六七骑牲口，还带着孔明灯，一溜烟地奔追下来。

袁承烈回身仔细看了看，见后面两骑马上竟现出闪烁的灯光，自己暗暗掂掇："我非要落在他们手中不可。"再往前细看，前面是一片庄稼地，虽是大田，仅仅三尺多高，身躯要一立起，就被外面追赶的人看见。窘迫间，顾不得能容身不能容身，反正总比孤立在四无凭借的旷野里，被敌人包围上强得多。遂不游疑，扑奔了这片庄稼。一面往前飞纵着，还不时顾及后面孔明灯的扫射。所幸瞬息间纵身蹿进了庄稼地，仅差着五六丈远，没被马上的灯光照着。一进这片庄稼地，亏了双合店这根木棒，给自己帮了忙。走在这大田里，没有器物护身，极容易被叶子扫着头面，叶子锋利如刀，只要扫上，立刻就有伤痕。

袁承烈往前穿行了不大工夫，后面的马队已然追近，远远地就听他们冲着庄稼地高喊："哒，逃犯，趁早出来跟我们归案。你只要敢再迟延，我们可开火枪了。"

袁承烈见他们发话的地方，离着自己还有好几丈远，分明是并没看见自己，不过使诈语而已，自己仍然潜伏着不动。果然这拨马队用孔明灯照着，往前乱蹿下来，方向并不很对。这拨马队竟分散开，往远处搜查，有三四骑拉开档子，在这带把守着，不住来回盘旋。袁承烈赶紧伏身蛇行，往前潜逃。哪知又在里面穿行了半里地，不禁大失所望，前面已到尽头处了。伏在庄稼地里面，暗自盘算，仓促中竟有些拿不定主意，真不知是往外闯好，还是伏身在这里跟他们耗着好。这片庄稼到此为止，再往前走，一片浅草地，没有一点遮拦，再想找隐身之地，黑暗中也看不出多远。若没有隐身之地，自己非得跟他们拼斗不可了。

当时这迟疑，追赶的马队已到附近，也用孔明灯照，照见前面是一片平坦的草原。头前这人向同来的伙伴道："成了，这就没处跑了，反正出不了这片庄稼地，我们用火枪轰他个妈巴子的，看他还藏得住藏不住。"

另一个官兵道："那可也没准，这小子脚底下真够快的，就许已经逃出庄稼地。"

旁边一个答道："不管他怎么快，到底是两条腿，也赶不上四条腿的，他逃不出手去。"这个说着，举灯寻照，立刻有两道灯光向袁承烈潜身的一带照过来。

袁承烈见自己不易再脱身，把手中的木棒紧握，要破出背几条命案，跟虎林厅的马队拼一下子。这就在这刹那，自己要察看前后的形势，忽地瞥见马队的灯光向后扫过去。灯光照处，离开自己潜身地，竟是一片苇地。黑压压随着灯光回旋。看出这片苇地竟是往北下去的，虽是往北回去的，可是准知道虎林厅镇口一带没有苇塘，看情形，定在虎林厅以东一带，这总比从平原草地脱身较易。事有凑巧，就在同时，听得来路上轰的震天价响了一声，跟着隐身的左侧青稞子"唰唰"的一阵响，一只野狐似的野兽，唬的蹿了出来，如飞的从袁承烈的腿下奔过去。

袁承烈正在愤怒的时候，手中正持着那根木棒，预备跟外面追赶自己的官兵一拼。见有野兽从身旁发现，顺手兜着这条草狐的尾巴一探臂，棍头兜了个正着。吱的一声，这条草狐负痛一蹿，从庄稼地里蹿出去，竟奔那片草原逃去。这条草狐身躯庞大，这种兽平时就是蹿跃如飞，这时又被击负痛，竟较平常蹿得更远，蹿得更快了。这一来，那马上的官兵正用孔明灯旋转来照到这边，灯影里突见一条黑影，疾如脱弦之箭，向南逃去。马上人认定正是逃犯，从青稞里逃出来，高喊了一声："这小子蹿出去了，快追！"呼啦啦乱抖缰绳，如飞地往南赶下去了。

袁承烈一看，这真是天赐良机，趁此时不走，更待何时？一挺身，从青稞子里轻身蹑足，悄悄蹿出，奔那偏东的苇地逃下来。沉沉黑夜，辨着天上星斗之光，在苇地里往东北逃下去。一面走着，一面留神察看两边的动静。一气竟退回来三四里，方才看出这片苇塘，原来正在虎林厅的东郊。

袁承烈见离着虎林厅过近，就是官兵追不上，天明了这一带也不能立足，只有赶紧逃出虎林厅辖境，就无所惧了。论私打斗殴，本不足介意。俗语说光棍不斗势，自己天涯做客，羁旅游踪，举目茫然，无亲无友，只要一落在这班官人手里，就不易逃出来。故此这时再不敢轻视这几名官人。从苇地钻出，极力远逃，竟出离虎林厅，渐渐走入荒旷的草地，到这时才稍稍放心。因为已跟追赶的官兵背道而驰，总不致再被他们追上了，心里稍一舒展，脚下略慢。

这一路奔驰，虽有武功，可是喉咙干渴，却非武功所能管得了的。往四下一打量，西边就是虎林厅往这边来的官道，东边是一片山岭，黑压压哪敢登临？往北是荒草极深的一条小道，似乎可走，也看不见有什么村庄市镇，只好从这条小道往前奔驰。又走出半里多地，觉着道路越走越高，这才看出所走的是一条边山斜坡，脚下也觉得吃力，奔驰得也实在有些疲乏不堪。正要先找一个地方暂歇一歇，耳中忽听得踏踏的马驰沙地的声音。这一惊立刻把疲乏全忘了。急忙回身察看，隐隐见从虎林厅的另一股道上，不时闪起灯光。那灯光摇摆不定，忽起忽伏，倏隐倏现，果然是一拨马队扑奔这边来了，看情形也就离着只有半里多地远近。

袁承烈又急又气，想不到今夜为这几个虎狼官役所害。自己出身是良家子弟，虽然流落江湖，尚没做过什么恶事，杀人越货的勾当，宁死不为。虎林厅这场事，目击不忍，被激无奈，才略略警戒那群匪棍。哪知反由此获得杀身之祸，这真要挤得我拒捕殴差不成么？自己有心不逃，索性等这几个虎狼捕快到了，把他们全打发了，再远走高飞。只是自己原为在关里不能立足，才愤走辽东，重立事业。这时再闯出祸来，真格的混成了黑人，到处被人严拿，一生事业岂不付予东流？驻足深思良久，总以隐忍一时，不负这种气为是。想好了，伸头凝眸，略辨了辨地势。好在这一带遍地丛草荆棘，尚易隐身。遂小心急行，仍然沿着这段起伏曲折的山岭，往北逃下去。

展眼间，袁承烈把这道岭脊走尽，前面又是平原草地。慌不择路，道路生疏，心想越过山岭，足可以隐身在山里，一来看不出往东去是否有跨过山岭的道路，二来忽遽间也没有工夫盘算，只得试着前闯。一面走着，不时回头看看后面，是否真是追兵，果然渐渐看出那拨马队实是追缉自己的。这时那几骑马已到了方才自己停身之处，似乎是在那一带盘旋着察看。随着人声蹄响，发出两道灯光，先向东面山岭上照去，跟着向自己这边照来，略停得一停，这几骑马竟沿着自己的来路，追了过来。

袁承烈从白天就没稍歇一歇，就让是铁打的汉子，也禁不住这么折腾，此时实有些支持不住了，脚也未免越走越慢。这一来更显得追兵快了，隐隐听得呼喝之声。无可奈何，脚下加紧，忽见眼前黑沉沉的似是一片树林子。自己想，若有了大片的森林，就可躲开了。管他进去迷路不迷路，先避开追兵，天明再打主意。自己因为不时回头察看，就没顾得细看前面，一个急劲，竟一直地穿进去。到了近前，才看出树木倒是有，不过是沿着一个小村子，村边上栽的一排几十棵树，哪是什么森林？既已撞到这小村的村口，回头一看，追兵越发近了，只得一纵身，穿进村口。

袁承烈不顾一切，往里走得一两丈远，蓦从左首一堵矮墙下，吼的一声狂吠，蹿过一只巨犬来，连头带尾足有四尺多长，身势来得极快，向胸前扑来。袁承烈忙用力往右一塌肩头，那根木棒始终没扔，却在左手提着了，倏地一拧身，棍交右手，往后旋身盘打。这一翻身抢棍，劲够十成，"喇"的一棍，正打在狗的腰上。噢的一声，这条巨狗被打得脊骨全折。袁承烈虽闪得这么快，觉得左肩头已被狗爪扫了一下，衣服也裂了一个口子。就在这条狗刚被打倒，哪知跟着又是一条猛犬，呜的一声，从那条死狗的身上蹿过，直扑了上来。袁承烈骂了声："你也欺负人！"微一斜身，抡圆了这条木棍，照狗头上打去。关东这种猛狗，莫看身躯庞大，奔蹿闪转身法极快，竟自一闪，袁承烈的木棍咔嚓竟打在地上，折成两截。这一震之势，把这条狗吓得往后退窜，不敢上前了，却又退开，汪汪地狂吠起来。正是一犬吠影，群犬吠声，这一来别处的狗全接了声，全叫着扑了过来，声势汹汹，格外惊人。

袁承烈骂声："倒运，穷途末路，狗也欺人！"此时手中只剩了二尺多长一段半截棒，眼看着群狗全欺上来。眼前这一条狗就这么凶猛，真要是多，把自己围上，虽不致被狗拆了，想走也颇费手脚了。何况后面还有追兵，自己还是赶紧逃走为是。想到这里，立刻夺身一纵，嗖嗖地退出村口，跟着四五条猛狗追了来。袁承烈仗着身手毕竟有根基，连着飞纵到村口外树荫下，迎头倏见有一道灯光，摇晃着向村口里照去，幸喜自己落脚在一株树后，仅仅躲开灯光的照射。忙探身向外一瞥，只见三四丈外，有五骑马，全勒住缰绳，向村内探望。听得马上的人发话："好了，这小子钻进村子，怎么也把他捞着了。狗跟着搅和，拿火枪抬它！"

袁承烈倒吸一口凉气，一纵身，蹿向西边的树荫下。那追出来的狗见了灯光，全扑向不灯处。袁承烈趁着马队喝逐群狗的乱劲，急从暗影里飞奔村西，绕着村子边蹿下来。心中暗暗欣幸，若是深入村中，被狗围上，绝不能再脱身了。绕到转角处，隐隐听得村口那边突然发出火枪轰击之声，和村中人鸣锣唤狗之声，心中大喜。知道马队必和村民起了冲突，不啻天赐逃亡的机会。自己也无暇细听，先躲开村口，藏身暗影处，拭汗喘息。

眼望前面歧途，琢磨着自己该往南走还是往北走？往南走，一定躲得开，现在追赶来的捕快，往这村中搜索不着自己，一定要往下再追。那跟自己恰好背道而驰，总可以躲得开了。可是又想到现在看得明白，他们只有五个人，那么他们后面也许还有人没到，那一来我跟他们后赶的人，非走个对头不可，还是往北走好。拿定了主意，立刻蹑足轻步，恐防再惊动了恶狗来，赶到绕过村庄后面，风过处听得村里不似先前那么群犬狂吠，人声鼎沸，可依然此歇彼继地叫的，隐隐听得马蹄的声音，似在村子里穿行。袁承烈道："不好，他们没有冲突，我还得快走！"一下腰，施展开夜行功夫，往北走下去。

这回一边走着，可不敢像先前那么疏忽，时时留神前面有无村庄市镇。关东野狗的厉害，已使袁承烈不敢再轻试其锋。一口气又走出五六里地，蓦地听得背后蹄声又起，追缉自己的官人又纵马赶下来。不胜窘急，自己在这荒郊野地，坎坷的道路，尽力奔驰了多半夜，就为是光棍不斗势。现已跑得力尽声嘶，挤到忍无可忍，自己难道真个非等到力尽筋疲，被获遭擒，再陷身牢狱，死在这群作恶的兵役手中么？我看不动手拼一下子，终不免落死在他们手中。

想到这里，就预备追兵近了，估量人数，要豁着拒捕动手。遂赶紧相度面前的地势，脚下可没停住，不过奔驰较慢了。现在走的是一条曲折的道路，两边全是草地，荒草很深，打算找一个稍开展的地方动手。往前蹿出一箭地来，前面地势稍见开阔，偏东隆起的，像是两座砖窑。回头看了看，道路曲折，已看不见后面的追兵，只断续听见蹄声。袁承烈心想，这里既有砖窑，附近或有人家，追兵或者许是因为追了这么远没追上，已经回去了，也未可定。

这时天色已然不早，浮云开处，天空已见斜月残星。袁承烈心想一夜奔驰，天必快亮了。仍抱着万一的希望，登上土岗，纵目远望。后面追兵果又听不见声息了，看东面砖窑那一带，依然黑沉沉的。自己欲前不敢，未免有些胆怯。因这两处砖窑，孤零零的没有遮藏，不是没有人住，就是圈着凶猛的恶狗。更扭头往北望去，一片黑沉沉的草地，忽地瞥见在西方约有半里地，隐隐同一线昏黄的灯光。袁承烈十分诧异，暗道这可是怪事，怎么这时候还有灯光，或许就是这砖窑上的人。莫如冒险往前一探，只要是民家，自己或是求些水喝，或是趁势借宿，以避追兵。

想到这里，走下了土岗，奔了西边有灯光之处。越走越近，却是几间草房，圈着木栅，灯光是从这草房的纸窗上透出来的。袁承烈屏息贴地，隔着木栅张望。猛从草房的门内，冒出一股子热气来。袁承烈却步闪身，打量内外。这么荒僻的地方，孤零零的只这么一户人家，很有些扎眼。自己暗暗掂掇，看这情形，大约不准是什么好路道，一多半许是拉大帮的绿林人物。半夜三更，灯光辉煌，许是上线开把的半夜回来，做饭果腹。我不要冒失了，真格的翻船遇上倒运客，我别自己往虎口里送。

袁承烈加着小心，蹑足潜踪地趋奔这草屋的侧面。拾了一块小土块，抖手往木栅里打去。见土块落在木栅里面，没有一点动静，知道这里没有养着狗，遂放了一份心，立刻飞身够奔那草屋的后面。这草屋一共三间，坐西向东，背面一间黑洞洞的。这三间西草房，只当中一间有后窗，后面木栅并不高，不过五尺左右。袁承烈一耸身，蹿上木栅的横木上，右足一找木的横木，为是察看下面是否平地。哪知就在这一刹那，木栅悠的往前一晃，袁承烈忙往后一坐力，想站住了。这木栅嘎吱的一响，往后一悠，把袁承烈整个地抖落下来，直落在栅内了。好在离着地并没多高，急拿桩站稳，却在此时突觉着右肩头似有人暗算自己。袁承烈大骇，暗叫："倒运，又跳进火坑了。"

袁承烈忙把右肩往下一沉，施展擒拿手，"仙人脱衣""扣腕穿掌"，左掌向自己的肩头一扣，半转身，右臂往下一封。这种招数，敌人手掌只要伸出来，就不易再退回去，只要被买住了，敌人的手腕子不折也得伤。当下袁承烈一扣掌，就觉着扣空了，右首一条黑影，疾如电掣，一瞥即

378

逝。寻踪急看，哪还有一点踪影？袁承烈毛骨悚然，江湖道哪会有这么快的身子，可是自己历来不信那怪力乱神。遂往下一塌腰，腾身飞纵过去，找到西南角上，依然无影无踪。

袁承烈搔头无措，想一想，拧身纵步，到了西房当中的后窗下，贴着墙根窗下，窃听里边有什么声息。就在他刚往窗下一贴身，突听在这西房北首，似有一人一阵喘咳，跟着哑声说道："你这东西是活腻了！你只要一探头，我就一下子，要不打发你见你姥姥去，算我惹不起你。"

袁承烈不禁一哆嗦，心说："不好，那么我定是又逢劲敌了。适才那条黑影定是屋中人无疑，谅他既已发语讥诮，自己也未必再走得开。那么，我该怎么样呢？"

袁承烈心路很快，这样一盘算，就要接声答话，绕到前面，叩门求宿。这小屋孤零零立在草原，究竟是福地还是祸窟，心中疑莫能明，总想要看清底细，再定趋避。遂往后退了两步，端详这后窗，高只六七尺，可以攀窥。立刻静气凝神，潜防暗算，伸双手扣住窗台，往起长身，急急探头向里一瞥。灯光暗淡，白雾迷蒙，还未容看清，猛听屋中当的一下，一个枯涩的声音喝道："好东西，着打！"

袁承烈情不自禁地一缩头，仍不死心，又悬身内窥。这三间西房当中，热气蒸腾，有一土灶，正烧着很旺的火，蒸着几屉蒸食。已蒸熟的馒头、包子，堆放在白茬长木案子上。屋里乱七八糟，是穷家景象。只靠后窗放着一张破桌，点着油灯，在蒸气中闪闪摇光。光很暗淡，灶下一个老婆婆，正背着身子，往灶内添续柴火。灯光旁射，照到南北两个内间的一角。北间有土炕，土炕上卧着一个老头儿，半探着身子，正拿鞋底投向墙隅。那烧火的老婆婆冲这北间回头骂道："老不死的，你不好好挺尸，闹个什么？吓了我一跳。"

屋里老头儿又一阵咳嗽，且喘且笑道："没吓掉魂么？我给你叫叫么？刚才一只耗子，只当我睡着了呢，老他娘地在我这里伸头探脑，越不理他，打总子爬上来了。这畜生我等他好几天了，刚才教我给他一鞋底子，看他娘的还闹哄不？"说时，听见蠕动之声，那老头儿竟已离炕下地，在屋中单腿跳着，似乎把抛出去的鞋寻着了，骂骂咧咧，又似乎上了炕。却是没睡，听见打火镰、吸旱烟、咳嗽、打呵欠的声音。

那烧火的老太婆忽把柴火一丢，怒狠狠站起身来，有意无意往后窗一

379

瞥，冲着老头儿骂道："老不死的，你不好好地睡，还无缘无故地诈尸！一个男子汉，好吃懒做，无事生非，胡子一大把了，还当自己是十七八的小孩子哩。自己把祸招在身上，倒害得俺服侍你，养活你！不说对付着下来替我一会儿，你又拿耗子了。怎么那会子不把你的腿全弄折了呢？我养活着你，倒也甘心！咳，滚下来吧，都四更天了，你别吧哒吧哒净吸烟了，该我睡一觉了。"

老头子在屋里伸懒腰，打呵欠，只不出来，说道："老东西，你委屈两天吧。你等我养好了伤，回头大把捞银子来，你再舒服。"

老婆子不待听完，重重唾道："呸！还吹呢，还说捞银子呢。我没见你银子捞回多少，只看见一只老狗腿差点断送了。这锅馒头也够火候了，滚出来，给我揭锅吧。"

老头儿哼哼吃吃，还是不见出来。老婆子唠唠叨叨抱怨着，自去揭锅。锅开处，屋中随起重重的一层白雾，连人影都看不真，只见一灯如豆罢了。

袁承烈松手下来，看这光景，屋中不过是一对老夫妻，卖馒头为生罢了。可是刚才推下自己的人影太怪，不知是否别屋还藏着壮男。想着重又攀窗，无奈灯光不作美，南北两个暗间一片漆黑，虚实难辨，没有后窗，也听不出声息来。

正打算绕到窗前，先试着私窥，随后再扬声求水，身子才一晃悠，忽听北间老头说道："屋里头太黑，看不清楚吧？不要紧，别忙，老子明人不做暗事，打开窗户尽人看。"

突然间火镰一响，火光一闪，北屋明亮了。老头儿满面笑容，披衣拖鞋，手捻着火纸卷儿，从北内间出来，往南内间走，眼角旁睨，往后窗一照。晃晃悠悠，踱到南间，南间的灯也点着了。

袁承烈愕然道："不好，这是行家！"

老头子虽是一掠而过，他的面貌已被袁承烈看清。通眉长颊，瘦似皮猴，双瞳闪闪吐着寒光，白须很短，小辫半秃，脊背似乎微俯，一腿果然微跛。这是什么人物呢？

那老婆子的面貌也很清奇，不似寻常衰妪。此时扭着脸对老头子嚷道："老不死的，你瞧你这没正形，左不过一个小小的作死的死耗子罢了，你倒有这些闲情逸致，费这大事！你也不嫌泄气？老虎来了，你该怎么样呢?"

老头子笑道:"什么?你可晓得狮子捕兔,必用全力。这不是寻常的耗子,他不是来讨人厌的,他是来作耗的!"

袁承烈刚刚松手落地,他的主意打晚了。那个老头子分明进了南内间,南内间又没有通外面的门,不知怎的,竟悄没声地像鬼似的行不由户,走出来了。手里举着个火纸捻,一脸的怪笑,俨然立在袁承烈的背后。闪着一对锐利的眸子,一声不响,打量袁承烈的身手。袁承烈出乎不意,吓得一退身,刚要发话,老头儿已然把手一伸,指着屋子道:"朋友,大远地来了,很不容易,请屋里坐吧,别客气了。"

袁承烈忙道:"这个,您这位老爷子别误会,我是个迷路的,摸奔灯光,寻到这里来……"

老头儿笑道:"是啊,我知道,我明白,你不是远来的迷路客么?没说的,既来了,就别走了,往里边歇歇吧。"

袁承烈不觉越趄不前,还要声说,老头儿笑道:"我这里又不是龙潭虎穴,朋友干什么来的,难道还过门不入么?"立逼着袁承烈进去,袁承烈不知怎生是好了。

(卷五终)

后　记

　　此叟非常人也，实为飞行剧贼，姓焦名焕，冀北谓之人魔焦炭者也。与其妻因案避地，隐居塞外，佯负贩糊口，而阴操旧业。会与当地土豪玉九愤争，夫妇动武，玉九大败。玉九心不能甘，纠众再斗。焦氏夫妻施辣手，痛予惩处。焦亦一腿受创，夫妻遂复迁地，暂避养伤。玉九密遣人踪迹之，为焦窥破，夫妻乃阴加戒备。而飞豹子袁振武自出师门，迭逢不若，恰负罪夜奔，无心至此，竟为焦焕所疑。夫妻强邀飞豹入室，献茶劝餐，穷诘来意。语言龃龉，终至交手。袁以壮丁竟为二老所困辱，不得逃出。会询师承，误会乃解，反助袁为却追兵焉。

中华民国三十一年八月十日初版

整理后记

　　《武林争雄记》是《十二金钱镖》的前传，系"钱镖四部作"之一部，初版称之为"十二金钱镖三部作"。

　　本书始载于 1939 年 12 月北京《晨报》，天津正华出版部先后分五卷出版单行本：1940 年 8 月，卷一，一至六章；1940 年 11 月，卷二，七至十二章；1941 年 4 月，卷三，十三至十八章；1941 年 11 月，卷四，十九至二十四章；1942 年 8 月，卷五，二十五至三十章。其中十七至二十四章，连载时原由白羽好友郑证因代写，出版单行本时，白羽为求文笔的一致性，执笔重写。卷五，1992 年 8 月北岳文艺出版社版《武林争雄记》缺收，而其开头二十五章与卷四末二十四章结尾衔接有问题。为保存历史资料，本次出版，卷五按原版排印。

图书在版编目（CIP）数据

武林争雄记／白羽著. — 北京：中国文史出版社，
2017.1

（民国武侠小说典藏文库·白羽卷）

ISBN 978 - 7 - 5034 - 8369 - 1

Ⅰ. ①武… Ⅱ. ①白… Ⅲ. ①侠义小说 - 中国 - 现代

Ⅳ. ①I246.5

中国版本图书馆 CIP 数据核字（2016）第 256732 号

整　　理：周清霖

责任编辑：马合省　卢祥秋

出版发行：中国文史出版社

网　　址：http://www. chinawenshi. net

社　　址：北京市西城区太平桥大街 23 号　邮编：100811

电　　话：010 - 66173572　66168268　66192736（发行部）

传　　真：010 - 66192703

印　　装：廊坊市海涛印刷有限公司

经　　销：全国新华书店

开　　本：720×1020　1/16

印　　张：25　　　　　字数：388 千字

版　　次：2017 年 1 月第 1 版

印　　次：2018 年 6 月第 2 次印刷

定　　价：58.00 元